KB212582

동아시아 비교문학

근대성의 서사, 담론, 정동

지은이

서영채 徐榮彩, Seo, Young Chae

서울대학교 아시아 언어문명학부 및 비교문학 협동과정 교수. 1994년 계간『문학동네』
를 창간하여 2015년까지 편집위원을 지냈다. 1996년 가을부터 2013년 여름까지 한신대
학교 문예창작학과 교수로 봉직했다.『우정의 정원』,『왜 읽는가』,『풍경이 온다』,『죄의
식과 부끄러움』,『인문학 개념정원』,『미메시스의 힘』,『아첨의 영웅주의』,『문학의 윤리』,
『사랑의 문법』,『소설의 운명』등의 책을 썼다. 고석규 비평문학상, 소천비평문학상, 팔봉
비평문학상, 올해의 예술상, 대산문학상 등을 수상했다.

동아시아 비교문학
근대성의 서사, 담론, 정동

초판발행   2025년 2월 28일

지은이   서영채

펴낸이   박성모
펴낸곳   소명출판
출판등록   제1998-000017호
주소   서울시 서초구 사임당로14길 15 서광빌딩 2층
전화   02-585-7840
팩스   02-585-7848
이메일   somyungbooks@daum.net
홈페이지   www.somyong.co.kr

ISBN   979-11-5905-549-2 93810
정가   38,000원

동아시아 비교문학

근대성의 서사, 담론, 정동

서영채 지음

동아시아 비교문학 근대성의 서사, 담론, 정동

책 제목을 '동아시아 비교문학'이라고 붙였다. 한중일 세 개 언어권의 근대 문학 작품을 함께 다루는 책이기 때문이다. 하지만 여기에서 비교문학이라는 말은 기왕의 문예학적 의미와는 다소 거리가 있다. 이들을 향한 이 책의 관심 은 문학적 영향 관계나 상호작용에 맞춰진 것이 아닌 까닭이다. 그렇다면, 동 아시아의 비교문학이라는 표제로 이 책이 원하는 것은 무엇인가. 동아시아의 문학 속에서 표현된 근대적 주체 형성의 드라마를 포착해내는 것, 난폭한 외 부자로서의 근대성과 맞닥뜨렸을 때, 동아시아 사람들을 스쳐간 마음의 표정 을 간취해내고자 하는 것이 곧 그것이다.

여기에서 다루는 작가와 작품들은, 말할 것도 없이 동아시아 각국의 근대문 학사에서 전설이자 고전에 해당한다. 그럼에도 이들의 텍스트가 탐구 대상으 로 선택된 것은 고전이기 때문이 아니라, 각각이 근대적 주체 형성의 드라마 를 내장하고 있기 때문이다. 또한 이들이 어우러지며 만들어내는 종횡의 조우 와 맥락이 하나의 장편 드라마를 이루고 있기 때문이다.

문학 작품만이 아니라 그 누구의 삶이라도 저마다 하나씩의 드라마일 수 있 고, 한 사람의 삶에서도 어떤 하루나 한 나절은 그 자체로 한 편의 드라마가 되 기도 한다. 어떤 깊이에서 어떤 시각으로 바라보느냐에 따라, 겉보기에는 태연 한 인생 한 편이 격렬한 내적 드라마일 수 있다. 그 같은 드라마의 포착을 가능 케 하는 것이 곧 문학의 시선이다. 동아시아에서 벌어진 근대적 주체 형성의 드라마 역시 다를 까닭이 없다. 문학의 시선이 투여되면, 유사한 역사적 경험

속에 내던져진 사람들의 마음이 드러나고, 이들이 함께 꼬이면 집단 정동의 드라마가 만들어진다. 그것이 곧 이 책이 탐구하고자 하는 직접적 대상이다.

세 언어권의 문학 텍스트가 만들어내는 역사 존재론적 맥락의 비교가 이 책의 주된 방법이다. 20세기 전반기 동아시아 문학 속에는 근대성이 만들어낸 격렬한 삶의 호흡이 축장되어 있다. 그 격렬함은 한 집단이 공유하는 역사적 경험과 한 개인에게서 드러난 존재론적 간극이 합해진 결과이거니와, 이 둘이 겹쳐지면서 만들어내는 드라마를 포착해내는 일이란, 근대 동아시아가 지닌 고유의 장소성을 밝히는 일이기도 하다. 한발 더 나아가, 서로 다른 역사적 풍토 세 겹이 겹치고 꼬임으로써 생겨나는 인문적 맥락은, 그 자체가 동아시아적 드라마의 모태이자 장소성으로서, 근대적 주체 형성의 내용을 이루는 것이기도 하다.

맥락의 비교에서 중요한 것은 영향 관계가 아니라 공명의 양태임이 강조되어야 하겠다. 비교문학적 영향 관계는 통상적으로, 국경이나 혹은 언어의 경계를 관통하는 지적 흐름의 연결 상태를 전제로 한다. 이와 달리 이 책에서 주목하는 공명의 양태들이란, 각각의 텍스트에 담긴 내면적사건들이 자기 영역에 국한된 상태에서, 곧 서로 간의 비-연결 상태에서 만들어내는 사후적 연결망을 지칭한다. 계열적 연결선을 따라 진행하는 시간적 흐름이 영향의 움직임이라면, 공명은 각각의 인자들이 서로 격리된 상태에서 형성되는 동시다발적이고 공간적인 양상에 해당하는 까닭이다. 이런 점에서 공명 관계의 사후적 연결망은, 경계선의 양측을 함께 조망할 수 있는 시선에 의해서만 파악될 수 있는 것이며, 이는 이 시기 텍스트들이 공유하는 상황의 유사성을 전제로 한다.

동아시아에서 생겨난 근대성과 문학의 조우는 각각의 언어권이 처한 역사적 환경에 따라 서로 다른 모습으로 출현하지만, 한발 더 떨어져 동아시아라는 좀더 큰 경계선에서 바라보면, 각각의 언어권이 지닌 상이함들은 각각이 등가적이라는 점에서 그 자체가 큰 틀의 유사성을 지닌다. 동아시아의 여러 나라들에게 근대성은 매우 폭력적인 외부자로서 다가온 것이라는 점에서 서로 다르지 않으며, 따라서 이에 대한 민족 집단이나 개인의 차이는 근대성에 대한 대응의 이형태allomorph일 뿐이라는 점, 즉 각각의 내용은 달라도 근대성에 대한 반응이라는 동일한 형식을 지니고 있다는 점에서 그러하다. 이를테면 한중일 삼국에서 이루어진 서로 다른 대처 방식들이 공히, 동아시아 전체에 다가온 위기 상황 속에서 이루어진 근대적 주체 형성의 서로 다른 방식이 되는 것이다.

동아시아에서 수행된 근대적 주체 형성 과정에 대해 살피고자 한다면, 다음과 같은 질문에 답해야 하겠다. 동아시아에서 근대적 주체가 된다는 것은 무엇을 뜻하는가. 서세동점이 시작된 이래로, 동아시아에서 근대적 주체는 어떤 과정을 통해 형성되었는가. 여기에 동아시아적이라 할 만한 요소는 있는가. 세 개의 언어권을 대표하는 세 개의 네이션은 이 과정에서 어떤 차별성을 보여주었는가. 자기 삶의 주인으로 살고자 했던 사람들은 각각의 영역에서 어떤 행로를 보여주었는가. 그들은 어떤 마음의 드라마를 만들어냈고, 그 방식은 세 개의 언어권 사람들에게서 어떤 식으로 구별되는가. 문학은 이 과정에서 어떤 역할을 했고, 종국적으로 어떤 것이어야 했을까.

이 책이 다루고자 하는 근대적 주체 형성의 드라마는 열 개의 장으로 구성되며, 서사와 담론과 정동의 세 층위에서 포착된다. 기축이 되는 것은 서사의 측면이며, 이는 다시 셋으로 구분된다. 가족 서사의 용어로 표현하자면, 둘째 자식과 첫째 자식, 그리고 막내 자식의 서사이다.

문학은 구체적인 사람의 삶의 마음을 다룬다. 여기에서 가족 서사는 한 사람이 경험하는 최소 단위의 사회적 서사로서 사람의 삶에 필수적이다. 한 개인의 삶에서도 그러하며, 시민 사회나 국가의 단위로 확장될 경우에도 가족 서사는 비유의 형태로 유지되곤 한다. 근대성과 함께 출현한 개인의 서사는 기본적으로 아버지의 집을 나온 자식들의 이야기이며, 사회적으로는 보수적 기성 질서에 대한 저항자이자 주관적 진정성의 왕국을 향해 나아가는 청년들의 이야기이다. 근대성 자체가 전통 윤리에 대한 부정에서 시작된다는 점을 감안하면 이는 당연한 것이겠다. 이 서사를 나는 소세키 소설의 예를 들어 '둘째 아들의 서사'로 명명하고자 했다.

동아시아에서 '둘째 아들의 서사'를 대표하는 것은 가장 먼저 근대 국가로의 전환에 성공한 일본문학의 경우이다. 근대화의 후발국이었던 한국과 중국은 상황이 다를 수밖에 없어서, 문학은 자기 고유의 진정성을 찾아가는 '둘째 아들'의 일이 아니라, 집안의 안위를 걱정해야 하는 첫째 자식의 일이 된다. 한국과 중국에서 근대문학사의 첫머리에 계몽이 등장하는 것은 그 때문이다. 네이션 자체의 존망이 위태로운 상황에서 문학은, 자기 나라의 현재와 민족의 미래에 대한 발언일 수 있어야 사회적으로 유의미하고 영향력 있는 존재가 된다. 이런 마음가짐 속에서 형성되는 것이 곧 첫째 자식의 서사이자 계몽문학으로서, 이는 곧 자기 자신이나 사회적 수준의 진정성이 아니라 한 국가나 민족 수준에서 생겨난 존망의 위기감을 책임지고자 하는 정신의 산물이다.

이 두 개의 서사로부터 떨어져 있는 지점에 존재하는 것이 '탕아 서사'이자 막내 자식의 서사이다. 민족이나 개인의 자기 보존을 추구하지 않는다는 점에서 첫째 자식의 서사와 구분되고, 개인의 진정성을 노골적으로 부정하면서 유희의 대상으로 삼는다는 점에서 '둘째 아들'의 진정성 서사를 부정한다. 탈-사회적이면서도 또한 동시에 매우 격렬하게 사회적인 모습을 보여주는 것이, 스스로를 '탕아 서사'로서 정위하는 막내 서사의 모습이다. 이 세 번째 서사가 대표하는 것은 문학에 내재되어 있는 예술로서의 충동이며, 문학을 향한 정신이 육탈하여 단단히 다져졌을 때 등장하는 문학의 자기 목적성이기도 하다.

이 세 개의 서사에 관한 부분이 이 책의 6개의 장을 이루며, 여기에 담론과 정동의 차원이 덧붙여진다. 서사가 이야기 속의 인물들이 자기 자신을 어떻게 정위하려 했는지의 문제로 귀결된다면, 담론은 그 이야기를 어떻게 논리화하려 했는지, 그리고 정동은 서사가 논리의 외곽을 벗어날 때 어떤 일이 생겨났는지를 바라볼 때 관심의 대상이 될 수 있다.

담론은 한 사람이 지닌 서사에 논리를 부여하고 일관성을 만들어내는 역할을 한다. 똑같은 이야기라 하더라도, 말하는 사람이 어떤 자리에서 누구를 향해 어떤 발성으로 말하느냐에 따라 그 뜻은 천양지판으로 달라진다. 이 책에서 주목하는 것은 외치는 자, 저항하는 자, 배우는 자, 응시하는 자의 자리가 만들어내는 네 개의 발화 형식이다. 주체에 의해 설정된 발화 형식에 따라, 그 사람의 자기 서사는 강박증자나 히스테리자의 것이 되기도 하고, 피해망상이나 과대망상 혹은 전형적 책임 회피의 산물이 되기도 한다. 이들은 모두 자기 서사를 바라보는 태도의 윤리를 드러내 보여준다.

담론과 이상 심리가 서사의 논리 내부의 문제라면, 집단 정동이 꿈틀거리는 것은 논리 외곽에서의 일이다. 만들어지는 정동의 영역에서 가장 문제가 되는 것은 죄의식과 부끄러움이다. 둘 모두 주체 형성에서 가장 중요한 역할을 한다는 점에서 그러하다. 이 둘을 둘러싸고 불안과 분노, 자기 혐오와 복수심, 원한감 등이 일렁인다. 정동이라 함은 한두 사람의 감정이 아니라 한 집단이 지닌 의식적 무의식적 정서로서, 한 시대 마음의 공기 같은 것을 일컫는 것이다. 이 책의 마지막 두 장에서 다루는 죄의식과 부끄러움은, 서사의 골격으로 보면 부수적인 것이지만 드라마의 내부로 들어가면 주체 형성의 핵심적 동인이자, 근대 백 년을 관통해온 마음의 연대기가 된다.

이 책에는 이상의 다섯 항목이 열 개의 장에 나누어 배치되어 있다. 여기에는 당연히 제기될 수밖에 없는 두 가지 한계가 있다. 첫째는 가족 서사 속에 딸의 서사가 없다는 점, 둘째는 중국 근대문학에 대한 기술이 부족하다는 점이다. 이는 내가 확보할 수 있었던 시간과 에너지의 한계라고 말할 수밖에 없겠다. 첫째 한계는 이 책을 쓰고자 했을 때 내가 지니고 있던 인식의 한계라는 측면이 크다. 제2장 '둘째 아들의 서사'가 이 책의 시발점이었으니, 근대성의 드라마를 오이디푸스 시나리오로 파악하고자 했던 생각의 한계라고 해도 마찬가지이겠다. 이 시나리오와 거기에 설정된 책임의 틀로부터 벗어나는 자리에서, 안티고네의 이야기는 또 다른 윤리의 형태로, 진짜 문학의 형태로 전개된다. 원고를 쓰면서, 진정성을 향해 가는 '둘째 아들의 서사'의 진짜 모습은 딸의 서사에서 확인될 수 있으며 나아가 딸의 서사야말로 또한 새로운 수준의 계몽 서사일 수 있음을 알아차렸으나, 이미 마감은 임박하고 기운은 떨어져 확정된 원고를 소화하는 데도 벅찼다.

루쉰 이외에도 염두에 두고 있던 중국과 대만 문인들, 마오둔과 바진, 라오서, 위다푸, 샤오훙, 딩링, 장아이링, 우쥐류 등에 대해 쓰지 못한 것도 마찬가지 사정이었다. 두세 개의 장이라도 더 쓸 수 있었다면, 내 눈에도 명료한 이 한계들이 함께 해결될 수도 있었을 것으로 보였으나, 2024년 여름 이후의 시간들이 너무 가혹하여, 생각은 역시 책상 위의 손가락이 한다는 사실을 씁쓸하게 확인할 수 있었을 뿐이다. 혹시라도 개정판을 낼 수 있다면 몇개 장을 추가하겠다는 생각으로 위안을 삼는다.

서울대학교 대학원 비교문학 협동과정에서 일하기 시작한 지 이제 12년이 되어간다. 한국문학 연구에서 시작하여 중국과 일본문학 연구에 본격적으로 손대기 시작한 것은 14년이 지나고 있다. 이 책이 비교문학의 역량을 키우는 데 작게나마 기여했음을 나중에라도 확인할 수 있다면, 월급 값을 조금 했다는 느낌으로 속이 아주 허하지는 않을 수 있겠다. 그럴 수 있기를 바라는 마음이다.

개인적으로 이 작업은 한국문학을 대상으로 했던 두 작업, 『사랑의 문법』[2004]과 『죄의식과 부끄러움』[2017]을 바탕으로 삼고 있다. 전자에서는 세 개의 근대성과 세 개의 가족 서사가 왔고, 후자에서는 주체 형성과 관련된 두 개의 정동이 징발되었다. 이 둘의 합성이자 동아시아판 확장이 이 책인 셈이다.

이 책에서 주로 다루는 문인들, 나쓰메 소세키, 아리시마 다케오, 루쉰, 시가 나오야, 아쿠타가와 류노스케, 이광수, 염상섭, 다자이 오사무, 이상, 윤동주, 서정주, 김승옥 등은 말할 것도 없이 각국의 문학사에서 거인의 위치를 점하고 있는 존재들이다. 이들은 이 책에서 동아시아 드라마의 등장인물 취급을 받고 있지만 개인적으로는 내가 좋아하는 문인들이기도 하다. 논리적인 글을 쓰는 것은 자기 생각의 빈곳과 허방을 확인하는 일이기에 괴로운 일이지만, 그래도 이들에 대한 글이어서 뿌듯했다고 말해야 하겠다.

윤석열 탄핵의 열기가 바야흐로 뜨겁게 타오르는 시절이다. 2016년 박근혜 탄핵이 진행되고 있을 때 『죄의식과 부끄러움』을 마무리했었고, 윤석열 정부 6개월이었던 시절에 나온 『우정의 정원』2022 머리글에 정치적 소시오패스들의 행태가 가소롭다고 썼었다. 이 책을 맺는 순간 다시 한번 민주주의를 지켜내는 한국 시민들의 힘을 확인하는 중이다. 경악스런 계엄 사태에 직면하여 몸도 마음도 고단하였으나, 촛불의 힘을 사뿐히 넘어선 응원봉의 해일 속에서 세대를 넘어선 가슴 벅찬 연대감을 확인할 수 있었다. 지난 시간 동안 누적된 한국 민주주의의 저력을 다시 한번 확인하게 된 것을 기쁜 마음으로 기록해둔다.

백여 년 전의 일을 다룬 이 책은, 한국에 즉해서 말하자면 현재 우리가 확인하는 힘의 전사에 해당하는 이야기이다. 조금만 귀기울이면, 백 년을 잇는 주체성 서사의 연결선이 하는 말을 누구라도 들을 수 있을 것이다.

나는 비록 부끄러운 존재이지만, 내 부끄러움이 당신의 부끄러움을 만나 서로 얽히며 단단해져요. 각자의 부끄러움은 각자의 몫으로 여전할 테지만, 서로 얽힌 부끄러움의 유대는 우리가 원하는 부끄럽지 않은 세상으로 갈 힘이 될 수 있을 거예요.

이 책의 절반은 2013년 이후 띄엄띄엄 썼고, 나머지 절반은 최근 2년 사이에 집중적으로 썼다. 이미 발표한 글은 많이 고쳤고, 최근에 새로 쓴 글은 더러 줄여서 발표했다. 줄이지 못해 발표하지 못한 글도 있다.

이 책에 실린 생각의 많은 부분이, 2010년 3월 이후 최근까지 당비 세미나에서 발제문으로 작성된 것들이었다. 학위논문 준비를 위해 주니어들이 자리를 비운 사이, 시니어 셋이서 동아시아 세미나를 시작하던 때의 기억이 새롭다. 그들이 내게 만들어준 기회가 아니었더라면 이 책은 불가능했다. 오랜 시간 동안 굳건하게 버텨준 당비 세미나의 동료들께 감사드린다.

포항공대 융합문화연구원 박상준 원장의 제안으로 책의 골격을 만드는 일에 착수할 수 있었다. 소명출판 이희선 편집자는 날렵한 솜씨로 예쁜 책을 만들어 주었다. 서울대 비교문학 협동과정 박사 수료생 유종현 군은 원고 교정을 맡아 틀린 사실을 꼼꼼하게 수정하고 얽힌 문장을 정확하게 손봐주었다. 세 분께 감사드린다.

이 책의 원고를 쓰던 도중 내 아버지가 돌아가셨다. 아버지의 숨소리를 들으며 메모를 적어나가던 시간의 기억은 나 자신을 위해 기록해두고 싶다.

2025년 2월
서영채

차례

제1장

동아시아라는 장소와
문학의 근대성

1. 동아시아의 근대성과 문학

근대로의 이행기 동아시아의 공간 전체를 규정하는 우선적인 요소는 사회 정치적 변화의 격렬함이다. 물론 19세기에서 20세기로 넘어가는 시기라면 세계 전체가 커다란 변화의 흐름에 내맡겨져 있던 터라 동아시아만이 유독 그렇다고 할 수는 없다. 게다가 그런 변화의 격심함 자체가 현재의 삶까지를 특징짓는 모더니티의 근본적 규정력이라 해도 지나친 말은 아니다. 그럼에도 유독 이 시기 동아시아라는 공간을 두고 격렬한 변화를 강조하는 것은, 이런 사정을 모두 감안하더라도 그 변화의 낙차가 워낙 현저했던 탓이다.

19세기에서 20세기로 넘어오는 과정에서 한중일 삼국은 모두 기성의 국가 체제 자체가 전복되는 엄청난 사건에 직면해야 했다. 이 사건을 엄청난 것이라 표현할 수 있는 것은 그 이전에도 존재했던, 왕조나 지배 집단의 교체 수준에 그치는 것이 아니라, 한 세계가 붕괴하고 전혀 새로운 세계가 등장했다고 해야 할 정도로 근본적인 사건들이기 때문이다. 일본에서 에도 바쿠후 체제가 무너진 것, 중국에서 청나라 왕조가 몰락하고 공화국이 들어선 것, 그리고 한국에서 대한제국이 국권을 상실한 것 등이 곧 그것이거니와, 이들 사건은 공히 각국의 역사에서 획시기적인 것으로서 자리 잡고 있다. 이 사건들은 동아시아와 근대성의 조우가 얼마나 충격적이고 격렬한 것이었는지를 보여주는 대표적인 사례라 할 것이다. 그러니까 이 시기의 동아시아는, 프랑스 혁명 이후 한 세기가 넘는 동안 유럽이 겪어내야 했던 정치적 격변을 매우 압축적이고 예각적인 형태로 받아들인 셈이라 해도 그리 지나친 말은 아니겠다.

그로부터 한 세기 이상이 지난 21세기 초반의 시점에서 그 시대를 돌아본다면 어떨까. 자본주의 시장 경제로 대표되는 근대성의 이념적 핵심은 이미 배타적인 세계 체제로 발현되어, 불가역적인 위력으로 군림하고 있다. 세계의 어느 지역이건 그 힘과의 조우는 불가피한 것이다. 지역이나 국가 단위에서 생겨나는 차이라면 단지 근대성의 흐름에 올라타는 시기의 문제일 뿐이다. 하지만 백오십여 년을 거슬러 올라가서, 바야흐로 변화가 시작되는 지점에서 바라보면 사정은 다를 수밖에 없다. 문지방에 걸린 몸이 감각하게 되는 물살의 압박감과 강도가 현저하게 다를 수밖에 없기 때문이다.

근대로의 이행기, 동아시아 각국이 직면했던 시급한 현안은 두 가지로 대별될 수 있다. 첫째는 국권을 위협하는 제국주의 세력으로부터 자국의 국권을 수호하는 것, 둘째는 봉건적 제도를 개혁하여 한시바삐 근대적 국민 국가 체제를 만들어내는 것이다. 20세기 전반기의 관점에서 본다면, 근대로의 이행기 동아시아의 정치적 구도가 어떻게 서술될 수 있을지는 자명해 보인다. 국민국가 수립과 국권 보존이라는 시대적 요구에 성공적으로 대응한 일본, 그리고 실패한 한국과 중국이라는 틀이 곧 그것이다. 일본은 반봉건 근대화라는 시대적 과제 달성에 성공했을 뿐만 아니라 그 탄력으로 제국주의 열강의 지위에 오른다. 이에 반해, 과제 달성에 실패한 대한제국은 일제의 식민지로 전락하여 그 신민들은 포로 신세가 되어 있다. 또 중국은 근대화 과정에서 나라 안팎에서 일어난 혁명적 변화에 직면하여 두 개의 전쟁을 치르고 있다. 이렇게 요약되는 것이, 20세기 전반기 동아시아의 현실인 것이다.

물론 성공과 실패를 규정하는 이런 식의 구도가 더 이상 유효하지 않음은, 지난 백여 년 사이에 변화된 국제 질서가 말해주고 있다. 특히 냉전 시대의 종식 이후로 고도성장을 거듭한 중국은 이제 미국과 패권을 겨룰 수준으로 성장해 있고, 반대로 동아시아 근대화의 우등생으로서 경제 대국의 지위를 누렸던 일본은, 국력 상승의 추세가 꺾여 '쇠퇴도상국'이라는 자조가 일본 안에서 생겨나 있는 처지[1]가 되었다. 그런데도 여전히 근대화에 성공한 일본과 실패한 중국이라는 틀이 유지될 수 있을까. 한번 벌어진 사건들은 시간의 흐름과 무관하게 자기 자리를 지키고 있다. 그러나 그것을 바라보는 관점은, 사건의 맥락과 배치를 결정하는 현실에 따라 달라질 수밖에 없다. 역사적 사건들의 의미 역시 마찬가지이다. 시간은 흐르고 변화는 거듭될 것이며 새로운 관점이 생겨나면 평가 역시 달라질 것이다.

20세기 전반기 동아시아에서, 삶의 방편으로 글을 쓰고자 했던 사람들의 마음속에서는 어떤 일이 벌어졌을까. 세 개의 언어권 혹은 동아시아의 여러 국가들 사이에는, 단순한 개인차를 넘어서는 좀더 큰 규정성이 있다. 그것은 근대화 과정의 서로 다른 경로로 인해 사람들의 마음에 생겨난 고유한 정동의 문제에 해당한다. 동아시아의 근대문학이라는 매체에 주목하는 것은, 근대성과의 조우에서 서로 다른 방식으로 만들어진 세 언어권 사람들의 마음과 정동을 하나의 평면 위에 놓고 사고할 수 있게 해주기 때문이다. 한 시대의 역사를 구획하는 정치적 규정성은 근본적이지만 테두리가 커서 마음의 세목을 담아내기 어렵다. 문학 작품은 사람들의 마음이 지닌 고유한 질감과 세목들로 그 빈자리를 채워낸다.

문학 작품은 한 개인의 산물이지만, 한 시대를 대표하는 작품이라면 단순히 그렇게 말할 수는 없다. 그 작품을 읽고 공감한 독자 공동체의 마음이 그 뒤에 놓여 있기 때문이다. 이런 작품에서 표현되는 정동이라면, 헤겔의 용어를 빌려 그것을 '구체적 보편성'이라고 불러도 좋을 것이다. 여기에서 보편성이라는 말은 평균적인 것을 뜻하는 말이 아니다. 예외적이고 유별난 것이지만 그래서 오히려 한 집단의 마음을 대표하는 것이 된다. 구체적이라는 한정어가 붙으면

---

1   2020년을 전후하여 현재까지 '쇠퇴도상국'이라는 용어가 일본의 경제 상황을 지칭하는 중요한 키워드로 일본 언론에서 사용되고 있는 중이다. 2000년 세계 2위였던 1인당 GDP가 2018년에 26위까지 떨어진 상황이 직접적인 배경이 된다. 쇠퇴도상국이라는 단어는 '발전도상국'(한국의 용어로는 개발도상국이고, 일본에서는 줄여서 도상국이라고 하며, 이는 선진국의 반대말이다)이라는 단어를 변용한 것이다. 다음과 같은 기사를 참고할 수 있겠다. 横山信弘, 「「働き方」を変えている場合か! 日本がこのまま「衰退途上国」にならないために」, 『NEWSWEEK 日本版』, 2019.12.9. (https://www.newsweekjapan.jp/yokoyama/2019/12/post-23_1.php); 冷泉彰彦, 「「発展途上」ではない. 日本を衰退途上国に落とした5つのミス」, 『MAG2NEWS』, 2020.1.15. (https://www.mag2.com/p/news/435058/2)

그런 성격이 더욱 두드러지게 된다. 특이하고 예외적인 것, 구성적인 것이 아니라 당위적인 것으로 존재하는 구체적 보편성은, 특히 사람들의 마음의 문제를 다루는 영역에서 더욱 두드러지게 된다.[2]

이와 같은 맥락에서 강조되어야 할 것은, 근대문학 자체가 지니고 있는 대중적 매체로서의 속성이다. 문학이 지식인과 대중을 잇는 매체로 간주되기 시작한 것은 근대성의 출현과 함께 생겨난 현상이다. 전통 세계 속에서 문학은 상층 지식인들의 영역에 한정된 것이었으나, 근대문학으로 전환되는 과정에서 문학은 이행기의 여러 문제들을 다양한 방식으로 수용해낸다. 계몽적이거나 전투적인 형태로 혹은 고답적이거나 자멸적인 형태로. 이런 다양한 양상들은 근대성 일반에서 문학이 지니고 있는 속성이나 기능과도 무관하지 않으며, 또한 동아시아의 유학적 전통과 '글 아는 사람'으로서의 지식인의 위상^{황현, 難作
人間識字人} 역시 이런 다양성을 만들어내는 데 강력한 요소로 기능한다.

동아시아라는 장소와 문학의 근대성을 병치하는 것은 두 겹의 겹침을 가능하게 한다. 첫 번째 겹침은 동아시아의 전통 위에 덧씌워지는 근대성 자체의 문제성을 바라보게 한다. 두 번째 겹침은 동아시아의 세 언어권이 지니고 있는 상이성의 문제를 만들어낸다. 이런 겹침으로 인해 생겨나는 마음의 맥락과 표정을 어떤 틀로 포착할 수 있을까. 그 일단을 점검해보자.

2. 세 개의 근대성 정치, 윤리, 미학

근대로의 이행기 동아시아에서 문학이 지니고 있는 매우 특이한 위상이 있다. 여느 전통 사회에서와 마찬가지로 여기에서도 문학은 지식인의 전유물이

---

2   이에 관한 좀더 자세한 것은, 졸고, 「인물, 서사, 담론」, 『우정의 정원』, 문학동네, 2022, 2절에 있다.

었다. 근대성의 습격으로 서구식 근대문학의 개념이 도입됨으로써 문학이라는 제도적 장치의 의미와 효용은 특이한 변화 과정을 겪는다. 전통 사회의 문학은 엘리트 지식인의 자기표현 수단으로 존중받아온 문자행위였다. 하지만 새로운 시대로 접어들면서 문학이라는 제도적 장치에서 강조되는 것은 대중적 계몽수단이라는 속성이다. 근대성의 도래로 인해 문학은 이전 시기와는 매우 다른 의미와 위상을 지니게 된 것이다. 물론 근대성과의 조우로 인해 문학의 개념 자체가 달라지는 것도 간과될 수 없다. 그러나 좀더 우선적인 것은, 근대성의 도래가 초래한 국가적 위기 상황에서 지식인들이 문학의 이름으로 무슨 일을 할 수 있을 것인지의 문제가 되는 것이다.

문학이 현실과 삶에 대해 어떤 태도를 지녀야 하는지는 세 나라 공히 지식인들의 사회에서 중요한 논점 중의 하나였다. 이 과정에서, 속중俗衆들에 속하는 장르였던 소설은 그 자체가 한 시대의 대표적 정신 표현의 지위를 차지할 수 있을 만큼 신분 상승을 이루었지만, 그 바탕에는 여전히 미메시스로서의 문학 자체가 지닌 존재론적 요동이 남아 있을 수밖에 없다. 실용성의 외부에 존재하는 문학은 계몽에 맞서는 반-계몽적인 속성을 자기 존재의 핵심 근거로 지니고 있기 때문이다. 계몽의 영역에서만이 아니라, 때로는 매우 짙은 죽음 충동의 모습을 한 채로 근대문학의 여러 영역에서 간단없이 출현하는 것이 바로 그 힘이기도 하다.

근대성도 동아시아도 그 자체로 매우 격렬한 동력을 지닌 것이지만, 그런 격렬함이 한층 더 두드러지게 드러나는 것이 동아시아 근대문학의 경우이다. 여기에는 최소한 세 가지 차원의 근대성이 복합되어 있다.[3] 이들의 상호관계가 만들어내는 질서는, 앞에서가 아니라 뒤에서 바라보아야 제대로 보인다.

첫째는 19세기의 사회진화론과 제국주의적 질서로 상징되는 사회적 근대

---

3   근대성의 세 차원에 대해서는, 졸저, 『사랑의 문법 – 이광수, 염상섭, 이상』(민음사, 2002)의 1
     장에서 논한 바 있다.

성의 원리이다. 여기에서 작동하는 기본원리는 무한경쟁과 생존주의이며, 그 바탕에서 작동하고 있는 것은 "어떤 덕도 자기 보존의 노력보다 우선적인 것은 있을 수 없다"『에티카』, 4부 정리 22라는 스피노자의 명제이다. 여기에서 '노력'이라고 번역되는 라틴어 코나투스conatus는 생체나 사람이 지니고 있는 기본적인 성향을 뜻한다. 그러니까 홉스에 따르면, 자기 보존을 향한 본능은 모든 생명체가 지니고 있는 움직임의 근본적 원리이며, 그것이 어떤 방향성을 지니고 있을 때는 욕망cupiditas, desire이 되며, 또한 그것이 인간의 영역으로 옮겨지면 "힘에 대한 욕망"으로 드러난다.[4] 동아시아의 많은 지식인들이 서양인들의 동진에 의해 만들어진 새로운 국제질서를 춘추전국시대와 같은 것으로 이해했을 때, 그들이 보았던 근대성의 핵심 원리가 바로 그것이었다.

이 같은 근대성의 원리 밑에 놓여 있는 것은 과학 혁명 이후의 세계관, 1936년 후설의 표현을 빌리자면 갈릴레이에 의해 초석이 놓인 "물리학적 객관주의" 혹은 "자연의 수학화"라고 할 수 있겠다.[5] 17세기 이래로 유럽에서 세계에 대한 지적 파악의 영역을 정복해온 자연과학적 세계관에는, 실험과 실증에 입각하여 모든 형이상학을 배제하고자 하는 실증주의가 그 바탕을 이루고 있다. 그리고 그 세계의 핵심에는, 17세기의 뉴턴과 스피노자가 서로 다른 방식으로 논리화한, 창조주도 개입할 수 없는 세계의 진행이라는 결정론적 사유가 버티고 있다. 물론 20세기에 나온 아인슈타인의 상대성 이론과 보어 이후의 양자역학은, 갈릴레이와 뉴턴이 논리화한 세계의 양극단에 불투명하게 놓여 있는

---

4   홉스, 진석용 역, 『리바이어던』 1권, 나남, 2016·2008, 77·138쪽.
5   홋설, 이종훈 역, 『서양의 위기와 현상학』, 경문사, 1989. 이 책의 원본은 『유럽 학문의 위기와 선험적 현상학』이라는 제목으로 엮인 후설 전집 6권의 1, 2부이다. 후설은 3부로 기획했으나 생전에 미완으로 끝났다. "물리학적 객관주의"라는 말은 2부의 제목에, "자연의 수학화"는 9장에 등장한다. 갈릴레이 이후의 물리학을 기본으로 하는 자연과학과, 그에 입각한 실증과학 및 실증주의 세계관의 승리는, "실증주의는 말하자면 철학의 목을 베어 버렸다"(11쪽)라는 표현으로 대표된다.

두 무한성의 영역을, 보통 사람들의 지적 직관으로 납득하기 어려운 방식으로 논리화해놓았다. 사람의 지각과 논리가 감당할 수 없는 무한공간과 무한분할의 세계이기 때문에 그럴 수밖에 없을 것이다. 그러나 생활 세계의 영역에 관한 한, 현재 우리의 물리적 세계와 인간의 삶에 대한 지적 파악에서 가장 압도적인 부분을 차지하고 있는 것은 갈릴레이와 뉴턴에서 비롯된 자연과학의 평면, 수학과 물리학에서 진화생물학으로 이어지는 세계관과 실증주의의 평면 위에 존재하고 있는 세계상이다.

둘째는 문화적 혹은 윤리적 차원에서 이루어진 근대성의 원리, 진정성이다. 집단의 전통과 권위라는 외적 기준을 부정하고 개별자들의 내적 진정성을 지고의 가치로 주장하는 힘이 그 요체로서, 근대적 삶의 제반 양식과 제도, 특히 문화와 예술의 영역에서 작동하는 원리이다. 사회적 근대성이 주체의 자기 보존을 지고의 준칙으로 지니고 있다면, 문화적 근대성은 여기에 맞서 주체의 진정성을 내세운다. 현실 속에서 둘은 대개 상보적이지만, 원리 자체만 보자면 반대되는 힘이라고 해야 한다. 생존주의로부터 한 발 물러나와 그것을 비판적으로 바라보는 사람들의 내면이 지닌 힘이 곧 두 번째 근대성으로서 진정성의 원리라고 하는 것이 좀더 적절할 것이기 때문이다.

셋째, 문학을 포함한 예술의 경우는 여기에 미적 근대성이라는 한 가지 힘이 더 추가된다. 미메시스의 기예로서의 예술 일반은 그것 자체만을 목적으로 하는 방향으로 나아가는 고유한 경향을 가지고 있다. 물론 이런 경향이 반드시 예술의 경우에만 해당되는 것은 아니지만, 예술에서의 근대성은 예술 외적 요소로부터의 자립을 생명으로 하기 때문에 이런 경향이 더욱 두드러진다. 이러한 예술의 자기목적성이 작동되기 시작하면 그야말로 목숨 건 예술이 등장한다. 그것을 위해서는 주체의 자기 보존이라는 첫째 항목은 물론이고 둘째 항목으로서의 진정성의 원리도 얼마든지 폐기할 수 있는, 극단적 미학주의 정신이 그 결과이다. 그것을 미적 근대성이라고 부를 수 있으며 이것이 근대성의 셋째 항목이다.

근대성의 이러한 세 가지 계기는 서로 다른 영역에서, 곧 과학 = 정치, 제도 = 윤리, 예술 = 미학의 세 영역에서 출현한 것들이지만, 이들 사이에는 시간적 선후 관계가 만들어진다. 셋 모두 주체의 자유라는 하나의 원리에서 생겨난 서로 다른 양상들이기 때문에, 원리적인 차원에서의 우선성을 논하기는 어렵다. 그럼에도 근대성이 형성되어온 역사와 현실적 영향력을 고려할 때, 이들 각각이 행사해온 실제 위력의 강도나 범위는 다를 수밖에 없다. 자기 보존의 원리에 바탕하여 생존주의를 낳는 사회적 근대성은 포괄적이고 누구에게나 위압적이다. 진정성의 원리가 되는 문화적 근대성은 포괄적이지만 성찰적이다. 그리고 예술적 모더니즘의 원리인 미적 근대성은 포괄적이지는 않지만 강렬하다.

셋의 이러한 속성들과 각각의 발생의 역사를 감안한다면, 이 세 개의 근대성은 다음과 같이 시간적으로 계열화될 수 있겠다. 가장 먼저 나오는 것이 사회적 근대성이고 그에 대한 반면으로 뒤따라 나오는 것이 문화적 근대성, 그리고 그 뒤에 부록처럼 출현하는 것이 미적 근대성이다. 뒤의 것은 앞의 것에 대한 부정에 입각해 있다. 진정성은 생존주의의 부정이고, 미적 근대성은 그것을 다시 부정한 결과이다. 그렇다고 해서 세 번째의 근대성이 첫 번째로 돌아가는 것이 아님은 물론이다. 오히려 그와는 반대로 거듭되는 부정의 운동은 움직이기 시작한 것을 원점에서 두 번 더 먼 곳에 데려다놓는다.

동아시아에서의 근대성의 영역에는 이 세 가지 형태의 근대성이 극단적으로 뒤얽혀 있다. 동아시아라는 공간에서 보자면 근대성은 돌연하고 난데없는 침입자로서 출현했기 때문이다. 이로 인해 여기에서의 근대성이 지닌 시간적 속성은 훨씬 더 압축된 채로, 따라서 좀더 극단적이고 격렬한 변화의 형태로 드러나고 있다. 근대로의 이행기 동아시아는 그 자체가 하나의 전체로서, 개개인이나 한 집단에게 삶의 의미가 크게 요동쳤던 시공간이다. 이 시기 동아시아라는 공간에서 근대성은 다른 무엇이기 이전에 괴물 같은 거대한 외부자로서 존재했던 것이다. 시마자키 도손의 소설『집』[1911]에서 외부적 근대성의 상징인 '흑선黑船' 혹은 '이양선異樣船'은 한 유력한 성인 남성을 광증과 그로 인한 죽음으로 몰아갈 수 있을 정도로 위력을 지녔다. 외부자로서의 근대성은 한 나라에게 트라우마일 뿐 아니라 한 개인에게까지 그러했다는 것이다.

물론 이것이 하필 동아시아에서만 그랬다고 할 수는 없다. 근대성은 언제나 그 자체로 외부자이며, 그러한 사정은 근대성의 발원지에서도 마찬가지기 때문이다. 근대성을 이루는 다양한 영역들 사이에도, 그리고 근대성의 전파가 만들어낸 지구적인 평면 위에도, 근대성 자체의 동력이 만들어낸 격차와 굴곡은 어김없이 현실적 위력으로 작동한다. 선진적인 것과 후진적인 것 사이, 혹은 근대적인 것과 비-근대적인 것 사이의 차이로서, 또한 가치 영역 사이나 지역이나 분야 사이에도 그런 격차와 굴곡은 다양한 형태로 존재한다. 이런 뜻에서 근대성은 언제나 전근대성 및 탈근대성과 함께 있다. 자신이 부정한 것을 밑에 깔고, 또 자신을 부정할 것을 머리에 이고 있는 것, 그것이 곧 근대성이다. 이 같은 양상은, 시간적으로 서로 이질적인 것들이 동일한 시간대에 존재하는 것, 즉 비동시적인 것의 동시성이야말로 근대성 자체의 가장 큰 특징 중의 하나라는 사실과 평행을 이룬다. 따라서 근대성은 국면이나 양상에 따라 자기 자신에게도 외부자일 수밖에 없다는 것이다.

3. 근대성의 자기-외부성과 동아시아에서의 문학

근대성은 그 자체가 이 같은 자기-외부성을 자신의 동력으로 지닌다. 그런데 여기에서 강조되어야 할 것은, 근대성의 역동적 힘이 동아시아에서는 훨씬 더 예각적인 형태로 드러난다는 사실이다. 동아시아인들에게 근대성은 매우 급격하고 파열적인 흐름으로서, 그 자체가 하나의 격렬한 충격 경험이었던 때문이다. 근대 초기의 일본 미학자 오카쿠라 덴신岡倉天心, 1863~1913은 자신의 첫 책인『동양의 이상』1903에서 이렇게 쓴다.

중국에서 일어난 아편전쟁, 그리고 암흑의 배들이 바다 저쪽에서 끌고 오는 그 음흉한 마력에 동양 민족이 하나둘 차츰차츰 굴복하는 모습은 저 옛날 타타르 집단의 무서운 모습을 떠오르게 하여, 여인들로 하여금 기도하게 하고 남자들에게는 3백 년의 태평세월 동안 녹슬면서 신음하고 있던 칼날을 갈게 하였다.[6]

여기에서 덴신이 쓴 "타타르 집단"이라는 말은 중앙아시아 유목민을 통칭하는 단어이고, 좀더 구체적으로는 일본을 침략하려 했던 몽골의 기병들을 뜻한다. 19세기의 일본인들에게 '검은 이양선'은 그런 정도의 공포와 충격을 동반했다는 것이다. 이런 마음이 단지 덴신 한 사람의 것일 수 없음은 물론이거니와, 단지 일본인만의 것이라고 할 수 없음 또한 그러할 것이다. 외부자로서 밀어닥친 근대성이 문제가 되고 있는 한에 있어, 이런 마음은 일본만이 아니라 근대성과 창졸간에 직면하게 된 동아시아 사람들 모두의 마음을 상징적으로 보여주는 것이라 함이 좀더 타당할 것이다.

외부자로서의 근대성이 지닌 이 같은 충격은 내면화의 과정을 거쳐 타자의 시선으로 자리 잡는다. 그것의 위력을 인정한 사람에게 근대성은 이미 내부화된 외부성이고 강력한 초자아이다. 덴신의『동양의 이상』이라는 책 자체가 그런 예이다. 이 책은 런던에서 영어로 간행된 책이다. 일본의 미술을 중심으로하여 아시아의 미학사에 관해 쓴 책이라는 사실보다도 유럽어로 저술되어 유럽에서 출간되었다는 형식 자체가, 이미 내부화되고 있는 근대성의 존재를 웅

6   오카쿠라 덴신, 정천구 역,『동양의 이상』, 산지니, 2011, 209쪽.

변한다. 그와 비슷한 연배인 니토베 이나조新渡戸稲造, 1862~1933가 필라델피아에서 『무사도』1899라는 책을 영어로 냈던 것1905년의 증보판 서문에 따르면, 그 사이에 독일어와 프랑스어 등 유럽 5개 국어와 중국어 번역판이 나왔거나 준비 중이라고 되어 있다[7], 일본에서 동양학 강좌를 처음으로 개설한 시라토리 구라키치白鳥庫吉, 1865~1942가 「조선왕호고朝鮮王號考」와 같은 논문을 독일어로 발표했던 것[8]도 이와 같은 의미를 지닌다. 이 저작들은 모두 '동양'이 단어는 동아시아와 인도까지를 포함하는 단어이다에 대해, 아시아 혹은 일본에 대해 말을 하고 있지만, 대상이 아니라 시선을 문제 삼는다면, 그 말은 내부화된 타자의 관점에서 발화되고 있다고 해야 한다. 이런 시선의 형식이라는 점에서 보자면, 1920년대의 최남선이 자신의 아시아 문명론인 「불함문화론」을 일본어로 발표했던 것[9] 역시 이들과 같은 의미이다. 모두들 타자의 시선과 인정을 절실하게 필요로 했던 경우이며, 그런 시선을 지니는 순간 그들은 그들 자신이 이미 내부화된 타자들, 서구인들이었다.

텐신이 『동양의 이상』에서 "아시아는 하나다"이것이 이 책의 첫 문장이다라고 말할 수 있는 근거는 일본의 예술작품들에 들어 있는 아시아적인 미의식의 흔적이다. 그 안에는 인도와 중국만이 아니라 서아시아와 중앙아시아의 흔적들이 보존되어 있다는 것이 그의 주장이거니와, 그 주장의 적실성과는 무관하게 여기에서 현저한 것은 그가 느끼고 있는 일본적인 것에 대한 자부심이다. 여기에서 그는, 아시아의 다른 문화권에서는 과거의 찬란했던 문화 유산이 패권의 교체와 전쟁으로 인해 인멸해 버렸지만, 일본에는 그 정수들이 고스란히 보존되어 있다는 것, 그러니까 인도와 중국의 정수가 생생하게 살아있는 일본 미술의 살아 있는 역사야말로 아시아 정신의 이상이라고 쓴다. 이런 그의 주장 밑에는, 근대화의 궤도에 성공적으로 진입하고 있는 나라의 국민이 지니는 자신감

7   新渡戸稲造, 『武士道』, 岩波書店, 1938・2015, 4・14쪽.
8   白鳥芳郎・八幡一郎, 『日本民俗文化大系 9 白鳥庫吉 鳥居龍藏』, 講談社, 1978.
9   졸저, 『아첨의 영웅주의-최남선과 이광수』, 소명출판, 2005, 1~3장.

이 깔려 있다. 아시아가 하나라고 한다면, 그것은 일본이 있어 그러한 것이고, 여기에서 한발 더 나아간다면 아시아를 하나로 만들 수 있는 매개자로서의 일본이야말로 사실상 아시아 그 자체가 되는 것이다. 그러니까 서구의 시선으로 바라보면서 일본은 단지 아시아의 한 개별자로서가 아니라 아시아의 대표자로서 나서고 있는 셈이다.

물론 이 시기의 일본이라면, 또한 지향해야 할 가치가 아니라 현실적 위력의 수준에서 말한다면, 일본은 그런 말을 할 자격이 있다고 할 수 있다. 서구에서 시작된 근대성의 동진이라는 19세기적 시각에서 볼 때 아시아에서 일본은 유일하게 19세기식의 근대화에 성공한 나라이다. 청일전쟁1894~1895의 승리가 그것을 보여주었고, 러일전쟁1904~1905의 승리가 그것을 다시 한번 확인시켰다. 아편전쟁 이후의 청나라는 이미 망해가는 나라였기에 청일전쟁의 결과는 지역적 패권의 이동을 보여주는 것일 뿐이었지만, 러일전쟁의 결과는 세계를 놀라게 할 만한 일이다. 아시아의 후발국이 유럽열강에 속한 나라를 제압했다는 것은 19세기 세계사의 흐름 전체에 맞설 만한 사건이기 때문이다.

영어로 간행된 덴신의 『동양의 이상』과 니토베의 『무사도』는 모두 바로 이 두 개의 전쟁 사이에 나온 것들이다. 그들은 메이지의 새 정부가 출범한 이후, 1872년부터 새롭게 시작된 근대 교육의 첫 번째 수혜자들이다. 이들의 시선에서 작동하고 있는 것은 이미 내부화된 외부성, 주체에게 절대적 타자로서 우뚝 서 있는 근대성이다. 그들이 설사 영어로 책을 쓰지 않았다고 해도, 그들이 사용하는 말은 그 자체가 이미 번역된 서구의 언어들이다. 그들은 후쿠자와 유키치福澤諭吉, 1835~1901처럼 메이지 유신을 만들어낸 사람들이 지니고 있던 근대적 의식, 신분에 상관없이 학문을 통해 얼마든지 출세할 수 있다는 생각을, 국제적인 차원에서 그 자신의 저술 행위로 실천한 사람들이다. "국제적 출세주의"라 부를 수 있는 것, 즉 국제 사회에서의 일본의 출세를 이뤄낸 세대들이다.[10]

하지만 그 다음 세대에 달하면 사정은 조금 달라진다. 그런 식의 출세가 전부가 아니라는 것, 타자들의 인정보다는 이제 내면화된 가치가 중요하다는 식의 성찰이 시작된다. 소설가 아리시마 다케오 같은 경우가 그런 대표적인 예이겠다. 여기에서 한발 더 나아가면 다니자키 준이치로처럼 그런 시선 자체를 유희의 대상으로 삼을 수도 있거니와, 진정성의 극단적 추구자로서 아리시마 다케오는 삿포로의 농업학교에서 니토베에게 배우고 삿포로 독립교회에서 기독교에 입도한 경력의 소유자이다. 이런 선택이 그에게는 결코 쉬운 것이 아니다. 메이지 정부의 고급관료 집안 출신이었던 그는 이를 위해 가족들의 반대를 무릅써야 했기 때문이다. 그는 자신의 멘토들이었던 니토베와 우치무라 간조內村鑑三, 1861~1930의 본을 받아 미국 유학을 가지만, 그럼에도 그 이후 그가 보여준 삶의 행로는 멘토들의 세대와 매우 다르다. 덴신이나 니토베, 우치무라와 같은 사람들은 새로운 제도를 만드는 일에 종사했음에 비해덴신은 동경미술학교와 일본미술원의 창립자이고, 니토베는 우치무라와 함께 삿포로 독립교회를 만들었다, 아리시마는 이미 만들어진 근대적 제도 내에서 성장한 사람이다그는 훗카이도 농업학교에서 니토베에게 배웠고 삿포로 독립교회를 통해 기독교에 입문했다. 그런 아리시마에게서는, 내재화된 근대성 혹은 개인적인 차원에서 작동하는 초자아의 강렬한 에너지가 뿜어져 나온다. 그것은 내셔널리즘적인 것이라기보다는 오히려 코스모폴리탄적인 것이라고 해야 할 것이다. 그것이 그의 스승 세대와 다른 점이다. 단지 그의 글만이 아니라, 윤리적 근본성을 선택한 삶 자체가 그런 모습을 보여준다. 이런 아리시마의 시선으로 보면 니토베와 덴신이 지닌 네이션 단위 지식인의 위상국가주의에 반대하는 지식인 역시 여기에 포함된다. 여기에서 중요한 것은 국가 혹은 국민 단위로 사고한다는 점이다이 분명해진다.

동아시아의 근대성이라는 매우 역동적인 공간을 조망함에 있어, 근대성의 세 번째 차원, 즉 미적 근대성이 적실한 매개일 수 있는 것은 이런 연유에서이다. 앞질러 말하자면, 그것은 "일본의 성공과 중국의 실패라는 19세기적 패러

---

10 '국제적 출세주의'는 나카무라 미쓰오의 용어이다. 고재석·김환기 역, 『메이지문학사』, 동국대 출판부, 2001, 16쪽.

다임"[11]의 단순성을 방어해준다. 실패와 성공이 그렇게 갈리는 것은 주체의 자기 보존이라는 근대성의 첫 번째 차원에서일 뿐이다. 단순하게 말한다면 그것은 국제정치의 차원일 뿐이다. 그것이 물론 한 국가에 속한 모든 사람들의 마음을 흔드는 근본적인 문제라 하더라도 사정은 마찬가지이다. 여기에서 한 발 나아가, 한 개인의 윤리적 차원인 진정성의 원리가 그것을 한 단계 부정한 것이라면, 미적 근대성의 문제는 그에 대한 또 한번의 부정에 해당한다. 그렇다고 해서, 앞에서 언급한 대로, 이 세 번째 차원이 다시 첫 번째로 돌아가는 것일 수는 없다. 사정은 오히려 그 반대이다. 첫 단계로부터 한발 더 나아가 돌이킬 수 없이 멀어져버리는 것이 부정의 부정임은 헤겔이 밝혀준 바 있다. 세 번째 단계에 도달하면 첫 단계와의 결별은 취소 불가능한 것이 되는 것이다.

후쿠자와 유키치와 그의 세대가 첫 번째 차원의 출발점을 이룬다면, 오카쿠라 덴신이나 니토베 이나조는 그 첫 단계의 마지막 지점을 보여준다고 해야 하겠다. 이들은 모두 국가 단위 지식인들이었다는 점에서 그러하다. 여기를 넘어서야 비로소 국가에 속한 개인이 아니라 보편적 개인의 영역, 개인적 진정성의 영역이 펼쳐진다. 이들은 세계적 규모로 펼쳐진 19세기 제국주의적 상황에서 국권을 수호하고 국가의 기틀을 잡는 것을 자기 소임으로 생각했던 사람들이다. 이들의 생각의 바탕에는 내셔널리즘의 현실 정치가 있다. 이들의 영역을 넘어서야 보편적 개인의 영역이 펼쳐지거니와, 말을 바꾸면 그 어떤 보편성의 언어도 이들의 영역에서는 네이션의 담론이라는 틀을 벗어날 수 없다는 것이다.

덴신이 말하는 '동양의 이상'이라는 것은 물론 그 자체는 예술에 관한 것이지만 좀더 정확하게 말한다면 그의 책은 예술사의 언어로 기술된 국제 정치적 저술이라고 해야 한다. 그 바탕에 놓여 있는 것은 앞에서 언급했듯이 일본

---

11 미야지마 히로시(宮嶋博史), 「'화혼양재'와 '중체서용' 재고—일본·중국과 구미와의 만남」, 백영서 외, 『동아시아 근대이행의 세 갈래』, 창비, 2009, 162쪽.

의 내셔널리즘이기 때문이다. 서양의 기사도에 맞서 일본 무사도를 내세운 니토베 이나조의 경우도 내셔널리즘을 정신적 동력으로 삼고 있다는 점에서는 크게 다르지 않다. 그들은 개인으로서가 아니라 한 국가^{혹은 한 문명}의 대표자로서 발언하고 있다. 그래서 누가 무슨 말을 어떻게 하든, 말하는 사람은 네이션이다. 우치무라 간조처럼 반국가주의에 대해 말한다고 해도 그것 역시 국가 단위 지식인의 발언이다. 한국과 중국의 경우를 보자면, 이광수와 루쉰이 정확하게 이런 차원에 있다. 이광수와 루쉰이 이 첫 단계의 인력권을 벗어나지 못하는 것은 그들의 기질이나 성향 때문이라고 할 수는 없다. 그들이 놓여 있는 자리의 속성, 즉 그들이 속해 있는 네이션의 위상이 그러하기 때문이라고 해야 한다. 그들이 그런 기질을 가지고 있었다고 할 수는 있겠으나, 그러할 때조차도 그들의 그런 행위는 자기가 선택한 것이라기보다는 각각이 속해 있던 세계의 선택 결과라 함이 좀더 온당할 것이다. 물론 이들의 언어가 새로운 보편성의 흐름으로 이어져나가는 것은 전혀 별개의 문제이다.

하지만 아리시마 다케오와 같은 사람의 차원에 오면 사정은 완전히 달라진다.[12] 그의 존재 자체가 이미 변곡점을 넘어서 있는 일본의 근대성을 보여준다. 그에게 문제가 되는 것은 일본이라는 나라 혹은 실천적 기독교라는 사회적 이념의 차원 너머에 있다. 그에게 궁극적으로 문제가 되는 것은 보편적 단독자 universal singularity로서의 한 개인의 차원이다. 그 앞에 놓여 있는 것이 실천적 기독교운동이건 혹은 예술가로서의 자의식이건 혹은 모럴리스트로서의 판단이건, 사정은 크게 다르지 않다. 그는 일본의 지식인이 아니라 근대적 교양인으로서 사고하고 행동한다. 그것이 한국 작가 염상섭을 움직였던 것이기도 했거니와, 이런 힘은 아쿠타가와 류노스케^{芥川龍之介, 1892~1927}나 다니자키 준이치로^{谷崎潤一郎, 1886~1965}, 다자이 오사무^{太宰治, 1909~1948} 등의 수준에 오면, 여기에서 한발

12　아리시마 다케오의 이런 측면에 대해서는, 이 책의 제3장과 제4장에 좀더 자세하게 썼다.

더 나아가 문학의 자기목적성으로 극단화된다. 한국의 근대소설사로 치자면 이상과 김유정, 박태원 같은 작가들이 그들과 나란히 놓일 수 있을 것이다.

동아시아에서 전개되어온 근대성의 진행 과정 속에서 문학은, 계몽의 도구이면서 또한 그 자체로 자립지향적인 것이어서 반-계몽이라 할 수 있는 매우 복합적인 매체로 존재한다. 덴신에 의해 의미가 부여된 것으로서 일본의 '미술'은, 예술이 지닌 보편성으로 아시아를 통합시킬 수 있는 것이면서 또한 동시에 일본의 아시아식 제국주의의 이념적 발판도 될 수 있는 이중적인 함의를 지니고 있다. 이 같은 공간에서의 문학 역시 사정은 마찬가지이다. 자신을 내셔널리즘이나 맑스주의의 도구로 만들 수도 있고, 한 개인의 차원으로 침잠하여 국가 단위의 지식에 대해 성찰적이 될 수도 있으며, 또한 자멸적인 형태로 자기 세계에 몰두하여 그 바깥 세계 속에 도사리고 있는 존재론적 함정을 미메시스해낼 수도 있다. 그러니까 죽음과 삶이 등치되는 존재론적 미메시스로서의 문학이라는 관점에서 보자면, 앞의 두 개의 근대성이 하나의 전체로서 조망될 수 있다. 앞에 있는 두 개의 근대성은 모두 목이 없어 뒤를 돌아볼 줄 모르기 때문에 뒤에서 보아야 전모가 보이는 것이다.

생존주의-정치는 진정성-윤리를 돌아보지 않는다. 생존주의-정치의 눈으로 보자면, 진정함은 유치함이고 윤리적 충실성은 유연하지 못함이다. 한 개인의 진실이나 윤리 같은 것을 고려하지 않아야, 더 나아가 그런 것을 아예 안중에 두지 않아야 진정한 현실 정치에 대한 충실함일 수 있다. 시각을 바꾸어 진정성-윤리의 눈으로 보자면, 이와 같은 생존주의-정치는 그 원리 자체가 추악한 것이 아닐 수 없다. 진정성은 현실정치가 추구하는 이해관계를 넘어서야 만들어지는 것이다. 역설적이게도 진정성은 그것이 아닌 것, 즉 생존주의의 이해관계가 있어야 존재할 수 있다는 점에서 첫 번째 근대성에 의존적인 것이기도 하다.

하지만 진정성 역시 뒤를 돌아보지 않는다는 점에서는 생존주의와 마찬가지이다. 진지하게 진실을 추구하는 진정성에게는, 익살광대의 연기와도 같은 경박한 미메시스는 보이지도 않고 존재할 수도 없는 어떤 것이다. 서로의 코드가 달라 이해될 수 없는 수준에 있기 때문이다. 그러니 진정성은 뒤를 돌아다볼 이유가 없다. 진정성의 세계에서 자기 뒤에는 아무것도 없기 때문이다. 오로지 광대적이고 연극적인 것으로서의 미적 근대성만이 자기 앞에 있는 두 개의 선행자들을 볼 수 있다. 근대 동아시아라는 공간에서 한중일 삼국의 차이가 도드라지는 것 역시 이 관점에서 볼 때이다. 동아시아의 근대성을 살핌에 있어 미적 근대성이라는 시점이 필수적인 것 역시 이 때문이다.

4. 실용주의적 전회로서의 근대성
장즈둥, 후쿠자와 유키치, 김옥균

19세기에서 20세기로 넘어오면서 새롭게 재편된 동아시아의 지적 배치에서 가장 선명한 것은 실용주의적 전회이다. 개화라는 이름으로 지칭되었던 서구화 혹은 근대화란 무엇보다도 실용주의 정신의 전면화를 뜻했다. 근대성의 위력에 직면하면서 한중일 삼국에서 유행하거나 풍미했던 생각들東道西器, 中體西用, 和魂洋才은 모두 배워야 할 것으로서 서구의 물질문명을 지칭하고 있다. 하지만 이런 생각들이 출발점에 불과했음은 지난 시대의 역사가 보여주고 있다. 진정으로 위력적인 것은 단순히 함선이나 대포의 위력 같은 데 있지 않다는 것, 오히려 그것들을 만들어낸 정신과 제도에 있다는 것을 아는 데는 그리 긴 시간이 걸리지 않는다. 두 차례의 아편전쟁에서 쓴 맛을 본 후 중국에서 진행된 '양무운동洋務運動'의 전말이 그것을 보여준다. 실용주의적 전회는 단순히 무기를 사들이거나 군수 공장을 짓는 일, 나아가 군대 제도를 개혁함으로써 할 수 있는 수준의 것이 아니었다는 것이다.

요컨대 이 시기에 폭넓게 진행된 실용주의적 전회에서 문제가 되는 것은, 그것이 단순히 서구의 기술을 받아들여 익히는 수준에서 이루어질 수는 없다는 점이다. 기술 너머엔 제도가 있고 그 너머엔 제도를 만들어낸 정신과 영혼이 있다. 사회진화론과 제국주의의 시대에 국력을 증강케 하여 제 나라 국민으로 하여금 버젓한 삶을 유지하게 하는 일이란, 나라의 이익을 위해서라면 자기 영혼이라도 팔겠다는 수준의 결의를 요구하는 것이다. 실용주의적 전회라는 것이 단지 손끝의 기술을 익히는 수준의 간단한 것일 수는 없다는 것이다. 화혼양재나 중체서용 같은 구호들이 보여준 그 이후의 운명을 보더라도 이 사실은 자명해진다.

제2차 아편전쟁[1860]에서 영불 연합군에게 패배당하고 베이징이 점령당하는 졸경을 치렀던 중국은 이후 30여 년 간의 개혁 정책을 편다. 이것이 양무운동이라 불리지만, 서양 문물을 배우자는 이름의 뜻 자체가 이미 근대성의 변화된 위상을 보여준다. 서양에서 온 것들이 '배척해야 할 오랑캐洋夷'가 아니라 '교섭하고 익혀야 할 외국 것洋務'이 되어 있다. 양무운동은 세 단계로 펼쳐진다. 첫째는 서양 무기와 군사 지식을 도입하는 것, 둘째는 전기와 철도, 방직, 광업 등의 산업의 차원, 셋째는 그 정신이 경공업 같은 민간 경제로까지 확장되는 것. 그러나 30년에 걸친 양무운동의 결과는 청일전쟁[1895]에서의 패배이다. 무엇 때문인가. 중체서용 때문이라는 것, 즉 근본적인 개혁 없이 서구적인 문물을 도입하는 것은 자명한 한계를 갖는다는 것이, 그 이후의 젊은 개혁파들의 생각이다. 잘 알려진 바와 같이, 1898년 무술정변을 주도했던 캉유웨이康有爲, 1858~1927, 량치차오梁啓超, 1873~1929, 그리고 그로 인해 체포되어 처형당했던 탄스퉁譚嗣同, 1865~1898[13] 등이 그 대표적 인사들이다.

젊은 개혁파들에 의해 비판을 받았던, 중체서용을 주창했던 인사로는 당시

---

13 리쩌허우, 임춘성 역, 『중국근대사상사론』, 한길사, 2010.

대표적인 교과서 집필자 장즈둥張之洞, 1837~1909을 들 수 있다. 그는 개혁적인 관료 지식인이었고, 우월한 서구의 근대적인 것들을 도입하되 어디까지나 중국이 지니고 있는 정신적 바탕 위에서 그러해야 한다는 것이 그의 생각이다. 그는 젊은 개혁파들보다 나이로는 대략 한 세대가 위이다. 그러나 이들 사이의 세대차는 단순히 나이의 차이만이 아니라 서양적인 것을 보는 감각의 차이이기도 하다. 장즈둥은 그런 자신의 생각을 24편으로 구성된 『권학편勸學篇』1898에 담았고, 아편전쟁 이후로 이루어져온 양무운동의 정신을 고스란히 담고 있는 이 책은, 황제의 명에 의해 전국 학교에 보급되어 그 발행편수가 200만 책을 상회한다. 전반부인 내편에는 중체中體에 해당하는 도덕적 틀이 있고, 후반부인 외편에는 서양의 기술과 제도의 개혁에 관한 부분, 그러니까 서용西用이 자리 잡고 있다. 둘 중 어느 것이 근본적인 것인지는 묻지 않아도 자명하다. 체용體用이라는 위계 자체가 이미 그 서열을 보여준다.

서용에 앞선 중체의 정신은, "오늘날의 세계의 변화가 어찌 춘추에 있지 않을 뿐이겠는가, 진나라와 한나라 이래로 원과 명에 이르기까지 없었던 일"이라고 하면서도, 국가를 반석에 올릴 수 있는 근본적인 방안으로서 그때까지 유지해왔던 도덕을 제대로 다시 확립해야 함을 드는 것, 즉 "모든 사람이 부모에게 효도하고 어른을 잘 대접하면 천하가 평화로워지고, 모든 사람이 지혜를 닦고 용기를 기르면 천하가 강해진다"라는 대목 등에서 상징적으로 드러난다.[14] 어떤 책의 진리는 내용이 아니라 문체에서 드러난다는 말은 바로 이런 대목에서 적실하게 적용된다. 전형적인 고문 문체와 전통 유학의 터미놀로지로 표현되는 이런 생각이, 발본적인 개혁을 생각했던 다음 세대 변법파들에게 참을 수 없는 것이었음은 당연할 것이다. 무술변법을 도모했던 량치차오가 장즈둥의 이 책에 대해 "30년이 못가서 재가 될 것"이라고 격렬하게 비판한 것이

---

14 張之洞, 『勸學篇』, 中華書局, 1991, 3·15쪽. 원문은 다음과 같다. "今日之世變豈特春秋所未有抑秦漢以至元明所未有也; 人人親其親長其長以天下平人人智其智勇其勇以天下强."

그런 예일 것이다.[15]

이와 같은 흐름은 비단 중국만이 아니라 동아시아의 어느 나라에서도 확인될 수 있는 것이다. 문제는 그것을 어떻게 넘어서느냐 하는 것이다. 이런 점에서, 장즈둥과 비슷한 연배인 후쿠자와 유키치의 경우는 여러모로 대조적이다. 그 역시 메이지 시대의 교과서적인 책을 쓴다. 일본의 한 문학사가에 따르면, 메이지 정부에 의해 근대적 학제가 시작되던 시기에 그가 청소년들에게 읽히기 위해 쓰기 시작한 『학문을 권함』[1872~1876]은 17편을 합해 모두 70만 부가 팔렸다고 한다. 당시의 출판 시장 규모를 생각한다면 초대형 베스트셀러였으며, 그 뒤에 나와 20만 부 가량 판매된 『서양사정』[1886]과 함께 이 두 서적의 판매수익으로 게이오 의숙을 운영할 수 있을 정도였다.[16]

요컨대 후쿠자와 유키치의 『학문을 권함』은 장즈둥의 『권학편』과 마찬가지로 당시의 출판계에서는 판매량이 매우 높은 초대형 베스트셀러였던 셈인데, 그런데 이 둘이 결정적으로 구분되는 점은 무엇인가. 후쿠자와의 책은 황제의 명에 의해 보급된 것이 아니라 시장에서 팔렸다는 사실이 곧 그것이라고 해야 하겠다. 이 형식이 지닌 중요성에 비하면 내용의 차이란 무시해도 좋을 정도이다. 둘 모두 교과서용으로 집필된 책으로 공부 열심히 해서 출세하라는 내용의 책이지만, 출간과 유통 형태를 포함한 책 전체가 지니고 있는 정신은 정반대이다.

『학문을 권함』에서 후쿠자와가 받아들인 서양은 대포와 무기를 잘 만드는 서양이 아니라, 천부인권과 만민평등에 대해 말하는 서양이다. 이 책의 첫머리는 이렇게 시작된다.

---

15 양계초, 「자유서 지구제일수구당」, 『음빙실합집』 제2책 제2권; 김경호 「동아시아 유학적 전통에서 권학의 문제」, 『유학연구』 24집, 2011.8, 3쪽에서 재인용.

16 나카무라 미쓰오, 고재석·김환기 역, 『일본 메이지 문학사』, 동국대 출판부, 2001, 53쪽.

"하늘은 사람 위에 사람을 두지 않고, 사람 아래 사람을 두지 않는다"라는 서양의 격언이 있다. 이 말은, 하느님이 인간을 창조하실 때에는 누구에게나 모두 평등한 권리를 주셨다. 따라서 태어날 때부터 귀천이나 상하의 차별이 있는 것은 아니다. 인간은 모두 만물의 영장으로서 고유의 심신의 활동에 따라, 천지간에 존재하는 모든 물자를 이용하여 의식주에 유용하게 쓸 수 있다. 그리하여 '누구에게나 거리낌 없이, 또한 서로서로 폐를 끼치는 일 없이 각자 안락하게 이 세상을 살아 나갈 수 있어야 한다'라는 것이 바로 하느님의 참뜻이라는 의미이다.[17]

이런 서두가 지니고 있는 내용의 중요성을 감안한다면, 『학문을 권함』에서 앞의 절반 가량이 미국의 교육자 웨일랜드Francis Wayland, 1796~1865의 저서The Elements of Moral Science, 1835를 번안한 것이라는 사실[18] 역시 크게 중요하지 않다고 해도 좋겠다. 웨일랜드 안에도 다른 사람들이 있기는 마찬가지이기 때문이다. 로크와 볼테르, 루소 같은 유럽의 계몽주의자들이 그들이거니와, 중요한 것은 후쿠자와가 받아들인 것이 누구를 통해서냐가 아니라 무엇이냐 하는 것이다. 스스로의 자각으로 '난학蘭學'과 '영학英學' 등의 서양학문을 배우고 유럽과 미국 유학을 통해 근대성의 본토를 확인해본 사람에게 중요한 것은, 강력한 대포나 군함을 제작하는 기술의 수준에 있지 않음은 너무나 자명할 것이다. 진짜 실용주의는 '서용西用'이나 '양재洋材'가 아니라 본질적인 정신의 차원에서 이미 작동하고 있었던 셈이다. 이런 점에서 후쿠자와 유키치와 장즈둥의 두 책의 차이에 대해 말한다면, 이 두 책의 유통 형태 자체가 그런 차이를 웅변하고 있는 셈이다. 둘 모두 교과서의 형태로 간행되었지만 한 책은 시장에서 유통되고 다른 한 책은 황제의 명에 의해 보급된다. 진짜 실용주의가 무엇인지는 책의 내용 이전에 유통 형태 자체가 이미 보여주고 있는 셈이다.

---

17 후쿠자와 유키치, 엄창준 외역, 『학문을 권함』, 지안사, 1993, 19쪽.
18 임종원, 『후쿠자와 유키치 연구-문명사상』, J&C, 2001.

이 점은 한국의 경우도 마찬가지이다. 동도서기라는 구호는 일시적인 것일 뿐이다. 일단 근대성을 향한 문이 열리고 나면, 그 흐름이 정신의 영역에까지 나아가는 것은 순식간의 일이다. 한국의 개화주의자 김옥균[1851~1894]은 일본에 수신사로 갔던 길에 수신사 일행의 논의를 모아서 「치도략론治道略論」[1882]을 쓴다. 이것은 외국에 나간 외교관이 조정에 바치는 헌책문인 셈이다. 그런데 여기에서 다스림의 대상인 도道는 전통적인 유가의 도天命之謂性 率性之謂道가 아니고 또한 노자의 도道可道非常道도 아니다. 그런 도는 닦음修의 대상일 수는 있어도 다스림治의 대상일 수가 없다. 또한 아리시마 다케오의 대표작 『아낌없이 사랑은 뺏는다』의 첫 구절에서처럼 道 = 말씀 = 로고스를 뜻하는 것도 아니다. 이 모든 도道들은 존숭의 대상이다. 이들은 모두 "동도東道"에서 도道의 자리에 오를 수 있는 것들이다. 그러나 김옥균이 말하는 도道는 '치治'라는 동사의 목적어가 되는 것으로서의 길, 즉 우마차와 재화가 오고 가는 현실 속의 길을 뜻한다. 김옥균이 말하는 치도란 곧 길을 닦고 관리하는 일이다.

김옥균보다 백여 년 전, 『열하일기』[1783]의 박지원이 중국 여행을 하며 그 필요성을 소리 높여 외쳤던 것 역시 바로 그것, 곧 길을 닦는 일이었다. 박지원이 중국의 문물 중에 가장 부러워했던 것 중의 하나가 제대로 규격화된 벽돌과 수레가 다닐 수 있게 정비된 도로였다. 조선의 문제는 수레가 아니라 수레가 다닐 수 없는 길이라고 했었다.[19] 그로부터 백 년이 지났지만, 일본 여행을 한 김옥균 역시 여전히, 제대로 관리되지 않는 길에 대해, 사람과 가축의 분뇨가 넘쳐나고 땔나무 장수들이 점거하고 있는 부끄러운 조선의 길에 대해 말한다.[20] 그가 말하는 길이, 개인적으로 닦아야 할 '윤리적 길修道'이나 전설적인 고

---

19 박지원, 고미숙 외역, 『열하일기』 상, 북드라망, 2013, 247쪽.

20 김옥균, 『김옥균 전집』, 아세아문화사판 영인본, 1979, 4·16쪽. 이 글은 도로의 중요성을 강조하는 서문과 17조항의 치도의 규칙으로 구성되어 있다. 본문을 밝혀둔다. 앞의 것은 서문 중 일부이고, 뒤의 것은 치도규칙 중 16조항의 본문이다. "春秋時聘人之國先觀道路橋梁以知其國之政治得失, 余嘗聞外人之遊邦者歸必語人曰, 朝鮮山川雖佳人衆小富強猝難圖也, 人畜之

대의 왕들이 보여준 '제대로 된 정치의 길王道'보다 우선한다고 말할 수는 없지만, 최소한 한 나라가 제대로 서기 위해 힘써야 할 기본적인 것임에 이론의 여지가 없다.

그런데 문제는 근대성과 함께 섞여 들어온 문학이다. 이것은 분명 근대적인 것이지만, 그것의 본성은 실용적인 것과는 거리가 있어 문제이다. 『학문을 권함』1872~1876에서 후쿠자와 유키치가 말하는 새로운 학문이란 실제적인 이익에 기여하는 것이라는 점에서 실용적이고 공리적인 개념을 가진 것이다. 그것은 '만족만을 위한 결실 없는 지식은 매춘부와도 같다'고 했던 베이컨Francis Bacon, 1561~1626의 진술과 정확하게 같은 차원에 있으며, 그런 점에서, 자기목적성과 윤리성을 중심으로 만들어졌던 전통적 학문 개념과 대척적인 자리에 놓여 있는 것이기도 하다.

그런데 근대문학은 근대성의 일부이면서도 본질적으로 실용성의 반대편에 있으며 그것이 예술인 한 자기목적적일 수밖에 없다는 점에서, 그 자체가 역설적 존재이다. 근대성과 문학성이 서로 상반된 방향성을 지니고 있기 때문이다.

5. 동아시아 근대문학의 세 가지 양상
자살, 처형, 그 사이의 결핵

문학은 그것의 속성 자체로 보자면, 근대화가 지향하는 실용주의적 전회와는 무관할 뿐 아니라 오히려 그것에 저항하는 것일 수밖에 없다. 그러나 또 한편으로 동아시아의 근대문학에게 주어진 기본적인 임무가 근대 국가 건설에 기여하는 데 있음은 분명한 사실이기도 하다. 문학은 지식인들의 독점물이라

屎溺充塞于道路, 此可畏, 是豈忍聞者耶"(4쪽); "賣柴之場量, 宜布置于各門内外及各大洞要地空曠處, 俾無妨碍於行路"(16쪽).

는 전통적 지위에서 빠져나와 다수의 사람들을 국민이나 혹은 다른 어떤 집단의 이름으로 견인해낼 수 있는 새로운 형태로 재-정의되어야 한다. 근대 초기에 문학을 둘러싸고 동아시아에서 만들어진 다양한 담론들, 혁명이나 개혁, 개량, 대중화 등의 논의가 그런 예들이다.

그러니까 근대로의 이행기 동아시아의 문학은 두 가지 상반된 인력에 의해 팽팽하게 당겨져 있었던 셈인데, 그럼에도 두 힘 사이의 서열은 분명한 것이어서 여기에서 좀더 우선적인 것은 네이션-빌딩과 계몽일 수밖에 없다. 동아시아에서 근대성은 외부적 충격으로 시작되었기 때문이다. 하지만 그것을 자기 것으로 전유하는 방식은 삼국의 역사가 그러한 것처럼 저마다 각각일 수밖에 없다.

일찍 근대화의 흐름을 자기 것으로 만든 일본의 경우, 문학은 계몽과 이른 시기에 결별하여 자기 고유의 흐름을 만들어나간다. 쓰보우치 쇼요坪內逍遙, 1859~1935가 예술로서의 소설이 지닌 독자적인 의의를 주장한『소설신수小說神髓』를 냈던 1885년의 일본에서, 언어예술로서의 문학은 근대세계의 시민권을 받아든 채로 이미 자립적인 것이 되어 있다. 그때까지 대부분의 이야기문학은 부녀자를 대상으로 하는 하찮은 것이었고, 권선징악의 도덕성을 설파하는 방식으로 최소한의 존재 근거를 확보했던 것이었다. 왜 하찮은 것이었던 소설이 대단한 것으로 취급되어야 하는가. 이에 대한 답은 이른바 '서구 선진국'에서는 그렇기 때문이라는 것이다. 이 책에서 쇼요는 권선징악의 이야기인 하찮은 소설과 진정한 소설을 구분하면서, "진정한 소설"은 '쇼세츠'라고 음독하지 않고 '노베루'라고 훈독한다.[21] 그의 앞에 놓여 있는 '노베루'의 모델이 서양의 문학 장르인 novel이기 때문이다. 또, 책의 가장 앞머리에는 예술의 독자적 존재의의를 말하는 페놀로사E.F.Fenollosa, 1853~1908, 1878년 일본에 와서 도쿄대학 교수로 미학을 강의했으

---

21 쓰보우치 쇼요(坪內逍遙), 정병호 역,『소설신수』, 고려대 출판부, 2007, 22·49쪽.

며, 오카쿠라 덴신을 미학 연구로 이끈 장본인이기도 하다의 말이 실려 있다. 실용적인 것은 아니지만 그 자체로 귀한 가치를 지닌 것이기 때문에 실용적이 되는 것이 바로 예술이라는 것이다. 이런 논의의 방향은 그 자체가 이미, 문학을 매개로 한 계몽의 방향이 근대성의 첫 번째 단계에서 두 번째 단계로 이행했음을 보여주는 대표적인 지표이다.

일본의 경우와는 대조적으로, 근대로의 전환기에서 20세기 중반으로 넘어갈 때까지 단속적인 전쟁 상태에 있었던 중국의 경우는 문학이 정치적 계몽과 훨씬 더 강하게 결합되어 있다. 1917년 『新靑年』의 발간으로 본격화된 '문학 혁명'은 1930년대 이후엔 '혁명문학'으로 고양되어 간다. 루쉰의 문학세계에서 정치적이고 논쟁적인 짧은 글, 그가 '잡문雜文'이라고 낮춰 불렀던 현실 비판적 산문들이 소설 못지않게 중요한, 어쩌면 소설보다 더 중요하다고 해야할 위치를 차지하고 있음은, 루쉰 시대의 문학과 정치적 현실 사이의 밀접한 관계를 상징적으로 보여준다. 문학과 정치, 혹은 문학과 현실 참여 사이의 단단한 결합으로 이루어진 이러한 흐름은, 문학에 대한 정치의 우위를 규정한 1942년 마오쩌둥의 「문예강화」로 이어지며, 이를 통해 만들어진 문학에 대한 정치의 우위는 공식적인 강령의 형태로 1979년까지 유지되었던 것이 중국의 현실이기도 하다.[22]

일제의 식민지가 된 한국의 경우는 이 두 경우에 비해 좀더 분열적이고 복합적이다. 국권상실 이후, 1910년 이전의 세계가 지니고 있던 계몽의 전투적 힘은 일본의 지배를 통해 제거되고, 그 이후 새로운 세대에 의해 추동된 근대문학은 식민지 상태에서 생겨나는 계몽적 계기와 문학 자체의 자율적 동력 사

---

22 「문예강화」의 네 가지 핵심은 다음과 같이 정리된다. "문예는 노동자 농민 병사를 위해 봉사해야 한다는 점, 노동자 농민 병사 속으로 들어가 자기 개조를 해야 한다는 점, 문예는 혁명사업을 위한 계급 투쟁의 도구가 되어야 한다는 점, 문예비평은 정치성을 우위에 두고 예술성은 그다음에 두어야 한다는 점." 홍석표, 『중국현대문학사』, 이화여대 출판부, 2009, 459~461쪽.

이에서 분열되어 있다. 이광수와 이기영, 염상섭과 이상이, 동일한 시기에 자신의 대표작을 발표하고 있는 모습, 그러니까 한쪽 극단에는 죽음을 향해 가는 문학의 자율성이 있고 그 반대편에는 정치적 이념과 현실에 대한 적극적 기투로서 자신의 가치를 증명하는 문학의 힘이 버티고 있어, 양극단이 어느 한쪽으로 기울어지지 않은 채로 다양한 스펙트럼을 보여주고 있는 1930년대 문단의 모습이 그런 양상을 상징적으로 보여준다.

동아시아 삼국의 이러한 차이는 당시 작가들의 죽음의 양상이 보여주는 상징성에서 잘 드러난다. 일본의 경우 인상적인 것은 주목받던 작가들의 자살이다. 메이지 시대의 낭만주의자 기타무라 도코쿠[1894]가 있었고 또 그 이후에는 아리시마 다케오[1923]와 아쿠타가와 류노스케[芥川龍之介, 1892~1927]의 자살이 있다. 그리고 전후에도 다자이 오사무[太宰治, 1909~1948]의 경우와, 매우 특이한 형태여서 또 다른 차원에서 언급되어야 할 미시마 유키오[三島由紀夫, 1925~1970]와 그의 스승 가와바타 야스나리[川端康成, 1899~1972]의 경우도 있었다.[23]

이에 비해 중국의 경우에서 이채로운 것은 1931년 상하이에서 국민당 정부에 의해 집행된, 중국좌익작가연맹 소속 5인의 청년 문인들의 처형이다.[24] 그들은 영장 없이 체포되어 재판 없이 사형당했다. 루쉰 같은 상하이에 거주하던 대형 작가가 여기에 포함되지 않았던 것은 우연이었을 뿐이다.

그렇다면 한국의 경우는 어떨까. 아마도 이상과 김유정, 나도향 등을 죽음으로 몰고 간 결핵을 들어야 하지 않을까. 이중에서도 특히 1937년에 세상을 뜬 이상의 경우가 상징적이다. 그는 폐결핵으로 세상을 떴지만 그의 죽음 속에는 자살과 처형의 요소가 함께 들어 있다. 그는 아쿠타가와와 마찬가지로 유서와

---

23 우에다 야스오는 여기에서 거명한 다섯 작가를 포함하여 12인의 일본 작가들의 자살을 다루고 있다. 植田康夫, 『自殺作家文壇史』, 北辰堂出版, 2008.

24 '좌련 5열사'로 불리는 이들의 이름은, 뤄스(柔石), 후예핀(胡也頻), 펑카이(馮鏗), 리웨이선(李偉森), 인푸(殷夫)이다. 홍석표, 앞의 책, 260쪽.

같은 작품 「종생기」를 남겼고, 또 수상한 조선인이라는 혐의로 일본 경찰에 체포되어 열악한 시설의 유치장에 갇혀 있던 것이 치명적으로 그의 건강을 악화시켰다. 폐결핵 환자였던 이상은 말하자면 유서를 쓰고 체포당했고 그로 인해 죽었던 셈이다. 이상한 이유로 그를 체포하고 구금한 일제의 경찰이, 소설로 쓴 가짜 유서를 진짜 유서로 만들어버린 셈이다.

이런 죽음의 양태들은, 양적인 측면에서 일반적인 것으로 간주될 수 있는 것은 물론 아니다. 일본의 문인들 중에도 마사오카 시키正岡子規, 1867~1902나 히구치 이치요樋口一葉, 1872~1896처럼 폐결핵으로 세상을 떠난 사람들도 있고, 또 고바야시 다키지小林多喜二, 1903~1933처럼 고문으로 죽은, 즉 처형당한 경우도 있다. 또 한국의 경우도 김소월1902~1934이나 이장희1900~1929처럼 자살하거나이 두 시인의 자살과 그 의미에 대해서는 논란의 여지가 있으나, 기본적으로는 생활고로 인한 것으로 보아야 할 듯싶다, 윤동주 1917~1945나 이육사1904~1944처럼 옥중에서 작고한 시인들도 있다. 단순히 양적인 측면에서 보자면 위에서 언급한 세 가지 양태의 죽음은 오히려 특수하거나 예외적이라 해야 할 것이다. 그러나 이 죽음들이 지니고 있는 이런 예외성이야말로 오히려 각각의 대표성을 보여주는 것이라 해야 한다. 한 집단을 적실하게 대표하는 예는 안에서가 아니라 밖에서, 즉 예가 아니라 예외에서 나오곤 한다.[25] 이것이 수학적 예외와 사람 사는 세상의 예외가 다른 의미임을 보여주는 것이기도 하거니와, 여기에서 중요한 것은 이들 각각의 의미를 헤아려보는 것이다.

이를테면 일본 작가들에게서 두드러지는 자살이라는 죽음의 방식은, 기본적으로 그들이 형이상학적 질병과 정면으로 마주한 때문이라고 해야 할 것이다. 사랑의 절정에서 삶을 마감하겠다고 했던 아리시마 다케오의 경우나 "몽롱한 불안"을 견딜 수 없어서 자살한다고 했던 아쿠타가와 류노스케의 경우,[26]

---

25 예와 예외의 대칭성에 대해서는, 아감벤, 박진우 역, 『호모 사케르』, 새물결, 2008, 66쪽.
26 히라노 겐, 고재석·김환기 역, 『일본쇼와문학사』, 동국대 출판부, 2001, 15쪽.

혹은 다섯 번의 자살 시도 끝에 마침내 자살에 성공한 다자이 오사무의 경우가 대표적인 경우이겠다.

그 어떤 대의를 위해서건 또는 자기 고유의 사상을 향한 의지이건 간에, 살아 있는 유기체가 자기 자신의 생명을 끊는다는 것은 예사로운 일이 아니며, 그 바탕에는 자기 자신과의 불일치에서 생겨나는 존재론적 간극이 있을 수밖에 없다. 그리고 문학이 바로 이런 간극을 표현해내는 근대성의 중요한 매체 중의 하나라고 한다면, 일본 작가들의 자살은 문학적 근대성 자체의 본성을 매우 격렬하고 물질적으로 드러내주는 것이면서 또한 동시에 일본이라는 사회가 매우 빠른 속도로 근대성의 핵심으로 진입하고 있음을 보여주는 상징적인 지표라고 할 수 있을 것이다. 물론 일본 전통사회의 전사 계급이 지니고 있던 제도로서의 할복자살 같은 특수한 풍토적 요소도 감안해야 할 것이다. 하지만 전통적인 것이든 근대인 것이든, 삶의 포기로서가 아니라 적극적인 의지로서의 자살은 자기 삶의 주체로서의 명예나 위엄과, 곧 주체의 격렬한 자기의식과 연관되어 있다. 그런 형식의 주관성이 가장 강렬하게 발휘되는 곳이 세 번째의 근대성이 힘을 발휘하는 영역, 곧 근대 예술의 영역이다. 이런 점에서 일본은 20세기 초반에 이미 근대성의 핵심을 관통해 가고 있었던 셈이다. 이런 점에서 본다면, 자살이야말로 근대 일본의 문인들에게 어쩌면 자연사에 해당한다고 말해도 좋을 듯싶다.

같은 시기에 두 개의 전쟁^{외부 침략 세력과의 전쟁 및 내전}을 치르고 있었던 중국의 작가들의 경우는 죽음의 양태에 있어 일본의 경우와 가장 먼 곳에 있다. 전쟁이 끝난 이후라면 모르겠지만 전쟁 중의 자살이란 상상하기 어렵다. 그 중간에 있는 한국의 경우, 문인들의 마음에 가장 크게 박두해 있는 것은 이중의 모멸감이다. 당시의 한국은 일제의 식민지일 뿐 아니라 근대성의 식민지이기도 했기 때문이다. 이런 뜻에서라면, 자살만이 아니라 중국의 처형당한 죽음과 한국의 결핵으로 인한 죽음도 모두 각국의 문인들에게는 자연사라고 할 수도 있겠다. 다른 것이 있다면, 근대성을 기준으로 볼 때 좀더 일반적인 것과 그렇지 않은 것의 차이가 있을 뿐이라고 해야 하겠다.

이를 한 덩어리로 말한다면, 한 개인이 감당해야 할 존재론적 간극이 가장 바탕에 있고, 네이션의 차원에서 해결되어야 할 문제들이 그 위에 두 겹으로 쌓여 있는 셈이다. 두 겹의 현실이 덧쌓여 있다고 해서 바탕의 울림이 사라질 수는 없다. 다만 다른 방식의 음향판이 놓여 있는 셈이므로 종국적으로는 다른 방식의 왜곡률을 가진 소리가 울려나올 뿐이다.

6. 목 없는 근대성, 맥락의 겹침

동아시아 비교문학의 관점에서 모더니티의 형성이라는 사태를 바라보는 일의 중요함은, 지금까지 논의해 왔듯이 그런 시선이 근대성의 전모를 조망할 수 있게 한다는 점에 있다. 세 개의 근대성은 일렬로 서 있으되, 셋 모두 목이 없어 뒤를 바라볼 수 없는 단위들이다. 그래서 전체를 살펴보기 위해 중요한 것은 가장 뒤에 있는 것의 자리로 가는 일이다. 미적 근대성의 자리가 그것이다.

이 자리에서 바라보면 근대성은 단지 논리적 프레임일 수만은 없다. 여기에서 작동하는 또 하나의 요소는 미메시스의 기술로서 문학이 생산해내는 이중의 환상이다. 플라톤은 그것을 본질로부터 두 번 멀어져간 것이라고 비하적으로 말했지만, 문제는 플라톤이 말하는 본질 세계의 존재가 주장될 수는 있어도 확증될 수는 없고, 나아가 그것의 존재 가능성은 오로지 현실로 존재하는 환상에 대한 부정을 통해서만 확인될 뿐이라는 점이다. 이런 논리에 의하면, 본질 세계의 존재를 승인하고자 하는 의지는 플라톤의 의도와는 다르게 환상과 본질 세계의 위계를 전도시켜버린다. 환상은 부차적이거나 비본질적인 허상이 아니라 그것이 없다면 본질 세계에의 접근이 불가능한 필수적인 요소가 되는 것이다.

그리고 이것이 플라톤식의 신비주의와 결별함으로써 만들어진 시대, 그럼에도 불구하고 여전히 (혹은 그래서 더욱더) 본질적인 것에 대한 갈망이 있어 각자가 지닌 존재론적 간극을 통해 그것을 확인하고 있는 시대에 적실한 논리가 된다. 미메시스의 기술로서 문학이 두 겹의 환상으로 만들어진 것이라면, 그 환상들은 골격뿐인 논리를 채워내는 근육과 힘줄에 비유될 수 있겠다. 섬세한 근육의 결들이 어우러지는 모습 자체도 경탄스러운 것이지만, 여기에서 더 중요한 것은 근육과 힘줄은 뼈대를 움직이게 한다는 점이다.

자기 내부에 근대 형성의 상이한 역사를 지니고 있는 동아시아라는 틀로써 미적 근대성을 포착해내는 일은, 이 두 겹의 환상들을 가지고서 또 다른 층위의 겹침을 가능하게 한다. 위에서 살펴본 한중일 삼국의 경우가 그러했거니와, 서로 다른 방식으로 진행되어온 근대성의 역사가 하나의 자리에 겹쳐지는 순간, 이들이 공유하고 있는 근본적 동질성과 그 틀 바깥으로 비어져 나오는 각각의 상이성이 서로 다른 방식으로 말을 하기 시작한다. 근대성의 기본항도 그러하지만, 두 번째와 세 번째의 근대성이 이 같은 겹침의 대상이 된다면 그 다채로움과 다양성은 두말할 나위가 없다.

문학 작품의 경우 이러한 겹침은 일단 비슷한 시기에 발표되었거나 유사한 소재나 경향성을 지닌 작품들이 그 대상이 될 것이다. 세 나라를 겹칠 경우 가장 먼저 눈에 뜨이는 것은, 시마자키 도손의 『이에家』[1911], 바진의 『쟈家』[1931], 염상섭의 『삼대』[1931] 세 작품이다.[27] 앞의 두 작품은 한자 제목이 같고, 뒤의 두 작품은 간행연대가 같으며, 또한 셋은 모두 삼대에 걸친 대가족의 이야기를 다루고 있다는 점에서 유사한 골격을 지니고 있다. 물론 이와 같은 상사점은 모두 골격에 관한 이야기일 뿐이고, 안으로 들어가면 다양한 연결선을 지닌 맥락들이 발견된다. 강렬한 이상주의와 환멸이 양극단의 분위기를 이룬 가운데 그 사이를 채우고 있는 것들은 남성적 방탕과 일탈, 혼외 정사, 주식 투자, 다양한 형태의 싸움, 세대 갈등, 가족 정치, 혼사 장애 등의 요소들이다. 이들은 모두 또 다른 작품으로의 맥락 형성을 가능케 할 연결점들이다.

텍스트의 겹침이 만들어내는 이처럼 다양한 맥락들을 어떤 담론이 포획할 수 있을까. 동아시아라는 공간을 문제 삼는 지역학적 담론도, 비교문학이라는 매우 특이한 형태의 문학 철학적 담론도, 또한 근대성의 발생사를 다루고자 하는 모더니티 일반의 담론도 그 자리에 있을 수 있겠다. 어떤 경우에도 중요한 것은, 텍스트의 겹침 자체가 아니라 그로 인해 생겨나는 맥락의 겹침이어야 한다는 점을 강조하는 것으로 논의를 마무리하자.

---

27 조동일은 「동아시아 소설이 보여준 가부장의 종말」(『국제지역연구』 10-2, 2001)에서 이 세 작품을 논했고, 이 세 작품에 관한 비교연구의 역사는 권미, 『20세기 초 한중일 가족사소설 비교사 연구-『이에』, 『삼대』, 『쟈』를 중심으로』(서울대 석사논문, 2016)에 상세하다.

제2장

둘째 아들의 서사

염상섭, 나쓰메 소세키, 루쉰

1. 외심으로서의 근대

동아시아의 근대와 문학이 교차하는 지
점에서는 무슨 일이 벌어졌을까. 먼저, 근
대로의 전환기 동아시아라는 공간을 그려
보자. 여기에서 뚜렷한 것은 일본으로 대
표되는 해양^{근대} 세력과 중국으로 대표되
는 대륙^{전통} 세력의 대립항이고, 그 중간에
한국^{현재 시점에서 보자면 여기에 대만이 합류할 수 있겠다}이

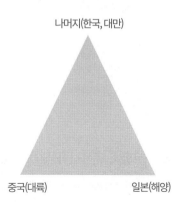

있다. 이를 단순화시키자면, 한중일 삼국을 세 꼭짓점으로 하는 삼각형이 그려
질 수 있다.

20세기 초반 동아시아에서의 근대성은 이 삼각형의 외심^{circumcenter}에 해당
한다. 삼각형의 중심이라 하지 않고 구태여 외심이라고 하는 것은 그 대립자
로서 내심^{incenter}을 상정할 수 있기 때문이다. 왜 동아시아 삼각형 안에서 내심
과 외심을 구분해야 할까. 단순한 중심 대신에 두 개의 중심을 설정하는 까닭
은, 서구적 근대성의 도래가 만들어낸 당시 사람들의 마음의 현실을 잘 표현
해줄 수 있기 때문이며, 또한 현재에 이르기까지 지난 2백여 년간 동아시아에
서 양성되어온 근대성의 양태와 그것에 대한 사람들의 마음에 접근하는 데 유
용하기 때문이다.

외심^{삼각형 외접원의 중심으로 세 꼭짓점에서 같은 거리에 있는 점}과 내심^{내접원의 중심으로 삼각형의 세 변}
^{에서 같은 거리에 있는 점}을, 근대 동아시아라는 구체적 현실에 대입해보자. 외심은 세
꼭짓점의 공통적 지향점이고, 내심은 세 꼭짓점들 간의 현실 관계의 중심점이
라 할 수 있겠다. 동아시아 삼각형이 정삼각형인 경우에는 내심과 외심이 일
치한다. 이것은 물론 이상적인 상태로서, 세 꼭짓점의 힘이 정확한 균형을 이
루고 있어서 현실 관계의 중심과 가치 지향의 중심이 일치한다는 말이 된다.

셋 사이의 균형이 어느 정도 유지된 채로 동아시아 삼각형이 정삼각형에 근접하는 형태라면, 내심과 외심의 거리는 크지 않으며, 외심은 삼각형 내부에 존재하게 된다^{내심은 언제}나 삼각형 내부에 존재하지만 외심은 경우에 따라 내부에도 외부에도 존재할 수 있다. 현실의 중심^{내심}은 언제나 삼각형 내부에 있을 수밖에 없지만, 셋의 공통적 지향점^{외심}까지 동아시아 삼각형 내부에 존재하게 되는 것이다. 요컨대 동아시아 삼각형의 상태가 어떤 실체적 외부성에 의지하지 않은 채로, 스스로 외부성을 생산하고 그것을 다시 내부화하는 단계에 도달해 있는 것이다. 세 꼭짓점의 국력^{하드 파워와 소프트 파워의 총합}을 감안할 때 21세기 초반인 현재가 그런 상태에 근접해 있는 것이라 할 수 있겠다.

그런데 20세기 초반의 경우라면 어떨까. 근대성의 폭력적 도래 이래로 동아시아라는 공간에서 문제가 되는 것은, 외심과 내심의 극단적 불일치라는 사태이다. 외부로부터 침입해온 근대성이 동아시아에 행사했던 영향력의 막강함은 이미 이 공간의 지난 시대의 역사가 보여주고 있는 바와 같다. 근대화의 행정에 가장 먼저 진입한 일본은 강한 인력으로 한국과 중국을 끌어당겼고, 그 힘에 휩쓸려간 한국^{대만}과 저항하는 중국이라는 구도는 기묘한 둔각삼각형을 만들어낸다. 이 둔각삼각형에서 외심은 삼각형 밖에 위치하며, 삼각형 내부에 있는 내심과의 거리는 극단적으로 멀어진다. 동아시아 내부적인 것과 외부적인 것 사이의 극단적 불일치가 만들어지고 있는 셈이다. 둔각삼각형으로서 동아시아라는 공간에서,

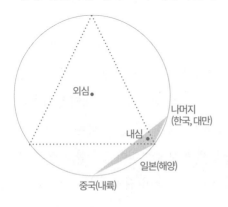

세 꼭짓점의 외심으로서의 근대성은 관념적으로만이 아니라 실제로도 외부에 존재하는 것이었던 셈이다.

이 그림 속에서 근대성이 삼각형의 외부에 존재한다 함은, 삼각형의 내부에 있는 사람들에게는 근대성이 외부적 실체로, 서구적인 것으로 느껴지고 있다는 것을 뜻한다. 실제로 그러한지 여부가 아니라 그렇게 느껴지고 있다는 것이 중요하다. 그러면서도 또한 동아시아에서 근대성은 삼각형의 내부자들이 공통적으로 지향했던 것이기도 하다. 다소의 우여곡절이 있었지만, 서구적인 것으로서의 근대성이 지니고 있는 위력은 누구도 부인할 수 없는 것이었을 뿐만 아니라, 근대성이 지향하는 인간 해방의 가치는 누구라도 동의할 수밖에 없는 것이기도 했다. 요컨대 이 시기 동아시아에서 근대는, 삼각형의 외부에 존재하는 것이면서 동시에 세 꼭짓점이 공통적으로 도달하기를 원하는 중심점이었던 셈이다.

문학이라는 개념 역시 이런 점에서는 근대성과 동일한 위상을 지닌다. 사회적 근대성이 그러했듯이 문학의 근대성 역시 기본적으로는 수입품이었다는 것이다. 여기에서 주의해야 할 것은, 수입된 것은 문학이 아니라 문학의 개념, 즉 문학이 아니라 문학성이라는 사실이다. 이 사실을 잘 들여다보지 않으면, 이른바 '이식된 근대론'과 그것에 맞서는 '자생적 근대론'의 대립구도라는 매우 익숙한 함정에 빠지게 된다. 근대성과 함께 문학의 개념이 수입되기 이전에도, 동아시아에서 문학은 당연히 존재하고 있었을 뿐만 아니라, 한문이라는 공통 문어文語를 기반으로 자국의 백화를 수용해내면서 각국에서 나름 은성한 성과가 축적되어 있었다. 근대문학 역시 그런 바탕 위에서 형성된 것이라 함은 당연한 말이겠다. 문학의 수입이 무기나 옷감의 수입과 같은 것일 수는 없다. 요컨대 문학적 근대성이라는 이름으로 수입된 것은, 문학이 아니라 그것의 새로운 개념이라는 것이다.

새로운 개념이 도입됨으로써 시작되는 것은 개념들의 상호 작용이고, 그 결과로 실체와 개념 사이의 새로운 관계가 생겨난다. 개념이 지니고 있는 자기 전개의 동력이 현실화되기 시작하는 것이다. 새로운 개념은 현재와 미래의 생산자일 뿐 아니라 과거의 발견자이기도 하다. 새로 도입된 개념이 발견해낸 과거는 창조된^{혹은 날조된} 전통처럼 현재와 미래에 개입한다. 이를테면 전통적 문학 개념에서 크게 인정받지 못했던 김시습의 『금오신화』가 갑자기 한국소설의 비조가 되기도 하고, 당대의 유행가였던 시조가 근대 서정시의 직계 조상이 된다. 이런 과정에서 발견되고 혹은 생산된 새로운 현실들은 다시 개념의 자기 재생산에 개입하여 개념 자체를 변형시키고 그럼으로써 외래적인 것은 토착화되게 된다. 외부적인 것으로서의 유적generic 보편성이 내부적인 것으로서의 종적specific 특수성으로 정착하게 되는 것이다. 근대적인 문학이 모더니즘 문학이라는 문학 유파의 하나로 자리 잡게 되는 것이 그런 예이다. 이 과정에서 현재의 현실이 지니게 되는 자명성의 마술, 지금 여기 있는 것이 언제나 이미 있었던 것처럼 느껴지게 하는 착시 효과가 생겨난다. 그 속에서는 외부적인 것으로서의 개념과 내재적인 것으로서의 질료의 상호작용이 만들어내는 최소 두 번의 비틀림이 존재하고 있다. 그 지점을 제대로 포착하지 않는다면 우리는 그저 내부와 외부의 대립구도라는 함정 속에서 편안할 것이다.

새로운 개념은 그 개념의 담지자를 계몽주의자로 만든다. 한중일 삼국에서 문학은 모두, 정도의 차이는 있을지언정 바로 이 같은 계몽^{개혁 혹은 혁명}의 과정을 거쳤다. 문제는 그 다음이다. 근대성의 한 부분으로 도입된 문학은 개념이면서 동시에 실체이기도 했다. 그 실체를 문학이라고 한다면 개념은 문학성 혹은 '문학적인 것'이라고 해야 할 것이다. 문학적 계몽의 시기, 그러니까 문학이 계몽의 수단이 되거나 혹은 재래의 문학 그 자체가 계몽의 대상이 되는 시기^{이것은 시간적이면서 또한 단계적인 것이다}가 지나고 나면, 문학은 그 자신을 향해 묻게 된다. 나는 왜 문학이고, 어떻게 문학인가. 이것은 문학이라는 개념의 자기반성이 시작되는 시기에 제기되는 질문이거니와, 바로 그 순간 문학과 '문학적인 것'은 분열되기 시작한다. 계몽의 시기가 저물어가면 문학은 비로소 자기가 아니라 자기의 개념, 곧 문학이 아니라 '문학적인 것'이 중요했음을 알게 된다.

동아시아라는 공간 위에서 근대성과 문학을 교차시키면서 염상섭, 소세키, 루쉰의 이름을 호출한 것은 이 때문이다. 이들은 각국에서 문학이 아니라 '문학적인 것'을 묻기 시작했을 때 등장했던 사람들이다. 뒤집어 말하면 이들이 등장함으로써 문학과 맞서는 '문학적인 것'이 좀더 분명해지기 시작했다고 해도 좋을 것이다. 이들은 모두 각국의 문학사에서, 정도의 차이는 있을지언정 거인과도 같은 위상을 지니고 있다. 하지만 이들을 함께 소환한 것은 이들이 지니고 있는 위상 때문만은 아니다. 위상 자체만으로 보자면 한국에서는 염상섭보다는 이광수가 더 합당한 인물일 것이다. 그 자리에 염상섭이 호출된 것은 이 셋이 공유하고 있는 기질 때문이다. 여기에서 기질이란 한 자연인이 지닌 성격이나 글을 통해 드러나는 정신적 성향 같은 것만을 뜻하는 것은 아니다. 그것은 근대가 요구하는 문학성 자체와 연관되어 있다.

염상섭과 소세키, 루쉰이 공유하고 있는 냉소적 기질은 그들의 삶에서 드러나거니와 무엇보다도 글쓰기 자체가 보여주고 있는 것이다. 하지만 동일한 것은 기질일 뿐 그 기질의 구체적인 전개과정은 다를 수밖에 없다. 소세키는 직업적인 소설가였고 루쉰은 계몽가이자 전투적인 문인이었다. 그리고 염상섭은 소설가이면서 또한 저널리스트로 살아갔다. 이러한 차이는 기본적으로 각각의 냉소적 기질이 속해 있던 네이션의 위상에 상응하는 것으로서, 그들 각각은 내부와 외부 어디에서 보는지에 따라 다른 평가가 나올 수도 있다. 이를테면 근대성 자체에 비판적이고 냉소적 시선을 지니고 있었던 소세키이지만, 식민지와 여성이라는 시선에서 보자면 제국주의적 속성을 드러내기도 한다.[1]

1　이를테면 소세키는 서구를 따라가는 자기 나라에 대해 냉소적인 시선을 지니고 있으면서도 러일전쟁 이후의 일본의 위상에 대해서는 자긍심을 감추지 않았고, 또한 그런 시선으로 동아시아를 바라보았을 때는 그 시선 자체의 제국주의적 속성에 대한 자각을 표현하지 않았다.

뒤에 언급하겠지만, 루쉰과 염상섭에 대한 평가 역시 어떤 관점에서 보는지에 따라 현격한 차이가 있을 수 있다.

하지만 여기에서 주목하고자 하는 것은 이 셋 각각이 네이션의 내부에서 만들어낸 근대와 문학 사이의 변증법이고, 이들이 병치됨으로써 만들어지는 동아시아라는 공간적 상상력이다. 당연한 말이겠지만, 동아시아라는 이름은 실체가 아니라 하나의 가상공간일 뿐이다. 그러나 그것이 실질적인 맥락을 생산한다면 그것은 이미 단순한 가상공간일 수 없게 된다. 이 글은 그런 시도를 위한 하나의 스케치이며, 이를 위해 소세키의 한 소설을 베이스로 하여 '둘째 아들의 서사'라는 개념을 안출했다. 거기에서 근대성의 서사가 시작된다. 먼저, 염상섭과 이광수의 차이에 대해 말하는 것을 출발점으로 삼아보자.

2. 열정과 냉소, 이광수와 염상섭

염상섭은 한국 근대문학 형성기의 작가 중 이광수와 더불어 최대의 작가라 할 만한 인물이다. 두 사람은 모두 중, 장편만으로 20여 편의 작품을 썼고, 각자의 대표작이라 할 이광수의 『무정』[1917]과 『유정』[1933], 염상섭의 『삼대』[1931]와 『만세전』[1924] 등은 한국 근대소설의 역사에서 거듭 언급되는 정전의 목록에 올라 있다. 작품의 양과 질에서 이런 정도의 무게감을 지닌 작가는 이광수와 염상섭 짝이 유일하다고 해야 하겠다. 이들이 보여준 생산력에 대해서는 물론 다양한 방식으로 설명할 수 있을 것이나, 그 한편에는 이들이 종사했던 매체의 힘이 발휘되고 있다는 것, 일간 신문 기자로서의 삶과 신문연재소설이라는 제도의 힘이 존재하고 있는 것도 분명한 사실이다. 같은 제도 속에 있던 모든

이에 대해서는 다음을 참조할 것. 박유하, 김석희 역, 『내셔널 아이덴티티와 젠더』, 문학동네, 2011; 윤상인, 『문학과 근대와 일본』, 문학과지성사, 2009.

사람들이 그럴 수 있었던 것은 아니기에 그것이 전부라 할 수는 없겠지만, 이 광수와 염상섭은 모두 일간신문이라는 매체와 밀접하게 연관된 삶을 살았고, 전작으로 발표된 이광수의 『사랑』 같은 예외가 없지 않으나 연재소설이라는 형식을 통해 꾸준히 장편소설을 써서 누구나 주목할 만한 성과를 이루어낸 작가들이다. 그런 점에서 이 두 대형작가는 일치한다.

이광수와 염상섭의 차이에 대해 말하는 것도 그리 어렵지는 않은 일이다. 다섯 살 차이 나는 나이나 태생, 각각이 겪어온 삶의 이력에서부터 작품의 경향까지 매우 다양한 요소들이 나열될 수 있겠지만, 무엇보다도 그들의 작품세계 속에 구현되고 있는 성격의 현격한 차이를 들어야 하겠다.

이광수의 서사 세계 속에서 주어의 자리는 언제나 민족이었다. 그가 「2·8 독립선언서」를 쓰고 상해로 망명했을 때나 '흥사단'의 국내 책임자로서 감옥에 갇혔을 때는 물론이고, 1940년대 초반 매우 헌신적인 대일 협력자였을 때도 마찬가지였다. 또한 이광수의 서사 세계 속의 인물들은 순수하고 열정적이어서 그들에게는 백치와 성자의 모습이 함께 있다. 그것은 이광수만이 아니라 이상주의 자체의 속성이기도 하거니와, 민족이라는 화두의 중요성과 이상주의라는 사유의 형식에 관한 한, 이광수의 세계는 수미일관한 모습을 지니고 있다.

반면 염상섭의 세계는 이와 정반대되는 성격으로 구성된다. 그 세계에서 중요한 것은 민족이나 어떤 집단이 아니라 한 개인의 내적 진정성이다. 또한 그의 세계의 주조는 많은 사람들의 심정을 뜨겁게 만드는 이상주의적 열정이 아니라, 세계의 이면을 통찰하는 차갑고 냉정한 현실주의적 정신이다. 염상섭의 인물들은 쉽게 흥분하지 않는다. 그들은 관찰하고 주시한다. 냉정하고 이지적이며, 또한 타산적이고 합리적이다. 이광수 세계의 악당은 난폭하고 아둔한 깡패 스타일인 것과는 달리, 염상섭 세계의 악당은 교활한 음모꾼의 모습을 하고 있다.[2] 그러니까 이광수 세계의 인물들이 바보와 성자의 모습을 지닌다면,

염상섭 세계의 인물들은 기본적으로 속물과 현자의 속성을 지니고 있다. 악당의 배역에서는 겉 다르고 속 다른 속물이 튀어나오고, 긍정적 배역 속에서는 지혜롭게 사태를 수습하는 현자의 모습이 구현된다.

이광수와 염상섭의 이런 차이는 요컨대 열정적 이상주의와 냉정한 현실주의로 대별될 수 있다. 그런데 이 둘의 대조에서 흥미롭게 다가오는 것은, 이런 차이 자체가 아니라 대조적인 각각의 성격이 구체적 시간 속에서 겪어온 운명이다. 20세기 전반의 한국이라는 식민의 역사 속에서 이들이 겪어내야 했던 현실이 있고, 그로 인해 그들의 텍스트 속에 아로새겨진 굴절의 문양들이 있다. 두 개의 서로 다른 기질은 역사적 현실과 만남으로써 독특한 방식으로 휘어지고 증폭되고 일그러졌다. 한쪽에서는 문학이 다른 한쪽에서는 현실이 말을 했다.

이광수는 새로운 문학의 선구자였고 또한 동시에 민족 계몽운동의 젊은 기수이기도 했었다. '태평양전쟁' 시기에 그가 대일 협력을 하면서 사람들에게 주었던 당혹감과 배신감은, 그에 대한 기대와 애정의 강도에 상응한다. 이광수는 문학적 선구자의 지위와 대중적 사랑을 함께 누린 매우 예외적인 경우였다. 그에 관한 것이면 비판도 애정만큼이나 뜨거운 것일 수밖에 없다. 비판이든 옹호든 간에 이광수는 예각적인 관심의 한가운데 있었던 인물이며, 어린 나이에 고아가 된 후로 모더니티를 향해 그가 거쳐온 정신적 유리걸식의 이력은 그 자체로, 일제강점기를 겪어내며 근대성을 향해 나아간 한국인 일반의 정신을 투영해내고 있다.

이에 비해, 염상섭의 문학과 삶은 그런 이상주의의 뜨거움으로부터 한 발짝 물러 서 있다. 그도 이광수나 최남선처럼 '독립선언서'를 썼으나, 이들과는 달리 거의 단독거사라 할 만한 것이었다.[3] 그가 문학 활동을 시작한 시기로 보더

---

2   좀 더 자세한 것은 졸저, 『사랑의 문법 — 이광수, 염상섭, 이상』, 민음사, 2004, 3-1장.

3   1919년 3월 19일, 염상섭은 3·1운동에 자극을 받아 스스로 독립선언서를 써서 오사카에서

라도, 새로운 문학을 시작하는 사람들이 지닌 최초의 열정이 정점을 지난 이후의 일이기도 했다. 이런 점은 물론 이광수나 최남선 등과 염상섭이 지니고 있는 세대적 간극 때문인 것처럼 보이기도 한다. 비록 이들의 나이가 다섯 살에서 일곱 살 차이에 불과하지만 이는 어느 정도는 사실이기도 하다. 그들은 모두 근대로의 전환이라는 격렬한 변화의 시기를 살았기에 작은 나이 차이가 한 세대의 격차로까지 드러날 수도 있었기 때문이다.

하지만 이와는 다른, 문학과 삶을 대하는 태도나 기질의 차이에 대해서 주목해보는 것은 어떨까. 그들이 선택한 것이 아니라 그들을 선택한 몸의 차이, 기질이나 성향의 차이 같은 것을 따져보자는 것이다.

이광수가 순진한 열정가의 성향을 보여준다면, 염상섭은 현실적인 냉소가의 기질을 지니고 있다. 무엇보다 그의 글 자체가 이런 기질로 가득 차 있다. 그가 만들어낸 인물들이 그러하고 또한 염상섭 자신도 마찬가지이다. 분수 모르고 주제 없이 나대는 꼴을 못 참아 하고, 속물들의 허위의식이나 이중행동이 지니고 있는 허실을 짚어내고 적발하는 데 탁월한 능력을 발휘하는 것이 염상섭의 인물들이다. 그들은 먼저 움직이기보다는 다른 사람들의 움직임에 의해 촉발되거나 상황에 따른 반응으로 스스로를 표현하는 쪽에 가깝다. 염상섭 자신의 표현을 빌리자면 "반동기분"[4]이 행위의 가장 큰 동인으로 작동하는 유형이다. 그러므로 이들에게서 어떤 열정적 행동이 생겨난다 하더라도, 그것은 스스로 동력을 만들어 움직이는 이광수의 능동적인 인물들과는 달리 수동

만세 운동을 결행하려다 체포되었다. 그는 도쿄의 유학생 조직과 별도로 움직였고, 스스로 회고하고 있듯이 "단독으로 거사"하는 일에 가까웠다. 두 명의 오사카 유학생이 선언서를 베끼는 일에 그를 도왔고, 재판에서는 염상섭만 1심에서 금고 10개월을 받았고, 2심에서는 무죄 방면되었다. 골필과 먹지를 사용한 복사는 등사와는 달리 출판법 위반이 아니라는 판결이었다고 그는 회상했다. 김윤식은 염상섭의 회고와 『한국독립운동사』를 대조하여 사실을 확인 보충해놓았다. 「횡보문단회상기」, 『염상섭 전집』 12, 민음사, 1987, 226~227쪽; 김윤식, 『염상섭연구』, 서울대 출판부, 1999, 55쪽.
4   염상섭, 「저수하에서」, 『염상섭전집』 12, 22쪽.

적인 감정이자 차가운 열정의 산물에 가깝다.

이 두 개의 힘을 맞세워보자. 어떤 새로운 세상을 만든다고 했을 때 어떤 쪽이 우선적일지는 자명할 것이다. 열정가들은 뼈대를 세우는 사람들이고 냉소가들은 속을 채우는 사람들이다. 자주독립과 근대화를 향한 일제강점기 한국의 열망이 누구의 손을 먼저 잡을지도 명확한 것이 아닌가. 가야할 길이 명확하고 다만 방법만이 문제라면, 좀더 요긴한 것은 그 길을 가게 할 동력으로서의 열정일 것이다.

하지만 사람들이 세우고자 하는 것이 다른 것이 아니라 문학이라면 어떨까. 그것은 또 다른 이야기가 되는 것이 아닐까. 문학적 근대성이란 미적 근대성의 한 부분으로서 사회적 근대성의 반면에 해당하는 것, 그러니까 사회적 근대성의 근간을 이루고 있는 생존의 원리 혹은 시장의 원리에 맞섬으로써 자기의 영역을 확보하는 것이다. 그러니까 비즈니스맨의 능동성에 비하면 소극적이고 부정적일 수밖에 없는, 장인의 고집 같은 어떤 것을 보여주는 것이다. 한국의 근대문학사에서 좀더 문제적인 것이 이광수였다는 사실은, 거꾸로 문학성이 아니라 근대성이 더 문제가 되었던 시대적 상황의 반영이라 해야 할 것이다. 문학성의 맥락은, 생존 자체가 아니라 생존해야 할 이유라는 틀 속에 배치된다. 생존 자체의 문제가 지니고 있는 급박함에 비하면, 문학성의 문제는 이차적인 것일 수밖에 없다. 그런데도 문학사에서조차 이광수적인 것이 염상섭적인 것보다 앞설 수밖에 없었음은, 20세기를 거쳐오는 동안 한국적 상황이 직면해야 했던 역사적 특이성을 상기시켜 준다. 뒤에 기술할 것이지만, '둘째 아들의 영역'에서조차 둘째가 아니라 첫째가 앞장을 서고 있는 형국이기 때문이다.

염상섭을 화두로 하여 문학적 근대성에 대해 살펴볼 때, 나쓰메 소세키 및 루쉰의 이름이 병치될 수 있는 것은 이 때문이다. 나쓰메 소세키는 염상섭보다 서른 살이 많고, 루쉰은 염상섭과 소세키의 중간쯤에 있다.[5] 이들은 모두 냉소가의 기질을 공유하고 있다. 소세키는 늦은 나이에 소설을 쓰기 시작했지만 『나는 고양이로소이다』[1905]를 발표한 38살 이후 11년간 집중적으로 써서 13편의 장편을 발표했고, 루쉰 역시 소세키와 비슷하게 37살에 단편소설 「광인일기」[1918]를 발표하며 본격적 문학 활동을 시작했다. 그는 이중의 전쟁 상태 속으로 빨려 들어가며 매우 뜨거운 글쓰기를 해야 했기에 스스로 '잡문' 혹은 '잡감'이라 부른 예각적인 산문들이 장편소설이 있어야 할 자리를 차지하고 있다. 염상섭은 이들보다 조금 더 일찍, 24세에 단편소설 「표본실의 청개구리」[1921]를 발표했고 조금 더 오래 살아서 20여 편의 장편을 남겼다. 이들은 각각이 이룬 문학적 성취와 무관하게 자국에서 차지하는 위상은 조금씩 다르다. 소세키가 일본에서 사랑받는 '국민 작가'라면,[5] 중국에서 루쉰은 그보다 한 단계 위로서 공식적으로 추앙받는 '절대 작가'쯤으로 표현될 수 있겠다.[7]

하지만 염상섭의 위상은 두 사람과는 조금 다르다. 이것은 물론 염상섭의 작가로서의 문학적 성취와는 무관하다. 그 성취가 어떤 자리에 놓여 있는지의 문제라 하는 것이 좀더 정확할 것이다. 작품의 서사적 밀도나 작가로서의 역량으로 보자면 염상섭보다 앞자리에 나설 작가는 많지 않다. 그러나 '국민 작가'나 '절대 작가'는 그것만으로 만들어지는 것이 아니다. 20세기 전반의 한국

---

5 소세키는 2000년 6월 29일 『아사히신문』의 설문조사에서, 지난 천 년 동안에 일본에서 배출된 가장 위대한 작가로 선정되었다고 한다(박유하, 「'메이지정신'과 일본 근대의 '주체' 만들기」, 『문학동네』 36, 문학동네, 2003, 471쪽). 또한 그는 1984년 이후 20년간 천 엔권 지폐의 모델이기도 했다.

6 각각의 생몰연대는 염상섭(1897~1963), 루쉰(1881~1936), 나쓰메 소세키(1867~1916) 등이다.

7 1960년생으로 문화혁명을 겪어온 중국 작가 위화는 루쉰에 대한 복합 감정과 존경심을 술회하는 가운데, 중국문학에서 루쉰이 차지하고 있는 절대적 위치에 대해 증언하고 있다. 문혁 시기의 초중고 교과서에는 단 두 사람의 작품만이 실려 있었는데, 운문은 마오쩌둥의 것, 소설 및 산문은 루쉰의 것이었다. 또 문혁 시기에 타도 대상이었던 '선생'이라는 '자산계급의 어휘'가 통용되었던 유일한 인물이 루쉰이기도 했다. 문혁 이후에도 정치적인 것에서 상업적인 것으로 양상은 바뀌었지만, 루쉰은 여전히 중국문학의 상징적 지위를 차지하고 있다. 위화, 김태성 역, 『사람의 목소리는 빛보다 멀리 간다』, 문학동네, 2012, 5장.

은 포로수용소였다. 그런 환경 속에서 '국민 시인'은 있을 수 있어도 '국민 작가'의 자리는 그 자체가 존재하기 힘들었다 해야 할 것이다. 한용운과 김소월, 윤동주 같은 시인들이 국민적 존경과 사랑의 대상이 되는 것은 그런 까닭이겠다. '국민 작가'의 자리는 한 사람에게 지사혹은 대중적 영향력을 갖춘 지식인로서의 역할과 장인혹은 대중적 영향력을 지닌 작가으로서의 책무를 동시에 요구하는 것이기 때문이다. 소설가로서 둘 모두를 수행하는 것은 쉽지 않은 일이다. 이광수도 염상섭도 하나의 몫을 감당하는 데 성공했다고 할 수는 있어도, 둘 모두에 성공함으로써 그 자리를 채웠다고 하기는 어렵다. 루쉰이 '절대 작가'의 위상을 획득한 것도 소설가가 아니라 비판적 '잡문가' 혹은 혁명적인 글쟁이로서 그러했었다. 포로수용소에서 소설 장인의 길을 간 염상섭이 소세키나 루쉰과 구분된다면 아마도 이런 점에서일 것이다.

하지만 이 모든 차이에도 불구하고, 염상섭과 루쉰, 소세키가 공유하고 있는 것이 있다. 냉소가 기질과 투덜이 성향이라는 점에서 그들은 난형난제의 모습을 보여준다.[8] 그래서 그들의 문학적 지향성은 전형적인 둘째 아들의 서사 형식 속에서 구현되고 있다. 이들이 함께 호명되어야 하는 것은 이 때문인데, 그러나 이들의 동일한 기질이 보여준 문학적 운명의 서로 다른 행로는 현격하다. 한 사람은 소설의 장인으로서 '국민 작가'가 되었고, 다른 한 사람은 혁명문학을 향해 갔다. 그리고 또 한 사람은 소설의 장인일 수는 있었으되 '국민 작가'일 수는 없었다. 이들의 서로 다른 행로는, 제국주의 시대의 말미에 근대화에 성공하여 제국의 위용을 자랑하던 일본과, 제국주의 침략전쟁의 한복판에 놓여 있던 중국, 그리고 이미 제국의 식민지로 전락하여 포로수용소의 삶을 영위해야 했던 한국의 차이라고도 할 수 있을 것이다. 그러므로 이들의 행로를 함께 살펴보는 것은, 근대로의 이행기 동아시아에서 서로 다른 방식

8   염상섭의 냉소주의에 대해서는 졸저, 앞의 책, 3-2장.

으로 전개될 수밖에 없었던 문학적 근대성의 행로를 견주어보는 일에 해당할 것이다.

3. 문학적 근대성과 '둘째 아들의 서사'

이 글에서 나는 염상섭, 소세키, 루쉰의 문학에 대해 '둘째 아들의 서사'라는 말을 쓰고 있다. 물론 이들은 어느 한 사람도 자기 집안의 둘째 아들은 아니다.[9] 그런데도 이들의 작품을 놓고 '둘째 아들의 서사'라 하는 것은 무엇 때문인가. 그것은 근대 세계에서 문학이 지니고 있는 위상 자체와 연관되어 있다. 좀더 정확하게 말하자면, 근대로 접어들면서 문학이 겪어야 했던 사회적 위상 변화의 결과로 인한 것이다.

근대성의 첫 번째 원리가 주체의 자기 보존이라면, 문학적 근대성은 그 원리의 외부에서 시작된다.[10] 진정성의 추구이건 자기목적화된 예술 형식이건 간에, 현실적 유용성의 외부에서 출현하는 것이 문학적 근대성이다. 물론 근대문학이 생겨나는 현실적 삶 자체는 근대성 일반이 요구하는 상품 형식을 벗어날 수는 없다. 그것은 모든 근대적인 것들의 존재 조건이기 때문이다. (상품 형식에 대한 부정은 얼마든지 있을 수 있다. 하지만 여기에서도 상품 형식은 부정의 형태로, '우리는 이것을 돈을 받지 않고 드립니다'와 같은 형태로 내재해 있다) 하지만 그런 현실을 받아들임과 동시에 그에 대한 부정의 형식으로 스스로를 정립해야 하는 것이, 근대 세계에서 문학과 예술의 역설적 속성이다. 자기 안에 두 개의 상반되는 힘의 인력을 버텨내야 하는 것이다. 우리가 기릴 만한 근대문학이란 이러

---

9   소세키는 8남매의 막내로 태어나 남의 집에 양자로 갔다 돌아왔고, 루쉰은 맏아들, 염상섭은 셋째 아들이다.

10   졸저, 앞의 책, 362~363쪽.

한 역설적 속성을 소화해냄으로써만 성립하거니와, 그 속성은 '실정화된 부정성' 혹은 '내부화된 외부'라 표현될 수 있겠다.

문학이 문자의 세계를 다루고 다스리고 보존하는 특별한 일이기를 그쳤을 때, 음성 언어의 보조자이기를 그치고 스스로 자립적인 매체가 될 때, 더욱이 시장에서 교환되는 잉여적인 문자 행위로 스스로를 규정했을 때, 문학적 근대성은 시작된다. 근대성의 제일원리의 시선으로 보자면 문학이란 매우 이상한 물건이 아닐 수 없다. 그것은 근대성의 내부와 외부의 경계에 놓여 있는 어떤 것이기 때문이다. 그것은 근대성의 소산이면서도 구체적 효용을 거부한다는 점에서 그러하고, 또한 상품 형식을 취하고 있으면서도 상품 형식의 거부를 정신의 기축으로 삼고 있다는 점에서 그러하다. 문학은 말하자면 근대성의 '내부화된 외부자'인 셈이다.

'내부화된 외부자'로서 문학이 점유하고 있는 자리는, 근대적 주체가 안고 가야 할 존재론적 불안이 놓여 있는 곳이기도 하다. 자기 보존의 원리가 결코 해결할 수 없는 것이 존재의 이유에 대한 질문이다. 자기 보존의 원리 속에서는, 유지해야 할 대상으로서의 자기다움^{삶 혹은 존재}이 자명한 것으로 전제되어 있기 때문이다. 존재론적 불안은 바로 그곳에서, 자기 존재의 자명성에 대한 의심으로서 시작된다. 근대성의 세계는 전통적 질서의 압제로부터 해방된 노예들의 공간이거니와, 근대적 주체는 해방의 대가로 자기 존재의 불확실성, '절대 자유의 공포'를 스스로 떠안아야 했다. 구세계의 절대성은 파괴되었지만 그 대단한 것이 그냥 사라질 수는 없는 일이다. 파괴된 절대성은 다만 외관의 문제일 뿐, 여전히 그 자리를 떠나지 않은 채 블랙홀 같은 강한 인력으로 존재하고 있는 것이 절대성의 공백이다. 존재론적 불안은 바로 그 블랙홀이 된 절대성, 절대성의 텅 빈 자리가 지니고 있는 위력의 표현이다.

근대문학은 한편으로는 상품의 형식^{근대성}을 취하고 있지만, 또한 동시에 주술적 힘의 후예^{비-근대성}라는 점에서 바로 그 불안의 자리를 점유할 자격을 갖추고 있다. 그곳으로부터 문학을 치워버리는 것은 근대 세계의 합리성에게 혹은 시장의 신에게 어려운 일이 아닐 수도 있겠으나, 정작 문제는 그 무엇을 치울 수 있는지 아닌지가 아니라, 치워버리고 난 후의 일이다. 그 밑에 가려져 있는 어떤 것이 날것 그대로 드러날 가능성이 문제인 것이다. 블랙홀이 아무런 버퍼 없이 그 모습을 드러내는 일은 근대성의 제일원리에게 치명적이다. 세계의 무한성^{시작과 끝을 알 수 없는 세계}과 유한한 주체의 영속성^{허무주의 대 불멸의 영혼}의 문제를, 해결하기 어려운 이율배반으로 가지고 있는 한, 근대의 합리성이 죽음 충동과 정면으로 맞서는 것은 무모한 일이기 때문이다.

이런 정황이 가족 서사의 형태로 표현될 때, '둘째 아들의 서사'가 문제가 된다. 근대로의 이행에 성공하여 부르주아가 된 아버지가 있다면, 근대성의 제일원리를 직접 구현하고 승계하는 것은 그의 계승자로서의 맏자식이다. 맏자식이란 정신의 계승자를 뜻하는 것이므로 물리적인 맏자식인지 아닌지는 중요하지 않다. 헤겔식으로 표현하자면, 근대정신을 표상하는 것은 가족도 국가도 아니고 그 중간에 놓여 있는 정신적 동물왕국으로서의 시민사회^{civil society}, 곧 시장이다. 그 정신을 승계하고 있는 존재라면 물리적으로는 막내라 하더라도 그가 맏자식이다. 그리고 그 나머지, 장자승계 친자관계의 외부로 밀려난^{혹은 스스로 외부자를 자처한} 정신들이 있다. 그들은 모두 둘째 자식^{서자와 딸}들이다.

문학적 근대성이 어디에 속해 있는지도 자명하다. 몸은 가족의 내부에 있을지라도 스스로의 정체를 부정하며 외부를 향한 강한 동력을 지니고 있는 존재, 혹은 스스로를 외부자로 느끼면서 자신의 외부성을 신기한 눈으로 바라보고 있는 존재, 혹은 자기는 내부자라 주장하지만 모든 사람들에게 에일리언 취급을 받는 존재들이 문학적 근대성의 주체들이다. 이들은 모두 친자관계의 정신적 적통으로부터 벗어나 있다는 점에서 둘째 자식이며, 이들의 세계에서 찾아지는 이야깃거리가 곧 근대의 서사시로서의 소설이 된다.

둘째 자식 이야기의 한 원형을 보여주는 소설을 예시해보자. 소세키의 일곱 번째 장편 『그 후』¹⁹⁰⁹는, 아버지와 형의 뜻에 동조할 수 없는 둘째 아들이 자기의 영역을 찾아 집을 떠나는 이야기이다. 소설의 주인공 다이스케代助는 20대 후반의 이른바 '고등 유민'이다. 대학을 졸업하고도 일자리를 찾지 않은 채, 아버지와 형에게 정기적으로 생활비를 받아가며, 서생과 가정부를 둔 집에서 독신 생활을 한다. 그래서 '고등 유민'이다. 그는 왜 일을 하지 않는가. 간단하게 말하면, 생계를 위한 일을 안 해도 될 처지인 데다 하고 싶어 하지 않기 때문이라 해야 할 것이다.

표면적으로 다이스케는 그 이유에 대해 두 가지 주장을 내세웠다. 첫째, 생계를 위한 일은 진정한 일이 아니기 때문에 하지 않겠다는 것이었다. 이런 주장은 귀족의 것으로서, 자본주의 시대에는 시대착오적인 것일 수밖에 없다. 생활비를 벌 필요가 없는 사람들은 소세키의 소설에 자주 등장한다. 자산가들이거나 소규모의 유산 생활자들이다. 금융자본가로 재산을 증식해가는 자본가 스타일『문』의 집주인 사에키가 대표적이다이 있는가 하면, 폐쇄적이고 무기력하게 반사회적 삶을 사는 좀비 스타일『마음』의 '선생님'이 대표적이다이 있다. 다이스케는 후자에 속하는 인물이다. 말하자면 그는 청년 좀비인 셈인데, 그의 좀비스러움은 일하지 않겠노라는 둘째 이유에서 좀더 분명히 드러난다.

다이스케에 따르면, 일본은 선진국을 자처하면서 선진국을 따라 잡느라 신경쇠약에 걸린 나라이다. 도덕적으로 타락하여 세상이 온통 암흑천지이다. 그는 그런 세상에 끼어들고 싶지 않으며, 그래서 사람들과 섞여 일하는 것을 거부한 채로 자기 자신만을 위해 살게 되었다는 것이다. 그런데도 이런 다이스케가 내세우는 으뜸가는 도덕률은 남을 속이지 않는다는 것이다. 물론 이 두 번째 주장도 근대성의 첫 번째 기율로 보자면 우스꽝스러운 것으로서, 책임 전가의 전형적인 모습이다. 이 주장이 진지한 것이 되기 위해서는 먼저, 그가 아버지와 형으로부터 오는 생활비를 거절해야 한다.

다이스케가 무위도식하는 진짜 이유는 따로 있다. 이것은 다이스케의 주장

같은 것이 아니라, 서사가 만들어내는 드라마의 흐름 속에서 이해되어야 한다. 현실적 견지에서 보자면, 다이스케의 좀비 생활은 청년 시절의 일탈 같은 것으로서 단지 임시적인 것이었다고 해야 할 것이다. 서른이 넘고 결혼을 한다면, 아버지의 세계에 합류하건 독립하건 간에 그의 삶은 달라질 수밖에 없다. 그것은 그의 아버지와 형에게도, 그리고 그 자신에게도 자명한 것이었겠다. 소설의 마지막은, 다이스케가 집안의 사업상 필요한 '정략결혼'을 거부하고 아버지와 형으로부터 절연당한 채 마침내 일자리를 찾으러 나가는 장면으로 끝난다. 아버지의 반대를 무릅쓰고 자기가 원하는 여자와 함께 할 새로운 삶을 위해서였다. 그러니까 플롯의 차원에서 보자면 다이스케가 나이 서른이 될 때까지 '고등유민'으로 빈둥거렸던 것은 이 마지막 장면을 위해서였다고 해야 할 것이다. 그러니까 이런 이야기라면, 뒤늦게 철난 둘째 아들의 성장 서사라 할 수 있다.

다이스케의 환멸과 성장의 서사를 상징하고 있는 것은 그의 이른바 '금과 도금과 놋쇠론'이다. 아버지가 상징하는 정력적인 기업가의 세계가 어린 다이스케에게는 금처럼 보였다. 그런데 어느 순간 그것은 금이 아니라 도금한 놋쇠임을 알게 되었다. 그리고 그 자신도 그 도금한 세계의 일부였다. 그가 한때 금이라 생각했고 그 자신도 그 세계의 일원이 되고자 했던, 고등 교육을 받은 사람들의 세계가 도금임을 깨닫게 되자, 그는 자기 자신의 놋쇠 본성을 도포하고 있는 도금을 벗겨내고 스스로 놋쇠 되기를 실천했다. 도금의 속물성으로부터 벗어나 당당한 놋쇠의 삶을 살겠다는 것이다. 그것이 '고등유민'의 삶이었다. 일하지 않고 무기력하게, 아무런 목적 없음을 목적으로 하는 삶이 그것이었다.

하지만 이런 주장은 말로만 근사할 뿐 사실은 아버지의 재산에 기생하는 삶이 아닌가. 아버지에게 생활비를 받아쓰면서도 그런 삶을 주장한다는 것은 자가당착이 아닌가. 진짜 놋쇠가 되고자 한다면 도금을 벗겨내고 놋쇠의 본성을 회복할 뭔가 격렬한 일을 벌여야 하는 것이 아닌가. 이런 반문에 대해 다이스케가 제시하는 답변은, 당면한 현안이 된 결혼 문제에서 아버지의 세계에 반역을 시도하는 것이다. 그의 그런 행위는 또한 못다 이룬 사랑을 이루려는 것이고, 친구에게 빼앗긴 여자를 되찾는 것이고, '불륜'을 감행하는 것이고, 그리고 최종심급에서는 아버지의 세계에 맞서 정략결혼의 부당성을 몸으로 보여주는 것이다. 그리고 그 목표를 위해 그는 직업 전선으로 뛰어든다. 말하자면 다이스케에게 생계를 위해 직업 전선에 뛰어드는 것은, 환멸의 실천이면서 동시에 속물적인 아버지의 세계에 대한 저항인 셈이다.

젊은 좀비 다이스케는 둘째 아들이다. 이 문장, 곧 다이스케가 둘째 아들이라는 사실은 강조되어야 마땅하다. 아버지를 거부하는 둘째 아들의 서사는 문학적 근대성의 기축을 이룬다는 점에서 그러하다. 그것은 아버지가 표상하는 자기 보존의 원리에 정면으로 맞서는 것이면서 또한 동시에 그 원리에 보족적이다. 그것은 근대성의 제일원리가 지니고 있는 잠재적 몰윤리성을 정화하는 역할을 한다는 점에서 그러하다.

자기 보존의 원리가 곧바로 근대 서사의 도덕률이 되는 것은 어려운 일이다. 그 자체로 몰윤리적 속성을 지닌 것이기 때문이다. 자기 보존의 서사는 성공과 출세와 만족을 향한 다양한 욕망들의 싸움터의 형태로 객관화되는 것이 일반적이다. 자기 보존이란 기본적으로 내부와 외부의 분리, 주체와 타자의 대립 등을 전제로 하는 대결적 상호작용의 원리이다. 그러므로 그것은 근대적 현실 일반에 관한 객관적 서술일 수는 있지만, 그 자체로 실천적인 규범이기는 어렵다. 그것이 실천 윤리일 수 있는 유일한 경우는, 이광수의 소설에서처럼 집단 주체의 모럴의 형태로, 그것도 약자나 패자의 견지에서 제기될 때뿐이다.

다이스케의 아버지 도쿠得는 메이지 유신을 위한 보신戊辰전쟁에 참여했던 무사 계급 출신이다. 그는 자신의 참전 경험을 자랑스러워하고, 또 그 이전에 무사의 윤리를 목숨으로 실천하려 했던 경험을 입버릇처럼 사람들에게 말하곤 했다. 도쿠는 열일곱 때 자기 형과 함께, 다른 사무라이 한 사람을 참살하고 할복을 준비했던 경험<small>사무라이를 죽이면 그 대가는 할복뿐이었다</small>이 있었다. 막부 시대가 끝나가는 때였기에 사무라이의 규율이 약해져 있었고 또 지인의 기지가 있어 그들은 목숨을 구할 수 있었다. 메이지유신 후 도쿠는 관직에 나갔다가 곧바로 실업계로 전환하여 유능한 기업가가 되었다. 겉으로는 기업가이지만 속으로는 관료이고 더 깊이는 무사인 것이다. 그런 아버지는 다이스케에게 위압적인 인물로 다가온다. 그 자신이 생활비를 기대고 있는 존재이므로, 아버지의 위압감은 한층 더 강하게 다가올 수밖에 없겠다. 그의 형 세이고<small>誠吾</small>는 그런 아버지의 충실한 후계자이고, 또 기업가로서 아버지의 유능한 파트너이기도 하다. 이들 유능한 기업가들의 세계의 이면에는 불법과 탈법, 불공정 등이 은폐되어 있고, 다이스케도 그런 사실을 모를 수 없다. 그가 그런 세계를 이물스럽게 생각하여 그 세계의 일부가 되고 싶어 하지 않는 것은 소설의 논리로 보자면 당연한 일이다. 게다가 그는, 아버지가 술회하는 이른바 '무사도의 세계'에 대해서도 대단하다는 생각을 해본 적이 없고 다만 잔인하고 무섭게 느낄 뿐이다.

　『그 후』의 서사가 지니고 있는 인물들의 이와 같은 구도는, 근대적인 '둘째 아들 서사'의 한 전형을 보여준다. 현실적 무사-기업가의 표상인 아버지와 후계자인 맏아들이 한편에 있고 그리고 반대편에는 낭만적 좀비-반항아인 둘째 아들이 놓여 있는 구도이다. 이런 구도 속에는 신화적 원형성<small>가계의 적통으로부터 벗어나는 서자의 서사</small>과 근대성이 결합되어 있다. 아버지와 자식 간에 문제가 되는 것은 결국 돈이지만, 그것은 배우자 선택의 문제가 그렇듯 하나의 상징에 지나지 않는다. 다이스케에게 가족구속적 결혼<small>정략결혼</small>과 자유연애결혼 사이의 선택은, 생활비를 아버지에게 받을 것인지 스스로 벌 것인지의 선택에 다름 아니고, 돈을 받느냐 안 받느냐의 문제는, 아버지의 왕국 안에서 기식할 것인지 자기 결정의 새로운 나라를 만들 것인지의 문제에 다름 아니다. 따지고 보면 사랑도

돈도 부차적이고, 문제의 핵심은 주체성의 자유에 있는 것이다.

이런 점에서 볼 때, 아버지의 집을 나가는 둘째 아들의 서사란 결국, 중세의 속박으로부터 풀려나오며 근대적 주체가 수행했던 인간 해방의 과업을, 둘째 아들이 주인공으로 나서 다시 한번 반복하는 것에 다름 아니다. 그러니까 그것은 근대적 주체가 탄생하는 신화적 경험을 사후적으로 확인하는 절차이기도 하다. 한 사람이 주체이고자 하는 순간, 그가 얻고자 하는 자유는 이미 그 자신이 지니고 있었음을 확인하게 된다. '둘째 아들의 서사'에 의해 구현되는 이러한 반복은, 한 개인이 죄를 지음으로써, 유적 본성으로 미리 주어진 원죄의 자리를 사후적으로 채워내는 것과도 같은 신화적 몸짓이다.[11] 반복은 언제나 기묘한 울림을 준다. 그것은 그 자체로 충동의 저 어두운 차원을 암시한다는 점에서 그러하며, 또한 유리창을 향해 달려든 파리의 몸짓처럼, 행위가 돌파할 수 없는 본원적 한계의 존재를 암시한다는 점에서 그러하다.

'둘째 아들의 서사'란 곧 자유를 갈망하는 근대적 주체의 서사인 셈인데, 그렇다면 이 반복적 행위 이면에, 즉 둘째 아들이 재현하는 자유의 서사 이면에 존재하고 있는 것은 무엇인가. 자유로운 주체가 직면하게 되는 최후의 적대자로서 존재론적 불안을 들어야 할 것이다. 이 난적 앞에서 주체성의 자유는 책임의 형태로 변신함으로써 스스로의 존재 근거를 확보하게 된다. 바로 이 지점에서 소세키와 염상섭은 분리된다. 그것은 제국과 식민지의 격차라고 해도 좋을 것이다.

---

11   원죄를 받아들임으로써 주체화를 시도하는 논리에 대해서는, 졸저, 『죄의식과 부끄러움』, 나무나무출판사, 2017, 159~160쪽에 자세하다.

4. 불안에서 책임으로 나아가는 두 개의 길 소세키와 염상섭

식민지 시대에 나온 염상섭의 소설은 '둘째 아들의 서사'가 만들어낸 한국적 판본의 한 전형이다. 그의 대표작 『만세전』[1924]과 『삼대』[1931]를 잇는 선이 그 중심에 있다. 『삼대』 너머에는 『무화과』[1931~1932]와 『불연속선』[1936]이 있고, 『만세전』 이전에는 단편 「표본실의 청개구리」[1921]가 있다.

『삼대』의 밑그림은, 근대로의 이행기에 부를 축적하는 데 성공한 자산가 집안의 이야기이다. 소설에서 그 자산가는 아버지가 아니라 할아버지의 자리에 위치해 있다. 그러니까 이 이야기는 아들이 아니라 손자의 시선으로 포착된다는 것이다. 할아버지-자산가가 감당해야 할 가장 큰 문제는 가업을 이어받는 데 실패한 아들의 존재이다. 할아버지 조의관은 대지주 자산가로서 자신의 재산을 늘리는 데 몰두했던 사람이지만, 그 아들 조상훈은 나라가 망할 때 책임 있는 현장에 있고자 했던 세대의 일원이다. 현실에서 맛본 좌절감과 자포자기의 심정으로 인해 아들 조상훈은 식민지 상태 속에서 당당한 주체일 수 없다. 그러면서도, 소세키의 둘째 아들처럼 아버지의 세계를 거부한 것도 아니기에 새로운 귀족 정신의 주체일 수도 없다.

『삼대』의 서사는 실패한 아들의 아들, 즉 손자 조덕기의 시선에 의해 전개된다. 그에게는 두 개의 과제가 주어져 있다. 포로수용소 안의 위태로운 왕국이나마 이어받아 지켜야 하는 맏자식으로서의 일, 그와 동시에, 진정성의 새로운 왕국을 찾아가야 하는 반항아 둘째 자식의 일. 그는 이 두 개의 역설적인 임무를 동시에 수행해야 한다. 부르주아의 상속자이면서 동시에 사회운동에 대한 동조자라는 조덕기의 위상이 이런 역설을 웅변한다. 따라서 조덕기의 문제는 이런 역설적 지위로 인해 행동할 수 있는 여지가 크지 않다는 점이다. 게다가 그는 일제의 폭정과 감시 아래 놓여 있다. 그래서 그의 행동은 더욱더 제약되어 있다. 움직이기 어려운 이런 인물들을 대신하여 소설 속에서 적극적 역할을 하는 인물들은 현명하고 씩씩한 여성 주인공들이다.『삼대』의 경우도 그렇지만, 이런 점을 매우 선명하게 보여주고 있는 것은『삼대』의 속편 격인『무화과』다. 현명하고 현실에 밝은 여성 채련이 자기 남자는 물론이고 집안 전체를 건사하는 모습이 그러하다. 이에 비하면『삼대』와『무화과』의 남성 주인공들은 행동의 제약이 너무 커서, 현상 자체만 보자면『그 후』의 다이스케가 보여주는 '고등유민'의 좀비 상태와 다르지 않다.

염상섭의 소설 속에서 '둘째 아들의 서사'가 좀더 선명하게 등장하는 것은『삼대』보다 7년 전에 나온『만세전』에서이다. 이 소설은 일본에 유학 중인 청년 이인화가 집으로 돌아가 병든 아내의 임종과 장례를 치르는 과정의 이야기이다. 그가 둘째 아들이다. 일본에 유학 중인 대학생의 눈에 비치는 서울의 풍경은, 그의 표현을 빌리자면 공동묘지와도 같다. 한말 지체 있던 집안의 가장이었던 부친은, 이제 하급 벼슬자리나 노리는 사람들에게 둘러싸여 그들의 장단에 놀아난다. 이인화의 형은 칼을 차고 교단에 오르는 소학교의 교원이 되어 있고, 아들을 얻겠다는 명분을 내세워 둘째 부인을 집안에 들어앉혔다.

게다가 시모노세키에서 부산을 거쳐 서울에 오면서 둘째 아들 이인화가 마주쳐야 하는 식민지의 구질구질한 현실들이 소설의 전면에 부각된다. 일본 사람들에게 아부하고 그들의 눈치를 보며 살아야 하는, 식민지가 아니었더라면 멀쩡하게 살았을 조선 사람들의 모습이 그 앞에 펼쳐져 있는 것이다. 이런 모습들이 그에게는 무덤의 풍경으로 다가온다. 그렇다면 이제 둘째 아들 이인화는 어떻게 할 것인가.『그 후』의 다이스케는 자기가 책임질 수 있는 영역을 찾아, 허위와 구속으로 가득 찬 아버지의 집을 뛰쳐나갔다. 결혼 상대를 제 뜻대로 선택하는 것이 그에게는 세계를 바꾸는 일에 해당한다. 일단 그것만으로도 그에게는 새로운 세계가 만들어진다. 이인화의 경우는 어떨까.

서사의 구도 자체로 보자면『만세전』과『그 후』는 정확하게 일치하고 있다. 아버지의 집을 벗어나고자 하는 둘째 아들의 이야기라는 점에서 그러하다. 이인화는 유학생에다 문과대학 재학생이다. 그에게 아버지의 집으로부터 벗어나는 일은 매우 쉽지만, 그런 손쉬움은 오히려 분리 자체의 어려움을 가리키는 말에 다름 아니다. 아버지의 집을 벗어나기 위해 그가 할 수 있는 것은 새로운 결혼 가능성을 부정하는 것, 아내의 죽음과 함께, 다른 두 명의 여자도 깨끗하게 정리하는 정도이다. 다이스케에게는 자기가 책임져야 하고, 또 책임질 수 있는 매우 제한된 영역이 있었지만 이인화의 경우는 어떨까. 그가 다른 여자들을 거부한 채 학교로 돌아가는 것은 자신의 좀비 상태를 연장하는 일에 불과하다. 그가 주체로서 살고자 한다면 다이스케가 그랬듯이 자기 책임의 영역, 행위로서 자신의 주체성을 실현할 수 있는 영역을 찾아내야 할 것이다.

게다가 둘째 아들 이인화는 식민지의 지식청년이라는 점이 주목되어야 한다. 그 앞에는, 그 자신이 카메라의 눈이 되어 포착해낸 식민지의 비루한 현실이 펼쳐져 있다. 다이스케에게 주어진 임무가 강력한 아버지와의 싸움이었다면, 이인화에게 주어진 과제는 허울뿐인 아버지의 빈자리를 어떻게 메우느냐 하는 것이다. 허수아비와의 대결은 불가능하다. 싸움이 무의미하다는 수준이 아니라 대결 자체가 성립되지 않는다. 상대가 존재하지 않기 때문이다. 그러니까 아버지를 극복하기 위해서는 아버지의 빈자리를 채워놓아야 한다. 그래야 비로소 아버지와의 대결이, 즉 자신의 독립과 자율성의 쟁취가 가능해지기 때문이다. 그 빈자리를 채우는 일의 어려움은 『사랑과 죄』1927~1928나 『삼대』 같은 소설에서, 그리고 매우 특이하게는 『불연속선』1936 같은 장편 속에서 환상적으로 구현된다. (여기에서는 사라졌던 아버지가 갑자기 부자가 되어 귀환한다)

그런데 왜 둘째 아들은 기를 쓰고 아버지의 세계로부터 벗어나려 하는가. 물론 답은 간단하다. 둘째 아들은 자신의 좀비 상태를 견딜 수 없기 때문이다. 『만세전』의 맏아들처럼 젊은 둘째 부인을 들인 식민지의 하급 관료로서, 아버지와 같은 허랑한 유령의 삶을 살아갈 수 없다는 것이 문제인 것이다. 둘째 아들은 문학적 근대성의 체현자로서 존재론적 불안을 누구보다 예민하게 감지해내는 존재이다. 염상섭의 경우 이런 불안은 그의 등단작 「표본실의 청개구리」에서 선명하게 드러나 있었다. 대동강변의 기인이나 남포의 광인을 바라보는 주인공 젊은이의 표정이 곧 그것이었다. 그의 친구들에게 남포의 광인은 우스꽝스러운 과대망상자에 불과했다. 하지만 이 소설의 주인공에게는 그가 예사롭지 않게 다가온다. 이유라면 다른 것이 있기 어렵다. 그는 지금 자기의 삶의 진정성에 대해 회의하고 있는 것이다. 그에게 망상증자는 일상 속에 살아 있는 외부자이다. 자기 삶의 외부성이 김창억이라는 인물의 구체적인 형상으로 드러나는 순간, 바로 그 망상증자는 자기 삶의 허위성을 되비추는 거울이 된다. 그것을 그는 지금 자기 눈앞에서 목격하고 있는 것이다. 이런 형태의 불안이 지속되는 것은 매우 위험한 일이다. 어떤 방식으로건 삶 속으로 용해되지 않는다면 그 불안은 한 개체의 삶을 통째로 집어삼킬 수도 있기 때문이다. 이 점은 『그 후』의 다이스케에게도 마찬가지였다.

다이스케가 집안과의 연을 끊으면서까지 포기할 수 없었던 여성은 이미 친구의 아내가 된 사람이었다. 그 여자 미치요와 자기 친구 히라오카를 중매했던 사람이 바로 다이스케 자신이기도 했었다. 그런데 왜 다이스케는 새삼 미치요를 향해 달려드는가. 물론 이유는 없지 않다. 친구의 요청으로 중매를 섰던 3년 전에 이미 미치요에게 마음을 가지고 있었고, 게다가 현재 미치요의 결혼 생활이 행복하지 못한 것을 확인하자 마음이 흔들렸다는 것이다. 하지만 '고등유민'을 자처하며 세상사에 초탈한 다이스케가 이런 정도의 감정 문제로 흔들린다는 것은 조금 이상하지 않은가. 그런 것이 진짜 이유가 될 수는 없어 보인다. 오히려 아버지와 형이 추진해온 이른바 '정략결혼'을 받아들이지 않기 위함이라 하는 쪽이 좀더 설득력이 있다. 물론 아버지가 주선한 혼처도 재정이 든든한 지주 집안의 딸답게 참하고 조신한 스타일이므로 굳이 마다할 이유는 없다. 그런데도 다이스케는 굳이 친구의 아내와 결혼해야겠다고 나섰다. 그것도 이상하지 않은가. 고등유민을 자처하며 좀비 생활을 하던 다이스케에게

더 이상 참아내기 힘든 불안의 순간이 찾아왔다고 하는 것이 더 적절하지 않을까. 소세키는 이렇게 썼다.

> 게다가 그는 현대 일본사회의 특징이라 할 수 있는 왠지 모를 불안에 사로잡히기 시작했다. 그 불안은 사람들 사이에 서로 믿음이 없기 때문에 일어나는 야만에 가까운 현상이었다. 그는 그런 심적 현상 때문에 심한 동요를 느꼈다. 그는 신을 숭상하는 것을 좋아하지 않았다. 또한 매우 이성적이어서 신앙을 가질 수 없었다. 서로에 대해 신뢰를 가지고 있는 사람은 신에게 의지할 필요가 없다고 믿고 있었다. 서로가 의심할 때의 괴로움에서 벗어나기 위해서, 신은 비로소 존재의 권리를 갖는다고 해석하고 있었다. 따라서 신이 존재하는 나라에서는 사람들이 거짓말을 일삼을 것이라고 단정했다. 하지만 지금의 일본은 신에 대한 신앙도, 인간에 대한 믿음도 없는 나라라는 사실을 깨달았다. 그리고 그는 그 가장 직접적인 원인이 경제 사정에 있다고 결론지었다.[12]

여기에서 다이스케에 의해 비판적으로 개진되는, 신앙도 신뢰도 없는 일본 사회의 불안이란 사실은 다이스케 ^{혹은 소세키} 자신의 마음 상태를 지칭하는 것이라 해야 마땅해 보인다. 외부 세계의 문제를 적발하는 시선의 안출자는 다른 누가 아니라 그 자신이기 때문이다. 어떤 초월적 절대성에 대한 신앙도 또 동료들에 대한 신뢰도 없는 상태, 그것은 자폐적인 젊은 좀비의 상태에 다름 아니라 해야 할 것이다. 사회에 대한 비판의 핵심으로 '불안'이라는 단어를 선택한 것 역시 마찬가지이겠다. 그가 말하는 사회적 불안 이면에는 존재론적 불안이 없을 수 없다는 것이다. 이런 점에서, 미치요에 대한 사랑 때문이라고 하는 다이스케의 말은 사실은 자신의 상태를 견딜 수 없어 하는 좀비의 비명이

---

12 나쓰메 소세키, 윤상인 역, 『그 후』, 민음사, 2003, 158~159쪽.

라 해야 할 것이다. 요컨대 미치요에 대한 사랑이라는 말은, 자기에게 박두해 있는 존재론적 불안을 도회하기 위한 방편이라는 것이다.

중요한 것은 다이스케가 미치요와 결합하겠다는 결정을 통해 일종의 책임감을 느꼈다는 점이다. 그것은 아버지와 형에 대한 가족으로서의 책임감이나 친구에 대한 의리, 사회적 시선의 중압감을 넘어서는 어떤 것이다. 한 개인으로서는 목숨을 건 어떤 것이라 해도 좋을 것이다. 그가 결심을 하고 난 다음에 느끼는 책임감은 무겁게 다가왔지만, 자진해서 맡은 책임이므로 그 무거움은 괴로움이 아니었다. 오히려 그것은, "그 무게에 짓눌려서 오히려 저절로 발이 앞으로 나가는 듯한 느낌이 들었다"292쪽와 같이 표현되는 홀가분함에 가깝다. 몸과 마음이 흩어져버릴 듯한 불안을 묶어주었기 때문일 것이다. 다이스케는 비로소 살아야 할 이유를 찾은 것이고 자기 책임의 구체적인 영역을 찾은 것이다.

염상섭은 15세에 일본 유학을 갔다. 그 자신의 술회에 따르면, "춘향전을 문학적으로 음미하기 전에 도쿠토미 로카德富蘆花의 『불여귀』를 읽었고, 이인직의 『치악산』은 어머님이 읽으실 때 옆에서 몰래 눈물을 감추며 들었을 뿐인데 오자키 코요尾崎紅葉의 『금색야차』를 하숙의 모녀에게 들려주었다"13라고 할 정도로 일본문학의 짙은 영향 아래 있었다. 그리고 같은 글에서, 그가 좋아했다고 한 두 명의 일본 문인은 나쓰메 소세키와 다카야마 조규였다. 그가 24세의 나이로 「표본실의 청개구리」를 발표했을 때 그 소설을 쓴 힘의 상당 부분은, 염상섭에게 온축되어 있던 일본 근대문학의 저력이라 해야 할 것이다.

그가 「표본실의 청개구리」에서 묘사하고 있는 존재론적 불안은, 근대성을 보편적 조건으로 받아들일 수 있는 사람의 것이다. 그러니까 그것은 식민지의 청년 지식인에게 잘 어울리는 것은 아닌 것이다. 『만세전』에서는 그 불안이 아

---

13 『염상섭 전집』 12, 215쪽.

버지의 집에 대한 분노와 식민지 현실에 대한 모멸감의 바탕을 이루고 있다. 염상섭의 소설 속에서 존재론적 불안의 에너지는 현실에 대한 분노와 식민지 인의 모멸감이라는 통로를 통해 뿜어져 나오고 있는 것이다. 염상섭이 마련한 '둘째 아들의 서사'는 바로 그 지점에 놓여 있다.

소세키의 '둘째 아들 서사'가, 아버지의 집이 상징하는 속물 근대성에 대한 환멸감으로 인해 만들어지는 것이라면, 염상섭의 경우는 거기에 식민지 현실 이라는 또 하나의 요소가 중첩된다. 개탄스러운 아버지의 집이, 식민지 조선이 라는 제 나라 땅 전체로 확장되었다 함이 더 적절할 수도 있다. 그리고 그 현실 속으로 더 깊숙이 들어가게 되면, 염상섭에게 '둘째 아들의 서사'는 종결될 수 밖에 없다. 식민지의 현실 속에는 저항해야 할 강력한 아버지가 존재하지 않 기 때문이다. 이를 보여주는 것은 『삼대』의 경우가 대표적이다. 『삼대』의 주인 공인 손자 조덕기는 물론 둘째 아들이 아니지만 실질적으로는 둘째 아들의 처 지에 놓여 있다. 그럼에도 반항아 둘째의 역할을 전혀 할 수가 없다. 그는 가 업 승계에 실패한 아버지의 아들이지만, 할아버지의 재산을 두고, 사악하게 변한 그 아버지를 제어하면서 또한 그 아버지의 자리를 대신해야 한다는 점 에서, 실질적으로는 아버지의 아들이 아니라 아버지의 경쟁자인 아버지 형제 에 해당한다. 말하자면 조덕기는 할아버지에게 손자가 아니라 둘째 아들에 해 당하며, 타락해버린 맏아들로 인해 또한 맏아들 노릇까지도 해야 하는 처지인 것이다. 자기 혼자만의 진정성을 향해 나아가기에 그에게 주어진 책임의 몫이 너무 크다.

이처럼 염상섭의 서사 세계에서 근대성의 '둘째 아들 서사'는, 식민지의 현 실 서사에 자기 동력을 양도해 나간다. 그것이 곧 「표본실의 청개구리」에서 『만세전』을 거쳐 『삼대』로 나아가면서 염상섭에게서 나타나는 변화의 핵심에 해당한다. 그런 변화의 추이는, 염상섭이 일본문학의 압도적인 영향력으로부 터 벗어나 자기 고유의 서사를 마련하는 과정이기도 하다. 말을 바꾸면, 식민지 상태라는 현실적 압력으로부터 조금만 자유로워져도 그의 서사의 골격은 저 '둘째 아들의 서사'로 돌아갈 준비가 되어 있는 셈이다. 이 점은 특히 『불연속선』1936 같은 '순수한 연애소설'이 말은 식민지 상태의 억압적 현실을 환기시키는 요소가 매우 적다는 것을 뜻한다. 카페 여주인과 택시 운전수의 사랑을 다룬 이 소설에서 그런 요소는, 여주인공이 한때 '맑스 걸'이었다는 정도로 매우 약하게 드러나고 있다의 경우에서 분명하게 드러나고 있다. 제대로 된 삶을 원하는 남녀 주인공은 서로에 대한 책임의 몫을 완수함으로써 자신의 주체됨을 증명한다. 연애하는 사람들 사이에 있을 수 있는 난관과 곤경을 헤쳐 나가게 하는 것은 서로에 대한 신뢰이다. 그것은 당위의 역할을 고독하게 책임지는 칸트적 의지 속에서가 아니라, 상대와의 상호 작용을 통해 서로의 주체됨을 확인해가는 헤겔적 행위 속에서 구현된다. 『삼대』나 『무화과』처럼 상대적으로 당대의 정치적 현실에 가까이 갔던 소설들이 만들어내지 못했던 주체됨의 수준을, 『불연속선』 같은 '순수한 연애소설'이 획득해내고 있다는 것은 역설적인 것이 아닐 수 없다.

물론 이러한 사정은, 염상섭이 제국의 감시탑 아래 있던 포로수용소의 작가였다는 점, 그 현실이 소설가로서의 그의 손끝을 제약하고 있었다는 점을 고려한다면 어렵지 않게 이해할 수 있는 것이기도 하다. 해방 후의 그의 걸작들, 『효풍』1948과 특히 『취우』1952~1953가 보여주고 있듯이 역사적 현실과 혼융되어 있을 때 연애도 빛을 발한다. 이 같은 염상섭의 소설은, 연애를 통해 삶 속에 스며 있는 정치와 윤리를 말하는 것이 소설의 본령임을 상기시켜주는 좋은 예이다. 하지만 일제 치하에서는 그럴 수가 없었다. 식민지의 현실로부터 상대적으로 멀어질 때, 책임을 통해 자신의 자유를 증명하는 주체의 등장이 가능케 된다는, 조금은 역설적인 사실을 염상섭의 소설들이 보여준다. 그리고 루쉰의 매우 뜨거운 글들은 이와 유사한 역설적 운명을 지니고 있다는 점에서 염상섭의 글과 궤를 같이 한다. 물론 이것은 소세키가 보편성의 표상으로서 그 반대편에 놓여 있다는 전제하에서 가능한 말이다.

5. 루쉰의 역설, 횡참橫站과 횡보橫步

루쉰의 문학을 하나의 전체로 보면 가장 현저하게 드러나는 것은 글쓰기의 전투성이다. 소설집은 세 권이지만 잡문집은 그 다섯 배에 달한다. 그리고 잡문의 절반 이상이 논쟁적인 글이고, 더러는 이전투구 같은 성격의 글까지 있다. 중국의 근대문학의 출발점에서 문학혁명을 이끈 주역 중 하나였던 그의 문학은 1930년에 결성된 '좌익작가연맹'으로, 혁명문학으로 이어진다. 그는 37살에 소설을 발표한 이후 18년 동안을 글 쓰는 사람으로 살았다. 1927년 상해에 정착하면서부터 그의 글은 더욱 전투적이 되었고, '좌익작가연맹' 설립 이후로는 목숨을 위협받는 처지가 되었다. 이런 격렬한 상황 속에서 쓴 글이 그의 논쟁적 산문들이다. 그가 평생 사용한 필명이 140여 개이고, 특히 1932년부터 그가 세상을 떠난 1936년까지 4년간 사용한 필명이 80여 개라는 사실[14]은 그의 글쓰기가 얼마나 뜨거운 것이었는지를 상징적으로 보여 준다.

그런데 이런 사실을 염두에 두면 자연스럽게 제기되는 질문이 있다. 둘째 아들의 서사란 냉정함과 수동성의 산물인데 어떻게 이런 뜨거운 글쓰기를 둘째 아들의 서사라고 할 수 있는가. 만약 루쉰의 글쓰기가 둘째 아들의 것이 맞다면, 그의 불안은 어떻게 처리되었는가.

루쉰이 문학을 선택하게 된 계기는 이미 전설적인 것이 되어 있다. 그 자신이 첫 소설집의 서문에 썼던, 이른바 '환등기사건'이라 지칭되는 사건이 그것이다. 거기에는 강렬한 발심과 회심의 순간이 담겨 있다. 그 개요를 보면 이렇다. 집안의 장손이었던 어린 루쉰은 아버지가 병들어 세상을 떠나는 과정을 함께 했다. 전당포와 약방을 오가며 아버지의 병수발을 들어야 했었다. 아버지

---

14 유세종, 「『꽃테문학』에 대하여」, 『루쉰전집』 7, 그린비, 2010, 803쪽. 또 다른 연구에 따르면, 확인된 루쉰의 필명은 181개라고 한다. 전형준, 『비판적 계몽의 루쉰』, 서울대 출판부, 2023, 20쪽.

가 세상을 떠나고 난 후로 서양 학문을 익히면서 루쉰은 전통의술의 처방이라는 것이 얼마나 어이없는 속임수였는지를 알게 되었다. 그 분노가 그에게 발심의 순간을 만들어주었다. 그는 중국에 새로운 의술을 도입하겠다는 생각으로 일본 유학을 떠나 의학전문학교에 들어가게 되었다. 그리고 의학전문학교에서 공부하던 때 회심의 순간이 찾아온다. 미생물 수업 시간에 환등기를 이용하여 사진을 보게 되었다. 러일전쟁이 벌어지던 때였으므로 중간에 일본군이 전승하는 사진들이 등장하곤 했다. 그런데 그 사진 중 하나가 중국인이 일본군에게 참형당하는 장면을 찍은 것이었다. 동족이라는 사람들이 그것을 구경하겠다고 참수당하는 사람을 에워싸고 있는 사진이었다. 그 일이 있은 후로 루쉰은 의학을 포기했다고 했다. 그는 첫 소설집의 서문에서 다음과 같이 썼다.

　우매한 국민은 아무리 몸이 성하고 튼튼해도 아무런 의미도 없는 구경거리가 되거나 구경꾼밖에는 될 수 없으니, 병에 걸리거나 죽거나 하는 사람이 비록 많다 해도 그것을 불행이라고 생각할 필요는 없다고 느꼈던 것이다. 그래서 그때 나는 가장 먼저 해야 할 일은 그들의 의식을 개조하는 것이며, 의식을 개조하는 가장 좋은 수단은 문예라고 생각하고 문예운동을 해나가리라 다짐했다.[15]

루쉰이 의학공부를 그만 두고 센다이에서 도쿄로 돌아간 것은 1906년, 그가 25세 때의 일이었다.[16] 그리고 그가 첫 소설을 발표한 것은 그로부터 12년 후의 일이다. 이것은 좀 이상하지 않은가. 대단한 결심으로 시작한 의학공부를 그만둘 정도로 더욱더 강한 회심의 순간이 있었는데, 문학으로 민족을 개조하

15　노신문학회 편역, 『노신 선집』 1, 여강출판사, 2003, 21쪽.
16　루쉰이 일본 유학을 간 것은 1902년 22세 때이고, 센다이의학전문학교에 입학한 것은 1904년, 그리고 의학 공부를 그만두고 동경으로 돌아간 것은 1906년의 일이다. 루쉰에 관한 전기적 사실은 왕스징의 『루쉰전』과 다케우치 요시미의 『루쉰』, 그리고 『루쉰 전집』과 『노신 선집』 등의 연보에 의거한다.

겠다던 이 청년 계몽주의자는 그 긴 시간 동안 왜 문예운동을 하지 않았던 것일까. 1909년 귀국한 그는 고향 샤오싱으로 돌아가 교원으로 일했고 또 1911년 신해혁명 이후로는 교육부 관료가 되어 베이징으로 이주했었다. 그리고 공무원 노릇을 하는 틈틈이 비석의 탁본을 뜨고 고적과 골동품을 다루는 재야학자와 같은 일을 수행하고 있었다. 첫 소설 「광인일기」를 발표한 것도 자발적이었다기보다는 친구의 권유에 의한 것이었다고 책의 서문에서 그 자신이 밝히고 있기도 하다. 대체 무엇이, 문학으로 나라를 구하겠다던 26세의 야심만만한 계몽주의자를 의기소침하게 만들었던 것인가.

이 서문은 또 하나의 전환의 순간을 적어두고 있다. 그는 동경에서 의기투합한 사람들과 함께 『신생』이라는 잡지를 내고자 했으나 실패로 돌아갔다. 그런 실패란 일을 하다 보면 있을 수도 있는 것이지만, 문제는 그로 인해 루쉰이 실심을 해버렸다는 것이었다. 그는 자신의 그때 심정을 이렇게 회고했다.

> 그 후부터 나는 처음으로 덧없음을 느끼게 되었다. 처음에는 그 까닭을 몰랐지만 후에야 알게 되었다. 사람이란 자기의 주장이 찬동을 받으면 전진하게 되며, 반대를 받으면 분발하게 되는 것이다. 그렇지만 낯선 사람들 속에서 자기 혼자 아무리 외친다 해도 그들이 찬성도 반대도 아닌 아무런 반응도 보여주지 않는다면 거친 허허벌판에 홀로 서 있을 때처럼 난처해질 것이다. 그것이 얼마나 슬픈 일이겠는가! 그래서 나는 그때 느낀 바를 적막이라고 불렀다. 이러한 적막감은 날이 갈수록 커져서 마침내는 큰 독사처럼 내 영혼을 칭칭 휘감아버렸다.[17]

이런 절망의 순간이라면, 계몽의 불가능성에 대한 인식이 생겨난 순간이라 할 수 있지 않을까. 물론 루쉰은 뒤이어서, 이런 좌절감을 자기 자신에 대한 반

---

17 『노신 선집』 1, 22쪽.

성으로, 자기 분수에 대한 인식으로 받아들였다고 썼다. 자기는 팔을 휘두르거나 소리를 질러 사람들을 불러 모을 수 있는 영웅이 아니라는 식이다. 하지만 그것이 전부일 수는 없을 것이다. 문학의 개혁을 통해 국민의 마음을 바꾸자는 식의 계몽주의라면, 량치차오가 주창했던 소설 혁명론이나 시 혁명론의 수준 이상일 수는 없는 것으로서, 그 자체로 자명한 한계를 지니고 있다. 문학을 혁명한다면 일부 소설이나 시가 바뀔 수는 있을 것이다. 하지만 그것이 의식 개혁을 통해 현실을 바꾸겠다는 것이라면, 아무리 구체적이고 정치한 방법론을 제시한다 해도 그것은 루쉰의 아Q가 말하는 '정신 승리법'과 크게 다르지 않을 것이기 때문이다.

첫 소설을 발표한 이후로 루쉰이 글을 써온 방식, 특히 베이징여자사범대학교에서 그가 가르쳤던 학생들이 학살당했던 1926년 3·18사건 이후 그가 글쟁이로서 살아간 방식은, 계몽을 포기한 사람이 어떻게 계몽적 지식인이 되어 갈 수 있는지, 혹은 혁명을 포기한 문학이 어떻게 혁명적이 될 수 있는지를 보여준다.

루쉰이 펼쳐온 글쓰기의 전쟁은 크게 두 방향성을 지니고 있었다. 무죄한 젊은 사람들이 죽어가는데도 권력자들의 편을 들면서 문학의 품격을 주장했던 '세련된 사람들'루쉰은 이들을 풍자적인 의미에서 '정인군자(正人君子)'라고 불렀다이 한편에 있다『현대평론』과 『신월』을 만들고 활동한 사람들로 영국 유학을 한 비평가 천시잉(陳西瀅)과 미국 유학을 한 후스(胡適) 등이다. 또 한편에는 문학을 혁명의 도구로 써야 한다고 주장하는 젊은 좌파들이 있었다『창조』의 비평가 청팡우(成仿吾)와 『태양월간』의 성원들.[18] 1932년의 루쉰의 표현에 의하면, "나는 상해에 와서 문호들의 붓끝에 포위 토벌을 당했다. 창조사, 태양사, '정인군자'의 신월사에 들어 있는 사람들은 다 나를 나쁘다고 했으며, 문인들의 파벌에는 휩쓸리지 않는다고 자처했고, 지금은 대부분 작가나 교수로 승급한

---

18 당시의 상황에 대해서는, 홍석표, 『중국현대문학사』, 이화여대 출판부, 2009, 8장.

선생들까지도 자신들의 고상함을 보여주기 위해 글 중에서 나를 암암리에 몇 마디씩 야유하곤 했다"[19]라고 표현된다. 그러니까 그는, 한편으로는 현실과 야합하면서 문학을 하겠다는 사람들과 싸우면서 또 한편으로는 문학을 혁명의 도구로 만들어야 한다는 사람들과도 논전을 벌여야 했었다.[20]

루쉰은 1930년 '좌익작가연맹'이 만들어진 이후에도 여전히 두 방향의 싸움을 해야 했다. 그것을 그는 1934년의 한 편지에서 '가로서기橫站'라고 표현했다.[21] 적이 참호 저 너머에만 있는 것이 아니라 아군의 진영이라 생각했던 후방에서도 암전이 날아오기 때문에 부득이 게걸음을 하는 자세로 '가로서기'를 할 수밖에 없다는 것이다. 이것은 당시 중국이 지니고 있었던 이중의 전선, 밖으로는 일본제국의 침략을 받고 있으면서 내부에는 국민당과 공산당이 맞서 있던 현실적 정황을 배경으로 지니고 있으나, 그 자체만으로도 문학과 글쓰기를 대하는 루쉰의 태도를 보여주기에 족하다.

루쉰이 맞서 싸웠던 두 가지 주장은 모두 문학을 대단한 것이라고 생각하는 사람들의 것이었다. 비록 방향은 달라서, 한쪽은 문학을 순수하게 보존해야 한다고 생각했고 다른 한쪽은 문학을 혁명의 도구로 사용해야 한다고 생각했지만, 둘 모두 문학이 그런 가치가 있다거나 그런 몫을 할 수 있다는 생각을 전제하고 있다. 루쉰은 이에 대해 문학은 대단한 것이 아니라고 말함으로써 대응한

---

19 「『삼한집』서문」, 『노신 선집』 2, 597쪽.
20 「문예와 혁명」(1928) 같은 글이 이런 사정을 상징적으로 보여준다.
21 첸리췬은 비판적 지식인으로서의 루쉰의 독립적 성격을 말하기 위해 이 단어를 썼다. 그는 '橫战'이라고 표기했으나, 두 단어는 'hengzhan'이라는 같은 음가를 가지고 있어 그런 듯싶다. 이 단어가 나오는 루쉰의 원문을 인용해 두자. "발바리 같은 부류들은 두려워할 게 못되지요. 가장 두려워할 것은 확실히, 말은 똑바로 하면서도 생각은 삐뚤어진 소위 "전우"라는 자들이에요. 막을 방법이 없기 때문이에요. 예를 들면 샤오바이(紹伯) 같은 부류들은 아직것 어떤 생각을 가지고 있는지 모르겠어요. 후방을 막기 위해 나는 이제 가로서기(橫站)를 해야 해요. 적을 정면으로 바라볼 수가 없어요. 앞을 보고 뒤를 돌아보느라 가외로 힘을 써야 해요." 『鲁迅全集』 13, 北京: 人民文学出版社, 2005, 301쪽; 钱理群, 『追寻生存之根－我的退思录』, 广西师范大学出版社, 2005, 41쪽.

다. 그가 1927년 황푸군관학교에서 행한 강연 '혁명 시대의 문학'에서 강조한 것은, 혁명은 문학이 아니라 총과 칼로 한다는 것이었다.

> 여러분은 실제로 전쟁을 하는 사람들이며 혁명하는 전사들이므로 내 생각 같아서는 역시 문학을 부러워하지 않는 것이 좋을 것 같습니다. 문학 공부를 해서는 전쟁에 이로운 점이 없습니다. 기껏해야 군가나 한 수 쓸 수 있을 뿐이며, 혹시 좋은 군가를 쓴다면 전투가 끝나고 휴식할 때 좌흥을 돋울 수는 있을 것입니다. (…중략…) 물론 문학이 혁명에 대해 위대한 힘을 가진다고 생각하는 사람도 있지만 나는 어쩐지 거기에 의심이 갑니다. 문학은 어쨌든 일종의 여유의 산물로서 한 민족의 문화를 보여 줄 수 있습니다. 이것은 확실한 것입니다.
>
> 사람이란 대체로 자기가 현재 하고 있는 일에 만족을 느끼지 못하는 법인가 봅니다. 나는 글을 몇 편 짓는 재주밖에 없고, 그것도 스스로 혐오감을 느끼는 판인데 총을 든 여러분들은 도리어 문학 강연을 듣고 싶어하는 것입니다. 나는 오히려 대포 소리가 더 듣고 싶습니다. 대포 소리가 문학 이야기보다 훨씬 더 듣기 좋을 것 같이 생각됩니다.[22]

루쉰이 문학에 대해 이렇게 말할 수 있는 것은, 문학의 무용함이 그에게는 사실이되 자기에게 속한 사실이기 때문이다. 군관학교의 병사들 앞에서는 그 자신이 문학인 것이다. 자기가 문학이면서 자기를 높여 말하는 것은, 최소한 '둘째 아들'에게는 어울리는 일이 아니다. 이상주의자들이라면 자기가 도달해야 할 곳으로부터 쏟아져 나오는 강렬한 빛 때문에 그 자신을 돌아볼 겨를이 없다. 그들은 이상의 거룩함과 자기 자신을 분리하기 어려운 사람들이어서, 이상과 함께 덩달아 자기를 높일 수는 있어도 반대로 자기를 낮출 여지는 많지

---

22 『노신 선집』 2, 469~470쪽.

않다. 그와 같은 자기 높임이 첫째 아들의 서사라면, '둘째 아들의 서사'는 그 이상주의가 만들어내는 그림자 뒤에서 자기 자신을 바라보는 사람의 것이다. 그런 점에서, 잡지 발간에 실패한 20대 후반의 루쉰이 동경에서 맛보았던 적막감은 그가 비로소 문학의 영역에 들어섰음을 알려주는, 그와 동시에 그가 '둘째 아들의 서사' 세계 속으로 진입하였음을 알려주는 신호라고 해야 할 것이다.

다케우치 요시미는 문학으로의 루쉰의 회심이 전설이 되어서는 안 된다는 주장을 했었다. 루쉰이 의학전문을 그만 두고 문학을 하겠다고 한 것도 루쉰 스스로가 밝힌 문면을 넘어서는 무엇이 있다고 주장했다. 다케우치 요시미가 루쉰을 통해 발견하고자 한 것은, 문학을 무용성의 차원으로 끌고 내려감으로써 문학인이 되고, 그럼으로써 비로소 계몽가가 되는 루쉰의 모습이었다. 다음과 같은 견해는 경청할 만하다.

> 루쉰은 성실한 생활자이며 열렬한 민족주의자이고 또한 애국자이다. 그러나 그는 그것으로 그의 문학을 지탱하고 있는 것은 아니다. 오히려 그것을 고려하지 않는 것에서 그의 문학이 성립하고 있는 것이다. 루쉰문학의 근원은 무無라고 불릴 만한 어떤 무엇이다. 그 근원적인 자각을 획득했던 것이 그를 문학가이게 만들었고, 그것 없이는 민족주의자 루쉰, 애국자 루쉰도 결국 말에 불과할 뿐이다.[23]

그러니까 다케우치 요시미에 따르면, 루쉰이 계몽가일 수 있는 것은 그가 밑바닥까지 내려간 문학자였기 때문이라는 것이다.

그렇다면 루쉰은 둘째 아들의 서사가 감당해야 하는 존재론적 불안을 어떻게 해결하는가. 「축원례祝福」나 「아Q정전」 같은 단편소설에 등장하는 삽화적인 장면 속에서 그가 만들어낸 대처 흔적들을 찾아볼 수 있거니와,[24] 루쉰의

---

23 다케우치 요시미, 서광덕 역, 『루쉰』, 문학과지성사, 2003, 74쪽.
24 이에 대한 자세한 것은 제4장 「계몽의 불안」 3절에 있다.

글쓰기 전체로 보자면 이런 대목들은 상대적으로 비중이 작다고 할 수밖에 없다. 루쉰이 선택한 작가로서의 운명은 그를 진짜 목숨이 오가는 전쟁터로 몰아갔기 때문이다. 1931년, 루쉰과 함께 좌익작가연맹에 소속되어 있던 청년작가 다섯 명이 국민당 정부에 의해 체포되어 재판 없이 처형당했다.[25] 상존하는 테러의 위험 때문에 루쉰은, 상하이 일본 조계에서도 다수의 은신처를 옮겨 다녀야 했다. 이처럼 진짜 전쟁터의 현실적 불안이 압도적인 곳이었으므로 존재론적 불안은 머리를 내밀기 어렵다. 그것은 흡사 청년 염상섭에게 솟아나왔던 불안이 식민지의 현실 속으로 용해된 것과 마찬가지 양상이겠다.

이런 점에서 보자면, 루쉰이 논쟁적이고 전투적인 글쓰기 속에서 수행해야 했던 '가로서기橫站'는, 염상섭이 장편소설을 통해 보여주었던 '갈짓자 걸음 걷기橫步, 횡보는 염상섭의 아호이다'에 상응한다고 해도 좋을 것이다. 소세키라면 횡참이건 횡보건, '횡'해야 할 이유가 없다. 그는 자신의 불안의 핵심을 향해 정면으로 박두해가면 되는 일이다. 집을 나간 다이스케의 이야기에 상응하는 『문』이나 늙은 좀비를 다루고 있는 『마음』 같은 소설이 그런 예일 것이다. 그 불안에 맞서기 위해 국가주의나 혹은 다른 어떤 도구를 가지고 왔는지는 또 다른 차원의 이야기가 될 것이지만, 어쨌거나 그 불안을 회피하거나 외면할 이유는 없다.

하지만 포로수용소의 '둘째 아들' 염상섭은 그럴 수 없다. 『삼대』는 물론이고 『무화과』도 식민지의 정치 현실이 나오면 서사의 발걸음이 비틀거릴 수밖에 없다. 그가 똑바로 걸을 수 있는 것은 『불연속선』과 같이 순수한 연애소설에서뿐이다. 전쟁터에 있었던 둘째 아들, 둘째 아들의 몸을 지니고 있으면서도 첫째 자식의 자리로 갈 수밖에 없었던 루쉰은 더 말할 나위가 없겠다. 그는 문학을 버림으로써 문학적이 되는 마술을 보여주었다. 글쓰기의 전쟁터에서 그는 문학을 버리고 비판적 글쓰기로서의 '잡문'을 택했다. 전쟁터에서 문학

---

25 살해당한 청년 작가들에 대한 루쉰의 애도는 그로부터 2년 후에 발표된 「망각을 위한 기념」 (『남강북조집』 소재)에 곡진하게 표현된다.

은 쓸모가 없으므로 당연한 일이었다. 하지만 그가 냉소적으로 명명한 이른바 '짜원雜文'은 어떤 문학보다 더 문학적인 것이 되었고, 문학으로서 스스로를 낮추는 일이 어떤 높임보다 자기를 더 높일 수 있음을, 의도가 아닌 결과로서 보여주었다. 그것이 전쟁터에 있던 둘째 아들 루쉰이 보여준 역설의 모습이겠다.

6. 동아시아 근대 서사의 원형

지금까지, '둘째 아들의 서사'라는 말을 화두로 하여 염상섭, 소세키, 루쉰 세 작가의 성격에 대해 살펴보았다. 논의를 요약하는 것으로 마무리하자. 이들 세 작가는 각각 한중일 삼국에서 근대문학을 열어간 존재들이다. 이들은 기본적으로 냉소가라는 점에서 동일한 기질을 지니고 있다. 그럼에도 그들이 만들어간 문학의 행로는 매우 달랐다. 소세키와 염상섭은 소설의 장인의 길을 갔고, 루쉰은 전투적인 문사의 길을 갔다. 장인의 길을 간 소세키와 염상섭이라 하더라도 자국의 문학사에서 차지하고 있는 위상은 차이가 난다. 두 사람 모두 장편소설들로 일가를 이루었지만, 소세키가 근대 일본을 대표하는 작가임에 비해 염상섭은 그렇지 못하다. 한국문학에서 염상섭은 이광수의 다음 자리에 놓이는 것이 보통이다. 물론 이것은 소세키나 염상섭 이광수 등의 작품의 질의 문제가 아니다. 그것은 역사적 정황의 문제라 해야 옳을 것이다. 여기에서 우선적인 것은, 동아시아 근대성의 선편을 쥔 존재인 일본과 희생자의 자리에 놓여 있던 한국의 차이이다. 한국문학사에서 축적되어온 염상섭에 관한 평가는, 식민지 상태였던 한국에서 무엇이 중요했는지를 보여주는 척도이다. 일본이라는 동아시아 근대의 대표선수와 전쟁 중이었던 중국은 대안적 근대성의 자리를 차지할 수 있었거니와, 루쉰이 매우 다른 방식의 글쓰기로 보여주었던 것이 바로 그것이다.

'둘째 아들의 서사'라는 화두는 일차적으로 세 명의 작가를 함께 묶기 위해 안출된 개념이지만, 그것은 또한 근대적 서사 일반의 속성을 지칭하는 것이기도 하다. 근대가 열어젖힌 것은 전통사회의 질곡만이 아니다. 근대는 전근대적 속박으로부터 자유를 선물했지만 동시에 무한히 열린 공간이라는 절대 자유의 공포를 동반했다. 여기에서 공포는 불안이나 공허로 표현될 수도 있거니와, 그것은 근대적 주체가 홀로 되었을 때 궁극적으로 대면해야 하는 것이기도 하다. 그러니까 근대가 담장을 무너뜨려 새로운 무한성의 지평을 보여주었다면, 새로운 세계의 주체는 어떤 방식으로건 그 무한성의 부름에, 자기 안에서 솟아나는 불안에 대해 응답해야 한다.

'둘째 아들의 서사'란 자기 불안을 책임지고자 집을 나가는 사람들의 이야기이며, 그런 점에서 근대 서사의 한 원형에 해당한다. 소세키의 『그 후』의 경우는 그런 서사의 표준에 해당한다. 하지만 둘째 아들의 몸을 지니고 있으면서도 첫째 노릇을 할 수밖에 없었던 것이 염상섭과 루쉰의 경우였다. 루쉰은 전쟁터 속으로 들어가, 둘째 아들 노릇을 포기함으로써 오히려 진짜 둘째 아들이 어떤 존재인지를 보여주었고, 염상섭은 서로 대극적인 인력을 지닌 문학과 현실을 하나로 움켜쥘 수밖에 없는 상황 속에서, 그 둘의 강한 반발력으로 인해 비틀거리는 '횡보'의 발걸음을 보여주었다. 이것은 물론 일제치하에서 발표된 그의 소설을 두고 하는 말이다.

근대로의 전환기에 동아시아 각국에서 펼쳐진, 문학이라는 사유의 서로 다른 실천 방식에 대한 접근은 문학 연구를 위한 매우 풍부한 서사의 저장고이다. 이들을 교직함으로써 생산할 수 있는 다채로운 사유의 무늬는 다른 연구를 기약해야 하겠다. 여기에서는 일단, 서로 다른 방식으로 '횡'단해야 했던 두 사람과, '횡'단할 필요 없이 불안의 핵심을 향해 다가갈 수 있었던 한 사람이 만들어낸 동아시아 근대문학의 풍경 하나를 스케치해보는 정도에서 멈추어두자.

제3장

무한공간의 정동과
존재론적 불안

아리시마 다케오, 루쉰, 이광수, 염상섭, 아쿠타가와 류노스케

1. 근대성과 존재론적 요동

동아시아에서 근대성의 도래가 만들어낸 격렬한 변화는 기본적으로 전쟁과 불평등 조약 같은 국제정치적 사건들로부터 생겨난 것이지만, 사람들의 마음 속에서 빚어진 존재론적 요동이 그 밑에 잠복해 있다는 사실이 간과되어서는 안 될 것이다. 여기에서 존재론적 요동이란, 한 사람이 확보해야 할 삶의 의미 라는 수준에서 생겨난 동요를 뜻하거니와, 이는 세계상 전체가 뒤바뀌는 시기 에 당연히 등장하기 마련이기도 하지만 또한 근본적으로는 근대성 자체가 내 장하고 있는 것이라는 점에서 문제적이다.

근대성과의 조우로 인해 생겨난 변화는 단순히 정치 질서의 변화만을 뜻하 는 것일 수가 없다. 물론 정치 질서의 변동이란 그 자체에 국한되기 힘든 것이 기도 하지만, 이 시기 동아시아 각국에서 생겨난 변화의 흐름은, 왕조나 지배 계급 교체의 수준을 넘어 사회적 제도와 문화와 풍습, 그리고 인륜적 질서의 수준에까지 도달했다는 점에서 근본적이고 전복적인 성격을 지닌다. 세계를 바라보는 관점 자체가 바뀌는 가운데, 한 개인이 스스로에게 부여한 인생의 의미와 그로 인해 규정되는 삶의 기율이 바뀌는 수준이었기 때문에, 이런 흐 름을 세계상의 근본적 변화라고 해도 그리 지나친 표현은 아닐 것이다.

이 같은 변화의 진폭을 보여주는 대표적인 예는, 사회 윤리에 대한 대대적 혁신의 요구로서 루쉰이나 이광수 등에 의해 '자녀중심론' 같은 주장이 대두 되었다는 사실을 들 수 있겠다. 이들이 속한 세대는, 전통적 가족 질서와 새로 운 시대의 교육 체험 사이에서 분열되어 있던 존재들로서, 구체적으로는 그들 자신이 가족구속적 구식 결혼의 피해자들이며, 마음의 법칙과 그에 반하는 가 부장적 사회 질서 사이에서 극단적 괴리감을 경험했던 사람들이다. 새로운 세 대의 시선으로 보자면, 그때까지 존중받아왔던 전통 질서는 이미, 개체의 자 유로운 생장과 복리를 방해하는 식인 괴물 같은 존재가 되어 있다. 전통적 풍속이 사람을 잡아먹는다는 「광인일기」[1918]의 발상은, 루쉰의 세대들에게는 단순한 풍자나 비유의 수준에 그치는 것일 수 없다는 것이다. 바진의 장편 『집』[1931]에서 보이듯이, 실제로 그것은 사람이 죽고 사는 문제에 해당하는 것이기 때문이다. 게다가 이들의 눈앞에는, 총체적 변화를 요구하는 절박한 현실이 펼쳐져 있다. 한 나라의 왕과 지배집단들, 그리고 무엇보다도 청년 지식인들 자신이 변발과 상투를 자르고 신식 풍속을 받아들이기 시작했으니, 의식 개혁과 제도 개혁에 대한 주장이 힘을 얻을 수밖에 없는 상황이 아닐 수 없다. 동아시아의 계몽주의자들이 지니고 있던 영향력은 그런 정황을 보여주는 것이기도 하겠다.

그런데 문제는 그 다음의 일이다. 구식 제도의 장벽을 넘어서고 난 다음에는 어디로 가야 하는가. 물론 국가의 단위에서라면 개인에게 주어진 자명한 과제가 있다. 근대적 국민 국가를 건설하고 국민 주체의 자립성을 확보하는 것이 곧 그것이겠다. 그러나 한 개인의 마음 상태를 규정하는 실존적 수준에서 생겨난 문제는 간단치가 않다. 물론 실존의 문제는 어떤 시대 어떤 사람들에게나 없을 수 없는 것이지만, 그것이 문자 행위와 글쓰기를 통해 공공연하게 표현되는 것은 또 다른 차원의 일이다. 게다가 근대로의 이행기에 유난히 존재론적 요동이 문제가 되는 것은, 절대성 부재라는 근대성 자체의 속성이 그 바탕에 놓여 있기 때문이다.

전통 사회의 이념은 윤리적 절대성, 사람됨의 흔들림 없는 기준을 자신의 핵자로 지니고 있었다. 그것을 지킴으로써 사람은 공동체의 성원으로 인정받음과 동시에 스스로의 존재 이유를 확보할 수 있었다. 이를테면 '삼강오상'으로 상징되는 윤리 강령은 사회를 지탱하는 이념일 뿐 아니라 한 개인의 존재론적 근거이기도 했다는 것이다. 구식 강령이 혁파되는 것은 그렇다 쳐도, 근대성이 지니고 있는 실용주의와 공리주의의 이념은, 그 어떤 절대 윤리의 안전한 공간도 제공해주지 않는다는 점에서 문제적이다. 오히려 근대성은 그 자체가 실체적 절대성에 대한 부정을 자기 이념의 근간으로 삼는다. 주체로 하여금 절대 자유의 광야에 나아가게 하여 존재론적 요동에 직면하게 하는 힘이 곧 근대성인 것이다. 그래서 유난히 심각하게 제기되는 것이 허무주의의 문제이다. 그 이전까지 사람들이 지닌 마음의 공동을 채워주었던 것은 종교의 역할이었으나, 근대성은 종교적 절대성을 돌파함으로써 성립된 것이라는 점에서 그 안의 사람들로 하여금 허무주의와 정면으로 맞닥뜨리게 하는 것이다.

근대 동아시아의 청년 지식인들에게 기독교는, 절대성의 문제가 아니라 해도 그 자체로 매력적인 것일 수 있다. 무엇보다도 현실적인 위력자인 서구의 종교여서 그 자체로 문화적 세련성의 지표일 수 있기 때문이다. 그러나 절대성의 현존을 갈구했던 사람들이 기독교에서 막상 발견하게 되는 것은, 그 어떤 절대성도 객관성의 형태로는 존재할 수 없다는 사실일 뿐이다. 게다가 만인사제주의라는 교리 속에 존재하는 프로테스탄티즘의 신은, 가톨릭 교리에서와 같은 자신의 대리인을 땅 위에 허용하지 않는다. 신의 응답을 원하는 사람은, 절실한 갈구 속에서 신과의 통로가 열리기를 기다려야 한다. 절대성의 객관적 부재라는 문제는 그러니까 여기에서도 다르지 않은 것이어서, 달라진 것이라고는 종교 밖에 있던 문제가 안으로 옮겨진 것일 뿐인 셈이다.

이런 사태에 직면한 사람들에게 감각적으로 문제가 되는 대상이 있다. 일상 속에 존재하는 하늘의 모습이 그것이다. 구름 높이 드리운 푸른 궁륭이기도 하고, 또한 무엇보다도, 별이 빛나는 밤하늘이기도 하다. 언제 어디서나 사람들의 머리 위에 있는 하늘이, 절대성의 환각을 보여주는 감각적 실재이자 동시에 절대성의 부재를 논리적으로 환기시켜주는 매개자로서 머리를 들어 위를 보는 순간마다 다가오고 있는 것이다. 저 너머에 있는 것은 어둠에 잠긴 무한공간일 뿐이고, 천사가 지키고 있는 하늘나라 같은 것이 없다는 것을 지속적으로 깨우쳐주지만, 그와 동시에 정서적으로는 그런 사실을 부정하게 하는 감각적 존재가 곧 하늘인 것이다. 물론 이런 감각적 이중성은 종국적으로 무한공간에 관한 냉정한 인식에 돌파될 수밖에 없으며, 그런 순간이 되면 사람은 먼지 같은 존재가 되고, 뭔가를 하려 애쓰는 사람들의 행위라는 것도 일순간에 덧없는 것이 되고 만다. 근대인이 당면할 수밖에 없는 존재론적 요동과 불안은 어떻게 수습되어야 하는가.

여기에서는 무한공간과 마주했던 근대 초기 동아시아의 지식인들이 어떤 모습을 보였는지를 살펴보게 될 것이다. 근대성의 진입 속도와 양상이 달랐기 때문에, 동아시아라 하더라도 저마다 다른 모습일 수밖에 없다. 일찍 근대화에 '성공'한 일본과 '실패'한 한국이나 중국 같은 나라가 같을 수는 없다. 게다가 존재론적 불안이 초래하는 문제는 현실의 급박한 흐름이 한풀 꺾일 때 등장하는 것이다. 지속적으로 전쟁을 겪고 있는 나라나 혹은 포로수용소가 되어 현실적으로 고통 받고 있는 나라 사람들에게 이런 문제는 한가한 것일 수밖에 없다. 당면한 현실 문제의 절박함이 우선적인 것이기 때문이다. 먼저, 무한공간이 존재론적 요동을 만들어내는 시점에서 시작하여, 그 울림이 동아시아 지식인들에게서 어떻게 표현되었는지를 확인해보자.

2. 괴물로서의 무한공간 파스칼과 톨스토이

무한공간을 내장하고 있는 하늘은, 근대성의 영역에서 사람들이 지닐 수밖에 없는 존재론적 요동의 감각적 근원에 해당한다. 특히 무수한 별이 반짝이는 밤하늘은 숭고감의 샘과 같아서, 인간의 유한성을 환기시키고 삶의 의미에 관한 본원적 질문을 제기한다. 그런 질문에 직접 대면하는 일은 맨눈으로 제우스의 모습을 보는 것만큼이나 위험한 것이다. 거기에서 우리를 기다리는 위험은 「전도서」의 허무주의이다. "전도자가 말한다. 헛되고 헛되다. 헛되고 헛되다. 모든 것이 헛되다."「전도서」 1:2

이런 허망감을 머리가 아니라 가슴으로 받아들이는 것은 치명적이다. 하늘 아래에서 행해지는 그 어떤 것도 허망하지 않은 것이 없다고, 사람의 모든 행위는 괴로움을 낳고, 사람의 지식은 피로를 낳을 뿐이라고, 그 모두가 유한자인 인간의 것이기 때문이라고 「전도서」는 말한다. 그래서 어쩌란 말인가. 「전도서」의 저자 솔로몬 왕은, 세상의 영화를 버리고 창조주에게 자기를 맡겨야 한다고 했다. 17세기 프랑스 사람 파스칼 역시, 무한공간의 존재 앞에서 전율하는 사람들에게 같은 처방을 제시했다. 교회에 나가서 무릎을 꿇으라고 했다. 설사 신이 없다 하더라도 교회에 나가는 일 자체는 이익이 될 수밖에 없다고. 하지만 종교적 가르침과 믿음 바깥에 있는 사람들은 어째야 하는가. 바로 이런 질문이, 무신론적 지평 위에서 근대적 개인이 직면하게 되는 근본적인 질문이다.

무한공간은 잘 알려진 바와 같이, 갈릴레이가 망원경으로 하늘을 바라봄으로써 발견한 것으로서, 과학혁명을 상징하는 존재이자 그 자체가 근대성을 만들어낸 중요한 힘의 하나이다. 갈릴레이가 달의 표면이나 목성의 위성을 관측한 것은, 이미 존재하던 망원경의 방향이 수평에서 수직으로 바뀐 결과일 뿐이어서 그 자체로는 대단한 것이 아닐 수도 있다. 그러나 세계관의 관점에서 보자면 갈릴레이가 이루어낸 무한공간의 발견은, 지구가 별들의 중심이 아니라는 코페르니쿠스의 이론을 객관적 진리의 자리에 올려놓는 것이거니와, 그 자체가 인간중심주의를 해체하는 수준의 일이니 실로 어마어마한 것이 아닐 수 없다. "갈릴레이 저작의 진정한 스캔들은 지구가 태양 주위를 돈다는 사실을 재발견한 데 있다기보다는 오히려 무한한 공간, 무한히 열린 공간을 구축했다는 데 있다"[1]라는 푸코의 말은 그런 상황을 적시하는 것이겠다. 막연히 끝없는 우주를 상상해보는 것과 망원경을 통해 무한공간의 논리적 실체를 확인

---

1   미셸 푸코, 이상길 역, 『헤테로토피아』, 문학과지성사, 2014, 43쪽.

하는 것은 천양지판이기 때문이다.

무한공간이란, 한정이 없어서 그 전모와 실체를 알 수 없는 세계의 본질을 뜻하는 것이거니와, 이와 같은 불가지의 세계에는 당연히, 단테가 『신곡』에서 만들어놓은 것 같은 기독교적 절대성의 체계가 존재할 수 없다. 실체적 절대성이 사람들의 마음속에서 권위를 잃고 나면, 종교의 영역에서 어떤 결과가 생겨나는지 역시 자명하겠다. 종교는 객관적 이성의 당당한 자리에서 퇴위하여, 내면적 주관성의 신앙이라는 협소하고 옹색한 영역으로 옮겨가지 않을 수 없다. 믿음의 깊이라는 점에서는 오히려 이쪽이 훨씬 우월할 수도 있으나, 전통시대 종교가 누리던 영광에 비하면 그 모양새가 초라한 것임에 이론의 여지가 없겠다. 근대성이 만들어낸 이런 사태란, 위대한 중심을 이루던 절대성이 조각조각 쪼개져서 사람들의 마음속으로 흩어져버린 상태로 표현되거니와, 여기에서 문제가 되는 것은 절대성이 남기고 떠난 영광의 빈자리이다. 사람들의 마음에 남아 있는, 사라진 절대성에 대한 갈망이 바로 이 빈자리에서 힘을 발휘하기 때문이다.

새로운 시대의 기율이 된 경험주의와 합리주의는, 사람들이 꾸려나가는 현실적인 삶 너머에 대해서는 말하지 않는다. 말할 수가 없기 때문이다. 초자연적 세계가 지닌 기능과 사람에게 행사하는 효과에 대해서는 말할 수 있을지언정, 그것은 무한공간에 대한 파스칼의 견해가 보여주듯이 어디까지나 공리주의나 실용주의의 차원에서이다. 초자연성이나 신비주의 세계 그 자체에 대해서는, 아무것도 아는 것이 없으므로 말할 수가 없다. 그곳은 근대인이 지니고 있는 이성, 즉 경험에 입각한 판단과 논리적 추론이 이를 수 있는 범위 바깥에 있기 때문이다.

게다가 자본주의 자체가 지니고 있는 논리적 냉소주의가 여기에 가세한다. 화폐는 수단이지만 자본은 그 자체가 목적이다. 자본에게 중요한 것은 자기 증식일 뿐이어서 어떤 구체적 매개를 통한 증식인지는 원리적으로 관심의 대상이 아니다. 매매의 대상이 무기나 마약이건 식량이나 옷감이건 무관하다. 이익을 낳는 곳이라면 달려가는 것이 자본의 충동이다. 중요한 것은 과정과 의미가 아니라 결과로서의 산출이며 종국적으로 산정되는 이익의 양일 뿐이다. 근대성의 냉소주의가 지닌 차가운 시선 앞에서, 삶의 의미나 절대성의 향배 같은 관심은 머물 곳이 없어진다. 존재 이유에 대한 질문은, 마음의 사생활에 해당하는 것이라서 각자 조용히 해결해야 할 문제인 것이다. 경험 너머의 세계는 알 수도 없지만 중요하지도 않다는 것이 근대적 이성이 하는 말이다.

이런 상황에서 정색하고 하늘을 바라보는 것은 매우 위험한 일이다. 푸른 궁륭과 장엄한 구름 너머에 있는 것이 무한공간이라는 사실을 직시하는 일은, 솔로몬 왕의 부적이 힘을 잃은 상태에서라면 존재론적으로 치명적인 것이기 때문이다. 새로운 부적이 필요하지 않을 수 없겠다. 황금기를 구가하던 17세기 네덜란드에서 출현한 풍경화와 '바니타스 정물화vanitas still life' 같은 것이 그런 예라고 할 수 있겠다.[2]

세계 최초의 주식회사와 주식거래소와 근대적 은행이 생겨난 것은 17세기 초반 네덜란드에서의 일이다. 그 시기의 네덜란드는 근대적 경제 제도의 발원지 역할을 했던 셈이다. 갈릴레이의 망원경이 하늘을 향해 시선을 돌린 것도 같은 시기의 일이다. 그 시대의 네덜란드 화가들이 처음으로 그려냈던 것이 풍경화와 바니타스 정물화이다. 교회나 궁정과는 달리, 원양 무역을 통해 부를 축적한 네덜란드의 상인들이 원했던 그림은, 전통적 장르인 초상화 이외에도 하늘과 구름이 주인공인 풍경화들, 그리고 반짝이는 해골이 들어가 있는 정물화들이었던 셈이다. 이 그림들이 등장한 시기는 무한공간의 공포가 유포되던 때이기도 하다. 새롭게 출현한 장르로서의 풍경화와 정물화가, 무한공간의 공포와 구원 없는 허무주의의 치명성에 대한 새로운 부적의 의미를 지닌다고 할

---

2   이에 대해서는 졸저, 『풍경이 온다』, 나무나무출판사, 2019, 2장에 상세히 기재되어있다.

수 있는 까닭은 무엇인가.

네덜란드 풍경화 속에서 주인공의 자리를 차지하고 있는 것은 아름다운 하늘과 거룩해 보이는 구름의 모습이다. 이런 모습의 풍경화들이 하늘 너머에 존재하는 무한공간의 공포를 차단하고 있다고 함은 그렇게 납득하기 어려운 말이 아니다. 그 너머에 무엇이 있을지언정, 당장 눈앞에 보이는 것은 아름다운 하늘의 모습이기 때문이다. 그런데 말끔하고 윤기 나는 해골이 정물화 속에 삽입되어 있는 것은 어떤 까닭일까.

네덜란드에서 만들어진 세련된 두개 해골들은, 14세기 이래로 죽음의 상징으로 기능했던, 사람을 으르고 협박하는 종교적인 전신 해골^{살점이 반쯤 붙어 있는 전신 해골로 macabre라 부른다}과는 매우 다른 모습이다. 네덜란드 해골은 표정 자체가 성찰적이고 명상적이다. 지상에서의 삶의 의미에 대해서도 현저히 관조적이다. 마카브르처럼 솔로몬의 부적을 앞세우며 사람을 겁박하지 않는 까닭이다. 이런 그림들이 17세기 중반 유럽의 가장 선진적인 경제 체제를 만들어낸 곳에서, 하나의 장르가 될 정도로 유행을 했던 것은 어떻게 이해되어야 할까. '바니타스 정물화' 속의 해골은 개체성이 없는 존재로서 인간의 얼굴의 보편적 미래에 해당하는 것이니, 그림을 그리는 사람이나 바라보는 사람이나 네덜란드의 해골 그림은 일종의 자화상일 수밖에 없다. 그러니까 자기 자신의 해골이 생명 없는 존재들^{즉, still life 정물의 뜻이다} 사이에 존재하고 있는 모습은, 인간이라면 누구나 도달할 수밖에 없는 운명의 가감없는 자화상이자 동시에 객관적 풍경화라고 해도 좋을 것이다. 이런 점에서 보자면, 풍경화와 '바니타스 정물화'는 모두 절대성에 대한 갈망을 가두어놓는 병마개와 같다고 해도 좋을 것이다. 갈망이 없다면 채워지지 않는 공허감도 있을 수 없음을, 그들은 이미 알고 있었던 까닭이라 해야 할 것이다.

토마스 만의 「토니오 크뢰거」¹⁹⁰³에서 주인공 청년 작가는 발트해를 건너가는 배 위에서 함부르크에서 온 젊은 상인을 만나 짧은 이야기를 나눈다. 밤하늘의 별을 보면서 인간의 하잘것없음에 대해 말하는 상인에게, 청년 작가는 기묘한 이중감정을 느낀다. 아름다운 밤하늘 아래에서 젊은 상인이 내뱉은 존재론적 탄식은, 뱃멀미가 걱정되는 날 저녁 식사로 제공된 가재오믈렛 요리가 너무 무거웠다는 불평과 나란히 놓여 있을 정도로 일상적이고 장식적인 것이 되어 있기 때문이다. 근면과 성실을 통해 부자 되기를 추구하는 청년 상인이라면, 무한공간의 문제는 뱃멀미 수준으로 처리해두는 것이 적당할 것이다. 밤배를 타고 코펜하겐으로 건너가고 있는 북부 독일의 청년 상인은, 요컨대 해골이 담긴 그림을 벽에 걸어두었던 2백여 년 전 네덜란드 상인들의 방식을 본받고 있는 것이다.

하늘 너머에 있는 무한공간을, 아무런 부적도 없이 정면으로 바라보는 것은 매우 위험한 일이다. 그로 인해 생겨나는 회의와 허무가 사람이 살아갈 기력을 빼앗아버리는 까닭이다. 이에 대한 언설로 가장 널리 알려진 것은 파스칼 1623~1662의 유명한 단장, "이 무한한 공간의 영원한 침묵이 나를 두렵게 한다"[3]라는 문장이다. 하늘에 망원경을 들이댄 갈릴레이의 치명적인 관측 이후에 유럽 지식인 사회에 퍼져나간 회의주의는, 파스칼의 다음과 같은 문장에서 구체적인 표현을 얻는다.

나는, 나를 에워싼 이 우주의 끔찍한 공간을 본다. 그리하여, 광막한 우주의 한 모퉁이에 매달린 자신을 발견할 뿐, 무슨 이유로 다른 곳 아닌 이곳에 위치하고 있는지, 무슨 이유로 나에게 허용된 이 짧은 시간이 과거에서 나에게 이르는 전 영원과 미래로 이어질 전 영원 사이의 다른 시점 아닌 이 시점에 지정된 것인지를 모른다. 어느 곳을 둘러보아도 보이는 것은 오직 무한뿐이며, 이 무한은 다시는 돌아올 길 없이 한순간 지속될 뿐인 하나의 원자, 하나의 그림자와도 같은 나를 덮고 있다. 내가

3　파스칼, 이환 역, 『팡세』, 서울대 출판부, 1985, 221쪽.

알고 있는 것은 다만 내가 곧 죽으리라는 것, 그러나 그 무엇보다도 내가 모르는 것은 이 피할 수 없는 죽음 자체이다.[4]

파스칼의 이런 문장은, 문제 제기의 내용 자체만 보자면 「전도서」의 허무주의라는 저 고대의 사상과 다를 바 없다. 근대인 파스칼이 고대인 솔로몬 왕으로부터 구분되는 본질적 차이는, 자기가 내놓는 대답에 대한 확신이 없다는 점이다. 회의에서 벗어나기 위해 신앙의 세계로 가야한다고 권유하면서도 파스칼은, 솔로몬 왕의 신념에 찬 종교의 언어와는 달리 확률과 기댓값이라는 공리주의 언어를 선택한다. 믿음이 있건 없건, 교회 나가면서 경건한 삶을 사는 것은 어떻게 계산해도 손해 볼 것이 없다는 식이었다. 그것은 최소한 종교에 관한 한 고대인과 근대인의 차이에 다름 아니다. 천국에서의 영원한 삶이나 불멸의 영혼 같은 관념들은 이미 회의적인 대상이 되어 있으니, 근대의 전도자가 사람들을 설득하기 위해서는 그럴 수밖에 없었을 것임은 충분히 이해할 수 있는 일이지만, 그것이 근본적 대답이 될 수 없다는 사실 또한 명확한 것이다.

근대인들에게 무한공간이 끔찍한 까닭이 무엇인지는 자명하다. 내 존재의 우연성과 삶의 무의미성이 그 핵심에 있다. 내가 온 곳과 가게 될 곳을 모른다면, 하루하루를 애쓰면서 살아야 할 까닭이 없다는 것이다. 이 문제는 특별한 부적 없이 살아가는 모든 근대인들이 직면할 수밖에 없는 것이거니와, 이를 맨눈으로 정시했던 대표적인 사람으로 톨스토이를 들 수 있겠다. 『안나 카레니나』의 마지막 대목에 표현되는 레빈의 회의주의가 대표적이다.

'나는 도대체 무엇인가, 무엇 때문에 이 세상에 온 것인가, 그것을 모르고 살아간

---

4   위의 책, 79쪽.

다는 건 불가능하다. 그런데 나는 알 수가 없다. 따라서 살아갈 수도 없다'하고 레빈은 자신에게 말했다.

'무한한 시간, 무한한 물질, 무한한 공간 속에 물거품과 같은 하나의 유기체가 창조된다. 그리고 물거품은 잠시 동안 견디다가 이윽고 터져버린다. 그 물거품이 바로 나인 것이다.'

이것은 무서운 오류였다. 그러나 이 방면에서 몇 세기에 걸친 인간의 사색과 고심이 낳은 마지막이자 유일한 결론이기도 했다.

그것은 인간 사상의 거의 모든 방면에 걸친 일체의 탐구를 총괄하는 최후의 신념이었다. 또 그것은 군림하는 듯한 신념이었다. 레빈 역시 좌우간 그것이 가장 이해하기 쉬웠으므로 언제 어떻게인지도 모른 채 다른 모든 해석 가운데 그것을 자기 것으로 삼아버렸던 것이다.

그러나 그것은 오류였을 뿐만 아니라 일종의 사악한 힘, 사악하고도 역겨운 힘, 도저히 굴복하여서는 안 되는 힘의 잔인한 조소였다. 어떻게든 이 힘에서 벗어나지 않으면 안 되었다. 그리고 그 수단은 각자의 수중에 있었다. 사악한 힘에 예속되는 것을 그만두지 않으면 안 되었다. 그리고 그 유일한 수단은, 죽음이었다.

이리하여 행복한 가정의 주인이고 건강한 인간인 레빈도 몇 번인가 자살의 문턱으로 다가가서 목을 매게 될까봐 끈 나부랭이를 숨기기도 하고 권총자살을 하게 될까봐 총을 가지고 다니는 것을 무서워할 정도가 되었다.

그러나 레빈은 권총자살도 하지 않았고 목을 매지도 않았으며 계속 살아가고 있었다.[5]

소설 전체의 서사는 안나 / 브론스키 커플과 키티 / 레빈 커플의 대조적인 구성으로 이루어지거니와, 레빈이 이런 회의주의에 빠지는 시점이 공교롭다.

---

5   톨스토이, 박형규 역, 『안나 카레니나』 3, 문학동네, 2010, 469~470쪽.

그는 이룰 것을 모두 이룬 상태이다. 소설 초두에서 레빈과 브론스키는 키티를 두고 일종의 삼각관계를 형성하고 있었거니와, 서사가 마무리되는 시점에 이르면 안나는 철도자살을 하고 브론스키는 한 번의 자살 시도를 거쳐 결국 전쟁터로 죽음의 길을 떠난다. 이와 반대로, 레빈은 자기가 원했던 키티를 아내로 맞아 아이를 얻고 자기 영지에서 활기 있는 삶을 살아간다. 안나와 브론스키의 비극적 운명에 비하면, 톨스토이의 페르소나이기도 했던 레빈은 모든 것을 얻은 것이나 다름없다. 그런 그에게 찾아온 것이 자살 충동으로 이어지는 극단적 회의주의인 것이다.

레빈의 뒤이어지는 회의는 결국 종교를 향해 나아간다. 정교회와 가톨릭의 교회사를 비교하고, 선을 지향하는 또 다른 보편종교들에 대해 성찰하는 수준이 된다. 그 끝에 그가 도달하는 것은, 절대성에 관한 지식과 통찰은 자신이 지닌 이성으로 획득하기 어렵다는 사실, 이 문제를 해결할 능력이 자기에게는 없다는 사실, 자기가 왜 기도하지도 모르면서 그저 기도해야 한다는 깨달음이다. 이것이 회의주의에 대한 대답이 될 수 없다는 사실 또한, 파스칼의 경우와 마찬가지로 명확하지 않을 수 없다. 레빈이 맞서 싸우고 있는 대상은, 위의 인용문에서 보이듯이 삶의 무의미성이되, 이로부터 빠져나갈 수 있는 유일한 방법이 죽음이라 할 만큼 강력한 것이 곧 그것이다. 이런 상황에서 레빈의 삶은, 그가 삶의 의미를 찾았는지와 무관하게 그 자체의 기계적인 의지로 연장되고 있을 뿐이다.

톨스토이의 경우 또 하나 주목되어야 할 것은, 레빈의 이야기로 표현되는 회의주의는 톨스토이 자신이 직접 직면했던 것이기도 하다는 사실이다. 실제로 그는 『안나 카레니나』가 완성된 이후 극심한 회의와 자살 충동을 경험했고, 그때의 경험을 다룬 『고백』[1882]은 레빈의 경우보다 한층 더 격렬하게 삶에 대한 회의와 절망을 표현하고 있다. 『전쟁과 평화』와 『안나 카레니나』를 출간하여 세계적 명성을 얻은 톨스토이의 눈앞에 명백하게 박두해 있는 것은, 모든 사람의 삶이 유한하며 모든 것은 결국 먼지가 되리라는 사실이다. 삶의 무의미성에 대한 그 어떤 대처도 그저 잠시 동안의 유예 수단일 뿐이라는 사실이다. 그 사실을 일깨워주는 하늘이 매일 사람의 머리를 내려다보고 있는데, 이 불변의 진리를 어떻게 감당해야 하는가.

이 질문의 난감함은, 그것이 단지 감수성이 예민한 한두 사람에게 국한된 문제가 아니라 근대성 자체에 내장되어 있다는 점에 있다. 그러니까 여기에서 새삼 지적되어야 할 것은, 동아시아와 근대성의 만남은 다른 한편으로는 존재론적 불안과의 만남이기도 했다는 사실이다. 공허로서의 무한공간 개념은 물론 근대성 이전의 형이상학에도 존재하고 있었지만, 사지가 풀려난 무한공간이라는 괴물이 사람들의 마음을 헤집어놓기 시작한 것은 근대성이 등장한 이후의 일이라는 것이다. 게다가 그것은 새로운 지식과 교양의 표상이 되어 새로운 세계상의 모습으로 부각되기에 이른다. 대대로 물려받은 인륜성의 지도에 좌표 하나로 기입되는 것으로 족했던 것이 전통적 삶의 의미라면, 근대인 앞에 놓여 있는 것은 무한히 펼쳐진 광막한 실존의 황무지이다. 그것은 물론 근대 과학의 보편적 집단 세례가 만들어놓은 사태이다.

근대 동아시아에서 형성된 이에 대한 대응을 살펴보기 위해서는, 무한공간의 인력에 관해 매우 예민하게 반응했던 일본 작가 아리시마 다케오有島武郎, 1878~1923를 논의의 출발점으로 삼아볼 수 있겠다. 일본 작가가 출발점으로 소환되는 것은, 당시 동아시아에서 근대화에 유일하게 성공한 국가의 작가이기 때문이라 해도 좋겠다. 그러니까 아리시마 다케오는『안나 카레니나』의 레빈과도 같은 처지인 것이다. 현실적 고통 때문에 자살을 선택한 안나 카레니나나 죽음의 전장을 향해 달려가는 브론스키 백작은, 이런 존재론적 사태에서 한발 떨어져 있을 수밖에 없다. 현실 자체에서 생겨난 고통과 번민이 그들을 사로잡고 있기 때문이다. 끝없는 혁명 상황 속을 살아야 했던 중국의 루쉰魯迅, 1881~1936이나, 식민지 상태를 버텨내야 했던 한국의 이광수1892~1950나 염상섭

^{1897~1963}같은 작가들 역시 그런 경우라고 해야 하겠다. 그들에게 우선적인 것은 존재론적 불안이 아니라 그들의 생명과 안전을 위협하는 현실적 불안이다. 당시 동아시아의 정치적 상황이 만들어놓은 이들의 처지 자체가, 존재론적 요동으로부터 두 발 멀리 떨어뜨려놓고 있는 셈이다. 그러나 이런 현실적 절박함으로부터 떨어져 있는 인물들은 이와 다를 수밖에 없다. 이들에게는 존재론적 불안이 힘을 쓸 수밖에 없다. 먼저 아리시마 다케오의 경우를 살펴보자.

3. 아리시마 다케오의 삶의 특이성

무한공간의 문제와 관련하여 아리시마 다케오의 존재가 부각되는 것은, 기독교와 관련된 그의 독특한 이력과 생애 때문이기도 하고, 또한 그가 죽기 3년 전에 남긴 에세이 『아낌없이 사랑은 뺏는다』¹⁹²⁰의 독특함 때문이기도 하다.

일본문학사의 관점에서 보자면, 아리시마는 다이쇼 문단의 중심을 이루었던 '시라카바白樺' 동인의 소설가로서, 본격소설의 걸작으로 꼽히는 장편소설 『어떤 여자』 및 「카인의 후예」, 「출생의 고뇌」, 「돌에 짓눌린 잡초」 등의 매력적인 단편소설, 그리고 장편 에세이 『아낌없이 사랑은 뺏는다』 등을 남긴 작가이다. 그러나 근대성의 세계와 관련된 아리시마의 특이성은 이런 식의 사전적 기술 너머에 있다. 종교와 관련된 그의 독특한 이력 및 그의 문학 선택과 죽음의 방식이 보여주는 윤리적 계기 등이 그것들이다.

아리시마는, 메이지 유신을 주도했던 사쓰마薩摩 번 무사계급의 맏아들로 태어난다.⁶ 그의 아버지 다케시武는 유신을 위한 전투에 참여했던 '사족士族'의 한

---

6   아리시마 다케오에 관한 전기적 사실은 이미 상세하게 알려져 있다. 그 바탕에는 전집 3권 분량의 일기와 2권 분량의 서한집이 있다. 이 글에서는 다뤄지는 아리시마의 전기적 사실은 기본적으로 다음 두 책에 의거한다. 가메이 슌스케(亀井俊介), 『有島武郎』, ミネルヴァ書房,

사람으로서 유신 정부가 성립된 이후에는 사쓰마 번의 사족들이 가는 전형적인 길을 갔다. 대장성의 관료가 되어 국장까지 승진한 후, 물러난 다음에는 실업계에 진출했다. 그런 집안의 맏아들답게 아리시마는 엄격한 유교식 훈육을 받고, 일본 왕족과 귀족을 위한 학교였던 가쿠슈인에서 중등 교육 과정을 거친다. 재학 당시 같은 학교에 다니던 왕세자^{나중에 다이쇼 왕이 되는}의 공식 학우로 뽑혀 매우 토요일이면 궁성에 들어갈 정도의 모범생이기도 했다. 이런 학생에게 마련된 전형적인 길은, 가쿠슈인 고등과를 거쳐 제국대학으로 진학하고 졸업 후 관료가 되는 길이다. 그러나 아리시마는 그 길을 가지 않는다. 집안의 반대를 무릅쓰고, 가쿠슈인 고등과 대신에 삿포로농업학교^{札幌農学校, 후에 승격되어 도호쿠제국대학교 농과대학, 홋카이도제국대학이 된다}에 진학하여, 그곳에서 만난 친구, 모리모토 고키치^{森本厚吉}의 권유를 받아 기독교에 입문한다. 그가 기독교 신자가 되는 데 집안의 심한 반대와 우려가 있었던 것은 당연한 일이다.

아리시마가 기독교도가 된 것은 그가 홋카이도로 가는 순간 어느 정도 예상할 수 있는 일이기도 했다. 그가 선택한 삿포로농업학교는 당시 일본으로서는 신개척지였던 홋카이도에 미국인 선교사에 의해 설립된 학교로서, 일본 초기 기독교의 중심인물이었던 우치무라 간조^{内村鑑三, 1861~1930}와 니토베 이나조^{新渡戸稲造, 1862~1933} 등을 배출한 학교이기도 했다. 이 학교의 2회 졸업생이었던 우치무라와 니토베가 1회 졸업생들과 함께 설립한 삿포로 독립교회가 그들의 신앙의 중심이었고, 독립 교회라는 이름 속에는 기존의 어떤 교파와도 상관없이 스스로의 신앙을 만들어나간다는 취지가 담겨 있는 것이기도 했다. 아리시마가 1901년 모리모토의 권유로 나가기 시작한 교회가 삿포로 독립교회였고 그로부터 1910년까지, 5년간의 외국 유학 생활을 포함하여 약 9년 동안을 그는 기독교도로 살았다. 그런 아리시마에게, 교회의 중심이었던 우치무라와 학교의

2013; 김철, 「有島武郎文學에 나타난 性意識 研究」, 중앙대 박사논문, 2005.

교수이기도 했던 니토베의 영향력은 절대적이었다.

　미국으로 유학을 떠난 아리시마가 선택한 하버포드^{Haverford} 대학은 퀘이커 교도가 세운 학교여서, 그의 멘토였던 우치무라나 니토베의 신앙 형태와 일맥 상통하는 면이 있다. 석사를 마친 후 하버드 대학으로 옮기기 전 두달 가량 정신병원에서 환자들을 위한 자원봉사를 했던 것 역시 우치무라의 예를 본받은 것이기도 했다. 그런 아리시마였기에 장차 사회적이고 실천적인 태도로 새로운 일본 기독교의 새로운 모델을 만들어나가던 우치무라의 뒤를 이을 것이라는 기대를 받았던 것은 당연한 일이었다. 우치무라 자신도 "사람들도 나도 그가 나의 뒤를 이어, 일본에서 독립 기독교를 이룩할 사람이 되지 않을까 하고 생각할 정도였다"[7]라고 회고한 바 있다. 그러나 그는 결국 기독교를 떠나 문학을 선택했고, 그리고 그로부터 13년 후 당시 일본사회에 커다란 충격을 던지며 자살을 결행함으로써 한번 더 확실하게 우치무라를 배반한다.

　아리시마의 삶이 지닌 극적인 모습은, 큰 사회적 반향을 불러일으켰던 두 개의 사건을 통해 좀더 뚜렷해질 수 있겠다. 첫째는 아버지로부터 물려받은 홋카이도의 농장을 소작인들에게 무상으로 양도한 일이다. 그것은 그가 세상을 떠나기 1년 전인 1922년의 일로, 그의 아버지가 별세한 지 6년 후의 일이기도 했다. 하지만 무상증여라고 해도 69명의 소작인 개개인들에게 증여한 것은 아니고, 그들이 농장의 토지를 공동으로 소유하고 그 관리는 홋카이도 대학의 농업경제교실이 만든 방안에 따른다는 조건이 있었다. 이것은 일종의 사회주의적 공동체를 지향하는 것으로서, '시라카바'파의 중심인물이었던 무샤노코지사네아쓰$^{武者小路実篤, 1885~1976}$가 규슈에 '새로운 마을'이라는 공동체를 만든 것과 상통하는 것이기도 했다. '시라카바'파는 귀족 학교인 가쿠슈인 동창들로 구성되어 있었고, 그들은 모두 상당한 자산가의 자식들이었다. 그러니까 아리시마

　內村鑑三, 「背教者としての有島武郎氏」, 『有島武郎全集』 16, 筑摩書房, 1980, 819쪽. 이하 이 책은 『全集』으로 약칭함.

도 무샤노코지도 양심적이고 이상주의적인 일을 하고자 했던 상류 계급의 뜻 있는 인사들이었던 셈이다. 어쨌거나 아리시마가 단행한 '농지개방'으로써 그의 농원은 공동 소유의 '공생농원共生農園'이 된다. 농장의 소유권은 아리시마의 손에서 소작인들에게로 넘어가고[8] 이 과정을 통해 문학인으로서의 아리시마는 자신의 신분과 처지가 주었던 압박감으로부터 자유를 얻는다.[9] 민권운동이 활발해지고 사회운동이 힘을 받기 시작했던 다이쇼 시대에 아리시마의 이런 행위가 적지 않은 반향을 불러일으켰음은 두말할 나위가 없다.

둘째는 그가 선택한 죽음의 방식이다. 이른바 '농장개방'을 단행한 이듬해인 1923년, 그는 잡지사의 젊은 여기자와 함께 동반 자살을 결행했다. 7년 전 상처했던 그는 홀몸이었지만 함께 자살한 하타노 아키코波多野秋子는 남편이 있는 여성이었다. 가메이는 이에 대해, "사회적 양심의 화신으로 보였던 작가가 다른 사람의 부인과 동반 자살을 한 것은 커다란 반향을 불러일으켰고, 찬반의 논쟁이 들끓어 올랐다"앞의 책, 259쪽라고 표현하면서 여러 사람의 반응을 소개했지만, 가장 두드러지는 것은 그를 애제자로 생각했던 우치무라의 경우라 해야 하겠다. 그는 아리시마 다케오의 자살에 대해, 자기가 지켜본 여러 배교자들 중 가장 슬픈 배교자라고 하면서, "아리시마군은 신을 배반하고, 나라와 집과 친구를 배반하고, 많은 사람을 미혹케 하고, 도덕 파괴의 죄를 범하여, 죽어도 어쩔 수 없게 되었다. 나는 그의 오랜 친구의 한 사람으로서 그의 최후의 행위에 대해 분노하지 않을 수 없다"[10]라고 쓴다.

아리시마의 이 같은 드라마틱한 삶에서 두드러져 보이는 것은 그의 솔직함

---

8   이에 관해서는, 가메이, 앞의 책, 241~246쪽; 우스이 요시미(臼井吉見), 고재석·김환기 역, 『일본 다이쇼문학사』, 동국대 출판부, 2001, 156~157쪽.
9   아리시마는 「농장개방전말」이라는 글에서, 농지 양여를 결심한 원인에 대해, 문학이라는 "자기 자신의 일을 방해하는 것은 모두 없애버리겠다고 생각했던 것"이었다고 했다. 가메이, 앞의 책, 246쪽; 『전집』 9, 372쪽.
10 『全集』 16, 822쪽.

과 비타협적인 실행력이다. 아키코와의 동반 자살 건만 하더라도, 그가 만약 아키코와의 결혼 생활을 원했다면 어렵지 않게 할 수 있던 일이었다. 그들의 만남이 문제가 되자, 아키코의 남편은 그들을 자유롭게 해주는 대신 돈을 요구했다. 하지만 아리시마는 차라리 '간통죄'로 감옥에 가더라도 사랑을 돈으로 바꿀 수는 없다고 거절한다. 그는 3년 전에, "사랑이 있기 때문에 개성의 충실을 완성시키고 때 아니게 죽는 사람이 있다. 그런데도 소위 정명定命의 죽음이나 불시의 죽음이란 누가 감히 완전하게 판가름할 수 있단 말인가. 사랑이 완성되었을 때 죽는다"[11]라고 썼고, 또 삶은 죽음으로 완성된다고 생각하고 있었다. 아리시마는 타협의 여지를 두지 않았고, 아키코와 동반 자살함으로써 그 자신이 생각하고 썼던 것을 그대로 실행에 옮긴다. 그는 식구들과 형제자매들, 그리고 아키코의 남편과 자기 책을 출판해왔던 동료, 그리고 그를 기독교로 이끌었던 친구 모리모토 등에게 다섯 통의 유서를 남긴다. 이 유서들은 매우 침착하고 정돈된 어조로 되어 있다. 모리모토에게 쓴 유서에서 "우리들은 사랑의 절정에서 죽음을 맞는다. 다른 강박에 의한 것은 없다"[12]라고 쓰고 있는 그의 문장이 그런 마음의 분위기를 상징적으로 보여주고 있다.

성격이 운명이라면, 이처럼 격렬했던 아리시마의 운명의 모습은 거꾸로 그의 성격을 보여준다. 그의 소설에 등장하는 대표적인 페르소나는, 진지하고 비타협적이며 한번 결심하면 좌고우면하지 않고 곧바로 직진하는 인물이다. 『어떤 여자』의 주인공 요코나, 「카인의 후예」의 괴물 같은 닌에몬, 「돌에 짓눌린 잡초」의 일인칭 화자 같은 인물들은 모두 지독한 사람들이다. 자기 욕망 앞에서 타협하지 않고 갈 데까지 가는 사람들이다. 그런 점에서 이들은 모두 격렬한 자아주의자들이다. 자아주의를 단순히 주장하는 것이 아니라, 그런 개념 같은 것은 알지 못하는 상태에서도 그것을 실천하고 있는 사람들이다. 아리시마

---

11   아리시마 다케오, 조연현 역, 『아낌없이 사랑은 뺏는다』, 정음사, 1975, 100쪽.
12   『全集』14, 669쪽.

의 장편 에세이 『아낌없이 사랑은 뺏는다』[1920]가 주목되는 것은 이런 맥락에서이다. 이 글은 그의 자아주의가 어떻게 태어나는지를 논리화해놓고 있다. 그 출발점이 무한공간의 공포라는 것은 물론이다.

4. 종교와 문학, 아리시마 다케오의 자아주의

『아낌없이 사랑은 뺏는다』[13]는 그의 대표 장편 『어떤 여자』[1919]와 짝을 이룬다. 그의 청년기를 사로잡고 있었던 기독교의 세계로부터 나와 본격적인 작가 생활을 시작한 후로 10년 만에 나온 책이기도 하다. 그가 교회를 나와 시라카바 동인 활동을 했을 때 그의 나이는 32세였다. 시라카바 동인들은 모두 가쿠슈인 동문들이라고 했지만, 이들 중에는 그의 두 동생, 아리시마 이쿠마有島生馬와 사토미 돈里見弴이 포함되어 있었다. 이쿠마는 그보다 네 살 밑이고 사토미 돈은 열 살 아래였으니, 동생 친구들의 모임에 홀로 삼십대인 그가 가담한 모양새였다.

어쨌거나 그는 뒤늦게 종교의 세계에서 나와 문학하는 사람들 속에 뛰어든 셈이었고, 결과로 보자면 그에게 종교와 문학은 상호배타적인 옵션이 되어버렸다. 『아낌없이 사랑은 뺏는다』는 아리시마가 종교에서 문학을 향해 돌아선 지 10년 만에 나온, 그것도 한 권의 책으로 출간된 에세이다. 5년 전에 나온 같

---

13 이 책은 두 종의 번역본이 있다. 조연현 역, 『아낌없이 사랑은 뺏는다』(정음사, 1975)와 정욱성 역, 『아낌없이 사랑은 빼앗는다』(어문학사, 2005)가 그것이다. 최근의 번역자 정욱성은 조연현 번역본의 존재를 몰랐던 것으로 보인다. 조연현 본은 당시 일본어에 충실하고, 정욱성 본은 역주가 상세하다. 조연현 본은 전27장, 정욱성 본은 전29장으로 되어 있다. 전자에서는, 도표로 구성된 13장이 생략되고 21장과 22장이 하나로 합해져, 전체 2장이 줄어들었다. 일본어 판본은 『有島武郎全集』, 東京 : 叢文閣, 1925, 5권에 실린 판본을 참조했다. 본문의 인용은 기본적으로 조연현 본을 따랐다. 본문에 면수만 밝힌다.

은 제목의 짧은 에세이가 있었으나, 아리시마는 이것을 익혀서 긴 글로 만드는 데 그 정도의 시간이 걸렸다고 했다. 예사롭지 않은 글일 수밖에 없다. 그래서 이 글이 아리시마의 필생의 역작이자, "작가로서의 아리시마 다케오가 모든 세월을 경주하여, 말하자면 존재를 건 것"[14]이라고 평가받고 있는 것도 수긍할 수 있는 일이다.

전체 29장으로 되어 있는 이 책은 크게 세 단락으로 나눌 수 있다. 첫째는 세계의 무한성에 대한 공포와 불안으로부터 시작하여 '개성의 발견'에 이르는 방황의 길[1~8장], 둘째는 개성의 생장을 도모하는 방식으로서의 '본능적 생활'에 대한 논리화[9~13장], 셋째는 그 핵심으로서의 '사랑의 실천'[14장 이후]이다. 이들에서 각각 핵심이 되는 단어는 개성, 본능, 사랑이다.

자유롭게 씌어진 글인 까닭에 정교한 플롯이나 체계가 있는 것은 아니지만, 예술가적인 입장에서 서술된 강렬한 자아중심주의에 대한 주창이 전체를 감싸고 있어, 자유롭지만 중심이 매우 뚜렷한 글이며, 어조와 내용에서 니체와 베르그송, 휘트먼, 스펜서 등의 영향력을 발견할 수 있기도 하다. 또 그가 강조하는 사랑의 개념은 자기 자신으로의 동화를 뜻하는 것이고, 이 책의 중심적인 명제는 '사랑은 주는 것이 아니라 빼앗는 것'이라 함이다. 이런 주장에서 선명하게 드러나는 사랑의 규정성은, 프로이트가 그 의미를 점차 확장하여 만년에 안출해낸 에로스의 개념과 매우 흡사하다. 이 둘 모두, 스피노자가 만물의 원리로 생각했던 코나투스conatus에 진화 생물학적 사유가 결합된 모양새이다. 프로이트의 에로스 개념이 확장되고 다듬어지는 것이 1920년대라는 것을 감안한다면 둘 사이의 직접적인 영향 관계를 생각하기는 어렵다. 그러니 이들이 보여주는 유사성은 일종의 공명의 산물로서, 이 두 개념 모두, 19세기 최고의 학문이었던 생물학과 진화론에 바탕을 둔 때문이라고 해야 할 것이다.

---

14 가메이, 앞의 책, 49쪽.

글의 초두는 이렇게 시작된다. "태초에 말씀이 있었는지 행위가 있었는지 나는 그것을 알지 못한다."[15] 태초와 말씀이라는 단어는 당연히 「요한복음」의 첫 구절을 연상시키며, 행위라는 말은 "태초에 행위가 있었"다는 말로 「요한복음」의 첫 구절을 수정했던 괴테의 『파우스트』를 인용한 것으로 보인다. 그가 쓴 행위行라는 단어에는 불교적인 수행修行의 느낌도 있고, 혹은 스피노자의 신의 개념, 그러니까 말없이 제 할일을 하는 기계로서의 신 개념이 스며 있기도 하다. 이 글 안에서 행위라는 개념은 이 정도에서 그치므로 더 이상 추론할 여지가 많지 않지만, 크게 보자면, 로고스 = 말씀이라는 옷을 입어 더욱 강력해진 유대교의 인격신이 한편에 있고, 그에 반대되는 힘으로서의 행위가 맞은편에 있는 구도로 이해하면 되겠다.

이런 구도를 바탕으로, 글의 초두에서 선명한 것은 침묵하는 신과 그로 인해 내면적으로 방황하고 있는 인간의 모습이다. 여기에서도 우리는 또 하나의 파스칼을 발견한다.

엄청난 영겁이 나를 둘러싸고 있다. 영겁은 무시무시하다. 때로는 얼음처럼 차가운 것이 꼼짝 않고 가만히 나를 둘러싼다. 또 때로는 눈앞이 어지러울 정도로 빛나는, 잠시도 가만히 있지 않은 것이 나를 둘러싼다. 나는 그것의 구석 혹은 중앙에 떨어뜨려진 점에 지나지 않는다. 넓이와 폭과 높이 등을 점은 지니지 않는다고 기하학은 말한다. 나는 영겁 속에 내 자신이 점과 다름이 없다고 생각한다. 영겁 앞에 서있는 나는 아무것도 아닐 것이다. 그렇지만 점이 존재하는 것처럼 나 또한 영겁 속에

---

15 '말씀'과 '행함'을 조연현은 원문을 좇아 "도(道)"와 "행(行)"으로 옮겼고, 정욱성은 "말씀"과 "현상"으로 옮겼다. 道를 말씀으로 옮기는 것이 적절해 보인다. "こと"라는 후리가나가 붙어 있기도 하다. 그러나 行을 현상으로 옮기는 것은 이상하다. 行 옆에는 "おこなひ(현대어로는 おこない)"라는 후리가나가 붙어 있다. おこない라는 단어는 일상적인 행위라는 뜻 외에도 불교적인 수행의 의미도 지니고 있다. 어느 쪽이건 간에 현상이라고 옮겨야 할 이유는 없고, 행위라고 옮기는 쪽이 적절해 보인다.

존재한다. 나는 점이 되어 태어났다. 그리고 순식간에 흔적도 없이 영겁 속에 융화되어 버리고, 나는 없어지는 것이다. 그것도 나는 알고 있다. 그리고 나는 없어지는 것을 두렵게 생각하기보다는, 점이 되어 여기에 내가 나로서 태어난 것을 두렵게 생각한다.12~13쪽

여기에서 아리시마가 말하는 영겁이란 무한성의 다른 이름이며, 그 반대편에는 유한자로서의 주체가 있다. 무한한 세계에 직면해 있는 주체는 공포에 가득 차 있는 존재이며 자신의 그런 모습을 외부로부터 바라볼 때 자기 연민이 시작된다. 여기까지는 17세기 파스칼의 경우와 다르지 않지만, 그 다음부터는 두 가지가 달라진다. 파스칼이 묘사한 공포는 그 자신의 것이 아니라 근대적 회의주의자의 것이었지만혹은 그런 입장에서 서술되었지만, 아리시마의 경우는 그 자신의 것이다. 그리고 두 사람의 지향점이 정반대이다. 파스칼이 뜨거운 호교론자였던 것과 반대로 아리시마는 기독교의 신을 떠나 근대성의 벌판에 홀로 남은 존재가 되었기 때문이다.

그에게 신은 말씀의 신이건 행위의 신이건 불가지의 존재일 뿐인데, 기도에 응답하지도 않고 세계에 영향을 미치지도 못하므로 존재하지 않는 것이나 다름없다. 그가 기독교를 떠나겠다고 결심했던 가장 우선적인 이유는, 그 자신에게는 신과의 직접적 교감이 불가능하다는 것이었다.[16] 절대자와의 교감도 없고 기독교식 윤리관도 납득되지 않는데 신앙인으로 자처한다는 것은, 아리시마 같은 이상주의자에게는 견딜 수 없는 위선이 아닐 수 없었겠다. 그는 자신이 선택한 종교의 세계에서 다시 자신의 의지로 빠져나옴으로써, 비로소 근대

---

16 그는 네 가지 이유를 들었다. ① 인격적 신과의 직접적 교감이 없음, ② 기독교의 죄와 속죄론을 수용하기 어려움, ③ 미래관에 대한 의문, ④ 러일전쟁으로 기독교국의 이면을 보게 됨. 네 번째 이유는, 러일전쟁을 큰개와 작은개의 싸움처럼 흥미 있게 바라보던 미국인들을 지칭하는 것이었다. 가메이, 앞의 책, 60쪽.

성의 정신적 폐허와 정면으로 맞서게 된다. 이제는 아무런 방어막도 없이 무한공간 앞에 서서 절대자의 빈자리가 지닌 인력을 감당해야 할 처지가 되는 것이다.

그렇다면 그가 이 근대성의 정신적 폐허를 견디기 위해 내미는 처방은 무엇인가. 강렬한 자아주의가 그 대답이다. 단지 주관성이나 의지의 영역에 그치지 않고, 세계의 원리로 그것을 설명하려 한다는 것이 그의 생각이 보여주는 특징이다. 개성에서 시작하여 본능과 사랑으로 이어지는 논리의 흐름이 그것이거니와, 이는 "인간의 개성에 깃든 본능, 즉 사랑"[135쪽]이라는 표현으로 압축된다. 절대자가 없는 공간에서 한 개체가 기대할 수 있는 유일한 힘은, 자기 자신 안에 깃들어 있는 내발적 역량의 분출이다. 이것을 그는 개성이라고 부른다. 그리고 인간이 지닌 개성의 본능은 사랑이라는 형태로 표현된다. 여기서 본능이란 단지 육체적 욕구만을 뜻하는 것이 아니라 영육이 분리되지 않은 개체 전체의 본질적 힘을 뜻하며, 사랑은 한 개체가 지닌 본능의 전형적 표현이 된다. 그가 삶의 가장 높은 단계로 말하는 '본능적 삶'이란 제한 없이 사랑을 추구하는 삶을 뜻한다.

그가 만들어놓은 생명 형태의 삼분법은 '습성적 / 지적 / 본능적'으로 구분된다. 습성적 삶은 자기에게 코드화된 방식대로 움직이며 살아가는 것이며, 지적 삶은 반성에 의해 만들어지는 것으로서 의무를 위해 사는 삶이다. 마지막 단계로서의 본능적 삶은, 인간 개체가 자기 개성을 발휘하며 창조적으로 살아가는 절대 자유의 단계이다. 아리시마의 이런 생각에서 확인되는 것은 휘트먼과 베르그송, 니체 등의 목소리이다. 아리시마가 미국 유학 생활에서 만난 휘트먼은 그에게 기독교로부터의 회심의 계기가 되었거니와, 지상적 삶에 대한 긍정의 사상가라는 점에서, 그리고 지상적 삶이 지닌 기쁨의 예찬자라는 점에서 니체와 통한다. 그리고 베르그송의 『창조적 진화』는 아리시마가 만든 삼항조에 논리적 뼈대를 제공해주고 있다.

아리시마의 이러한 논리가 메이지 유신 이후 일본문학사에서 이어져온 자아주의 계보 위에 얹힐 때 아리시마 고유의 자아주의가 태어난다. 문학은 실리적인 것이 아니라 영적 세계에 관계하는 것이라는 「내부 생명론」[1893]의 기타무라 도고쿠北村透谷, 1868~1894, 위선적인 생활을 배격하고 인간 본연의 요구를 만족시키고자 하는 생활을 주창했던 「미적 생활을 논한다」[1901]의 다카야마 조규高山樗牛, 1871~1902, 영육일체의 절대적 자아주의를 근본으로 신의 권위에 대치하는 인간주의를 세우고자 했던 「신비적 반수半獸주의」[1906]의 이와노 호메이岩野泡鳴, 1873~1920등[17]이 그들이다. 일본의 근대 초기에 만들어진 이와 같은 자아주의의 계보는, 동아시아라는 공간을 염두에 두고 보자면 매우 독특한 것이 아닐 수 없다. 이런 생각의 흐름은, 동아시아에서 근대 일본만이 지니고 있는 고유한 시대적 특성의 발현이라 해야 할 것이기 때문이다.

아리시마가 고안한 '습성적 / 지적 / 본능적'의 삼항조에서 독특한 것은 세 번째 항목이다. 앞의 두 항목은 코나투스와 초월론적 윤리라는 점에서 스피노자 / 칸트, 혹은 자연 / 당위의 틀로 대체될 수 있다. 그 다음 세 번째 항목으로 와야 할 것은 무엇일까. 근대성의 후발 지역이라는 사실을 감안한다면 공동체 형성을 향한 의지로서의 헤겔이어야 했을 것이다. 네이션 단위의 사유는 근대성의 후발 지역이 지니는 특징이기 때문이다. 하지만 아리시마가 내놓은 것은 헤겔이 아니라 니체 = 휘트먼이다. 그가 말하는 본능적 삶이란 공동체나 네이션의 차원이 아니라, 한 개인의 차원에서 추구되는 주체성의 절대 자유, 아리시마에게 영향을 주었던 휘트먼의 용어로 말하자면 자유인loafer의 차원인 것이다. 이것은 공동체적 사유를 넘어선 곳에서 가능한 것이기에 그 자체로도 독특한 것이 아닐 수 없거니와, 아리시마가 자신의 멘토였던 우치무라의 사상으로부터 스스로를 분리시키는 요소이기도 하다. 헤겔적인 틀이 있어야 할 세

17 자아주의자들의 계보에 관하여는, 가메이, 앞의 책, 151쪽.

번째 자리에 니체 = 휘트먼이 들어서 있는 모습에서, 우리는 거꾸로 그가 자신의 친구들과 공유하고 있는 세대적 지평을 확인하게 된다. 물론 이것은 일본의 경우이기 때문에 가능했던 일이기도 하겠다.

우치무라는 무교회주의 기독교 사상가이자 사회실천가이자 반전평화주의자였지만, 그가 추구했던 사회적 계몽 이론과 실천의 방식은 메이지 시대 일본의 첫 세대 유학생으로서의 네이션 단위의 사유를 자기 바탕으로 지니고 있다는 점에서 특징적이다. 이는 그의 사상적 특성이 '기독교 애국주의'라 불린다는 점에서 그러하고, 또한 '두 개의 J'곧 예수와 일본에 대한 헌신이라는 그 자신의 이념적 모토가 상징하고 있는 것이기도 하다.[18] 그에게 무엇보다 우선적인 것은 일본이라는 인륜적 공동체의 현실성이며, 그런 점에서, 그 자신이 추구하는 사회적 실천의 내용과 무관하게 자신의 실천 방식 자체가 이미 헤겔적인 사유틀 위에 놓여 있는 것이라 할 수 있다.

하지만 둘째 세대 유학생이라 할 아리시마의 사유틀은, 네이션이나 공동체의 차원에서 벗어나 있다는 점에서 우치무라와 구분된다. 이는 무엇보다도 그가 삿포로 독립교회의 기독교 대신 문학을 선택했다는 사실에서 드러나거니와, 그에게 문학이란 한 개인의 차원에서 추구될 수 있는 절대 자유의 표상이라는 사실과 나란히 놓여 있다. 그러니까 그에게 중요한 것은 이미 네이션이나 공동체가 아니라 한 사람의 보편적 개인이며, 그가 고안해낸 '습성적 / 지적 / 본능적'이라는 삼항조는 그래서 '스피노자 / 칸트 / 니체'로, 좀더 자세하게는 스피노자적 원리와 칸트적 당위, 그리고 니체적 의지로 번역될 수 있겠다.

아리시마의 이런 행동과 사상은 어떻게 가능했을까. 여기에서 중요한 것은, 아리시마의 문자 행위가 지닌 시대적 의미를 따져보는 것이겠다. 아리시마처럼 공동체와는 반대 방향으로 나아가는 사람은 어느 시대에나 있을 수는 있겠

---

18 우치무라 간조의 삶과 사상에 대해서는, 양현혜, 『우치무라 간조, 신 뒤에 숨지 않은 기독교인』(이화여대 출판문화원, 2017)이 자세하다. 따옴표 속의 표현은 108·116쪽에 있다.

지만, 그런 선택이 아리시마 정도의 주목도와 영향력을 확보하는 것은 쉽지 않은 일이다. 그리고 바로 그런 사실 속에 그의 선택이 지닌 시대적 의미가 있다고 하겠다. 아리시마가 자기 생각의 정점에 도달했을 때, 일본은 이미 동아시아에서 유일하게 근대국가 체제를 만들어내는 데 성공한 나라로 자리 잡고 있었다. 문학이 네이션 빌딩이라는 지점을 향해서가 아니라 그와 반대 방향으로, 그러니까 국가와의 관계 속에서 문학이 집단의 결속을 만드는 구심력이 아니라 개인 지향의 원심력으로 작동할 수 있었던 것은 그 때문이라 할 수 있겠다. 일본의 근대문학이 동아시아문학 속에서 지니고 있는 독특성은 바로 그 같은 모습 속에 존재하고 있거니와, 이 사실은 당시 한국이나 중국의 상황과 나란히 놓아두면 좀더 분명해질 수 있을 것이다.

5. 루쉰, 이광수, 염상섭

20세기 전반기를 전쟁 상태로 보내야 했던 중국이나, 식민지 상태에 있었던 한국의 경우는 일본과 다를 수밖에 없다. 근대로의 전환기에서 일본이 근대성의 당당한 주인 자리를 차지하고 있었다면 한국과 중국은 반대로 노예와 반-노예의 자리에 있었다. 그래서 당연하게도, 한국과 중국에서 문학의 계몽적 혹은 실천적 역할의 중요성은 일본과 비교할 수 없이 강조된다. 여기에서 문학은 어떤 방식으로건 네이션이라는 중심의 틀 바깥을 벗어나기 힘든 구도가 된다. 중국에서 가장 대표적인 예로는 루쉰의 경우를 들 수 있겠다. 혁명과 전쟁을 가로질러온 그의 문학적 여정이 이런 사정을 여실히 보여준다.

근대 의술을 익혀 자기 나라 사람들을 이롭게 하겠다고 마음먹었던 청나라의 한 청년이, 의대를 그만두고 문학을 하겠다고 나섰다. 자기 나라 사람들의 몸을 고치는 것보다 더 중요한 것은 사람들에게 제대로 된 마음을 갖게 하는 것이라는 생각 때문이었다. 문학으로 방향을 바꾸었던 20대 시절의 루쉰이 염두에 두었던 문학과, 신해혁명의 격랑을 거쳐 38세의 늦은 나이로 소설을 발표하기 시작하여 뜨거운 '짜원雜文'의 영역에 이르렀을 때의 문학이 같은 것일 수는 없다. 그럼에도 그에게 여일하게 주어진 것은 계몽주의적 의미에서의 '인생을 위한 문학'이라는 자리였고 이 점은 「나는 어떻게 소설을 쓰기 시작했나」1933와 같은 만년의 글에서 확인된다.[19]

문학에서 계몽을 향한 의지가 강하게 표출되고 있다는 사실은, 그 열도는 조금씩 달랐을지라도 20세기 전반기 한중 양국의 문학적 주류가 공유하고 있었던 것이라 해야 할 것이다. '소일거리 문학'을 배격하는 입장에 서 있었던 것은, 루쉰만이 아니라 이광수나 이기영의 경우도 마찬가지였으며, 심지어는 삶을 포기한 채로 문학의 심연을 향해 나아가고자 했던 이상 같은 작가라 해도 크게 다를 수가 없다. 그들에게 문학은 주체로서의 삶에 기여하는 것이어야 했으며, 심지어는 한 사람의 삶을 걸 만한 가치를 지닌 것이어야 했다. 그것은 그들 자신의 생각과는 무관하게 그들에게 주어진 자리의 힘이었다고 해야 한다.

이런 관점에서 보자면, 무한공간의 공포는 어떠할까. 자기를 둘러싼 현실 속에서는 무고한 사람들이 고통을 받거나 피를 흘리며 죽어가고 있는 터에, 존재론적 간극과 그로 인해 생겨난 불안 같은 것을 말하는 것은 한가한 소리가 아닐 수 없겠다. 그래서 루쉰에게 다가온 적막이나 절망은 밤하늘을 바라보는 근대인 일반의 것과는 거리가 멀다. 그의 글쓰기가 지닌 정서적 계기들은 중국이 처해 있는 암담한 현실과의 대면에서 나온다.[20] 첫 소설집 『외침吶喊』의 「자서自序」에서 썼듯이 그의 절망은, 창문 없는 무쇠 방에 빠져나갈 길 없이 갇혀 죽어가고 있으면서도 그 사실을 깨닫지 못한 채 잠들어 있는 사람들을 바라보고 있는, 그들의 잠을 깨운다 해도 빠져나갈 길이 없다고 생각하고 있는

---

19   왕스징, 신영복·유세종 역, 『루쉰전』, 다섯수레, 2007, 222쪽.
20   유세종, 『루쉰식 혁명과 근대중국』, 한신대 출판부, 2008, 56쪽.

사람의 안타까운 시선으로부터 나온다.

　루쉰의 문학적 원점이라 할 계몽적 시선은, 이런 고통스런 관조를 뛰어넘고자 하는 의지에서 생겨난다. 그것은 아무런 희망 없이도 그 절망 속으로 뛰어들겠다는 결의 속에서, 그리고 그런 결의를 가능케 할 정도로 이미 임계점을 넘어버린 절망의 상태 속에서 형성되며, 이런 과정 속에서 출현한 절망적 시선은 그것을 호도하는 위선적 지식인들의 글쓰기에 대한 분노와 결합하여 혁명적인 것으로 예각화된다. 이러한 글쓰기는 소설 창작에서부터 그가 스스로 '짜원雜文'이라고 낮춰 부른 논쟁적 산문으로 이행해가면서 구체적으로 개진되거니와, 그럼에도 불구하고 존재론적 불안이 해결될 수는 없다. 루쉰의 텍스트가 갈라지는 지점에서 매우 희미하게 드러나는 증상적인 지점들이 있다. 「아Q정전」과 「축원례」 등의 단편소설에 놓여 있는 증상적인 형태의 불안들이다. 「축원례」의 경우는 계몽의 불안이 존재론적 불안을 슬쩍 감추고 있는 형태[21]이기도 하거니와, 이런 점에서조차 계몽이라는 시대적 요구가 말을 하고 있는 셈이다.

　일본에서 태어난 아리시마 다케오는 거리낌 없이 청교도적 금욕주의자에서 휘트먼적 의미의 자유인loafer으로 이행해갔으며, 그 이동선의 마지막 지점이 문학일 수 있었다. 결과론적인 이야기이겠지만, 그의 문학 언어가 기본적으로 기독교 배교자의 것임은 당연한 일이겠다. 어쨌거나 그는 『어떤 여자』 같은 그의 대표작들이 보여주듯이, 한 개성이 구현해내는 운명을 통해 절대성의 빈자리를 메워냈고 그럼으로써 빈자리가 지닌 강한 인력에 맞설 수 있었다. 그리고 바로 그것이, 그러니까 절대자의 시선으로 보자면 한갓되고 너절한 것일 수밖에 없는 보통 사람의 삶을 가지고 바로 그 시선의 텅 비어버린 몸체를 채워넣는 것이, 곧 문학적 근대성에 주어진 임무 중 하나라고 한다면, 아리시마

21　이에 대한 좀더 자세한 것은, 「계몽의 불안」 제4장 3절에 있다.

다케오의 경우는 그것의 핵심 하나를 획득하고 있으며, 동시에 그것을 논리화했을 뿐 아니라 자기 생애를 통해 구현해냈다고 할 수 있을 것이다.

그러나 청나라의 신민으로 태어난 루쉰이 마주해야 하는 조건들은 다를 수밖에 없다. 그의 삶과 문학에서 두드러지는 것은 무엇보다도, 근대로의 전환기에 동아시아의 정치적 현실이 직면했던 격렬했던 계몽-실천적 계기들이다. 그가 의학 공부를 접고 문학을 하겠다고 나섰던 것은 25세 때의 일이다. 잡지 발간을 계획했지만 실패로 돌아갔고 번역 소설집을 냈지만 반향이 없었다. 그가 단편 「광인일기」1918를 발표하며 소설가로 나선 것은 그로부터 12년 후인 37세 때의 일이다. 그 짧지 않은 시간을 그는 교원으로 혹은 교육부 관료로 살았다. 그가 '문학 혁명'에 가담한 후 18년이라는 시간 동안 써낸 글의 열도도 그러하지만, 그래서 더 인상적인 것은 그가 평범한 생활인으로 보냈던 저 12년의 공백, 진공과도 같은 적막이다. 그것은 루쉰이 만든 두 개의 전설적인 강렬함 사이에 어두운 배경처럼 놓여 있다. 그러니까 청나라 출신 일본 유학생 의학도를 문학도로 바꾸어놓았던 유명한 '환등기사건'의 강렬함과, 그가 글을 발표하기 시작한 후 정치적 글쓰기로 이행해가면서 보여준 삶의 뜨거운 윤리성 사이에, 그가 "큰 독사처럼 내 영혼을 칭칭 휘감아버렸다"[22]라고 표현한 적막이 태연한 표정으로 놓여 있는 것이다. 그 적막 안에 웅크리고 있는 어두운 힘을 일러 존재론적 불안이라고 해도 좋을 것이다. 루쉰이 술회하듯, 오랜 시간 그를 괴롭게 한 적막이란 단순히 실패한 계몽과 사그라진 열정으로 인해 생겨난 것만은 아니며, 어떤 식으로건 그 자신이 극복하려 노력했던 좀더 근본적인 수준의 덧없음에 해당하는 것이기 때문이다.

한국 근대문학의 경우는 어떠할까. 존재론적 간극이 뿜어내는 에너지와, 역사적 상황이 만들어낸 강렬함이 한국 근대문학의 양극단에 놓여 있다. 이 둘의

---

22 루쉰, 노신문학회 편역, 『노신 선집』 1, 여강출판사, 2003, 22쪽.

제3장 | 무한공간의 정동과 존재론적 불안 119

겹침에 대해서라면 20세기 전반기 한국의 어떤 문인이라도 예외일 수는 없을 것이다. 대표적인 예로, 이광수와 염상섭의 경우를 적시할 수 있겠다.

어릴 적 고아가 되어 동학의 장학금으로 메이지 시대 일본에 유학을 갔던 이광수[1892~1950]는 미션 스쿨에 다니면서 자연스럽게 기독교의 교리와 풍속을 익혔다. 귀국한 후의 교원 생활과 방랑, 본격적인 문필 활동, 제2차 동경 유학 및 상해 망명 등 파란만장한 생활을 거쳐야 했고, 1930년대 중반에 접어들면서부터 그는 불교 신자가 되었다.[23] 30년이 넘는 시간 동안 다른 여러 가지가 바뀌더라도 바뀌지 않은 하나가 있다면, 그것은 문학과 삶에 관한 진지하고 경건하며 금욕적인 태도이다. 때로 그의 금욕주의는 민족을 위한 것이기도 했고, 혹은 자기목적적인 것이거나 종교적인 것이기도 했다. 그의 장편 『사랑』[1938]에 이르면 기독교적 섭리와 불교적 인과응보가 하나로 결합되는 경지가 펼쳐지기도 했다. 사상의 내용은 바뀔 수 있어도 바뀌지 않았던 것은 금욕적 태도 그 자체이며, 심지어 태평양전쟁 시기의 대일 협력에 임해서도 엄숙하고 금욕적인 태도는 한결같았다. 그래서 그의 대일 협력에는 어떤 이해하기 어려운 기이함이 있다. 민족 차원에서 획득해야 할 현실적인 이익이 있으니 협력을 하자는 최남선 같은 태도도 아니고, 자신의 이익을 챙기기 위해 불의한 권력에 협력하고자 함도 아니었다. 구태여 말하자면, 최남선의 경우는 민족의 장래를 위해 협력할 수밖에 없다고 실용적 태도로 판단한 사람에 가까울 텐데, 이광수는 여기에서 한발 더 나간다. 흡사 구도적인 자세로 악행에 임하는 사람이 지닐 법한 그로테스크함이 그의 대일 협력에 배어 있는 것이다.

삶 전체를 놓고 보자면 이광수는, 언제나 뜨거운 이상주의자의 태도를 지녔고 자신의 사상을 삶과 실행으로 보여주었다. 이런 점에서 이광수는 아리시마와 일치하고, 또한 문학에 관한 한, 문학을 자기목적적인 것으로 생각하지 않고

---

23 전기적 사실은, 『이광수 전집』, 삼중당, 1973, 별권; 김윤식, 『이광수와 그의 시대』 한길사, 1983.

계몽주의적 입장을 견지하려 했다는 점에서는 루쉰과 일치한다. 민족이라는 집단적 청자를 대상으로 말을 하고 있었다는 점에서 보자면, 이광수의 경우는 아리시마보다 루쉰 쪽에 훨씬 가깝다. 이 둘이 서로 달랐던 것은, 루쉰은 전쟁터에 있었던 반면에 이광수는 포로수용소에 있었다는 점이다.

루쉰은 세 개의 진영^{제국주의 침략 세력과 이에 맞섬과 동시에 내전을 병행하고 있는 국민당과 공산당} 사이에서 벌어지는 전쟁의 현장에 있었고, 그래서 그의 글쓰기는 그 자체가 전투로서의 글쓰기였다고 한다면, 포로수용소에서 갇혀 있던 이광수에게 중요한 것은 어떤 식으로건 그 안에서 희망의 가능성을 만들어내는 일이었다. 베이징에 있던 루쉰은 '무쇠 방'에 갇혀 있는 사람들을 외부자의 시선으로 바라보고 있었다. 그로부터 십여 년 뒤 상하이에서의 루쉰은 내전의 현장에서 양쪽에서 날아오는 화살을 피하기 위해 진을 옆으로 벌이고 게걸음을 쳐야 했던 [橫站] 처지가 되었다. 베이징 시절의 루쉰에게 출구 없는 '무쇠 방'이 비유였다면, 감옥에 갇힌 이광수에게 숨 막히는 '무쇠 방'은 현실이었다고 해야 한다.

염상섭^{1897~1963}의 경우는 어떠할까. 다이쇼 시대 일본에서 유학 생활을 했던 그는 아리시마 다케오의 영향을 짙게 받은 독자였다. 그가 동인지 『폐허』에 발표했던 초기 평론들, 「저수하에서」¹⁹²¹ 「개성과 예술」¹⁹²² 「지상선을 위하야」¹⁹²² 등에서 아리시마의 영향력을 확인할 수 있다. 이를테면, 「개성과 예술」을 구성하는 두 개의 개념은 '환멸의 비애'와 '개성'이다. 전자는 근대 세계의 현실을 지칭하는 말이고, 후자는 이런 중심 부재의 상태를 헤쳐나가기 위해 필요한 항목으로 제기된다. 전반부의 중심을 이루는 개념인 '환멸의 비애'는 하세가와 덴케이^{長谷川天渓}의 용어이거니와,[24] 후반부를 이루는 개성에 관한 논리가 아리시마의 영향력에서 만들어진 것임은 두말할 나위가 없겠다. 또 그의 초기 단편 「암야」¹⁹²¹에서 주인공이 읽으며 눈물을 흘리는 책이 "有島武郎의 「出生의苦

---

24 서영채, 『사랑의 문법 ─ 이광수, 염상섭, 이상』, 민음사, 2004, 3-2장.

惱」라는 短篇輯"[25]이다. 이 시기에 나온 또 다른 단편 「제야」[1922]에서 여주인공이 보여주는 지독한 개성은 아리시마의 「돌에 짓눌린 잡초」나 『어떤 여자』의 인물들이 보여주는, 갈 데까지 가는 철저한 근성과 쉽게 겹쳐진다.

그러니까 문학으로 들어서는 길목에 있던 20대 초반의 염상섭에게 그보다 열아홉 살 많은 아리시마의 영향력은 압도적이었다 할 것인데, 그의 초기 소설에서 이채롭게 표현되었던 존재론적 불안 역시, 그 이후의 성숙한 염상섭으로의 전개 과정을 고려한다면 이런 영향력의 범위 안에 있었다고 해야 할 것이다. 「표본실의 청개구리」[1921]에 등장하는 두 명의 '광인', 대동강변을 산보하는 장발객과 남포의 과대망상자 김창억이라는 두 개의 에피소드가 그 대표적인 예이거니와, 여기에서 중요한 것은 이 독특한 '광인'들의 존재가 아니라 이들을 바라보는 화자의 시선이다. 존재론적 불안은 대상 속에 있는 것이 아니라, 대상을 바라보는 화자의 시선 속에 있는 것이기 때문이다. 요컨대 불안은 객관적 실체가 아니라 반영적 속성인 것이다. 객관적으로 보자면 '광인'들은 정상적인 일상의 외부자일 뿐이지만, 경이와 동경이 뒤섞인 일상인의 시선과 만나는 순간 그들은 주체의 불안을 되비추는 거울이자 실재의 미메시스가 된다.

아리시마의 책을 읽으며 눈물을 흘리던 「암야」의 주인공은 마지막 장면에서 경복궁 앞 육조대로를 걷는다. 밤하늘의 별을 바라보며 걷다가 속으로 부르짖는다. "'영원'이시여 이 가련한 작은 생명에게 힘을 내리소서."[26] 그가 기도를 바치는 대상은 별이 빛나는 밤하늘이며 그것이 무한공간의 표상임에 두말할 여지가 없겠다. 그는 그것을 영원이라 부르고 있다. 여기에서 문학청년의 센티멘탈리즘을 걷어내고 나면 남게 되는 것은 존재론적 요동이다. 또한 매우 희미하지만 그 뒤에서 꿈틀거리고 있는 것 역시 근대성의 계보를 따라 유전되어온 무한공간의 전율이다.

---

25 『염상섭 전집』 9, 민음사, 1987, 56쪽.
26 위의 책, 57쪽.

염상섭은 문학청년다운 감상성과 또 그와 상반된 냉소주의적 차가움이 복합되어 있는 복잡한 정서적 상태를 거친 후, 차츰 발자크적인 장편 작가로 변신해간다. 그런 변모 양상은 한편으로는, 냉소적이고 싸늘했던 루쉰이 전투적 글쓰기를 통해 당대의 현실에 밀착해가는 것과 유사한 모습이며, 또 한편으로, 또한 문학청년 시절에 염상섭이 지녔던 진정성에 대한 추구가 '본격소설'이라 할 장편소설들에 녹아들어감으로써 작가로서의 성숙성을 보여주는 것이기도 하다. 염상섭에게 『삼대』는 아리시마에게 『어떤 여자』가 지니는 것과 유사한 위상과 의미를 지니거니와, 염상섭의 경우처럼 식민지 상태의 한국의 현실을 객관적으로 포착해내고자 하는 행위 속에는, 아리시마적인 진실 추구의 자아주의와 루쉰적인 현실 지향성이 서로 길항하는 채로 내장되어 있는 셈이다. 염상섭이 그려내는 식민지 사람들의 너절한 삶이란 기본적으로 보편적 근대인의 운명에 해당하는 것이어서 아리시마적인 것이라 할 수 있으되, 그들이 만들어내는 다수의 운명선은 식민지 상태라는 현실적 위력에 의해 휘어짐으로써 루쉰적인 힘의 존재를 보여주고 있는 것이다.

염상섭이 만들어낸 이 같은 작가로서의 행로에 비하면, 문학을 통해 민족 계몽주의를 실천하고자 했던 이광수의 길은 루쉰의 경우에 훨씬 가깝다. 이광수는 감수성이 예민한 이상주의자여서, 루쉰이 지닌 냉소적 현실주의자로서의 기질과 정반대되는 성격을 보여준다. 그럼에도 이들은 현실적 요구의 급박성의 한복판에 있게 된다는 점에서 유사한 처지가 된다. 차이가 난다면, 루쉰은 전쟁터에 있었던 반면에 이광수는 포로수용소에 있었다는 점이라 해야 하겠다. 루쉰에게 중요한 것이 논리의 최전선에서 싸우는 일이었다면, 이광수에게 중요한 것은 포로수용소에서나마 어떤 식으로건 희망을 만들어내는 일이었다. 루쉰이 무쇠 감옥에 갇혀 있는 사람들을 바라보고 있었다면, 이광수는 그 자신이 무쇠 감옥 속에 있었다고 해야 할 것이다.

청년 이광수는 아리시마처럼 금욕적 이상의 정결한 아름다움과 동시에 그 밑에서 꿈틀거리는 본능의 강렬한 힘을 발견했었다. 1910년대의 이광수는 그런 본능의 힘을 마음껏 발휘해야 한다고, 사람이 되기 전에 먼저 동물이 되어야 한다고 썼다. 「爲先 獸가 되고 然後에 人이 되라」[1917]와 같은 논설이 그 대표적인 예이다. 그러나 그런 주장이 곧바로 주관적 자아주의로 나아가는 형태일 수는 없다. 이광수에게 중요한 것은 어디까지나, 개인이 아니라 네이션 단위의 공동체적 사유틀이기 때문이다. 본능의 발양이 중요하다는 그의 주장은 개인의 해방을 목표로 하는 것이 아니다. 전통 윤리의 엄숙주의를 혁파하고 새로운 인륜성을 수립해야 한다는 주장이며, 종국적으로 네이션의 새로운 미래를 만들어나가야 한다는 취지의 산물이라는 것이다. 또한 이것은 1919년 「2·8독립선언서」를 쓴 그가 상해로 망명하여 도산 안창호를 만나기 이전의 일이기도 했다. 본능 해방이라는 동일한 주장이라고 해도, 이광수와 아리시마의 맥락은 정반대되는 자리에 놓여 있는 것이다.

아리시마는 자기 안에서 작동하고 있는 본능의 힘을 부정하는 일이 불가능하다는 것, 그래서 그것을 단죄하고 탄핵하는 것이 이상한 일이라는 사실을 깨달으면서 기독교와 결별한다. 그것은 동시에 청교도적 윤리나 지상적 삶에 대한 절제를 요구하는 금욕주의적 태도와의 결별이었고, 이런 에너지의 흐름은 자연스럽게 국가라는 테두리나 사회적 제약의 한계를 넘어서 한 사람의 개인이 누릴 수 있는 절대 자유의 영역을 향해 나아간다. 이는 앞에서도 지적한 바와 같이 아리시마의 배후에 이미, 메이지 유신을 통해 새로이 탄생한 강력한 젊은 국가가 있었기에 가능했던 일이다.

그러나 이광수의 경우는 어떠한가. 그 앞에 놓여 있는 것은 오백 살이나 되어 제 한 몸 주체하지 못하는 늙은 국가, 그나마도 이제는 사체가 되어버린 존재이다. 그리고 그 자신은 루쉰의 무쇠 감옥 같은 거대한 포로수용소 속에 갇혀 있다. 해방의 희망이 보이지 않는 포로수용소에서, 어떤 방식으로건 일상의 삶을 부지하면서 할 수 있는 일이란 무엇일까. 아Q식의 정신 승리법이 아니라면 살아남으면서 버티기 위한 금욕주의일 것이다. 이광수에게는 그것만이, 이상도 희망도 헛된 것이고 모든 것이 헛될 뿐이라는 식의 회의주의를 막아낼수 있는 방법이었을 것이다. 그럼에도, 이광수 역시 근대인이므로 무한공간의세례는 없을 수 없다. 그의 출세작 『무정』[1917]의 다음과 같은 장면을 보자.

> 형식은 특별히 무엇을 생각하려고도 아니하고 눈과 귀는 특별히 무엇을 보고 들으려고도 아니한다. 형식의 귀에는 차의 가는 소리도 들리거니와 지구의 돌아가는소리도 들리고 무한히 먼 공중에서 별과 별이 마주치는 소리와 무한히 적은 에텔의분자의 흐르는 소리도 듣는다. 메와 들에 풀과 나무가 밤 동안에 자라느라고 바삭바삭하는 소리와, 자기의 몸에 피 돌아가는 것과, 그 피를 받아 즐거워하는 세포들의소곤거리는 소리도 들린다. 그의 정신은 지금 천지가 창조되던 혼돈한 상태에 있고또 천지가 노쇠하여서 없어지는 혼돈한 상태에 있다. 그는 하느님이 장차 빛을 만들고 별을 만들고 하늘과 땅을 만들려고 고개를 기울이고, 이럴까 저럴까 생각하는 양을 본다. 그리고 하느님이 모든 결심을 다하고 나서 팔을 부르걷고 천지에 만물을 만들기 시작하는 양을 본다. 하느님이 빛을 만들고 어두움을 만들고 풀과 나무와 새와짐승을 만들고 기뻐서 빙그레 웃는 양을 본다.[27]

이 대목은 유서를 남기고 사라져버린 박영채를 찾아 평양에 갔던 주인공 이형식이 혼자서 기차로 귀경하는 장면의 일부이다. 이 장면은 더 길게 이어져조물주에 의해 그 자신이 탄생하는 상상, 그리고 자신의 본질이라는 개체성과자기 자신만의 고유성에 관한 발견으로 이어져간다. 이런 성찰 끝에 그가 도달한 것은 아리시마 다케오와 마찬가지로 자아주의이다. 주체 중심주의라고하거나 혹은 개성의 발견이라 명명해도 뜻은 마찬가지이겠다. 그것은 자기 자

---

27   이광수, 『이광수 전집』 1, 삼중당, 1973, 117쪽.

신의 생명과 존재, 사명 같은 단어로 표현된다.

> 마치 북극성이 있고 또 북극성은 결코 백랑성도 아니요, 노인성도 아니요, 오직 북극성인 듯이, 따라서 북극성은 크기로나 빛으로나 위치로나 성분으로나 역사로나 우주에 대한 사명으로나, 결코 백랑성이나 노인성과 같지 아니하고, 북극성 자신의 특징이 있음과 같이, 자기도 있고 또 자기는 다른 아무러한 사람과도 꼭 같지 아니한 지와 의지와 사명과 색채가 있음을 깨달았다. 그리고 형식은 더 할 수 없는 기쁨을 깨달았다. 형식은 웃으며 차창으로 내다본다. 『전집』 1, 118쪽

기차 안에서의 성찰을 통해 이광수의 주인공이 도달하게 되는 자아주의는, 근대성의 기본항인 주체성 원리의 다른 이름이기도 하다. 그럼에도 그것의 지향점은 아리시마와 매우 다르다. 아리시마가 도달한 지점이 '개성 = 본능 = 사랑'이라면 이광수가 『무정』의 이형식을 통해 도달하게 되는 논리는 '개성 = 사명 = 계몽'이다. 그것이 이광수 식의 민족 계몽주의로 연결되며 정치적으로는 그가 썼던 「2·8독립선언서」의 모습으로, 즉 1919년의 기미만세운동으로 귀결된다.

기차 안에서의 성찰을 통해 이광수의 주인공이 도달하게 되는 자아주의란, 나쓰메 소세키가 만년의 강연, 「나의 개인주의」1914에서 술회한 '자기 본위'의 사상과 다르지 않다. 불안과 공허감을 지닌 채로 지내야 했던 청년 소세키가, 비로소 자기 삶의 길을 찾게 된 것은 이른바 '자기 본위'의 사상을 수립하면서부터라고 했다. 소세키와 이광수는 물론이고, 아리시마 다케오나 루쉰도 사상과 삶에서 서로 다른 맥락을 지니고 있지만, 결국은 존재론적 불안과 공허감에서 벗어나 자기 삶의 단단한 행로를 찾고자 한다는 점에서는 서로 공명하고 있다. 그것은 근대인으로서 이들의 정신적 토대가 동일한 원리, 근대성의 기본항인 주체성 원리에 기반하고 있기 때문이라 해야 할 것이다.

그 결과로서의 지향점에 대해 말한다면, 이들의 유사성보다는 차이가 강조되어야 할 것이다. 아리시마의 '개성 = 본능 = 사랑'과 이광수의 '개성 = 사명 = 계몽' 사이의 거리가 차이의 현격함을 보여준다. 계몽에 대한 이광수의 강조는『무정』의 잘 알려진 결말이 보여주고 있거니와, 이를 통해 확인되는 것은 무한공간의 공포와 존재론적 불안을 온통 가려버릴 정도로 강렬하게 작동하는 계몽의 위력이다. 이 점에서 이광수가 선택한 자리는 루쉰의 것과 일치한다. 물론 그들의 글쓰기와 생애가 보여준 양상과 도달점은 매우 달랐지만, 그들은 서로 다른 방식으로 같은 자리를 선택했고 그럼으로써 20세기 전반 동아시아문학의 역사 속에서 매우 독특한 풍경 하나를 만들어내고 있는 것이다.

6. 관조와 비애, 아쿠타가와 류노스케의 사다리

아리시마 다케오가 안출해낸 '습성적 / 지적 / 본능적' 삶이라는 틀은, '스피노자 / 칸트 / 니체'로 번역될 수 있다고 했다. 그가 강조하고자 했던 것이 '본능적 삶'의 중요성임은 당연한 것이나, 여기에서 간과하지 말아야 할 것은, 마지막 단계에는 이 셋이 하나로 결합되어 있다는 사실이다. 헤겔식의 용어를 써서 앞의 둘이 지양된 모습이라고 해도 좋겠다. 그러니까 니체적 의지 안에는 칸트적 당위와 스피노자적 원리가 바탕에 자리 잡고 있다는 것이다. 말을 바꾸면, 세계의 운행 원리에 대한 투철한 통찰 없이는 사람이 지켜야 할 도덕법칙도 있을 수 없고, 당연히 주체의 의지도 존재할 수 없는 것이다.

따라서 이 삼항조 속에서 무엇이 가장 근본적인지는 자명할 것이겠다. 세계질서에 대한 통찰 없이는 그 무엇도 불가능한 것이기 때문이다. 그런데 문제는, 근대성이 발견해낸 세계 상태에 대한 객관적 통찰 안에 인간의 자리가 필수적이라는 점이다. 물론 세계의 운행 원리는 객관적인 것이라서 그 안에 사람의 주관성이 개입할 여지가 없다. 그러나 인간 주체는 그 자체가 세계를 바라보는 시선의 주인이기 때문에, 통찰의 객관성 뒤에 들러붙어 있어 제거 불가능한 속성을 지닌다는 점에서 문제적이다. 그런데 여기에서 이런 것을 문제삼는 까닭은 무엇인가. 인간의 통찰을 통해 포착된 세계의 원리가, 그것을 바라보는 시선의 주인들에게 얼룩 같은 정동을 만들어내기 때문이다. 존재론적 불안과 비애가 그것이다.

존재론적 비애는 세계를 운행하는 거대한 이법과, 거기에 개입할 수 없는 인간 존재의 하잘것없음이 나란히 병치되는 순간 생겨나는 정동이다. 그것은 투명한 통찰을 흐려버리는 얼룩과도 같아서 객관성을 위해서는 반드시 제거되어야 할 것이다. 그런 역할을 위해 소환된 시선이 곧 관조라고 해야 할 것이다. 관조는 비애를 흡수함으로써 통찰을 맑게 하지만, 거꾸로 관조는 투명한 통찰 옆에 나란히 붙어 있음으로써 존재론적 비애가 거기 있음을 지속적으로 환기시키곤 한다. 아쿠타가와 류노스케芥川龍之介, 1892~1927가 남긴 유서의 한 대목이 관조의 시선이 생겨나는 순간을 적실하게 보여주거니와, 유서의 내용을 따지기 이전에 그의 죽음 자체가 문제적인 것이기도 했다.

일본 근대문학사에서 아쿠타가와의 죽음은 한 시대를 구획하는 사건으로 자리 잡고 있다.[28] 다이쇼가 끝나고 쇼와 시대가 시작되는 1925년보다 2년 후의 일이지만, 내용적으로 둘 사이의 분기점으로 취급될 만큼 그의 죽음은 압도적인 상징성을 지닌다. 다이쇼 시대의 천재로 명성 높던 작가의 죽음인 탓에 사회적 충격이 지대했고, 또한 냉정하게 준비된 차갑고 이지적인 형태의 자살이라서 지식인 사회에 남긴 영향력과 파장이 크고 넓었다. 일간신문들은

---

28 『일본 다이쇼문학사』의 저자 우스이 요시미는 아쿠타가와의 죽음을 "다이쇼문학의 종말을 상징하는 사건"이라 했고, 『일본 쇼와문학사』의 저자 히라노 켄은 "쇼와문학은 아쿠타가와 류노스케가 자살하면서 출발한다고 할 수 있다"라고 썼다. 고재석·김환기 역, 『일본 다이쇼문학사』, 동국대 출판부, 2001, 9쪽; 고재석·김환기 역, 『일본 쇼와문학사』, 동국대 출판부, 2001, 10쪽.

그의 자살 뉴스를 대대적으로 보도했고, 『오사카 아사히신문』은 그의 죽음이 지닌 시대적 의미를 논설로 다루는 수준이었다.[29]

일본의 근대문학사가 아니라 근대성 일반의 관점에서 본다면 어떨까. 이런 생각을 하게 되는 것은, 아쿠타가와의 자살이 문학의 근대성 자체에 내장되어 있는 죽음 충동과 존재론적 불안을 환기시키기 때문이다. 그의 자살이라는 사건 때문에 존재론적 불안이 소환되는 것이 아니다. 사태는 오히려 그 반대라고 해야 한다. 근대성 자체에 내재되어 있는 존재론적 불안, 그리고 문학적 근대성 자체가 지니고 있는 죽음 충동이, 아쿠타가와의 자살로 인해 가시화된 것이라고 해야 마땅해 보인다. 공중 앞에 유서로 제출된 「어떤 바보의 일생」[30]의 첫 구절을 보자.

그것은 어느 서점의 2층이었다. 스무 살인 그는 책장에 걸쳐 둔 서양식 사다리를 올라가서, 신간 서적을 찾고 있었다. 모파상, 보들레르, 스트린드베리, 입센, 쇼, 톨스토이…….

그러는 사이에 날이 저물었다. 그러나 그는 열심히 책의 제목을 읽어 나갔다. 그곳에 나란히 꽂혀 있는 것은 책이라고 하기보다는 오히려 세기말 그 자체였다. 니체, 베를렌, 공쿠르 형제, 도스토예프스키, 하우프트만, 플로베르…….

그는 어스름한 어둠과 싸우며 그들의 이름을 열거해 나갔다. 그렇지만 책은 점점 침울한 그림자 속으로 빠져들기 시작했다. 그는 마침내 포기를 하고 서양식의 사다리를 내려오려고 했다. 그러자 갓이 없는 전등 한 개가 그의 머리 바로 위에서 갑자

---

29 히라노 켄, 위의 책, 15쪽.

30 아쿠타가와가 남긴 유서 중에 전집에 수록되어 있는 것은 가족을 향한 것들과 화가 오아나 류이치(小穴隆一, 1894~1966) 및 구메 마사오(久米正雄, 1891~1952)를 향한 것이다. 제목이 붙어 있어서 공개를 염두에 둔 것으로 보이는 유서는 두 편이다. 구메에게 남긴 「어느 옛 친구에게 보내는 수기」는 친구들에게 보내는 유서에 해당하고, 유작으로 분류되지만 구메 마사오에게 발표 여부와 발표지를 일임한 회고록 「어떤 바보의 일생」은 익명의 독자 대중을 향한 유서에 해당한다.

기 확하고 불이 켜졌다. 그는 사다리 위에서 멈춘 채, 책 사이에서 움직이고 있는 점원과 손님을 내려다 보았다. 그들은 이상하게도 작았다. 그뿐만 아니라 참으로 초라했다.

"인생은 한 줄의 보들레르만도 못하다."

그는 한동안 사다리 위에서 이러한 그들을 내려다보고 있었다.[31]

「어떤 바보의 일생」은 전체가 51개의 단장으로 되어 있고, 이 인용문은 그 중 첫 번째에 해당한다. '시대'라는 제목으로 세기말 서구 문학과 만나고 있는 장면을 담아놓았다. 마지막인 51장의 제목이 '실패'이니까, 청년기에서부터 시작하는 기록 전체가 실패에 이르는 과정인 셈이다. 이 인용문에서 가장 두드러지는 것은, "인생은 한 줄의 보들레르만도 못하다"라는 문장으로 표현되는 염세주의 혹은 예술지상주의이다. 이것은 단지 말뿐이 아니라, 아쿠타가와의 자살이라는 사건이 거기에 결부되어 있으니 단순한 허세가 아니라는 점에서 주목되는 것이기도 하다.

그럼에도 정작 이 장면 전체를 압도하는 힘은 다른 곳에 있다고 해야 한다. 이는 단지 첫 번째 단장만이 아니라, 51장에 이르는 문장 전체를 지배하는 힘이기도 하다. 이 단장에서 표현되고 있는, 서가 사다리 위의 시선이 곧 그것이다. 관조와 비애의 조합으로 이루어지는 이 시선은, 스피노자적 신의 시선이자 죽음의 시선이기도 하다.

아쿠타가와의 자살에 대해 한 개인의 수준에서 객관적으로 말한다면, 어머니로부터 물려받은 유전적 기질이라는 화약이 내재해 있었고, 직업 작가 생활로 인해 누적된 스트레스그는 이것을 "막연한 불안"이라고 표현했다[32]으로 인해 뇌관이 장착

---

31 아쿠타가와 류노스케, 조사옥 편, 『아쿠타가와 류노스케 전집』 6, 제이앤씨, 2015, 378~379쪽.
32 구메에게 보낸 편지, 「어느 옛 친구에게 보내는 수기」의 인용은 다음 책의 번역을 저본으로 함. 아쿠타가와 류노스케, 박성민 편역, 『어느 바보의 일생』, 시와서, 2021, 203쪽.

되었으며, 매형의 자살이라는 사건이 방아쇠를 당긴 결과「어떤 바보의 일생」 46장에 나와 있다라고 해야 할 것이다. 그는 자기 안에 쌓여 있는 장약과 거기에 설치된 뇌관을 인지하고 있었거니와 최후의 순간이 오기까지 최소 2년 동안 자살을 준비해왔다고 썼다.[33] 그 시간 동안 그는 자살하는 일의 의미에 대해 성찰했으며, 자기 자신과 가족, 그리고 주변에 피해를 덜 주는 가장 적절한 방식을 선택하려 애썼고 그 과정을 기록으로 남겼다.

죽음에 임하는 차분함이라는 점에서는, 나쓰메 소세키의 『마음』에서 유서를 남기는 '선생님'과도 유사하지만, 둘은 죄의식의 유무에서 구별된다. 『마음』의 세계를 움직이는 것은 죄의식과 책임감임에 비해, 영혼의 평화를 갈구하는 아쿠타가와에게는 그런 죄의식 같은 것이 없다. 오히려 자기 삶을 관조하는 서늘한 비애가 압도적이다. 그런 점에서 아쿠타가와는 그가 유서에서 '선생님'이라고 지칭한 소세키에 비하면 청출어람이다. 소세키는 근대문학이 지향하는 국경 없는 세상으로 나아가고자 했음에도 마지막 순간에 붙잡힌 모양새였음에 반해(『마음』에서 터져나온 죄의식은 메이지 왕의 죽음과 결합된 국민으로서의 윤리에 해당한다. 소세키는 국가의 소환 요구에 응답한 셈이다),[34] 아쿠타가와는 이미 근대문학이라는 국경 없는 영토의 거주자였던 까닭이다.

아쿠타가와의 「어떤 바보의 일생」은 죽음 직전의 매우 정돈된 마음의 산물이자 그런 마음이 포착해낸 자기 삶의 스케치북에 해당한다. 그 기록의 첫머리에 놓여 있는 것이 바로 저 사다리에서 내려다보기의 시선인 셈이다. 그 시선을 아쿠타가와에게 제공한 힘이 무엇인지는 일견 분명해 보인다. 저물녘 서점의 사다리 위에서 우연히 확보하게 된 부감의 시선, 그 아래에서 움직이는 사람들이 초라하게 보이는 내려다보기의 시선이 문면에 뚜렷하게 밝혀져 있

---

33 구메에게 보낸 편지에서 그는, "지난 2년 동안 나는 오로지 죽는 것만 생각했네"라고 썼다. 위의 책, 204쪽.
34 이에 대해서는, 제9장 「죄의식의 윤리—나쓰메 소세키와 이광수」에 좀더 상세한 내용이 있다.

기 때문이다. 그러나 그것을 문자 그대로 받아들이는 것은 쉽지 않다. 부감의 시선을 확보할 기회라면 그날 그 서점 사다리가 아니더라도 얼마든 있었을 것이기 때문이다. 그렇다면 그가 제목으로 밝힌 것처럼 시대 탓이라고, 그러니까 그로 하여금 사다리에 오르게 한 세기말의 유럽 작가들 때문이라거나 혹은 그들에게로 문학청년들을 이끌고 간 다이쇼시대의 분위기 때문이라고 말해야 할까. 그러나 이런 방식으로 '시대' 탓을 하는 것은, 15년 전을 회고하는 시선의 착오이거나 혹은 그의 무의식이 골라낸 핑계에 가까워 보인다.

좀더 정확하게 말한다면, 그에게 부감의 시선을 제공한 근본적 힘은 자기 삶의 방식으로 선택한 문학 자체라고 해야 할 것이다. 근대문학 자체에 내장되어 있는 죽음 충동을, 신경증자였던 아쿠타가와가 다른 누구보다 예민하게 감지하고 받아들인 탓이라고, 그러니까 세기말의 문학만이 아니라 자기가 선택한 근대문학 그 자체가 이미 사다리였다고, 근대문학 속으로 들어가는 순간 그는 이미 사다리 위에 있었고, 20세의 동경제대 불문과 학생이 저물녘의 서점에서 우연히 만나게 된 서가 사다리 위의 시선은, 단지 근대문학이 내장하고 있는 죽음 충동의 시선을 현실에서 확인한 것에 불과한 것이라고 해야 한다는 것이다. 근대성의 영역에서 문자 예술로서의 문학이 종국적으로 감당해야 하는 것이 바로 존재론적 불안이자 스피노자적 비애의 문제이기 때문이다.

앞에서 언급한 바와 같이, 유럽에서 초월적 절대자와 그의 세계가 실질적으로 사망 선고를 받은 것은 1609년, 갈릴레이가 망원경으로 하늘을 관측했던 순간의 일이다. 그 이전까지 가설로만 존재했던 코페르니쿠스적 세계상은 그 순간 돌이킬 수 없는 경험적 사실이 되었고, 그로 인해 사람들은 무한 우주 속에 존재하는 먼지보다 못한 존재로 확정되었다. 이를 둘러싼 복합적인 사태 속에서 형성된 17세기의 지적 정황을 가장 상징적으로 보여주는 것이 스피노자의 철학이거니와, 그의 세계에서 신은 세계를 지배하는 원리이자 세계 그 자체이기도 하다. 자기가 만든 세계에 개입할 수도 없고 사람들의 기도에 응답할 수도 없는 딱한 신이 곧 스피노자의 신이다.

물론 스피노자의 세계는 인격신을 배제함으로써 성립되는 것이기에, 이런 식의 의인화된 정동은 그 자체가 스피노자적 영역에 존재할 수 없는 것이다. 스피노자의 관점에서 보자면, 침묵할 수밖에 없는 딱한 신이란, 신의 자리에 자기 눈을 박아 넣은 인간의 환상이자 자의적인 감정 이입의 산물에 불과한 것이 된다. 그럼에도 불구하고 인격적 절대자에 의해 보호받던 인간의 입장에서 보자면, 스피노자 식의 범신론혹은 그에 이어지는 이신론이 제공하는 세계란 그 자체로 존재론적 폐허가 아닐 수 없다. 기적도 신비도 없는 세계란 곧 칭찬하고 축복하며 분노하고 응징하는 신과는 무관한 세계여서, 그런 신의 존재를 기대했던 사람들에게는 신에 의해 버림받은 세계에 다름 아닌 까닭이다.

근대와 더불어 새롭게 열린 이 같은 존재론적 폐허 위에서, 세계의 질서에 대한 투철한 인식을 통해 자기 삶의 윤리를 지적으로 통제할 수 있는 사람은, 근대성의 세계에서도 매우 예외적인 존재일 뿐이다. 그러니 초월적 존재자의 도움 없이 자기 앞에 놓인 무한 공간을 버텨내야 할 근대인 일반의 입장에서 보자면, 신의 자리에 자기 눈알을 옮겨 박음으로써 생겨나는 관조의 비애와 자기 연민은 불가피한 것이 아닐 수 없다. 그 자체로 원리이자 이법인 스피노자의 신과는 달리, 사람은 감정 없이 살 수 없는 존재이기 때문이다. 요컨대 비애와 연민의 발원지인 존재론적 바니타스를 처리하는 것이 근대 예술에 부여된 임무이거니와, 근대문학 역시 여기에서는 예외일 수가 없는 것이다.

게다가 성리학적 합리주의에 정신적 바탕을 둔 동아시아 지식인의 입장에서 보자면 이런 특성은 더할 수밖에 없다. 우주적 원리에 대한 지적 통찰을 통해 그 원리와의 합일을 추구하는 스피노자 식의 윤리'신에 대한 지적 사랑(amor dei intel-lectualis)'이라는 표어가 이를 대표한다란, 윤리적 이성을 실천에 동원하여 현자의 이상을 추구한다는 점에서 고대의 스토아 철학이나 성리학의 윤리와 다를 바가 없다. 지적 통찰을 통해 인간의 유한성을 극복하는 일이란 논리의 영역에서는 가능한 일이되, 실감이나 정동의 영역에서는 존재론적 바니타스의 엄청난 인력을 감당해내야 하는 것이기에 누구에게나 쉬울 수가 없다.

스무 살의 대학생 아쿠타가와가 멈춰 서 있던 서가 사다리는, 바로 그 바니타스의 힘과 정면으로 맞서는 자리였던 셈이다. 물론 15년 전 서가 사다리에서의 경험은 죽음 직전의 마음이 사후적으로 만들어낸 환상일 수도 있다. 하지만 여기에서 주목되는 것은 단지 그가 남긴 문자들이 아니라, 작가로서의 그의 삶이 보여준 실천의 영역이다. 그가 만들어낸 서사의 역정과 이념은, 그 자신이 시종일관 바로 그 사다리 위에 서 있었음을 보여준다.

그가 단편작가로서 가장 주력했던 것은 말 그대로 허구적인 세계를 창조하는 것, 즉 세계를 관조하는 신의 시선을 확보하는 것이었다. 허구 세계를 빚어내는 것이 본업인 소설가에게 창조와 관조라는 행위는 당연한 것일 수 있다. 그러나 메이지 문학 이래로 일본 근대문학의 주류가, 개인의 진정성을 극단적으로 추구하는 일본식 자연주의 문학이었다는 사실을 감안하면 반드시 그렇다고 말할 수는 없다. 아쿠타가와가 명백하게 거부했던 것은 작가 자신의 치부를 드러냄으로써 진실의 극단을 노출하는 일본 특유의 일인칭 소설의 세계였고,[35] 그로부터 자신을 적극적으로 격리시키는 일이야말로, 스피노자적 관조의 시선을 확보하기 위한 첫 번째 발걸음이 된다. 진기한 이야기의 세계를 빚어내는 것, 새로운 세계의 관찰자로서 그 안에서 움직이는 사람들의 운명을, 그들의 비애와 아이러니를 사다리 위의 시선으로 포착해내는 것이 바로 그가 도달하고자 했던 문학의 세계이다.

작가 아쿠타가와가 서 있는 곳은 소세키와 염상섭으로 대표되는 '둘째 아들의 서사'가 힘을 다 하는 곳이기도 하다. 거기에서 한발만 더 나아가면 이상과 다자이의 세계, '막내 서사'이자 '탕아 서사'의 세계가 펼쳐진다. 여기에는 죄

---

35 이 점은 그의 작품 세계 자체가 보여주거니와, 「어떤 바보의 일생」의 46장 「거짓말」 장에서 시마자키 도손의 『신생』에 대한 거부감이 이런 생각을 직접적으로 대표한다.

의식이 없을 뿐만 아니라, 비애도 구겨져 형체를 찾기 어렵게 된다. 죄의식과 비애 너머에서 펼쳐지는 것은 익살과 위트의 세계이다.

아쿠타가와의 세계는 그런 점에서, '둘째 아들의 서사'와 '막내 서사'의 경계선을 이룬다고 할 수 있다. 진실의 표현 불가능성이라는 아쿠타가와적인 명제는, 그로 하여금 불가능한 진정성과 고백의 세계로부터 멀어지게 했다. 그러나 아쿠타가와의 세계에서 한발 더 나아가 '탕아 서사'의 세계가 되면 진실과 표현의 관계는 역전되어 버린다. '표현만이 있을 뿐, 그 뒤의 진실은 없다'에서 '표현이 진실을 만든다'로 나아간다. 이것은 당연히, 표현을 통해 진실이 현전하게 된다는 말일 수는 없다. 오히려 그와는 반대로, 표현을 통해 드러나게 되는 것은 진실의 비-존재, 즉 비-진실이다. 여기에서 진실은 바로 그 비-진실 밑에, 개봉되지 않은 봉투처럼 표현되지 않은 채로 잠재해 있게 된다. 곧 표현이 만들어내는 것은 진실이 아니라 표현 너머에 있는 진실의 존재인 것이다.

아쿠타가와는 진정성을 추구하는 고백의 서사로부터 거리를 두고자 했으나, '탕아 서사'의 세계는 오히려 고백이 넘쳐난다. 그러나 문제는 그 고백이 거짓 고백이자 나아가 고백 장난이라는 점이다. 고백이 유희의 대상이 되면 마침내는 진정성과 허위의 경계가 사라져버리고 결과적으로 고백 그 자체가 존립할 수 없는 지경에 이른다. 진실과 허위가 서로에게 되먹임하며 뒤엉키는 곳에는, 고백을 가능케 하는 그 어떤 순수한 진실도, 죄에 대한 고백도, 뉘우침도 존재할 수 없게 되는 것이다. 이처럼 진정성 그 자체가 존립할 수 없는 영역에서 축조된 것이, 이상과 다자이 오사무에 의해 대표되는 '탕아 서사'의 세계이다. 과장과 익살, 재치와 홀림이 지배하는 영역이자, 서사와 문장이 사람을 유혹하는 문학의 세계, 죄의식과 비애 너머의 세계이다.[36]

7. 니체와 헤겔 너머 스피노자의 비애

지금까지 살펴본 바와 같이, 무한공간의 출현으로 인해 생겨나는 존재론적 요동과 불안은 근대성의 서사가 지닌 정동의 원점에 해당한다. '무한한 공간의 영원한 침묵'과 그것을 응시하는 사람의 두려움을 연결시킨 파스칼의 명제에서 볼 수 있듯이, 무한공간으로부터 생겨나는 기본 정동은 두려움이되 그 뒤에는 허망감이 바탕을 이루고 있다. 두려움을 만들어내는 시선이 반대로 방향을 바꾸면 허망감이 생겨나는 까닭에, 둘은 동전의 양면처럼 바짝 붙어 있는 것이라 할 수 있겠다. 근대성의 영역에서 회피할 수 없는 것으로 존재하는 이 두려움 / 허망감에 대해 어떻게 대처해야 하는가. 교회의 안전한 담장 안으로 들어가 절대적 실체성의 일부가 될 수 있다면, 그런 두려움 / 허망감 같은 것은 아무런 문제가 되지 않을 것이다. 무한공간이라는 괴물의 위협적인 존재감을 제어하고 마음의 평화를 확보할 수 있기로는 종교의 단단한 담장만 한 것이 없겠다. 문제는 그 담장 너머 존재론적 황무지에서 마음의 삶을 유지해야 하는 수많은 근대적 주체들이다. 황무지에서 일상을 유지해야 하는 존재들은 존재론적 불안에 어떤 방식으로 대처해야 하는가.

원리적으로, 몇 개의 선택항이 주어져 있다. 아리시마 다케오의 방식으로 말하자면, 무한공간의 정동에 맞서는 방식으로는 먼저, 헤겔의 길과 니체의 길이 있다고 할 수 있겠다. 공동체 안에서 새로운 절대성의 공간을 확보함으로써 두려움 / 허망감을 차단해내는 것이 헤겔의 길이라면, 니체의 길은 비타협적인 운명애에 대한 의지로 두려움 / 허망감의 치명성에 맞서는 방식이다. 『사랑은 아낌없이 뺏는다』를 썼고 비타협적인 사랑의 의지로 동반 자살을 선택한 아리시마가 니체의 길을 갔다는 것은 자명하겠다. 공동체의 안위가 행사하는

---

36 이에 대한 상세한 것은, 제5장 「탕아의 문학, 동아시아의 막내 서사─이상, 다자이 오사무, 최국보의 「소년행」에 있다.

윤리적 인력보다는, 스스로에게서 솟구치는 절대적 의지의 힘이 아리시마에게는 훨씬 더 강력하게 작동했기 때문이라 해야 할 것이다.

이와는 달리, 루쉰과 이광수, 염상섭 등이 선택한 것은 헤겔의 길이다. 그 길은 그들이 선택한 것이라기보다는 오히려 그들에게 주어진 것이라 해야 할 수도 있겠다. 그들 앞에는 자기 자신과 네이션이 당면한 현실의 곤경과 고통이라는 무대가 펼쳐져 있다. 눈앞에 다가온 공동체의 위기와 현실의 절박함이 무대를 채우고 있어, 무한공간의 공포라는 괴물은 무대 밖으로 밀려나버린다. 공동체의 무대에서 움직이는 사람들의 귀에 먼저 들려오는 것은, 자기를 둘러싸고 있는 사람들의 다양한 목소리와 울음, 웃음, 신음 소리 같은 것이지만, 무대 너머에서 울려오는 괴물의 낮은 숨소리가 감지되곤 하는 것은 어느 누구라도 피할 수가 없는 일이다.

이 두 개의 길이 보여주는 차이는, 앞에서 살펴본 바와 같이 근대성의 도래에 대응해야 했던 각국의 상황과 연관되어 있다. 일본의 경우 문학은 이미 네이션의 차원을 넘어섰음에 비해, 한국과 중국의 경우는 문학이 당면한 현실 정치적 급박성과 강하게 결합되어 있을 수밖에 없었던 것이 당대의 역사적 정황이기도 했던 것이다. 한쪽에서는 계몽이 매우 강한 동력일 수밖에 없었다면, 다른 한쪽은 이미 계몽 이후를 살아가고 있었던 셈이다.

아쿠타가와 류노스케가 보여주는 관조의 시선과 그에 수반되는 비애의 정동은, 존재론적 불안에 맞서는 세 번째 방식이라 할 수 있겠다. 무한공간을 정면으로 바라볼 때 공포가 생겨난다면, 그와 반대로 무한공간의 자리에서 자기 자신을 바라보는 시선이 곧 관조이다. 관조의 시선에 허망감과 비애가 수반되는 것은 그런 까닭이다. 「어떤 바보의 일생」에서 아쿠타가와가 그려낸 사다리 위의 시선이 곧 그것이다. 그런 점에서 관조는 냉정한 신의 응시이것은 사람을 공황 상태에 빠트린다가 가진 치명성에 대한 방어이고, 또한 비애는 무한공간이 만들어내는 공포와 존재론적 불안의 위력에 대한 회피이다. 아리시마가 만들어놓은 삼항조의 논리로 말하자면, 관조와 비애는 헤겔도 니체도 아닌 것칸트는 이 둘 안에 태도의 형태로 스며들어 있다으로 스피노자의 방식에 해당하는 것이라 할 수 있겠다. 비애라는 단어 앞에 스피노자의 이름을 관형어로 붙일 수 있는 것은 그런 까닭이다.

아리시마의 경우가 보여주듯이, 무한공간의 공포와 존재론적 불안의 문제는 기독교적 세계상과 근대성이 교차하는 지점에서 자주 생겨나곤 한다. 근대성을 경이롭게 받아들였던 근대 초기의 문인들에게서 이 문제가 좀더 위력적으로 표현되는 것은 그런 까닭이겠다. 아리시마는 유교적 전통에서 출발하여 자발적으로 기독교 속으로 들어갔다가 빠져나온 경우에 해당된다. 무한공간과 존재론적 불안에 관한 감수성을 남다르게 표현할 수 있었던 중요한 이유 중의 하나가 그런 그의 이력 때문이라 해야 할 것이다.

근대로의 이행기 동아시아에 미친 서구의 충격 가운데 하나가 기독교적인 것이었으며, 문화적인 수준에서 말한다면 근대성과 기독교성은 등가의 위상을 지녔다고도 할 수 있겠다. 이런 점은 특히 한국의 근대 서사들이 기독교를 다루는 방식에서 잘 드러나고 있거니와, 이에 대해 기술하기 위해서는 다른 지면을 필요로 한다. 여기에서는 일단 무한공간의 출현을 화두로 하여, 근대 초기 한중일 삼국 문인들이 존재론적 불안을 처리하는 서로 다른 방식들의 모습을 대조적으로 포착해내는 것 정도로 논의를 매듭짓고자 한다.

제4장

계몽의 불안

루쉰과 이광수

1. 20세기 초반의 동아시아와 '계몽문학'

20세기 초반 동아시아의 문학적 정황과 계몽을 연관시켜 말한다면 다음 세 작가의 이름을 들 수 있겠다. 아리시마 다케오^{有島武郎, 1878~1923}와 루쉰^{魯迅,} ^{1881~1936}과 이광수^{李光洙, 1892~1950}. 이 시기의 '계몽문학'과 관련하여 루쉰과 이광수를 거론하는 것은 매우 당연하겠으나, 아리시마 다케오나 20세기 초반의 일본의 문학을 거론하는 것은 조금 이상해 보일 수 있다. 이 문제를 화두로 논의를 시작해보자.

근대성을 주창하는 계몽주의나 혹은 근대화에 대한 국민적 자각의 요구를 주된 내용으로 하는 네이션 단위의 '계몽문학'은, 한국과 중국에서와는 달리 20세기 초반의 일본에서는 현실적 위력이나 사회적으로 큰 의의를 지닌다고 하기 어렵다. 1920년대 마르크스주의와 경향문학이 본격적으로 대두하기 전까지는 이렇다 할 수준의 계몽문학은 존재하지 않는다고 해야 할 정도이다. 이에 대해 두 가지 점을 지적해볼 수 있겠다.

먼저, 일본의 근대성은 국가 주도의 하향식 근대화 과정을 통해 직수입된 것이라는 특성이 지적되어야 하겠다. 그런 방식의 근대화 과정이 매우 성공적으로 이루어졌다는 것도 문제적일 수 있다. 근대화의 빠른 도입이 당시 일본으로서는 다행일 수 있겠지만, 그 이후로 150년을 경과해온 시선으로 보자면 반드시 그렇다고 말할 수도 없다. 파시즘의 발호와 실패한 전쟁, 그리고 민주주의적 역량의 상실이라는 현재의 역사가 그 뒤로 이어져 있기 때문이다. 근대성의 하향식 도입 양상은 문학의 영역에서도 마찬가지여서, 쓰보우치 쇼요^{坪內逍遙, 1859~1935}의 『소설신수』¹⁸⁸⁵에서 볼 수 있듯이, 19세기 유럽에서 완성된 문학적 전형이 표준형으로 도입된다.[1] 이 같은 문학적 근대성의 영역 안에, 한

---

1 이에 대한 자세한 것은, 제1장 「동아시아라는 장소와 문학의 근대성」 5절에 있다.

국과 중국이 겪어내야 했던 민족적 위기 상황에 대처하는 뜨거운 형태의 계몽 문학이 들어설 여지는 크지 않을 수밖에 없다.

둘째, 20세기 초반의 일본은 이미 아시아의 제국주의 국가로 군림하고 있었다는 점이 지적되어야 하겠다. 이 시기 일본에서 계몽의 문제가 논의된다면, 현실적 위력으로서의 계몽이 아니라 하향식 계몽에 대한 반성, 혹은 국가 단위에서 구동되던 근대화의 동력이 새로운 힘으로 전화되는 양상 같은 것이 문제가 될 것이다. 국권을 상실한 한국이나 지속적인 전쟁 상태이던 중국과는 비교할 수 없는 수준이었던 셈이다. 아리시마가 활동했던 시기는 다이쇼시대에 전개된 민주주의운동의 흐름이 보여주듯이 이미 국가 주도의 근대화에 대한 근본적 반성이 시작되던 때이다. 근대성과 계몽이 문학을 통해 결합하는 일은, 그런 것이 존재했다 하더라도 이미 한 세대 전이어야 했다는 것이다.

이 시기의 정황을 동아시아라는 구도에서 보자면, 한국과 중국에서는 네이션 단위의 계몽에 대한 집단적 열정이 분출하고 있는데, 일본에서는 그것에 대한 성찰이 진행되고 있는 모양새라 해야 하겠다. 아리시마의 삶과 문학은 이런 상황 속에서, 이상주의적 열정과 네이션 단위의 계몽이 분기되는 지점을 이루고 있어, 계몽문학에 관한 한 하나의 특이점 노릇을 한다. 이상주의적 열정이 네이션이 아니라 한 개인의 단위에서 작동하고 있다는 점에서 그러하다. 자기 이상을 향한 강렬한 의지가 이광수과 루쉰을 통과하고 나면, 그 뒤에 도달하게 되는 것이 곧 아리시마의 세계인 것이다. '자기 본위'라는 말로 개인주의의 이념에 대해 개진했던 나쓰메 소세키[2] 역시 크게 보면 아리시마와 같은 자리에 있다. 이들의 활동을 포함하고 있는 이 시기 일본은, 국가 차원의 근대화 과정과 밀접하게 연관되어 있던 계몽의 흐름이 한 차례의 변곡점에 도달해 있었던 까닭이라 하겠다.

---

2   이에 대한 자세한 것은, 제9장 「죄의식의 윤리」 4절에 있다.

앞 장에서 살펴본 바와 같이, '시라카바' 동인의 일원으로 다이쇼 문단에 진입한 아리시마 다케오는, 계몽주의로부터 벗어난 한 개인이 어떤 방식으로 진정성의 세계로 침잠했는지를 보여주었다는 점에서 당시 일본의 마음과 부합하는 면이 크다. 아리시마는 근대성이 초래한 존재론적 불안에 정면으로 맞섰고 이념적이라 할 만큼 의지에 찬 자살을 감행함으로써 자신의 이상주의를 실행에 옮겼다.[3] 한 개인의 주관성을 절대적 원점으로 삼았다는 점에서 그는, 자신의 멘토이자 메이지 1세대 유학생이었던 우치무라 간조內村鑑三, 1861~1930나, 니토베 이나조新渡戶稻造, 1862~1933 등과 구분된다. 네이션이나 공동체가 당면한 현실 문제로부터 한발 떨어져 있다는 점에서 특히 그러하다.

아리시마에게 문학을 선택하는 것이란 삿포로 독립교회식의 기독교를 포기하는 것과 같은 차원에 있다. 그런 점에서 그의 배교 선언은 문학으로의 '전향'에 해당한다. 그에 의해 수행된 방향 전환은, 주체성의 절대 자유와 진정성에 대한 추구를 표상함과 동시에 국가나 공동체의 차원으로부터 스스로를 고립시키는 것을 뜻한다. 그러니까 아리시마에게 문학의 선택즉, 기독교로부터의 배교은 네이션 빌딩의 반대편을 향해 나아가는 것이며, 이는 그의 멘토였던 우치무라 간조의 기독교운동이 단순히 종교 활동이 아니라 그 자체가 네이션 빌딩의 차원에서 수행된 것이었음과 대조를 이루고 있다.[4]

이런 일본의 경우와는 달리, 근대로의 전환기를 지속적인 전쟁 상태로 보냈던 중국이나 식민지 상태에 있었던 한국의 경우는 다를 수밖에 없다. 일본이

---

3   아리시마에 대한 좀더 자세한 것은, 제3장 「무한공간의 정동과 존재론적 불안」에 있다. 3장과 4장은 하나의 글로 기획되었으나 분량 문제 때문에 둘로 나눠졌다.

4   이는 그의 삶 자체가 보여주고 있는데, 아리시마 다케오에 관한 전기적 사실은 이미 상세하게 고증되어 있다. 그 바탕에는 전집 3권 분량의 일기와 2권 분량의 서한집이 있다. 아리시마에 관한 전기적 사실은 그의 전집의 글들과 다음 두 책에 의거한다. 가메이 슌스케(龜井俊介), 『有島武郎』, ミネルヴァ書房, 2013; 김철 「有島武郎文學에 나타난 性意識 硏究」, 중앙대 박사논문, 2005.

근대적 개혁의 성공을 통해 근대성의 당당한 주인의 자리를 차지하고 있었다면, 한국은 그 반대로 노예의 자리에 있었으며 전쟁 상태였던 중국은 그 둘 사이에서 분열되어 있었다. 그래서 당연하게도, 한국과 중국에서 문학의 계몽적 혹은 실천적 역할의 중요성은 일본과 비교할 수 없이 강조된다. 이 점은 두 나라의 근대문학의 역사가 보여주는 바이지만, 두 나라의 근대문학사에서 비조격에 해당하는 두 사람, 루쉰과 이광수의 문학과 이력이 그런 사정을 웅변하고 있다.

루쉰과 이광수의 삶과 문학에서 네이션의 문제는 절대적이라 할 만한 위상을 지닌다. 그것이 지닌 중요성에 비하면 문학이라는 것 자체가 오히려 부차적이라 할 정도여서, 아리시마의 경우와는 정반대되는 지향성을 보여준다. 그들은 문인이기 전에 이미 네이션 빌딩에 참여하는 지사이자 지식인이었고, 그들의 문학 선택은 기본적으로 그와 같은 지사적인 동기로부터 이루어진 것이다. 요컨대 문인으로서의 루쉰과 이광수에게 사회적 실천으로서 계몽은 절대적이라 할 과제였던 셈인데, 이처럼 글쓰기 = 문학과 계몽이 결합되는 순간 몇 가지 문제가 생겨난다. 이는 다음 두 가지로 정리해볼 수 있겠다.

첫째는 계몽과 문학의 충돌로 인해 생겨나는 문제이다. 사상이 현실에 실천적으로 개입하는 형태로서의 계몽이란 당대의 역사적 상황과 밀접하게 연관된다. 한국과 중국에서 발흥한 계몽과 새로운 문학^{근대 부르주아의 문화적 매체로서의 문학}은, 외부의 침입자로 등장한 근대성 및 지식인의 문자 활동과 연관되어 있다. 이때 문제가 되는 것은 계몽과 새로운 문학이 서로 다른 발화의 방식을 지니고 있다는 점이다. 매우 단순하게 말하자면, 계몽의 발화는 기본적으로 2인칭 명령법^{'깨어나라', '각성하라'}의 형태를 지니고 있음에 비해, 문학은 고백이나 서술, 즉 1인칭이나 3인칭 직설법의 형태로 발화된다. (사람의 모든 발화는 종극적인 수준에서 2인칭 명령형으로 번역되지만, 여기에서 논의하는 것은 그런 차원이 아니다) 따라서 계몽과 문학의 결합은, 각각이 지닌 서로 다른 발화 방식 때문에 이런저런 뒤엉

킴과 파열의 모습을 만들어내곤 한다. 그것은 계몽=논리의 문제이기도 하고, 자기 목적적 글쓰기를 향해 가는 문학적 근대성 자체가 지닌 문제이기도 하며, 논리가 문학을 관통하는 순간 혹은 문학이 논리를 끌어들여 자기 안에서 발양하는 순간 생겨나는 문제이기도 하다. 그 결과로 때로는 문학이라는 틀이 망가지도 하고, 때로는 논리가 스스로의 부실함을 드러내기도 한다.

둘째로 지적되어야 할 것은, 근대적 사유 형태로서의 계몽이 지닐 수밖에 없는 인간중심주의 혹은 공리주의^{功利主義, utilitarianism5}적 한계이다. 근대적 인간 이성을 가장 높은 척도로 삼는 계몽은 인간중심주의와 공리주의에 입각해 있으며, 현실 속에서 계몽은 이론이나 원리가 아니라 구체적 실행과 효과의 언어로 존재하게 된다. 계몽이 자기 핵심 원리에 대해 답해야 한다면, 인간 주체의 자기 결정권과 자유^{홉스에서 루소로 이어지는 근대 자연권 사상의 원천적 사유} 혹은 그 자체로 목적인 인간의 보편적 존엄성^{칸트에서 정점에 도달한 주체성의 윤리}이라는 정도 이상이 있기 어렵다. 물론 그 안으로 들어가면 다수의 실행 규칙들이 서로 경합하고 충돌하며, 또 그것을 어떻게 실현할지에 대해서라면 그보다 훨씬 많은 대안들이 이념의 스펙트럼을 이룬다. 그럼에도 이 모든 경우를 아우르는 계몽 자체의 문제는, 주체가 공리주의의 체계 바깥으로 빠져나올 때 생겨난다.

계몽의 원리가 작동하는 생활 세계의 바깥을 감싸고 있는 것은, 『팡세』¹⁶⁷⁰에서의 파스칼의 언어로 대표되는 무한공간의 침묵이며, 그것이 표상하는 두려움과 공허감이다. 그와 같은 바로크 근대의 허무주의적 세계상은 그보다 백여 년 후인 칸트의 『실천이성비판』¹⁷⁸⁸에 의해 선명하게 논리화되거니와, 여기에서 칸트의 논리라 함은 별처럼 빛나는 도덕률^{즉, 당위적 윤리}이 아니라 그 배면에

---

5   여기에서 공리주의라는 단어의 한자와 영어를 상기해두자. 공리(功利)라는 단어는 현재 실생활에서는 거의 쓰이지 않는 단어이다. utilitarianism을 현재의 어감으로 옮긴다면 효용주의나 실리주의 정도가 옳겠다. 공리라는 한글 발음을 '公利'나 '公理'로 착각하는 경우가 매우 많아서 덧붙여 둔다.

도사리고 있는 순수이성의 어두운 밤하늘_{즉, 과학적 원리}을 뜻한다. 근대성과 함께 생겨난 계몽은 비록 실천적으로 뜨겁고 또 그러면서도 합리적이지만, 그 바깥을 감싸고 있는 것은 밤하늘이 표상하는 무한공간의 두려움 / 허망감이자 그로 인해 생겨나는 다양한 형태의 불안들이다. 그것은 객관 세계의 언어로 말하자면 절대성의 빈자리로 인해 생겨난 문제일 것이고, 또한 내면의 언어로 말하자면 자기 확신의 부재로 인해 발생하는 것이다. 세계의 중심 없음과 공간의 한정 없음이 헤아릴 수 없는 천공의 별빛을 통해 쏟아져 내리고 있는데, 그 밑에서 존엄한 인간의 삶과 공동체의 미래에 대해 말하는 것이, 다른 사람이 아니라 말하는 사람 자신에게 어떤 설득력을 지닐 수 있을까. 그럼에도 설득력을 가져야 한다면, 어떤 방식으로 설득력을 확보해야 할까.

이런 문제와 구도는 17세기 유럽발 근대성의 도래 앞에 서본 사람이라면 누구나 직면할 수밖에 없는 것이지만, 그 구체적 반응은 다를 수밖에 없다. 그 힘을 받아들이는 주체의 상태나 정황이 다르면 그것에 대한 감도 또한 다를 수밖에 없기 때문이다. 아리시마 다케오는 이 두 번째 문제성에 대해 매우 예민하게 반응했고 글과 삶을 통해 직접적으로 답했다. 『사랑은 아낌없이 뺏는다』₁₉₂₀라는 에세이와 그것의 실천으로서의 동반 자살이 그 대표적 표상이다.

이에 비해, 루쉰과 이광수는 이와는 매우 다른 모습을 보여준다. 그들에게 중요했던 것은 위에서 말한 첫 번째 문제이다. 그 차이를 곧바로 이들이 스스로를 귀속시켰던 네이션의 상황에 관한 문제로 치환할 수는 없겠으나, 그 밑에서 각각의 네이션이 당면한 현실의 문제가 작동하고 있는 것 또한 부인하기 어려운 사실이다. 루쉰과 이광수의 차이에 대해서도 마찬가지의 말이 가능할 것이다. 이 둘은 공히 자기들이 만들어낸 계몽문학 속에서 논리와 서사가 파열하는 지점에 맞닥뜨린다. 그러면서도 계몽과 문학의 맞부딪침에 대한 대응은 두 경우가 제각각이다. 여기에서는, 바로 그 지점에 도달한 루쉰과 이광수의 서로 다른 모습에 대해 살펴볼 것이다.

2. 루쉰 '무쇠방'의 비유가 지닌 두 개의 증상

잘 알려진 바와 같이, 루쉰은 20대 중반의 나이에 문학을 하는 것이 옳다는 강렬한 생각으로 의사의 길을 포기한다. 그가 일본 유학을 가면서 선택했던 의사 되기란, 병석에 누운 아버지의 어이없는 죽음을 지켜보았던 자식이 만들어낸 매우 특별한 결의의 산물이었음에도 그러했다. 그러니까 그에게 의학 대신 선택한 문학이란 이중의 뜨거움이 작동한 결과였던 셈이다. 물론 그때의 문학과, 37세의 나이로 단편 「광인일기」[1918]를 발표하기 시작하여 전투적 산문의 영역에 이르렀을 때의 문학이 같은 것일 수는 없다. 그럼에도 불구하고 글을 쓰는 사람으로서 그가 흔들림 없이 추구했던 것은, 계몽주의적 의미에서의 '인생을 위한 문학'이라는 자리였고, 이 점은 「나는 어째서 소설을 쓰기 시작했나」[1933]와 같은 만년의 글에서 그 자신의 육성으로 확인된다.[6]

루쉰의 이런 태도에 대해, 『루쉰』[1944]의 저자 다케우치 요시미[竹内好, 1910~1977]는 이 글보다 3개월 전에 씌어진 「『자선집』 서문」[1932]을 예로 들면서, 루쉰이 쓴 것을 문면 그대로 받아들여서는 안 된다고, 루쉰의 삶 전체를 통해 드러나는 그의 문학의 본질은 오히려 혁명 같은 것에는 관심이 없는 철저한 생활인이자 문학가의 것이라고 썼다.[7] 루쉰이 삶과 글을 통해 보여준 성향이나 기질을 감안한다면 다케우치의 이런 주장은 수긍할 만한 점이 있어 보인다. 뜨거운 마음으로 문학을 하겠다고 나섰지만, 정작 제대로 문학 활동을 시작한 것은 그로부터 12년이 지난 후였다는 사실과, 또 일본과의 전쟁 및 중국의 내전 상황에서 혁명문학이 고창되고 있을 때 그가 보여주었던, 문학의 실천적 역할

---

6   『노신 선집』 3, 여강출판사, 2004, 204쪽; 왕스징 외역, 『루쉰전』, 다섯수레, 2007, 222쪽. 한글판 인용은 위 전집에 따르며, 필요한 경우 『魯迅全集』(上海 : 人民文學出版社, 1973)를 참조하여 고쳐 인용하고 그 사실을 밝힌다. 선집과 전집은 각각 『선집』과 『全集』으로 약칭한다.

7   다케우치 요시미, 서광덕 역, 『루쉰』, 문학과지성사, 2003, 91~101쪽.

에 대한 유보적이고 반어적인 태도이런 것은 반-혁명문학이라 할 만하다[8]같은 것을 고려한다면, 루쉰의 글쓰기 속에 그런 성향이 포함되어 있다는 것 또한 인정할 만한 것이겠다. 하지만 그래서 더욱더 강조되어야 할 것은, 그처럼 냉철하고 냉소적이기까지 한 사람조차 불타오르게 만든 상황의 매서움이겠다. 물론 이런 결과는 현실의 그런 매서움을 가감 없이 흡수하여 표현한 사람의 몫이기도 하겠거니와, 루쉰의 그와 같은 감수성에 대해 살펴보는 것은 또 다른 차원의 이야기가 될 것이다.

루쉰은 센다이 의학전문학교를 퇴학했던 1906년부터, 『신청년』에 「광인일기」를 발표하며 소설가로 등단한 1918년에 이르기까지, 12년이라는 짧지 않은 시간을 교원으로 혹은 교육부 관료로 살았다. 뒤늦게 '문학 혁명'에 가담한 후 18년이라는 시간 동안 써낸 글의 열도도 인상적이지만, 그래서 더 눈길이 가는 것은 그가 평범한 생활인으로 보냈던 저 12년의 공백이다. 그 공백 앞뒤에는 두 개의 전설적인 강렬함이 있다. 청나라 출신의 일본유학생 의학도를 문학도로 바꾸어놓았던 유명한 '환등기사건'의 강렬함과, 뒤늦게 문인이 된 루쉰이 점차 정치적 글쓰기로 이행해가면서 보여준 글쓰기 자체의 매우 뜨거운 윤리가 그것이다. 또한 뒤의 것은, 문학성을 포기함으로써 새롭게 획득되는 문학성이라는 역설이 빛나는 대목이기도 하다. 이런 두 개의 강렬함이 불타오르고 있어 잘 보이지는 않지만, 그래서 오히려 기이하게 보이는 것이 두 개의 빛 사이에 너무나 고요하게 놓여 있는 12년의 시간이다.

그 까닭에 대해서는 물론 루쉰이 자신의 첫 소설집 『외침吶喊』의 「서문」[1922]에 밝혀 놓았다. 중국인의 사상을 개조하겠다는 결의로 센다이의 의학전문학교를 그만 두고 도쿄에서 잡지를 만들고자 했으나 결국 좌초하고 말았다는 것, 그로 인해 격렬한 덧없음을 느꼈다는 것, 그 절망감이 뱀처럼 영혼을 잠식

---

8   이에 대해 좀더 자세한 것은, 이 책의 제2장 5절에 썼다.

하여 청년기의 격정은 자취도 없어지고 커다란 적막감 속에서 시간을 보냈다는 것이었다. 그가 다시 붓을 잡아 글을 쓰게 된 것도 친구의 강한 권유 때문이었다고 했다. 자기가 하고 싶어서, 혹은 하고자 해서가 아니라 마지못해서 시작한 것이 글을 짓고 발표하는 일이라고 썼다.

루쉰의 이런 술회는 대개 실제와 부합하는 것이라고 해야 하겠다. 하지만 이런 사연과 생각을 글로 써서 자기 첫 소설집 서문에 싣는 것은 또 다른 차원의 일이다. 문학을 선택한 자기 자신의 행위가 대단하지 않은 것이라고 혼자 생각하는 것과, 그 사실을 글로 써서 자기 글의 독자들에게 밝히는 것은 작지 않은 차이가 있기 때문이다. 그것은 겸손과 외교적 겸손, 냉소와 외교적 냉소 사이의 거리와도 같다.

요컨대, 첫 소설집 『외침』을 낼 때 루쉰이 만들어낸 자기 서사는 이렇게 요약될 수 있겠다. 그는 중국 사람들의 몸을 고치는 일보다 정신을 바꾸는 것이 더 중요하다고 생각해서 의학도에서 문학도가 되었다. 그런데 여러 가지 현실적 제약으로 그것이 덧없는 일임을 깨달아 버렸다. 현실적 어려움도 있었고, 문학을 선택하면서 기대했던 것과는 너무나 다른 반응에 암담해졌다. 그래서 절망했고, 그런 절망감 속에서 적막한 마음으로 십여 년을 살아왔다. 그런데 친구의 권유가 있어 뒤늦게 문학을 시작했고 이제 책을 내게 되었다는 것.

중년의 문학도 루쉰이 만들어낸 이런 서사는, 잘 알려진 무쇠로 만든 방의 비유에 의해 뒷받침된다. 그런데 이 비유가 증상적이다. 비유의 매체로 제시한 우화와 그것이 만들어내는 의미 사이에 매우 큰 간극이 존재하고 있다는 점에서 그러하다.

루쉰은 계몽적 열정으로 문학에 투신하는 일에 한번 크게 실망을 했던 사람이다. 그런 경험으로부터 이미 16년이 지난 마당인데, 새삼스럽게 문학이 중요한 것이라고 뜨거운 어조로 말하기는 힘든 일이겠다. 무엇보다 자기 자신에게 그러할 것이다. 그렇다고 해서 다시, 중국에 제대로 된 의술을 도입하겠다는 생각으로 되돌아갈 수도 없다. 이미 그런 생각의 퇴로는 막혀 있는 까닭이다. 중국의 계몽은 여전히 절실하게 요구되는 것이지만, 그것의 성공 가능성에 대해서는 긍정적으로 말하기 어렵다는 것, 오히려 절망적이라는 것이 30대 후반에 이른 루쉰의 판단이었다. 그런데 바로 그 절망적 상황이 루쉰에게는 희망을 향해 가는 출발점이 된다. 계몽주의자에게 견딜 수 없는 것은 절망이 아니라 적막이다. 아무리 나쁜 반응이라도 적막보다는 낫다. 어떻든 반응이 있어야 희망의 근거가 생기기 때문이다. 바로 그 지점에 놓여 있는 것이, 첫 소설집 『외침』의 「서문」에 실린 '무쇠 방'의 비유이다.

요컨대 루쉰에게 '무쇠 방'의 비유는 절망이 희망으로 전환되는 결정적 회심의 지점에 놓여 있는 것인데, 문제는 그 비유에 등장하는 이야기와 그것의 의미 사이에 모종의 불일치가 만들어지고 있다는 사실이다. 그것이 첫 번째 증상으로서, 이는 계몽이라는 틀 자체가 맞닥뜨리게 되는 첫 번째 한계점을 보여준다. 문제의 대목을 인용해 보자.

"가령 창문이 하나도 없고 무너뜨리기 어려운 무쇠로 지은 방이 있다고 하세. 만일 그 방에서 많은 사람이 잠이 들었다면 얼마 지나지 않아 숨이 막혀 죽을 게 아닌가. 그런데 이렇게 혼수상태에 빠져 있다가 죽는다면 죽음의 슬픔을 느끼지 않을 거네. 지금 자네가 큰소리를 쳐서 잠이 깊이 들지 않은 몇몇 사람을 깨워 그 불행한 사람들에게 임종의 괴로움을 맛보인다면 오히려 더 미안하지 않은가."

"하지만 몇몇 사람이 일어난 이상 이 무쇠 방을 무너뜨릴 희망이 전혀 없다고는 말할 수 없지 않은가."

그렇다. 나는 나름대로의 확신을 가지고 있었어도 희망에 대해서는 말살할 수 없었다. 희망은 앞날에 속하기 때문에 희망이 없다는 내 증명으로 희망이 있다는 그를 설복시킬 수는 없었던 것이다. 그래서 나는 마침내 글을 쓰겠노라고 그에게 대답하고 말았다. 이렇게 되어 나는 첫 단편 「광인일기」를 쓰게 되었다. 이때부터 한번 든 붓을 놓을 수 없게 되어 소설 비슷한 것을 써서 친구들의 부탁에 응하다 보니 어느새 십여 편이 되었다. 『선집』1, 24쪽

    이 대화에서 선명한 것은 대화를 나누는 두 사람의 시선의 차이이다. 차이라기보다는 '무쇠 방'의 비유를 드는 루쉰의 논리적 오류와 그것에 대한 수정이라고 해야 적당하겠다. 루쉰은 어떤 오류를 범하고 있는가. 이 장면에서 너무나 태연하게 드러나 있어 잘 보이지 않는 것은, 루쉰이 '무쇠 방'의 비유 속에서 화자인 자기 자신을 예외 처리하고 있다는 사실이다.

    그러니까 저 '무쇠 방'의 절망적 상황을 밖에서 바라보고 있는 독자라면 루쉰을 향해 이렇게 반문할 수 있다. 창도 문도 없는 '무쇠 방'에서 잠든 채 죽어가고 있는 사람들이 있다는데, 그런 모습을 바라보고 있는 당신은 어디에 있는가. 방 밖에서 그 안을 들여다볼 수는 없는 노릇이니 당신도 그 안에 있는 것이 아닌가. 그것이 아니라면, 당신도 후대의 독자들처럼 신의 시선을 지니고 있다는 것인가. 하지만 현장에 있는 당신이 그럴 수는 없으니, 잠들어 죽어갈 사람들을 바라보고 있는 루쉰 당신도 결국은 같은 운명의 소유자가 아닌가. 잠든 사람들은 의식이 없어 죽음의 고통을 모르겠지만, 홀로 깨어 있는 당신은 시시각각 죽음을 향해 가고 있다는 의식의 고통까지 감수해야 할 처지이니, 정말 딱한 사람은 잠에서 깨어 있는 당신 자신이 아닌가.

    요컨대 루쉰이 만들어낸 이 비유에 따르면, 창도 출구도 없는 '무쇠 방'에서 벌어지는 절박한 사태는 다른 사람들의 문제가 아니라 바로 루쉰 자신의 문제일 수밖에 없는 것이다. 그런데도 루쉰은 마치 이것을 자기 문제가 아닌 것처럼 구경꾼의 어조로 말하고 있다. 그것도 신의 시선으로 관조하기까지 하면서.

    루쉰의 이러한 비유의 오류는 뒤이어지는 친구의 말에 의해 간단하게 격파된다. 그래도 그 방 안에 몇몇 사람이 깨어나 있다고 말하는 친구의 시선은, '무쇠 방' 바깥이 아니라 안에 있기 때문이다. 그 자신과 루쉰 같은 사람이 잠

에서 깨어 있는 몇몇에 해당한다. 그러므로 사람들이 갇혀 죽어가는 '무쇠 방'의 절망적인 상황은 다른 사람이 아니라 자기 자신의 문제일 것이고, 가만히 있는 것은 최악의 선택이기 때문에 어떻게든 움직일 수밖에 없다는 것이다. 요컨대, 글을 쓰라고 권유한 친구는, '무쇠 방' 외부에 있던 서사의 시선을 내부로 끌어당김으로써 루쉰의 '무쇠 방' 비유가 지닌 '화자의 예외 처리'라는 오류를 단숨에 수정해 주었고, 루쉰은 이런 과정을 거쳐 희망의 원리를 향해 가는 다음 단계로 나아가게 되는 셈이다.

'무쇠 방'의 비유가 지닌 또 하나의 증상을 지적해 볼 수도 있겠다. 희망의 문제가 그것이다. 희망이라는 단어는 그 단어를 사용하는 사람이 정서적으로 충전된 상태에서만 꺼낼 수 있는 단어이다. 곧 희망은 객관적 판단의 문제가 아니라, 실천을 향한 주체의 의지나 강렬한 소망에 의해 발화되고 생산되는 것이다. 그런데 위의 인용에서 루쉰은 희망이 보이지 않는다고 했고, 그래도 있을 가능성까지 부정할 수는 없으니 움직여보기는 하겠다는 식으로, 마치 등 떠밀리는 듯한 태도를 보이고 있다. 물론 이것은 어디까지나 공개된 글의 수준에서 그렇다는 것이고 현실에서 그는 적극적으로 움직이고 실행했다. 그가 써낸 글 자체가 그 증좌이며, 그런 실행의 결과로 그는 현재 우리가 아는 루쉰이 되었다.

요컨대 희망이라는 단어에서 중요한 것은 객관적 전망이 아니라 주관적 의지와 실천이다. 즉 희망의 가능성이 있는지 없는지의 차원이 아니라, 절망적인 현실을 바라보고 있는 사람이 희망을 향해 움직이는지 아닌지의 차원이 문제가 되는 것이다. 희망이란 처음부터 분명하게 보이는 것이 아니라, (그렇다면 그런 상황은 진짜 절망적인 것이 아니다. 아무런 희망의 그림자조차 없을 때가 진짜 절망적인 것이다) 절망으로부터 벗어나려는 의지가 치열한 몸부림 끝에 찾아내는 어떤 것이다. 그러니까 희망은 이미 있는 것이 아니라 절망에서 벗어나려는 몸부림을 통해 결과적으로 만들어지고 생겨나는 것이다. 그런데 인용문의 문면 속에서 보이듯이, 루쉰은 이 사실을 모르는 척하고 있다. 게다가 그 자신 역시 '무쇠 방'에 갇혀 있다는 사실도 모르는 척하고 있다. 모르는 것이 아니라 모른 척하고 있다고?

그렇게 말할 수밖에 없는 것은, 그 이후로 루쉰이 만들어낸 삶의 행적이, 이 순간 그가 시치미 떼기의 자세를 취하고 있었음을 증명해주고 있기 때문이다. 그가 자신의 판단과는 다른 방향으로 움직이는 순간, 즉 절망적이라고 말하면서 그 절망의 외부를 향해 꿈틀거리고 몸부림치는 순간, 그 자신의 몸은 이미 알고 있었을 것이다. '무쇠 방'의 현실이 다른 누구의 것이 아니라 그 자신의 것임을. 어떻게든 발버둥이라도 쳐보는 것이 그의 유일한 선택이었음을.

진짜 계몽이 시작되는 것은 바로 이 지점, 계몽을 둘러싼 주체와 대상 사이의 간극이 없어지는 지점에서이다. 그런 간극이 사라지는 것은 계몽이라는 외적 틀 자체의 소멸이기도 하다. 계몽의 외적 틀계몽자-지식인 대 계몽대상·민중이라는 구도이 사라지고 자기 계몽이 되는 순간 진짜 계몽이 생겨난다. 계몽자-지식인의 예외성이 사라지면 이른바 '민중혹은 인민'들의 문제는 '그들'의 문제가 아니라 '나 자신'의 문제가 된다(뒤에 쓰겠지만, 이광수의 경우는 이와 반대이다. 그의 경우는 예외자의 자리가 사라지지 않는다). 그런데 루쉰은 위의 인용에서 보이듯이, 이 사실을 모르거나 혹은 모른 척하고 있다. 위의 문면이 아이러니가 아니라면, 즉 루쉰이 정말로 눈치 채지 못한 것이 있었다면, 그것은 그 자신이 사태의 진실을 이미 잘 알고 있다는 사실일 뿐이다. 이렇게 말할 수 있는 것은, 이후의 루쉰의 삶과 글이 이 사실을 증거하고 있기 때문이다.

루쉰은 자기 스스로를 계몽의 최전선이 아니라 배후에 놓고자 했고, 그것은 『외침』의 서문을 쓰던 때부터 시종일관이었다. 계몽의 최전선에서 일하는 동료들을 위로하기 위해서 뭔가 도움이 될 만한 소리를 외칠 뿐이라고 말했지만, 그런 외침이 그를 최전선에 서게 했다. "내가 늘 말하는 바와 같이 나의 글은 솟아나온 것이 아니라 짜낸 것이다. 듣는 사람은 종종 겸손해서 하는 말이라고 오해하지만 이는 진실이다. 나는 별로 할 말도 없고 쓸 것도 없다."『선집』2, 441쪽고 하며 자신을 늙고 쓸모없는 소에 비유하곤 했다. 툴툴거리듯 그런 말을 늘어놓으며 꿈지럭거리던 '늙은 소'가 정작 무슨 일을 했는지는 18년 동안 그가 쓴 것들이 큰소리로 외치고 있다.

중국 국내의 정세가 가파르게 변하면서, '문학 혁명'이 점점 '혁명문학'으로 변해가고 있을 때, 그는 바로 그 '혁명문학'의 최전선에 서고자 하지 않았다고 말한다. 이런 식이다.

내가 중산대학으로 온 본의는 교원노릇을 하기 위한 것 외에 아무것도 아닙니다. 그런데 일부 청년들이 대대적으로 환영회를 열었습니다. 나는 이것이 좋지 못한 결과를 가져올 줄 알고 있었기 때문에 우선 첫 번째 연설에서 내가 결코 '전사'나 '혁명가'가 아니라는 것을 설명했습니다. 만일 그렇다면 응당 북경에 머물러 있어야 할 것이며, 하문에서 분투해야 할 것입니다. 그런데 나는 '혁명의 후방'인 광주로 피신해왔습니다. 이것은 바로 내가 '전사'가 아닌 증거가 됩니다.「통신」,『이이집』,『선집』2, 480쪽

이곳 혁명적 지방에 있는 문학가들은 아마 문학이 혁명과 밀접한 관계가 있다는데 대해서 말하기를 좋아할 것입니다. 즉 그것이 혁명을 선전, 고취, 선동, 추진하여 완수하게 할 수 있다고 말입니다. 그러나 나는 이러한 글은 무력하다고 생각합니다. 예로부터 훌륭한 문학예술 작품은 남의 명령에서나 이해타산에서가 아니라 마음속에서 저절로 우러나오는 것이기 때문입니다.「혁명시대의 문학」,『이이집』,『선집』2, 462쪽

예세닌과 소볼리는 끝내 혁명문학가가 되지 못했다. 어째서인가. 그것은 러시아가 실제로 혁명을 하고 있었기 때문이다. 혁명문학가들이 용솟음쳐 나오는 곳에는 기실 아무런 혁명도 없는 것이다.「혁명문학」,『이이집』,『선집』2, 586쪽

'혁명문학'을 부정함으로써 혁명적인 문학을 만들어내는 것, 그러니까 진짜 '혁명문학'에 도달하게 되는 것은 루쉰의 문학이 보여준 마술이다. 그는 매우 차가운 어조로, 때로는 격렬하게 혹은 이죽거리며 바보-낭만주의자들과 속물-모리배들, 괴물-수구주의자들에 대해 비판하고 분노하고 슬퍼했다. 그리고 그런 비판의 격렬함은 자기 자신조차 비껴가지 않았다. 그는 자신이 원하지 않았음에도 불구하고[이것은 물론 그의 표면적인 주장일 뿐이다], 격렬한 '계몽문학'의 한복판에 서 있었다. 그러니까 여기에서 강조되어야 할 것은, 매우 차갑고 냉소적인 성향과 기질을 가진 루쉰조차도 혁명문학의 길로 이끌어 들이게 한 역사적 정황의 뜨거움, 혹은 결과적으로 그가 선택하게 된 자리 자체의 격렬함이다.

그리고 이런 점은, 개인이나 상황에 따라 그 열도가 조금 다를 수는 있지만, 20세기 전반기 한중 양국의 문학적 주류가 공유하고 있었던 것이라 해야 할 것이다. "나는 소설을 이전에 '심심풀이책閑書'이라고 하는 것을 더없이 증오했을 뿐만 아니라 '예술을 위한 예술'은 '심심풀이'의 새 발명에 지나지 않는다고 간주했다"[「나는 왜 소설을 쓰게 되었나」, 『선집』 3, 204쪽]라고 표현되는 생각은, 루쉰만이 아니라 이광수나 이기영의 경우도 마찬가지였기 때문이다. 그들에게 문학은 인간 주체의 현실적 삶에 기여하는 것이어야 했다.

하지만 이런 사정은 이와 반대되는 생각 쪽에서도 마찬가지가 아닐 수 없다. 문학이 소일거리이고 하찮은 것이라 주장되는 경우에도 그것은 그냥 소일거리가 아니라 최소한 진지한 소일거리여야 하며, 나아가서는 목숨 건 소일거리여야 한다. 인생이 한 줄의 보들레르만 못하다고 했던 아쿠타가와 류노스케나 자기 스스로를 오쟁이 진 삼류 인생으로 제시하는 이상, 그리고 자살 실패자라는 이중의 루저로서 자기를 규정했던 다자이 오사무 같은 경우가 그런 예일 것이다. 이들에게 문학은 목숨과 맞바꿀 수 있는 것이었다.

3. 계몽의 불안 대 존재론적 불안

루쉰은 첫 소설집 『외침』의 「자서」에서 '무쇠 방'의 비유를 말하기 전에, '커다란 독사처럼 자신의 영혼을 칭칭 휘감고 있던'[선집] 1, 22쪽 깊은 적막감에 대해 말했다. 그것은 그가 지니고 있던 계몽의 이상을 구현하는 것의 난감함을 깨달은 결과였다. 개인적으로는, 의학에서 문학으로의 방향 전환이 명백한 실패였음을 자각하는 순간이기도 했다. 그런 점에서 루쉰의 적막감은, 밤하늘의 수많은 별들을 바라보면서 전율하는 근대인 일반의 마음과는 거리가 있다. 게다가 그가 수행해낸 글쓰기의 정서적 동력은 무엇보다도, 중국이 처해 있는 암담한 현실과의 대면에서 나온 것이기도 하다.[9]

위에서 언급한 대로, 루쉰이 그 암담함을 관조적인 것이 아니라 자기 자신의 것으로 받아들이는 순간, 그 자신의 문학적 원점이라 할 만한 시선이 생겨난다. 그것은 아무런 희망 없이도 움직이겠다는 마음으로부터, 바닥 모를 절망 속으로 뛰어들겠다는 결의 속에서, 그리고 그런 결의를 가능케 할 정도로 이미 임계점을 넘어버린 절망의 암담함 속에서 만들어진다. 이런 과정 속에서 스스로를 드러내는 절망적 시선은, 사태를 호도하는 위선적 지식인들의 글쓰기에 대한 분노와 결합하여 혁명적인 것으로 예각화된다. 이러한 글쓰기는 소설 창작에서부터 그가 스스로 '잡문雜文'이나 '잡감雜感'이라고 낮춰 부른 산문으로 이행해가면서 구체적으로 개진된다. 그렇다면 문제는 이제 끝난 것인가.

물론 문제가 그렇게 단순할 수는 없다. 그의 글쓰기 속에서 계몽의 불안은 두 가지 형태로 드러난다. 소설 속에 등장하는 것이므로 매우 우회적이고 암시적인 형태를 띠고 있다. 첫째는 계몽 자체의 불안이고, 둘째는 좀더 심층에 있는 존재론적 불안이다. 첫 번째 예로, 단편소설 「축원례祝福」1924에 나오는 다

---

9   유세종, 『루쉰식 혁명과 근대중국』, 한신대 출판부, 2008, 56쪽.

음과 같은 대목을 보자.

나는 몸이 오싹해졌다. 그 여자가 나를 뚫어지라 쳐다보자 등줄기에 가시라도 박힌 듯한 느낌이었다. 마치 학교에서 선생님이 예고도 없이 갑자기 시험을 치면서 옆에 와서 딱 붙어선 때보다도 더 당황했다. 나는 영혼이 있느냐 없느냐에 대해서는 전혀 생각해본 일이 없었다. 그런데 지금 이 여자에게 어떻게 대답해야 좋단 말인가? 나는 한순간 머뭇거리면서 생각해보았다. 이 고장 사람들은 예나 지금이나 귀신이 있다는 것을 믿고 있는데 저 여자만은 지금 의혹을 품고 있지 않은가, 아니 의혹을 품고 있다기보다 영혼이 있기를 바라든가 없기를 바라는 게 아닐까⋯⋯. 인생의 마지막 길에서 허덕이는 사람에게 괴로움을 더해줄 필요는 없으리라. 저 여자를 위해서는 차라리 있다고 하는 편이 좋을 것이다.[10]

이 소설의 일인칭 화자는 지식인이고 설을 쇠기 위해 섣달 그믐날 고향 마을에 왔다. '축원례'는 하늘에 복을 비는, 마을의 설맞이 행사의 이름이다. 위 대목은 '나'가 고향에서 만난 '샹린댁'이라는 하층계급 여성에게 질문을 받고 난 다음의 반응이다. 고생하면서 살아 나이 마흔에 반백이 되어버린 '샹린댁'이, 배운 사람인 '나'에게 물었다. "사람이 죽은 뒤에 영혼이 있나요, 없나요?" 이 질문에 대한 화자의 반응이 저러했다. 이 장면은 뒤로 더 이어진다. 그가 더 듬거리며 아마 있을 거라고 대답하자, '샹린댁'은 "그럼 지옥도 있겠네요"라고 했고, 그가 그렇지 않을까 하고 어물거리자, 다시 "그러면, 죽은 가족을 만날 수 있을까요"라고 물었다. '나'는 이 세 가지 질문에 전혀 대답할 수 없었고, 불안한 마음에 서둘러 그 자리를 뜨고 말았다.

근대 학문을 익힌 지식인답게 모르는 일에는 모른다고 태연하게 대답하면

---

10 노신문학회 역, 『노신 선집』 1, 여강출판사, 2004, 183~184쪽.

될 일인데, 왜 '나'는 그다지도 당황했던 것일까. 아마도 질문하는 사람의 절실한 눈빛 때문이라고 해야 하겠다. 그도 그럴 것이, '샹린댁'은 남편을 잃은 후 자신의 의지와 무관하게 다시 결혼을 해야 했던 여성으로, 죽고 나면 두 남편이 나타나 자기에 대해 소유권을 주장하며 싸울 것이라는 사람들의 말에 전전긍긍하던 차였다. '샹린댁'에게 사후 세계나 영혼의 문제는 종교나 형이상학적인 것이 아니라 자기 자신의 삶과 연관된 매우 절실한 문제였던 셈이다. 그럼에도 불구하고 '나'에 의해 다음과 같이 표현되는 당황은 증상적이라고 할 만큼 지나치다.

> 이때 나는 내가 세상에 둘도 없는 바보라는 것을 깨달았다. 아무리 주저하고 아무리 생각해보았지만 이 세 마디 물음에 제대로 대답을 해주지 못했던 것이다. 나는 그만 주눅이 들어 방금 한 말을 죄다 취소하고 싶었다.
> "그건…… 사실 말이지 잘 모르겠는데요…… 영혼이 정말 있는지 없는지 나도 정확하게는 모릅니다."
> 나는 그 여자가 다음 질문을 해오기 전에 도망치듯 허둥지둥 넷째아저씨네 집에 돌아오긴 했으나 마음은 적이 불안하기만 했다. 나는 내 대답이 그 여자에게 어떤 위험을 가져다 줄 것 같아 두려웠다.『선집』1, 184쪽

'샹린댁'은 화자와의 이런 만남 이후 갑작스럽게 죽은 채로 발견된다.[11] 그의 죽음을 알게 된 후 '나'는 기묘한 이중적인 상태를 보인다. 그 죽음에 놀라면서, 한편으로는 그 죽음에 자기 책임이 없는 것에 대해 안도한다. 이런 점을 고

---

11 화자는 하인의 입을 통해 갑작스런 '샹린댁'의 죽음을 알게 된다. 어떻게 죽었냐는 질문에, 하인은 가난 때문에 죽었다고 말한다. 『선집』은 "굶어 죽었다"고 되어 있으나, 원문은 '窮死'라고 되어 있고, 하루 만에 굶어죽기는 힘들기 때문에 이 번역은 적당치 않아 보인다. 『선집』1, 183~184쪽.

려한다면 위의 인용과 같은 '나'의 반응이런 반응은 삼차에 걸쳐 반복된다은 더욱 지나친 것으로 다가온다. 뒤이어질 '샹린댁'의 갑작스런 죽음을 위한 복선이라거나, 혹은 지식인의 무책임에 대한 자기 풍자의 수준이 소설에서 주안점은 '샹린댁'이라는 독특한 인물상에 있으므로 지식인에 대한 풍자가 개입할 대목이 아니다을 넘어서 있다는 것이다. 여기에서 화자가 말하는 두려움悚然이나 불안불안으로 번역된 단어들은 不安逸, 不安, 负疚 등이다은 좀더 근본적이다. 계몽의 불안을 넘어 존재론적 불안에 닿아 있다는 점에서 그러하다.

이 단편소설의 지식인 화자에게 두려운 대상은 일차적으로, 진지하면서도 순진하게 질문하는 눈 자체라고 해야 한다. 외국 유학까지 한 지식인에게 질문하는 '샹린댁'의 시선은 단순한 호기심을 넘어서 있다. 자신에게는 생사가 걸린 절실한 문제이기 때문이다. 그 눈에 담긴 모종의 요구야말로 그에게는 두려움의 대상이다. 좀더 정확하게 말한다면, 그 순진한 눈에 의해 스스로에게 적발되는 자기 자신의 무능이다. 여기에서 이 무능은 마치 학생의 질문에 제대로 된 대답을 하지 못한 능력 없는 교사의 것과 같은 것이다. 여기까지가 계몽의 불안이 작동하는 차원이겠다.

이것이 단지 교사의 무능에 그치는 것이라면 사태는 그렇게 어렵지 않을 것이다. 그로 인해 교사가 허둥거릴 수 있겠지만, 하지만 그것이 불안과 두려움까지 가는 것은 지나치다. 정상적인 교사라면 배운 것을 생각하고 정리해서 대답할 것이고, 그래도 알 수 없다면 또 모르겠다고 말하는 것으로 충분할 것이다. 그런데도 과장된 형태로 표현되고 있는 이 무능은, 그러니까 교사 자신의 절망감을 표현하고 있다고, 즉 그 자신이 학생의 자리에서 스스로에게 질문을 던졌을 때도 답할 수 없다는 절망을 은폐하고 있다고 하는 것이 더 적절할 것이다. 자신의 무능을 환기시킨 문제가 자기에게도 매우 중요한 문제이며, 그럼에도 자기가 답할 수 없었기에 회피하고 있었던 것이기 때문이라 해야 하지 않을까. 요컨대 과장된 교사의 불안은 그 자신도 길을 잃은 상태이며 출구를 찾지 못하고 있다는 좀더 치명적인 사실을 은폐하고 있다고 해야 할 것이다. 여기에서 작동하는 것이 곧 존재론적 불안의 차원이다.

요컨대 위에서 묘사되고 있는 '나'의 과잉 반응들, 허둥거림과 불안과 두려움 등은, 교사의 절망이라는 외관 속에 가려져 있는 좀더 근본적인 절망이 드러나버린 순간의 반응이라 함이 좀더 적절해 보인다. 근대성을 어떻게 도입하고 확산해야 하는지의 문제 같은 것이 아니라 그 뒤에 버티고 있는 무한공간의 두려움이, 현실적 불안 뒤에 있는 존재론적 불안이 꿈틀거리고 있는 탓이라 해야 한다는 것이다. 그의 대표작 「아Q정전」의 다음과 같은 대목을 보자.

> 그래서 아Q는 자기에게 갈채를 보내는 사람들을 다시금 바라보았다.
>
> 그 순간 그의 머릿속에서는 다시금 한 가지 생각이 돌개바람처럼 소용돌이쳤다. 그것은 네 해 전의 일이다. 어느 날 그는 산기슭에서 굶주린 늑대 한 마리를 만났었다. 늑대는 가까이 오지도 않고 물러서지도 않으며 일정한 거리를 두고 끈질기게 따라오면서 그를 잡아먹으려고 했다. 다행히도 나무할 때 쓰는 칼 한 자루를 가지고 있었기 때문에 용기가 좀 나서 미장까지 간신히 돌아왔다. 그러나 늑대의 그 눈초리만은 영원히 잊혀지지 않았다. 표독스러우면서도 소심해 보이는 그 눈초리는 도깨비불처럼 번득이면서 멀리서도 그의 가죽과 살을 꿰뚫는 것만 같았다. 그런데 지금 그는 이제까지 본 적이 없는 그 늑대의 눈초리보다 더 표독스러운 눈초리를 본다. 그것은 둔한 것 같으면서도 날카로운 눈초리이다. 아Q의 말소리를 씹어 삼켰을 뿐만 아니라 그의 가죽과 살 이외의 것까지 씹어 삼키려고 가까이 다가오지도 않고 물러서지도 않은 채 일정한 간격을 두고 끈질기게 그의 뒤를 쫓아오고 있다.『선집』 1, 127쪽

이 구절은 아Q가 사형당하기 직전의 장면을 묘사하고 있는 대목이다. 이 소설에서 아Q는 나약하고 교활하며 무지하여 풍자의 대상이 되는 인물이다. 그런 인물이 혁명당을 자처하다가 결국 형장에 끌려가는 마지막 대목을 루쉰은 위와 같이 묘사하고 있다.

그러나 사형 당하기 전 군중들에게 조리돌림을 당하는 바보-파렴치한 아Q에게 저와 같은 정도의 내면이 합당한 것이라고 할 수 있을까. 여기에서 묘사되고 있는 늑대의 눈, 혹은 그에 비견되는 군중의 눈은, 어쩌면 루쉰 자신의 내면에서 그 자신을 응시하고 있는 초자아의 것이라고 하면 지나친 것일까. 직접적으로 루쉰의 내면이 드러난 것이라고 단언하는 것은 무리일 수 있겠지만, 여기에 루쉰의 마음 밑자리를 떠돌고 있는 존재론적 불안이 섞여 들었다고 말하는 것은 그리 큰 무리가 아닐 것이다. 무엇보다도 그는 계몽가이자 투사이기 이전에, 그 스스로 밝힌 바와 같이, 북경의 소흥 회관에서 스스로 아무짝에도 쓸모없다고 말한 옛 비문 베끼기를 하면서 "영혼을 마취시켜"『선집』 1, 22쪽 적막감을 내쫓고 있던 사람이기 때문이다.

하지만 루쉰의 글쓰기 속에서 이러한 점은, 어이없는 현실과 그에 부화뇌동하는 지식인들에 대한 격렬한 분노에 가려 잘 드러나지 않는다. 이런 사실은, 그의 글쓰기에서 좀더 위력적인 것이 소설이라기보다는 오히려 논쟁적 산문들이라는 점과 상응한다. 1926년 3・18학살사건에서처럼 자기가 가르치던 베이징 여자사범대학 학생들이 죽어가는 모습과, 그런 사실을 호도하며 적반하장의 모습을 보이는 지식인들의 모습을 지켜보아야 했던 사람이라면, 그래서 제대로 된 정신으로 무언가를 써야 했다면, 누구라도 그런 글쓰기 속으로 돌입할 수밖에 없었을 것이다. 루쉰은 이런 사태를 보면서, "먹으로 쓴 거짓말이 절대 피로 쓴 사실을 감추지 못할 것이다"[12]라고 썼다.

이런 루쉰이, 아리시마 다케오와 같은 방식으로 밤하늘을 바라보기 위해서는 두 단계를 거쳐야 할 것이다. 먼저, "피로 쓴 사실"들의 단계를 지나가야 할 것이고, 전통적 지식인들이 지니고 있던 이중성, 그러니까 신유학자들이 지니고 있었던 『근사록近思錄』의 이성주의와 초월적 세계에 대한 샤머니즘적인 믿

---

12 「꽃없는 장미 2」, 『선집』 2, 365쪽.

음무속, 도교, 신도으로 이중화되어 있는 영역[13] ― 이것은 실정적 냉소주의positive cyn-icism라 부를 수 있겠다. 여기에서 사람들은 믿지 않으면서 믿음을 실천한다 ―을 지나가야 할 것이다. 이 두 번째 영역을 가장 잘 보여주고 있는 것이 「무녀도」1936와 『을화』1978의 김동리1913~1995나 『움직이는 성』1968~1972의 황순원 같은 경우일 것이다. 이것은 이성중심주의와 그것을 보충하는 초월론적 믿음transcen-dental belief, 현실 속에서 이 믿음은, 말로는 부인하면서도 행위로는 실천하는 반어적인 형태로 드러난다의 모습으로, 근대적 무신론이 취할 수 있는 매우 안정적인 마음의 구조이다. 이 두 영역을 통과했거나 혹은 그럴 필요가 없었던 정신만이 무한공간의 공포를 맨눈으로 바라볼 수 있으며, 이 점에서는 루쉰도 예외일 수가 없다.

물론 자기 자신의 고유한 역사적 과정을 거쳐온 루쉰의 입장에서 보자면 이런 생각은 쓸모없는 가정에 불과할 뿐이다. 루쉰은 자기 시대의 요구에 따라 자기가 서야 할 자리에 섰고, 그 자리에서 자신의 고유한 방식으로 문학적 에너지를 발산했다. 그럼에도 사정이 그렇게 단순할 수만은 없는 것은, 근대 동아시아의 문학적 장관이라 할 루쉰의 텍스트 속에서도, 비록 매우 특이한 모습으로나마 그 나름 격렬하게 꿈틀거리고 있는 무한공간의 공포가 검출되고 있기 때문이다. 기묘하게 뒤틀린 증상적인 모습 속에서 그 에너지를 확인하고 있는 우리는, 거꾸로 그의 시대와 공간이 뿜어냈던 격렬했던 계몽-실천적 요구를 읽어내고 있는 셈이다.

---

13 「축원례」에서 주인공의 아저씨는 전통적 지식인으로서, 귀신은 초자연적인 것이 아니라 음양과 이기의 조화에서 생겨났을 뿐이라는 『근사록』의 글귀를 암송하면서도 또한 제사를 앞둔 경우 관습적 기휘어들을 엄수하는 이중성을 보여준다. 『선집』1, 187쪽.

4. 이광수 서사의 증상들, 논설과 서사의 충돌

이광수의 글쓰기 속에는 존재론적 불안이 표현될 여지가 크지 않다. 루쉰의 경우가 그러하듯, 그 스스로가 감당해야 할 현실적 난제들이 무엇보다 우선적인 과제였었기 때문이다. 게다가 이광수는 뜨거운 열정가의 기질을 지닌 인물이다. 현실에 대한 반응이나 계몽에 대한 열정이라는 점에서, 차가운 냉소가의 기질을 지닌 루쉰보다 훨씬 뜨거울 수밖에 없다.

루쉰은 기질 자체로 보자면 전형적인 둘째 아들의 성향을 지니고 있었지만, 역사와 시대가 마련해 놓은 길을 따라 맏자식의 삶을 살아야 했다. 자기가 선택한 공동체에 대해 책임 있는 존재로서의 삶을, 그러니까 네이션의 요구에 부응하는 삶을 살아야 했다는 것이다. 그럼으로써 루쉰은 중국 근대문학을 대표하는 상징적 존재가 되었으나, 그 자신이 술회하듯이 제대로 된 소설가가 되었다고 할 수는 없다. 근대적 의미의 소설가는, 맏자식의 서사를 포기하고 둘째 아들 되기를 선택했을 때 가능한 것이기 때문이다.

이런 과정을 잘 보여주는 것이 앞에서 언급한 아리시마 다케오의 경우이다. 그는 기독교를 배교하고 난 다음에야 문인이 될 수 있었거니와, 기독교로부터 빠져나오는 일이란 우치무라 간조의 후계자 자리를 포기하는 것이면서 동시에 공동체에 대한 책임과 사회적 실천의 자리로부터 물러서는 일이기도 했다. 요컨대 소설가가 되기 위해 그가 포기한 것은, 종교로서의 기독교가 아니라 네이션 단위의 삶이며 공동체에 대한 책임 있는 자리였던 셈이다. 그럼으로써 그는 맏자식의 자리를 포기하고 둘째 자식의 자리로 옮겨간 셈이다.

루쉰과 이광수의 경우는 정반대에 해당한다. 루쉰이 의학을 버리고 문학을 선택한 것은, 맏자식 자리의 주변부에서 중심부로 이동한 것이라 해야 할 것이다. 그 자신의 기질과는 달랐지만 그가 처해 있던 정황 자체로 인해 그럴 수밖에 없었다. 이광수는 여기에서 한발 더 나아간 경우에 해당한다. 고아 출신이었던 그는 처음부터 맏자식의 자리에 있고자 했거니와, 그의 의지는 자신의 뜨거운 기질에 부합하는 것이기도 했다. 공동체를 위한 책임 있는 발언자의 자리를 피하지 않으려 했다는 점에 관한 한, 그는 만년에 이르기까지 시종일관이었다.

위기에 처한 네이션의 맏자식이 제대로 된 소설가 노릇을 하기 어렵다 함은, 무엇보다 소설가란 자기 주장을 내세우는 논설가가 아니라 세상을 바라보고 재현해내는 서사가의 일을 핵심으로 삼고 있음을 뜻하는 것이다. 이상주의자나 계몽가가 제대로 된 소설가가 되기 어려운 것은 그런 까닭이겠다. 그럼에도 불구하고 이광수는 서로 배치되기 마련인 논설가와 서사가의 일을 오랜 시간 함께 수행했으며, 그런 점이야말로 그의 글쓰기가 보여주는 가장 중요한 특징이라 해야 하겠다. 청년 시절부터 그는 경세가이자 계몽가였고, 또한 독립운동 조직의 리더이자 동시에 인기 있는 소설가였다. 현실적 문제들에 대처하기 위한 담론 생산과 이념적 실천이 우선적인 것이었기에, 그의 글에서 존재론적 불안의 흔적을 찾기는 쉽지 않다.

게다가 그는, 삶의 유한성이라는 존재론적 문제는 불교에 입도함으로써 해결한다. 그의 종교적 사유의 기반은 불교적 인과론이라 해야 하겠으나, 그 안에는 만년의 톨스토이와 유사하게, 기독교를 포함하여 보편 종교의 윤리적 실천 지침이 함께 혼융되어 있다. 이는 그의 장편 『사랑』에서 확인되는 것이기도 하거니와, 존재론적 불안에 관한 한 이중으로 방어하고 있는 셈이니, 이 문제가 불거질 여지는 그리 크지 않은 수준이라고 해도 좋겠다.

정작 이광수의 세계에서 문제는, 논리적 담론이 아니라 서사의 수준에서 생겨난다. 존재론적 불안은 이념적 실천과 종교의 힘을 통해 방어할 수 있으나, 계몽 담론의 논리가 만들어내는 불안은 논리 자체의 허실에 따라 드러날 수밖에 없다. 이광수의 경우는 그 드러나는 방식이 서사의 증상을 통해서라는 것이다. 이는 궁극적으로 도덕화할 수 없는 것을 도덕화함으로써 생겨나는, 몰윤리와 과잉윤리의 어긋남 때문이라 해야 할 것이다.

이광수가 지향하는 민족 계몽의 담론은, 민족의 이익을 최우선 가치로 한다는 점에서 공리주의에 입각해 있다. 그런 점에서 민족 계몽 담론은 그 자체로, 보편 윤리의 기준으로 보자면 몰윤리적일 수밖에 없다. 여기에서 최종 심급은 보편적 도덕성이 아니라 현실적 현명함이기 때문이다. 민족의 이익이라는 목표는 정해져 있기 때문에, 거기에 도달하는 방법의 효능감이 민족 담론의 주된 문제인 것이다. 또한 여기에서 작동하는 가치 기준이란 현실 적합성과 효율성을 바탕으로 하는 것이기 때문에, 방법의 정치성이나 경제성에 주안점이 맞춰질 수밖에 없다. 요컨대 민족 계몽의 담론 자체는 윤리적 판단일 수 없다는 것이다.

그런데 이광수의 민족 계몽 담론이 지닌 문제는 그 자체를 도덕화한다는 점에 있다. 두 가지 점에서 그러하다. 우선 그는 민족 담론에 도덕을 개입시킬 뿐만 아니라^{도덕적인 민족이 성공한다}, 나아가 민족 담론 그 자체를 도덕화한다^{민족을 위해 자기를 희생하고 헌신하는 것이 선이다}는 점에 있다. 이광수의 계몽 담론이 지닌 구조적 과잉 윤리는 이 두 가지 점에서 공히 작동하거니와, 이런 윤리적 담론의 형식 자체가 계몽의 불안을 만들어낸다. 도덕적일 수 없는 것이, 공동의 집단적 가치라는 점에서 도덕성의 외양을 지닌 채로 등장하여 문제가 되는 것이다.

이광수의 세계에서 서사는, 민족 계몽 담론이 지닌 몰윤리와 과잉윤리의 이율배반을 완충하고 균열을 땜질하는 역할을 한다. 소설 속 인물들을 통해 구체적 예외성을 만들어냄으로써 민족 담론 자체의 권위를 강화하는 방식이 곧 그것이다. 그의 많은 장편소설들에 존재하고 있는 다양한 서사적 증상들, 삐걱거리는 서사적 논리로 인해 완결성이 흐트러져 있는 대목들이 드러나는 것은, 바로 이런 땜질의 흔적이라 해야 할 것이다. 그러니까 다양한 서사적 증상에 대해, 서사 자체의 흠결이라고 하거나 혹은 서사 자체의 부실함의 결과라고 말하는 것은 정곡을 비껴난 지적이 된다. 오히려 민족 계몽 담론 자체의 원천적 부정합성이, 서사를 통과하는 순간 드러난 것이라고 함이 더 합당할 것이다.

이광수의 문학적 작업은 흔히 '계몽문학'이라는 말로 규정되어 왔다. 그의 글쓰기가 사회적 효용과 집단적 가치를 중시한다는 점에서 그러했다. 그 자신도 글을 쓰는 것이 자기목적적인 것이 아님을 자주 표명하기도 했지만, 그런 주장이 아니더라도 그의 글이 지니고 있는 계몽성은 글을 읽는 누구에게나 눈에 두드러지는 것이다. 이광수의 경우는 계몽이라는 말 앞에 민족이라는 말이 추가되어야 좀더 정확할 것이지만, 어쨌거나 그의 글쓰기 속에서 민족 계몽 담론의 힘이 얼마나 위력적인지는 초기의 「정육론」[1910]에서부터 「자녀중심론」[1918]과 「민족개조론」[1922], 「민족적 경륜」[1924] 등의 논설과 또한 신문칼럼으로 나온 1930년대의 다양한 논설에서 드러나고 있는 것이다. 그리고 무엇보다도 『무정』[1917]에서 『원효대사』[1942]에 이르는 그의 굵직한 장편들이 보여 주고 있는 것이니 더 이상 강조할 필요가 없겠다.

그런데 여기에서 문제가 되는 것은, 앞에서 언급한 대로 민족 계몽의 담론과 미메시스로서의 서사가 그 본성상 서로 조응하기 어렵다는 점이다. 그와 동시대를 살았던 다른 작가들과는 달리 유독 이광수의 소설들 속에 두드러져 보이는 많은 증상들은 기본적으로, 서로 이질적인 계몽 담론과 서사의 결합을 그가 시도했던 때문이라고 해야 할 것이다. 이에 대해 구체적으로 살펴보기에 앞서, 먼저 논설과 서사의 형식이 지니고 있는 구조적 상충성에 대해 살펴보자. 담론의 성치[性差, sexuation]를 구분해낸 라캉의 논리가 이를 파악하는 데 도움이 된다.[14]

라캉의 논리를 간단하게 요약하자면, '남성 담론'은 대상 전체에 관한 일반

---

14 라캉의 성차 공식에 대해 좀더 자세한 것은 졸고, 「인문학 개념정원 2 −담론의 성차」, 『작가들』 2021년 겨울에 있다. Jacques Lacan, *Seminar XX : Encore*, translated by Bruce Fink, New York : Norton, 1998.

화된 논리와 그에 수반될 수밖에 없는 예외로 구성되며^{전체/예외}, '여성 담론'은 대상을 규정하는 전체성을 상정하지 않은 채 개별자들의 특성에 집중한다^{비-전체/하나하나씩}는 것이다. 야콥슨의 용어를 사용하자면, '남성 담론'은 핵심을 향해 나아가는 은유의 구조를 지니며, 이와는 반대로 '여성 담론'은 '하나씩 하나씩'이라는 틀 자체가 암시하듯이, 인접한 대상들을 통해 의미의 사슬을 이어나가는 환유의 구조를 지닌다고 할 수 있겠다. 여기에서 담론이란, 협의로는 두 문장 이상의 언어적 집합체를 말하는 것이지만, 여기서는 광의의 의미로, 의미를 행사하는 언어체 일반과 그것을 만들어내는 사고 형태 일반을 지칭한다. 그러니까 담론의 성차란, 성별에 따라 구분될 수 있는 사유와 표현 형태의 차이를 뜻하는 것이다. 여기에서 성별이라 함은 단순히 생물학적 성별만을 뜻하는 것이 아님도 주목해 둘 필요가 있겠다.

이런 관점에서 보자면, 이광수의 민족 계몽 담론은 '남성 담론'의 전형적인 예이며, 반대로 그가 남긴 많은 소설들은 '여성 담론'이 활동하는 무대가 된다. 거기에 담긴 내용과 무관하게, 논설과 소설이라는 장르적 차이가 이미 그렇게 작동하고 있는 것이다. 여기에 민족 계몽이라는 이광수 논설의 내용은, 논설의 형식 자체가 지닌 '남성 담론'의 성격을 더욱 강화한다. 이 구조에 대해 좀더 들여다보자.

민족 담론에서 문장의 주어^{실질적 혹은 내재적}는 민족이라는 이름으로 지칭되는 하나의 완결된 전체이다^{그것은 대표 단수나 집합 개념으로 등장한다}. 집합 개념으로 설정된 주어가, 현재 시제의 진술문에서 스스로를 완결시키기 위해서는 반드시 예외를 필요로 한다. 민족이 주어로 등장하는 문장들을 떠올려보자. 예를 들어, 이광수의 「민족개조론」의 발상은 일차적으로 조선인 일반에 대한 규정^{예를 들면, '조선인은 성실하지 않고 신용이 없다' 등등}으로 시작하는데, 여기서 먼저 문제가 되는 것은, 당시 많은 사람들을 분노케 했던 자기 비하적 태도가 아니라 이런 기술 방식 자체 지니고 있는 논리적 비완결성이다. 이 문장의 논리적 사실성은, '거짓이 없는 조선인예를 들자면 도산 안창호'이 있다는 반박에 의해 곧바로 탄핵될 수 있기 때문이다. 그러니까 이 문장이 옳은 것이라 주장하는 사람이 논리적 궁지에 빠지지 않기 이해서는, 도산 안창호와 '흥사단' 단원들 같은 예외를 설정해야 하는 것이다.

물론 현실에서의 민족 계몽 담론 일반은, 이런 논리적 난국을 고양시켜 계몽의 에너지를 끌어내는 데 사용한다. 우리의 현재 상태는 이렇듯 남루하고 보잘 것없지만, 과거는 그렇지 않았다든지 혹은 우리가 꿈꾸는 미래는 창대할 것이라든지, 혹은 그런 미래를 위해서는 어떤 노력을 해야 한다든지, 또한 자기가 생각하는 현재의 예외자들이 힘을 모아 세력을 확장하면 아름다운 미래가 올 수 있을 것이라든지 하는 식이 되는 것이다. 즉, 네이션이 당면한 현재의 비참이 미래의 영광을 위한 억양법적 매개로 사용되곤 하는 것이다.

이런 점에서 '전체 / 예외'라는 논리적 구성을 가진 '남성 담론'의 문제점은, 비단 이광수의 민족 계몽 담론만이 아니라 민족 계몽 담론 일반의 문제라고 보아야 할 것이다. 일본인을 비판했던 후쿠자와 유키치나 중국인을 비판했던 루쉰의 논리에서도, 민족의 현재에 대한 진술에서 드러나는 논리적 난국과 그것의 억양법적 해결은 크게 다르지 않은 방식으로 드러나고 있는 것이다. 즉, 현재 시제의 진술문에서 민족이라는 대표 단수가 주어로 등장할 때는, 미래나 과거 등의 예외에 의해 보완됨으로써 논리적 비완결성에서 벗어날 뿐 아니라 그 자체가 아름다운 미래를 향한 주장의 강력한 밑불이 되는 것이다.

또한, 근대 동아시아에서 제기되었던 민족 계몽 담론은 기본적으로 외부자에 대한 의식에서 비롯된 반영적 사고의 형태를 지닌다는 점도 지적되어야 하겠다. 계몽 담론 일반이 '남성 담론'의 틀과 맞아 떨어질 수밖에 없는 것도 그런 까닭이라 해야 하겠다. '전체 / 예외'의 틀 속에서 예외성의 자리는 외부자혹은 타자를 위한 자리이다. 물론 외부자혹은 타자란, 주체가 설정되는 순간 이미 구성적으로 존재하는 어떤 것일 수밖에 없다. 본받아야 할 이상적 존재로서 큰 타자일 수도 있고, 구별되거나 배제되어야 할 것으로서 작은 타자일 수도 있거니와, 동아시아와 근대성이 마주치는 장면에서라면, 현실 속에서 버티고 있는 매우 위력적인 외부자의 모습이 무엇인지는 매우 선명한 것이라 하겠다. 군함을 끌고 바다로부터 쳐들어온 서구 제국주의 세력이 그것이며, 20세기 초반의 한중 양국에게는 동아시아에서 그 세력의 대행자 노릇을 했던 일본 제국주의 세력이 또한 그것이다.

이광수의 계몽 담론 속에 존재하는 예외가 무엇인지 역시 분명하다. 그 자리에 놓여 있는 것은 근대화에 성공한 (것으로 보이는) 일본, 그리고 그것을 가능케 한 원천적 힘으로서의 서구, 그리고 구체적으로는 민족 해방의 구체적 담론을 제시한 도산 안창호와 '흥사단' 등이 그 자리에 있다. 이 같은 예외성의 논리가 좀더 문제가 되는 것은, 단순히 서술적인 차원에 머물지 않고 아니라 수행적인 차원으로 옮겨갈 때이다. 이런 이행은 민족 계몽 담론 자체가 지닌 당위적 속성을 생각하면 당연한 것이라 해야 할 터인데, 한 개인의 차원에서는 자기 희생 같은 윤리적 과잉을 만들어낸다는 점에서 문제가 되는 것이다. 이런 점들이 분명하게 드러나는 서사의 영역 속에서이다. 소설 자체가 지니는 '여성 담론'의 성격 때문이라 해도 좋겠다.

이광수가 선택했던 또 하나의 중요한 매체인 소설은 전형적인 '여성 담론'의 형태를 지닌다. 인물들에 대한 집중과 묘사는 인간 일반^{전체/예외}의 차원이 아니라, 그와 반대로 구체적이고 특정한 인물^{비-전체/하나하나씩}에 초점을 맞춤으로써 이루어지는 것이며, 그런 구체적인 인물이 있어야 특히 장편소설은 가능해진다. 물론 민족 계몽에 임하는 이광수의 생각 자체는 전체와 예외라는 '남성 담론'의 틀에 의해 구조화되어 있으며, 소설이라고 해서 이것이 달라질 수는 없다. 그럼에도 불구하고 이광수의 소설 안에서도 작동할 수밖에 없는 것은, 소설이라는 서사 장르 자체가 지니고 있는 '여성 담론'의 특성이다. 이광수만 아니라 누구라도 소설 쓰기에 임한다면, 장르 자체가 지니는 이러한 구조적 특성에서 예외일 수가 없다.

이런 까닭에 이광수의 소설 속에서는, 서로 상충하는 두 개의 담론 틀이 충돌하지 않을 수 없는 것이다. 그 결과로 등장하는 것이 그의 소설의 증상들이다. 굵직굵직한 서사의 증상들이 생겨나서, 증상의 축제라 할 수 있을 정도의 장관이 연출된다. 이 점은 그의 소설 세계 전체에 해당하는 것이지만, 특히 일제 말기에 나온 역사소설들은 주목해볼 만한 가치가 있다. 태평양전쟁으로 인해 더욱 가혹해진 일제의 탄압 속에서 그의 사유가 지닌 몰윤리와 과잉윤리의 뒤섞임이 예각적인 형태로 드러나고 있기 때문이다.

5. 서사의 증상, 예외성을 향한 갈망

일제 말기에 발표된 이광수의 역사소설들, 『이차돈의 사』[1936]와 『세조대왕』 [1940]과 『원효대사』[1942] 등은 민족 계몽의 '남성 담론'이 장편소설이라는 '여성 담론'을 꿰뚫어버리는 전형적인 모습을 담아내고 있다. 주인공들은 모두 오래된 역사 속 인물들이다. 이차돈과 원효는 심지어 고대에 속한다. 이들의 삶에 작가가 채워 넣을 수 있는 이야기의 영역은, 역사책에 기록된 줄거리라는 외적 한계를 지니고 있음에도 불구하고, 근세의 인물들에 비하면 상대적으로 폭이 넓다. 작가의 입장에서 보자면, 자신의 의도와 내면의 움직임이 좀더 자유롭게 펼쳐질 수 있는 서사의 공간을 확보한 셈이다. 그런 점에서 이 소설들은 이광수가 지니고 있던 계몽의 불안이 좀더 뚜렷하게 드러날 수 있는 장이 되며, 특히 대일 협력에 임한 이광수의 마음의 구조를 읽을 수 있는 장이기도 하다. 이 셋이 각각, 순교[『이차돈의 사』]와 참회[『세조대왕』]와 파계[『원효대사』]의 이야기로 되어 있는 것 역시, 이런 점에서 예사로울 수가 없다.

이광수는 당대를 대표하는 민족주의자의 한 사람이었기에, 이 소설들이 발표되었던 시기에 행해진 이광수의 태세 전환과 대일 협력[15]은 누구에게나 놀라운 것이 아닐 수 없었다. 그의 변신이 초래한 놀라움은, 그의 태도 자체가 보여주고 있는 독특한 양상에 기인하는 것이기도 했다. 대일 협력에 임해 이광수가 보여준 태도의 성실함과 진지함은, 현실적인 관점에서 대일 협력을 하거나 혹은 불가피한 태도로 소극적인 모습을 보인 사람들의 경우와 매우 달랐던 까닭이다. 그가 보여준, 조선주의자에서 '대동아공영주의자'로의 변신은 일시적 권도가 아니라 진심 가득한 것으로 보였다. 과연 이광수는 그 자신의 주장처럼 진정으로 조선 민족이 일본 왕의 진정한 백성으로 거듭나기를 원했던 것일까.

이에 대한 판단이 쉽지 않은 것은, 그의 갑작스런 변신이 자발적인 것이었다고 하기도 어렵고, 그가 보여준 태도의 진지함을 고려한다면 그것이 전적으로 위장술이었다고 하기도 어렵기 때문이다. 그의 이런 모습은 최남선의 태도와도 매우 대조적이었다. 그와 더불어 신문학의 개척자로서 쌍벽을 이루는 최남선 역시 대일 협력에 대한 커다란 압력에 직면했으되, 현실적이고 공리주의적 태도로 협력에 임했다. 협력할 것은 하되, 우리 자신의 이익을 챙겨야 한다는 냉소적 태도를 유지했다. 부득이한 경우였다면 이광수도 그런 정도로 충분했을 것이다. 그런데도 그야말로 성심성의껏 대일 협력에 임한 이광수의 경우를 어떻게 이해해야 할까.

자발적 협력일 수도 없고 위장 협력도 아니라면, 제3의 선택항을 찾아볼 수

---

15 이광수의 공식적인 대일 협력이 '조선문인협회'의 회장이 되고(1939.12), 일본식으로 이름을 바꾸는 것(1940.4)으로부터 시작된다고 한다면, 『이차돈의 사』(『조선일보』, 1935.11.30~1936.4.12)는 그 이전에 나왔고, 전작으로 발표된 『세조대왕』(박문서관, 1940.7)과 『매일신보』에 연재된 『원효대사』(1942.3.11~10.30)는 그 이후에 나왔다. 이광수가 이른바 '수양동우회사건'으로 체포되었던 것은 1937년 6월 17일, 병보석으로 석방된 것은 12월 18일, 이광수보다 늦게 12월 24일 병보석되었던 안창호가 별세한 것은 1938년 3월 10일이었다. 모두 『이차돈의 사』와 『세조대왕』 사이에 벌어진 특기할 만한 사건들이다. 이 사적(事蹟)들은 『이광수 전집』(삼중당, 1971) 별권의 연보에 의거함.

밖에 없겠다. 이광수의 마음속에서 이루어지는, 민족을 위한 보험 들기라 함이 그것이다. 당시, 정확하게 예측할 수 없는 현실적 사태제2차 세계대전에서 일본의 승패를 가능할 수 없는 상태 앞에서, 최악의 경우일본이 전쟁에서 승리하고 조선은 전쟁에 협력하지 않아서 그 승리로부터 어떤 대가도 주장할 수 없는 경우를 염두에 두고 행해진 네이션 차원의 보험 들기였다고 함이 곧 그것이다.[16] 이 경우 문제는 자기 스스로 감당해야 할 보험료가 매우 비싸다는 점이다. 민족주의자로서 삶의 일관성과 명성을 포기해야 했고, 민족 배신자라는 낙인을 자진하여 받아들임으로써 그 자신의 윤리적 존엄까지 내놓아야 했다. 전쟁에서 흘릴 젊은이들의 피는 두고두고 그를 괴롭힐 것이다. 이런 비용을 염두에 두고서도 보험 들기를 감행했다면, 그것은 한 개인으로서는 자기희생이라 해야 할 것이되, 또한 민족을 위한 보험 들기의 윤리성은 민족 배신자라는 오명을 스스로 감당하고자 할 때에만 실현될 수 있는 것이라는 점에서, 배신자 유다의 윤리성유다가 없다면 예수 그리스도의 부활도 없다처럼 역설적이기도 하다.

이광수에게 일제 말기란 스스로 이런 도덕적 역설을 감당해야 할 시기였다. 그 역설은, 민족에 대한 배신이야말로 그가 추구해온 민족 계몽 담론의 완성이 된다는 점에서 최고조에 달한다. 이 시기에 그는 매우 진지한 '대동아공영大東亞共榮주의자'로서 쓰고 행동했다. 그것이 그에게는 민족을 위하는 길, 곧 일제강점기에 그 자신이 견지하고자 했던 민족주의적 신념을 실천하는 길이기도 했다. 이런 점에서, 그가 선택한 '민족 배신'은 자기 고유의 방식으로 시도한 민족을 위한 헌신이기도 했으며, 외적 배신과 내적 헌신 사이에 놓여 있는 현격한 격차는 논리적으로 쉽게 접근하기 어려운 역설의 공간을 만들어낸다. 이 시기에 나온 이광수의 역사소설들은, 그가 감당해야 했던 이런 역설의 공간에 접근할 수 있는 통로를 제공해준다는 점에 주목에 값한다.

여기에 등장하는 이광수 고유의 민족 계몽 담론은 역사적 인물들과 결합함

---

16   이에 관한 자세한 것은, 졸저, 『아침의 영웅주의─최남선과 이광수』, 소명출판, 2011, 2장 참조.

으로써 독특한 서사의 선을 만들어낸다. 물론 제 아무리 상상력의 공간이 넓다고 해도, 민족 계몽 담론과 서사의 만남이 조화로울 수는 없다. 앞에서 지적한 바와 같이 '남성 담론'의 성격을 지닌 민족 계몽 담론과, '여성 담론'의 성격을 지닌 서사는 상극적인 것이기 때문이다. 민족 계몽 담론은 중심과 주변이 뚜렷한 은유적 수목 모델tree-model에 입각해 있음에 비해, 서사는 자유롭게 유동하는 환유적 리좀 모델rhizome-model의 바탕 위에서 생겨난다. 그러니 자기 고유의 동력을 지니고 있는 서사에 민족 계몽 담론을 외삽하는 일이 순조로울 수는 없다. 이광수의 역사소설에서 무엇보다 우선적인 것은 민족 계몽 담론의 힘이며, 그것이 서사를 만든 근본 동력이지만 그럼에도 서사를 완벽하게 장악할 수는 없다. 서사의 형식 자체가 지닌 저항'남성 담론'에 대한 '여성 담론'의 저항이라고 해도 좋겠다이 존재하기 때문이다. 특정 의도를 지닌 작가는, 서사 형식이 지닌 담론의 물질성을 어떤 식으로든 통제하지 않을 수 없거니와, 이런 힘들이 부딪치는 대목에서 텍스트의 증상들이 생겨난다. 이광수의 의도가 헤집어버린 서사의 균열이 서사의 증상으로 드러나는 것이다.

이 세 편의 역사소설 속에서 무엇보다 뚜렷한 것은 주인공들이 지니고 있는 영웅적인 풍모이다. 이차돈, 세조, 원효는 물론 그들이 이룬 성과로 역사상 특필할 만한 존재들이다. 그러나 소설 속에서 형상화되는 인물들의 영웅성은 역사적 위인들이 지니고 있는 특성과도 유다르다. 여기에 등장하는 세 주인공은 다른 인물들에 비해 현격한 차이를 지니고 있어서, 『이차돈의 사』에 등장하는 인물들은 이차돈과 비-이차돈으로 구분해야 할 정도이며, 세조와 원효의 경우도 사정은 크게 다르지 않다. 역사적 실상과는 무관하게 그들은 모두 소설 속에서 단 하나의 압도적인 존재이다. (이광수의 많은 소설 속에서 인물들의 구도는 남성 주인공을 중심이자 정점으로 하는 동심원적 위계를 지니고 있다. 그리고 그 중심에 해당되는 남성 인물들은 대부분이 도덕적 영웅들이다) 이 역사소설의 주인공들은 단지 도덕적 영웅일 뿐 아니라, 신체적 정신적 능력과 심지어 도력까지 갖춘 문무

겸전의 영웅들이다.

『이차돈의 사』의 예를 들어 보자. 이광수가 설정한 서사에 의하면, 이차돈은 단순히 종교적 천재가 아니라 뛰어난 무예 실력에 신체적 정신적 능력까지 갖춘 완벽한 젊은 영웅이다. 그래서 그는 많은 여성들의 흠모의 대상이 되고, 신라 왕의 무남독녀 외동딸인 공주^{평양공주}의 사랑을 받아 부마이자 왕위 계승권자가 될 기회를 얻는다. 소설의 첫머리에서 무예 시합에서 장원을 하여 그런 자격을 얻었고 또 소설의 마지막에서 다시 한번 부마 자리를 제안 받는다. 만약 불교를 합법화하여 그 신앙을 자기 나라에 포교하는 것이 목적이었다고 한다면, 그의 순교는 불필요했다. 오히려 왕위 계승권자가 되어 달라는 왕의 제안과 공주의 소망을 받아들이는 쪽이 좀더 현실적이고 합리적인 방법이었다. 그런데도 이차돈은 손쉬운 방법을 포기하고 자기 목숨을 바치는 일, 곧 순교를 택한다. 서사적 현실의 논리로 보자면 이것은 대단한 비약이 아닐 수 없다. 이차돈의 순교는 그 자체가 소설의 커다란 증상으로서 서사적 일관성에 깊은 간극을 만들어내고 있는 것이다.

어찌하여 이런 증상이 생겨났는지는 어렵지 않게 짚어볼 수 있다. 소설에서 절대적인 힘으로 존재하는 것은, 불교를 도입하는 일 같은 것이 아니라 절대적 예외성이 되고자 하는 이차돈의 열망이다. 그리고 그 배후에는, 그런 예외성의 발현을 통해 공동체의 갱신을 이루고자 하는 작가 이광수의 열망이 있다. 어떻게 이런 진술이 가능한가. 이런 서사적 설정 자체가, 1920년대 이후로 지속적으로 개진되어온 이광수의 민족 계몽 담론과 맥을 같이 하고 있기 때문이다. 무엇보다, 예외성에 대한 열망이라는 점에서 그러하다.

무예 시합에서 장원을 한 영웅 이차돈이 시기와 질투의 함정에 빠져 고구려로 추방당하는 신세가 되는 것으로 이야기는 시작된다. 이차돈이 공주의 마음을 받아들이지 못한 것은 그의 마음속에는 이미 다른 여자가 있었기 때문이다(소설이 끝날 때까지 이차돈은 다섯 명의 여성들에게 흠모와 사랑과 유혹을 받는 처지가 된다. 이런 설정은 한편으로는 작가의 과도한 나르시시즘의 영향이기도 하지만 좀더 근본적으로는, 영웅은 여성적 유혹의 극복자이기도 해야 한다는 관념 때문이라 해야 하겠다. 이 점은 신라의 전통적 수련 과정에서 젊고 아름다운 여성 아사가의 간절한 애원을 받아들이지 않았던 원효의 경우도 마찬가지이다. 그들의 영웅성은 무엇보다 여성의 유혹을 극복하는 윤리적 영웅성으로 드러나야 한다). 추방당한 그에게 주어진 임무는 3년 안에 고구려 왕을 죽이거나 혹은 고구려의 고을을 빼앗아 신라의 영토로 편입시키는 것이다. 둘 중 하나를 달성해야 자기 나라로 돌아갈 수 있는 처지였다. 게다가 그의 존재에 대해 불편해 하는 신라의 귀족들은 그를 제거하기 위해 호시탐탐 기회를 노리고 있다. 이런 정황 속에서 이차돈은 위대한 스승용천암의 백봉국사과 불교의 가르침을 만나게 된다. 3년 동안의 수행을 거쳐 이차돈은 종교적 영웅이자 동시에 민족적 영웅으로 다시 태어난다. 그러니까 이차돈에게 고구려행은 사실상 외국 유학이었던 셈인데, 이것이야말로 한 공동체의 정신적 중심이 되는 데 필수적인 요소가 된다.

고구려 체류를 통해 이차돈에게서 양성되는 시선은 타자의 자리에서 생겨난 것이다. 그것은 기본적으로 고구려의 새 수도 평양의 번성한 문물과 강대국의 위용에 대한 경탄에서 시작하여 자연스럽게 약소국 신라와의 대조로 나아간다. 이와 같은 두 나라의 물질적 강약의 대조는 이내 정신적 우열로, 한발 더 나아가 도덕적 선악의 차원으로 연장된다. 3년의 수련을 마치고 하산할 때 이차돈에게 주어진 새로운 임무는 신라에 불교의 가르침을 전파하는 것이었다. 그러나 여기에서 강세가 놓이는 것은 불교가 아니라 신라이다. 그가 백봉국사로부터 새로운 임무를 받으며 묵상하고 기도할 때 그에게 나타났던 신라의 상은 이러했다.

이렇게 생각하고 이차돈은 눈을 감고 합장하였다. 그리고 속으로,

"원컨대 이 몸이 백번 천번 죽고 또 죽더라도 신라 나라 백성에게 불법의 빛을 주

는 연이 되게 하옵소서. 신라 백성이 모두 탐, 진, 치의 삼독을 벗어나고 신라 나라가 불법으로 빛나는 나라가 되게 하옵소서" 하고

　신라 사람들의 거짓되고 간악하고 탐심 많고 시기 많고, 사람마다 이 모든 번뇌로 하여서 마음을 끓이고 있는 것을 생각할 때에 신라는 마치 피비린내 나는 아수라도 같이도 보이고 기름 가마가 끓고 유황불이 이글이글하는 속에 사람들이 오글오글 삶기고 볶이는 지옥도 같기도 하고 끝없는 재물과 권세의 탐심과 음란의 욕심에 만족할 줄 모르고 아우성치는 아귀 같기도 하고, 또 먹고 마시고 나고 죽고 취생 몽사하는 축생도 같기도 하여 그 속에서 네 괴롬, 여덟 괴롬에 부대끼는 중생을 생각할 때에 끝없이 측은함을 느꼈다.[17]

이 인용문에서 탐진치貪瞋癡나 사고팔고四苦八苦 같은 용어들만을 지워버린다면, 여기에 반드시 불교가 있어야 할 이유는 없다. 그 자리에 유교나 기독교가 온다 해도 문제가 되지 않는다. 그것이 금욕과 절제, 헌신을 숭상하는 보편 종교라면, 혹은 그와 유사한 가르침이라면 종교가 아니라 다른 어떤 형태의 지혜가 와도 상관없다. 또 신라라는 고유명사도 필수적인 것이 아니다. 그것은 백제거나 고려거나 조선이라도 상관없다. 한 계몽적 영웅 앞에 자기가 떠나 온 나라가 매우 미개하고 도덕적으로 타락한 모습으로 있다면 그것으로 족하다. 이 소설 속에서 신라와 신라인의 도덕적 타락에 대한 구절들은 매우 흔하게, "간사하고 거짓 많은 신라 사람 중에서 드물게 보는 사람이로다."위의 책, 83쪽 와 같은 식으로 등장하곤 한다. 그렇다면 우리는 이렇게 반문할 수 있겠다. 자기 나라 사람들에 대해 그렇게 말하는 당신은 어느 나라 사람인가. 당신은 대체 어떤 자리에서 그런 발언을 하고 있는 것인가. 고구려에서 익힌 불교의 가르침으로 무장한 이차돈의 존재 자체가 그 대답일 것이다. "거짓되고 간사하

17　이광수, 『이광수 전집』 5, 삼중당, 1973, 97~98쪽.

여 제 권세만 생각하는 무리"위의 책,105쪽로 가득 차 있는 신라는 고구려라는 타자의 시선에 의해서만 포착되는 것이고, 이차돈은 바로 그 적성국의 자리에서 발언하고 있다.

그러므로 이런 발언을 하고 있는 이차돈은 신라 사람이면서 동시에 신라 사람이 아닌 존재, 즉 신라라는 전체의 예외성의 자리에 있는 셈이며, 그 예외성을 현재의 타자이자 동시에 확보해야 할 미래상으로 상정하는 순간 민족 계몽의 힘은 가동되기 시작하고, 그 힘이 다시 예외성의 자리에 대한 뜨거운 갈망으로 표현된다. 그리고 그 갈망은 마침내 합리적 서사 논리 너머에 있는 순교에 대한 고집과 그로 인해 개시되는 기적의 순간으로, 잘려진 목에서 뿜어 나오는 우윳빛 피의 형태로, 절대적 예외성으로 귀결된다.

그러므로 이런 줄거리를 구성해내는 가장 큰 힘이 무엇인지는 자명하다. 불교도 대체 가능한 것이고, 또한 신라라는 나라도 마찬가지이다. 어떤 경우에도 움직이지 않는 것은, 민족 담론이라는 형태로 나타난, 그 안에 다양한 내용들을 채워넣을 수 있는 '전체 / 예외'라는 '남성 담론'의 틀이자 형식이다. 이상화되는 예외성에 대한 갈망이라는 점에 관한 한, 이차돈 대신 세조나 원효가 들어가도 마찬가지이며,『무정』의 이형식이나『흙』의 허숭,『유정』의 최석,『사랑』의 안빈의 경우도 마찬가지이다. 그들은 모두 예외성의 자리에 서기 위해 서사적 합리성의 영역을 무시해 버릴 수 있는 존재들이다. 그들의 모습은 거꾸로 이광수가 견지해왔던 민족 계몽 담론이라는 틀이 얼마나 완강한 것인지를 보여준다.

이들은 한 공동체의 정신적 중심이 된다. 서사적으로 묘사되는 이들의 영웅성의 배후에는 예외성에 대한 갈망이 놓여 있다. 그것은 서사의 인물이 지녀야 할 고유성의 영역을 현저하게 위축시켜버린다. 그것은 무엇보다도 이광수의 사유 속에서 힘을 발휘하는 민족 계몽 담론의 위력에 해당한다.

6. 민족 계몽 담론의 역설

이광수의 소설 속에서 이차돈과 세조와 원효를 예외적인 특별한 인물로 만드는 것은, 소설 속에서 그들의 행적과 함께 나타나는 초자연적 위력들이다. 세 편의 소설에서 나타나는 그 힘은 각각 상이한 방식으로 나타난다. 이차돈의 경우가 기적이라면, 세조의 경우는 이적에 해당되고 원효의 경우는 도술에 속한다.

소설이라는 근대적 서사의 관점에서 보자면, 이 셋은 서로 다른 설화적 원천을 지니고 있다. 이차돈의 죽음이 지니고 있는 종교적 기적은 성스러운 것이라는 점에서 신화적이다. 세조의 치유라는 이적은 초자연적인 것이지만 원천 서사의 신뢰성을 완전히 잃지는 않았다는 점에서 전설과 같은 차원에 있다. 원효가 도적떼를 굴복시키는, 소설의 마지막 장면에서 등장하는 초자연적 위력은 사태 자체의 신뢰성을 확보하지 못하고 있다는 점에서 민담의 수준에 속한다. 인물들의 예외성을 만들어주는 이 세 가지 형식은 그 자체의 속성도 특기할 만한 것이지만, 그 배후에서 그것들과 공명하고 있는 서사의 증상들의 존재를 일깨워준다는 점에서 주목할 만하다.

『이차돈의 사』에서 주인공의 죽음의 방식은 이미 예정되어 있다. 『삼국유사』에 기록되어 있는 이차돈의 순교의 기적은 종교적 거룩함의 영역에 등재되어 있는 것이다. 소설의 형식이라 해도, 이차돈의 이야기를 다루면서 순교와 기적의 모티프에 손을 대는 것은 어려운 일이다. 이차돈이라는 종교사적 위인의 고유성을 나타내주는 상징이 곧 순교의 기적이기 때문이다. 그래서 『이차돈의 사』라는 소설에서 문제적인 것은, 순교와 기적이라는 결말이 아니라 그 예정된 결말에 도달하는 방식의 구체성이다. 이차돈이 왜 순교를 선택할 수밖에 없었던가를 그려내는 것이 곧, 이차돈이라는 인물을 신화의 세계로부터 소설의 세계로 옮겨올 수 있는 방법이겠다.

이런 관점에서 보자면 우리가 이광수의 소설에 대해 던지게 되는 질문은 '왜 순교인가'이다. 앞에서도 지적했지만 불교를 합법화하는 일이라면 순교는 불가피한 것이 아니었다. 그 자신이 권력자가 되어 법을 바꾸면 되는 일이기 때문이다. (물론 이런 논리는 이광수의 소설 내부에서 그렇다는 것이다) 그런데 왜 그는 순교를 선택했는가.

이에 대해 이차돈 자신이 내놓은 대답은 공동체의 법을 바로 세우기 위함이라는 것이었다. 그는 대중을 상대로 설법을 했거니와, 그것은 국법을 위반하는 것이었다. 그가 한 설법의 내용도 문제였다. 그것은 세 개의 의미단락을 가지고 있다. 신라의 열악한 현재 상태는 인과응보 탓이라는 것이 핵심에 있다. 도덕심을 잃고 공동체의 기강을 존중하지 않은 채로 거짓말하고 탐욕스럽고 서로 시기하는 신라 사람들이 여전히 문제라는 진단이 그 뒤를 따른다. 그리고 불교의 가르침을 받아들인다면 개인과 나라가 함께 재앙에서 구원받으리라는 것이 결론으로 등장한다.

도덕성의 상실이라는 이 설법의 진단이 옳은지 여부는 차치하더라도, 국법이 금하는 행동을 함으로써 공동체의 기율을 어지럽힌 것은 다른 누가 아니라 이차돈 자신이다. 게다가 불교에 대한 믿음이 개인과 국가를 다가올 재앙에서 구원하리라는 그의 말은 누가 어떻게 증명할 것인가. 그에게 돌팔매질 하는 신라의 대중들을 상대로 자기 주장을 입증하고자 한다면, 재앙에서 건져질 미래를 끌고 와 그들에게 보여주는 방법밖에 없을 것이다. 이차돈에게는 그것이 곧 기적의 존재 이유이다. 그의 잘려진 목에서 솟구치는 젖빛 피는 그 자체로 물질화된 예외성이다. 기적을 통해 이차돈은 자기를 모함하고 시기하던 적대자들을 감화시키고 참회케 한다. 법치를 회복하는 것과 공동체의 정신적 중심을 만드는 일이 동시에 이루어지는 것이다. 이차돈에게 그것은 기적의 진정한 완성에 해당된다.

『이차돈의 사』가 공동체를 위한 헌신의 기적에 초점이 맞춰진다면, 『세조대왕』의 경우는 뉘우치지 않는 세조가 이적을 통해 구원을 받는다는 사실이 문제적이 된다. 단종과 사육신 등의 넋을 위해 추천재追薦齋를 올리면서도, 세조는 그들을 죽인 자신의 행동에 대해 뉘우치지 않는다. (뉘우치지는 않지만 무죄한 죽음에 대한 인과응보의 책임은 지겠다고 한다) 이런 세조의 모습은 '도착의 윤리ethics of perversion'의 한 전형을 보여준다. 자기 자신을 주체가 아니라 대상의 자리에, 즉 큰 타자大의의 의지를 대신하여 집행하는 자리에 둠으로써, 주체 본래의 분열을 회피하고 그 분열을 큰 타자大의에게 전가하는 방식이다. 자기가 죄를 저지른 것은, 좀더 큰 차원에서 작동하는 대의를 위해 불가피한 것이라고 말하는 방식이다.

이것은 커다란 대의를 위해 작은 희생은 어쩔 수 없다는 식의 주장으로서, 전체주의의 이데올로그들이 자신의 선택을 옹호하기 위해 만들어내는 비-모럴의 전형이다. 세조가 내세우는 대의멸친大義滅親 혹은 비-독선기신獨善其身의 논리이 용어들은 『단종애사』에 등장한다가 그에 해당한다. 세조는 안평대군과 금성대군 등의 무죄한 죽음그 스스로 무죄하다고 생각하고 있는이 대의를 위해 불가피한 일이었다고 생각하며, 자기가 재가한 단종의 죽음을 신숙주 탓으로 돌리기도 한다. 그의 태도는, "내 오욕을 채우려고 이 일을 한 것이 아니다. 조종의 유업을 빛내기 위하여서요, 중생을 바로 인도하기 위하여서다."위의 책, 504쪽라는 표현에서 대표적으로 드러난다. 이러한 태도는, 한 사람의 무죄한 사람을 죽이는 것은 전 인류를 죽이는 것과 다름없다는 윤리적 보편성과 반대 극단에 있다.

'도착의 윤리'는 그 자체로 증상적이지만, 서사의 차원에서 여기에 두 가지 증상이 뒤따른다. 첫째는, 뉘우치지 않는 세조가 치유의 이적문수보살의 현신이 그의 부스럼증을 치유해준다. 공동체의 성원들이 모두 아는 것이 기적이라면 한 개인의 차원에서 벌어지는 것은 이적에 해당한다을 경험한다는 점이다. 둘째는, 세조가 자신의 고독과 불안을 극복하여 마음의 평화를 찾는다는 점이다. 그 방식은 거대한 운명론 혹은 인과응보론공리주의적으로 변형된 운명론 - 미래를 위해서는 선업을 쌓아야 한다을 바탕으로 한다는 점에서 『무정』의 이형식이 박영채의 겁탈자들을 미리 용서하는 방식과 동일하다. '도착의 윤리'가 정점에 도달하기 위해서 필요한 것은, 유다의 자리예수가 그리스도가 되기 위해 반드시 필요한 배신자 역할을 수행하고 그로 인해 영원히 저주받는 자의 자리를 점하는 것인데도, 『세조대왕』의 주인공은 심지어 몸과 마음의 평화를 얻는다는 것이다. 어떻게 그럴 수 있을까.

『원효대사』의 증상은 원효가 내세운 파계의 이유이다. 원효는 여왕과의 잠자리도, 젊고 아름다운 수행자 아사가의 애정도 거부했던 사람이다. 그런 그가 왜 요석 공주를 거부하지 않았는지는 텍스트 내부에서 설명되지 않는다. 요석 공주에게 끌려서 그랬던 것이라 할 수는 없다. 그것은 원효와 같은 도덕적 영웅에게 존재할 수 없는 옵션이다. 요석의 주장처럼 나라의 동량이 될 인물을 낳기 위해서라면, 다른 여성들과의 사이에서도 아이를 낳아야 마땅하다. 이 논리적 난관을 해결하는 것은 원효가 보여주는 물신화된 자기희생의 태도이다. 그에게 중요한 것은 스스로를 희생자의 자리에 놓는 일이다. 그가 감행한 파계는 그런 물신화된 자기희생을 위해 동원된 재료이다. 어떤 것도 포기할 수 있지만 희생한다는 자세 하나만은 포기할 수 없다는 것이 그런 태도의 핵심적인 논리이다.

물신화된 자기희생의 모럴이라는 점에서는, 원효만이 아니라 불필요한 순교를 향해 나아가는 이차돈의 모습도, 뉘우치지 않는 세조의 태도도, 대일 협력에 임하는 이광수의 자세도 일치하고 있다. 이들은 모두 대의를 위한 자기희생자, 곧 순교자들이다. 그들은 자신의 생명과 덕성과 지조를 희생함으로써 좀더 큰 대의를 성취하고자 한다. 희생자에게는 도덕적 우위와 그 희생을 인정하는 사람들에 대한 발언권이 주어지거니와, 도덕성을 희생함으로써 다시 도덕성을 획득한다는 것은 역설적이지 않을 수 없다. 물신화된 자기희생은 그런 점에서 세조와 신숙주가 표상하는 '도착의 윤리'의 연장에 있으며, 민족 계몽 담론과 논리적으로 나란히 놓여 있다.

민족 계몽 담론은, 민족 구성원이 각성하여 정신력과 실행력을 배양함으로써 부강하고 아름다운 나라에 도달해야 한다는 것이 논리의 골자이거니와, 이 틀은 공리주의적 합리성근대성과 주인 담론의 비합리성전통의 기이한 결합으로 구성되어 있다. 한 공동체에 속한 구성원들의 공통 복리를 지향한다는 점에서 공리주의를 따르면서도, 왜 하필 그 공동체가 민족이라는 범위에서 절단되어야 하는지에 대해서는 대답이 궁하다. 현실이 그러하기 때문이라는 답 이상은 있기 어렵다. 논리가 중단되는 지점에서 동원되는 것은 실체화된 민족이라는 비논리적 상징이다. 민족이라는 상징적 단위는 상호주관적 반영 규정의 형태를 띤다. 민족의 가치를 신뢰하는 사람들이 내 주변에 존재하고 있고, 나도 그 중 하나가 됨으로써 민족의 가치를 받아들이게 된다는 논리이다.

이광수의 소설들이 드러내는 이 증상들의 연쇄는, 당시 이광수가 선택했던 대일 협력의 노선에 대한 서사적 반응에 해당하거니와, 이는 일제 치하에서 그가 지녀왔던 생각의 흐름에 이미 뿌리를 내리고 있다. 글을 쓰는 사람으로서의 출발점에 선 청년 이광수는 아리시마와 유사했지만, 갈수록 루쉰을 향해 나아간다. 그럼에도 루쉰을 향한 이광수의 행로를 가로막고 있는 한계는 명확하다. 그가 망명하지 않은 채 식민지의 문인으로 살아가는 한기약 없는 망명 생활을 한다는 것은 독자들과 만나지 못하는 것이므로 문인으로서의 삶을 사실상 포기하는 것임을 상기하자, 루쉰이 보여주었던 전투적 글쓰기는 이광수에게 도달하기 쉽지 않은 영역이다.

일본 유학을 통해 새로운 학문을 익히고 문학적 재능을 발견하여 글을 쓰기 시작했던 청년기의 이광수를 보자면, 문학에 관심 있던 지식인 청년이라는 점에서 아리시마 다케오와 크게 다를 바가 없다. 금욕적 이상의 정결한 아름다움과 동시에 그 밑에서 꿈틀거리는 본능의 강렬한 힘을 알아차리게 되었다. 그것이, 사람의 마음을 표현하는 기술로서 문학을 추동하는 근본적인 힘이기 때문이다. 그러나 한 걸음만 앞으로 나아가면 둘은 갈라지기 시작한다. 그런 발견을, 한 개인의 차원에서 사유하고 표현할 수 있었던 사람과, 포로수용소에 함께 갇혀 있는 사람들을 향해 민족 계몽 담론의 언어로 번역해야 했던 사람 사이의 차이가 생겨나기 시작하는 것이다.

이십 대의 이광수는 엄숙주의의 질곡으로부터 정서를 해방해야 한다고 외쳤고, 또 기성의 도덕이 아니라 사람의 몸과 마음속에서 꿈틀거리고 있는 본능의 힘을 마음껏 발휘해야 한다고 매우 큰 소리로 말했다. 이 시기에 그는 민족이라는 청중을 향해, 사람이 되기 전에 먼저 동물이 되어야 한다고, 그것이 민족을 살릴 수 있는 길이기도 하다고 외쳤다. 「爲先 獸가 되고 然後에 人이 되라」와 같은 논설이 그 대표적인 것이다. 요컨대 이광수는 근대가 발견한 본능적 인간의 형상을 민족이라는 집단 주체의 쪽으로 발전시켰다. 그가 익힌 서양의 근대문학은 그에게 본능의 역능을 일깨워주었으나, 그는 그것을 네이션수준의 생존주의라는 형태로 몰아갔다. 이광수의 소설들이 기이한 증상들로 가득 차 있는 것은 이 때문일 것이다.

『무정』의 난국은 박영채를 부활시켜 계몽의 여로에 합류하게 하는 것으로 수습되었으나, 1920년대 이후 이광수의 소설 세계에는 강력한 초자아의 위력이 터져나온다. 수습되지 않는 도덕적 힘이 대상을 가리지 않고 심지어 자기 자신까지 공격한다. 『재생』에서 시작하여 『흙』과 『유정』을 거쳐 『애욕의 피안』과 『사랑』에 이르는 현대물은 물론이고, 대일 협력에 임하는 마음을 반영하고 있는 『이차돈의 사』, 『세조대왕』, 『원효대사』 같은 장편 역사물에서 여일한 모습으로 나타난다. 이런 증상들은, 그의 사상이 지니고 있는 특이한 형태의 부정합성, 근대문학이 지닌 인간 해방적 내용의 보편성과 그것을 민족이라는 집단 주체의 윤리로 담아내고자 하는 민족주의적 특수성 사이의 상이한 벡터에서 발생하는 것이다. 여기에서 만들어지는 증상들은 최소한 세 겹의 불안을 함축하고 있다. 현실적 불안과 윤리적 불안, 그리고 존재론적 불안. 첫 번째는 일제의 감시하에서 행해지는 '동우회' 활동, 두 번째는 도덕주의와 결합한 민족주의의 현실 적합성의 문제, 그리고 세 번째는 1930년대 중반 이후로 현저하게 등장하는 그 자신의 실존적 문제와 연관되어 있다.

이광수는 이와 같은 세 겹의 불안을 끝없이 바깥으로 쏘아 보내서 외부적인 것으로, 예외적인 것으로 만든다. 자기 안의 불안을 외부로 투사함으로써 만들어지는 것은 내부가 없는 인간이다. 그래서 그의 주요 인물들은 단호하고 결연하며 자기 확신에 가득 차 있다. 그들에게는 후회와 뉘우침은 있어도 회의와 번민은 없다. 자기 확신의 부재로 괴로워하는 인간이 있다면 그의 첫 장편 『무정』의 남자 주인공 정도이며, 그것도 매우 미약한 형태로 그 편모만이 서사의 표면으로 슬쩍 드러날 뿐이다. 그래서 그의 소설 속에서 작가 자신을 표상하는 페르소나는 하나의 동일한 공간 안에 있더라도 예외자이자 외부자의 모습으로 형상화된다. 포로수용소에 수감되어 있으면서도 갇혀 있지 않은 듯한 특이한 존재이다. 이 점을 특히 상징적으로 보여주는 것들이, 일제 말기에 나온 그의 역사소설들이며 거기에 등장하는 중심인물들의 위상이 보여주는 구성적 상동성이다.

7. 근대성의 윤리적 한계 이광수 대 루쉰

루쉰과 이광수를 계몽문학이라는 구도 속에 맞세워놓을 때, 두 사람의 서사 세계에서 동일한 것은 계몽과 문학이 맞부딪치면서 생겨나는 파열이 감지되었다는 점이다. 루쉰은 그런 파열 속에서 문학을 포기하고 계몽을 택한다. 루쉰이 포기한 문학이란 물론 글쓰기가 아니라 소설 쓰기이다. 소설이라는 기성 장르 대신에 '잡문'이라는 전투적 글쓰기의 형식을 취한 루쉰은 자기를 예외자,즉, 서사자 = 중립적 관조자 = 스피노자적 신의 자리에 두지 않고 전장 속으로 뛰어들어 그 자신이 계몽의 전사가 되었다. 그럼으로써 그가 포기한 문학그것은 소설 쓰기일 수도 기성적인 것으로서의 문학성일 수도 있다은 스스로 문학적이기를 포기한 글쓰기 속에서 오히려 생생하게 살아있게 되었다. 문학의 윤리, 즉 문학이 스스로에 대해 유지하고자 하는 충실성과 진정성의 형태로서 그렇게 되었다. 통상적인 형태의 '문학'을 내던져버린 루쉰이 그때 이후로 지금까지 '진정한 문학인'으로서 기려지는 모습을 보면 그것은 일종의 마술이라고 해도 좋겠다.

이에 비해 이광수는 계몽과 문학 중 어느 것도 포기하려 하지 않았다. 계몽은 루쉰과 마찬가지로 이광수에게도 애초에 포기할 수 없는 것이었으니, 좀더 정확하게는 '문학'을 포기하지 못했다고 해야 하겠다. 미메시스의 실천자로서의 소설가는 자기 자신의 시선의 거점을 중립화 혹은 외부화하지 않을 수 없고, 그것은 계몽의 진정한 자기 실현에 도달하는 데, 곧 계몽이 자기 스스로를 계몽 대상으로 삼는 지점에 도달하는 데 장애가 된다. 계몽과 문학이 공서하는 공간에서 비유는 논리를 배반하고, 서사는 계몽을 일그러뜨린다. 그것은 겸손한 틀로서의 미메시스 자체가 지니고 있는 위력이라고 해야 할 것이나, 그 과정에서 서사 역시 일그러지는 것은 마찬가지이다. 이는 앞에서 이미 루쉰의 '무쇠 방' 일화가 지닌 비유적 오류에서 확인해본 것이기도 하다(이것은 비유 일반이 지니는, 논리와 서사 사이의 상충에서 비롯된 것일 수도 있으나 이에 대한 논의는 또 다른 차원의 것이 될 것이다).

이런 이유로 이광수의 장편들은 논리와 서사가 충돌하는 다양한 증상적 지점들을 산출해낸다. 위에서 거명한 일제 말기의 역사소설들이 그 대표적인 예이다. 이들 서사의 증상 속에서는 불안이 말을 하고 있거니와, 그것은 한편으로는 계몽 자체의 불안이기도 하고 또 한편으로는 그것을 뚫고 나온 한 사람의 존재론적 불안이기도 하다. 그 두 개의 불안을 처리하는 방식은 일제 말기 이광수의 삶 속에 분명하게 드러나 있다. 대일 협력에 임하는 논리 밑에 깔려 있는 도덕적으로 극화된 공리주의의 형태가 그 하나이고, 인과응보의 운명론으로 단순화시켜버린 이광수 자신의 불교적 수행修行 논리가 다른 하나이다. 그 바탕에는 당연하게도, 좀더 근본적이라 해야 할 공리주의적 합리성으로 등장한 근대성 자체의 윤리적 한계가 놓여 있음을 지적하는 정도로 마무리해두자.

제5장

탕아의 문학,
동아시아의 막내 서사

이상, 다자이 오사무, 최국보의 「소년행」

1. 사랑 받는 작가들

동아시아문학의 근대성을 논하는 자리에서 빠질 수 없는 작가들이 있다. 문학이 근대성을 만나서 어떻게 일그러질 수 있는지를 보여주는 존재들, 구겨지고 뭉개짐으로써 오히려 근대성의 본성과 문학의 실재를 생생하게 보여주는 작가들. 이상李箱, 1910~1937과 다자이 오사무太宰治, 1909~1948를 그 대표자로 꼽을 수 있겠다.

두 작가는 비슷한 연령대이기도 하지만 이들이 공유하는 가장 두드러진 특성은, 독자들에게 사랑 받는 작가들이라는 점에 있다. 여기에서 사랑 받는 작가라는 표현은, 존경이나 귀감 같은 단어를 배제함으로써 이루어진다고 해야 그 의미가 좀더 분명해진다. 단적으로 말하자면, 이상과 다자이 오사무가 있는 자리는 루쉰이나 나쓰메 소세키 같은 유형의 작가가 들어설 수 없는 곳이다. 이상과 다자이가 지닌 작가로서의 개성은, 한 공동체가 지켜야 할 이상적인 가치나 따라야 할 모범 같은 것과는 거리가 멀거니와, 한 인간으로서 본받아야 할 인격 같은 것과도 아무런 상관이 없다는 점에서 그러하다.

이상과 다자이 오사무 같은 작가들이 만들어낸 문학 세계와 삶의 형적은 사회적 모범의 반대라고 해야 마땅하다. 정서적으로는 연민의 대상이고, 실제 삶이라는 측면에서 보자면 기피의 대상이다. 이들의 삶을 대표하는 단어가 방탕과 중독이고 보면 당연히 그럴 수밖에 없겠다. 어느 누구도 이런 삶을 바라거나 이상으로 기리기는 힘들다. 우러름의 대상이 아님은 물론이고 존중의 대상이 되기도 쉽지 않다. 긍정적인 시선으로 보자면 동정과 연민의 대상이 되는 정도일 것이다. 그럼에도 불구하고 그런 삶을 통해 이들이 만들어낸 작품은 세대를 넘어가면서 많은 사람들의 애호의 대상이 된다. 그러니 이들을 규정하기 위해서는 우러름도 존중도 아닌 것, 사랑의 대상이라는 표현밖에 더 적실한 단어를 찾기는 힘들어 보인다. 흠이나 모자람, 혹은 상처가 있어야 사랑의 진짜 대상이 될 수 있다는 점을 적시해 두어도 좋겠다.

여기에서는 이상과 다자이 오사무를 주된 대상으로 하여, 동아시아에서 형성된 '탕아 서사'의 기원과 맥락에 대해 살피고자 한다. 좀더 구체적으로는, 아쿠타가와 류노스케를 영향의 원점으로 하여, 이상과 다자이 사이에서 만들어지는 공명 관계에 대한 고찰이 될 것이다. 당나라 시인 최국보의 「소년행」이 여기에서 중요한 참조점을 이루며, 좀더 구체적으로는 이상의 「종생기」와 다자이 오사무의 「다스 게마이네」 사이에서 벌어진 「소년행」 주고받기가 초점이 될 것이다. 이상 문학 연구자의 입장에서 보자면, 2년의 시차를 두고 이 두 소설에 등장하는 시 한 구절은 그 자체로 매우 놀라운 것이 아닐 수 없다. 둘 사이의 기묘한 일치와 어긋남이 교차하고 있기 때문이다. 18세기부터 시작되는 좀더 큰 맥락에서 볼 때, 이러한 교차는 영향 관계라기보다는 공명 관계로 파악함이 좀더 합당해 보인다. 여기에서 공명이란 동시적으로 발생하는 연결 없는 유사성이라는 점에서, 직간접적 연결 위에서 이루어지는 영향과 구분된다.

이 맥락에 대해 들여다보는 일은, 18세기 이후 동아시아의 한시漢詩와 문인화가 얽혀 있는 짧은 오디세이아가 될 것이며, 동시에 이상의 유작 「종생기」의 첫 구절에 관한 조금 긴 주석이 될 것이다. 그리고 또한, 동아시아적 전통 속에 존재하던 '탕아 서사'가 근대성의 세계 속으로 진입해가는 모습을 포착해내는 일이기도 하겠다.

2. 막내-예술가의 서사

'사랑 받는 작가'란, 이상이나 다자이 오사무만이 아니라 예술가 일반을 위해 근대성이 마련해둔 이념적 핵심에 해당한다. 예술가란 보통 사람들보다 훨씬 더 세상을 예민하게 받아들이고 밀도 있게 표현해내는 존재들이다. 예술과 예술가의 삶은 보통 사람의 시선으로 보자면 일종의 왜상에 해당한다. '세상이 구겨져 있는데 작품이 멀쩡하기는 어렵고, 작품이 일그러지는데 그것을 만들어낸 삶이 반듯하기는 힘들다'라는 것이 일반적 생각이기도 하다. 근대 세계의 시민들이 예술에서 느끼는 심미적 감흥은, 단지 작품에서만이 아니라 비틀리고 일그러진 예술가들의 삶에서 비롯하는 바가 적지 않다고 해야 하겠다. 사람들의 마음에 심미적 주름이 생겨나게 하는 데는, 작품만이 아니라 작가의 삶이 매우 큰 비중을 차지한다는 것이다.

예술가들의 삶이 보통 사람들과 다른 것으로 느껴지는 것은, 이런 맥락에서 보자면 당연한 것이겠다. 그리고 그 다름은 관점에 따라 매력적인 것일 수도 혹은 나쁜 것일 수도 있으되, 그 다름의 심장부에 자리 잡고 있는 것은, 우리 시대 예술가의 전형적인 표상으로서 '저주 받은 존재'로서의 예술가라는 형상이다. 우리를 대신하여 저주 받은 존재들, 독특하고 매력적이지만 또 한편으로는 내가 그 사람이 아니라서 다행인 존재들, 저주 받은 예술가들.

물론 이와 같은 관점은, 조금만 생각을 투입해보면 너무나 단순한 것임이 이내 드러나 버리고 만다. 사람의 인생에 퍼부어진 저주라는 것이 있다면, 하필 예술가만이 그 대상이라 할 수는 없을 것이다. 우리 시대 사람의 운명에 가해진 저주란 근대성의 출현과 동시에 생겨난 것, 절대자가 이 세상을 떠나면서 남겨둔 불행과 슬픔의 씨앗들을 뜻하는 것일 수밖에 없다. 그런데 어떻게, 신의 부재가 초래한 저주가 하필 특정한 사람들에게만 해당하는 것일까. 신이 모든 사람의 머리 위에 있는 보편적 하늘이었듯이, 신의 죽음이 초래한 불행 역시 땅에 발붙이고 사는 사람 모두가 감당해야 할 보편적 어둠이 아닐 수 없다. 현재와 미래의 시민들 모두가 그로부터 예외일 수 없겠다. 그런데도 유독 예술가가 저주 받은 존재의 대표적 표상이 되는 것은 무슨 까닭인가.

단적으로 말하자면, 보통 사람들이 예술가라는 존재에 대해 이런 신화적 규정을 원하기 때문이라고 해야 하겠다. 자기 삶의 매우 다른 반면으로 예술가의 삶을 규정하고 싶어 하는 생각이 대중의 마음에 자리 잡은 까닭이겠다. 자기가 소화할 수 없는 마음과 논리의 응어리를 외부로 투사한 결과이자, 자신을 평범하다고 생각하는 사람들의 무의식적인 정동이 만들어낸 결과라는 것이다. 이른바 '저주 받은 존재'들은, 나와 다른 대상에 대한 경탄혹은 경멸과 그들을 자기 자신에게서 배제한 주체의 안도감혹은 자기 경멸이 교차하는 지점에 놓여 있어야 한다. 그런 존재의 대표자로 호출하기에 예술가만한 적임자를 찾기는 어렵겠다. 근대 세계에서 예술가들은 보통 사람들과는 다른 삶과 마음의 리듬을 지닐 뿐 아니라, 그중에서도 주목도가 높은 유명 예술가들은 작품과 삶이 만들어낸 스포트라이트를 통해 대중의 시선에 노출된 존재들이기 때문이다.

이런 점에서 보자면, 문제는 예술가라는 틀과 예술작품이라는 스포트라이트의 존재라고 해야 하겠다. 유한성이라는 운명이라는 점에서 보자면 어떤 사람도 희극의 주인공일 수는 없다. 죽음은 아무리 유복한 것이라도 그 자체로 희극의 요소라 하기는 힘들기 때문이다. 그럼에도 필멸성이라는 운명을 그 자체로 비극이라 할 수도 없다. 모든 유기체가 감당하는 당연한 것이기 때문이다. 그래서 문제는 시선이 된다. 어떤 죽음도 멀리서 보면 유기체로서 당연하고 평범한 것이지만, 가까이 다가가게 되면 죽음에 이르는 곡절과 회한이 드러나기 마련이다. 가까이 다가가면 갈수록 죽음또한 죽음에 도달하는 과정으로서의 삶을 구성하는 마음의 단층과 습곡들은 생생해지고, 죽어가는 사람 자신의 시선으로 보면 삶의 단애들 사이로 굽이치는 극적 정서의 격랑이 시야를 가린다. 예술가만이 아니라 누구의 삶이라도 그럴 수밖에 없다는 것이다.

근대의 예술작품들은 바로 그런 구겨진 마음에 초점을 맞춤으로써 생겨나거니와, 예술가들이란 작품의 배후에 있음으로써 마음의 세목들이 노출된 존재들이다. 그러니까 그들이 보통 사람들과 구별되는 것은, 단지 삶을 비추는 스포트라이트가 있는지 없는지의 여부에 달려 있을 뿐이라 해야 한다. 이런 점에서, 이른바 '저주 받은 존재'들에 대해 사람들이 보여주는 애호와 사랑이란, 사실은 자기 자신의 저주 받은 부분에 대한 반응이 아닐 수 없다. 보통 사람들이 감추고 살아가는 저주의 몫에 대한 안타까움과 연민에 다름 아니라는 것이다.

사정이 이러하다면, 유독 이상과 다자이 오사무를 두고 사랑받는 작가라고 지칭하는 것 역시 이상한 것이 아니냐고 반문할 수도 있겠다. 그것이 근대 예술가 일반의 속성에 해당하는 것이라면, 그들이 거기에 속한다고 특별히 강조할 필요가 없지 않으냐는 것이다. 이런 반문에 대해, 일차적으로는 그렇다고 말해야 한다. 그러나 어디까지나 일차적으로만 그러할 뿐임을 덧붙여 두어야 한다. 초기 근대 동아시아의 지성사적 지형을 바탕으로 놓는다면, 글을 쓰는 사람들의 이념적 윤리적 위상에 관한 매우 특별하고 색다른 그림이 펼쳐지기 때문이다. 사랑 받는 작가로서의 이들의 속성에 대해 언급해야 하는 까닭도 거기에 있다.

이상과 다자이 오사무 같은 작가들은 '탕아 작가'이고자 했다. '탕아'로서의 삶을 감추려 하지 않았으며 오히려 '탕아'로서의 글쓰기를 전면에 내세우고자 했다. 그들이 실제로 방탕한 삶을 살았는지 여부보다 훨씬 중요한 것은 바로 그 사실이다. 그러니까 그들은 '탕아 예술가'를 향한 충동에 저항하지 못한 채로 끌려간 것이 아니라, 오히려 그 충동을 내부로부터 적극적으로 끌어올려 의지의 수준으로 고양시켰다는 것이다. '탕아 예술가' 되기를 향한 열망과 의지가 그들에게는 자기 예술의 핵심 동력으로 작동했다는 것이다. 이것을 매우 특이하다고 해야 하는 것은, 동아시아와 근대성이 만남으로써 생겨난 독특한 지적 구도가 그 배후에 놓여 있기 때문이다.

이런 구도 속에서 보자면, 이상과 다자이 오사무는 자손 많은 집안의 막내 자식과도 같다. 막내라는 말은 맏자식이나 둘째가 아니라는 말이다. 책임자 첫째와 보조자^{혹은 반항아} 둘째는 집안을 지키고 꾸려나가는 데 중요한 존재들이다. 그런데 막내는 셋째든 여섯째든 간에, 있어도 그만 없어도 그만인 존재, 그러

나 있어서 사랑 받는 존재이다. 이상과 다자이 오사무의 문학이 애호의 대상
이 되는 잉여, 즉 막내 서사의 자리에 있다 함은 물론 그들이 실제로 한 집안의
막내였는지^{이상은 큰아버지집의 양자였고, 다자이는 11남매 중 10번째였다}와는 무관한 것이다. 그들
의 문학이 놓여 있는 배치와 구도 자체의 규정성이 그러하다는 것이다.

　이와 같은 방식의 가족 서사라는 틀로 보자면, 루쉰과 이광수의 글쓰기는 전
형적인 맏자식의 서사를 대표하고, 나쓰메 소세키와 염상섭의 글쓰기는 둘째
자식의 서사에 해당한다. 그리고 이상과 다자이 오사무가 보여주는 것은 전형
적인 막내의 서사이다. 책임감이나 절제력은 물론이고 반항심마저 없는, 그래
서 오히려 관심의 대상이 되고 그래서 오히려 사랑 받는 막내들의 서사, 가장
문학다운 문학, 저주받은 근대성의 막내-예술가 서사이다. 막내의 서사는 그
런 점에서 근대문학의 보편적 핵심에 가장 가까운 것이기도 하다. 문학적 근대
성은 기본적으로 글쓰기의 잉여이자 현실을 이끄는 이념의 외부자로서, 무엇
보다 공리주의의 절대적 타자라는 자리에서 출현하는 것이기 때문이다.

3. 공명 "극유산호郤遺珊瑚"와 "백마교불행白馬驕不行"

　1910년에 태어난 이상은 1937년 27세를 일기로 짧은 생애를 마쳤고, 1909
년에 태어난 다자이 오사무는 39세가 되던 1948년 다섯 번째 자살 시도 끝에
마침내 죽음에 도달했다. 이 둘은 삶과 문학이라는 양 측면에서 쌍생아처럼
닮아 있다. 물론 유사성과 차이는 어떤 지점에서 바라보느냐에 따라 갈라지는
것이기도 하다. 멀리서 보면 비슷해도 가까이서 보면 현격하게 달라지는 것
도 있고, 가까이 볼수록 더 비슷해지는 경우도 있다. 이상과 다자이 오사무 사
이의 차이에는 제국주의 정치라는 장벽이 개입해 있기도 하다. 그러니 중요한
것은 어떤 층위에서 이 둘을 겹쳐놓느냐의 문제이겠다. 먼저 유사성에 대해

살펴보자.

두 작가의 공통점으로 가장 먼저 들어야 할 것은 둘 모두 '탕아 서사'를 지향했다는 점이다. 그들은 삶과 문학에서 공히 방탕을 향해 나아갔다. 여기에서 방탕이란, 평균적인 시선으로 본 생활의 방종과 절제 없음을 뜻한다. 또한 '탕아 서사'란 자신의 방탕을 적극적으로 드러냄으로써 자기 문학의 개성으로 삼은 서사를 지칭한다. 이 둘이 보여준 방탕에 대한 열정이 절묘하게 중첩되는 지점들이 있다. 이러한 접점들은 이상과 다자이가 보충적 관계에 놓일 때 좀 더 분명하게 드러난다. 다자이는 이상보다 한 살 많지만 12년을 더 살았고, 이상이 남긴 글보다 훨씬 많은 양의 글을 쓸 수 있었다. 그래서 이상 문학 독자의 시선으로 볼 때, 다자이의 문학은 요절한 이상이 제대로 펼치지 못한 미래 모습과도 같다. 매우 특이한 방식으로 '요절당함'으로써 식민지의 작가 이상이 펼쳐 보이지 못한 미래의 모습을, 다자이의 작품들 속에서 짐작해볼 수 있다는 것이다

이 둘의 중첩을 절묘하게 보여주는 당시唐詩 한 수가 있다. 이것이 드러나려면 이상의 유작 단편 「종생기」1937와 다자이의 중편 「다스 게마이네」1935가 연결되어야 한다. 먼저, 「종생기」의 첫 대목을 살펴보자.

郤遺珊瑚 — 요 다섯자 동안에 나는 두자 이상의 오자를 범했는가 싶다. 이것은 나 스스로 하늘을 우러러 부끄러워할 일이겠으나 인지人智가 발달해 가는 면목이 실로 약여하다.

죽는 한이 있더라도 이 산호채찍을랑 꽉 쥐고 죽으리라. 네 폐포파립敝袍破笠 위에, 퇴색한 망해亡骸 위에 봉황이 와 앉으리라.

나는 내 「종생기」가 천하 눈 있는 선비들의 간담을 서늘하게 해 놓기를 애틋이 바라는 일념 아래 이만큼 인색한 내 맵시의 절약법을 피력하여 보인다.[1]

「종생기」는 유작으로 발표된 단편소설이다. 유작이 아니더라도 제목 자체가 삶을 마치는 기록이라는 뜻이니, 여기에 죽음의 그림자가 드리워져 있는 것은 당연한 일이겠다. 소설의 내용인즉, 글 쓰는 직업을 가진 작중인물 이상이, 정희라는 묘령의 여성에게 농락당한 후 비참한 자기 모습을 보며 비탄에 잠긴다는 이야기이다. 위트 넘치는 이상 특유의 지적인 문장이 빛을 발하는 가운데, 연애와 거짓말 실력이 모두 출중한 젊은 여성 정희에 의해 여지없이 조롱당하고 마는 자기 자신^{작가도 주인공도 모두 이상이다}의 모습이 소설 전면에 부각된다.

여기에서 마땅히 나올 수밖에 없는 질문이 있겠다. 「종생기」는 유서의 형식으로 나온 글이라 했는데, 그러니까 목숨을 걸고 지상에 남기는 마지막 이야기라는 것인데, 그것이 고작 한 여성에서 보기 좋게 걷어차인 자기 자신의 모습을 담은 이야기라는 것인가. 이에 대해서는 물론 그렇다고, 나아가 당연히 그렇다고 말해야 한다. 이런 방식의 자기 희화화, 조금 심하게 표현하자면 목숨 건 자기 조롱이야말로 문학적 근대성의 핵심 속성이라고 해야 하기 때문이다. 문학적 근대성의 근본적 관점에서 보면, 「종생기」의 세계가 보여주는 목숨 건 마조히즘의 세계란 하등 이상할 것이 없을 뿐 아니라, 오히려 근대적 주체가 기본 값으로 감당해야 할 심성의 표현이 된다는 것이다. 이렇게 말할 수 있는 것은 무슨 까닭인가.

근대 세계의 개인이 주체의 지위를 유지하면서 합리성의 세계로 진입하기 위해서는 치러야 할 비용이 있다. 존재론적 불안이 곧 그것이다. 근대적 이성이 만들어낸 세계는 불가지의 무한 우주로 구성된다. 우주적 시간으로 보자면 모든 유기체들은 순간을 살아가는 존재자의 하나로서, 무한 우주의 보이지도 않는 일부에 불과하다. 그러니까 무한성의 세계를 받아들임으로써 주체가 되는 일이란, 인간 삶의 근본적 무의미성이라는 숙명을 감내해야 한다는 것이

---

1   김윤식 편, 『이상 문학 전집』 2, 문학사상사, 1991, 375쪽. 이하 이 책은 『이상 전집』으로 약칭한다.

그 전제로 깔려 있는 것이다. 그것을 힘들어하는 사람이라면, "지체 없이 낡은 교회의 넓고 자비로운 품안으로 돌아가는 편이 더 좋을 것"[2]이라는 막스 베버의 일갈성 충고를 들어야 할 것이다. 합리성의 세계에서 살아가고자 하는 사람에게 삶의 근본적 무의미성이 벗어날 수 없는 숙명 같은 것이라면, 문제는 그것을 어떻게 접수하느냐 하는 것이 된다. 이런 대목에서 빛을 발하는 것이 마조히즘이다. 불가피한 운명의 공포 앞에서 종국적으로 무기력할 수밖에 없는 개체가 벌이는 한판의 광대극, 즉 유희의 적극성을 발휘하여 공포와 불안을 길들이는 방식이 곧 그것이다.

이상은 자신의 「종생기」에 대해 반어적 의미에서 "통생通生의 대작"[384쪽]이라 칭했다. 여기에서 특히 인상적인 것은 서사가 지닌 자기 반영적 성격이다. 작가 이상이 남긴 유작 「종생기」에서, 주인공 이상이 등장하여 작중의 「종생기」를 쓰고 있는 모양새이기 때문이다. 그러니까 작가이자 주인공인 이상이 「종생기」 속에서 「종생기」를 쓰고 있는 것이다. 게다가 주인공 이상은 「종생기」를 일컬어 자기 유서라고 했는데, 실제로 작가 이상의 「종생기」는 사후에 발표가 되어 실제 유서 같은 모양새가 되어 버렸다. 현실과 허구 사이의 이 같은 역설적 얽힘과 그로 인해 만들어지는 목숨 건 유희의 공간이, 이중 삼중의 자기반영적 효과들을 만들어내는 것이다. 이런 아이러니의 효과는 조금 후에 살펴보겠지만 다자이 오사무의 많은 소설에서도 마찬가지의 모습을 보이는 것이기도 하다.

그런 「종생기」의 서두를 장식하고 있는 것이 위의 인용문에서 보이는, 한시의 한 구절로 보이는 네 글자의 한자 어구이다. 네 글자를 써놓고 다섯 글자라 했고 그 중 두 글자 이상의 오자가 있다고 한다. 빠져 있는 한 글자를 고려하면, 네 글자 중에 최소 한 글자 이상의 오자가 있다는 것이다. 그러니 "극유산

---

2   막스 베버, 이상률 역, 『직업으로서의 학문』, 문예출판사, 1995, 56쪽.

호郤遺珊瑚"라는 구절에 눈길이 가지 않을 수가 없다. 바로 밑에 "산호 채찍"이라는 표현이 있으니, 비어 있는 한 글자는 손쉽게 채찍 편[鞭]자로 채워진다. 이를 합하여 '극유산호편郤遺珊瑚鞭'이라는 말을 문자 그대로의 뜻을 보자면, '어느 틈바구니에 산호 채찍을 놓고 오다'라는 말이 된다.

이 구절의 원본이 무엇인지에 대한 추정은 이미, 고전 시가에 눈이 밝은 시인에 의해 제시된 바 있다. 여영택 1923~2012은 이 구절이, 당나라 시인 최국보崔國輔, 687~755의 오언절구 「소년행少年行」의 첫 구절을 일그러뜨린 것이라고 보았다.[3] 최국보의 시를 인용해보자면 다음과 같다.[4]

遺却珊瑚鞭,　유각산호편 산호채찍을 버리고 나니
白馬驕不行.　백마교불행 흰말이 교만스레 가지 않누나.
章臺折楊柳,　장대절양류 장대에서 버들가지 꺾으니
春日路傍情.　춘일노방정 봄날에 길가의 정이로다.

소설의 전체 줄거리를 놓고 볼 때 여영택의 의견은 매우 합당한 추정이다. 이상의 「종생기」에서 그려지는 것은 귀중한 산호채찍[珊瑚鞭]을 잃어버리는 대신에, 산호같이 대단한 작품[珊瑚篇]을 얻게 되는 과정이다. 산호채찍을 잃어버리는 것이 소설의 의미 구성에서 매우 중요한 요소로 작동한다는 것, 그리고 그것이 「소년행」이 그려내고 있는 방탕의 세계와 밀접하게 연관되어 있다는 것은, 비단 「종생기」만이 아니라 그의 문학 세계 전체에서 확인할 수 있는 것이기도 하다. 이런 까닭에 여영택의 추정은 거의 확실한 것으로 볼 수 있다. 그럼에도 불구하고 사실로 확정할 수 없었던 까닭은, 산호나 봉황이 등장하는

3　여영택, 「이상의 산문에 관한 고구」, 『국어국문학』 39·40, 국어국문학회, 1968.5, 123쪽. 여영택은 오언절구라고 했고, 『唐詩選』, 『唐音』, 『唐詩品彙』 등에도 5언 절구로 분류되어 있다.
4　원문과 번역은, 조남권·이상미 역, 『오언당음(五言唐音)』, 박이정, 2005, 156쪽을 따른다.

다른 시편들에서 원본을 찾고자 했던 몇몇 시도들이 있었던 연유도 있지만,[5] 사실 확정의 마지막 영역을 채워줄 또 다른 하나의 근거가 필요했던 탓이다.

한국 근대문학사의 차원에서 보더라도, 이상이 확보해낸 새로운 정신의 영역을 획정해내는 데 「종생기」는 매우 중요한 작품이다. 거기에 제대로 된 주석을 달기 위해서라도, '탕아 서사'의 맥락을 보충해줄 만한 또 다른 근거가 확보되기를 기다려야 했던 셈이다. 그런데 다자이 오사무가 이 구절에 미리 대구를 달아놓았다고 한다면, 이제는 사정이 달라지는 것이 아닐까. 그것도 2년이나 일찍 「소년행」의 제2행을 대구로 미리 달아놓았다고. 「다스 게마이네」의 다음과 같은 구절을 보자.

> 찻잔에 있는 이 글자, 白馬驕不行. 왜 이런 짓을 하는지. 낯부끄러워 죽겠어. 자네에게 넘기겠네. 이거 아사쿠사 골동품 가게에서 비싸게 주고 산 건데, 내 전용 찻잔으로 쓰려고 이 가게에 맡겨둔 거야. 자네 인상이 마음에 들어. 눈동자 색도 깊고 늘 동경하던 눈이야. 내가 죽으면, 자네가 이 찻잔을 쓰게. 나는 내일쯤 죽을지도 모르니까.[6]

이 인용은 「다스 게마이네」에 등장하는, 독특한 개성을 가진 청년 바바의 말이다. 소설의 일인칭 화자는 사노 지로佐野次郎라는 별명으로 불리는 이십대 초반의 청년이다. 사노 지로는 가부키를 통해 널리 알려진 18세기 실존 인물로,

---

5   김윤식은 여영택의 견해에 동의하면서도 두보의 「송공소부사병귀유강동겸정이백(送孔巢父謝病歸遊江東兼呈李白)」의 한 구절 '釣竿欲拂珊瑚樹'의 패러디일 가능성을 추가해 놓았고, 김주현은 이백의 「옥호음(玉壺吟)」의 한 구절 '勅賜珊瑚白玉鞭'에 대한 패러디로 보았다. 둘 모두 산호나 봉황이 나온다는 정도일 뿐으로, 이상의 소설과는 맥락이 닿지 않는다. 이에 대해서는 졸저, 『사랑의 문법』(민음사, 2001), 4장, 각주26에 자세히 썼다.

6   정수윤 역, 『다자이 오사무 전집』 1, 2012, 도서출판 b, 352쪽. 이하 이 책은 『다자이 전집』으로 약칭한다.

극심한 질투로 사랑했던 기녀를 살해하고 희대의 살인마가 된 인물이니, 여급과 동반 자살을 시도했고 기녀와 결혼 생활을 하고 있는 다자이 오사무 자신의 페르소나일 수 있겠다. 사노 지로는 낙제를 경험한 동경의 제국대학 불문과 학생으로, 학교 후문에 잇닿아 있는 우에노 공원의 단술집에 자주 들락거린다. 거기에서 만난 사람이, 동경 음악학교에 8년째 재학 중이라고 하는 독특한 인물 바바이다. 일인칭 화자에게 사노 지로라는 별명을 붙여준 것도 바바 자신이다. 바바는 매우 남다른 복식과 외모에 독특한 감각을 지닌 자화자찬 떠벌이에 열정가이다. 그래서 옆에 있는 사람들은 그를 사기꾼 취급을 하기도 한다.

　이들 둘에, 미술학도인 사타케 로쿠로와 신인 작가 다자이 오사무^{이 인물 설정 역시 다자이의 자기 조롱의 산물이다}가 합류하여 작중인물들의 라인업이 구성된다. 이들 네 명의 청년이 잡지를 만들기로 했다가 이런저런 소동 속에서 좌초한다는 이야기가 소설의 줄거리를 이룬다. 이런 설정 자체에서 알 수 있듯이, 소설을 이끌어가는 기본 동력은 지적인 청년 예술가들에 의해 경쾌하고 명랑하게 펼쳐지는, 자기 반영성에 기반한 자기 풍자와 자기 모멸의 아이러니이다. 도쿄의 최고급 학교에 적을 둔 청년 예술가들이 다양한 형식으로 보여주는 예술적 허영과 과시욕, 그에 대한 반발과 백안시가 반어적으로 드러나 있다. 소설의 마지막은 화자이자 주인공이었던 사노 지로가 교통사고로 사망했다는 소문 형식의 정보로 맺어지는데, 이런 돌연한 마무리 역시 자기 비하가 만들어내는 유희적 힘의 소산이다.

　'비속한 것^{다스 게마이네}'이라는 제목 역시 다자이 오사무의 소설이 지향하는 아이러니의 성격을 드러내주는 표현이다. 예술이란 반속反俗의 거점이어야 하는데, 제도적 반-속물성의 영역에서 태연하게 활보하는 속물성이라면 그 자체로 역설적인 것이 아닐 수 없다. 물론 예술적 속물성은, 같은 속물성이라 해도 일상적 비속함과는 다른 느낌일 수밖에 없다. 제 아무리 속물적이라고 해도, 예술의 영역에 있는 것이기 때문에 반-속물성이라는 전체의 규정성이 우선적으로 작동하기 때문이다.

게다가 예술적 허영과 야심은 일상적인 허영이나 야심으로부터 두 번의 부정을 거친 것이다. 예술적이 되면 반-속물성이 되고, 예술 안에서 거꾸로 속물적이 됨으로써 비-예술성이 된다. 여기에서 이중의 부정이란, 처음으로 돌아가는 부정이 아니라 출발점으로부터 한 번 더 멀어져가는 부정에 해당한다. 비속하다면 일상적인 것보다 더 한층 비속하다 해야 하고, 그러면서도 제도적 반-속물성의 공간에 있는 비속함이라서 귀엽고 사랑스러운 느낌으로까지 다가온다. 그런 '예술적 비속함'이야말로 오히려 예술 정신의 본령이라는 느낌까지 준다. 일상 세계와 예술의 질서 사이에서 벌어지는 속물성에 대한 이중 부정이, 역설과 아이러니의 공간을 진설해놓는 까닭이다. 허풍쟁이 바바를 바라보는 사노 지로의 시선이 바로 그런 복합적인 느낌을 표현하고 있다.

이런 맥락 속에서 예술적 허영의 대표자 바바의 삽화 속에 태연자약 등장하는 것이 「소년행」의 두 번째 구절 "백마교불행白馬驕不行"이다. 여기에서 '태연자약'이라는 표현을 쓸 수 있는 것은 당연히 「종생기」와의 겹침을 염두에 둔 까닭이다. 두 작품의 발표 시차를 고려하면, 여기에서 한발 더 나아갈 수도 있겠다. 「종생기」의 이상이 「소년행」의 첫 행을 구기고 비틀어 수수께끼를 내놓자, 다자이 오사무가 2년의 시간을 거슬러 올라가 둘째 행으로 대구를 맞추며 그 해답을 제시하고 있다고.

이 대목에서 당연히 나와야 할 질문이 있겠다. 이것은 단순한 우연일까. 아니면 둘 사이의 어떤 영향 관계의 산물일까. 영향 관계를 따져보는 것은 쉽지 않은 일이지만, 미리 말해두자면 이러한 중첩이 단순한 우연일 수는 없다는 것이다. 필연적인 것이 될 수밖에 없는 근본적 이유는, 이들에게 두 개의 공통점이 있기 때문이다. 이것은 영향 관계를 따지는 단순한 세목들 너머를 바라볼 때 드러난다. 이상과 다자이 오사무 모두 '탕아 서사'에 이르는 마조히즘적 글쓰기를 지향했다는 점, 또한 자기를 그런 단계로 고양시켜줄 탄력 높은 스프링보드를 이들이 공유하고 있었다는 점이 곧 그것이다.

이상과 다자이의 관계에 대해, 영향이라는 말보다는 오히려 공명이라는 단어가 더 적절해 보이는 것은 그런 까닭이다. 이에 대해 더 자세히 살펴보기 위해서는 아직 거쳐야 할 단계가 있다. 먼저, 두 작품에서 최국보의 「소년행」이 지니고 있는 각각의 맥락을 살펴보고, 다음으로 한일 각국의 문화권에서 최국보의 「소년행」이라는 시 자체가 지닌 비중을 따져보는 순이 될 것이다. 그런 후에야 두 사람이 공유하고 있는 스프링보드에 대해 접근해볼 수 있을 것이다. 둘의 관계가 단순한 영향 관계가 아니라 공명 관계였음을 밝히기 위함이다.

4. 「소년행」 인용의 맥락

최국보의 「소년행」 인용이라는 점에서 보자면 두 소설의 맥락과 배치는 매우 차이가 난다. 먼저 이상의 경우를 보자면, 「종생기」에서 첫머리에 나오는 「소년행」 1행의 변형태는 소설 전체의 이념적 향도라 할 정도로 중요한 위치에 있다. 「종생기」에서 산호편이라는 단어는, 귀중품 채찍[鞭]이자 뛰어난 작품[篇]으로서 그 자체가 산호편의 변증법이라 할 만한 의미를 함축하고 있다. 죽음의 기록^{「종생기」}을 '필생의 걸작'으로 만들어내는 일^{산호篇으로서의 「종생기」 확보하기}이란 이중의 탕아 되기^{산호篇 놓아버리기-자존심을 버리고 정희에게 매달리다 걷어차이기}를 통해 가능해진다는 것이 그 요체이다.

여기에서 이중의 '탕아 되기'란, 진정한 '탕아'는 '탕아 되기'에서조차 실패할 때 탄생한다는 뜻이다. 「종생기」에서 그 과정은 주인공 이상이 '초절적 연애 기술자'에게 산호채찍^{남성으로서의 자존심}을 빼앗겨 버리는 것으로 이루어진다. 소설 초두에서, '유각^{遺却}'을 '극유^{郤遺}'라고 바꾸어놓음으로써 만들어지는 의미 변화가 '탕아 되기'의 전체 과정을 지칭한다. 그 연유를 살펴보자.

단순히 오자를 사용하여 수수께끼를 만들어내고자 했다면 '유각遺却 혹은 遺卻'을 '유극遺郤'으로 바꾸는 정도로 충분했을 것이다. 그러나 유극산호편遺郤珊瑚鞭은 그 자체로 비문법적인 문장이다. 뜻이 만들어지지 않아서 단지 스펠링에서 오류가 생긴 수준밖에 되지 않는다. 앞뒤 순서를 바꾸어 극유산호편郤遺珊瑚鞭이라고 하면 양상이 달라진다. 문법적으로 정합적인 문장이 되어 자기 뜻을 갖게 된다. 더욱이 변개된 문장은 '어느 틈바구니에 산호채찍을 놓고 오다'라는 뜻을 지녀서, 유실 장소를 특정해주는 효과까지 낳는다.

소설 초두에 자리한 이러한 변용 방식에서 확인되는 것은, 이상의 언어유희가 고전 한문 문장의 의미까지 섬세하게 고려하고 있다는 사실이다. 이런 점을 염두에 둔다면 해석적 측면에서 한발 더 나아갈 수도 있겠다. '유각遺却, 잃어버리다'에서 보조용언에 해당하는 '각却'을 빼고 그 자리에 '틈'에 해당하는 글자 '극郤'을 넣되, 일반적 형태인 '극隙'이 아니라 옛 형태인 '극郤'을 선택함으로써 성적인 의미谷까지 함축하게 된다는 것이다.[7] 요컨대 '郤遺珊瑚鞭白馬驕不行'이라고 변개된 문장은 그 자체로, 주인공 이상이 정희라는 여성에게 온통 빠져 있어서 '위대한 작품'이 제대로 진척되지 않는 상황을 뜻하는 것이 된다.

그리고 그 다음 단계가 있다. 산호편이 만들어낸 교착 상태에서 주인공 이상

---

7   각(却)과 각(卻)은 '버릴 각'으로 같은 뜻의 글자이다. 후자가 고형(古形)이다. 극(隙)과 극(郤)도 '틈 극'으로 같은 뜻의 글자이며 후자가 고형(古形)이다. '버릴 각'과 '틈 극'으로 사용되는 일반적인 글자는 각(却)과 극(隙)이다. 옛날 글자인 각(卻)과 극(郤)은 글자의 형태가 매우 유사하며 '谷'을 공유하고 있다. 여기에서 계곡[谷]은 여성의 신체를 지칭하는 성적인 표현으로 읽히며, 전치하여 성애의 대상이 되는 여성을 지시하는 것을 보인다. 이상의 말놀이에서, 각(却)이 각(卻)을 거쳐 극(郤)으로 바뀌는 것은 그런 까닭으로 보인다. 이런 관점에서 보자면, 극(郤)이 극(隙)이 되어서는 안 된다. 두 글자는 동일한 뜻을 지녔고 후자가 일반적이긴 하지만, 후자를 선택하면 '계곡[谷]'이 사라져버리기 때문이다. 이상의 말놀이가 이런 의도를 지녔는지에 대해서는 물론 단언할 수 없다. 그러나 여기에서 중요한 것은 작자의 의도(확언할 수 없는)가 아니라 텍스트에서 만들어내고 있는 효과이다. 즉, 텍스트에서 이상의 한자 변형이 어떻게 작동하고 있으며 텍스트 안에서 어떤 의미를 만들어내고 있는가 하는 점이 주목되어야 할 것이다.

이 낯 뜨거운 음주 난동을 벌임으로써 「종생기」를 진정으로 '위대한 작품'으로 만든다는 것인데, 물론 이 '위대함'이라는 것은 그런 처참한 장면에서 빠져나온 독자들이라야 비로소 고개를 가로 저으며 인정하게 되는 것이다.

소설 초두의 언어유희는 그만큼 복잡한 무대 장치인 셈이거니와, 이상이라면 이에 대해 다음과 같이 말할 것이다. "천고불역千古不易의 탕아蕩兒 "『이상 전집』 2, 389쪽 이상과, 두 남자 사이에서 성애를 대가로 절묘하게 줄타기하는 '불세출의 연애 기술자' 정희 사이의 대결이 벌어질 무대가 되려면, 최소한 이런 정도의 섬세함과 기품을 갖추어야 하지 않겠는가.

이렇게 보면 '산호 채찍을 잃어버리기'라는 말이 무엇인지도 분명해진다. 남성 주체로서 망신을 당하는 것, '연애 기술자' 여성에게 속아서 농락당한 남자가 되는 것이 곧 그것이다. 그 사실을 매우 소리 높여 외치고 있는 것이 「종생기」라는 작품이거니와, 여기에서 필수적인 것은 그야말로 '멋지게 넘어지는 것'이다.

마조히즘 광대극에서 멋지게 넘어지는 것이 어떤 것인지는 자명하다 하겠다. 가장 비참하고 더없이 한심한 모습으로 넘어지는 것이라야 멋진 마조히즘일 수 있고, 그래야 걸작 광대극 탄생이 가능해진다. 동시에 두 남자를 속이며 희롱하는주인공 이상에게는 그렇게 보이는 여성 정희도 매우 높은 기술 수준을 지니고 있지만그렇다고 주인공 이상이 주장하지만, 그런 인물에게 멋지게 속아 넘어가는 연기의 주인공 이상과 그 모습을 생생하게 기록해내고 있는, 그것을 위해 저토록 섬세하게 시를 구기고 있는 작가 이상 역시 정희에 못지않은 뛰어난 기술 수준을 가지고 있는 셈이다. 「소년행」의 1행은 바로 이런 맥락 위에, 그러니까 작가 이상과 작중인물 정희가 구사하는 두 개의 놀라운 기술絶技이 그야말로 건곤일척의 대결을 벌이는 결정적 자리여기에서 주인공 이상은 둘의 결투에 개입해 있는 장기 말에 불과하다에 놓여 있는 것이다.

이에 비하면, 다자이 오사무의 「다스 게마이네」에서 「소년행」 제2행의 구조적 중요성은 현저히 떨어져서, 바바라는 인물의 독특한 취향을 보여주기 위한 소품 정도에 불과하다. 그렇지만 소품이라 하더라도, 「소년행」이라는 시 자체가 지닌 의미론적 질량이 있어서 단순히 가벼운 소품일 수는 없다. 앞의 인용에서 확인할 수 있듯이, 바바는 '백마교불행' 골동품 찻잔을 술집에 맡겨놓고 자기 전용 잔으로 쓰면서 그런 취향 자체를 비하한다. 비하의 대상이 시 구절인지, 그 구절을 담은 찻잔의 취향인지, 아니면 그런 잔을 전용 술잔으로 쓰는 자기 자신의 행위인지는 잘 알 수 없게 뭉개져 있다.[8] 어떤 경우든 결국은 자기 비하에 이르게 되지만, 자기 비하라 하더라도 이런 식의 비하라면 어디까지 진실인지 알 수가 없다. 예술적 속물성이 그렇듯, 그런 태도 자체가 진실과 연극의 경계를 넘나드는 마조히즘의 역설적 공간에 존재하는 것이기 때문이다.

마조히즘의 웃음기가 영향을 미치는 공간에서, 자기 조롱은 매우 쉽게 세계에 대한 조롱으로 바뀐다. 자기 자신의 속물성과 몽매함을 조롱의 대상으로 공중 앞에 내보이는 사람은, 그 존재 자체가 그 자리에 있는 다른 사람들에 대한 조롱으로 전화되는 것이다. 물론 여기에는 잠시 동안의 시차가 개입한다. 관객의 입장에서 볼 때, 눈앞에 펼쳐지는 웃음거리를 향해 웃음을 터뜨리는 순간이 지나가고 나면, 잠시 뒤에 점차 부각되어오는 것이 있다. 자기 자신이 무대 위의 조롱거리와 다를 바 없다는 사실이 곧 그것이다. 그러니까 마조히즘 광대극이 펼쳐지는 순간 정작 조롱의 대상이 되고 있는 것은 객석에서 웃

---

8 "왜 이런 짓을 하는지 낯부끄러워 죽겠어"라는 번역문은, "よせばいいのに。てれくさくてかなわん"을 옮긴 것이다. "그만두면 좋겠는데. 쑥스러워 죽겠어" 정도의 뜻이므로, 백마교불행 찻잔을 전용 찻잔으로 쓰는 자신의 선택을 지칭하는 것으로 읽는다. 또한 뒷 대목에서 "백마교불행 찻잔은 아무래도 민망했던지 한참 전에 치워버렸고, 지금 것은 보통 손님들이 쓰는 가게의 찻잔이었다."(『다자이 전집』1, 362~363쪽)라고 한 대목도 그렇게 읽는다. 그러나 정확하지는 않다. 무엇보다 바바의 말 자체가 횡설수설하는 면이 크기 때문이다. 찻잔을 '나'에게 넘기겠다고 했다가, 자기가 죽고 나면 쓰라고 하고, 또 자기는 내일쯤 죽을 예정이라고도 덧붙인다. 그리고 이런 말이 과장된 빈말이었음이 곧 바로 드러난다. 원문은, 『太宰治全集』1, 筑摩書房, 類聚版, 1978, 316쪽.

고 있는 사람들, 자신의 속물성과 한심함을 부인하거나 감추려 쩔쩔매는 사람들인 것이다. 무대를 바라보며 웃고 있는 사람들은 자기 자신이 조롱의 궁극적 대상임을 미처 알지 못하고 있는 셈이다. 요컨대 무대에서 펼쳐지는 배우의 자기 조롱은 일종의 미끼와 같은 것으로서, 이내 더 큰 범위의 세계에 대한 조롱으로 이어지는 것이다.

그럼에도 불구하고 「다스 게마이네」 전체로 보자면, 「종생기」와는 달리 「소년행」의 시 구절 자체가 지닌 의미가 크게 강조되지는 않는다. 다만 다자이 오사무의 작품 세계 전체에서, 바바라는 인물이 지닌 위상과 연관이 있음을 지적해둘 수는 있겠다. 앞 절의 인용문은 일인칭 화자 사노 지로가 바바와 말을 트는 장면의 일부이다. 20대 초반인 사노는 마음에 드는 단술집 여종업원을 하루 종일 바라만 보는 어리보기이면서 또한 젊은 나이에 환락가 출입을 시작한 청년 난봉꾼이기도 하다. 육체적 충동과 정신적 갈망 간의 깔끔한 분열이 이런 인물의 특징이기도 하다. 이십대 후반인 바바는 그런 사노 지로에게 예술이라는 정신적 '방탕'의 길을 제공하는 역할을 맡고 있다. 이 둘의 관계는, 그의 대표 장편 『인간 실격』[1948]의 주인공 오바 요조와 그를 방탕의 길로 인도한 호리키의 구도와 유사하기 때문에 다자이의 작품의 흐름이라는 맥락에서 보자면 의미심장한 것일 수 있다. 「소년행」 인용의 특이함이라면 그런 만남의 첫 자리에 놓여 있다는 정도라 해야 할 것이다.

요컨대 「다스 게마이네」에서 「소년행」의 인용 그 자체는 그리 대단한 것이 아니다. 그 인용의 진정한 이채로움은 이상과 다자이 오사무를 겹쳐놓을 때 생겨난다. 앞에서 언급한 바와 같이, 이것은 단순한 우연이나 영향의 결과가 아니라 두 작가 사이에서 벌어진 공명의 결과라고 해야 마땅해 보인다. 그 근거와 맥락을 확인해 보기 위해서는 시간을 좀더 거슬러 올라가야 한다. 여기에서도 당연히 한국과 일본은 겹쳐져 있다. 이상과 다자이 오사무의 공명은 좀더 큰 배경에서 이루어지고 있는 것이다.

5. 배경 1　최국보「소년행」의 인지도

이상과 다자이 오사무 사이의「소년행」주고받기는 두 겹의 흐름으로 구성되어 있다. 현재에서 과거로 나아가는 흐름, 그리고 현해탄을 사이에 두고 오가는 흐름이 곧 그것이다. 이를 살피는 것은 이상과 다자이 오사무의 텍스트 사이에서 형성되는 공명 관계의 세목을 짚어보는 데 핵심적인 사항이 된다. 여기에서 가장 먼저 짚고 넘어가야 할 사항은, 최국보의「소년행」이라는 시의 인지도와 관련된 문제이다. 이 시는 20세기 초반 한국과 일본에서 얼마나 알려진 시일까.

앞의「다스 게마이네」인용문에서 볼 수 있듯이, 첫 말문을 튼 1930년대 일본의 두 지식인 청년은 '백마교불행'이라는 시 구절을 언급하면서도 더 이상의 설명을 주고받지 않는다. 둘은 모두 그런 정도는 기본 교양으로 갖추고 있다거나 또는 그런 설명이 오가는 것을 원치 않는 것으로 보인다. 어쩌면 이 시 구절이 지닌 화류계 출입이라는 의미 때문에 짐짓 눙치고 넘어간 것일 수도 있겠다. 고등교육기관 진학률이 2.2% 정도이던 시절에[9] 당대 일본 최고의 음악학교 학생과 일본 최고의 문과대학생이 만난 자리이다. 이런 장면은 그러니까 문학과 예술을 하겠다는 그 시대 엘리트 청년들의 교양 수준을 보여주는 대목으로 보이는데, 최국보의「소년행」이라는 시는 그런 대접을 받아 충분한 시일까. 최국보는 특히 5언절구 악부시체에 능했다고 평가되는[10] 성당盛唐기의

---

[9]　다자이가 히로사키 고등학교에 진학한 것은 1927년, 동경제대 불문과에 입학한 것은 1930년이다. 1920년 일본 고등교육기관 진학률은 2.2%였다. 고등교육기관에는 제국대학을 필두로 사립대학과 구제 전문학교, 구제 고등학교, 고등사범학교, 사범학교 등이 포함되어 있다. 日本文部科學省, 高等教育局高等教育企画課高等教育政策室,「我が国の高等教育の将来像, 補論2, 我が国高等教育のこれまでの歩み」, https://www.mext.go.jp/b_menu/shingi/chukyo/chukyo0/toushin/attach/1335599.htm (2023.12.22 검색).

[10]　현재 남아 있는 최국보의 41수 중 악부시가 27수이고, 그중 5언 악부시는 23수이다. 万竟君 注,『崔顥・崔國輔』(上海古籍出版社, 1985)에 수록되어 있다. 万竟君은, "요약하자면, 최국보는

시인이지만 그 명성이 누구나 아는 수준이 아님은 물론이다. 그런데 20세기 초반의 한국과 일본에서 최국보와 「소년행」의 인지도는 어떠했을까. 다자이 오사무가 '백마교불행'이라고 하자 현해탄 건너에 있는 이상이 아무렇지도 않게 '유각산호편'이라 할 수 있을 정도일까.

일본의 경우를 보자면, 최국보의 「소년행」은 우선, 20세기 초 일본에서 나온 한문 교과서 『한문대계』전5권, 1910에 실려 있는 시라는 사실이 확인된다. 당시 교원 검정의 필독서였던 『당시선』의 5언 절구 항목에 수록되어 있다.[11] 이반룡李攀龍의 편저 『당시선』명나라 이반룡의 이름은 도용된 것이라고 하지만 그것은 이 책이 지닌 중요성과 무관하다은, 에도 시대의 유학자 오규 소라이荻生徂徠, 1666~1728와 핫토리 난카쿠服部南郭, 1683~1759 이래로 20세기 초에 이르기까지 일본에서는 당시唐詩 편집서의 대표적 저작으로 특히 존중을 받았으며,[12] 다양한 당시선집을 가지고 있었던 조

성당의 중요시인 중의 한명으로 볼 수 있으나, 충만한 기세와 넘치는 강개가 결여되어 있고, 사회를 반영함에 있어서도 깊이와 넓이가 결여되어 있다. 이로 인해, 그의 성취는 이백과 두보에 비할 수는 없을 뿐 아니라, 왕창령이나 왕지환, 최호 등의 시인과도 상당히 거리가 있다"(5쪽)라고 평했다. 전통적인 평가는 이와 달리, 최국보의 5언절구 악부시는 이백과 쌍벽을 이루는 수준이었다고 하며, 특히 14수에 달하는 '고제(古題) 오언 절구형 악부시'에서는 성당의 일인자로 칭해지기도 했다고 한다. 유성준, 「盛唐 崔國輔의 시―樂府를 중심으로」, 『외국문학연구』 16, 2004. 2, 102쪽. 99쪽에 최국보의 시 분류표가 있다.

11 服部宇之吉 교정, 『漢文大系』 2권(富山房, 1910)에는 "문부성이 교원 검정 수험자에게 제시하는 필독서 중에는 『고문진보』와 『당시선』이 포함되어 있다"(1쪽)라는 문장이 있다. 최국보의 「소년행」은 그의 「장신초(長信草)」와 함께 5언 절구 항목에 수록되어 있다. 이 책의 교정자이자 책의 서문격인 「解題附例言」을 쓴 핫토리 우노키치(1867~1939)는 동경제대 교수와 경성제대 총장을 역임한 일본의 한학자이다. 5권 책의 구성은 다음과 같다. 1권 四書(「대학설」, 「대학장구」, 「중용설」, 「중용장구」, 「논어집설」, 「맹자정본」). 2권 「箋解古文眞寶」, 「增註三體詩」, 「箋註唐詩選」, 3권 「당송팔가문 상」, 4권 「당송팔가문 하」, 5권 「18사략」, 「小學纂註」, 「御注孝經」, 「弟子職」.

12 『한문대계』 2권 교정자는 『당시선』에 대해, "특히 우리나라에서는, 오규 소라이 일파가 이반룡(李攀龍), 왕세정(王世貞) 등을 추중(推重)함에 따라 이 책 역시 귀한 대접을 받고, 핫토리 난카쿠(服部南郭, 1683~1759)와 같은 사람은 唐詩는 滄溟(창명은 이반룡의 호)이 고른 것보다 나은 게 없다고까지 상찬하였으며, 이런 과정을 통해 이 책이 세상에 크게 알려져 오늘에 이르렀다"라고 쓴다. 위의 책, 4쪽.

선과 달리, 일본에서는 당시唐詩에 관한 독보적인 교과서 역할을 한 책이다.[13]

한국의 경우 역시 사정은 크게 다르지 않다. 갑오개혁1894에 이를 때까지 국가의 공식 문자가 한문이었고 유학이 공식 이념이었던 나라가 조선이다. 조선 사람들에게 한문 구사 능력은, 국사에 참여해야 하는 관료들에게는 물론이고, 교양인으로 대접받고자 하는 사람에게 사활적 도구이다. 한문 구사력의 정수로서 당시唐詩에 대한 관심의 강도와 열도가 남다를 수밖에 없음은 당연한 일이다.[14] 당시唐詩의 문화적 영향력은 뒤로 갈수록 더욱 커져서, 조선 후기에 이르면, 교육을 받은 지배층 사족만이 아니라 여성과 평민 및 천민에 이르기까지 폭넓게 확장된다. 판소리에 삽입된 한시漢詩의 수준에서 볼 수 있듯이, 당시唐詩는 누구나 어렵지 않게 흥얼거리는 수준의 대중적 교양이 되며,[15] 이런 흐

---

13 노경희, 「17, 18세기 조선과 에도 문단의 당시선집 수용와 간행 양상 비교 연구」, 『다산과 현대』, 2010. 20세기 초반에 일본의 『당시선』은 『한문대계』 이외에도 『당시선 신역』(1908)에서부터 『당시선·삼체시』(1918)와 『당시선 상설』(1929) 등에 이르기까지 다양한 형태로 발행되어 있어 이런 진술에 대한 방증이 되어 준다. 이들도 모두 이반룡의 『당시선』을 저본으로 한 해설서들이니 최국보의 「소년행」이 실려 있음은 물론이다. 서지사항은 다음과 같다. 『唐詩選新譯』(博文館, 1908), 『唐詩選·三體詩』(博文館, 1918), 『唐詩選詳說』(明治書院, 1929).

14 조선의 지식인들이 애독했던 당시선집으로는, 초기에는 『삼체당시(三體唐詩)』, 『당시고취(唐詩鼓吹)』, 『당음(唐音)』 등이 있었고 중기 이후에는 『당시품휘(唐詩品彙)』, 『당시선(唐詩選)』 등이 추가된다. 전체적으로 일본과 견주어 보자면, 에도 일본에서 교과서 역할을 했던 책 『당시선』(전7권)에 더하여, 그보다 두터운 볼륨을 가진 『당음(唐音)』(전14권, 元 양사굉(楊士宏) 편)과 『당시품휘(唐詩品彙)』(전90권, 明 고병(高棅) 편) 등이 중요한 위치를 점하고 있다. 다수의 문인들은 이 세 종의 책을 저본으로 하여 스스로 당시(唐詩) 선집을 만들었다. 개인 선집들은 출판이나 보급을 위한 것이 아니라 당시(唐詩)에 대한 자신의 비평적 관심을 실천하고 조예를 닦기 위함이었다. 이종묵, 『조선 사람이 좋아한 당시』, 민음사, 2013, 11쪽. 이 책에 표기된 『唐詩删』은 『唐詩選』과 같은 책이다.

15 19세기의 상업출판의 결과물인 방각본(坊刻本) 당시(唐詩) 편집서들이 나왔던 것, 그리고 한글 번역본 『언해당음』과 한자 없이 한글만으로 되어 있어 암송용으로 판단되는 『당시장편』 같은 책이 나왔던 것 등의 일들이, 이미 대중적 교양으로서 당시(唐詩)가 지니고 있던 위상을 충분히 확인하게 해준다. 당시(唐詩)가 단순히 읽고 이해하는 대상이 아니라 암송하여 구사하는 수준이 되어 있다는 것이다. 이종묵, 「조선말기 당시(唐詩)의 대중화와 한글본 『당시장편』」, 『한국한시연구』 27, 2019.

름은 20세기 전반기까지 이어져 있음이 서당 교과서의 존재로 확인된다.[16] 최국보의 「소년행」은 암송을 위한 서당 교과서 『오언당음』에 실려 있는 시이다. 그러니까 정조가 행한 초계문신을 위한 시험에서 「소년행」의 2행 '백마교불행'이 시험 제목으로 나왔다는 사실[17]도, 이상과 다자이의 공명 관계를 찾아 이 시의 지명도를 확인하고자 했던 사람에게는 눈을 크게 뜨고 볼 일이지만, 그 자체로는 전혀 이상할 것이 없겠다.

이렇게 보면 최국보의 「소년행」이라는 시는, 이상과 다자이 간의 '결과적 주고받기'의 대상이 될 정도로 충분한 인지도를 지닌다고 할 수 있지 않을까. 또한 프랑스의 현역 작가들에게까지 보낼 멋진 문학 동인지를 만들겠다는 야심을 가진, 음악도 바바와 문학도 사노 지로가 최국보의 「소년행」의 한 구절을 단번에 알아보는 정도는 그렇게 이상한 것은 아니라고 할 수 있지 않을까. 지금까지 살펴본 바에 따르면, 최국보의 「소년행」은 한국과 일본의 한문 교과서에 실려 있는 필독의 시이고, 그리고 최소한 한쪽에는 필수 암송의 대상이 되었던 것이기도 하다. 하지만 이상과 다자이가 주로 활동했던 시기는 20세기 전반기이고, 그들은 모두 근대 학교 교육을 받은 사람들로서 한학이 필수 교양이었던 것은 아니다.[18] 최국보 「소년행」의 인지도를 입증해줄 만한 근거가 좀

---

16 원본 『오언당음』은 1919년 5월 唯一書館에서 발행된 책으로, 번역자 조남전은, "오언절구만을 모은 것을 『당음정선(唐音精選)』이라 하여 서당에서 교과서로 쓰도록 한 것이 이 책이다"(조남권·이상미 역, 『오언당음』, 박이정, 2005, 5쪽)라고 쓴다. 조남전은 1928년 생으로 전통 서당 교육을 받은 것으로 나와 있다. 또한 금지아는 앞의 논문에서, "『唐音精選』이라고 題한 책은 주로 5언이나 7언 절구들만을 선집한 것으로 『당음』을 조선인의 기호에 맞게 발췌하여 엮은 것인데, 이것은 조선시대 서당에서 여름철 당시 학습 교재로 널리 사용되기도 하였다. 이것 또한 암송하기에 편리하게끔 편집된 책이다'라고 썼다. 금지아, 「조선시대 당시선집의 편찬양상 연구」, 『중국어문학논집』 84, 2014, 267쪽.
17 이종묵, 『조선 사람이 좋아한 당시』, 앞의 책, 213쪽.
18 조선의 서당교과서 『오언당음』에 수록된 시는 187수, 일본의 한문 교과서였던 『당시선』은 456수이다. 『전당시』(전900권, 약 48,900수)나 『당시품휘』(전90권, 약 5천 수), 『당음』(전14권, 1341수)에 비기면 작을 수 있지만, 필수 교양 수준이 아니라면 그리 만만한 양은 아니다.

더 필요해 보이는 것은 그런 까닭이다.

이런 요구에 부합하는 대상들이 있다. 18세기 이래로 한국과 일본에서 그려진 일련의 그림들이 그것이다. 대표적인 것으로 신윤복惠園 申潤福, 1758~1814?의 그림 〈사행기록화使行記錄畵 1〉〈그림 1〉을 들 수 있겠다. 백마 탄 젊은 선비가 개울 건너는 다리 위에서 버들가지를 잡고 있는 그림이다. 여기에서 중요한 것은 상단에 있는 그림의 화제畵題이거니와, 「소년행」의 3행과 4행, "章臺折楊柳 春日路傍情"이 거기에 있다.[19] 이상과 다자이 오사무가 읽다가 만 「소년행」의 나머지 2행이, 신윤복의 그림에서는 당당한 타이틀의 자리에 올라 화면 상단에 버티고 있는 것이다. 최국보의 시가 이제는 그림으로 변신해 있다고 해야 할까.

어쨌거나 이상의 「종생기」에서 시작한 「소년행」 윤독이라는 관점에서 본다면, 다자이 오사무를 거쳐 신윤복에 이르기까지 시간을 거슬러 올라가서야 비

〈그림 1〉 〈사행기록화(使行記錄畵) 1〉

로소 4행이 완결되었다고 할 수 있겠다. 물론 조선 후기에 나온 그림 하나일 뿐이니 크게 변한 것은 없다고 말할 수도 있겠다. 또 한일 간에 벌어진 일이니 좀

---

19 윤철규, 『시를 담은 그림, 그림이 된 시-조선시대 시의도』, 마로니에북스, 2016. 신윤복의 그림과 화제에 대한 설명이 이 책 241~242쪽에 있다.

더 확실히 하기 위해서는 에도 시대 일본의 예도 확인해 보아야 한다. 게다가 이상과 다자이 오사무가 함께 딛었던 거대한 스프링보드 역시 아직 나오지 않았다. 근거들을 좀더 확인해보자.

6. 배경 2 시의도와 '탕아 서사'

신윤복의 〈사행기록화 1〉처럼 시를 그림으로 옮긴 것을 '시의도詩意圖'라고 부른다. 지금 이 글의 맥락에서 주목해야 할 것은, 최국보의 「소년행」이 조선의 화가들이 즐겨 그린 시의도 제재 중의 하나였다는 사실이다. 그러니까 최국보의 시를 그림으로 옮긴 화가가 신윤복만은 아니었다는 것이다. 「소년행」을 화제畫題로 삼은 그림을 열거해보자면 다음과 같다.[20]

정선鄭敾, 1676~1759의 〈소년행〉화제 : 유각산호편 백마교불행과 〈소년행락〉화제 없음 김홍도金弘道, 1745~1806?의 〈소년행락〉화제 : 춘일노방정, 이인문李寅文, 1745~1824의 〈소년행락〉화제 없음, 신윤복蕙園 申潤福, 1758~1814?의 그림 〈사행기록화使行記錄畵 1〉, 김양기金良驥, 1792?~1842?의 〈춘일노방정〉화제 : 춘일노방정

이상과 다자이 오사무의 「소년행」 수창酬唱이 어찌된 것인지 궁금해 하던 사람이라면, 정선의 〈소년행〉〈그림 2〉에 시의 첫 2행 "유각산호편 백마교불행"이 화제畫題로 올라 있는 모습을 보고 어이가 없을 수도 있겠다. 이상과 다자이 오사무가 2백여 년을 거슬러 올라가 나란히 서 있는 모습에 다름 아니기 때문이다. 이들 그림에서 최국보의 시 「소년행」이 지니는 중요성은 일차적으로, 화제

---

20 김홍도, 김양기, 정선의 〈소년행락〉은 윤철규의 위의 책에 실려 있다. 정선의 〈소년행〉은 오현미 외, 『말을 보고 말을 걸다』(플러스81스튜디오, 2013), 27쪽에 있다.

〈그림 2〉 정선의 〈소년행〉

가 밝혀져 있어 「소년행」의 시의도詩意圖임이 드러나 있는 정선과 김홍도〈그림 3〉, 신윤복 등의 그림에서 확인된다. 그러나 최국보의 시가 지닌 인지도에 초점을 맞추어 살피자면, 이인문의 〈소년행락〉〈그림 4〉처럼 화제畫題 없는 그림의 존재를 오히려 주목해야 하겠다. 일련의 「소년행」 시의도 그림들 속에 정선의 〈소년행락〉〈그림 5〉과 이인문의 〈소년행락〉이 유사한 구도를 지닌 채로 나란히 놓여 있는 것은, 그 자체가 인지도의 증거가 된다. 최국보의 「소년행」은 이 시기 조선의 화가와 그림의 수용자들에게 화제로 특정하지 않아도 되는 수준임을 암시해주고 있기 때문이다.[21]

이런 맥락에서 볼 때, 화제畫題 없는 그림들과 함께 강조되어야 할 또 하나의 그림은 김홍도의 아들 김양기의 〈춘일노방정〉〈그림 6〉이다. 이 그림은 최국보의 「소년행」 4행을 화제畫題로 쓰고 있으나, 그림의 전면을 차지하고 있는 것은, 물 오른 버드나무와 가지 위의 둥지를 배경으로 새 두 마리가 노니는 모습이다. 버드나무 아래를 말을 타고 지나는 청년의 모습이 존재하지 않는 것이다. 여기에서 확인되는 것은, 최국보의 「소년행」이라는 시에 포함된 '춘정春情'이 이미 널리 알려진 상징의 차원에서 작동하고 있다는 사실이다. 이런 정도의 맥락에 도달한다면, 김양기의 〈춘일노방정〉은 최국보의 「소년행」이라는 시가 지니고 있는 인지도에 관한 한 종결부에 해당하는 것이라 할 수 있겠다.

그렇다면 일본의 경우는 어떠할까. 최국보의 「소년행」을 다룬 시의도가 있었을까. 이 질문에 대한 응답은, 요사 부손与謝蕪村, 1716~1784과 나란히 일본 문인화의 대성자로 꼽히는 이케노 다이가池大雅, 1723~1776에 의해 제시된다. 그의 두루마리 그림 〈사계산수도권四季山水圖卷〉1755은 당시唐詩 4편을 화제로 삼는다. 그

---

21 정선의 또 다른 그림 〈소년행〉에는 화제가 밝혀져 있다는 점, 그리고 화제 없는 그림을 그린 이인문의 경우는, 화제가 붙은 〈소년행락〉을 그린 김홍도와 절친이었다는 점도 이런 판단에 근거가 된다. 둘 모두 구태여 밝히지 않아도 되는 수준이었음을 암시해주는 까닭이다.

〈그림 3〉 김홍도의 〈소년행락〉

〈그림 4〉 이인문의 〈소년행락〉

〈그림 5〉 정선의 〈소년행락〉

〈그림 6〉 김양기의 〈춘일노방정〉

〈그림 7〉 〈사계산수도권(四季山水圖卷)〉 중 봄(春)

중 봄에 해당하는 것이 최국보의 「소년행」〈그림7〉이다.[22] 시의 4행 전체가 화면의 절반 가량을 차지하는 가운데, 말을 타고 다리를 건너는 사람이 원경으로 잡혀 있다. 조선의 시의도 화가들과는 달리, "이케노 다이가는 봄을 맞은 산수 표현에 집중했고 말을 타고 다리를 건너는 인물은 작게 그렸다. 김홍도가 동적動的으로 표현한 화면과 달리 이케노 다이가의 화면은 정적靜的으로 묘사되었다"[23]라고 말할 수 있는 것은 그런 까닭이다. 백마를 타고 다리를 건너는 청년의 모습은 봄을 맞는 산수정경의 일부를 이루고 있다. 최국보의 「소년행」은 사계 가운데 봄을 맞는 심경의 대표자로 소환되어 있는 셈이다.

〈그림8〉〈시가사진경(詩歌写真鏡)〉

또한 19세기 우키요에浮世絵의 대가 가쓰시카 호쿠사이葛飾北斎, 1760~1849의 목판화 〈시가사진경詩歌写真鏡〉 열 편 중 하나로 〈소년행〉〈그림8〉이 들어가 있는 것도 확인할 수 있다. 〈시가사진경〉은 제목과 마찬가지로 일본과 중국의 시와 노래에서 따온 장면을 그림으로 표현한 것이라서, '우키요에 시의도詩意圖'라고 할 만하다. 〈소년행〉은 여기에 포함된 한시漢詩 세 편 중의 하나에 속한다.[24] 18세기 그림들과

---

22 온정균(溫庭筠, 812~870)의 「楊柳詞」가 여름, 이백의 「靜夜思」가 가을, 이백의 「峨眉山月歌」가 겨울에 해당한다. 조인희, 「문학작품을 소재로 한 17~19세기 朝·日 회화의 유형과 양식」, 『동양예술』 56, 2022, 202쪽. 그림은 이 글 215쪽에 실려 있다.

23 위의 글, 202쪽.

24 시리즈의 제작 시기는 1830~1833년으로 추정된다. 일본과 중국의 시가를 제재로 한 10편의 그림으로 이루어진다. 「李白」, 「木賊苅」, 「在原業平」, 「阿部の仲麿」, 「春道のつらき」, 「少年行」,

〈그림 9 · 10〉『당시화보(唐詩畫譜)』 판화 2편

는 달리 호쿠사이 특유의 강렬한 색채 표현력이 구사된 작품으로 기마 청년의 모습이 전면에 부각되어 있다. '시가사진경'이라는 타이틀 옆에 '소년행'이라는 화제畫題가 붙어 있는데, 이 시가 최국보의 시를 지칭하는 것인지는 분명치 않다. 여기에서 '소년행'은 청년들의 모습을 다루는 한시漢詩의 장르명[25]으로 볼 수도 있겠다. 그러나 그림의 구도에서 기마 청년 한 사람이 강조되고 있는 모습으

「白樂天」, 「融大臣」, 「靑少納言」 9편과 제목이 없는 한편이다. 제목이 없는 한편은 소동파로 보는 설이 유력하다고 한다. '소년행'은 시인을 특정하지 않은 채로 그려져 있다. 鈴木淳, 「北 齋畫「詩歌写真鏡」「在原業平」考」, 『かがみ』 52, 2022, 91~92쪽.

25   송(宋) 곽무천(郭茂倩)의 『樂府詩集』 「잡곡가사」장에는 최국보를 포함한 38인의 '소년행' 작품이 수록되어 있다. 악부 노래의 양식[行]에 청년들의 삶을 다루는 내용[少年]이 결합된 것이 '소년행'이라는 서브장르이다. 시의 경향은 한말에서 위진 남북조 시대를 거쳐 당대로 오면서 점차 변모하는 모습을 보여준다. 한말과 위진 남북조 시대는 협객 청년들의 호협한 모습과 귀족 자제들의 사치스런 모습에 대한 풍자와 비판이 두드러지는 반면에, 당대에는 다양한 내용과 정교한 형식을 갖춘 것으로 변모한다. 당 이전에는 장편 고체시의 형식으로 창작되었으나 근체시가 발전한 당대에 이르러서는 율시나 절구의 형식으로 창작되었다. 상세한 것은, 노재준, 「악부 『소년행』 연구」, 『중국어문학론집』 25, 2003.

로 보자면, 시의 내용과 인지도라는 점에서 최국보의 「소년행」을 그린 것으로 봄이 타당해 보인다. 시의도 유행의 원류라 할 『당시화보唐詩畫譜』1620의 '소년행' 시의도와 견주어보면 이런 판단이 가능해진다. 이에 대해서는 약간의 부연이 필요하겠다.

17세기 이후 동아시아에서 시를 그림으로 표현한 '시의도詩意圖'가 하나의 장르가 되는 것은, 명대 이후로 활발해진 문인화의 유행과 맥을 같이 하며,[26] 문인화 중에서도 특히 시의도詩意圖의 유행이 만들어진 데에는, 명대에 간행되어 동아시아에서 크게 환영받았던 판화집 『당시화보唐詩畫譜』1620의 영향이 매우 크게 작용한다.[27] 여기에 수록된 '소년행' 장르의 판화 두 편<그림 9·10>은[27] 두 청년의 모습을 그리고 있다는 점에서, 앞에서 살펴본 조선이나 에도의 '소년행' 그림들과는 차이가 난다. 조선과 에도의 '소년행' 그림들은 공히 한 사람의 기마 청년 모습을 담고 있기 때문이다. 중요한 것은 사람 숫자나 그림의 구도 같은 것이 아니라 그림이 담아내는 내용과 정서이다.[29] 최국보의 「소년행」이 문제적인 것은, 무사의

---

26 성리학적 자연관을 바탕으로 산수화가 발달했던 중국의 송나라 시절부터 이런 경향은 시작되어, 성리학을 익힌 지식인들에게 그림은 시서(詩書)와 함께 자기 수양을 위한 필수 교양이 되고, 원나라 시절을 거쳐 명나라 대에 이르면 시서화(詩書畵) 삼절(三絶)이라는 말이 나올 정도로 지식인들의 문인화 창작이 활발해지며, 이런 경향이 17세기 조선과 에도 시대 일본에 큰 영향을 미쳤다. 조인희, 앞의 글, 192~193쪽.
27 왕유의 〈소년행〉과 한굉(韓翃)의 〈우림소년행〉이 수록되어 있다. 왕유의 〈소년행〉 그림은 두 명의 청년이 술자리를 갖는 모습을, 한굉의 〈우림소년행〉 그림은 두 청년의 기마 담소 장면을 담고 있다. 황봉지, 기태완 역주, 『당시화보』, 보고사, 2015, 244·312쪽.
28 『당시화보』에는 147편의 시화가 판각되어 있다. 출판 전후의 사정과 조선 화단에 미친 영향에 대해서는, 하향주, 「당시화보와 조선후기 화단」, 『동악미술사학』 10, 2009. 김지선에 따르면, 『당시화보』는 "고화(古畵)를 복제한 작품들이 다수 수록되었고, 이름난 화가와 판각가가 참여한 『山水畵』, 『漁夫圖』, 『四君子圖』 등은 완성도가 높아 회화 교본으로서 각광받았"으며, "조선, 일본 등으로 널리 전파되어, 동아시아 회화에 미친 영향이 적지 않았다"고 한다. 김지선, 「『唐詩畫譜』의 흥행과 唐詩의 통속화」, 『중국어문학지』 52, 2013, 78쪽.
29 왕유와 한굉의 시에서 다루는 것은 청년 무사들의 기개와 사귐이다. 왕유의 「소년행」은 함양의 유협(游俠)들이 의기투합하는 모습을 담고 있고, 한굉의 「우림소년행」은 우림군(羽林軍, 한나라 황제의 친위대였던 금위군을 뜻한다. 그 우두머리가 羽林郎이다) 소속의 청년 무사들의 왕성한 기개를 그려낸다. 7언 절구인 시의 내용 역시 그러하다.

기개가 아니라 화류계 출입[章臺折楊柳]으로 표현되는 청년의 방일한 마음[春情]을 담아내고 있다는 사실 때문이다.[30]

물론 젊은 남성들의 술자리 모습이나 유흥을 소재로 다루는 것이 최국보의 시에 국한된 것일 수는 없다. 장편시로 만들어진 '소년행' 시리즈에서도 찾아볼 수 있으나, 청년 무사들의 삶을 이루는 여러 요소 중의 하나로 들어가 있다.[31] 이에 비하면, 최국보의 「소년행」은 5언 절구라는 짧은 형태로 유독 청년의 '춘정'만을 강조하고 있다는 점, 그것도 청년 무사들의 집단적 경험의 일부로서가 아니라 한 젊은 인간 개체가 느끼는 개별적 마음의 형태로 표현하고 있다는 점이 특징적이다. 『성호사설』의 이익이 최국보의 「소년행」에 대해, 염정적 노래의 대명사였던 '정음鄭音'의 취향을 지니고 있다고 평가했던 것은 그런 까닭이겠다.[32]

에도 시대 일본의 유흥가에서 최국보의 「소년행」이 지니고 있는 위상을 가장

---

30 「소년행」의 이런 성격은, 장안의 기생집 거리였던 '장대'라는 지명과의 연관 속에서 드러나 있다. 万竟君에 따르면, "장대는 본래 전국시대 진나라에 만들어진 곳으로 위남(渭南)의 이궁(離宮)에 있었다. 한대에는 장대 아래쪽이 번화한 시가가 되었다. 「漢書 張敞傳」에 '때때로 조회를 마치면 말을 달려 장대거리로 나아가다'라는 구절이 나온다. 후에 '장대'라는 단어는 기생집(妓院)과 위락 장소의 대명사가 되었고, '장대절양류'라는 말은 곧 '기생 어르기(狎妓)'라는 뜻이 된다". 앞의 책, 18쪽. 여기에서 위남 지역은 장안과 맞붙은 지역으로 위수(渭水)의 동남쪽이다. 위수의 서쪽은 진나라 수도였던 함양이다. 장안, 함양, 위남은 위수를 경계로 맞붙은 세 지역으로 실질적으로 같은 도시에 해당한다. 이종묵은 「소년행」의 4행 '춘일노방정'을 "봄날 길가의 방탕한 마음"이라고 번역했다. 이종묵, 『조선 사람이 좋아한 당시』, 앞의 책, 11쪽.

31 북주 유신의 「결객소년행장」 같은 시가 대표적이다.

32 이종묵에 의하면, "이익은 『성호사설』에서 이 시를 들고 최국보가 농염한 노래에 능하였다고 하면서, 음란한 노래로 평가되는 『시경』의 정풍(鄭風)과 위풍(衛風)을 체득한 것이라 하였다. 그리고 길거리의 여성과 사랑을 나누는 것을 길가의 버들을 꺾는 일에 비유하였으므로, 실제 채찍을 잃어버린 것도 아니고 실제 말이 가지 않은 것도 아니라 짚었다. 『일성록』(1794.11.24)에 따르면 이 시의 2구를 제목으로 초계문신(抄啓文臣)의 시험을 보였는데, 정조가 이 시를 부정적으로 본 것은 아닌 듯하다". 이종묵, 『조선 사람이 좋아한 당시』, 앞의 책, 212~213쪽.

〈그림 11〉 기타오 마사노부, 〈게이샤를 그린 그림〉

상징적으로 표현해주는 그림이 있다. 유명한 유곽인 요시와라의 게이샤 초상화를 그린 기타오 마사노부北尾政演의 『吉原傾城新美人合自筆鏡』라는 작품집 중에 세가와瀬川라는 게이샤를 그린 그림〈그림 11〉이 그것이다. 여기에는 「소년행」의 후반부 2행이 적혀 있다. 다른 게이샤들은 본인이 지은 와카를 적었다는데, 세가와만 자필로 최국보의 「소년행」 구절을 적었다고 한다.[33]

요컨대 최국보의 시 「소년행」이 지니고 있는 특성과 조선과 에도 일본에서 만들어진 〈소년행〉 시의도의 구도를 종합하자면, 다음과 같은 결론이 가능해진다. 백마 탄 청년이 홀로 버드나무 아래를 지나고 있는 그림은, 청춘의 에로틱한 욕망과 충동의 세계를 은유적으로 그려낸 것이며, '소년행' 악부 시리즈 중에서도 특히 염정의 세계를 다룬 대표작으로서 최국보의 「소년행」을 오브제로 삼은 것이라 함이다. 화제가 명시되어 있는 경우는 말할 나위가 없지만,

---

33 이 그림은 서울대 아시아언어문명학부 오윤정 교수가 찾아주어 여기에 추가할 수 있었다. 후의에 감사드린다. (https://yahan.blog.ss-blog.jp/2018-01-09)

화제가 특정되지 않은 경우도 단독 승마 청년 그림은 최국보의 「소년행」을 표현한 것으로 보아도 좋겠다. '춘정春情'을 암시하는 염정적 시의도에 관한 한, 최국보의 「소년행」이 지닌 지명도는 단연 발군이라 해야 할 터이기 때문이다.

이와 아울러, 최국보의 「소년행」이 이상과 다자이 오사무의 소설에서 공명의 지표로 특정되기 위해 필요한 또 하나의 조건이 있다. 이것이야말로 결정적인 것이라 해야 할 텐데, 이상과 다자이의 문학과 삶이 공유하고 있는 매우 독특한 특성, '탕아 서사'가 곧 그것이다.

물론 이들의 삶이 보여준 이른바 '방탕'이란 단지 외형으로 드러난 것일 뿐이어서, 이들의 실제 삶이나 삶을 대하는 태도는 소위 '방탕'과는 매우 거리가 먼 것일 수도 있다. 그러나 여기에서 중요한 것은, 그들이 공히 탕아의 삶이라는 틀을 통해 자기 개성을 드러내고자 했다는 것, 곧 '방탕한 삶'을 소설로 옮겨내고자 했다는 것, 그리고 당대의 독자들에게 그렇게 수용되었다는 사실이다.

이상과 다자이가 표상하는 이른바 '방탕'의 가장 현저한 표지는, 두 사람 모두 젊은 시절에 기녀와 결혼 생활을 했다는 사실이다. 다자이는 구제 고등학교 시절에 기방에서 만난 게이샤 하쓰요와 대학 진학 후에 결혼하여 7년간 결혼 생활을 했고, 그 결혼을 위해 집안의 호적에서 지워지는 대가를 치르기도 했다.[34] 또 이상은 결핵 치료를 위해 간 요양지 배천온천에서 기생 금홍을 만나 3년여에 걸친 실질적인 결혼 생활을 했다.[35] 물론 다자이의 경우는 여기에 또 하나의 커다란 이력을 추가해야 한다. 카페 종업원이었던 젊은 여성과 동반 자살을 시도했다가 혼자 살아남은 사건이 곧 그것이다. 두 사람의 경우, 이런 삶의 골간과 세목들이 모두 소설로물론 허구와 변주가 동반되어 있다 표현되어 있음은

---

34 다자이 오사무의 삶의 세목들은 相馬正一, 『評傳 太宰治』 上下, 津輕書房, 1995와 志村有弘·渡部芳紀, 『太宰治大事典』, 勉誠出版, 2005에 의거함. 특별한 경우 출처를 밝힘.

35 이상의 전기적 사실은 김윤식, 『이상연구』, 문학사상사, 1987에 의거함. 특별한 경우 출처를 밝힘.

두말할 나위가 없다.

그러니까 '청년 방탕소년행'의 세계에 관한 한, 이상과 다자이 오사무의 삶은 매우 커다란 유사성을 지니고 있는 셈인데, 여기에서 주목되어야 할 것은, 이런 '방탕'이 단지 삶의 문제가 아니라 문학으로까지 이어져 있다는 점, 즉 '탕아 서사'로 형상화되고 있다는 점, 그것도 단지 한두 작품에 그치는 것이 아니라 이들의 거의 전 작품 세계에 투영되어 있거나 혹은 작품 세계의 핵심으로 자리 잡고 있다는 점이다.

이런 양상에 대해 아주 단순하게 말한다면, 삶의 경험이 평범하지 않았으니 그런 독특함이 문학의 영역에 영향을 미칠 수밖에 없었다고 말할 수도 있을 것이다. 그러나 이상과 다자이의 문학적 이력에서 보이는 독특성은, 이런 인과 관계가 오히려 뒤바뀌어 있는 것으로 보인다는 점이다. 즉 '방탕한 삶'이 있어서 '탕아의 문학'을 만들어진 것이 아니라 오히려 그 반대라는 것, 즉 두 사람은 '탕아 서사'가 지니는 독특성을 획득하기 위해 '방탕한 삶'을 그 비용으로 치러야 했다는 것, 즉 예술적 개성을 위해 수행된 의도된 '방탕'으로 보인다는 것이다. 이렇게 판단할 수 있는 까닭은, 이들이 추구했던 욕망의 궁극적 지향성은 '방탕'이 아니라 자기 문학의 독창성을 과녁으로 삼고 있었기 때문이다.

한 사람이 높은 수준의 문학적 독창성을 향해 나아가고자 한다면, 자기 삶의 에너지가 그것을 위해 배타적으로 지출된다고 해도 그리 이상한 일은 아니다. 게다가 이상과 다자이의 세계에서, 탕진되고 낭비되는 것으로서의 '방탕한 삶'의 에너지란 단순히 치정이나 에로틱한 욕망의 문제가 아니라, 평범한 일상을 교란하는 힘과 연결되어 있으며, 종국적으로는 한 개체의 생명력을 소진시키는 힘으로서의 죽음 충동과 연관되어 있다는 점을 고려해야 한다.

그러니까 이상과 다자이의 세계에서 드러나는 이른바 '방탕'은 개인적인 기질이나 우발적인 일탈의 문제가 아니라는 것이다. 그것은 오히려 예술적 독창성을 배타적으로 지향하는 사람이 겪기 마련인 정신적 분방함의 표현이며, 그

에너지가 고도로 응축되는 한에서는 죽음까지 불사하는 격렬한 형태로 발현될 수 있다. 그리고 무엇보다도, 그 같은 분방함에 대한 추구가 자기완성을 위해서는 종국적으로 죽음을 필요로 한다는 점, 곧 절대 자유의 추구는 결국 모든 행위의 발원점이자 제약점이기도 한 자아 자체를 넘어서버리는 데 이를 수밖에 없다는 점을 고려해야 한다. 매우 단순하게 말해서, 목숨을 걸어야 비로소 궁극적 수준의 분방함이 완성된다는 것이다. 탕진과 과잉과 잉여의 서사로서 '탕아 서사'는 바로 그 지점에, 목숨 건 분방함의 영역에 놓여 있다. 다자이의 표현을 빌리자면, '인간 실격'의 수준이 되어야 가능하게 되는 셈이다.

앞에서 나는, 이상과 다자이 오사무가 스스로를 '탕아의 세계'로 도약시키기 위해서는 커다란 스프링보드가 필요했다고 썼다. 이제는 그들이 공유하고 있는 바로 그 스프링보드의 이름을 말해야 할 때이다. 아쿠타가와 류노스케芥川龍之介, 1892~1927의 자살이 곧 그것이다. 여기에서 주의해야 할 것은, 이광수와 동갑내기인 일본 작가 아쿠타가와의 이름을 말하는 것으로는 부족하다는 점이다. 자살이라는 단어가 그 뒤에 붙어있어야 한다. 그래야 스프링보드의 정확한 이름이 된다.

7. '박제된 백조'들 삶과 죽음의 극단적 접합

이상은 경성 고등공업학교현재의 서울대 공대를 나온 건축 기사당시 용어로는 기수이자 공무원이었던 사람으로서, 문학적 명성을 얻은 것은 1934년 일간신문에 연재된 「오감도」 연작시를 통해서였다. 총독부 공무원 시절 기관지 『朝鮮』에 연재했던 장편 『12월 12일』을 예외로 한다면, 그가 이상이라는 필명으로 소설을 본격적으로 발표하기 시작한 것은 그가 세상을 떠나기 1년 전인 1936년의 일이며, 그가 세상을 떠난1937.4.17 직후에 발표된 「종생기」에 이르기까지 그 자신의 손을 거쳐 세상에 나온 소설은 단편 다섯 편「지주회시」,「동해」,「날개」,「봉별기」,「종생기」
이다. 이상이 김기림에게 소설을 쓰겠노라고 공개 편지를 썼던 때를 고려한다
면 불과 1년이 안 되는 시기의 일이다.[36]

이에 비하면 다자이 오사무는 히로사키 고등학교현재 학제로는 대학 교양학부 시절부
터 소설 쓰기를 시작했고 본격적으로 소설 쓰기에 몰두한 것은 동경제대 불문
과에 재학 중이던 1932년부터이다. 이상이 소설을 발표하기 시작하던 1936
년에, 다자이 오사무는 단편집 『만년』1936을 출간했을 정도였다. 나이로는 한
살 차이지만, 소설 쓰기의 이력으로 보자면 다자이가 이상의 한참 선배 격이
라고 해야 한다. 그러니까 두 사람 사이에서 최국보의 시 「소년행」에 대해 영
향이 오갔다면 그 방향은 다자이에서 이상으로 향했다고 함이 타당할 것이
다. 실제로 1년 사이에 집중적으로 나온 이상의 글쓰기 안에는 다자이 오사무
의 영향으로 추정되는 구절들이 없지 않다.[37] 지금까지 살펴본 최국보의 「소년

---

[36] 김기림에게 보낸 공개 서신(1934.4)에서 소설을 쓰겠다고 했고, 6월 서신에서는 썼다고 했
다. 10월 서신에서는 「날개」에 대한 김기림의 평에 대한 반응과 함께, 「종생기」를 쓰는 중이라
는 말이 나온다. 11월 서신은 마지막 서신으로, 동경에서 보낸 것으로 되어 있다. 『이상 전집』
3, 226~233쪽.

[37] 그중 대표적인 것이 이상의 수필 「행복」(1936)과 다자이 오사무의 단편 「잎」(1934)에 공히
등장하는 남녀의 동반 자살 장면이다(이 점은 노지승의 「이상의 글쓰기와 정사」, 『겨레어문
학』 44, 2010.6에서 지적되었다). 죽기 전 여성의 입에서 나온 이름이 함께 투신한 남성의 이
름이 아니라는 점에서 둘은 일치한다. 이것이 이상의 경우는 대단한 아이러니이지만, 다자이
의 경우는 반드시 그렇다고 할 수도 없다는 점에서 차이가 난다. 다자이의 경우 남녀의 동반
자살은 서로의 애정이 동반되지 않은 것(이것은 아쿠타가와가 시도하려 했던 것으로서, '플라
토닉 더블 수어사이드'라 지칭했다)이기 때문에 죽어가는 여성의 입에서 다른 남자의 이름이
나온다고 해도 아무런 아이러니가 아니다. 다자이가 실제로 시도했던 동반 자살의 시도가 그
러하고(요컨대 죽을 만큼 서로 사랑해서 동반 자살했던 아리시마 다케오 같은 경우가 아니라
는 것이다), 그의 단편들(「잎」, 「어릿광대의 꽃」)이나 『인간 실격』의 경우에 등장하는 동반 자
살 시도 역시 기본적으로 그러하다.
또한 본문의 ⓐ, ⓑ, ⓓ에서 확인할 수 있듯이, "바둑"이나 "지성의 극치"라는 구절, 그리고 인용
문에 등장하지 않는 "자의식 과잉" 같은 구절들도 일치하는데, 이것은 직접적 영향일 수도 있
겠으나, 크게 보자면 아쿠타가와의 자살이라는 현상으로 인해 생겨난 지적 유행어를 함께 받
아들인 것으로 보는 게 타당해 보인다. 이를테면, "사회는 어떠쿵, 도덕이 어떠쿵, 내면적 성찰

행」시구절도 그중 하나일 수 있겠다.

　그러나 이상과 다자이 오사무를 나란히 놓았을 때, 영향 관계로 추정되는 이런 단편적인 부분들보다 훨씬 더 크게 다가오는 것은, 두 사람의 문학 세계에 끼친 아쿠타가와의 자살사건의 영향력이라고 해야 한다. 아쿠타가와의 자살을 매개점으로 하여 이상과 다자이가 연결되고 있다고 말해도 좋을 수준이다. 이 점은 일단「종생기」나「날개」의 다음과 같은 곳에서 확인된다.[38]

　　ⓐ 열세 벌의 遺書가 거의 完成해 가는 것이었다. 그러나 그 어느 것을 집어 내 보아도 다같이 서른 여섯살에 자살한 어느「天才」가 머리맡에 놓고 간 蓋世의 逸品의 亞流에서 一步를 나서지 못했다. 내게 요만한 재주 밖에는 없느냐는 것이 다시 없이 분하고 억울한 事情이었고 또 焦燥의 根元이었다. 眉間을 찌푸리되 가장 高邁한 얼굴은 持續해야 할 것을 잊어버리지 않고 그리고 계속하여 끙끙 앓고 있노라니까(나는 一時一刻을 虛送하지는 않는다. 나는 없는 智慧를 끊지지 않고 쥐어 짠다) 速達편지가 왔다. 少女에게서다.「종생기」,『이상 전집』 2, 380쪽. 강조는 저자, 이하 같음

　　ⓑ「박제가 된 천재」를 아시오? 나는 愉快하오. 이런 때 戀愛까지가 愉快하오.
　　肉身이 흐느적흐느적하도록 疲勞했을 때만 精神이 銀貨처럼 맑소. 니코틴이 내 횟배 앓는 뱃속으로 스미면 머리 속에 으례히 白紙가 준비되는 법이오. 그 위에다 나는

추구 적발 징벌은 어떠쿵, 자의식과잉이 어떠쿵, 제깜냥에 번지레한 칠을 해 내걸어온 치사스러운 간판들이 미상불 우스꽝스럽기가 그지없다"(「종생기」,『이상 전집』 2, 389쪽)에 '자의식 과잉'이 등장하는데, 이 말은, "명청한 녀석, 요즘에는 자의식 과잉이란 말을 어디서 하나 주워들어서는, 부끄러운 줄도 모르고 떠벌리고 다닙니다"(「다스 게마이네」,『다자이 전집』 1, 369쪽)에서는 지식 세계의 새로운 유행어로 취급되고 있기도 하다.
38　이상이 아쿠타가와 류노스케에게 받은 영향에 대해서는, 김윤식『이상연구』(문학사상사, 1988) 이래로, 조사옥, 고현혜, 김수안 등의 연구가 축적되어 있다. 고현혜는 아쿠타가와를 바탕으로 하여 이상과 다자이 오사무에 대해 살폈다. 조사옥,「이상문학과 아쿠타가와」,『일본문화연구』 7, 2002; 고현혜,「이상과 다자이 오사무의 동반 자살 모티프 연구」,『인문논총』 70, 2013; 김수안,「자살의 자격, 소설 쓰기 방법으로서의 종생」,『비교문학』 86, 2022.

위트와 파라독스를 바둑布石처럼 늘어놓소. 可憎할 常識의 病이오.

　나는 또 女人과 生活을 設計하오. 戀愛技法에마저 서먹서먹해진, 知性의 極致를 흘깃 좀 들여다 본 일이 있는 말하자면 一種의 精神奔逸者 말이오. 이런 女人의 半 ─ 그것은 온갖 것의 半이오 ─ 만을 領收하는 生活을 設計한다는 말이오. 그런 生活 속에 한 발만 들여놓고 흡사 두 개의 太陽처럼 마주 쳐다보면서 낄낄거리는 것이오. 나는 아마 어지간히 人生의 諸行이 싱거워서 견딜 수가 없게끔 되고 그만둔 모양이오. 끝 빠─이.「날개」,『이상 전집』2, 318쪽

　ⓐ의 '천재'라는 말이, 1927년 두 편의 유작을 남기고 세는 나이 36세에 자살한 아쿠타가와라는 것은 문면 자체에서 매우 분명하다. 「날개」의 유명한 서두인 ⓑ에서, 따옴표와 함께 등장한 '박제가 된 천재' 역시 아쿠타가와를 지목하는 것으로 보는 게 합당한 판단이겠다. 아래의 ⓒ에서 알 수 있듯이, '박제'라는 단어는 아쿠타가와의 죽음과 매우 강하게 연결되어 있기 때문이다.[39]

　ⓒ 그는 「어떤 바보의 일생」을 다 쓴 후, 어느 고물상 가게에 백조가 있는 것을 우연히 발견했다. 그것은 목을 치켜들고 서 있었지만, 누렇게 바랜 날개조차도 벌레가 먹은 자국이 있었다. 그는 그 자신의 일생을 생각해 보고, 눈물과 냉소가 치밀어 오르는 것을 느꼈다. 그의 앞에 있는 것은 단지 **발광**이거나 아니면 **자살**뿐이었다. 그는 해질 무렵의 길을 혼자 걸어가면서, 서서히 그를 없애려는 운명을 기다리기로 결심했다.[40]

39　이어령과 김윤식 등의 초기 연구자들은 "박제된 천재"를 이상 자신이라 판단했으나, 조사옥은 이것을 근거로 "박제된 천재"가 아쿠타가와일 가능성이 크다고 조심스럽게 밝혔다. 조사옥, 위의 글, 356쪽.

40　조사옥 편, 「어떤 바보의 일생」,『아쿠타가와 류노스케 전집』6, 제이앤씨, 2015, 402~403쪽.

인용문 ⓒ는 아쿠타가와의 유작「어떤 바보의 일생」의 한 대목이다. 그는 자살을 결행하기 2년 전부터 치밀하게 준비해왔으며, 그 과정을 두 통의 유서에 기록했다. 둘 모두 고등학교 때부터의 친구였던 작가 구메 마사오에게 보낸 글이다.「어느 옛친구에게 보내는 수기」는 자살 결행에 임하는 마음을 기록한 편지이고,「어떤 바보의 일생」은 구메 마사오에게 발표 여부 등을 일임한 것이지만, 글 자체는 수신자를 특정하지 않은 자기 삶의 회고록에 해당한다. 대학 시절 이후 죽음에 이르는 자신의 반생을 3인칭으로 포착하여 51개의 단장 형식으로 나누어 놓았다. 그중 49장은 제목이 '박제된 백조'이며, ⓒ는 그중 절반에 해당한다. 자살 결행에 임박한 아쿠타가와가 박제된 백조에서 자신의 사후 모습을 발견하고 있는 대목이다. 아쿠타가와는 등단작이 소세키에 의해 극찬을 받은 후 다이쇼 시기를 대표하는 작가로서 높은 명성을 얻었으니 백조라 할 만하고, 자살을 결심한 이후 마음이 이미 죽음에 가까이 다가가 있으니 내실로 보자면 그는 이미 벌레 먹고 누렇게 바랜 박제와 다를 바 없다.

이렇게 보면, ⓑ의 인용에 나오는 '박제된 천재'가 누구인지는 매우 분명해진다고 해도 좋겠다. 그런데 이상은 왜 죽음을 향해 가는 아쿠타가와에게서 작가로서 자신의 이상을 발견한 것일까. 이상의 생애를 고려해보면 납득할 만한 이유들이 생겨난다. 무엇보다도 지적되어야 할 것은 아쿠타가와의 경우와 다른 이유이기는 하지만, 이상 자신도 스스로에게 박두해오는 죽음의 그림자, ⓒ에 등장하는 아쿠타가와의 표현을 빌리자면 "서서히 그를 없애려는 운명"을 느끼면서 살아야 했다는 사실이다.

아쿠타가와는 자신의 모친이 정신 질환으로 세상을 떠났다는 가족력이 있기도 했거니와, 환각을 동반한 신경증과 우울증, 그리고 무엇보다 불면증으로 고통을 받았다. 이런 사실은 두 편의 유서와「톱니바퀴」[1927] 같은 말년의 작품에 서술되어 있다. 여기에 묘사되어 있는 것은 눈앞에서 톱니바퀴가 돌아가는 환각으로 고통 받는 작가 자신의 모습이다. 이에 비해, 이상에게 닥쳐온 것은 당시 불치병이었던 폐결핵이었음은 잘 알려진 바와 같다. 그는 20세이던 1930년에 첫 각혈을 하고, 1933년 2차 각혈을 한 후 공무원직을 사임하고 온천으로 요양을 가야 했다. 그러니까 이상은 20대 초반에 이미 죽음의 선고를 받은 처지결핵은 1944년 스트렙토마이신이 발견되고 1952년 이소니지아드가 도입될 때까지, 암과 더불어 대표적인 난치병으로 존재했다[41] 로, 매우 짙은 죽음의 그림자 속에서 살아야 했던 셈이다. 폐결핵과 각혈로 인해 그가 겪어야 했던 고통과 불안은 그의 시 속에 감추어져 있으며, 그가 남긴 미발표 유고에 직접적으로 노출되어 있기도 하다.[42]

게다가 두 사람 모두 양자로 자라났다는 공통점도, 자연인 김해경이 인간 아쿠타가와에게 느꼈을 또 하나 공감의 요소일 수 있겠다. 아쿠타가와는 모친의 정신 질환으로 인해 외가에 입양되었고, 이상은 자식 없는 백부 집에 양자로 입적되었던 이력의 소유자이다. 물론 이런 요소는 부차적인 것이지만, 기본적으로는 이상이 아쿠타가와의 유서에 뜨겁게 반응하고 있었다는 점을 감안한다면, 그 뜨거움을 증가시키는 요소로 작동하기에는 충분해 보인다.

한편, 다자이 오사무가 아쿠타가와에게 얼마나 깊이 경도되었는지는 이미 잘 알려져 있는 바와 같아서, 히로사키 고등학교 시절 문학청년이었던 그는 이미 아쿠타가와의 작품 세계에 깊이 몰입해 있는 상태였다.[43] 게다가 다자이는 아쿠타가와가 자살을 결행하기 2개월 전, 아오모리에서 열린 강연회에서 그의 음성과 살아생전의 모습을 접한 적이 있다. 임시로 편성된 아쿠타가와의

---

41 Susan Sontag, *Illness as Metaphor*, London : Penguin Books, 1991, p.12.

42 이상의 문학이 지닌 결핵 문학의 속성에 대해 가장 크게 강조했던 것은 김윤식의 연구이다. 『이상연구』의 2장과 3장이 여기에 할애되어 있다. 그러나 이상의 문학에서 결핵으로 초래된 고통의 표현은, 발표된 작품과 미발표 유고 사이에는 큰 차이가 난다. 생전에 발표된 글쓰기에서는 다양한 방식으로 감추어져 있는 데 비해, 유고로 발표된 수필 「병상 이후」에는 고통이 생생하게 드러난다. 이런 이중성이야말로 이상이 지닌 '문학에 대한 예의'에 해당하는 것이다. 자세한 사항은, 졸저, 『사랑의 문법』, 4-3절에 있다.

43 아쿠타가와가 다이쇼 시대의 대표자였던 것처럼, 다자이는 '쇼와 시대의 아쿠타가와'가 되겠다는 작가적 집념을 지녔다고 여러 사람들이 증언한다. 相馬正一, 『評傳 太宰治』上下, 津輕書房, 1995, 97~98쪽.

강연 소식이 알려지자, 친구와 동생, 조카 등과 함께 참석했던 것이다. 그런 다자이였기에, 강연 이후 불과 2개월 만에 알려진 아쿠타가와의 자살 뉴스는 "마른하늘의 날벼락"[44] 같은 것이었다고 해도 그리 지나친 표현은 아닐 것이다. 아쿠타가와에 대한 공감과 경도라는 점에서 보자면, 이상보다는 다자이 오사무 쪽이 훨씬 더 강렬했다고 해야 할 것이다. 각자가 남긴 문면으로 보자면 우열을 가릴 수 없겠지만, 채록된 증언의 양으로 보자면 아쿠타가와를 사숙했던 문학청년 다자이 쪽이 압도적이라고 해야 할 것이다.

이런 맥락에서, 「다스 게마이네」의 다음과 같은 대목을 보면 아쿠타가와를 바탕으로 이상과 다자이 오사무가 겹쳐지는 것을 확인할 수 있게 된다.[45]

ⓓ"이런 괴담은 어떨까?" 바바는 아랫입술을 살짝 다셨다. "지성의 극치라는 건 분명 있네. 온몸에 소름이 돋을 정도의 무간나락이지. 그걸 살짝이라도 엿보고 나면, 그 사람은 한마디도 할 수가 없게 돼. 붓을 쥐어도 원고지 구석에 자화상을 그리거나 낙서를 할 뿐, 한 자도 쓸 수가 없네. 그런데도 그 사람은 세상에서 가장 무시무시한 소설 하나를 남몰래 계획하지. 세상 모든 소설이 졸지에 따분해지고 식상해지는 그런 소설을 말이야. (…중략…) 이런 자의식 과잉에 관해서도 이 소설은, 바둑판 위 바둑돌처럼 시원스러운 해결책을 제공하지. 시원스러운 해결책? 그게 아니야. 바람 한 점 없음. 컷 글라스. 백골. 이런 완벽한 상태를 두고 산뜻한 해결이라고 하는 거겠지.

---

44 강연회는 1927년 5월 21일 '개조사' 주최로 아오모리에서 열렸다. 아쿠타가와는 홋카이도 강연에서 돌아오는 길에 합류하여 '나쓰메 소세키'라는 제목으로 30분 강연을 했다고 한다. 아쿠타가와의 자살은 1927년 7월 24일의 일이다. 인용은 위의 책, 92쪽.

45 일단 문구에서 겹치는 대목을 지적해두자. '지성의 극치'라는 표현은 인용문 ⓑ의 「날개」에 나오는 대목과 일치한다. '지성의 극치'라는 말로 이상과 다자이 오사무가 공히 지칭하고 있는 것은 자신의 자살까지 매우 냉정하고 이지적인 방식으로 처리하고 있는 아쿠타가와의 모습이다. 좀더 구체적으로는, ⓑ의 「날개」에서 "지성의 극치"는 "박제된 천재"(아쿠타가와)와 연결되어 있고, ⓓ의 「다스 게마이네」에서 "지성의 극치"는 "미쳐버리든, 자살을 하든"이라는 표현(이것은 「어떤 바보의 일생」에서의 '발광이거나 아니면 자살'과 겹쳐진다)과 이어진다. 그러니까 둘은 모두 아쿠타가와의 유서 「어떤 바보의 일생」과 이어져 있는 셈이다.

(…중략…) 그런 소설은 반드시 있네. 그러나 이런 소설을 계획한 사람은 그날부터 곧바로 비쩍 말라버려서, 결국에는 **미쳐버리든, 자살을 하든,** 벙어리가 되지. 자네도 알다시피 라디게는 자살을 했어. 콕토는 미칠 것 같아서 온종일 아편만 해댔고, 발레리는 십 년 동안 벙어리로 살았다지. 이 한편의 소설을 둘러싸고, 일본에서도 한때 상당히 비참한 희생자가 나왔다네. 실제로, 말이야. "「다스 게마이네」, 『다자이 전집』 1, 364쪽

이 인용문은 「다스 게마이네」의 독특한 인물 바바가 자기가 생각하는 소설에 대해 사노 지로에게 말하는 부분이다. 바바가 꿈꾸는 "세상에서 가장 무시무시한 소설"이란 물론 다자이 오사무 자신의 것이라고 해야 하겠다. 이 시점의 다자이에게 소설은 종국적으로 '지성의 극치'를 지향하는 것, 그 구극적 지점을 자기 목숨으로 보여주어야 할 것으로서, 장차 자기 자신이 이루어내야 할 것이다. 그 뒤의 문학적 여정을 보자면, 다자이 오사무는 뒤이어지는 자살 시도들을 소설로 만들어냈으며, 결국 『인간 실격』[1948]을 자신의 유작으로 남겼다. 생목숨을 갈아 만든 죽음의 그림자가, 삶과 죽음에 대한 냉정한 투시를 감싸 안고 있는 것이 곧 "무시무시한 소설"이라면, 다자이 역시 필생의 갈력으로 그 영역에 한 발쯤 걸쳐놓은 것이라 해야 하겠다.

반면, 이상의 「날개」에서 '지성의 극치'라고 지칭되는 세계를 구성하는 것은 한 쌍의 남녀이다. ⓑ의 인용문에 나오듯 "지성의 극치를 좀 흘깃 들여다본 일이 있는" 여성, 너무나 지적이어서 기법으로서의 연애 같은 것에도 염증이 나버린, 그래서 광인처럼 보이기도 하는 존재로서의 여성^{여기에서는 「종생기」의 주인공인 신여성과 「날개」의 주인공 연심 = 금홍이 구분되어야 할 이유가 없다. 둘은 모두 주인공 이상에게 어울리는 파트너이기 때문이다}이 한편에 있고, 그리고 그런 여성과의 삶을 설계하는 남성으로서의 이상^{작가이자 동시에 주인공이기도 하다}이 그 반대편에 있다. 여기에서 그들이 벌이는 게임을 기록한 것이, 1년이 안 되는 시간 동안 이상이 발표한 다섯 편의 단편들이다.

이상의 서사 세계 속에서 남녀 주인공들이 무슨 일을 하는지는 톺아보지 않

아도 자명하겠다. '탕아의 서사' 속에서 남녀 관계 이야기는 기본적으로 비밀과 거짓말을 둘러싸고 만들어지는 것이기 때문이다. 속이는 줄 알면서 속아주고, 속아주는 줄 알면서 속이는 일이다. 그것은 또한, 속이는 줄 모르면서 속이고, 속는 줄 모르면서 속는 일이기도 하다. 의식과 무의식의 비밀과 거짓말이 치정 문제에 얽혀 거미줄처럼 늘어서 있으되, 그것은 그저 거미줄 정도의 끈적임이라 치명적이지는 않다. 그런데 문제는 그 세계에 거대한 독거미처럼 죽음이 침입해 들어올 때다. 이상의 돌연한 죽음은, 그가 만든 명랑한 비밀과 거짓말의 세계가 사실은 죽음의 거대한 그림자 속에서 움직이고 있었음을 새삼 일깨워주는 것이다. 제 아무리 발랄한 재치와 익살이라 해도 그것을 구사하는 주체가 죽음이라면, 그 질감은 매우 다른 차원의 것일 수밖에 없다. 그것이 "文學千年이 灰燼에 돌아갈 地上最終의 傑作"[46]이라 표현되었거니와, 이는 다자이가 작중인물 바바를 통해 꿈꾸었던 '지성의 극치'를 달리는 "무시무시한 소설"과 같은 차원에 있는 것이라 해야 하겠다.

요컨대 이상과 다자이의 세계는 모두 재치와 익살을 기본 재료로 구성된 것이되, 여기에서 강조되어야 할 것은 그 세계가 죽음에 대한 예민한 감수성의 지반 위에 축조되어 있다는 사실이다. 중증 폐결핵 환자 이상이나 습관적 자살 실패자 다자이 오사무의 세계에 죽음의 향기가 감도는 것은 당연하다고 간주될 수도 있겠다. 이들의 세계에서 자살은 종종 처세술의 일종으로 취급되기도 한다. 그럼에도 이들의 세계에 죽음의 표지들이 천연덕스럽게 혹은 야단스럽게 노출되어 있는 것은, 일반적인 시선에서 보자면 당연한 것일 수는 없다. 그런 모습이 어떻게 이해되어야 할까. 이들의 문학을 지배하는 죽음 충동의 작용이라고 말해야 할까. 오히려 그 반대라 해야 할 수도 있다. 죽음 충동은 소리 없이 작동하는 것이기 때문이다. 그러니까 이들의 세계에서 드러나는, 실패한 자

---

46 이상이 김기림에게 보내는 1936년 10월의 편지에서, 자신의 「종생기」에 대해 쓴 표현이다. 당연히 아이러니이다. 『이상 전집』 3, 231쪽.

살 시도와 임박한 죽음의 느낌 속에서 오히려 힘 있게 작동하는 것은 생명을 향한 에로스의 힘이라 할 수도 있다는 것이다.

어떤 경우건 분명한 것은, 이들의 문학 세계에서는 삶과 죽음이 매우 극단적인 방식으로 접합되어 그 접점에서 스파크가 튀어오르고 있다는 사실이다. 그것은 당면한 비극의 무시무시한 아가리를 연애 게임이라는 작은 행복으로 덮어두는 일이기도 하고, 또한 유한자로서 인간이 감당할 수밖에 없는 비애를 마조히즘의 익살과 어릿광대 연기로 덮어버리는 일이기도 하다. 죽음의 표지들을 야단스럽게 앞세우는 행위 자체의 의미를 파악하는 일 역시 어렵지 않다. 과장이란 일종의 반동형성reaction formation일 수밖에 없기 때문이다. 그것은 죽음의 표지를 과장함으로써 죽음의 위력을 방어하는 것, 죽음과 친한 척하면서 거기에 수반되는 공포와 불안을 길들이는 방식이라는 것이다.

문학이라는 매체의 존재론을 염두에 둔다면, 여기에서 정작 주목되어야 할 것은 삶과 죽음의 극단적 접합이 만들어내는 정동이다. 죽음 앞에서 전개되는 익살 광대극의 바탕에는, 그런 우스꽝스러운 연기를 할 수밖에 없는 자기 자신에 대한, 그리고 동류 인간에 대한 연민과 비애가 자리 잡고 있다. 불안과 공포가 사라지는 자리에 들어서는 비애와 연민은, 자기 운명을 관조하는 자가 지닐 수밖에 없는 정동이며, 스피노자의 신을 받아들여버린 근대인의 마음 가장 깊은 곳에서 작동하는 것이기도 하다. 아쿠타가와의 자살이라는 공통의 스프링 보드가 있어서 이상과 다자이의 '탕아 서사'의 세계가 가능했다고 함도 그 때문이다. 아쿠타가와가 생애의 마지막에 남긴 유작들의 세계가 그 표본이 된다.

8. 스프링보드 위의 까마귀

'탕아 서사'의 세계를 지배하는 것은 불길한 명랑성이다. 발랄한 문장과 서사의 유희성이 표면을 도포하는 가운데 죽음의 침중한 분위기가 뒤섞여 있는 까닭이다. 아쿠타가와의 세계에서 죽음은 관조의 침착함과 함께 있었으나, '탕아의 세계'에서 압도적인 것은 죽음의 시선과 함께 하는 놀이판의 모습이다. 죽음은 이제 저 멀리 어두운 객석에서 우리를 지켜보는 것이 아니라, 무대 위로 끌려나와 함께 춤을 춘다. 물론 죽음은 신체가 없어 춤을 출 수가 없다. 죽음이 춤추기 위해서는 몸을 지녀야 한다. 죽음이 몸을 받아서 형체를 갖춘 세계가 곧 이상과 다자이의 문학 세계이거니와, 특히 죽음의 시선과 벌이는 유희에 관한 한, 이상의 연작시 「오감도」에서 펼쳐지는 세계가 압도적이다.

「오감도」 연작에서 자주 구사되는, 동일한 구절이나 형태의 통사론적 반복은 그 자체가 죽음 충동의 신체가 된다. 반복은 유희성을 만들어내고 난해성은 텍스트 밑에 도사리고 있는 죽음의 시선을 분산시켜 놓는다. 그 둘의 결합으로 불길한 명랑성의 세계가 만들어진다. 막다른 골목길을 질주하는 '무서운/무서워하는' 아이들의 모습「오감도 제1호」이 대표적이다. 흙비가 내리는 중에 광채 넘치는 해골이 번쩍거리고, 높은 탑에 갇힌 독사나 나무처럼 땅에 심겨져 옴짝달싹하지 못하는 사람들의 세계「오감도 제7호」이기도 하다. 면도칼에 잘려진 팔을 촛대 삼아 방안을 장식하고, 시퍼렇게 질린 팔의 모습에 대해 나를 두려워하는 예의범절이라서 사랑스럽다고 말하는 사람의 세계「오감도 제13호」이기도 하다.

시의 표면에 노출되어 있는 의미론적 난해성은 스스로를 드러내고자 하는 진실의 비 / 존재를 은폐해버린다. 노골적으로 인공적인 난해성 자체가, 진실이 드러나는 것에 대한 격렬한 거부감의 표현이라고 해도 좋겠다. '탕아의 세계'에서 진실의 드러남은 곧 진실 아님진실의 비-존재의 드러남이기 때문이다. 그렇다고 해서 진실이 존재하지 않는다고 할 수도 없다. 전면에 도포된 난해성 아래에 꿈틀거리고 있는 것이 곧 진실의 실체이기 때문이다. 여기에서 치명적인 것은 진실을 감싸고 있는 막을 벗겨버리는 것이다. 진실은 오로지 무대 옷을 입고 춤을 추고 있는 순간에만, 오직 감춰진 것으로만, 부정적인 것으로만 존재할 수 있다. 포획되어 발가벗겨진 진실은 이미 진실이 아닌 것이 되고 만다.

반복과 난해성으로 구성된 세계의 지배자는 허공에서 내려다보는 까마귀의 시선이다. '조감도鳥瞰圖'에서 '오감도烏瞰圖'로의 변화가 뜻하는 바는 자명해 보인다. 새의 시선이 지닌 추상성이 까마귀의 시선으로 구체화되면 시선 자체에 사물성의 색채가 덧씌워진다. 스피노자적 신의 자리에 들어선 죽음은 무색투명한 추상적 존재이지만, 까마귀의 시선은 구체적 표정과 느낌을 지닌다. 이 시선에 노출되면, 자기 존재를 드러낼 수 없는 추상적 존재인 죽음은 해골 옷을 입은 배우가 된다. 해골의 모습이 되어 엉덩이춤을 추는 무대 위의 죽음은 공포스러우면서도 귀여운, 기이한 발랄함이 된다.

반복의 유희성과 의미론적 난해성이 어우러지면서 생겨나는 불길한 명랑성은, 스피노자적 신의 시선이 지닌 비애와 연민을 크게 출렁이게 하는 힘이 된다. 아쿠타가와의 세계에 선명하지만, 이상과 다자이의 세계에 존재할 수 없는 것은 차분함이다. '탕아 서사'에서 넘쳐나는 재치와 익살이 관조적 시선의 차분함을 뒤흔들어놓는 까닭이다. 이것은 연기일 뿐이라고 소리치며 펼쳐내는 어릿광대의 익살 연기는, 진정성을 교란하고 디테일을 비틀어 자기반영성의 덫과 함정을 만들어놓는다. 작가 이상이 주인공 이상을 투입하고, 작가 다자이 오사무가 주인공 다자이 오사무와 오바 요조를 곳곳에 매설해 놓은 탓이다.

자기 자신을 어릿광대라고 주장하는 주인공들의 존재는 삶 자체가 한바탕의 연극에 불과한 것임을 환기시킨다. 그런 점에서 '탕아 서사'의 세계는, 세상은 커다란 무대이고 인생은 한바탕 연극이라는 생각의 바탕 위에서 펼쳐졌던 바로크시대 유럽 드라마[47]의 정신적 후예이다. 이 세계에서 서사를 만들어내는 인물들은 연기를 하면서 가끔씩 사다리 위를 올려다보며, 내 연기가 제대로 통하고 있는지 운명의 연출자를 향해 묻곤 한다. 문제는 그 소리를, 연출자만이 아니라 객석의 독자들이 함께 듣는다는 것이다. 그러니까 배우들이 연출자에게 하는 말을 듣는 순간 독자들은 그들 역시 연출자들이 있는 곳으로 올라가게 된다. 청년 아쿠타가와와 같은, 사다리 위에서 내려다보는 시선을 지니게 된다. 그러나 '탕아 서사'를 제대로 내려다보기 위해서는 거기에서 한발 더 나아가야 한다. 죽음으로의 도약을 위한 스프링보드에 올라서야 한다. 발을 굴러 도움닫기를 하는 순간, 날아오르는 것은 까마귀 한 마리, 곧 죽음의 신체이다. 사다리에서 도약하여 허공에 떠오른 까마귀의 시선은 작가의 시선이자 동시에 독자의 시선이기도 한 것이다. 그것이 곧 '탕아 서사'를 지배하는 시선이다. 저 하늘 위에서 까마귀가 우리를 내려다본다.

한 사람이 그 시선에 노출된다면 어떤 일이 벌어질까. 물론 자기 행동을 바라보는 자기 자신의 시선이라면 우리 자신에게 그다지 낯설지 않은 것이다. 사람은 누구나 전후좌우에서 우리 자신을 내려다보는 자기 자신의 카메라에 노출된 존재이기 때문이다. 게다가 우리는 모두 죽을 운명이라는 사실도 다 알고 있다. 그런데 문제는 자기를 바라보는 시선에서 익숙함이 사라질 때이다. 카메라 돌아가는 소리가 들리고 카메라의 시선이 의식되면 사람의 행동은 연기가 되고, 자기 자신과의 불일치가 생겨난다. 그때 작동하는 것이 곧 죽음의 시선, 까마귀의 시선이다.

사람은 누구나 죽기로 예정된 존재이며, 또한 자기 서사를 지닌 채로 자기 자신을 연기하면서 사는 존재이다. 스스로를 연기한다는 것은, 남들 보라고 짐짓 과장이나 거짓으로 연기를 한다는 말이 아니다. 자기도 의식하지 못하는 사이에 자기 자신으로서 행동하는 것, 자기 스스로에게 부여된 역할을 자연스

---

47 이에 관한 자세한 것은, 졸저, 『풍경이 온다』, 나무나무출판사, 2019, 1장 7절에 있다.

럽게 수행하는 것을 뜻한다. 일상적인 행동을 현실이 아닌 '연기'로 만드는 것, 자기 자신과의 간극을 드러내 자기 자신과의 불일치를 일깨워주는 것이 바로 저 까마귀의 시선이 지니는 힘이다.

해골이 지닌 건조한 무표정이 그 힘의 상징이다. 안와의 검은 공백이 뿜어내는 침묵의 응시에 사로잡히는 것, 그 치명적 덧없음에 정서적으로 노출되는 것은 매우 위험한 일이다. 아쿠타가와와 이상, 다자이 오사무는 이미 죽음의 응시에 사로잡힌 존재들이었다. 아쿠타가와가 만들어낸 허구로서의 소설 세계가 그 시선에 대한 방어이자 회피라면, 이상과 다자이가 만들어낸 '탕아 서사'의 세계는 죽음의 응시 앞에서 벌이는 필사적인 광대 연기에 해당한다.[48]

앞에서 나는 아쿠타가와의 자살이 이상과 다자이 오사무를 '탕아 서사'의 세계로 도약시킨 스프링보드라고 했거니와,[49] 스프링보드에서 튕겨진 몸은 어딘가로 다시 낙하해야 한다. 까마귀가 되어 하늘을 날아오른다 해도 다시 땅으로 내려와야 한다. 그들이 낙하한다면, '탕아'들의 몸을 받아내는 것은 비애의 바다이자 존재론적 폐허일 수밖에 없다. 자기 자신을 연기함으로써 삶이 생생해지는 '탕아'들에게 그것은 견딜 수 없는 일이다. 낙하하지 않을 수 있는 방법은 단 하나, 스프링보드에서 튀어오르는 순간을 정지시키는 것, 까마귀가 되어 비상하는 순간을 시적 순간으로 응결시켜버리는 일이 곧 그것이겠다. 그

---

48 이와 관련하여, 김기림에게 보낸 편지(「사신(私信) 3」)의 다음과 같은 구절이 매우 인상적이다. "小說을 쓰겠오. 「おれ達の幸福を神樣にみせびらかしてやる」 그런 駭怪망측한 小說을 쓰겠다는 이야기요." 『이상 전집』 3, 226쪽. 인용된 일본어 구절은 '우리 행복을 하느님께 자랑해 보일 거야'라는 뜻으로, 문맥에 따르면 〈FAU薔薇新房〉이라는 영화에 나오는 것으로 추정된다.

49 스프링보드라는 말은 동반 자살과 관련하여 아쿠타가와가 썼던 단어이다. 혼자 죽음의 세계로 가는 일이 힘들어 죽음의 동반자가 필요하다는 것이었다. 「어떤 바보의 일생」에 따르면, 마음의 준비가 무르익어 아쿠타가와는 스프링보드 없이도 홀로 죽음의 세계로 갈 수 있었다. 이상과 다자이는 스프링보드로 상징되는 죽음 앞의 망설임에 대해 각각의 방식으로 오마주를 바쳤다. 이상은 스프링보드라는 구절을 인용했고, 다자이는 아쿠타가와가 시도하지 않은 동반 자살을 감행했다.

들이 만들어놓은 텍스트의 세계가 그것이거니와, 그것은 작가 자신을 이른바 '실패자'로 내세움으로써 가능케 되는 일이다. 다자이 오사무의 경우는 네 번에 걸친 자살 실패자가 되는 일, 그리고 이상에게는 역설적이게도, 삶의 마지막 발버둥인 동경행에서 일본 경찰에게 체포되어 유사-옥사하는 일이 곧 그것이다. 다자이는 다섯 번째 자살 시도에 성공함으로써 '실패자' 되기에 '성공' 했지만, 일본 제국주의 경찰에 살해당한 이상은 자살할 기회조차 얻지 못한 셈이다. 그럼으로써 이상은 자신의 본의와는 무관하게, 제국주의 지배의 폭력성과 모더니즘문학의 근저에 놓여 있는 지적 혁명성을 증언하고 있기도 하다.

그러니 동아시아 근대 서사의 이 막내들이 사랑받을 수밖에 없는 까닭에 대해서도 이제는 좀더 분명하게 말할 수 있게 된 듯싶다. 사람들의 발밑에 버티고 있는 비애의 세계와 그로부터 솟구치려는 안간힘이라면, 스피노자의 세계를 사는 근대인이라면 언제고 한번은 직면할 수밖에 없는 것이다. 또한 치명적 공허감으로 사지가 결속되는 것이 실패라면 우리 모두는 그들과 마찬가지로 '실패자'일 수밖에 없다.

이상의 소설 「동해」의 한 구절을 인용하는 것으로 이 논의를 마무리 짓자. 이상의 등장을 경이롭게 바라보았던 최재서, 그리고 이상의 삶을 깊은 곳까지 들여다보았던 김윤식을 경탄케 했던 구절이기도 하다.[50]

暴風이 눈앞에 온 경우에도 얼굴빛이 변해지지 않는 그런 얼굴이야말로 人間苦의 根源이리라. 실로 나는 鬱蒼한 森林 속을 진종일 헤매고 끝끝내 한 나무의 印象을 훔

---

50 김윤식은 『이상 전집』 2의 주석에서 다음과 같이 썼다. "이는 괴테의 『파우스트』에서 악마 메피스토펠레스의 입으로 말해지고, 헤겔이 그의 『법의 철학』 서설에 복창한 회색의 세계를 비로소 우리 문학도 접하게 된 가슴 설레는 장면이라 할 것이다." 『이상 전집』 2, 285~286쪽. 그는 또, 『이상연구』에서는 최재서를 놀라게 했던 구절이라며 동일한 단락을 인용했다. 앞의 책, 326쪽. 이런 진술은 1936년생 김윤식이 30여 년 전 한국문학의 볼륨을 전제로 한 것임을 감안해야 하겠다.

쳐 오지 못한 幻覺의 人이다. 無數한 表情의 말뚝이 共同墓地처럼 내게는 똑같아 보이기만 하니 멀리 이 奔走한 焦燥를 어떻게 점잔을 빼어서 求하느냐.『이상 전집』 2, 271쪽

기억해두어야 할 것은 이 단락 앞의 문장이 "얼떨결에 색소色素가 없는 혈액血液이라는 說明할 修辭學을 나는 내가 마치 姫이 편인 것처럼 敏捷하게 찾아 놓았다"이며, 이 세련된 문장들 모두가 한 여성의 정조를 둘러싼 너절하기 짝이 없는 삼각관계의 서사 속에 등장한다는 사실이다. 그런 점에서 이 문장들은 매우 지적인 까마귀의 시선에 의해 번역된 것인 셈이다.

9. 공리주의의 타자, '탕아 서사'

지금까지 이상의 「종생기」와 다자이 오사무의 「다스 게마이네」를 중심으로 하여, 두 사람이 형성하고 있는 공명 관계에 대해 살펴보았다. 두 소설에 각각 등장하는 최국보의 5언시 「소년행」의 1행과 2행이 그 교차점을 이룬다. 이것은 단순한 우연이라거나, 2년 후에 나온 이상의 소설이 다자이 오사무의 영향을 받았을 것으로 치부하면 그만인 문제일 수도 있다. 그러나 각각의 소설에서 시가 사용되는 맥락을 보자면 앞에서 살펴본 바와 같이, 이런 판단은 사실에 부합하지 않을 뿐더러 폭력적이기조차 하다. 그것은 마치 다자이 오사무가 전후에 쓴 「비용의 아내」1947가 이상의 「날개」1936의 영향을 받은 것이라고 주장하는 것과도 같다.

요컨대 여기에서 반드시 고려되어야 할 것은, 두 작가가 각자의 방식으로 자기 언어권 내부에서 이루어낸 문학 세계의 풍부한 자장이자 동시에 이 둘 사이에서 형성되는 친연성이다. 이 둘의 관계에 대해 영향이 아니라 공명의 방식으로 파악해야 하는 것은 그런 까닭이다.

이상과 다자이 오사무는 모두 전형적인 '탕아 서사'의 생산자였다. 두 사람의 문학이 보여주는 공명 관계는 그 결과라고 해야 할 것이다. 「날개」와 「비용의 아내」가 지니고 있는 구조적 유사성도 그런 친연성의 산물이듯이, 「종생기」와 「다스 게마이네」에 교차로 등장하는 최국보의 시 「소년행」 역시 이들이 동시에 지니고 있던 '탕아 서사'를 향한 특이한 의지의 발현물이라고 해야 할 것이다.

영향은 연결선이 필요하지만, 공명은 그렇지 않다. 서로 고립된 수평 상태에서 생겨나는 것이 공명의 효과이다. 영향 관계는 개체 발생의 계통을 수직적으로 올라가면 보다 분명해진다. 이들에게는 아쿠타가와 류노스케가 그런 존재일 것이며, 좀더 넓게는 20세기 동아시아에서 만들어진 문학과 근대성의 격렬한 결합이라는 사태가 영향의 원천으로 존재한다고 해야 할 것이다. 이 글은 그 맥락의 일단을 확인하고자 한 것이며, 논증을 위해 동원된 18세기 이후 한국과 일본에서 펼쳐진 문화사적인 맥락은, 동아시아아의 문화적 근대성 속에서 밑그림으로 존재하는, 매우 희미한 '탕아 서사'의 계보를 추적해 보기 위함이기도 하다. '탕아'란 근대를 지배하는 공리주의의 타자일 뿐 아니라 또한 윤리적 절대주의의 타자이기도 하기 때문이다.

제6장

실패의 능력주의

다자이 오사무의 삶과 문학에 대하여

1. 문학적 근대성의 시금석

다자이 오사무太宰治, 1909~1948가 생산해낸 텍스트들은 문학적 근대성의 한 극
단을 보여주는 시금석과도 같다. 그의 삶과 문학에서 가장 먼저 눈에 뜨이는
것은 그가 다섯 번의 자살 시도 끝에 세상을 떴다는 사실이다.[1] 어쩌다 그는 그
런 절망적인 시도를 다섯 번이나 반복해야 했을까. 이 문장은 의문의 형식이
지만 내용은 탄식에 가깝다. 그러나 잠시 충격의 순간이 지나고 나면, 이 문장
은 다시 문면 그대로 의문문이 된다. 다섯 번의 자살 시도라는 외양에 가려져
있던 진짜 질문이 생겨나는 탓이다. 그 질문은 다음과 같다. 어쩌다 그는 치명
적인 시도에서 네 번이나 실패했을까.

그의 생애에서 가장 현저한 것은 물론, 다섯 번의 자살 시도 자체가 웅변하
는 죽음에 대한 집요한 갈망이다. 그러나 네 번의 실패가 눈에 들어오기 시작
하면 사정이 달라진다. 자살 실패의 반복을 만들어낸 힘, 죽음을 방어하는 좀
더 강력한 힘이 있을 것으로 추정되기 때문이다. 무엇이 그를 네 차례의 자살
실패자로 만들었을까. 여기에서 우선 눈에 뜨이는 것은, 문학에 대한 갈망이
자살 충동 곁에 놓여 있다는 사실이다. 문학적 근대성이 죽음의 시선의 바탕
위에 생겨난다는 것을 고려한다면, 이것은 그리 이상한 일이 아니다. 하지만
여기에서 문제 삼아야 할 것은 문학과 죽음이 결합되는 다자이 고유의 방식이

---

1   1948년, 39세였던 그는 유작 『인간 실격』을 남기고 다마가와 조스이(玉川上水)에 몸을 던져
     운명했다. 다자이가 첫 번째로 자살을 시도한 것은 1929년 20세 때의 일이다. 이후로 네 번
     에 걸쳐 자살 시도를 했으니, 다섯 번째 시도에서 마침내 자살에 '성공'한 셈이다. 『太宰治大事
     典』에 따르면, 다자이 오사무는 1929년 12월 10일 밤 다량의 칼모틴을 삼키고 혼수상태에 빠
     져 다음날 오후 4시경에 의식을 회복한다. 이것이 확인된 첫 번째 자살 시도이다. 그런데 이
     보다 앞선 11월 경, 다자이 오사무가 신원미상의 여성과 동반 자살을 시도했다는 풍문이 있었
     다고 한다. 이것이 만약 사실이라면 6번의 자살 시도라고 해야 할 것이다. 志村有弘, 渡部芳紀
     編, 『太宰治大事典』東京 : 勉誠出版, 2005, 906쪽. 다자이의 삶의 세목들은 이 책과 相馬正一,
     『評傳太宰治』上下(津輕書房, 1995)에 따른다.

다. 그것은 특히 동아시아에 도래한 근대성 자체의 몰윤리성과 연관되어 있는 것으로 보인다.

다자이 오사무의 문학은, 근대 세계를 움직이는 마음의 역설을 포착해내는 데 매우 예민한 감광지와도 같다. 살아남기 위한 비굴이 아니라 죽음을 향해 가는 비굴, (가짜) 고백인 척하는 (가짜) 고백, 성공을 위한 능력이 아니라 실패의 능력주의 같은 것이 그런 예이다. 그 결과로 그의 세계에서 만들어지는 것은, 부정적 엘리트주의라는 어두우면서도 명랑한 세계이다. 윤리적 멸망의 세계 뒤에 감춰진 것은, 존재론적 간극으로부터 용출하는 무감한 절대자의 시선이다. 다자이의 세계에서 펼쳐지는 문학과 죽음 충동의 관계를 추적해가면서, 근대성과 능력주의가 만들어낸 핵심 정동인 부끄러움의 움직임과 그 의미를 살펴보는 것이 이 글의 최종적 지향점이다. 문학이 포착해내는 근대적 윤리의 역상, 실패의 능력주의가 그 지점에 있게 될 것이다.

2. 문학을 만드는 죽음, 죽음을 방어하는 문학

다자이 자살 시도의 이력[2]을 살펴보면, 거듭된 자살 실패에 대해서는 두 가지 대답이 가능해 보인다. 먼저, 다자이의 반복적 자살 실패를 단순한 나약함의 소산이라 함이다. 다자이 오사무가 형상화해낸 인물의 전형은 착하고 섬세하지만 연약한 멘탈의 소유자이다. 게다가 충동적인 성향을 지녀서 일반적 세

2　다자이의 자살 이력을 간단하게 정리해두면 다음과 같다. ① 1929년 12월 10일, 하숙에서 칼모틴 음독 자살 시도. ② 1930년 11월 28일, 가마쿠라 해안에서 다나베 시메코(田部シメ子, 1912~1930)와 칼모틴 음독 동반 자살 시도. 다나베만 사망함. ③ 1935년 3월 16일, 가마쿠라 산록에서 목을 맴. 미수. ④ 1937년 3월 20일경, 군마 다니가와다케 산에서 아내 하쓰요(小山初代)와 칼모틴 음독 동반 자살 미수. ⑤ 1948년 6월 13일, 야마자키 도미에(山崎富榮, 1919~1948)와 다마가와 조스이에 투신 자살.

상살이에 어울리지 않는 사람이다. 『인간 실격』¹⁹⁴⁸과 단편 「어릿광대의 꽃」¹⁹³⁵의 주인공 오바 요조가 대표적이다. 요조 역시 '자살 실패자'이다. 견디기 힘든 세상에서 조용히 사라지고 싶었으나 그마저 제대로 되지 못했다는 것이다.

그런데 다자이의 세계에서 나약함은 단지 중심인물의 성격에 그치는 것이 아니라 서사 전체의 윤리적 중핵을 이룬다는 점에서 문제적이다. 자살 시도가 한 개체에게 닥친 현실 적응 실패의 표현이라면, 자살 실패란 이중의 실패이자 진정한 실패이다. 다자이에게는 바로 그 실패야말로, 그리고 그것을 만들어내는 나약함이야말로 문학적인 것의 핵심 가치가 된다. 이것은 비굴과 수치가 넘쳐나는 그의 서사 전체에서 확인되는 것이기도 하지만, 만년의 다자이는, 문학은 약해야 한다고, 예술가라면 모름지기 나약해져야 한다고 크게 소리치기도 했다.³ 요컨대 그의 세계에서 자살 실패는 나약함의 결과일 수 있으되, 그 자체가 미학적 이념이자 서사적 윤리의 수준까지 고양되어 있다는 것이다.

다른 한편, 네 차례에 걸친 반복적인 자살 실패를 하나의 전체로 놓고 본다면 또 다른 그림이 그려진다. 소설 쓰기에 대한 욕망 자체가 죽음에 대한 방어였다는 답을 마련해볼 수 있겠다. 한발 더 나아가, 소설 쓰기에 대한 욕망이 그로 하여금 '자살 시도의 실패'를 감행하게 했다고 주장하는 것도 가능해진다. 다자이 자신이 목숨 건 문학에 대해 말하곤 했으나, 소설을 위해 목숨을 바치는 것은 불가능한 일이다. 소설은 살아 있는 몸이 있어야 쓸 수 있는 것이기 때문이다. 그러니 목숨 건 소설을 위해 필요한 것은, 자살이 아니라 자살 시도 실패인 것이다.

이런 주장이 가능한 것은, 반복되는 자살 실패 곁에 다자이 오사무의 문학

---

3 다자이는 「여시아문」(1948)에서 시가 나오야에 대해, "거기에는 예술가의 나약함이 전혀 없었다"(『전집』 10, 448쪽)라고 비난하고, 또 "좀 더 약해져라. 문학자라면 약해지라"(452쪽)라고 말한다. 인용은 『다자이 오사무 전집』 10, 정수윤 외역, 도서출판 b, 2014, 448·452쪽. 이하 이 책은 『전집』으로 약칭한다. 일본어판 텍스트는 『太宰治全集』 全10卷, 筑摩書房, 1988에 의거한다. 이 책은 『全集』으로 약칭한다.

세계가 매우 특이한 모습으로 자리 잡고 있기 때문이다. 자살 실패의 경험이 그의 글쓰기 속에서 지속적으로 반추되어서, 그 자체가 소설 쓰기의 중요한 동력이라는 느낌을 줄 정도라는 것이다. 물론, 죽음 충동으로부터 다자이의 생명을 방어한 것이 문학을 향한 욕망이었다는 주장은, 지금 단계에서는 다소 무리한 것일 수밖에 없다. 네 번의 자살 시도가 모두 의도된 실패였음이 전제되어야 이런 주장이 성립할 수 있는 까닭이다.

당연한 말이지만, 네 차례의 실패한 자살 시도 모두가 의도된 실패라고 단정하기는 힘들다. 오히려 죽음을 향한 갈망 자체의 진정성에 대해 의심하기는 어렵다 함이 사리에 맞는 판단이겠다. 무엇보다도 17년에 걸친 다섯 차례의 시도라는 사실 자체가 그런 판단의 강한 지지물이다. 네 번의 실패에 대해 말하더라도, 이를테면 두 번째 자살 시도에서 다자이 오사무는 살아남았지만 그와 함께 죽고자 했던 다나베 시메코는 죽는 데 '성공'했다는 사실도 염두에 두어야 한다. 혼자 살아남은 다자이에게 시메코에 대한 죄책감이 보이지 않는다는 점도 이에 대한 방증이 된다. 죽고자 했던 것이 다자이의 진심이라면, 홀로 세상을 떠난 여성에 대해 죄의식이 없는 것은 그리 이상할 것이 없다. 죽는 데 실패한 사람에게 어울리는 마음은, 미안함이나 죄스러움이 아니라 평화를 얻은 사람에 대한 부러움일 것이기 때문이다.

문학에 대한 욕망 자체로 보자면, 다자이 오사무가 삶의 방식으로 선택한 것이 소설 쓰기였고 그가 제대로 된 글쓰기의 성과를 매우 절실하게 원했다는 것은 의심할 수 없는 사실이다. 첫 창작집 『만년』[1936]을 내기 위해 자신이 바쳤던 노력에 대해 그는 이렇게 썼다.

나는 이 단편집 한 권을 위해 십 년을 헛되어 살았다. 십 년 내내, 시민들이 먹는 산뜻한 아침을 먹지 않았다. 나는 이 책 한 권을 위해, 몸을 의지할 곳을 잃고 끊임없이 자존심에 상처를 입어가며, 세상의 찬바람에 휩쓸리면서 어슬렁어슬렁 거리를 배회했다. 수만 엔을 낭비했다. 큰형의 고생에 머리가 숙여진다. 혀를 데고, 가슴을 태우고, 일부러 내 몸을 회복이 불가능할 지경까지 망가뜨렸다. 백 편이 넘는 소설을 찢어버렸다. 원고지 오만 장. 그리하여 남은 것이 겨우 이것뿐이다. 이것뿐. 원고지 육백 장에 가까운 분량이지만, 원고료는 통틀어 육십 엔 남짓이다.[4]

다자이 오사무가 보여준 소설가로서의 사회적 인정에 대한 갈망 역시 보통의 수준을 훨씬 상회한다. 그것은 자기 작품에 대한 자부심의 표현이면서 동시에 사회적 성공에 대한 조급함과 강박의 산물이다. 1935년에 있었던 제1회 아쿠타가와 상 심사가 끝난 후, 자신에게 불리한 평가를 했던 가와바타 야스나리의 심사평에 대해 강력하게 공개 반론을 썼던 것「가와바타 야스나리 씨에게」이나, 1948년 일본 문단의 대가 대접을 받던 시가 나오야의 좌담평에 대해 육두문자 수준의 격렬한 반론을 썼던 것「여시아문」 등이 그 대표적인 예이다.[5] 왜 그가 그토록 격렬하게 반응해야 했는지에 대해서는 좀더 논의할 여지가 있으나, 그 세부 사정과 상관없이 자신의 문학적 성과를 제대로 인정받고 싶다는 열망에 관한 한 매우 남다른 수준이었다고 해도 좋겠다.

다자이 오사무는 그런 강한 인정 욕구를 지녔음에도 어떻게 반복적으로 자살 시도를 했다는 것일까. 이것은 의아하지 않을 수 없다. 자살 시도는 삶에 관한 모든 욕망들에 대한 포기에 다름 아닌데, 죽고자 했던 마음이 진심이었음을 인정하면서 동시에, 글쓰기에 대한 욕망이 죽음에 대한 방어였다고 주장하는 것이 어떻게 가능할까.

일차적으로 현상 그 자체에 대해서라면, 그에게 소설 쓰기란 죽음까지 파고든 에로스라고 말하는 것은 가능하겠다. 이것은 단순한 수사학이 아니라 글을 쓰고자 하는 몸의 욕망과 무의식의 차원을 지칭하는 것이다. 제대로 된 글쓰

4　「생각하는 갈대(그 세 번째)」(1936),『전집』10, 87~88쪽.
5　「가와바타 야스나리 씨에게」와「여시아문」은 모두『전집』10에 수록되어 있다.

기를 강렬하게 원하는 몸이 '자살의 성공'을 막아냈다고, 무의식의 차원에서 작동하는 문학에 대한 욕망이 죽음에 대한 갈망을 제어했다고 함이 곧 그것이다. 물론 몸과 무의식의 차원에서 작동하는 의지에 대해 말하는 것은 그의 행위에 관한 사후적인 판단일 수밖에 없다.

결과적으로 보자면, 다자이 오사무는 자살 시도에서 네 번 실패했고, 그 실패들이 글쓰기를 위한 중요한 동력이 되었다. 글쓰기를 위해 자살 시도에서 실패했다고 말하는 것은 성급한 것이지만, 자살이나 죽음에 대한 의식이 그의 문학 속에 생생하게 펼쳐지는 것은 분명한 것이다. 죽음의 유혹과 대화하고 거래하는 것이 그의 소설에서는 중요한 서사적 틀이라 할 수 있을 정도이다. 그의 첫 작품집 『만년』1936의 저변에 깔려 있는 것, 그리고 일본 전후문학의 대표작이 된 장편 『사양』1947과 『인간 실격』1948 등의 바탕에 놓여 있는 것이 죽음의 힘이다. 작가로서의 시작과 끝에 해당하는 자리에 죽음의 힘과 감각이 버티고 있는 모양새다.

어쨌거나 이 지점에서 분명한 것은 그가, 남들처럼 사는 것이 힘들어서 죽음으로써 영혼의 평화를 갈구했던 인물이면서 동시에 문학에 관한 매우 격렬한 욕망을 지닌 사람이기도 했다는 사실이다. 그의 문학의 고유성은 죽음과 삶이 교차하는 곳에서 두드러지게 발휘된다. 자살에도 실패한 '탕아'의 삶이 그 외관이라면, 그가 갈구했던 예술로서 글쓰기에 대한 열망은 옷 안에 있는 살과 뼈에 해당한다. 자살조차 실패한 '탕아'의 모습과 각고면려하는 예술가의 모습이 특이한 형태로 공서하고 있는 것이 다자이의 형상인 셈인데, 결과적으로 보자면, 글을 쓰고자 하는 손가락의 꿈틀거림이, 마음을 쥐어짜는 죽음의 힘을 막아내는 모양새인 것이다. 요컨대 그의 손가락이 만들어내는 문자들의 연쇄가, 실패한 삶의 표현인 죽음 충동을 다시 한번 실패하게 하는 힘이라 하겠다.

3. 내기로서의 자살

다자이의 세계에서 문학이 죽음에 대한 방어라고 말하는 것은 어디까지나 사후적인 판단일 뿐이다. 진행형의 시선으로 보자면, 반복적인 자살 시도에 내재한 죽음의 힘과 그 반대편에 있는 문학에 대한 욕망은 여전히 양립 불가능한 채로 마주보고 있다. 그가 만들어낸 인생 행로 곳곳에는 죽음과 삶 사이의 모순이 첨예하게 대립해 있는 셈이다. 다자이의 세계 안에서 이 문제는 어떻게 해결되고 있을까.

소설가로서의 생애라는 맥락에서 보자면 이렇게 말할 수 있지 않을까. 다자이에게 자살 시도는 목숨이 걸린 내기였다고, 죽음과 삶 사이에서 벌어지는, 영혼의 안식과 문학성의 뜨거움이 양쪽에 걸려 있는, 그러니까 어떤 결과가 나오더라도 작가 자신으로서는 밑질 것이 없는 내기였다고, 네 번의 실패는 그 내기의 결과였을 뿐이라고.

단적으로 고양된 충동의 형태로 죽음과 매우 뜨겁게 작열하는 삶이 한 사람의 욕망 안에서 뒤얽혀 있다면, 다자이에게 자살 시도는 어떤 결과가 나오더라도 상관없는 것일 수밖에 없다. 죽든 살든 어느 쪽이 되어도 자기가 이길 수밖에 없는 내기가 될 것이기 때문이다. 자살에 성공하면 영혼의 안식과 평화가 있을 것이고, 설사 실패하더라도 그 실패가 소설 쓰기를 위한 뜨거운 재료가 될 것이다. 그렇다면, 다자이에게 문학은 실패를 성공으로 만들어내는, 제대로 된 실패야말로 뜨거운 성공[*] 이 되는 마법의 장과도 같은 것이 된다. 문학적 근대성의 핵심 속성이 바로 그 루저의 정동을 중핵으로 품고 있으니, 문학적 열정을 지닌 다자이에게는 금상첨화일 수 있겠다. 어떤 결과라도 손해가 아니므로 그에게 자살 시도는 사양할 이유가 없는 내기인 것이다. 내깃돈이 자기 목숨이라 하더라도, 그가 목숨 건 소설가로 스스로를 규정하는 한 거기에 걸려

[*] 이 성공은 '사회적 성공'이 아니라 자기 자신을 심판관으로 한 성공이다. 사회적 인정은 나중에 따라오는 것일 수는 있겠다.

있는 보상을 생각하면 아깝지 않다는 것이다.

 물론 처음으로 자살을 시도했던 순간부터 다자이 오사무에게 내기꾼의 마음이 있었다고 단정하는 것은 지나친 말일 수 있겠다. 또한 자살 시도 각각의 진정성에 대해 의심하는 것 역시 지나친 것일 수 있다. 하지만 네 차례에 걸친 자살 실패의 반복을 하나의 사태로 보면 사정은 달라질 수 있다. 그 일련의 사태 속에 내기꾼의 마음이 깔려 있다고 말하는 것은 그렇게까지 지나친 것은 아닐 수 있다. 거기에는 다자이 오사무의 인물들이 보여주는, 죽음에 대한 너무나 초연한 태도가 있기 때문이기도 하다.

> 죽을 작정이었다. 올해 설, 이웃에서 옷감을 한 필 얻었다. 새해 선물이었다. 천은 삼베였다. 쥐색 잔 줄무늬가 들어가 있었다. 이건 여름에 입는 거로군. 여름까지 살아 있자고 마음 먹었다.「잎」,『전집』1, 9쪽

위 구절은 다자이 오사무의 첫 창작집 『만년』의 첫 구절에 해당한다. 자살 충동에 시달리는 '나'의 단장들이 「잎」전체에 뿌려져 있다. 죽음에 대한 '나'의 태도는 지나치게 초연하여 농담이나 아이러니처럼 느껴지기도 한다. 그러나 이런 태도가 진지함과 일관성을 지니고 있다면 단순한 농담이라 치부하기는 힘들다. 다음과 같은 대목에서 볼 수 있듯이, 그는 문학과 죽음에 대해 독특한 생각을 지닌 사람이라고 하는 게 오히려 적실해 보인다.

> 형이 말했다. "소설을, 시시하다고는 생각 안 한다. 나한테는 좀 답답할 뿐이지. 단한 줄의 진실을 말하려고 백 장의 분위기를 꾸며대고 있으니." 나는 머뭇거리다가, 고민 끝에 대꾸했다. "맞아, 말은 짧을수록 좋아. 그것만으로, 믿게 만들 수 있다면."
> 형은 또, 자살을 제멋에 겨운 짓이라며 싫어했다. 하지만 나는, 자살을 일종의 처세술처럼 타산적인 것이라고 생각하고 있던 터라, 형의 말이 뜻밖이었다.「잎」,『전집』1, 10~11쪽

여기에서 '나'의 생각은 다음 두 가지 점에서 주목된다. 첫째, 자살을 처세술 같은 타산적인 것으로 생각한다는 점, 그리고 둘째, 소설 쓰기를 자기표현이 아니라 타인들과의 소통이나 사회적 인정의 도구로 생각하고 있다는 점이다. 이 둘이 결합하면 뜨거운 모더니즘이라 부를 만한 독특한 개성이 만들어진다.

자살이라는 행위를, 그다지 어렵지 않게 구사할 수 있는 사회적 언어로 간주하는 두 사람의 생각은 그 자체로 특이하거니와, 그 언어가 지닌 성향에 대한 판단에서 두 사람의 의견이 갈린다. 형은 자살을 다른 사람들에 대한 배려 없는 낭만적 자기도취의 산물이라며 못마땅하게 생각하는 것에 비해, '나'는 자살을 정제된 모더니즘의 언어로 간주한다. 신중한 계산만 있다면 언제든 사용할 수 있는 것으로 생각하고 있는 것이다.

인용문에서 보이듯, 형제간의 대화 내용 역시 그리 대단한 것은 아니지만, 이미 두 번이나 자살 미수의 경력을 가진 작가의 소설 속에 나오는 대화라면 사뭇 다르게 다가올 수 있다. 『만년』이라는 책이 나온 시점을 기준으로 한다면, 이 책의 저자는 이미 세 번의 자살 실패 경력을 가진 사람이다. 게다가 소설의 주인공 '나'는 언제든 자살을 할 수 있다고 생각하는 소설가 지망생이다. 「잎」의 주인공과 작가 다자이 오사무가 겹쳐지는 것은 당연할 수밖에 없다.

글쓰기의 성찰성이라는 점에서도, 소설에 대한 둘의 대화 역시 예사롭지 않다. 이야기를 애써 꾸미지 말고 하고 싶은 말을 직접적으로 하는 게 좋다고 형은 생각한다. 동생은 이에 대해 조건을 달면서 맞장구를 친다. 말이 짧을수록 좋은 건 맞지만, 독자들의 신뢰를 얻는다는 전제가 있어야 한다는 것이다. '나'의 관점에서 중요한 것은, 자기를 표현하는 것이 아니라 독자의 신뢰를 얻는 일이라는 것이다. 작가의 생각이 아니라 그것을 바라보는 독자의 생각, 타자의 시선이 중요하다는 것이다. 이런 생각을 가진 작가의 글쓰기에서 긴요한 것은, 독자의 입장에서 자기 생각을 살피고 그것이 제대로 전달될 수 있는지를 궁리하는 것이다. 예상되는 독자의 반응을 당겨와 그것과 줄다리기를 하는 것이다.

'나'에게 소설은 일방적인 토로가 아니라 상호간의 대화이며, 그것도 상대의 표정을 살피며 상대의 마음속으로 들어가기 위한 수사학이어야 한다는 것이다.[6]

이 짧은 인용문에서 우리가 만나고 있는 것은 두 명의 모더니스트이다. 근대가 요구하는 계산적인 생활인이 한편에 있다면, 또 다른 한편에 있는 것은 그런 생활인의 세계에 어울리는 예술가로서의 소설가가 있다. 직업인으로서의 소설가 되기를 원하면서 또한 동시에 그 소설이 예술적으로 매우 뛰어난 수준에 올라가기를 갈망하는 생활인-예술가로서의 소설가이다.

낭만주의가 바보의 예술이라면, 모더니즘은 속물의 예술이다. 바보는 앞뒤를 가리지 않지만 속물은 타자의 반응에 예민하다는 점에서 그러하다. 순진하고 우직한 바보는 자연의 산물임에 비해, 속물은 사람들이 모여 있는 도회지와 시장 한복판에서 태어나는 까닭이다. 낭만주의가 야생의 인간, 혁명을 향해 달려가는 반항아와 영웅 혹은 바보의 것이라면, 모더니즘은 합리적이고 타산적인 생활인 혹은 속물의 마음과 부합하는 것이다. 한쪽에서 요구되는 것이 포효하는 짐승의 뜨거운 에너지인 반면, 다른 한쪽을 대표하는 것은 냉정하고 차가운 미적 자질들, 재치와 유머로 표현되는 지적 능력이다. 「잎」의 주인공 '나'가 어느 편에 속해 있는지는 자명해 보인다.

속성 자체로 보자면, 자살은 냉정하고 지적인 모더니스트에게 어울리는 것이 아니다. 목숨을 끊는 일의 배후에 있는 극단적으로 고양된 파토스가, 모더니스트의 차가운 미적 자질과 부합하지 않는 까닭이다. 예술가의 자살에 어울

---

6 독자의 시선과 반응을 미리 반영한 성찰적 글쓰기는 다자이 소설의 매우 뚜렷한 특징이기도 하다. 그의 소설은 독자의 시선을 의식한 것일 뿐 아니라 의식한다는 사실 자체를 드러낸다. 이런 형태의 재귀적 글쓰기란 미래의 독자들과의 대화이며 일종의 게임이기도 하다. 이런 점에서는 「잎」의 '나'와 다자이 오사무가 다르지 않다. 게다가 위의 인용문에는 소설을 쓰고자 하는 '나'가 진정으로 원하는 것이 무엇인지도 암시되어 있다. 사람들에게 믿음을 줄 만한 언어를 구사하는 것이 곧 그것이다. 소설이냐 아니냐, 소설이라면 어떤 소설이냐는 오히려 그 다음 문제이다.

리는 것은, 자기 목숨을 돌보지 않고 목표를 향해 돌진하는 뜨거운 낭만주의적 영혼이다. 섬세한 우울이 아니라 헤밍웨이가 보여주는 광포한 절망이나 고뇌가 그 이미지에 부합한다. 그런데도 「잎」의 청년 소설가는 자살이라는 항목을, 타산적으로 구사할 수 있는 행위의 목록에 올려놓고 있다. 그것은 흡사 불타는 돌을 품고 있는 얼음 덩어리 같은 독특한 느낌을 준다. 이런 독특성이야말로 아이러니를 기본 골격으로 하는 다자이 소설의 미학적 핵심이다. 그것은 「잎」의 주인공만이 아니라 작가 다자이가 함께 지니고 있는 미적 자질이라고 해야 하겠다.

다자이 오사무의 세계에서 자살 시도는 괴테의 『젊은 베르테르의 슬픔』처럼 격렬하지 않다. 또한 현실과의 타협을 거부한 채 자살을 택한 아리시마 다케오의 경우처럼 뜨거운 이상주의의 산물도 아니다. 나쓰메 소세키의 『마음』에서처럼 기이한 죄의식과 열정으로 일그러져 있는 것 역시 아니다. 구태여 예를 찾자면, 아쿠타가와 류노스케의 경우와 흡사하다고 해야 하겠다. 삶을 유지하는 일 자체에 대한 덧없음과 그로 인한 비애가 바탕에 깔려 있다는 점에서 그러하다. 둘은 담채화의 터치 같은 연한 절망감과 비애를 공유하고 있지만, 그러나 무엇보다도 네 번의 실패로 인해 다자이 오사무는 아쿠타가와의 태연한 차분함과 구분된다. 아쿠타가와의 자살이 잘 준비되고 계획적으로 실행된 차분한 죽음임에 비해, 다자이의 자살 시도는 충동적이고 야단스럽다. 외관만으로 보자면, 다자이의 자살 시도들은 자기 자신과의 화해에 실패한 '탕아'의 소동에 가깝다고 해야 하겠다. 인상적인 것은 그 야단스런 사태 곁에 부끄러움이라는 정동이 놓여 있다는 것이다. 자살이 목숨 건 내기였다면, 차후에 살펴겠지만 그 곁의 부끄러움은, 질 수 없는 내기를 한 속물의 심정에 해당하는 것이라 해야 하겠다.

다자이의 거듭된 자살 시도를 내기라고 본다면, 그의 문학에서 주목되어야 할 것은 죽음을 향한 갈망이 아니라, 죽음과 문학 사이에 전개되는 힘겨루기이다. 자살이 아니라 자살 실패가 문제의 초점이 되어야 하는 것은 바로 그 때문이다. 이 내기에서 승리를 거두는 것은 문학이거니와, 네 번의 자살 실패는 의도된 것이 아니라 내기의 결과였을 뿐이라고 해야 한다. 목숨 걸고 쓴다는 말이 수사학이 아니라, 말 그대로 생목숨이 걸린 일이었던 셈이다.

그렇다고 해서, 목숨을 갈아 넣어서 글쓰기를 했다니 대단한 예술적 정신이라는 식으로 기릴 것도 되지 못한다. 죽음에 대한 갈망을 지닌 그에게 목숨은, 부잣집 막내 도련님의 지갑 속에 든 고액권 지폐와도 같다. 목숨 버리는 일에 크게 거리낄 것이 없으니, 거기에 죄의식이나 회한 같은 것이 없는 것 또한 당연할 것이다. 죄의식은 자기가 살아남기 위해 남들에게 못할 짓을 한 사람들의 몫이다. 자살에 실패하고 살아남은 사람에게 현저한 것은 죄의식이 아니라 부끄러움일 수밖에 없다. 여기에서 문제가 되는 것은 윤리가 아니라 능력이기 때문이다. 바로 그 부끄러움이야말로, 후술하겠지만 다자이에게서 표현되는 근대성의 모럴이 지닌 핵심이기도 하다.

4. 자살 실패자의 아이러니

다자이 오사무는 자기 자신의 삶을 매우 자주 소설의 소재로 삼았다. 그의 대표작 목록의 많은 부분이 고백적 요소가 짙은 소설로 채워진다. 그가 자화상의 작가라고 칭해지기도 하는 것은 그런 까닭이다.[7] 그러나 여기에서 간과되어서 안 될 것은, 그가 써낸 것은 수기가 아니라 소설이라는 사실이다. 게다가 디테일을 슬쩍 바꾸고 비틀어 사실과 허위 사이의 긴장을 만들어내는 것이 다자이 오사무 특유의 작법이기도 하다는 점을 고려한다면 더욱 그러하다.

---

7   유숙자는 다자이 오사무를 자화상의 작가라고 불렀다. 『자화상의 작가, 다자이 오사무』, 살림, 2008.

이를테면 두 번째 자살 시도였던 동반 자살미수사건의 경우, 실제로는 바닷가에서 시도된 음독 자살이었으나 소설 속에서는 자주 투신 자살로, 그것도 매우 허탈한 유머의 형태로 그려지곤 한다.[8] 그것이 고백이라면 가짜 고백이겠지만, 좀더 정확하게 말하자면 비-고백이라고 해야 한다. 고백에 요구되는 형식으로서 태도의 진지함이 결여되어 있기 때문이다. 물론 그렇다고 해서, 비-진지함이 진정성에 대한 추구가 아니라 할 수는 없다. 진실 추구의 방식이 다를 뿐이라 함이 정확한 말이겠다.

다자이의 서사에서 진지함의 자리를 대신하는 것은 아이러니와 명랑성이다. 여기에서는, 슬픔과 기쁨이라는 상극의 정서가 뒤섞이면서 긴장과 간극이 만들어지고 그 사이에서 날선 감각들이 형성된다. 참담함과 비애, 유머와 명랑성이 뒤섞이면서 만들어지는 정조들은 감각적 길항의 결과들이다. 이런 점은 특히 자살 실패의 세목들을 다루는 데서 두드러진다. 각각의 사건들 자체에 이미 심장한 아이러니의 기운이 내재해 있기 때문에, 이는 당연한 일이기도 하겠다. 그러니까 중요한 것은 사실인지 아닌지가 아니라, 사실과 허구가 뒤섞이면서 만들어내는 비극적 명랑성의 세계, 날선 아이러니의 세계라는 것이다.

이런 관점에서 보자면, 「잎」의 '나'가 말하는 '타산적인 것으로서의 자살'이라는 개념에 대해서도 마찬가지 말을 할 수 있겠다. 실제로 자살 실패를 의도했는지 아닌지의 문제는 중요하지 않게 된다. 그것은 어차피 확인할 수 없는 것이기도 하다. 여기에서 중요한 것은 의도적 자살 실패라는 개념 자체가 다

---

8   1930년 11월 30일 『東奧日報』 3쪽 기사에는, 두 사람은 음독 후 가마쿠라의 바닷가 평평한 바위 위에서 신음하다 발견된 것으로 되어 있다. 그러나 「어릿광대의 꽃」, 「교겐의 신」, 「동경 팔경」, 『인간 실격』 등에서는 음독 후 투신 혹은 투신으로 그려지고 있다. 다자이 평전의 저자도 이 점에 대해 의아하게 생각하며 음독 후 투신의 가능성에 대해 살피지만 확인하지 못한 채, "이 사건을 투신으로 보이려 했던 다자이의 창작 의도는, 작품론과의 관계에서 차후로 넘겨야 할 문제"라고 쓰고 있다. 相馬正一, 『評傳太宰治』 上卷, 津輕書房, 1995, 197쪽. 기사 전문은 이 책 187쪽에 인용되어 있다.

자이 오사무의 생각 속에 있었다는 사실이다. 실제로 네 번째 자살 실패의 경우, 다자이 자신이 아니라 동반 자살을 기도했던 그의 아내 하쓰요에게 해당되는 것이기는 하지만 의도된 자살 실패라는 것을 공개적으로 언급한다. 이를테면 「오바스테」의 이런 장면이다.

> 이 여자는 죽지 않는다. 죽게 하면 안 되는 사람이다. 나처럼 생활에 못 이겨 부서지지는 않았다. 아직은 살아갈 힘이 남아있다. 죽을 사람은 아니다. 죽기를 계획하고 있다는 것만으로, 세상에 대한 이 사람의 변명이 성립할 것이다. 그러기만 하면, 된다. 이 사람은 용서받을 것이다. 그걸로 됐다. 나만, 혼자서 죽자.「오바스테」, 『전집』 1, 128쪽

이 인용문은 작가 기시치와 그의 아내가 함께 죽기로 작정하고 여행을 떠나는 장면에 등장한다. 아내의 외도 사실이 드러나서 둘이 함께 죽기로 작정을 한다. 자살을 위한 여행인데도, 여비 마련을 위해 전당포에 간 아내가 좋은 값을 받았다고 즐거워한다. 그 모습을 보며 '나'는, 자살 시도 정도면 아내를 위한 사회적 체면치레로 족하다는 판단을 하고 있는 것이다. 아내에게는 치사량에 미치지 못하는 양의 수면제를 주고, 자기 자신은 반드시 자살에 성공하게 설계한다. 물론 소설의 결말은 현실 세계에서와 같이 둘 다 살아나는 이야기로 맺어진다.

이 이야기는 다자이 오사무 부부의 동반 자살미수사건을 모델로 한 것이며, 아내의 외도가 문제가 되었다는 것도 사실과 일치한다. 물론 「오바스테」가 소설이라 함은 너무나 당연한 사실이다. 다양한 형태의 변용과 각색이 있을 수밖에 없다는 것이다. 그럼에도 여기에서 중요한 것은, 디테일의 사실성 같은 것이 아니라 의도된 자살 실패라는 개념이 다자이 소설의 상상 세계 안에 존재한다는 사실 자체이다. 그런 개념이 있는 이상, 그 적용 대상은 언제든 바뀔 수 있다. 아내가 아니라 자기 자신에게 적용될 수도 있다는 것이다.

다자이 오사무는 일본 동북 지방의 부잣집에서 태어난 막내 도련님[4녀7남의 10번째]이었고 좋은 학교에 진학한 영특한 학생이었다. 가족과 사회의 애호를 받기에 부족함이 없었겠다. 당시 일본에서 최고로 손꼽히는 문과대학 제복을 입은 청년 도련님의 어리광은, 어느 정도까지는 사회적 용인의 대상일 수 있다. 그럼에도 청년 시절 다자이의 행적은 그런 수준을 넘어선 청년 파락호와도 같아서, 흡사 '방탕'에 대한 특별한 의지를 지닌 것처럼 보이기조차 한다. 이런 모습은 이 시기를 대상으로 한 자전적인 소설들, 「동경팔경」[1941]이나 『인간 실격』[1948] 등에서 뚜렷하게 드러나 있거니와, 그 중심에는 무절제한 한 청년의 모습이 버티고 있다.

그는 문학에 뜻을 두었던 구제고등학교 시절부터 '방탕'을 시작하여, 대학에 진학한 후에는 게이샤 출신의 세 살 어린 여성 하쓰요와 결혼하겠다고 나선다. 그는 결국 집안의 반대를 무릅쓰고 하쓰요와 결혼하여 7년 가까이 결혼 생활을 유지한다. 대학에서는 정상적인 학교 생활을 포기한 채, 절제 없는 생활을 하면서 소설 쓰기에 몰두한다. 결국 대학 졸업장을 얻을 수 없었고, 신문사 취직 시험에도 실패한다. 그러면서도 이런저런 거짓말과 거짓 약속으로 집안의 경제적 원조를 얻어낸다. 반복된 자살 시도의 실패는 그런 와중에 벌어진 일들이다.[9]

다자이의 자살 실패 경험들은 많은 부분 소설로 재현된다. 그중에서도 소설을 통해 전면적으로 다뤄진 것은 세 번째와 네 번째 자살 실패의 경우이다. 이 둘은 각각 「교겐의 신」[1936]과 「오바스테」[1938]에서 전 과정이 재현된다. 형식

---

9 다자이 오사무는 39세의 나이로 세상을 떴지만, 그에 앞선 네 차례의 자살 시도 실패는 20세에서 28세 사이의 일로 모두 20대에 집중되어 있다. 이 시기의 대부분을 그는 신진 작가이자 대학생으로 살았다. 네 번째의 자살 실패 이후 11년간은 직업 작가로서 상대적으로 안정된 삶을 영위했다. 그러니까 그가 실제로 죽음의 질풍노도 속을 헤맸던 때는 20대 초중반의 시기였던 셈이다. 이 시기에 그가 만들어냈던 방황의 궤적들은, 소설가가 되고자 했던 한 사람이 제대로 된 소설을 쓰기 위해 겪어내야 했던 용틀임의 흔적들이었다 해도 좋겠다.

은 소설이지만, 자살 시도의 디테일과 자살자의 정서의 충일성에서 오히려 수기의 수준을 넘어서는 면이 있다. 이를테면 세 번째 자살 경험을 다룬 「교겐의 신」에서의 자살 시도 장면을 예시해볼 수 있겠다.

> 나는 눈을 똑바로 뜨고, 정신이 아득해지기를 하염없이 기다렸다. 심지어 나는, 그 순간의 내 표정마저 알고 있었다. 내 눈 속에 또렷이, 내가 보였다. 얼굴 가득 어두운 보랏빛, 입가에는 새하얀 거품을 물고 있다. 중학교 시절 유도시합에서 보았던, 이 모습을 꼭 닮은 부풀어 오른 복어 같은 얼굴이 떠올랐다. 저렇게 입에 거품 물 정도로 애쓸 필욘 없잖아. 그때는 그렇게 깔봤던 유도 선수의 얼굴이 떠오르자, 극도의 모욕감이 치밀었다. 화가 나서 몸이 덜덜 떨렸다. 그만둬! 나는 팔을 뻗어 아득바득 나뭇가지부터 붙잡았다. 나도 모르게 뱃속 깊은 곳에서부터 맹수의 포효가 터져 나왔다. 외국담배 한 대가 한 사람의 생명과 같은 가격으로 사고 팔렸다는 이야기가 있다. 내 경우가 그랬다. 새끼줄을 풀고, 그 자리에 엎어진 채 죽은 사람처럼 축 늘어져서 한 시간쯤 있었다. 손톱만큼도 움직이지 않았다. 그때 주머니 속에 있는 고급 담배가 생각나, 너무 기뻐 벌떡 일어섰다. 떨리는 손으로 담배 갑을 꺼내어 한 대 물었다. 「교겐의 신」, 『전집』 1권, 505쪽

디테일의 실감도 실감이지만, 소설 전체를 놓고 볼 때 무엇보다 인상적인 것은 자살 시도를 감싸고 있는 터무니없는 경쾌함이다. 이 점은 네 번째 자살 실패를 다룬 「오바스테」의 경우도 역시 마찬가지다. 처절할 수도 있는 경험을 다루는 가벼운 태도가 작품 전체를 시종일관 지배하고 있다는 것이다. 여기에는 기본적으로 죽음 자체를 경시하는 태도가 깔려 있으며, 이는 앞에서 살펴본 바와 같이 그의 초기작들을 관통하고 있는 정서이기도 하다.

자살 실패를 다룬 그의 서사들이 지니고 있는 이런 경쾌함은, 소크라테스의 마지막 순간을 기록한 『파이돈』의 명랑성을 상기시키는 면이 있다. 임박한 죽

음의 무거움을 가볍게 무시하고 있다는 점에서 그러하다. 물론 둘은, 죽음과 삶이 갈라지는 서사의 기본 구도에서 결정적으로 구분된다. 『파이돈』에서 소크라테스는 독배를 마시고 세상을 떠나지만, 다자이의 서사에서 실패한 자살자들은 다시 삶의 세계로 돌아올 수밖에 없다. 소크라테스의 죽음을 다룬 『파이돈』의 경쾌함이 그 바탕에 비극적 영웅성이라는 윤리적 용암을 감추고 있다면, 「교겐의 신」의 명랑성은 그와 반대로, 자기 비하의 아이러니라는 어두운 연못에서 수면 위로 반짝반짝 튀어 오르는 물고기들과도 같다고 해야 하겠다.

이런 점에서 보자면, 「교겐의 신」의 아이러니는 서사의 구도 자체에 내장되어 있는 셈이다. 우선, 자살 실패라는 비-비극적 사건을 다루고 있다는 점에서 그러하다. 실패한 자살 이야기는 처참하거나 희극적일 수는 있어도 그 자체로 비극적일 수는 없다. 죽으려던 사람이 살아난 이야기이기 때문이다. 그러나 바로 그 비-비극적 성격 때문에 실패의 처참함이 오히려 배가된다. 또한, 자기 비하라는 설정 자체의 아이러니가 서사의 지배자라는 점에서 자살 실패의 처참함은 더욱 강조된다.

물론 그가 자기 비하의 아이러니를 만들어내는 방식은 이 작품에만 국한되는 것이 아니라, 전술한 바와 같이 다자이 고유의 소설 작법에 해당하는 것이기도 하다. 이것은 그가 결사적으로 명랑성을 유지할 수밖에 없는 까닭이기도 하다.

5. 결사적 명랑성의 의미

세 번째 자살 실패를 다룬 「교겐의 신」에서, 첫머리에 등장하는 것은 가사이 하지메라는 가공의 작가이다 가사이 하지메는 「팔십팔야」에서도 작가 자신의 분신으로 등장하는 인물이다. 생년월일과 출신지, 성장 과정 등에 대한 설정이 작가 다자이 오사무와 정확하게 일치한다. 그런데 이 작가는 이미 목을 매는 데 성공하여 죽고 없는 것으로 설정되어 있다. 그 소식이 신문에 실렸다고도 한다. 자살의 이유인 즉 미야코 신문사 입사 시험에 떨어진 때문이라고, 그가 남긴 마지막 필적 역시 서재에 남겨진 이력서 초안이었다고 한다. 이와 같이 풍자적으로 다뤄지는 작가 가사이 하지메의 경력은, 자살에 성공했다는 사실만 빼면, 취직에 실패한 신문사 이름까지 포함하여 다자이 오사무의 실제 이력과 정확하게 일치한다. 요컨대 자기를 죽은 사람으로 설정하는 방식의 자기 풍자나 자기 희화화가 소설 전체를 지배하는 기본적인 분위기인 것이다.

이런 초두가 끝나고 나면, 이미 사망해버린 소설가 가사이 하지메를 추모한다며 말을 시작한 일인칭 화자가 자기 모습을 드러낸다. '나'는 누구인가. "지금은 죽고 없는, 존경하는 친구 가사이 하지메건 나발이건 알 게 뭐냐. 오직, 나, 다자이 오사무, 한 인간의 운명이다. 이제 와서 터무니없는 수법은 쓰지 않겠다. 나는, 내일 죽는다"『전집』 1, 492쪽라고 말하는 사람이다. 그리고 나서 펼쳐지는 것이 곧 다자이 혼자서 가마쿠라 산속을 찾아가 나무에 목을 매고 자살하려다 실패하는 이야기이다.

그러니까 이 소설의 작가는, 자살에 성공한 작가 가사이 하지메와 자살에 실패한 작가 다자이 오사무를 내세움으로써 자기 자신을 이중화하고 있는 것이다. 그럼으로써 자살의 침중함을 유희의 대상으로 삼고 있으며, 심지어는 자기 자신을 둘로 쪼개서 조롱의 대상으로 제시하고 있다. 이런 방식의 자기 비하는 어떤 생각의 결과일까. 물론 일차적으로는, 다자이 오사무 소설 미학의 기본 골격이 위트와 아이러니이기 때문이라고, 자기 목숨을 둘러싼 조롱이 거기에 잘 들어맞기 때문이라고 답할 수 있겠다. 문학사적인 맥락에서라면 이렇게 말해야 하지 않을까. 자기 자신에 대한 이야기가 지니는 진지한 고백의 분위기를 참아낼 수 없기 때문이라고, 고백 형식 자체가 지니게 될 너절한 근엄함을 피하기 위해서라고.

고백이라는 틀이 지닌 진지함의 바탕에는 잘못에 대한 뉘우침이 전제되어 있다. 그 내용이 무엇이건 간에 감추어진 죄에 대한 참회와 책임감이 있어야 고백이 성립할 수 있다. 자살 실패에 대한 고백이라면, 무언가 목숨을 걸 만한 심각성이 커튼 뒤에 있어야 한다. 그래야 고백이라는 이름에 값할 수 있겠다. 일본 근대문학사에서라면 일본식 자연주의와 사소설이 이런 경향을 대표하지만, 문학적 근대성 일반의 관점에서 보자면 한 개인의 진정성을 추구하는 낭만주의가 고백이라는 형식을 만들어내는 기본 동력이다.

다자이 오사무의 페르소나는 이와 같은 고백의 형식에 어울리는 존재가 아니다. 그는 자기가 저지른 죄를 들여다보고 괴로워하거나 혹은 진실과 책임을 향해 나아가고자 하는 인물과는 거리가 멀다. 오히려 아무런 대책도 없이 이리저리 둘러대고 거짓말을 하며 괴로운 상황을 모면하려 하는 무책임하고 꾀 많은 어린아이에 가깝다. 또한 진지함이나 진정성과는 거리가 멀어서 그 스스로 연기자나 광대를 자처하기도 한다. 세 번째 자살 실패의 경우도, 「교겐의 신」이 지닌 명랑한 분위기를 뽑아내 버리고 나면 그 경개는 이렇게 묘사된다.

이듬해 3월, 다시 슬슬 졸업 시즌이 다가왔다. 나는 모 신문사의 입사 시험을 치기도 했다. 함께 사는 지인이나 H에게도 내가 졸업이 다가와서 들떠 있는 것처럼 보이고자 했다. 신문기자가 되어서 한평생 평범하게 살아보자는 말에 온 가족이 환하게 웃었다. 어차피 드러날 일이었지만, 하루라도, 한시라도, 더 오래 평화를 유지하고 싶었다. 어떻게 해서든 사람들을 경악하게 만들 일은 피하고 싶어서, 열심히 거짓말을 만들어냈다. 나는 언제나 그랬다. 그렇게 궁지에 내몰리다가, 죽을 궁리를 했다. 결국은 다 들통이 나서, 사람들을 몇 배나 더 놀라게 하고, 분노하게 만들었다. 그런 것을 다 알고 있으면서도, 사람들의 기대에 찬물을 끼얹었으며 실상을 털어 놓을 수가 없어서, 조금만 더, 조금만 더 하면서 스스로 더 깊은 허위의 지옥을 파고 있었다. 물론 신문사 같은 데는 들어갈 마음도 없었고, 시험에 통과할 리도 없었다. 완벽하게 구축해둔 기만의 진지가 이제 막 무너지려 하고 있었다. 죽을 때가 왔다고 생각했다. 3월 중순, 나는 혼자서 가마쿠라로 갔다. 쇼와 10년의 일이었다. 나는 가마쿠라 숲 속에서 목을 매 죽기로 했다.「동경 팔경」,「전집」4권, 97쪽

「동경 팔경」[1941] 역시 소설의 형식으로 발표된 것이지만,「교겐의 신」에 비하면 웃음기가 빠져 있어 좀더 건조한 사실에 가깝게 다가온다.「동경 팔경」은「교겐의 신」과 달리 그때의 경험을 좀더 먼 거리에서 잡아낸 까닭이라고 말할 수도 있겠다.

여기에서 한발 더 떨어져 나오면 좀더 객관적인 진술이 된다. 세 번째 자살 실패에 대해 다자이는, "그 사이에 나는 소설을 쓰다 막혀서, 이를테면 들판에서 죽을 각오로 여행을 떠났다. 그로 인해 작은 소동이 있었다"[10]라고 간단하게 쓴다. 이 문장은 다자이 오사무가 제1회 아쿠타가와 상 선정 대상에서 탈락한 것과 관련하여, 작가의 사생활에 문제가 있다는 식으로 심사평을 쓴 가와바타 야스나리를 향해 반박하는 글에서 나온 것이다. 가와바타의 언급은, 다자이가 죽을지도 모르겠다는 말을 남기고 사라진 후 이 사실이 언론에 공개되고, 그의 무사 귀환을 호소하는 동료 작가들의 글이 실리고 했던 사태를 그 배후에 둔 것이기도 했다. 다자이 자신이 이런 일련의 사건에 대해 "작은 소동"이라 부르는 것은 객관적으로 적절해 보인다.

이렇게 보면 다자이가 세 번째 자살 실패를 재현하는 방식에는 최소 세 개의 차원이 있는 셈이다. 객관적으로는 소동이고, 주관적으로는 현실 도피이며, 작품의 차원에서는 명랑한 아이러니이다. 그것이 곧 절대성의 차원이다. 다자이의 소설 세계에서 무엇이 압도적인지는 자명하다.「교겐의 신」이라는 제목에서 '교겐[狂言]'이란 노[能]에 대비되는 일본 전통의 희극을 뜻하며, 해학과 기

---

10 「가와바타 야스나리에게」(1937),「전집」10, 70쪽.

지가 교겐의 미학적 핵심이다. 다자이 오사무는 기꺼이 자기 자신을 희극의 배우이자 대본가로, 거짓말쟁이 이야기꾼으로 상정하고 있는 셈이다. 심지어는 자기 자신의 자살 시도에 대해서조차 그런 태도를 보이고 있는 것이다.

첫 작품집 『만년』[1936]의 마지막에 실린 「장님 이야기」에서 그가 "나는 죽어도 교언영색해야 해. 철의 원칙"[『전집』 1, 346쪽]이라고 썼을 때, '교언영색'이라는 단어는 세상으로부터 자기 자신의 본심을 감추는 것을 반어적으로 지칭하는 것이다. 그가 약물 중독으로 정신착란 상태였을 때 쓴 소설 「창생기」[1936]에서는 "그때 나는, 교언영색의 덕을 믿고 있던지라, 한 시간 정도 그 친구의 등을 쓸어주며, 요강을 챙겨주고, 미래에 관해서도 희미한 빛 한 점을 밝혀주었다."[『전집』 2, 22쪽]라고 썼다. 여기에서 '교언영색'은 그 자신이 "과선증過善症"[『전집』 2, 10쪽]이라고 부른 것, 세상에 아부하고 과잉된 친절을 베푸는 것을 뜻한다. 왜 '과선過善'일까. 왜 넘치게 착해야 할까.

「추억」[1933]의 주인공은 말한다. "나는 지는 꽃잎이었다. 미미한 바람에도 파르르 떨었다. 사람들의 사소한 멸시에도 숨이 끊어질 듯 괴로웠다."[『전집』 1, 48쪽] 이에 따르면 그가 세상을 향해 과잉 친절을 제공하는 까닭은, 세상이, 혹시라도 자기에게 돌아올지도 모를 비난이 걱정되기 때문이다. 그러니 중요한 것은 세상에 자기 진실을 드러내서는 안 된다는 것이겠다. 드러내는 순간 자기 존재가 위험에 처하기 때문이다. 요컨대 다자이의 소설을 지배하고 있는 명랑성은 이런 자기 방어의 결과라 해야 하겠다. 생존을 위해 발악하듯 연기하는 노예의 명랑성, 희극 배우의 명랑성, '교겐狂言'이라는 한자 단어의 뜻처럼 이치에 닿지 않는 미친 소리라도 내갈기며 사람들을 웃게 하는 비극적 명랑성이다.

그러니까 다자이 오사무 식의 명랑성, '교언영색'의 명랑성은 아무나 가질 수 있는 것이 아니다. 오직 이미 실패한 사람만이, 장차 실패하기로 예정되어 있는 마음 여린 사람만이, 혹은 네 번쯤은 자살 시도에 실패할 수 있는 사람이라야 비로소 '교언영색'의 명랑성을 지닐 자격이 있다고 해야 할까.

아아, 속이라, 속이라. 한번 속이면, 자네는 죽더라도 고백하거나 참회하면 안 된다. 가슴속 비밀, 절대적인 비밀을 간직한 채, 교활한 꾀의 극치, 누구에게도 털어놓지 말고, 그대로 조용히 숨을 거두라. 결국 저승에 가서, 아니 거기서도 가만히 미소만 짓고, 아무에게도 말하지 말라. 속이라, 속이라, 교묘하게 속이라, 신보다 더 잘 속이라, 속이라.「20세기 기수」,『전집』1, 68쪽

자기 삶에서 성공한 사람, 장차 성공하기로 예정되어 있거나 성공을 확신하고 있는 사람은 명랑성을 위해 '교언영색'해야 할 이유가 없다. 자기 자신을 꾸미지 않아도, 성공은 이미 그 자체가 아름다운 광휘이기 때문이다. 이와 반대로 패배자의 명랑성은 결사적일 수밖에 없다. 현실의 루저에게 명랑성은 정신적 생존의 마지막 발판이다. 명랑성이라는 위장막이 사라지고 나면 곧바로 패배자의 처참한 몰골이 자기 눈앞에, 그것을 바라보는 타인들의 시선 속에서 드러날 것이기 때문이다. 게다가 다자이처럼 자발적으로 패배자의 자리에 섰다고 생각하는 사람, 패배자의 자리에 들어서는 것이야말로 진짜 문학의 세계라고 생각하는 사람에게 명랑성은 더욱 필사적인 것이 아닐 수 없다.

6. 뜨거운 모더니즘, 이중의 자기반영성

파비날 중독으로 고생하던 1936년의 다자이 오사무는 '내 평생 소원'이라는 제목 아래 다음과 같은 한 문장을 적어놓았다. "하늘까지 울려 퍼질 정도로 명랑하기 그지없는 출세 미담을 한 편만 쓰는 것."「벽안탁발」,『전집』10, 92쪽 그는 자신의 소원을 절반만 이뤘다. 루저들의 이야기를 다뤘기에 '출세 미담'을 만드는 데는 실패했지만, 하늘까지 울려 퍼질 정도로 낭랑한 명랑성의 확보에는 성공했다. 비애로 가득 찬 특이한 명랑성의 세계를 그는 보여준다.

명랑성을 생산하기 위해 다자이가 구사하는 방법은 두 가지이다. 독자들과의 유희, 그리고 자기 비하의 아이러니이다. 둘이 섞여 있을 때 다자이의 소설 세계는 경쾌하고 흥겨워진다. 이 둘이 합해지면 이중의 자기반영성이라 부를 만한 독특한 틀이 만들어진다. 그럼으로써 '뜨거운 모더니즘'이라 할 만한 역설적 세계가 생겨난다. 그곳은 허구와 사실이 두 개의 거울처럼 서로를 향해 마주 서 있는 공간이다. 사실과 허구가 뒤섞이며 진실을 알 수 없는 세상이 펼쳐지는 것인데, 여기에서 중요한 것은 사실이냐 허구냐 같은 것이 아니다. 사실과 허구가 뒤섞여 진실을 알 수 없는 세계가 만들어지니, 주체의 위신 같은 것은 아무런 상관없다. 주체란 어차피 허깨비이기 때문이다. 자기 비하나 비굴 같은 것이 훨씬 더 유효한 기제가 된다. 다자이의 소설에 종종 등장하는 특별한 의미 없는 말놀이 같이, 위트 넘치고 지적으로 수준 높은 명랑성이면 그 존재 가치가 충분해진다.

독자들과의 유희에 동원되는 것은 소설가 소설의 형태를 지닌 작품들이다. 사소설과 유사한 형태를 지니지만, 주체의 진실성이나 심정의 진솔함의 표백이 그 지향점이 아니라는 점에서 사소설 일반과 구별된다. 그는 소설 속에서 자주, 독자들 혹은 비평가들의 반응을 염두에 두고 쓰고 있음을 밝힌다. 물론 독자들의 시선을 의식하는 것 자체는 거의 모든 작가들의 기본값에 해당한다고 말해도 좋을 것이다. 다만 다자이 오사무의 소설이 특별한 것은, 독자들을 의식한다는 사실을 공공연하고 과장스럽게 드러낸다는 것, 더 나아가 미래의 독자들을 미리 당겨와 그들과 유희를 펼친다는 것이다. 그것이 곧 다자이 소설이 지닌 독특한 성찰성이다. 대표적인 예로 「봄의 도적」[1940]을 들 수 있겠다.

주인공인 작가가 밤에 잠 못 들고 있는데 도둑이 들어와 소동이 벌어진다는 이야기가 줄거리를 이룬다. 도둑 이야기가 액자 안의 이야기가 되고, 도둑질에 관한 이야기를 쓰려 하는 작가의 신세 한탄 식의 요설이 액자가 된다. 액자의 비중이 커서 어느 쪽이 진짜 하고 싶은 이야기인지 불분명해질 정도인데, 여기에서 주목되어야 할 것은 액자와 내화內話 사이의 칸막이가 터져 있어 어디까지가 실제인지 분간하기 어려워진다는 점이다.

소설의 액자 부분은 작가 자신의 수기처럼 읽힌다. 전형적인 사소설의 형식인 셈이다. 그러나 소설이 진행되어 가면 이런 사소설적인 틀은 단순히 외관에 불과한 것이 된다. 겉으로는 사소설의 틀을 가지고 있으나, 디테일을 들여다보면 사소설적인 비-사소설이라고 해야 마땅한 수준이 되기 때문이다. 사소설의 틀은 지니고 있으되, 그 핵심 기제인 진정성에 대한 추구가 작동하지 않고 있다는 점에서 그러하다.

「봄의 도적」의 경우, 서사의 액자를 만드는 재료는 장황하고 넉덕스럽게 전개되는 요설이다. 이런 요설은 사소설이 지향하는 진정성과 진지함이라는 틀을 파괴하기 때문에 그 자체가 반-사소설적이다. 게다가 다자이의 요설은 자기 자신에 대한 조롱과 희화화에 바탕을 두고 있다. 고백의 진지한 분위기가 만들어지기 힘든 구조이다. 겉으로 보기에는 사소설처럼 보이지만, 자기 서술의 진지함이 없다는 점에서 사소설이라고 할 수 없게 되는 것이다.

소설 안으로 좀더 들어가 보면, 소설 액자의 내용인즉 이렇게 요약될 수 있다. 악명 높은 작가 다자이 오사무가 도둑 이야기를 쓰겠다니, 독자들은 마치 다자이 오사무 자신이 진짜 도둑질이라도 해본 것처럼 생각할 것이 틀림없다, 그건 곤란하다, 소설은 허구지만 독자들은 진짜라고 믿을 수도 있으니까, 그렇다면 도둑 이야기라도 도둑을 맞은 이야기를 써야 하지 않을까, 이제부터 도둑맞은 이야기를 해보자, 라는 식이다. 내용을 보면 사실처럼 보이지만, 말투를 보면 자기 비하의 아이러니가 지배적이라 농담처럼 읽히기도 한다. 요컨대 다자이 오사무는 사소설이라는 기왕의 틀을 놓고 독자들과 유희를 벌이고 있는 것이다. 이를테면, 액자가 끝나고 내화內話가 시작되는 지점의 문장은 다음과 같은 모양새이다.

다음으로 이야기할 한 편의 글 역시 픽션이다. 어젯밤, 집에 도둑이 들었다. 그리고 이것은 거짓말입니다. 전부 거짓말입니다. 이렇게 먼저 양해를 구해야만 하는 나의 한심함이란. 혼자서 킥킥거리며 웃었다.「봄의 도적」,「전집」3, 134쪽

게다가 액자 안쪽 이야기로 들어가서도 소설의 장난기는 여전히 그치지 않는다. 전전반측하던 작가가 도둑의 흰 손을 발견하는 장면으로부터 이야기는 시작된다. 엉겁결에 작가는, 장지 덧문을 비집고 들어오는 그 손을 꽉 잡아버렸고, 도둑을 집안으로 들여 대화를 나누었다는 식으로 전개된다. 집안으로 들어오자 기색이 달라진 도둑이 돈을 내놓으라고 을러대고 작가는 돈이 없다고 잡아떼는 코믹한 상황이 벌어진다. 이런 대화가 오가며 목소리가 커지는 중에 아내가 잠이 깨어 방에 들어오니 도둑은 사라지고 없다는 것이 소설의 결말이 된다. 그러니까 도둑을 맞은 이야기가 실제인지 환상인지 애매하게 처리해 놓은 것이다.

이 지점에 이르면, 소설의 진짜 중심이 무엇인지가 좀더 분명해진다. 도둑 이야기 속에서 유난히 두드러지는 것은, 대책 없이 나약하고 도덕적으로 용렬하기조차 한 작가 자신의 모습이기 때문이다. 도둑을 쫓아버리는 것이 아니라 마치 대인배나 된 것처럼 집안에 들여 훈계를 하고, 그러나 돈을 달라는 도둑에게는 돈이 있으면서도 없다고 거짓말로 둘러대는, 한심한 소인배 작가의 모습이 펼쳐지는 것이다. 이런 작가의 모습에 비하면, 진짜로 도둑이 들어왔는지, 그 도둑이 남장 여성인지 등의 여부는 그다지 중요한 것이 되지 못한다. 자기 비하의 아이러니가 훨씬 더 경쾌하게 서사 전체를 장악해버리는 탓이다.

그런데 이런 상황이 전개되면 독자들은 오리무중에 빠질 수밖에 없다. 액자와 내화에서 전개되는 작가 자신의 이야기가 이제는 믿기 힘든 것이 되어버렸기 때문이다. 도둑을 맞은 이야기가 꾸민 것이라 했는데, 정말로 꾸며낸 이야기일까. 혹시 사실이었던 것은 아닐까. 용렬한 인간으로 묘사된 작가 자신의 모습

은 과연 사실일까. 위악적으로 과장된 것이겠지 싶지만, 어쩌면 사실일 수도 있지 않을까. 이런 의문은 액자 속에서 펼쳐진 작가 자신에 관한 이야기나 생각에까지 미치지 않을 수 없다. 이 소설의 액자를 만드는 과정에서 '나'는 그간 세상에서 유통되어온 자신의 이미지와 소설 세계에 대해 이렇게 쓰고 있었다.

나의 악덕한 모습은 모두 가짜였다. 이것은 꼭 고백해야만 한다. 그런 척 행동했을 뿐이다. 실제로는 굉장히 소심하고 겁이 많으며, 아주 무르고 나약하다. 머리가 약간 둔하고 맨 정신으로는 사람 얼굴조차 똑바로 보지 바라보지 못하는, 이른바 겁쟁이 사내다. 이런 녀석이 알렉상드르 뒤마의 모험 소설에 열광하여 낯빛을 바꾸고 서재에서 뛰쳐나와, 친구를 고르려면 달타냥이네 어쩌네 소리치며 술판에 뛰어든 꼴이니 한심하기 짝이 없다. 엉망진창이다. 그야말로 숨만 간신히 붙어 있는 상태였다. 「봄의 도적」, 『전집』 3, 126~127쪽

예전의 내게 있어 세간의 평가는 생활의 전부나 마찬가지였기에, 나는 그것이 두려웠다. 그래서 일부러 더 무관심한 척을 했고, 그것에 대한 반발로 오히려 더 미쳐 날뛰면서 다른 사람이 오른쪽이라고 하면 아무런 이유 없이 왼쪽으로 가서 길을 잃고 헤매면서 그런 행동으로 스스로의 우월함을 과시하려고 애썼다. 「봄의 도적」, 『전집』 3, 129쪽

작가들은 사소설을 쓸 때조차도 대부분 자신을 '좋은 사람'으로 그린다. 자전적 소설 속 주인공 중에 '좋은 사람'이 아닌 이가 있던가? 아쿠타가와 류노스케도 언젠가 그런 내용의 글을 쓴 적이 있었던 것으로 기억한다. 나는 사실 그런 의문 때문에 일부러 더 '나'라는 이름의 주인공을 성질이 고약하고 악마적인 인물로 그리려 했다. 어설프게 '좋은 사람'이 되어 사람들에게 동정을 얻는 것보다는 차라리 떳떳한 일이라고 생각했다. 하지만 그게 잘못이었다. 「봄의 도적」, 『전집』 3, 131~132쪽

그런데 여기까지 끌려온 마당에, 이런 진술을 독자들이 과연 신뢰할 수 있을까. 다자이 오사무로 추정되는 '나'의 술회가 진정성 있는 것으로 받아들여질 수 있을까. 처음에는 사소설 같은 느낌으로 다가왔던 구절들이지만, 이중의 자기반영성의 틀을 통과하고 나면 이제는 사뭇 다른 감각으로 다가오게 된다. 필자의 진심을 알 수 없으니, 그 어떤 내용도 마음 놓고 신뢰하기는 힘들어진 탓이다.

앞에서 나는 '이중의 자기반영성'이라는 말을 썼거니와, 작품이나 작가가 텍스트 안으로 들어가는 것이 자기반영성의 기본 틀이라면, 이중의 자기반영성은 여기에서 한발 더 나아가 작가의 분열과 이중화가 이루어져 유희적 속성과 결합하는 것을 뜻한다.

예를 들어, 자기반영성의 원천적 모형으로는 저 멀리 『돈키호테』 속편[1615]을 들 수 있겠다. 여기에 등장하는 돈키호테와 산초 판사는, 10년 전에 나온 『돈키호테』[1605]으로 인해 이미 유명인이 되어 있다. 『돈키호테』 제1권이라는 허구가 『돈키호테』 제2권에서는 작품 속 현실로 자리 잡고 있는 것이니, 허구와 현실이 뒤엉켜 흡사 거울 속으로 들어가는 길이 생겨난 형국과도 같다. 이런 점에서 유럽의 근대소설은 그 탄생에서부터, 20세기 모더니즘에 와서야 미학적 이념이 되는 자기반영성을 작동시키고 있었다고 해도 좋겠다.[11]

이중의 자기반영성은, 허구적 인물 돈키호테의 자리에 실제 작가 세르반테스를 집어넣어야 성립이 된다. 다자이 오사무의 경우를 보자면, 작가 다자이 오사무의 작품^{허구라고 상정되나 실제로 허구인지는 분명하지 않은} 속에서 주인공처럼 활동하는 다자이 오사무가, 책 밖의 작가 다자이 오사무의 모습으로 다시 규정되어 나오는 것을 뜻한다. 그러니까 거울 밖에 있는 작가가 거울 속으로 들어갔다가 다시 거울 밖으로 나오는 과정의 결과인 것이다. 『돈키호테』 속편에서 돈키

---

11   좀더 자세한 것은, 졸저, 『풍경이 온다』, 나무나무출판사, 2019, 제3장에 있다.

호테는 소설의 주인공으로 작품 속 현실에 출현하지만 그렇다고 해서 작품 밖 현실로 나올 수는 없다. 어디까지나 소설 속에 있는 존재이기 때문이다. 그러나 다자이 오사무의 경우는 한층 더 복잡해진다. 그는 작품 속 현실만이 아니라 작품 밖에서 작품을 쓰는 손의 주인공으로 존재하고 있기 때문이다. 요컨대 『돈키호테』의 자기반영성에서 '자기'는 작품이지만, 다자이 오사무가 보여주는 이중의 자기반영성에서 '자기'는 작가 자신이 된다. 물론 여기에서 작가 다자이 오사무 역시 자연인 쓰시마 슈지津島修治가 만들어낸 허구적 인격이라는 사실 역시 잊어서는 안 된다.

다자이 오사무는 왜 이런 식으로 이중의 자기반영성을 만들어내는 것인가. 이유는 단 하나 명랑성을 확보하기 위해서, 서사의 유희적 속성을 고양시키기 위해서라고 답해야 하겠다. 이것은 다자이 오사무와 쌍둥이처럼 닮아 있는 이상의 문학에서도 매우 현저하게 발휘되는 요소이기도 하다.[12] 왜 명랑성이 결사적인지에 대해서는, 패배자가 자기 자존 근거를 마련하기 위함이라고 앞에서 서술한 바 있다.

가면의 기능은 보호만이 아니라 은폐이기도 하다. 결사적 명랑성이 감추고 있는 것은 무엇일까. 이에 대해 접근해보고자 한다면, 명랑성을 만들어내는 다자이 오사무와 이상의 핵심 기제가 자기 비하라는 점이 고려되어야 한다. 또한 다자이의 페르소나에게서 이중의 자기반영성이 작동하는 방식과 양태가 살펴져야 하겠다. 눈부시게 빛나는 비굴의 영역이 대표적이다.

---

12 좀더 자세한 것은 졸저, 『사랑의 문법—이광수, 염상섭, 이상』(민음사, 2004), 제4장에 있다.

7. 눈부신 비굴

　진정성과 솔직함을 구분해내는 일 역시 반성적 관점에서 바라볼 때 정교해
질 수 있다. 단순하게 표현되는 솔직함은 그저 솔직함을 향한 주관적인 의지
의 표현에 불과하다. 이에 반해, 진정성은 반성적 솔직함이다. 솔직함이란 거
짓 없이 자기 생각을 드러내는 것인데, 문제는 자기가 솔직함이라 생각하는
것이 진짜 거짓 없음인지에 대한 숙고가 거기에는 없다는 것이다. 그러니까
솔직함의 진실성에 대한 반성을 거친 연후에라야, 솔직함은 비로소 진정한 솔
직함이 된다는 것이다. 성찰 없는 솔직함은 자칫하면 순진함이거나 우매함에
다름 아닌 것이 된다.

　다자이 오사무가 「봄의 도적」에서 풀어내고 있는, 자신의 위악적 이미지에
대한 푸념 역시 마찬가지이다. 작가 자신의 이야기를 솔직하게 쓰고 있으니
사소설이 아니냐고 할 수도 있겠다. 하지만 그의 소설은 사소설처럼 보이는
비-사소설이라 해야 마땅하다. 전술한 바와 같이, 진지함이 그 안에 없는 까닭
이다. 게다가 그는 명백한 디테일을 바꾸어놓음으로써[13] 자신의 고백이 허구
임을 드러내곤 한다. 그러니까 「봄의 도적」에 대해, "이 작품은 「팔십팔야」, 「세
속의 천사」, 「갈매기」 등과 함께, 이상을 버리고 현실생활에 타협해버리고 만
다자이의 자기비판과 자조, 반성이 잘 드러난 작품"[14]이라는 식의 판단은 이런
속성을 깊이 들여다보지 않은 탓이라 해야 하겠다. 「봄의 도적」 속의 작가가

13　예를 들면, 1940년 1월에 발표된 소설인데도, "지금까지 이십팔년을 살면서 아무것도 하지
　　않고 쓸모없는 이야기책만 탐독해 온 결과이리라"(『전집』 3, 133쪽)라고 써서, 자연인 쓰시
　　마 슈지의 나이와 약 3년의 착오를 만들어둔 대목을 지목할 수 있겠다. 물론 이런 장치는 소
　　설＝허구이기 위한 최소한의 기준을 지키는 것이라 할 수도 있으며, 그로 인해 오히려 자기
　　자신의 속 깊은 진실을 털어놓을 수 있는 조건이 되기도 한다. 그럼에도 다자이의 소설에서
　　분명한 것은, 허구와 사실의 경계를 오가는 요소들이 자기 자신을 다중화하고 희화화하기 위
　　한 장치로 기능한다는 점이다.
14　『전집』 3, 124쪽.

글쓰기의 이상을 버리고 현실생활에 타협한 모습으로 보였다면, 그것은 다자이 오사무가 그렇게 보이기를 원했기 때문이라 해야 한다. 이상의 경우에서도 보이듯이, 자기 비하와 위악은 '뜨거운 모더니즘'의 필살기이다. 손을 놀려서 소설을 쓰고 있는 한, 소설가 다자이에게 현실과의 타협은 있을 수가 없다. 뜨거운 모더니스트인 그가 현실과 타협할 수 있는 유일한 길은 소설을 쓰지 않는 것이다.

다자이의 소설에서 자기 비하의 아이러니가 절정에 도달하는 것은 페르소나의 비굴이 묘사되는 순간들이다. 그의 소설에서 이는 다양한 형태로 표출되고 있거니와, 이 비굴함은 다자이의 아이러니가 지닌 명랑성의 핵심 기제이자 동시에 반면이기도 하다. 절정의 비굴이 드러나 있는 것으로 「개 이야기」[1939]의 예를 들어볼 수 있겠다.

「개 이야기」의 설정과 줄거리는 다음과 같다. 작가는 야마나시 현 고후 시의 변두리, 세 칸 초가에서 소설을 쓰며 사는데, 동네에 개들이 떼 지어 몰려다닌다. 이런 설정은 사소설의 외양을 지니고 있으나, 이 이야기도 다른 소설들과 마찬가지로 형식만 사소설일 뿐이다. 앞에서 사용했던 '비-사소설'이나 '비-고백'이라는 단어는 바로 그런 속성을 지칭하는 것이다. 소설 속의 작가 '나'는 개 떼가 무서워 동네 개들에게 정밀하게 아부하면서 산다. 어이없는 것은 그러다 보니 개들이 자기를 좋아하며 따르게 되었다는 것이다. 개들에게 바친 아부와 그로 인해 벌어진 반전의 역사를 '나'는 이렇게 묘사한다.

나는 일단 개와 맞닥뜨리면 만면에 미소를 머금고 해치려는 마음이 전혀 없다는 것을 보여주기로 했다. 밤에는 그 미소가 보이지 않을지도 모르므로 천진난만하게 동요를 흥얼거려서 상냥한 인간임을 알리고자 노력했다. 이 방법들이 다소 효과가 있었던 모양이다. 개들이 내게 덤벼든 적은 아직 한 번도 없다. 하지만 끝까지 방심은 금물이다. 개 옆을 지날 때에는 아무리 무서워도 절대 뛰어서는 안 된다. 생글생

글 비굴한 웃음을 띠고 평온하게 고개를 흔들면서 천천히, 천천히, 속으로는 등에 벌레 열 마리가 기어 다니는 것처럼 금방이라도 질식할 듯 소름이 끼쳐도 아주 천천히, 천천히 옆을 지나가야 한다. 정말이지 스스로의 비굴함에 몸서리가 쳐진다. 울고 싶을 정도로 자기혐오를 느끼지만, 그렇게 하지 않으면 곧바로 물릴 것 같은 기분 때문에 어쩔 수 없이 개들에게 그런 처량한 인사를 시도하곤 한다. 머리가 너무 길면 수상적은 사람이라 여겨 짖을지도 모른다는 생각에, 그렇게나 싫어하던 이발소에도 부지런히 다니기로 했다. 지팡이 같은 것을 들고 걷다가 자칫 개가 그것을 위협이 되는 무기라고 오해해 반항심을 가지면 안 되기 때문에, 지팡이는 영원히 포기하기로 했다. 개의 심리를 헤아리기가 힘들어서 그저 되는대로 무턱대고 개의 눈치만 살피며 지내던 중에 의외의 현상이 나타났다. 개가 나를 좋아하게 되고 만 것이다. 꼬리를 흔들며 내 뒤를 졸졸 따른다. 나는 발을 동동 굴렀다. 참으로 짓궂은 결과였다.「개 이야기」, 『전집』 3, 54~55쪽

개들을 향한 저와 같은 아부는 이런 표현이 가능하다면, 눈부시게 빛나는 비굴이다. 당연한 일이겠으나, 개들을 향한 '나'의 태도는 세상을 향한 작가 다자이 오사무의 태도와 겹쳐진다. '나'는 개들이 무서워 눈치를 보며 영리하게 대처하는데, 이젠 개들이 '나'를 좋아하게 되어버렸다. 못 생기고 불균형한 신체에 피부병까지 심한 잡종 유기견 포치가 집에까지 따라와, '나'는 결국 집에 들여 먹이고 키운다. 그러면서도 산책길에 따라나서는 포치를, 사람들이 '나'의 개로 알까봐 창피스러워 한다. 계륵도 이런 계륵이 없다. 포치와의 곤혹스런 관계로부터 드디어 벗어날 기회가 생긴다. '나'는 머지않아 동경으로 이사를 가게 된다. 버리고 가느니 포치를 죽이고 가자고 부부가 합의한다. '나'는 포치를 처음 만난 곳에 데려가 쇠고기에 약을 섞어 먹인다. 혼자 집으로 돌아오는데, 죽지 못한 포치가 뒤따라오며 "면목 없다는 듯이 목을 늘어뜨리고 슬쩍 내 시선을 피했다."『전집』 3, 67쪽 그런 포치에게 영양식으로 계란을 먹이는 것

으로 이야기는 마무리된다.

이와 같은 설정은 다시 한번, 다자이 오사무라는 페르소나^{작가이면서 동시에 등장인물}인의 위상을 상기시켜준다. 무서운 개들과 무서워하는 '나' 사이에 작고 못생긴 개 포치가 있다^{이 구도는 이상의 「오감도 시 제1호」의 구도를 연상시킨다}. 독약을 먹고도 죽지 못한 채 살아 있음을 미안해하는 못난 포치는, 다자이 오사무의 소설에서는 매우 익숙한 페르소나이다. "태어나서 죄송합니다"^{『전집』1, 47쪽}라고 쓰고 있는 「20세기 기수」¹⁹³⁷의 작가나, 부끄러움 많은 인생을 살았다고 말하는 『인간 실격』¹⁹⁴⁸의 주인공 오바 요조 같은 인물들이 곧 그들이다. 무엇보다도 네 번이나 자살 시도를 실패한 다자이 오사무라는 작가 혹은 쓰시마 슈지津島修治라는 청년이 곧 그 대표자이다. 약을 먹어도 죽지 않는 못생긴 개 포치를 데려가는 '나'의 모습은, 네 번이나 자살에 실패한 이력의 작가 다자이 오사무를 품은 채로 살아가야 하는 자연인 쓰시마 슈지의 모습과 다르지 않다.

그러니까 여기에는 세 겹의 인격과 세 개의 세계가 겹쳐져 있는 셈이다. 라캉의 용어를 빌려 말하자면, 비굴하고 명랑한 소설 주인공^{다자이 오사무 혹은 오바 요조}의 상상계, 말썽쟁이 탕아 작가^{다자이 오사무}의 상징계, 그리고 그 뒤에 있는 자연인 다자이 오사무^{혹은 쓰시마 슈지}의 실재계. 작중인물 다자이 오사무가 독자들의 마음속에서 재현되는 상상의 산물이라면, 신문 사회면을 장식하는 '탕아 작가' 다자이 오사무는 사회적으로 규정된 상징적 존재이다. 그리고 그 너머에는, 원고지에 소설의 문장을 적어 넣고 있는 손의 주인 쓰시마 슈지가 있다. 이 세 번째 존재에 대해 정확하게 말하기는 쉽지 않다. '상상적' 명랑성과 '상징적' 방탕 너머에 있는 인물이라는 것, '상징적' 다자이 오사무를 재료로 삼아 '상상적' 다자이 오사무를 만들어내는 인물이라는 것, 그 둘 사이의 간극 속에 도사리고 있으면서 둘을 쥐락펴락하다 결국 자살로 생애를 마친 인물이라는 것, 우울하고 침중한 폐결핵 환자이자 소설 쓰기로 생업을 삼았던 인물이라는 사실 정도를 확인할 수 있을 뿐이다.

세상에 대한 호의를 미리 과장되게 드러내는 일이란, 세상을 두려워하는 겁쟁이들의 일이다. 다자이 소설이 지닌 명랑성이란 세상에 대한 방패이기도 하다. 방패는 세상의 공격을 방어하는 것이지만 동시에 자신의 본심을 감추기 위한 것이기도 하다. 말썽쟁이 '탕아 작가' 다자이 오사무는, 명랑하고 상냥한 겁쟁이 다자이 오사무를 방패로 내세운다. 그는 무엇을 감추고자 하는 것일까. 세 번째 다자이 오사무, 우울하고 침중한 자연인 쓰시마 슈지가 있는 실재의 영역일까.

'탕아 작가' 다자이 오사무는 자기 스스로를 겁쟁이 못난이 배신자 난봉꾼으로 묘사한다. 그러나 그는 자신의 악덕을 자랑하듯 크고 떠들썩하게 외치는 사람은 아니다. 자신의 한심함에 대해 조용히 뇌까리는 사람에 가깝다. 그래서 오히려 그런 용렬함과 방탕이 진실인 것처럼 보이게 만드는, 또 그 자신이 정말 그런 무절제의 화신인 것처럼 보이게 만드는 사람이기도 하다. 그래서 묻게 된다. 밖으로 드러난 그의 용렬함이 진짜 감추고자 하는 것은 무엇일까.

물론 그가 네 번이나 자살 시도를 실패했고, 또 그런 실패들을 소설 쓰기의 동력으로 삼았다는 것은 객관적 사실이다. 그러나 그 모든 사실들이 아이러니를 생산하는 방패의 역할을 하는 것이라면, 그가 진짜로 방어하고자 했고 필사적으로 숨기고자 했고 또한 그가 진정으로 두려워했던 것은, 그 방패 안에 있다고 해야 하지 않을까.

8. 아이러니가 은폐하는 것

다자이의 아이러니가 은폐하고 있는 것이 무엇인지에 대한 대답을 찾는다면 우리가 주목해보아야 하는 것은 당연히도 그의 글쓰기들, 그리고 그 뒤에 있는 그의 삶이다. 첫 번째 자살 시도 이후로도 그는 18년을 살아남아서 다자이 오사무의 이름으로 열 권 분량의 글을 남겼다. 그의 작품 전체에서 가장 두드러지는 것은, 다자이 오사무의 전형적인 페르소나의 모습이겠다. 위악과 방탕과 거듭된 자살 시도로 표현되는, 불편한 세상과 마주치기를 싫어하는 한 사람의 모습이 다자이의 세계 한가운데 웅크리고 있다. 그의 유작 『인간 실격』 1948의 주인공 오바 요조가 그 페르소나를 대표한다. 27세의 오바 요조는 자기 삶을 회고하며 이렇게 쓴다.

> 인간에 대한 공포로 늘 벌벌 떨면서, 인간으로서의 제 언동에 한 줌 자신감도 갖지 못한 채, 혼자만의 고민을 마음속 작은 상자에 숨겨두고, 우울과 신경과민을 꽁꽁 감추며, 그저 순진하고 낙천적인 척 꾸며대면서, 저는 점차 우스꽝스러운 괴짜가 되어갔습니다.
> 뭐라도 좋으니 웃기기만 하면 된다, 그렇게만 하면 인간들은, 내가 그들의 이른바 '생활' 밖에 있더라도 그다지 신경 쓰지 않겠지, 아무튼 저들의 눈에 거슬려서는 안 된다, 나는 무無다, 바람이다, 허공이다, 이런 생각만 쌓여서, 우스꽝스러운 짓으로 가족들을 웃기고, 또 가족보다 더 이해할 수 없는 무서운 하인들에게까지 **필사적으로 어릿광대 서비스**를 하게 되었습니다. 『전집』 9, 146~147쪽, 강조는 저자

여기에서 주목되어야 할 것은 "어릿광대 서비스" 혹은 '익살 서비스'라는 구절[15]이다. 말 그대로, 자기 자신을 바보로 만듦으로써 상대에게 즐거움을 제공한다는 뜻이다. 오바 요조는 그것을 정신적 생존의 불가결한 도구라고 느낀다. '익살 서비스'에서 실패하면 그는 좀비와 다름없는 존재로 전락해버린다는 점에서 필사적일 수밖에 없다는 것이다. 『인간 실격』의 줄거리는, 세상살이를 견

---

15 원문에는 "必死のお道化のサーヴィス"라고 되어 있다(『太宰治全集』 4, 筑摩書房, 1988, 387쪽). 『전집』 9의 번역자 정수윤은 '어릿광대 서비스'로, 민음사판 번역자 김춘미는 '익살 서비스'로 옮겼다. 양쪽 모두 가합하지만, 여기에서는 간명한 '필사의 익살 서비스' 쪽을 택한다.

디기 힘들어 하는 오바 요조가 동반 자살에 실패하고 알콜과 약물 중독으로 방황하다 정신병원에 수감되는 과정으로 이루어져 있다. 바꿔 말하면, 그것은 "필사의 익살 서비스"가 실패하는 과정, 정신적 파산 상태에 도달하는 과정이기도 하겠다.

오바 요조의 "필사의 익살 서비스"가 성립되기 위한 몇 가지 조건들이 있다. 첫째, 대가를 기대하며 제공되는 '서비스'라는 것. 둘째, 바보 흉내가 연기라는 사실이 노출되어서는 안 된다는 것. 셋째, '익살 서비스'는 생존을 위한 필수 도구라는 것. 여기에서 두 가지 점에 대해 지적할 수 있겠다. 첫째, 왜 '익살 서비스'인가. 둘째, 왜 필사적인가.

첫째 항목 자체는 크게 문제 삼을 만한 것이 아니다. 타인에게 기쁨을 주고 그 대가로 사랑을 받는 일_{혹은 살아남는 일}이란 정신적 물리적 생존을 위한 '아첨'에 해당한다. 그런 형식의 '아첨'이란, 정도의 차이는 있을지언정 그로부터 완전히 자유로운 사람은 있기 어렵다. 여기에서 서비스라는 말이 지니고 있는 교환의 형식은 근대적 가치 형태의 본체에 해당되는 것이기도 하다. 또한 인간에게는 불가피한, '자기 자신을 연기하는 일'이 지닌 존재론적 문제도 여기에 개입해 있다. 요컨대 '아첨'과 생존의 교환은 그렇게 심한 자의식을 불러일으킬 만한 문제가 아닐 수도 있다는 것이다.

그런데 문제는 그런 당연한 교환 관계가 오바 요조에게는 유독 예민한 것으로 다가온다는 점이다. 이를 보여주는 것이 둘째와 셋째 조건들이다. '익살 서비스' 같은 것이라면, 설사 연기에 실패했다고 해도 그 의도 자체만으로 사랑받을 수 있는 것인데, 그것이 드러나는 것을 왜 그렇게 끔찍해 하는 것인가. 게다가 그것을 "필사적"이라고까지 말하는 것은 지나친 과장이 아닌가.

물론 이런 식의 과장을 만들어내는 예민함이야말로 오바 요조가 지닌 독특성이라고 간주하고 넘어가버릴 수도 있겠다. 그러나 그런 독특함이, 누구나 당연한 조건으로 받아들일 만한 첫째 요소의 뒤틀린 본성을 적발해낸다면 이야기는 달라진다. 당연한 것의 당연하지 않음을 드러내준다는 점에서 그러하다. 게다가 그 독특함이 오바 요조라는 인물과 그의 삶이 근대인 일반에게 행사하는 호소력의 원천이라면, 그것이야말로 다자이 오사무 문학이 지닌 문제성의 핵심에 해당하는 것이겠다. 과장이 만들어낸 일그러짐이야말로 근대성의 세계를 살아가는 마음의 실재를 보여준다는 것이다.

이와 관련하여, 『인간 실격』에 나타나는 증상적인 지점을 지목해보자. 다음 두 장면을 겹쳐놓아야 그 성격이 제대로 드러난다.

ⓐ 그날 체육 시간에, 그 학생(성은 기억나지 않지만 이름은 다케이치가 아니었나 싶습니다)다케이치는 늘 그렇듯 보고만 있었고, 저희는 철봉 연습을 하고 있었습니다. 저는 일부러 엄숙한 표정을 지으며, 에잇 하고 철봉으로 뛰어올랐는데, 멀리뛰기라도 하듯 그대로 앞으로 날아가, 모래밭에 쿵 하고 엉덩방아를 찧었습니다. 모든 것이 계획적인 실패였습니다. 과연 모두 박장대소했고, 저도 쓴웃음을 지으며 일어나 바지에 묻은 모래를 털고 있는데, 언제 왔는지 다케이치가 제 등을 쿡쿡 찌르며 낮은 목소리로 속삭였습니다.

"일부러 그랬지, 일부러."

저는 전율했습니다. 일부러 실패했다는 걸, 다른 사람도 아닌 다케이치에게 들키다니요. 저는 온 세상이 순식간에 지옥 불에 휩싸여 활활 타오르는 것만 같아서, 아악! 하고 소리치며 미쳐버릴 듯한 마음을 간신히 억눌렀습니다.

그날 이후, 저의 불안과 공포는 나날이 더해갔습니다. 『전집』 9, 157쪽

ⓑ 하지만 그 시절 그리운 추억 가운데 단 한 가지, 식은땀이 뻘뻘 날 정도로 평생 잊지 못할 비참한 실수가 있었습니다. 저는 어두침침한 검사국 방안에서 검사로부터 간단한 취조를 받았습니다. 검사는 마흔 안팎의 차분한 남자로, (혹여 제가 미남이라고 해도 그건 분명 음탕한 멋이 있기 때문일 테지만, 그 검사의 얼굴에서는 올곧은 멋이라고나 할까,

총명하고 침착한 분위기가 느껴졌습니다) 빡빡하게 굴지 않는 인품을 지닌 듯 보여서, 저도 완전히 경계를 풀고 멍하니 진술을 했는데, 돌연 기침이 터져 나와 옷소매에서 손수건을 꺼냈고, 문득 그 피를 보면서 어쩌면 이 기침도 뭔가 도움이 될지도 모른다는 한심한 수작이 떠올라, 콜록콜록, 두 번 기침을 한 뒤, 덤으로 요란스레 거짓 기침까지 보태고 나서, 손수건으로 입을 가린 채 검사의 얼굴을 흘끗 본, 그 순간,

"그거 진짜냐?"

너무도 침착한 미소였습니다. 식은땀이 삘삘, 아니요, 지금 생각해도, 정신이 뱅글뱅글 돌 지경입니다. 중학교 때 멍청한 다케이치가, 일부러 그랬지, 일부러, 라고 했던 말에 허를 찔려 지옥으로 뻥 차인 듯했던, 그때의 심정을 뛰어넘는다 해도 결코 과언이 아닐 것입니다. 그것과 이것, 이 두 가지는, 제 생애에서 가장 크게 실패한 연기였습니다. 검사로부터 그토록 차분하게 모욕을 당하느니, 차라리 십 년 형을 선고받는 편이 나았을 거라는 생각까지, 가끔 들 정도입니다.『전집』9, 192~193쪽

ⓐ는 중학 시절 체육 시간에 벌어진 일이고, ⓑ는 동반 자살 실패 이후 이른바 '자살방조죄' 혐의로 조사 받던 과정에 생긴 일이다. 이 둘을 병치하는 순간 텍스트의 증상 하나가 분명하게 드러난다. 그것은 무엇인가. 오바 요조가 "실패한 연기"라는 이름으로 ⓐ와 ⓑ를 같은 등급의 사건으로 간주한다는 사실이 곧 그것이다.

연기의 실패라는 결과는 동일하지만, 윤리적 차원에서 둘의 차이는 현격하다. ⓐ는 사랑 받기를 원하는 예민한 성격의 중학생이 슬랩스틱 연기를 한 경우임에 비해, ⓑ는 스물 넘은 청년이 수사 검사의 동정심을 유발하기 위해 각혈 수준의 폐병인양 가식을 떤 것이다. 여기 등장하는 손수건에 묻은 피는 귀밑의 뾰루지에서 생긴 것이었다. 한쪽이 귀여운 익살 연기 수준이라면, 다른 쪽은 무죄 방면을 원하는 마음이 순간적으로 만들어낸 동원된 낯 뜨거운 속임수이다. 그런데도 오바 요조는 태연하게, 연기의 실패라는 이름으로 이 둘을

등치시키고 있는 것이다. 어떻게 이런 등치가 가능할까. 방법은 단 하나, 오바 요조의 이른바 '연기'에서 윤리적 판단을 배제하는 것이다. 선악 판단이 사라진 자리에 부끄러움이 들어서 있는 것이다.

요조의 수기에 등장하는 유명한 첫 문장은, "부끄러움 많은 생애를 살았습니다."『전집』9, 142쪽이다. 그가 자기 삶을 회고하면서 첫째로 내세운 것은 죄의식이 아니라 부끄러움이라는 것이다. 여기에서 부끄러움의 의미는, 죄의식과 대조되어야 좀더 정확하게 포착될 수 있다. 죄의식은 책임감과 연결되는 윤리적 감정임에 비해, 부끄러움은 능력주의에 바탕을 둔 감정으로 명예심과 연결되어 있는 것이다. 죄의식이 윤리적 선악의 문제라면, 부끄러움은 능력의 우열 문제인 것이다. 죄의식의 자리를 대체한 부끄러움이라는 맥락에서 보자면, ⓐ와 ⓑ의 등치는 이해할 수 있는 수준이 된다. 거짓을 행사한 것이 부끄러운 것이 아니라, 거짓임을 들킨 것이 부끄러운 것, 연기가 완벽하지 못해서 수치스럽다는 말이다.[16] 부끄러움이나 수치심, 굴욕감 등을 앞세우는 태도는 비단 『인간 실격』의 주인공 요조에 국한되지 않고, 다자이의 작품 세계 전체에 지배적인 요소이다. 오바 요조가 다자이 오사무 세계의 대표적 페르소나라는 점을 감안한다면 이는 당연한 것이겠다.

이와 관련하여 두드러지는 몇 가지 예를 들어볼 수 있겠다. 「동경 팔경」1941에서 그는 두 번째 자살 실패에 대해, "여자는 죽고, 나는 살았다. 죽은 사람에 대해서는 전에도 몇 번이나 글을 쓴 적이 있다. 내 인생의 오점이었다. 나는 유치장에 들어갔다. 취조 끝에 기소유예 판정을 받았다."『전집』4, 89쪽라고 쓴다. 이

---

16 이는 제2차 세계대전 종전 이후 현재까지 일본 여항에서 '전범(戰犯)'이라는 단어가 사용되고 있는 방식과 유사하다. 전쟁범죄자는 전쟁에 관한 국제법규를 어기거나 비인도적 행위를 한 사람을 지칭하는 것임에도, 현재 일본의 여항에서 통용되는 '전범'이라는 단어는 전쟁 패배의 원인 제공자를 뜻한다. 전자는 윤리적인 기준을 가진 것임에 비해, 후자는 실수나 능력 부족 등으로 인한 것이다. 능력 기준(힘의 우열에 기반한 냉소주의)이 윤리 기준(보편적 올바름에 대한 윤리적 판단)을 덮어써버린 경우이다.

건조한 회고에서 주목해야 할 것은, 자살 실패에 대해 '오점'[17]이라는 단어를 쓰고 있다는 사실이다. 여기에서 오점이란 더럽혀진 이력, 곧 자기 삶에 새겨진 불명예의 얼룩을 뜻한다. 윤리적으로 치명적일 수도 있는 사건이, 명예와 수치의 차원에서 다뤄지고 있는 것이다. 그러니까 이것은, 자살을 처세술의 일종으로 생각하는, 앞의 「잎」의 관점이 진심일 때 나올 수 있는 반응이다. 여자만 죽고 혼자 살아남은 동반 자살 실패를, 처세술에서 실패한 것으로 간주해야 가능한 발상이라는 것이다.

같은 해에 발표된 「신햄릿」[1941]에 등장하는, "나는 인간의 악을 용서할 수는 있어도, 인간의 아둔함은 용서할 수 없다. 아둔함은 가장 큰 죄악이야. 폴로니어스, 이번에는 파면당하는 것으로 그치지 않을 것이다. 알고 있겠지?"[「전집」4, 332쪽]라는 왕의 대사도, 이런 점에서 보자면 인상적이지 않을 수 없다. 원작과는 달리, 「신햄릿」에서는 아버지의 유령이 등장하지 않는다. 독살당한 아버지에 대한 소문은 친구 호레이쇼가 햄릿에게 전해준다. 연극을 꾸며 사실을 확인하는 것은 원작과 유사하지만, 「햄릿」에서는 왕의 편이었다가 햄릿의 칼을 맞고 죽는 재상 폴로니어스가, 다자이의 개작에서는 반대로 햄릿 편에 서서 연극에 가담함으로써 왕의 분노를 사고 결국 왕의 손에 죽는 것으로 설정된다. 위의 대사는 왕이 폴로니어스를 죽이기 직전의 말이다. 또한 중요한 인물들이 모두 죽은 원작과는 달리 왕과 햄릿, 오필리어 등은 모두 살아남고 어머니만 자살을 하는 것으로 맺어진다. 윤리적 선악이 아니라 능력의 우열을 앞세운 왕의 대사와 어울리는 결말이겠다.

그렇다면, ⓐ와 ⓑ의 사건이 실패라는 이름으로 동일한 수준에 등재되는 『인간 실격』의 기이한 모습은, 다자이 오사무의 세계가 지닌 이념적 감각으로 보자면 정합적인 것이 된다. 그의 세계는 선악이 아니라 능력의 우열과 일의

---

17 오점으로 번역된 단어는 '黑点'이다. 『太宰治全集』 4, 筑摩書房, 1988, 90쪽. 태양의 흑점을 뜻할 수 있어 보이나 뜻은 다르지 않겠다.

성패가 중요한 곳이기 때문이다. 능력주의 자체가 몰윤리성을 바탕에 깔고 있다는 사실도 염두에 두어야 한다.

이렇게 본다면, ⓐ와 ⓑ에서 드러나고 있는 『인간 실격』의 진정한 증상은 또 다른 곳에 있다고 해야 하겠다. ⓐ와 ⓑ에서 공히 드러나고 있는, 연기 실패에 대한 반응의 과장성이 곧 그것이다. 그 두 사건이, 인생에서 가장 실패한 두 경우라고 말하는 것은 이제는 이해할 수 있다. 하지만 지옥 불에 떨어진 것 같다고, 식은땀을 뻘뻘 흘릴 정도라고 한 것은 어떻게 이해해야 할까. 단순히 수사학적 과장이라 해야 할까.

이런 반응을 문면 그대로 이해할 수 있는 길은, 연기 실패가 적발되었다는 사실 자체가 아니라, 적발한 시선의 주체가 누구인지에 초점을 맞출 때에야 비로소 드러난다. 그의 연기 실패가 지옥에 떨어질 만큼 무서운 일이라면, 그 실패를 알아 챈 시선의 주인은 그를 지옥에 보낼 정도의 위력을 지닌 존재라야 한다. 그러니까 오바 요조의 실패를 적발해낸 시선의 주인공은, 형편없는 못난이 열등생 다케이치나 차분한 미남 검사일 수가 없다는 것이다. 실패를 잡아낸 눈의 소유자가 그들인 것은 맞지만, 시선의 주인은 따로 있다고 해야 한다. 그렇다면 그 시선의 진짜 주인은 누구일까. 연기에 실패한 요조를 지옥불에 떨어뜨릴 수 있는 존재라면, 절대 위력자로서의 신일 수밖에 없다.

그렇다면 오바 요조가 자신의 '익살 서비스'를 필사적이라고 표현한 것이라고 한 것도 이해할 수 있는 것이 아닐까. 그 자신의 연기를 바라보고 있는 존재가 신이라면, 세상살이 자체가 견디기 힘든 것일 수밖에 없었겠다. 삶이 온통 부끄러움으로 가득 찬 것일 수밖에 없었겠다. 신의 시선에 맞서기 위해서라면 목숨을 걸지 않을 수 없었겠다.

요조가 '익살 서비스'를 제공하지 않아도 되는 장소, 신의 시선으로부터 차단된 장소가 한 군데 있다. 『인간 실격』으로 말하자면, 함께 동반 자살을 시도했다가 홀로 죽은 여성 쓰네코의 세계이고, 그의 작품 공간 전체로 말하자면 '기생촌'과 같은 직업여성들의 세계이다. 그곳에서는 그가 '익살 서비스'를 제공하지 않아도 된다. 어릿광대짓 대신 지불할 수 있는 다른 재화들이 있기 때문일 것이다. 『인간 실격』에서 오바 요조가 카페 여급이었던 쓰네코와 함께 자살하기로 마음먹었던 순간은, 찻집에서 함께 마신 우유 값을 낼 돈이 없었을 때, 그의 지불 능력이 한계에 도달했을 때였다. 그런 그에게 주어진 것은 두 개의 선택항이다. 다시 '익살 서비스'를 제공하며 사는 것, 혹은 살기를 그만두는 것.

그런데 그런 장소까지 신의 시선이 침범한다면 어떨까. 그것은 그야말로 숨이 막히고 무시무시하여 견딜 수 없는 일이 아닐 수 없겠다. 「게으름뱅이 카드놀이」[1939]에서 그는 그 공포의 순간을 다음과 같이 썼다.

> 문득 눈을 뜨니, 방은 깜깜했다. 고개를 드니 머리맡에 새하얀 봉투 하나가 똑바로 놓여 있었다. 왜일까, 심장이 철렁했다. 빛이 날 정도로 새하얀 봉투다. 손을 뻗어 집으려고 했는데, 허무하게 바닥을 긁었다. 이게 뭔가 싶었다. 달빛이었다. 그 기생촌의 방 커튼 틈으로 달빛이 스며들어, 내 머리맡에 반듯한 사각형 달빛을 떨어뜨리고 있었던 것이다. 온몸이 굳었다. 나는, 달에게서 편지를 받았다. 무어라 표현할 수 없는 공포였다.
>
> 더는 참지 못하고 커튼을 젖혀 창을 열고, 달을 보았다. 달은 모르는 사람 같은 표정을 짓고 있었다. 무언가 말을 걸어 보려고 나는 놀란 숨을 들이마셨다. 달은 그래도 모른 척이다. 냉혹, 엄격, 애당초 인간 따위 신경 쓰지 않는다. 격이 다르다. 나는 꼴사납게 언제까지도 멍하니 서 있었는데, 쓴웃음이 나오지도 않았고, 부끄럽지도 않았다. 그런 단순한 감정이 아니었다. 신음했다. 그대로 작은, 귀뚜라미가 되고 싶었다. 『전집』 2, 244쪽

세상으로부터 조롱과 매도의 대상이 되어 사면초가였던 주인공이, 도피처로 삼고 들어간 '기생촌'에서의 일이다. 만취에서 문득 깨어난 시선이, 커튼 틈

으로 스며들어 방바닥에 떨어진 사각형의 달빛을 보았을 뿐이다. 그런데도 그는 그것을 하느님의 편지로, 죽음의 시선으로 느낀다. 달빛의 모습으로 그를 찾은 신은 어떤 존재일까. 성내고 꾸짖는 전지전능한 인격신이 아님은 물론이겠다. 스피노자가 논리화한 신, 사람들의 기도에 응답하지 못하는 거대한 원리로서의 신, 밤하늘을 올려다본 파스칼을 절망케 했던 영원한 침묵으로서의 신이라 해야 마땅할 것이다. 바로크 근대성이 만들어낸 무한공간으로서의 우주이자 거대한 공허로서의 신, 무감하고 무능한 신으로부터 차갑고 냉정한 달빛 편지가 배달된다. 그 앞에서 다자이 오사무는, 단단한 방패였던 부끄러움마저 무력해져버리고 그는 자기 자신을 인간 이하의 존재로 느끼고 있는 것이다.

여기에 이르면 다자이 오사무가 명랑성의 아이러니를 내세움으로써 은폐하고자 했던 것, 그 자신이 직면하기를 두려워했던 것이 무엇인지도 비로소 소연해지는 것이겠다. 바로크 근대성의 세계를 타격한 저 거대한 공허감, 자기 자신과의 불일치가 만들어내는 존재론적 간극이 곧 그것이겠다. 오바 요조가 '목숨 건' 광대 행각을 벌였던 것도 그 간극의 인력으로부터 스스로를 보호하기 위함이었다고 말해야 하겠다.

그렇다면 이제 다자이 오사무 버전의 "필사의 익살 서비스"를 지목해볼 수 있다. 오바 요조는 사람들을 상대로 말 그대로 광대 역할을 자처하며 익살을 제공했다. 작가 다자이 오사무가 내세운 방패는 무엇인가. 답은 자명하지 않은가. 네 번에 걸친 자살 실패와 다섯 번째의 성공, 그 사이를 메워낸 10권 분량의 글이 독자들 앞에 놓여 있기 때문이다. 그것은 그가 "내 평생 소원"이라고 말했던 "하늘까지 울려 퍼질 정도로 명랑하기 그지없는 출세 미담"[18]의 작가 자신 버전이다. 요컨대 다자이 오사무의 삶과 문학은 그 자체가 통렬한 '실패담'이면서 동시에 실패 그 자체가 "출세 미담"이 되는, 꿈틀거리는 역설의 구현

---

18 「벽안탁발」(1936), 『전집』 10, 92쪽.

물인 셈이다. 그러니 그의 문학이 역설의 자식들에게 애호의 대상이 되는 것 역시 당연한 일이라 해야 하겠다.

9. 실패의 능력주의

동아시아의 지식인들이 근대성과의 대면에서 느끼는 가장 우선적인 감정은 부끄러움이다. 이 경우 부끄러움은 개인의 것이 아니라 민족 단위에서 작동하는 것이다. 앞선 나라의 현실과 뒤쳐진 자국의 대조에서 생겨나는 정서이다. 자기 나라 사람들 수준에 절망했던 루쉰과 청년 이광수의 경우가 대표적이다. 일본의 경우로 환산하자면, 거짓말 잘하고 신용 없는 자국민에 대한 부끄러움에 대해 썼던 후쿠자와 유키치福澤諭吉, 1835~1901의 경우가 여기에 상응한다. 그로부터 한 세대가 넘게 지나, 근대화가 이미 정착해가는 시대에 활동한 나쓰메 소세키夏目漱石, 1867~1916에게 현저한 것은 부끄러움을 덮어버린 죄의식이다. 자신의 의지와 상관없이 이미 근대성의 질서를 체화해버린 사람이 자기 삶의 토대에 대해 느끼는 모호한 형태의 죄의식, 이는 그의 『문』1910과 『마음』1914 사이의 거리에서 드러나는 것이다. 소세키의 시대에 근대성은 이미 반성의 영역에 접어든 탓이다.

다자이는 메이지 시대의 소세키로부터 또 30년 넘게 지난 세상을 살아가야 했던 세대의 일원이다. 그에게서 다시 작동하는 부끄러움이란 무엇일까. 먼저 민족 단위에서 말한다면, 2차 대전의 패전국이 된 나라의 구성원이기 때문이라 해야 할 것이다. 『마음』에서 노출되는 소세키의 돌연한 죄의식이, 서구 세력에 항복한 결과로 근대성을 자기 삶의 이념으로 승인해버린 주체의 마음에 대한 반영이라면, 그리고 그것이 메이지 시대의 종말과 성공한 근대화의 이면에 대한 상징적 표현이라면, 그 맞은편에 놓인 『인간 실격』의 부끄러움이란 쇼

와 시대의 정신적 파산 선언이라고, 메이지에서 쇼와에 이르는, 성공한 근대
화란 착각에 불과했다는 고백이라 할 수 있을 것이다. 이것은 물론 네이션의
알레고리라는 틀 안에서 말하자면 그렇다는 것이다.

다자이의 경우 좀더 주목되어야 할 것은, 부끄러움이라는 윤리적 정동이 네
이션의 차원보다는 오히려 한 개인의 차원에서 작동하고 있다는 점이라 해야
하겠다. 후쿠자와는 물론이고 소세키와도 달리, 다자이에게 윤리적 정동은 민
족 단위의 주체성과 그다지 큰 관련을 지니지 않는다. 요조의 입을 통해 부끄
러움에 대해 말하는 다자이는, 일본인이라기보다는 자기 삶의 방식으로 문학
을 선택한 근대인의 한 사람에 가깝다. 예술에 관한 한, 이상과 마찬가지로 다
자이도 국적 없는 존재에 가깝다.

다자이는 문학을 오히려 삶에 앞세우고자 했던 사람, 그래서 '탕아'의 삶을
사는 것처럼 보였고 또한 '자멸파'라는 말을 듣기도 했던 사람이다. 자기 자신
을 패배자로 낙인찍고 그것을 부끄럽다고 말하는 일이야말로 그에게는 문학
적 성공에 도달하는 길이었다. 그러니까 그는 능력주의 세계를 거꾸로 갔던
셈이다. 문학을 선택한 그에게는 삶의 실패가 오히려 문학의 성공이 되는 것
이다. 부끄러움은 문학과 삶 사이의 격리막처럼 존재하고 있는 셈이다. 「갈매
기」[1940]에서 다자이 오사무는, 사람들에게 손가락질 당하는 인물이었던 자기
자신에 대해 다음과 같이 썼다.

> 나는 지금 사람이 아니다. 예술가라고 하는 일종의 기묘한 동물이다. 죽어버린 이
> 육체를 예순 살까지 부지하여 몸소 대작가가 되어보이고자 한다. 죽은 몸뚱이가 쓴
> 문장의 비밀을 밝히려 하는 것은 쓸데없는 짓이다.「전집」 3, 202쪽

근대성이 지배하는 공리주의 세계에서 문학은 실패자의 영역에 해당한다.
현실에서 실패한 사람들의 영역이라는 말이 아니라, 실패의 정동과 마음을 다

루는 영역이라는 뜻이다. 세상을 사는 사람이면 누구에게나 실패가 있기 마련이고, 누구나 종국적으로는 생존 실패자가 된다. 그래서 실패를 어떻게 받아들이고 어떻게 의미화하는지가 문제가 된다. 문학을 삶에 앞세우고자 했던 다자이는, 문학의 핵심을 향해 진입하는 방법으로 생활의 실패, 살아남기의 실패를 선택했다. 능력주의meritocracy가 삶의 실패를 악으로 규정할 수 있는 것은, 성공을 위한 노력이 윤리적 항목으로 등재되어 있는 까닭이다. 능력주의자들에게 노력은 능력의 문제가 아니라 윤리의 문제인 것이다. 그런데 다자이가 만들어낸 삶의 형적과 문학은 목숨 건 노력의 결과이되 실패를 향한 노력의 결과이다. 실패의 능력주의이자 부정적 엘리트주의의 산물이다. 그가 만들어낸 역설은 현재의 우리에게는 너무나 친근해서 보이지 않는, 근대성 자체가 지닌 윤리적 폭력성을 드러내주고 있는 것이다.

다자이에게 문학은 죽음과 삶 사이의 경계선을 타고 가는 위태로운 줄타기와도 같다. 누구에게나 삶은 죽음의 거대한 바다 위에 떠 있는 배 같은 것이지만, 이를 제대로 실감하지 못한 채로 살아가는 것이 보통 사람들의 삶이다. 그에게 글쓰기란 죽음의 바다에서 삶을 부양시키는 부력과 같다. 부력이 없다면 배는 가라앉고 말 것이나, 부력이 작동하기 위해서는 바다도 필수적이다. 바다가 없다면 배도 부력도 불필요하거나 무의미한 것이 된다. 죽음의 힘이 있어야 삶의 섬세함과 글쓰기의 예민함이 드러날 수 있게 된다는 것이다.

다자이 오사무의 세계 속에서는 특히 삶이 죽음에 매우 가까이 다가갈 때, 삶에 구멍이 나서 죽음이 물컹거리며 밀려들어올 때 글쓰기가 생기를 얻는다. 때로는 삶과 죽음의 연접성 속에서 글쓰기의 의미가 확보되기도 한다. 그의 텍스트의 맥락에서 말하자면, 내버릴 수 있는 목숨이라야 목숨이 목숨다워지고, 죽음의 시선이 개입해야 삶과 글이 생생해진다. 죽음과 삶이 서로를 밀쳐내며 교직되어 있어, 둘 사이의 긴장이 다자이 오사무의 세계를 만들어내는 근본 동력이라고 할 수 있을 정도이다.

그럼에도 자살 시도로 표상되는 죽음의 힘이 다자이 세계의 주인공이라 할수는 없다. 자살과 실패 사이에서 오락가락하는 목숨도 주인공의 자리를 차지할 수는 없다. 주인공의 자리를 차지할 수 있는 것은 단 하나, 소설 쓰기이다. 다자이의 세계에서는 다른 것이 아닌 오직 글쓰기가 바로 그 주인공의 자리에 가합한 존재이다. 이런 점은 특히 「여자의 결투」[1940]와 같은 작품에서 직접적으로 드러나고 있거니와, 이를 바탕으로 하여 조금 과장하자면, 그의 세계에서는 죽음도 삶도 모두 글쓰기의 부속품이라고, 혹은 글쓰기를 생산하기 위한 연료라 단언해도 좋겠다.

글쓰기를 위해 그는 비난받을 일을 자처했고, 거꾸로 착한 척했고, 그런 자기 자신을 고발했고, 고발하는 척했다. 그는 실패의 능력을 통해 독특한 형태의 문학에 도달한다. 글쓰기를 통해 여러 겹의 자기 자신을 만들어냄으로써 자기 자신과의 불일치, 자기가 품고 있는 존재론적 간극을 드러낸다. 자기 자신과의 불일치로 인해 만들어지는 역설의 힘이야말로 근대적 주체를 유지시켜주는 본성임을, 그의 문학은 매우 일그러진 방식으로 증언한다. 그것이 그의 문학적 '성공'이라면, 그것은 일본이나 동아시아에 국한될 이유가 없거니와, 그 자체로 실패의 능력주의가 만들어낸 역설적 결과이겠다.

제7장

강박과 히스테리 사이,
메이지 유신과 동아시아의 근대성

시마자키 도손, 루쉰, 염상섭

1. 두 개의 반성 메이지 유신 150년

한국인의 입장에서 메이지 유신 150주년을 바라본다는 것은 어떤 의미를 지닐까. 메이지 유신을 바라보는 대표 단수로서의 한국인을 상정한다면, 그 사람의 시선이 단순히 가까운 이웃의 것일 수는 없다. 그 시선은 메이지 유신 이후 지난 150년의 역사가 만들어낸 것으로, 메이지 유신의 외부자이면서 자신의 의지에 반하여 내부자가 되었던 사람의 시선이라는 점에서 그러하다.

객관적 외부자 시점에서 보면, 메이지 유신은 일본 근대화의 시발점이자 동아시아 전체 근대성의 한 방향을 보여주는 시금석의 의미를 지닌다. 근대성 자체에 대한 반성이 다양한 방식으로 제기되면서, 대안적 근대성 혹은 복수의 근대성이 운위되고 있는 것이 지금의 현실이지만, 동아시아에서 가장 먼저 근대성의 행로를 시작한 일본의 경우는 그 향배를 가장 앞서 보여주는 지표로서의 지위를 지녀왔던 것 또한 어김없는 사실이다. 150살이 된 메이지 유신이란 그것의 상징에 해당한다.

그런데 한국인에게 메이지 유신의 자기 전개 과정은, 매우 구체적이고 거대한 폭력으로 다가왔고 한국인의 민족적 자긍심에 치명적 상처를 입혔다는 점에서 문제적이다. 게다가 이와 같은 점은 단지 한국만의 문제가 아니다. 메이지 유신의 전개 과정에 강제적으로 편입되었던 아시아의 나라들도 마찬가지이기 때문이다. 정도의 차는 있겠으나, 대만과 중국을 포함한 동아시아 전체, 그리고 좀더 넓게는 이른바 '대동아전쟁'으로 인해 수난을 당해야 했던 동남아시아까지 포함될 수 있겠다.

그러므로 '자기 의사에 반하여 내부자가 된 사람'의 관점에서 보면, 150년 전의 메이지 유신을 바라보는 시선이 이중으로 꼬여 있음은 당연한 일이다. 서구화로서의 근대화가 올바른 방향이었는지에 대한 질문으로 한 번 꼬이고^이

^{이 것은 일본과 함께 꼬이는 것이다.}, 그 질문에 대한 답이 '대동아공영권'이나 태평양전쟁 같

은, 근대성 넘어서기의 일본적인 형태일 수 없다는 판단으로 한 번 더 꼬인다⁰¹ ⁰¹것은 근대 일본을 제외한 꼬임이다. 물론 이런 식의 두 번 꼬임이 다시 첫 번째 항목, 즉 서구발 근대성으로 되돌아가는 것이 아님은 말할 것도 없다. 부정의 부정이라서 외형적으로는 그렇게 보일 수 있으되, 내용적인 면에서 보자면 오히려 두 번 멀어지는 것, 강렬한 부정으로서의 두 번 부정이다. 즉 이 두 차례의 반성은, 주체 중심적 근대성이 지닌 폭력성과 침략주의로부터 한 발이 아니라 두 발 멀어지는 것이며, 그 멀어짐의 결과는 어떤 형태이건 근대성의 논리 자체가 지닌 폭력성과 배타성을 한 번 더 강렬하게 부정하는 것이기 때문이다.

20세기를 거쳐 오면서 세계가 확보한, 근대성에 대한 이와 같은 반성적 시선은, 근대가 만들어낸 고유한 시간 경험을 새롭게 논리화할 수 있는 가능성을 제공한다. 주지하듯이, 근대의 시간 경험은 기본적으로, 반복이라는 전통적 고리로부터 풀려나와 직선이 된 시간 축 위에서 만들어진다. 그 직선의 마지막 지점에는 무엇이 있는지는 모르지만, 앞으로 나아가는 것이라는 점에서 그틀은 '진보'라는 개념으로 규정되어 왔다. 그러니까 '진보'란 방향성을 가진 시간의 변화를 뜻하는 것이어서 그에 입각한 시간 경험은 발전 정도에 따라 위계를 만들어내며, '진보'라는 시간 경험을 바탕으로 만들어지는 근대성의 자기 전개 과정은, 17세기 유럽을 출발점으로 하는 다양한 시간대의 등고선을 세계사의 표면 위에 만들어왔다. 지구 위에 펼쳐진 시간대의 지형에 따라, 서로 다른 기울기의 물매와 낙차가 생기고 그곳을 흐르는 힘의 흐름은 서로 다른 빠르기와 세기를 갖는다. '비동시적인 것의 동시성simultaneity of the non-simultaneous'이라는 근대성 고유의 시간 경험도 이런 틀로 포괄될 수 있겠거니와, 이것은 지구화된 현재의 세계가 서로 이질적이거나 혹은 동질적인 경우에도 격차가 있는 부분들로 이뤄져 있음에도, 기본적으로는 자본주의 세계체제라는 하나의 코어에 의해 작동하고 있는 것과도 상응한다.

뒤늦게 근대화 대열에 합류한 동아시아 사람들 역시 다른 지역과 마찬가지로, 지속적으로 생산되는 시간의 등고선 위에서 짧지 않은 역사적 경험을 축적해왔다. 그럼으로써 근대성이라는 논리적 지구본 위에 동아시아 고유의 단면을 만들어냈다. 지난 20세기의 동아시아 역사가 그것일 터인데, 그로 인해 만들어진 울퉁불퉁한 단면들은 다른 지역과 마찬가지로 근대성에 대한 대안적 가능성이나 복수의 근대성에 대한 함축들을 지닌다. 근대성의 자기 전개를 아직 끝나지 않은 것으로 본다면, 그것은 대안적이라기보다는 오히려 하나의 근대성^{이상적 지향점으로서 언제나 미완일 수밖에 없는}이 드러내는, 다양한 시차를 가진 전개라 함이 더 적절할 수도 있겠다.

이와 같은 방식으로 근대성의 전개 모델을 설정하는 것은, 다음과 같은 두 개의 함정을 피하게 할 수 있다는 점에서 유용성을 지닐 수 있다. 하나의 모범 아래 서열화된 단일한 근대의 폭력적인 논리가 그 하나이고, 다른 하나는 여러 개의 근대성을 상정함으로써 근대성 자체의 규정이 무의미하게 될 위험이다. 이러한 모델 속에서, 근대성이 전개되는 시간의 평면은 활발하게 조산 활동을 하는 땅의 표면으로 비유될 수 있겠다. 언제 어디에서 어떤 양상들이 표면으로 드러나고 새로운 지형을 만들어낼지 모르는 상태라는 점에서 그러하다. 물론 이런 식의 비유가 가능하기 위해서는, 짧지 않은 시간의 흐름을 멀리서 바라보는 시선의 자리가 요구된다.

150살이 된 메이지 유신이라면 그것을 위한 충분한 시간의 질량이 확보되었다고 할 수 있겠다. 그런데 한국과 중국의 경우도 그렇다고 할 수 있을까. 현재의 관점에서 보자면, 개혁개방 이후로 30여 년 사이에 경제력을 포함한 중국의 국가적 위상은 이미 G2가 되어 있고, 한국의 경우도 세계 10위권의 경제 규모에 민주화 발전 수준도 상당한 정도에 도달해 있다.[1] 이런 결과들에 대해

---

1   이코노미스트지에서 발행하는 보고서 "2017 EIU democracy index"에서 한국의 민주주의 지수는 167개국 중 20위를 기록했다. 미국과 이탈리아(공동 21위) 일본(23위) 프랑스(29위) 등과 같은 권역에 있다. (https://www.eiu.com/topic/democracy-index)

상대적인 성공이라고 한다면, 한국과 중국의 경우의 발전도 20세기 후반기의 짧은 시간 안에 이루어진 것이라고만 하기는 어렵다. 19세기에서부터 이어진 실패와 혼돈을 통해 축적된 경험과, 무엇보다도 동아시아가 공유해왔던혹은 그 래왔을 것으로 추정되는 문화적 잠재 역량이 큰 역할을 했다고 함이 타당한 판단일 것이다. 대만과 홍콩이 현재까지 이루어온 것, 그리고 베트남이 그 뒤를 잇고 있는 것 역시 그런 판단에 근거가 된다. 북한의 경우는 어떨까. 예측하기 쉽지 않으나, 최소한 메이지 유신 2백 주년이 될 때도 여전히 현재와 같은 모습이라고 생각하기는 힘들 것이다.

근대성과 근대화의 과정에 대해 새롭게 형성되어온 이와 같은 시각에서 본다면, 150년 전의 메이지 유신과 그것이 초래한 결과를 두고, "일본의 성공과 중국의 실패라는 19세기적 패러다임"[2]의 단순성을 지적하는 것은 당연한 것이겠다. 한발 더 나아가면, 근대성의 전개 과정에 대해 성공이나 실패라는 틀로 규정하는 것 자체가 이상할 수도 있다. 시차는 있더라도 종국적으로는 어떤 지역이나 나라도 자기 스스로가 인정할 만한 성공에 도달해야 한다는 것은, 근대화의 역사를 힘들게 겪어온 지구적 차원의 집단 경험이 만들어내는 요구이기 때문이다. 물론 이런 모든 사정에도 불구하고 변함없는 것은, 메이지 유신 이후로 일본은 매우 빠른 속도로 근대 국가 건설에 성공했고, 두 차례의 국제전에서 승리자가 되었으며, 그런 과정을 통해 20세기 초반에 이미 세계 열강의 대열에 들어섰다는 사실이다. 17세기 이래로 유럽에서 시작하여 세계를 충격해온 근대성의 파장이, 동아시아에서 국가 단위의 현저한 변화를 만들어낸 첫 번째 사례가 메이지 유신이거니와, 그 이후로 근대 일본이 만들어낸 세계사적 이력은 메이지 유신이 지닌 역사적 증상으로서의 성격을 더욱 부각시켜준다. 그것은 단지 근대성의 전개가 만들어낸 시간 경험의 불균질한 단

2   미야지마 히로시(宮嶋博史), 「'화혼양재'와 '중체서용' 재고-일본 중국과 구미와의 만남」, 백영서 외, 『동아시아 근대이행의 세 갈래』, 창비, 2009, 162쪽.

면을 언급함으로써 해소되는 것은 아니어서, 오히려 근대성-권력의 폭력적인 입방체를 문제 삼는 것이 좀더 타당할 수도 있겠다.

메이지문학과 동아시아라는 공간에 관한 질문은 근대성 자체가 지니고 있는 이와 같은 두 가지 차원을 만나게 한다. 전통과의 급격한 단절 및 급격하게 소용돌이치는 변화의 흐름이 만들어낸 근대적 시간 경험의 울퉁불퉁한 단면이 그 하나이고, 근대성의 중심과 주변이 만들어내는 현실적 위력의 격차와 그것이 현실화됨으로써 만들어지는 우락부락한 근대성-권력이 다른 하나이다. 문학 텍스트들은 한 시대 사람들의 마음의 기록이되, 특히 메이지 시대를 위시한 근대 초기 문학 텍스트들에서 현저한 것은 위의 두 요소가 마주침으로써 만들어내는 마음의 모습들이다. 이들은 모두 시대의 흐름이 크게 전환되는 시기의 산물들이기 때문이다. 가장 먼저 문학의 차원에서 근대성을 구현해낸 일본을 중심으로 하여, 그와 연결되는 한국과 중국의 경우를 견주어 보면, 근대의 전환기가 만들어낸 격렬한 마음을 동아시아라는 하나의 공간에서 확인할 수 있게 된다. 인물들의 정신 질환으로 표현되는 그것은 근대성의 주변부로서 동아시아가 드러낸 증상이라 할 만한 것이겠다.

2. 시마자키 도손과 『파계』의 문제성

메이지 문학이 산출해낸 여러 작가 중에서, 이와 같은 주제의식과 관련하여 유난히 시마자키 도손島崎藤村, 1872~1943이 주목되는 것은 일차적으로, 그의 작품들이 지니고 있는 독특한 형태의 오이디푸스 시나리오 때문이다. 그의 첫 장편 『파계』[1906]에서부터 마지막 장편 『동트기 전』[1935]에 이르기까지, 아버지의 죽음을 바라보는 아들의 태도가 그의 문학에서 매우 중요한 동기로 작동하고 있다는 점에서 그러하다. 도손의 경우가 아니더라도, 근대로의 전환기에 아버지의 죽음을 바라보는 아들의 시선은, 전통 세계의 종말을 바라보는 근대의 시선으로 치환될 수 있다. 그와 같은 시선에는 근대성의 급격한 도래를 맞이한 전환기의 마음이 기본적인 요소로 자리 잡고 있다. 그런데 도손의 경우는, 일반적이라 할 그 같은 시선과 일본적 상황이 부딪쳐 만들어내는 독특한 마음의 얼룩과 텍스트의 증상들을 지니고 있어 문제적이다. 한국과 중국의 그와 유사한 현상들과 견줌으로써 그것의 고유성을 특정할 수 있게 되면, 그것은 일본적 근대의 증상이라 할 수 있게 될 것이다.

이와 같은 관점에서 가장 먼저 주목되어야 할 것은, 34세의 시마자키 도손이 야심적인 자비 출판으로 세상에 내놓은 첫 장편소설 『파계』이다. 이 소설을 발표하기 전에도 도손은, 메이지 문학의 낭만적 흐름을 보여주는 청년 문인 집단 '문학계'의 동인이었고, 일본 근대 서정시의 본격적인 장을 열어낸 청년 시인으로서의 평판을 지니고 있었다. 그럼에도 『파계』는 도손의 명성을 드높여, 청년 문인 그룹 등에 제한된 시인으로서의 지위를 넘어 메이지 시대를 대표할 만한 문인으로 만들어준다. 이 소설에 대해, "메이지 소설로서 후세에 전할 만한 명편"이라고 한 나쓰메 소세키의 평가[3]가 그것을 대표하거니와, 문학사의 흐름 자체에 국한해서 볼 때도 『파계』는 일본 자연주의 탄생과 관련된 특이점을 지니고 있다는 점에서 주목의 대상이 된다. 요컨대 『파계』는, 당대의 평판작이라는 작품성과 함께 근대 일본 특유의 문학적 흐름이 만들어내는 문제성을 함께 지니고 있다는 점에서 주목할 만한 작품인 셈인데, 여기에서 한

---

3   소세키의 이런 평가는 소설 『파계』를 홍보하는 출판사의 문구로 자주 사용된다. 소세키는 모리타 소헤이(森田草平, 1881~1949)에게 보낸 4월 4일자 서간에서 위와 같이 썼다. 전문을 보면, "파계를 읽었소. 메이지 소설로서 후세에 전할 만한 명편이오. 금색야차와 같은 것은 20~30년 후에는 잊혀지게 될 것이오. 파계는 그렇지 않소. 내가 소설을 많이 읽은 것은 아니오. 그러나 메이지 시대에 소설다운 소설이 나왔다면 파계일 것으로 생각하오. 군은 4월 예원(藝苑) 란에 도손 선생을 크게 소개해야 할 것이오." 『漱石全集』 22, 岩波書店, 1996, 486쪽, 소세키는 또한 재직 중이던 『아사히신문』에 도손의 다음 장편 『봄』(1908)의 연재를 알선했다. https://serai.jp/hobby/49733.

발 더 나아가 근대성을 바라보는 전통 사회 일반의 마음의 문제를 독특하게 형상화하고 있다는 점에서도 주목 대상이 된다. 이것은 물론 일본만이 아니라 동아시아적인 문제가 된다.

『파계』의 줄거리를 먼저 살펴보자. 요약하자면, 전통적으로 천시의 대상이 되었던 백정 부락[4] 출신의 한 젊은 교사가 아버지의 당부를 어기고 자신의 신분을 밝히게 되는 이야기이다. 소설의 제목과 연관시켜 보면, 백정 출신 주인공의 커밍아웃 이야기가 된다. 그것이 '파계'라는 제목을 붙인 작가 자신의 의도라 할 수도 있겠다. 그런데 내용을 좀더 꼼꼼하게 들여다보면 이상한 점이 보인다. 주인공의 '파계'는, 막다른 골목에 내몰린 상황에서 어쩔 수 없이 행한 것이라는 점에서 커밍아웃보다는 아웃팅에 가깝다. 요컨대 자발적 위반일 수 없는 것을 이 소설에서는 파계로 규정하고 있다는 것이다. 뒤에 살펴보겠지만, 이것은 이 텍스트의 심각한 증상이어서 그로부터 메이지 시대의 근대성이 지닌 윤리적 비틀림을 읽을 수 있게 된다.

소설의 주인공 세가와 우시마쓰瀨川丑松는 나가노 사범학교를 졸업하고 이야마의 초등학교에서 3년째 교편을 잡고 있는 24세의 청년 교사이다. 그는 고등과 4학년 담임을 맡고 있고, 또 수석 교사의 직책을 지니고 있다. 학생들로부터 신망이 두텁지만 그래서 적도 많다. 질투 많고 능력 없는 교장이 젊은 우시마쓰를 경계하고 있고, 또 교장에게 알랑거리는 동료 교사가쓰노 분페이도 우시마쓰의 지위를 탐내고 있다. 서사의 핵심적인 문제는 우시마쓰가 백정의 후손이

---

4 '백정'이라고 번역된 용어는 '에타[穢多]'이다. 소와 말의 시체를 처리하고 그 가죽으로 물건을 만드는 사람들을 지칭하는 에타는 거리의 광대인 히닌[非人]과 함께 전통 일본사회의 대표적인 천민으로, 거주지가 분리되었다. 1871년 8월 28일의 천칭폐지령(賤稱廢止令)에 의해 '신평민'(新平民)이 되었고 에타와 히닌은 공식적으로는 죽은 단어가 되었다. 박삼헌, 「천칭폐지령과 메이지 유신」, 『일본연구』21, 2014, 232쪽. 텍스트는, 노영희 역, 『파계』, 문학동네, 2010. 일본어판본은, 『藤村全集』2권(筑摩書房, 1965)에 따른다. 번역어 "백정"이 나온 첫 번째 표현을 들자면, "彼は穢多"라고 되어 있다(『全集』2, 4쪽). 인용은 번역본에 따르며, 본문에 쪽수만 표시한다.

라는 점이다. 그들은 메이지 유신 이후 법적 차별로부터 해방되어 '신평민'新平
民이 되었지만, 여전히 남아 있는 사회적 차별이 문제다. 소설의 첫 장면은 '신
평민' 한 사람오히나타이 그 신분이 문제가 되어 병실과 하숙에서 쫓겨나는 것으
로 시작된다. 신분제가 폐지된 이후에도 여전히 위력을 발휘하는 현실적 차별
속에서, 서사의 핵심 갈등은 주인공 청년이 감추고 있는 신분의 문제가 된다.

소설의 줄거리는 크게 두 방향으로 전개된다.

첫째는 『파계』의 서사에서 허리를 담당하고 있는 아버지의 죽음과 그에 따
르는 귀향의 모습이다. 이 소설의 공간적 배경은 신슈信州, 폐번치현 이후로 나
가노長野현이라 불리는 곳이다. 우시마쓰의 아버지는 본디 백정 마을고모로의 무코
마치의 우두머리였으나 외아들의 장래를 위해 17년 전 이주를 결행하여 목장에
서 소치는 목부牧夫 생활을 해왔다. 그곳나가노현의 네즈 마을이 우시마쓰에게는 제2
의 고향이다. 출생지는 아니지만 유년을 보냈고 첫사랑을 느꼈던 곳이며, 자신
의 신분을 의식하게 된 곳이기도 했다. 아버지의 죽음 소식을 듣고 지쿠마 강
변을 따라 목장 마을로 가는 우시마쓰의 모습은 전형적인 귀향 소설 주인공의
모습이다. 갑작스럽게 닥쳐온 아버지의 죽음에 대한 반응보다는, 성장기를 보
낸 땅이 만들어내는 정서적 울림, 그리고 그 귀향길에서 만나게 된 사람들에
관한 이야기 등이 오히려 훨씬 더 큰 비중으로 표현된다. 주인공의 커밍아웃
이라는 관점에서 보자면 아버지의 죽음과 귀향이라는 장면은 부차적일 수 있
다. 물론 아버지의 죽음은, 서사적 상징으로는 봉건사회의 몰락을 뜻하므로 그
자체로는 지대한 의미를 지닌다. 그럼에도 귀향에 임하는 주인공의 마음이야
말로 정동의 차원에서는 소설의 핵심이라 할 수도 있겠다. 지쿠마 강변의 가
을 풍경과, 3년 만에 돌아간 고향에서 접하게 된 것들변한 모습의 소꿉친구와 숙부 등과
함께 있을 때 우시마쓰는 편안함을 느낀다. 그 편안함은 물론 현재의 것이 아
니라 회상 속의 과거와 도래할 미래의 것이다. 그런 점에서 이런 대목은, 귀향
소설 일반이 지니고 있는 속성, 예컨대 토마스 만의 「토니오 크뢰거」1903나 김

승옥의 「무진기행」¹⁹⁶⁴의 주인공이 지니고 있는 고향에 대한 양가적 반응에서 확인할 수 있는 환멸 상태의 표현이라 해도 좋겠다. 즉, 여전히 남아 있는 낭만적 정서와 현실적 판단이 뒤섞인 마음의 산물인 것이다.

둘째는 우시마쓰가 커밍아웃을 하게 되는 과정의 서사이다. 여기에는 좀 이상한 측면이 있었다. 우시마쓰는 자기가 신분을 숨기고 사는 것에 대해 아버지의 가르침 때문이라고 했다. 그것도 단순한 아버지의 훈계 말씀 정도가 아니라 계율 수준의 것이라고 했다. 그래서 소설의 제목도 '파계'가 된다. 하지만 그가 재직하고 있는 이야마 소학교에도 버젓이 '신평민'의 자식이 학교에 다니고 있고, 또 커밍아웃을 한 채로 사상가로 활동하고 있는 학교 선배 이노코 렌타로猪子蓮太郎도 있는 것이 현실이다. 그가 왜 그렇게 자신의 신분을 감추는 일에 그토록 전전긍긍해야 했는지 수월하게 납득할 수 있는 것은 아니다.

이것은 현실 속에 존재하는 차별의 문제가 아니라, 도손이 주인공으로 내세운 우시마쓰라는 인물의 특성에 관한 문제이다. 사범학교 때부터 친한 친구였던 동료긴노스케 스치아의 말에 따르면, 우시마쓰는 이야마의 학교로 온 다음부터 갑자기 우울해졌다고 했다. 그렇다면 그때까지는 자기가 신분을 숨기고 있다는 자책이나 갈등이 별로 없었는데, 새삼스럽게 이야마 생활을 하면서부터 그렇게 되었다는 것인가. 자랑스러운 선배 렌타로의 행적 때문에? 사회생활을 하면서 느끼는 사회적 차별의 냉혹함 때문에? 텍스트 안에서 이것이 잘 납득되지는 않는다. 이 모든 의문을 방어하는 단 하나의 근거는, 아버지의 계율을 지켜야 한다는 명제이다. 그러나 바로 이 점이야말로 이 소설의 핵심적인 증상이 된다. 다음 절에서 언급할, '파계'라는 행위가 지니고 있는 특이한 윤리적 지위의 문제가 그것이다.

이상 같은 줄거리를 통해 볼 수 있듯이, 천민 집단인 부라쿠 출신의 청년을 주인공으로 내세운 『파계』는 두 가지 특성을 보이고 있다. 하나는 청산되지 못한 봉건적 유제로서 신분 차별의 문제를 다루는 사회 소설적 측면, 다른 하나는 한 사람이 지닌 내면적 진정성과 그것의 실천이라는 내향 소설적 측면이다.

방향성 자체만 보면 이 둘이 잘 어울리는 짝이라 하기는 어렵다. 사회소설은 외부를 향한 분노가 필요하고, 내향소설은 폐부를 찌르는 고통이나 반성이 요구된다. 건조한 리얼리즘의 형태이건 정감이 뭉클거리는 내향소설의 방식이건 간에, 서사적 힘의 방향성이 서로 다르다는 점에서 둘이 쉽게 공서하기는 힘들다는 것이다. 그런데 『파계』는 특이하게도, 자기 신분을 감추고 사는 주인공을 통해 내면적 고통과 사회적 차별을 하나로 아울러 서사적 초점을 만들어냈다. 그것이 이 소설을 높이 평가하게 만드는 요인이기도 하고, 또한 오랜 시간 동안 서로 다른 각도에서의 문학사적 평가를 만들어낸 이유이기도 하다.

일본 근대소설사의 맥락에서 보자면, 『파계』는 메이지 시대 일본문학의 두 개의 근대성이 교차하는 지점에 놓여 있다고 할 수 있다. 사회적 생존 원리라는 첫 번째 근대성과 진정성을 담아내는 제도적 근대성이 곧 그것들이거니와, 이 둘은 사회 정의와 개인의 진정성이라는 인간 해방의 서로 다른 측면에 대한 강세로 이루어진다. 『파계』가 지닌 사회적 측면을 강조했던 것은 구라하라 고레히토蔵原惟人, 1902~1991 와 노마 히로시野間宏, 1915~1991 같은 문인들로서, "아마도 근대 일본이 낳은 가장 뛰어난 문학 작품의 하나"[5] 일 것이라고 평가했던 구라하라 고레히토의 평이 대표적이다. 일본 프롤레타리아 문학의 대표적 이론가이기도 했던 구라하라는, 국가주의와 관료주의에 맞서 인간의 자유를 근간으로 하는 개인주의를 주장한 점에서 문학적 가치가 있다고 했다. 또 그 자신이 차별 철폐 운동에 참여하기도 했던 노마의 평가 역시 이와 크게 다르지 않다.

이와 맞서 있는 것이, 일본 근대문학이 만들어온 특유의 자연주의적 경향의 한 근원으로서 『파계』를 평가하는 논의이다. 사토 하루오佐藤春夫, 1892~1964 와 요시다 세이이치吉田精一, 1908~1984 의 평가가 이를 대표한다. 이들의 평가는 진정성

---

5   蔵原惟人, 「現代日本文學と無産階級」, 『文藝戰線』, 1927, 2쪽; 平野謙, 「島崎藤村—藝術と実生活」, 『島崎藤村』, 河出書房新社, 1978, 10쪽에서 재인용.

에 대한 추구를 둘러싸고 주인공의 내면에서 벌어지는, 고백할 것인가 말 것인가 하는 정신적 고투의 형상화에 초점이 맞춰져 있다. 현실 사회 속에서 벌어지는 봉건적 유제와의 싸움이 아니라 한 사람의 내면에서 벌어지는 싸움과 고뇌의 표현에 이 소설의 근대성이 있다는 의견이 곧 그것이다.[6]

이와 같은 두 방향의 평가와 논란은 이 소설이 나왔던 직후에서부터 시작되어 그 후로도 지속적으로 문제가 되었으며, 그래서 책이 나온 지 90년이 지난 다음까지도, "놀랍게도 『파계』는 과연 '사회소설'인가 '사소설'인가 하는 문제가, 아직 문제가 되고 있다"[7]라는 표현까지 등장하기에 이른다. 『파계』는 작품성과 문제성을 함께 갖춘 메이지 시대 일본문학의 문제작이었던 셈인데, 이러한 평가는 일본문학사 내부의 맥락에서 바라본 것이라 해야 하겠다. 바깥에서 바라보면 어떤 장면이 전개될까. 두 개의 외부가 전제될 수 있겠다. 하나는 문학적 근대성의 외부이고, 다른 하나는 일본의 외부로서의 동아시아이다.

3. 『파계』의 증상 아버지의 죽음과 뒤틀린 근대성

『파계』라는 텍스트가 지니고 있는 증상을 보기 위해서는 조금 더 안으로 들어가야 한다. 이를 위해 일차적으로 지적해야 할 것은, 주인공 우시마쓰가 커밍아웃을 하기까지 그 자신이 감당해내야 했던 세 개의 죽음이다. 아버지의 죽음, 존경하는 선배였던 렌타로의 죽음, 그리고 목장에서 목격해야 했던 씨소의 죽음이다. 이 세 존재는 모두 주인공에게 아버지의 위상을 지니고 있다. 그래서 이 세 죽음은 세 아버지의 죽음이라고 해도 좋겠다.

우시마쓰의 아버지는 목장에서 일하다 씨소에 받혀 사망한다. 아버지의 부

---

6   平野謙, 위의 책, 12쪽.
7   新保邦寛, 『独歩と藤村－明治三十年代文学のコスモロジー』, 有精堂, 1996, 312쪽.

음을 받기 전날 우시마쓰는 아버지의 귀신을 보고 또 아버지가 부르는 소리를 듣는다. 소설 전체를 관통하는 우시마쓰의 내면적 갈등은 아버지의 계율을 지켜야 한다는 사실에서 생겨난다. 아버지의 죽음은 그 계율의 죽음을 뜻하는 것이기도 하다. 아버지의 죽음 이후로 그 자리를 차지하는 것은, 주인공의 선배 이노코 렌타로이다. 그는 우시마쓰와 마찬가지로 백정 집안 출신이면서 커밍아웃하고 당당하게 활동하고 있는, 우시마쓰가 가장 존경하고 또 사랑하는 인물이라는 점에서 또 하나의 아버지, 상징적 아버지의 위상을 이미 지니고 있었다. 그가 이제 새로운 아버지의 자리로 부각되는 것이다. 그러나 그런 렌타로도 당시로서는 불치병이었던 폐결핵에 걸린 몸으로 시시각각 죽음을 향해 가고 있음이 곳곳에서 드러나며, 결국 선거전의 갈등 속에서 살해당한다. 두 사람의 죽음은 사고사와 피살로 모양은 다르지만, 자기 이념을 고수하다가 생겨난 것이라는 점에서 두 가지 모두 순교의 형태를 지니고 있다. 무엇보다도 주인공 우시마쓰에게 다가오는 정서 자체가 그러하다.

그러므로 우시마쓰에게 아버지와 렌타로는 공히, 죄의식과 부끄러움 등이 복합된 복잡한 감정의 대상이 된다. 그럼에도 우시마쓰의 마음속에서 하는 역할을 보면, 둘은 초자아^{superego}와 자아 이상$^{ego-ideal}$으로 구분된다.

초자아의 자리를 차지하고 있는 것은 아버지이다. 그에게 아버지는 무엇보다도 절대로 해서는 안 된다고 말하는 존재, 치명적인 금지명령을 발신하는 사람이다. 사고를 당해 빈사상태에 빠진 아버지는, 누구에게도 신분을 노출해서는 안 된다는 '계율'을 강조하여 숙부를 통해 유언으로 남기기까지 한다. 우시마쓰는 지금껏 아버지의 금지명령을 지켜왔지만, 자기 신분을 숨기고 있다는 당당하지 못한 사실 때문에 언제나 전전긍긍한다. 사회적 차별이 뚜렷한 환경 속에서 자기 신분이 노출되는 것도 감당하기 쉬운 것은 아니지만, 그에게 정말로 두려운 것은 자기 정체를 숨겨왔다는 사실이 노출되는 것이다.

이런 점에서, 우시마쓰에게 주어진 초자아의 금지명령은 기묘한 윤리적 지위를 지닌다. 한편으로는 윤리적 선물이면서 또한 동시에 짐이자 형벌이기도 하다는 점에서 그러하다. 아들의 입장에서 보자면, 아버지의 당당하지 못한 결정에 자기 역시 암암리에 편승했고 그로 인해 이익을 얻었다. 그러면서도 그 것은 자기 탓이 아니라 아버지 탓이라고 돌릴 수 있기 때문에, 그는 이중으로 이익을 얻었고 이중으로 못할 짓을 한 셈이다. 그로 인해 그가 얻은 사회적 편익을 생각하면 초자아의 선물인 것이지만, 그 대가로 그가 짐 져야 했던 윤리적 가책을 고려하면 형벌이 된다. 우시마쓰는 이미 소설이 시작하면서부터 커밍아웃하기로 예정되어 있었다. '파계'라는 제목을 붙인 작가도 그 책을 읽는 독자도, 또한 주인공 우시마쓰의 무의식도 이미 그것을 알고 있다. 그래서 우시마쓰는 미리 죄의식을 느낀다. 아버지에게, 자기가 결국 깨트리고 말 아버지의 계율에 대해 부채의식을 갖는 것이다. 이것 역시 소설 속에서 특이한 윤리적 스파크를 만든다.

우시마쓰가 선배 렌타로에게 느끼는 마음은 이와는 결이 다르다. 렌타로는 커밍아웃을 했는데 우시마쓰는 하지 않았고, 자기에게 친구처럼 다가오는 렌타로에게 자기 정체를 숨기기까지 했다. 그러면서도 스스로에게 아버지의 계율 때문이라는 핑계를 댔다. 우시마쓰에게 렌타로는 존경의 대상이며 닮고 싶은 존재라는 점에서 자아 이상에 해당한다. 우시마쓰가 그에게 지니는 감정은 죄의식이라기보다는 미안함에 가깝다. 그리고 그것이 우시마쓰의 내면적 갈등으로 전화되면, 자아 이상의 존재로 인해 촉발되는 견디기 힘든 부끄러움이 된다. 초자아로서의 금지 계율을 발신하는 아버지에게 느끼는 것이 죄의식이라면, 본받고 싶은 대상으로서의 상징적 아버지에게 느끼는 것은 자아 이상의 모습과 현재 자신의 상태의 격차에서 비롯되는 부끄러움이다. 그에게 죄의식은 목소리로, 그리고 부끄러움은 영상으로 다가온다.

세 번째 죽음은, 아버지를 죽게 한 씨소의 죽음이다. 사람을 죽인 소이므로 당연히 사형당해야 한다. 우시마쓰의 입회하에 치러지는 씨소의 사형집행^{도살이}

^{아니라 사형이다} 장면은 정서적 핵심에 해당하거니와, 그 일부를 인용해보자.

죽음으로 끌려가는 씨소는 오히려 냉정한 태도였다. 다른 두 마리처럼 몸부림치
지도 않고 슬픈 소리를 내지도 않고, 겨우 흰 콧김만 내뿜으며 유유히 수의사 앞으
로 걸어갔다. 보랏빛을 띤 큰 눈은 옆에 있는 사람을 내려다보는 듯했다. 니시노이리
의 목장을 휩쓸고 다니고 우시마쓰의 아버지를 뿔로 받아 죽일 정도로 나쁜 소지만,
이렇게 용감한 임종의 모습은 또 사람들에게 연민의 정을 불러일으켰다. (…중략…)
도수의 우두머리는 소의 빈틈을 노리다가 재빨리 가는 밧줄을 던졌다. 쿵 하는 소리
가 나고 소의 몸이 판자 위로 넘어지고 발과 발이 묶였다. 주인은 멍하니 서 있었다.
우시마쓰도 깊은 생각에 잠긴 표정으로 침울하게 지켜보았다. 이윽고 씨소의 미간
을 겨누어 한 도수가 도끼를 휘두르는 순간, 그것이 이 짐승의 마지막이 되었다. 가
느다란 신음 소리를 남기고 곧바로 숨을 거두었다. 일격으로 소는 쓰러졌다.^{163~164쪽}

씨소의 죽음에 대한 묘사는 이 뒤로도 이어진다. 사람들이 죽은 소의 몸통
위에 올라가서 발을 굴러 피를 뽑아내고 남은 시체를 토막으로 분해하는, 기
름과 피와 죽음의 냄새가 가득한 도살장 안의 모습은 그 자체가 매우 정념적
이다. 아버지의 죽음이나 장례에 대해 주인공이 보여주는 무심함에 비하면, 씨
소의 죽음에 대한 묘사는 아버지의 죽음과 비교할 수 없는 커다란 질량을 지
닌다고 할 만큼 정서적 비중이 크다.

그로테스크하고 섬뜩하기조차 한 도살장의 분위기 속에서, 자기 죽음을 알
고 슬퍼하는 다른 두 마리 소들과는 달리 태연하게 자신의 죽음을 향해 걸어
들어가는 것이 씨소의 모습이다. 그 정경은 흡사, 두 개의 십자가를 양쪽에 거
느린 채 가운데 십자가에 달린 예수와도 같은 모습으로 부각되어서, 정동의 차
원에서 보자면 도살장의 씨소는 졸지에 숭고한 대상의 자리에 올라가게 된다.
씨소는 우시마쓰의 아버지를 죽음에 몰고 간 짐승이라서 마땅히 응징당해야

할 존재임에도 불구하고, 바로 이런 기묘한 분위기로 인해 씨소의 죽음은 아버지의 죽음과 겹쳐지는 것이다. 도살장에서 우시마쓰가 끝없이 아버지의 죽음을 환기하고 있는 것도 그렇지만, 무엇보다 도살 장면을 바라보는 우시마쓰 자신의 마음이, 반드시 사멸할 수밖에 없는 어떤 우람한 존재로 씨소의 죽음을 받아들이고 있기 때문이다. 따라서 씨소의 도살 장면은, 주인공이 보지 못한 아버지의 죽음을 그의 눈이 확인할 수 있는 방식으로, 그것도 매우 이상화된 방식으로 재현하고 있는 것이라 할 수 있겠다.

근대성이 수행하는 부친 살해의 상징성을 고려한다면, 여기에서 한발 더 나아갈 수도 있겠다. 도살장에서 저항 없이 죽는 "체격도 크고, 골격도 우람하고, 검은 털이 빛나는 잘생긴"162쪽 씨소와 그 시체가 냉정하고 기계적인 방식으로 다뤄지는 장면은, 급속도로 근대화를 추진했던 메이지 시대의 일본이 자기 전통을 다루었던 방식과 정서적으로 겹쳐지고 있는 것이라 해도 좋겠다.

씨소의 죽음이 만들어내는 기이한 공기 속에서 아버지의 죽음과 아버지가 남긴 계율을 강렬하게 회감하는 우시마쓰 옆에는, 그와 함께 씨소의 죽음을 응시하고 있는 새로운 아버지 렌타로가 서 있다. 그러므로 이 장면은, 세 명의 아버지죽은 아버지와 죽어가는 아버지 그리고 아직 살아 있는 아버지가 겹쳐 있는 장면인 셈이다.

이렇게 보면, 『파계』에서는 세 번에 걸쳐 매우 집요하게 아버지의 죽음이 반복되고 있다고 할 것이다. 그리고 이 세 죽음은 모두 주인공의 이른바 '파계'와 연관되어 있다. 서사의 흐름으로 보자면, 아버지의 '비윤리적인 계율'을 지키는 일에 고민하던 윤리적인 아들이 아버지의 죽음씨소의 죽음으로 마음을 바꿔 새로운 아버지를 받아들이고, 새로운 아버지의 죽음에 결정적 자극을 받아 '파계'하기에 이른다는 것으로 정리된다. 그런데 문제는 바로 이 지점에서 생겨난다. 이른바 '파계'의 문제가 그것이다. 여기에는 두 가지 형태의 뚜렷한 증상이 있다.

첫째, 주인공의 '파계'를 둘러싸고 벌어지는 특이한 윤리적 굴절이다. 우시마쓰의 '파계'는 말의 정확한 의미에서 파계가 아니다. 파계라는 단어를 쓰고자 한다면 사역수동형Causative passive 으로 '파계당했다'고 해야 정확한 표현이 된다. 파계라는 말을 쓰면서도 막상 소설의 줄거리 자체는 커밍아웃이 아니라 아웃팅에 해당하는 것이기 때문이다. 우시마쓰가 자발적으로 커밍아웃을 하겠다는 생각이 있었고 그로 인해 고민했던 것은 사실이지만, 그를 결정적으로 '파계'하게 만든 것은 그럴 수밖에 없었던 상황의 힘이다. 우시마쓰의 신분적 비밀을 아는 협잡꾼이 개입하고, 그로 인해 자기 신분이 노출되어 그 자신이 고백하지 않더라도 학교의 모든 사람들이 알게 될 지경이 되었다. 그의 커밍 아웃은 그런 상황 속에서 벌어진다. 그러니 그의 '파계'는 자발적인 것이 아니고 파계라 하기는 어렵다는 것이다.

그럼에도 우시마쓰의 마음은 자신의 의지에 의해 파계를 감행한 사람의 마음과 다르지 않다. 소설에서 우시마쓰가 지니고 있는 아버지에 대한 배반의 정서가 그러하고, 또한 아버지에게 느끼는 강렬한 죄의식이 그러하다. 죄의식의 존재는 어떤 방식으로건 자신의 의지가 개입했다는 것을 뜻한다. 게다가 학생들 앞에서 자기 신분을 고백하면서 하는 말도 이상하다. 자기 스스로를 '더러운 사람'이라고 지칭하는 것이 그것이다. 자기 신분을 당당하게 밝히지 않았던 것에 대해, 부끄럽게 생각한다고 또한 학생들에게 미안하다고 하는 것은 이해할 수 있는 일이다. 그러나 스스로를 더러운 사람이라고 하는 언사는 매우 이상하다. 우시마쓰 자신이 차별의 정당성을 인정한다는 말이 되기 때문이다.

둘째, 파계가 지닌 윤리적 비틀림은, 여기에서 사용되는 파계라는 말 자체에서 이미 현저하게 드러난다. 아버지의 이른바 '계율'의 윤리적 의미가, 근대성의 모럴이 지닌 윤리적 비틀림과 독특한 방식으로 연결되어 있기 때문이다. 계율이 될 수 없는 것을 계율이라 하는데, 또 어떤 측면에서 보자면 계율일 수도 있는 뒤틀림이 그 핵심에 있다.

우시마쓰는, 신분을 감추고 살아야 한다는 아버지의 말을 계율과 같은 것으로 받아들인다. 아버지의 말은 계율이라는 단어가 지닌 엄숙한 분위기 속에서 내려지고 지켜졌다. 그러나 계율은 당위적이고 윤리적이어야 하는데, 이런 것도 계율이라 할 수 있을까. 신분을 감추고 살아야 한다는 말이 당위의 법으로서 계율이 될 수 없음은 자명한 것이다. 남들에게 내놓고 당당할 수는 없는 것이기 때문, 즉 보편타당한 윤리적 법칙이 아니기 때문이다. 아버지의 이른바 '계율'이라는 것은, 백정에 대한 차별을 만들어낸 전통적 세계 질서 속에 존재한다. 그것은, 백정에 대한 차별에 정면으로 맞서는 당당한 가르침이 아니어서 현실에 맞게 살아야 한다는 권도權道적인 처세훈 이상일 수가 없다. 그러한 속물적인 처세훈이 당위적 계율의 옷을 입는 것은, 전통적 담론 형식계율, 父命, 주인 담론(master-discourse)을 통해 근대적 가치공리주의(utilitarianism)와 생존주의(survivalism)를 말하고 있다는 점에서 윤리적 역설에 해당한다. '살아남고자 한다면 숨겨라'라는 가언 명제가정이 붙어 있으면 보편적 윤리가 될 수 없다가 정언 명제가 있어야 할 절대적 윤리계율의 자리를 차지하고 있기 때문이다.

보편적이지만 힘이 없는 윤리적 당위와, 임시적이지만 강력한 현실 원리 사이에서 만들어지는 이와 같은 윤리적 뒤틀림은, 전통이 만들어놓는 자리백정에 대한 차별을 만들어낸 사회적 틀 위에 새로운 질서로서의 근대살아남아서 남들처럼 사람답게 살아야 한다를 덧씌움으로써 생겨난 것이다. 그 결과로 일그러지는 새로운 시대의 형상은, 한편으로는 근대성 자체의 윤리적 일그러짐을 바탕에 깔고 있는 것이면서 급격하게 수입된 근대의 속도가 만들어낸 모양새이기도 하다. 그 이후로 도손이 쓴 소설을 통해 반복적으로 되살아나는 '광사狂死한 아버지'의 모습이 그것을 보여준다.

4. 근대 동아시아의 정신병 두 개의 피해망상과 하나의 과대망상

도손의 또 다른 장편 『집』1911에서 인상적인 것은, 피해망상으로 죽음에 이른 아버지의 형상이다. 광기로 인한 아버지의 죽음은 작가 도손에게 실제로 있었던 일이기도 해서, 『집』만이 아니라 『신생』1918과 『동트기 전』1935 등의 장편에서 계속 등장한다. 물론 이런 것이 도손이라는 한 뛰어난 작가의 개인사 문제라면 문학사 차원에, 『파계』라는 일본문학사의 문제작에 등장하는 일그러진 아버지 상의 원천을 살피는 수준물론 그 자체도 중요하지 않은 것은 아니다에 그치고 말 수도 있다. 하지만 그것이 단지 도손이라는 근대 초기 일본 작가 한 사람의 문제가 아니라, 외부로부터 근대성을 도입했던 시대와 그 나라 전체의 문제와 연관되어 있다면, 요컨대 한 시대의 집단적 정동을 드러내주는 것이라면, 문제가 그렇게 간단할 수는 없다. 게다가 그 문제는 단지 일본만이 아니라, 근대성 폭격에 직면해 있던 동아시아 전체에 해당하는 것이라는 점에서 더욱 심장한 의미를 지닌다.

일본문학사의 관점에서 말하자면, 『집』은 두 개의 전통 가문규카(旧家)라 불린다이 몰락해가는 과정을 그린 소설이면서, 또 한편으로는 그 자신의 집안 이야기를 다루었다는 점에서 일본식 자연주의 소설의 기념비적 작품으로 평가받기도 한다.[8] 『파계』와 함께 그의 걸작으로 평가되는 두 작품인 셈이다. 소설의 중심을 이루는 두 집안 이야기는, 남매지간인 소설가 산키치와 그의 누나 오타네

---

8   예를 들어, 나카무라 미쓰오는 이렇게 썼다. "『집』은 그의 걸작일 뿐만 아니라 일본의 자연주의를 대표하는 명작이다. 작가 자신으로 생각되는 고이즈미 산키치(小泉三吉) 일가와 그의 누이의 시댁인 하시모토(橋本) 일가의 십여 년의 역사를 묘사하면서 지방의 구가(舊家)가 몰락하는 가운데 새로운 가문을 만들려고 하염없이 고투하는 산키치의 모습은 유례없는 중량감으로 독자들에게 깊은 인상을 심어주었다." 나카무라 미쓰오, 고재석·김환기 역, 『메이지문학사』, 동국대 출판부, 2001, 195쪽.

를 초점인물로 하여 전개된다.[9] 두 집이 점차 쇠락해가는 이유는 간단하다. 가업을 승계한 장자들의 관리 실패 때문이다. 이들의 실패 원인 역시 단순하다. 능력자제력과 판단력 부족과 불운 때문이다. 하시모토 집안은 방탕함, 고이즈미 집안은 경제 운용 실패가 주원인이다. 잘못된 빚보증으로 친척들 살림까지 망가뜨리고, 주식 투자에 실패해서 파산하는 것은 두 집안 모두에 해당한다. 주인공 산키치는 막내아들이다. 몰락에 대한 책임도 수습할 자격도 없는 존재이다. 단지 맏형으로부터 밀려 내려온 실패의 물결을 조금씩 감당하는 수준이 그의 일이다. 그러니 이 모든 서사를 바라보는 그의 시선은 현저히 관조적인 것도 당연한 일이라 하겠다.

이와 같은 구도 속에서, 우리의 관심과 관련하여 흥미롭게 다가오는 것은, 산키치의 부친 고이즈미 다다히로小泉忠寛의 생애가 보여주는 특이한 오이디푸스 시나리오이다. 그는 체격이 크고 훌륭한 외양을 갖춘 인물『파계』의 씨소가 그랬듯이이자, 또 모토오리 류의 국학을 익혔고 국사에 관심이 많아서 일찍이 고향을 떠나 나랏일을 하고자 동분서주했던 인물로 묘사된다.[10] 그로 인해 장남인 미노루가 어릴 적부터 집안일을 맡아야 했다. 아버지의 무관심과 비극적 죽음 속에서 벌어진 이런저런 실패로 장남 미노루는 교도소 신세까지 지고, 친척들에게까지 빚보증을 세워 결국 집안을 망하게 하기에 이른다. 아버지가 메이지유신을 위해 뛰어다니느라 집안일을 소홀히 한 탓에 결국 한 집안이 몰락해버린 셈이다. 그래서 더욱 두드러지는 것소설 속에서 서사적 비중은 매우 작음에도 불구하고이 아

---

9   산키치는 고이즈미(小泉)가문의 셋째 아들이고, 오타네(種)가 하시모토(橋本)가문의 맏며느리이다. 두 사람은 남매지간이라서 두 가문이 연결된다. 소설 속에는 1893년 이후 10여 년 정도의 이야기가 산키치의 시선으로 전개된다.

10   『신생』에서는 좀더 자세하다. 아버지는 국학자 히라타 아쓰타네의 문하생이었으며, 메이지 유신 때는 국사에 열중하다가 히다국(飛驒國)에 있는 미나시 신사(水無神社)의 신관(神官)이 되었고, 그 후 고향으로 물러나 제자를 교육하며 만년을 보냈다고 한다. 시마자키 도손, 송태욱 역, 『신생』, 문학과지성사, 2016, 251쪽.

버지의 비극적 운명이다.

산키치의 아버지 다다히로가 사망한 것은 피해망상 때문이다. 그는 다른 사람들 눈에는 보이지 않는 침략자의 환각 때문에 발작을 한다. 적을 불에 태워 죽이기 위해 마을 절의 장지문에 불을 지른다. 그로 인해 마을 사람들에게 결박당해 유폐되고 결국 감금 상태에서 숨을 거둔다. 그 마을의 정신적 지주이기도 했던 그가 결박당할 때, 그 일을 직접 한 사람 중에는 그의 장남도 포함되어 있었다. 다다히로가 사망했을 때는, 소설가 도손^{『집』에서는 고이즈미 산키치,『신생』에서는 기시모토 스테기치}이 13세의 나이로 도쿄에 살고 있을 때이다. 그래서 아버지의 생애를 추억하면서도 소설가는, 정작 아버지와 그의 최후에 대한 제대로 된 경험과 기억을 갖고 있지 않다. 어릴 적 아버지에게『천자문』과『대학』,『논어』를 배웠던 기억이 있는 정도이다. 요컨대 그의 형이나 누나 혹은 형수들과는 달리, 그에게 아버지는 현실이 아니라 이상이나 관념적인 존재에 가깝다.『집』과『신생』등에서, 비극적으로 죽은 아버지라는 영상이 수시로 소설 쓰는 아들을 향해 다가오는 것은 그 때문이라 해야 할 것이다. 오이디푸스 시나리오가 문제가 되는 것은 바로 그와 같은 아들의 시각이 개입해 있기 때문이다. 그럼으로써 아버지의 죽음이 단순히 객관적인 사건이 아니라, 제대로 표현되지 않은^{그러니까 여기에는 억압이 있다는 것이 된다} 회한과 정념의 덩어리로 아들에게 다가온다는 것이 문제이다. 게다가 그것은 단지 아버지만의 문제가 아니라 근대성의 위협 앞에 노출되어 있던 국가 전체의 문제이기도 했다.

산키치는 그 속에서 '흑선'^{黑船} 그림을 발견했다. 신기한 듯 몇 번이나 들고 보았다. 반지 정도 크기의 종이에, 옛사람의 눈에 비친 환영이 극히 조잡한 목판으로 찍혀 있다.

"확실히 이 배는 유령이다."

라고, 산키치는 무언가 생각난 듯이, 그 네덜란드 배의 그림을 보면서 말했다.

"우리 아버지가 미치게 된 것도, 이 유령 때문이지요……"라고, 다시 누나 쪽을 보며 말했다.[11]

위 인용문은 『집』의 소설가 산키치가 누나의 집에서 판화 한 장을 보고 있는 장면이다. 일본의 태평양 해안에 출현하여 조야를 진동케 한 검은 배를 유령으로 규정하는 것은 아들의 시선이다. 그것은 아들이 보는 근대성의 모습이다. 이 점은 이보다 8년 후에 나온 『신생』에서 좀더 명료해진다. 『신생』이라는 소설 속에서, 주인공이기도 한 소설가는 조카와의 근친상간 때문에 프랑스에 도피 중이다. 제1차 세계대전의 와중에, 그러니까 근대성의 격렬한 자기 분열 과정을 전쟁 현장에서 보고 있는 사람에게 그것이 유령으로 다가온다면, 그러니까 실체가 없는 것이라면, 아버지는 허깨비와의 싸움을 했다는 것인가. 그러나 그 허깨비가 얼마나 많은 사람들을 움직이게 했는가. 조야를 진동시켰던 페리 제독의 흑선은 어떨까. 그것을 유령이라고 할 수 있을까. 아버지를 미치도록 불안하게 했던 것이 허깨비라는 것은 사실이겠지만, (다른 사람의 눈에는 보이지 않는 적이었으니까) 그 허깨비가 많은 사람들을 움직이게 한 것 역시 움직일 수 없는 사실 아닌가. 그렇다면 그것은 집단적 피해망상이라고 해야 할까. 분명한 것은, 동아시아에 밀어닥친 근대성의 공습이 일본에서 격심한 형태의 위기의식을 초래했다는 사실이다.[12]

11 시마자키 도손, 노영희 역, 『집』, 민문고, 1990, 342쪽. 인용문은 원문(「宛然て一斯の船は幽靈だ」)을 참조하여 일부 수정함. 『藤村全集』 4, 筑摩書房, 1965, 381쪽.
12 아편전쟁 이후로 동쪽으로 밀려온 서양 세력에 대한 위기의식이, 피해 당사국이었던 중국이나 상대적으로 태평했던 한국과 다르게 일본에서 특별히 격심하게 고양되었던 것에 대해, 박훈 교수는, 일본이 오랫동안 누려왔던 외세로부터의 평화와 안정을 지적한다. 특히 일본의 동해안은 천혜의 방어선으로 인식되어왔으며, 그로 인해, 서양의 증기선이 일본 동해안을 침공할 수 있다는 생각은 일본의 위정자들로 하여금 커다란 위기감을 느끼게 했다고 한다. 당시 인구 백만으로 세계 최대 인구의 도시였던 에도가 해안 봉쇄를 당할 수 있다는 가능성 때문에, 1840년대에 추진된 덴포 개혁 때에는 이에 대한 방비가 이루어지기도 했다. 1853년 페리 제독이 이끄는 흑선 함대가 에도 앞바다에 직접 출현한 것이 일본 조야에 준 강한 충격

이 시기 동아시아문학이 산출한 또 하나의 현저한 피해망상이 있다. 루쉰의 등단작으로 잘 알려진 「광인일기」(1918)가 그것이다. 그것을 현저하다고 할 수 있는 것은 두 가지 이유 때문이다. 중국문학의 대표자 루쉰의 등단작이기 때문이고 소설 속에서 광기가 차지하는 비중이 압도적이기 때문이다. 도손의 『집』에 등장하는 피해망상은 장편소설의 한 삽화에 불과할 뿐더러, 망상자도 이미 현실에는 존재하지 않는 과거의 인물이다. 맥락에서 보면 소설 전체를 휘감고 있는 거대하고 강력한 힘이라 할 것이나, 그것은 마치 멀리 있는 블랙홀과도 같아서 눈여겨보지 않으면 잘 보이지 않는다. 장편소설의 긴 이야기 속에 파묻혀 있는 삽화적인 것이기 때문이다. 하지만 루쉰의 경우는 다르다. 「광인일기」는 『집』과는 달리 단편인 데다 실성한 주인공이 일기의 주체로 소설의 전면에 등장함으로써 광기의 양상이 뚜렷하고 분명하다. 소설 자체가 주인공의 광기에 집중되어 있다는 점에서 극명하게 차이가 나는 것이다.

한 청년이 피해망상에 사로잡혀 있다. 어느 날 갑자기 그는, 자기 나라에 지난 4천 년 동안 쉬쉬하며 지내왔던 식인의 풍속이 있었다는 것을 깨닫게 되었고, 그 때문에 자기도 잡아먹힐지 모른다는 불안과 공포에 사로잡힌다. 그런 관점에서 보니, 자기가 읽어온 책이 처참한 역사의 증언이 되고 만나게 되는 사람과 짐승이 불안한 심증의 증인이 된다. 그러나 식인의 풍습이라는 것이 실제로는 있을 수 없는 일이고 독자와 작가가 모두 그것을 알고 있기에, 「광인일기」의 이와 같은 설정은 우스꽝스러운 해학이나 풍자일 수밖에 없다. 그런데도 이 짧은 단편 하나가 중국 신문학의 새로운 기원점이 되고, 새로운 나라를 향한 계몽적 기치의 표상이 된 것은 어떻게 된 일인가. 이것은 아주 단순한 소화笑話에 불과한 것이 아닌가.

도, 18~19세기에 만들어져온 이 같은 "과장된 위기의식"과 외부적인 것들에 대한 "과도한 공포"의 맥락에서 이해되어야 하겠다. 박훈, 『메이지 유신은 어떻게 가능했는가』, 민음사, 2015, 51~102쪽. 인용은 60·71쪽.

「광인일기」에서 한 청년을 극도의 피해망상자로 만드는 것은, 오랜 인습으로 인해 사람들이 죽어가고 있는데도 그것을 눈치 채지 못한 사람들에 대한 답답함이고, 또한 한시 바삐 사람들에게 알려 더 이상의 희생자가 나오지 않게 해야 한다는 절실함이다. 여기에서 식인 풍습이라는 비유적 설정만 제거하면, 답답함과 절실함은 그 자체로 근대성을 향한 계몽적 동력이 된다. "여러분은 바뀌어야 합니다. 진심으로 바뀌어야 해요"你们可以改了，从真心改起[13]라는 외침, 그리고 "아이들을 구하라"救救孩子라는 소설 말미의 문장은, 식인육과 피해망상이라는 우스꽝스러운 설정을 뚫고 터져 나오는 계몽의 섬광과도 같다. 그리고 그것이 사람들을 계도하는 이성의 빛이 됨과 동시에 우스꽝스러운 식인의 풍습이라는 설정도 의미심장한 메타포가 된다. 누적된 적폐가 사람을 진짜로 잡아먹는 것은 아니지만, 사람들의 정신과 영혼을 망가뜨리고 한 나라의 명운을 사그라지게 하고 있다는 말이 되는 것이다.

그러므로 루쉰의 「광인일기」가 당대 사람들에게 지닌 호소력은 그 시대가 요구하던 계몽적 동력에 입각해 있다고 할 수 있겠다. 시대의 요구에 호응하는 「광인일기」의 힘은, 풍자적 설정이라는 주머니를 뚫고 나오는 송곳 같은 문장들从真心改起, 救救孩子 때문이라고 해야 할 것이다. 바뀌지 않으면 누구도 제대로 된 삶을 살 수 없으리라는 사실보다 더 큰 정서적 호소력을 지니는 것은, 오래된 악습 때문에 버젓한 삶을 살지 못한 채 시들어갈 아이들의 모습이다. 후손의 미래라는 말은 선조가 남긴 뜻이라는 말과 마찬가지로, 듣는 사람으로 하여금 마음의 옷깃을 여미게 하는 민족주의적 수사학의 대표적 키치이지만, 그런 정서적 키치 없이는 민족주의만이 아니라 그 어떤 정치적 이상주의도 스

13　이 문장이 수록된 구절은 다음과 같다. "당신들은 마음을 고쳐야 됩니다. 진심으로 고쳐야 돼요. 앞으로는 사람을 잡아먹는 사람은 이 세상에서 살아나갈 수 없다는 것을 알아야 합니다. 만일 당신들이 마음을 고쳐먹지 않는다면 당신들까지도 남에게 잡아먹히게 될 겁니다"(노신문학회 편역, 『노신 선집』 1, 여강, 2003, 39쪽). 본문의 번역문은 원문을 참조하여 수정했다. 『魯迅全集』 1, 人民文学出版社, 1973, 239쪽.

스로를 표현할 방법을 찾기가 쉽지 않다.

비슷한 시기에 중국과 일본에서 생겨난 두 개의 피해망상은 묘한 방식의 대칭을 이룬다. 두려움의 원천이, 일본의 경우는 외부에 있고 중국의 경우는 내부에 있다. 외부의 침략자들이 문제라면 필요한 것은 내부의 단결이고, 내부의 부패와 악습이 문제라면 필요한 것은 혁명과 개혁이다. 그럼에도 둘 모두는 네이션nation 단위의 사고를 요구한다는 점에서 동일한 지평에 자리하고 있다. 외부의 적이 촉발한 애국주의건 내부의 적폐가 만들어낸 혁명적 사유이건, 내셔널리즘으로 현상하는 국가 공동체 수준의 사상과 이념으로 연결된다는 점에서는 마찬가지라는 것이다.

이런 점에서 본다면 이 두 개의 피해망상은, 근대 초기의 중국과 일본이 처해 있던 내셔널리즘의 에너지가 어느 쪽에 초점이 맞춰져 있는지를 보여준다고 할 수 있다. 이 둘의 차이는, 피해의식이나 외부의 적에 대한 두려움의 강도에 대한 차이를 보여준다. 중국의 경우 옆에, 19세기 초반 러시아의 정신적 상황을 풍자한 고골의 「광인일기」[1835]를 세워놓으면,[14] 일본과의 차이가 좀더 명확해진다. 물론 고골의 작품 속에 등장하는 망상은 피해망상이 아니라 과대망상이다. 그럼에도 근대성을 바라보는 마음에 관한 한, 중국과 러시아는 한 몸이라고 해도 좋겠다. 외부 침략자들에 대한 방어보다 내부의 개혁을 훨씬 더 중요하게 취급하고 있다는 점에서 그러하다. 그런 생각 자체는 두 나라가 지니고 있는 객관적 거인스러움의 표현이라 하겠다.

동아시아의 관점에서 본다면, 여기에 또 하나의 망상이 추가된다. 이번에는 피해망상이 아니라 과대망상이다. 두 개의 피해망상 사이에 특이한 모습으로 자리 잡고 있는 과대망상의 영역, 염상섭의 「표본실의 청개구리」[1921]에 등장하

---

14 루쉰이 자신의 「광인일기」가 고골의 「광인일기」로부터 형식과 모티프를 차용해왔다고 밝힌 바 있음은 잘 알려져 있다. 둘 사이의 비교는 다음에 자세하다. 권호종·강명화, 「루쉰 소설이 고골의 「광인일기」로부터 받은 주제의식」, 『세계문학비교연구』 35, 2011.

는 광인 김창억의 경우가 그것이다. 「표본실의 청개구리」는, 이광수 이상 등과 함께 한국 근대문학의 한 기원점을 이루는 소설가 염상섭의 등단작이다. 따라서 문학사적 비중이라는 점에서 보더라도 그 위상은 결코 작지 않다(물론, 중국 문학사에서 독보적이라 할 루쉰의 「광인일기」와 견주기는 어렵지만). 근대로의 전환기에 생겨난 한 과대망상자의 이야기가 특이한 방식으로 소설에 등장한다. 특이하다고 해야 할 것은, 광인의 이야기가 삽화에 지나지 않음에도 불구하고 소설 전체의 구성을 일그러뜨릴 만큼 강력한 영향력을 행사하고 있기 때문이다.[15]

남포의 광인 김창억은 불행한 과거사로 인해 실성한 사람으로 되어 있다. 그의 불행의 이력에는, 아내의 죽음과 가난, 새로 맞은 아내의 출분 등의 개인적 불행에 국가적 불행3·1운동으로 암시된다이 겹쳐져 있다. 그런데 그런 불행한 남자가 일약 웅혼한 동도서기東道西器론자로 등장한다. 서양 사람들의 집안치레를 본받아 혼자 힘으로 삼층 집실제로는 오두막을 짓고, 일차 세계대전으로 드러난 전쟁의 참화로부터 인류를 구원하기 위해 '동서친목회'를 만들어 스스로 회장을 자임한다. 자신의 담론 속에서 그는 남포라는 한반도의 한 지방 도시에 있는 것이 아니라 서울이나 동경을 넘어 동양의 대표가 되는 것이다. 그가 구사하는 한학漢學의 터미놀로지가 그것을 뒷받침한다. 물론 근대적 학문을 익힌 청년들에게 이와 같은 김창억의 모습은 우스개 조롱거리에 불과하지만, 단 한 사람, 소설의 화자 '나'에게는 그 과대망상자가 거대하고 우람한 존재로 다가온다. 과대망상자의 발화 속에서 고대적 거인의 형상을 발견할 수 있는 한 청년 지식인의 시선이 있어서, 그는 단순한 망상자의 차원을 벗어나게 되는 것이다. 조롱과 존경이 뒤섞인 이중 감정의 비애 속에서 광인을 바라보는 청년-

---

15 소설의 초점은 한 지식인 청년(X)의 내면에 맞추어져 있다. 그럼에도 그가 서울을 떠나 남포에서 만나게 된 광인 김창억의 이야기가 오히려 소설 전체를 압도해 버린다. 분량과 서사적 질량 양쪽에서 모두 그러하다. 이와 같은 모습은 이 소설의 증상적인 대목으로서, 소설 자체의 서사적 균형 같은 것은 고려하지 않게 할 만큼 작가에게는 중요한 것으로 다가왔다는 이야기가 된다.

근대인의 시선이, 한 특이한 과대망상자를 위해 정동의 지도 위에 자리를 마련해주는 것이다.

「표본실의 청개구리」의 과대망상은, 일차적으로 과대망상이라는 점에서 고골의 「광인일기」와 맥락을 같이 하지만, 자기 현실에 대한 풍자나 비판보다 좀더 근원적인 지점을 향하고 있다는 점에서, 즉 근대성의 공습에 파괴당해버린 이상주의를 향한 동경의 시선을 담고 있다는 점에서, 오히려 좀더 거슬러 올라가 세르반테스의 『돈키호테』¹⁶⁰⁵와 연결된다. 부르주아와 상인 정신으로 대표되는 근대적 합리성과 정반대 편에 놓여 있는 것이, 자기를 방랑기사로 생각하는 과대망상자 돈키호테이다. 교환이나 이익이 아니라, 무조건적 증여와 올바름의 정신을 추구하는 인물이라는 점에서 그러하다. 시대착오적 과대망상자가 만들어내는 우스꽝스러움은, 그 자체가 근대성 윤리에 대한 비판이 되며, 근대성은 그것이 성립될 때 이미 자신에 대한 비판을 일그러진 모습으로 담고 있었음을 보여주는 상징이 된다. 세르반테스의 시대는, 홉스의 제1자연법평화상태든 전쟁상태든 자기 자신을 보호하기 위해 최선을 다하라¹⁶과 스피노자가 생각하는 만물의 제1원리자기 보존의 원리, 코나투스¹⁷가 지시하는 근대성의 윤리생존주의와 공리주의가 싹터나온 시대이기도 하다. 그것을 거부할 때는 돈키호테 류의 과대망상이, 그것을 받아들일 때는 루쉰과 도손의 피해망상이 등장한다고 해야 하겠다. 루쉰의 광인도 말하고 있지 않은가. 살아남기 위해서는 바뀌어야 한다고. 그러니까 개혁

---

16 홉스의 제1자연법을 설명하는 요지는 다음과 같다. "모든 사람은, 달성될 가망이 있는 한, 평화를 얻기 위해 노력해야 한다. 평화를 달성하는 일이 불가능할 경우에는 전쟁에서 승리하기 위한 어떤 수단이라도 사용해도 좋다.' 이 원칙의 앞부분은 자연법의 기본을 나타내는 것으로서 '평화를 추구하라'는 것이고, 뒷부분은 자연권의 요지를 나타내고 있는 것으로서 '모든 수단을 동원하여 자신을 방어하라'는 것이다." 홉스, 진석용 역, 『리바이어던』 1, 나남, 2016, 177쪽.

17 스피노자의 이런 생각을 보여주는 대표적인 것은 다음과 같은 구절이다. "덕의 기초는 자기 고유의 존재를 보존하려는 노력 자체이며, 행복은 인간이 자기 존재를 보존할 수 있는 데에 있다" 및 "어떤 덕도 이것(즉 자기 보존 노력)보다 우선해서 생각할 수는 없다". 스피노자, 추영현 역, 『에티카』, 동서문화사, 2013, 199·201쪽.

을 해야 하는 이유는 살아남기 위함이라는 것이다.

돈키호테와 김창억 류의 과대망상은 말할 것도 없이 시대착오적이다. 그런데 문제는 그런 시대착오적 광기가 근대인들에게 특이한 이중 감정으로 다가온다는 것이다. 천지분간 못하는 시대착오는 기본적으로는 조롱의 대상이다. 그러면서도 그 비정상성이 지닌 진정성은 사라진 이상주의의 표상이 되어 근대라는 속물들의 시대를 되비춘다. 돈키호테적인 것을 향한 이중감정은 근대성이 자신의 타자를 바라보는 시선에서 생겨난 것이거니와, 문제는 그와 같은 이중 감정의 존재 자체가 근대적 주체의 삶에 모종의 어긋남이 있음을 알려주는 신호가 된다는 점이다. 이런 점에서 보면, 단지 염상섭의 과대망상만이 아니라 도손이 보여주는 피해망상의 경우도 크게 다르지 않다. 망상자들을 포착해내는 청년들의 시선에, 비애를 바탕으로 하는 강한 정념이 섞여 있다는 점에서 그러하다. 그것은 기본적으로, 급격하게 진행되어온 근대성의 도입 과정이 산출해낸 정념이라 할 수 있겠다. 거기에 가족애나 민족 감정이 추가되면 도손의 경우가 되고, 국권을 잃고 식민지로 전락해버린 제 나라 현실에 대한 비애가 추가되면 염상섭의 경우가 된다고 해야 하겠다.

5. 강박과 히스테리 사이

근대성의 도래에 직면하여 한·중·일 삼국이 겪어야 했던 정서적 경험은 동아시아 안에서도 서로 다르다. 그런 다름이 여전히 유지되고 있는지에 대해서는 논란의 여지가 있을 수 있다. 이런 논의에서 고려되어야 할 것은, 동아시아 삼국¹중국과 일본 그리고 비-중국이자 비-일본으로서의 한국. 그러니까 한국의 자리에는 대만, 홍콩, 북한이 들어올 수 있다에서 생겨난 경험의 상이성이 단순히 서로 다름의 차원은 아니라는 점이다. 이들 사이에서 생겨난 근대성-권력 관계와 구체적 힘의 행사가 지금까지 동아시아 사람들의 마음에 영향을 미치고 있기 때문이다. 거기에는 정치적 올바름을 둘러싼 강렬한 정념이 결부되어 있어 더욱 문제가 된다.

19세기에서 20세기를 거쳐 오는 동안, 동아시아의 세 꼭짓점^{한·중·일 삼국}이 만들어내는 삼각형에서, 근대성의 핵심은 삼각형의 내부에 있는 것이 아니라 외부에 있게 되었다는 점, 즉 내심이 아니라 외심의 형태로 있게 되었다는 점[18] 역시 강조되어야 한다. 세 꼭짓점으로 만들어지는 삼각형이, 세 모서리가 자기 나름의 자리를 지켜 이념적인 형태의 정삼각형이 된다면 아무런 문제가 없을 것이다. 내심과 외심이 분리되는 일도 있을 수 없다. 그러나 20세기 초반의 현실은 이 삼각형을 기묘한 형태의 둔각 삼각형^{일본의 강력한 힘이 한국과 중국을 끌어당김으로써 만들어지는 삼각형}으로 만든다. 따라서, 삼각형의 중심을 차지하는 20세기 초반 동아시아에서 근대성은, 내심으로부터 매우 멀리 떨어진 외심으로서 삼각형의 외부에^{즉, 동아시아의 정신적 영토 밖에} 존재하게 된다. 곧 동아시아의 근대성은 각국의 현실적 질서의 부정태이자 하나의 이상으로서^{이것은 물론 서구에도 존재하지 않는 것으로서의 이상이다} 존재했으며, 20세기를 통과해오는 동안 기본적으로는 그와 유사한 형태를 지니고 있었다는 것이다. 21세기에도 여전히 그렇다고 말할 수 있을까. 그것은 울퉁불퉁한 근대성-경험의 단면만이 아니라 우락부락하기 짝이 없었던 근대성-권력 관계를 감안해야 제대로 답할 수 있을 것이다.

메이지 유신을 전후한 일본의 근대화 과정을 그와 같은 방식으로 말한다면 어떨까. 도손의 소설이 바탕에 두고 있는 윤리-정치적 방식의 독특함을 그에 대한 예로 제시해도 좋겠다. 근대성의 현실 원리를 받아들이면서도, 반가운 손님에게 기꺼이 문을 여는 방식이 아니라 외부의 강력한 권력자를 항복의 예로 받아들이는 것이다. 『파계』가 보여주는, 커밍아웃을 가장한 아우팅의 방식^{계율을 지키고자 했으나 지킬 수 없는 처지가 되었다. 그래서 나는 스스로 계율을 깨겠다}이 그 적실한 예일 것이며,

---

18 자세한 것은, 제2장 「둘째 아들의 서사─염상섭, 나쓰메 소세키, 루쉰」 1절에 있다.

『집』과『신생』에서 움직이고 있는 마음의 원리어쩔 수가 없다. 그래서 나는 자발적으로 그렇게 하겠다 역시 그런 테두리에서 작동하고 있다고 할 수 있겠다. 그것은 패배가 예정된 싸움에 일단 참여하고기꺼이 문을 여는 것이 아니라 일단 저항의 포즈를 취하고, 그리고 항복함으로써 승자의 질서를 받아들이는 방식이다.『파계』를 위시한 도손의 텍스트들이 발신하는 방식 자체가 그러하다는 것이다.

그와 같은 발신 방식은 매우 자부심이 강한 노예의 방식이라는 점에서 특징적이다. 여기에서 노예적이라 함은 헤겔의 '불행한 의식'을 염두에 둔 용어이거니와, 여기에서 특히 문제적인 것은 노예이면서 강한 자부심을 지니고 있다는 것이다. 물론 자부심이란 누구에게든 없을 수 없어서 노예와 주인이 서로 다른 방식으로 지닐 수 있는 것이기도 하다. 따라서 여기에서 자부심 강한 노예의식이란, 노예의 자리를 자기 것으로 받아들이고 그것을 오히려 자기 특성으로 구사하는 방식의 독특성위에서 언급한, 강력한 외부자에게 항복하고 항복한 사람의 자리를 철저하게 지키는 방식을 지칭하는 것으로 이해되어야 하겠다. 그 같은 마음이 작동하는 방식을 좀더 구체적으로 설명하기 위해서라면, 라캉이 구사했던 네 개의 담론 형식 중에서 특히 '대학 담론'이 유용할 수 있다.[19]

---

19 라캉은『세미나17』에서 네 개의 담론을 정교화했다. 주인 담론, 대학 담론, 히스테리 담론, 분석가 담론이 그 넷이다. 이들의 구조는 발신자와 수신자의 기표 / 기의를 이루는 네 가지 요소, 주인 기표(S1) 지식(S2), 대상(a), 주체($)로 구성된다. 주인 담론은 S1/$ → S2/a, 대학 담론 S2/S1 → a/$, 히스테리 담론은 $/a → S1/S2, 분석가 담론은 a/S2 → $/S1 으로 표현된다(이틀에서 분모는 기의, 분자는 기표의 자리임을 잊지 않는다면 틀 자체가 지니는 풍부한 의미를 간취해낼 수 있다). 주인 담론을 기준으로 하여, 왼쪽으로 공전시키면 대학 담론이 되고, 오른쪽으로 공전시키면 히스테리 담론이 된다. 어느 쪽이든 한 번 더 공전시키면 분석가 담론이 된다. 이 담론 각각이 지닌 의미는 브루스 핑크의 책에 잘 요약되어 있다. 여기에서 나는 대학 담론을 강박증 담론으로 재-개념화하여 사용하고자 한다. 히스테리 담론과 대학 담론이 대칭적인 위치에 있을 뿐만 아니라(히스테리와 강박증은 정신분석학을 탄생시킨 신경증의 대표적인 두 하위종이다. 둘은 흔히 여성적인 것과 남성적인 것으로 성별화되기도 한다. 게다가 신경증은 담론=언어를 통과해야 생겨난다는 점에서 정신증과 다르기도 하다), 대학 담론의 구성 자체가 강박증적 요소를 지니고 있기 때문이다. 이에 대한 상세한 기술은 번다하여 다른 지면을 기약할 수밖에 없겠다. 이에 대한 기본적인 논리는 본문의 문장 속에서 개괄적으

대학 담론은 주인 기표＝취지S1의 정체나 의미에 대한 질문은 거둔 채, 일단 그것으로부터 자기에게 주어진 지식S2, 주인으로부터 자기에게 주어졌다고 스스로 생각하는 지식을 행위자말하는 사람의 자리왼쪽항의 분자의 자리에 놓음으로써 만들어지는 담론즉 사고이다. 라캉이 만들어놓은 도식에 따르면 대학 담론은 주인 담론을 왼쪽으로 공전시킴으로써 만들어지는 것이고, 그 반대로 공전시키면 히스테리 담론이 있다. 따라서 대학 담론은 히스테리 담론과 대극적 관계라고 할 수 있을 텐데, 이런 점에서 대학 담론은 담론의 형태를 띤 강박증이라 할 수 있다. 단순히 네 가지 담론의 구도라는 점에서 그럴 뿐만이 아니라, 대학 담론의 구성 방식 자체가 강박증적인 형태를 지니고 있기도 하다. 무엇보다도, 주인 기표로부터 주어진 지식에 대한 반문이나 거부 없이, 그것을 곧이곧대로 받아들이는 것을 전제로 한 담론 형태라는 점에서 그러하다. 더욱이 행위자의 자리를 차지하고 있는 지식S2이란, 주인 담론을 기준으로 말하자면 주인의 말S1을 듣고 해석함으로써 만들어진 기표들의 체계이다. 즉 노예의 자리말을 듣고 해석하는 사람의 자리에 놓여 있던 것들인 셈이다. 대학 담론은 바로 그 노예적인 자리에서 만들어진 지식이 담론 체계의 주동자 자리를 차지함으로써 생겨난 것이다. 근본 의미에 대한 질문을 거둔 채 만들어지는 지식 체계, 즉 도구적 지식이 행하는 근본적 질문에 대한 억압 체계가 곧 대학 담론이며, 그런 점에서 노예의 담론이라 할 수 있다.

　대학 담론에서 움직이고 있는 마음의 원리는, 원본보다 더 원본에 가까운 복사본을 만들어야 한다는 강박을 핵심으로 한다. 원본즉 주인 기표은 자기가 놓여 있는 자리에서 시간이 흐름에 따라 변할 수 있고, 또 스스로의 힘으로 변화를 추구할 수도 있다. 자기가 주인이기 때문이다. 변덕스러움은 주인의 특성이

　로 설명해둔다. 네 담론에 관한 상세한 것은, 브루스 핑크, 이성민 역, 『라캉의 주체』, 도서출판 b, 2010, 9장 및 Jacques Lacan, *The Seminar XVII : The Other Side of Psychoanalysis,* translated by Russell Grigg, New York: W.W.Norton & Company, 2007, 12장을 참조할 것.

자 특권이기도 하다. 그러나 노예는 그럴 수 없다. 변덕은 어디까지나 주인의 전유물이라서 노예와는 상관없는 것이다. 노예의 변덕이란 제 분수를 잊은 채 주인 행세를 하는 외람이나 만행이나 폭거가 될 뿐이어서, 노예의 목숨을 위태롭게 한다. 요컨대 노예의 복사본은 원본을 수정하거나 자기 자신을 변형할 권리가 없다는 것이다. 변해버린다면 그것은 이미 복사본이 아니라 새로운 원본이고, 복사본의 변형은 그래서 그 자체로 하나의 반항이고 혁명이다. 원본보다 더 엄격하게 원본다움을 간직해야 하는 것, 복사기에 문제가 생겼다면 그것을 교정하여 원본을 철두철미 재현해야 하는 것이 복사본의 기율이다.

이처럼 자기가 속한 의미의 체계와 자기를 내포한 의미의 위계를 지키고 고수하는 데 엄격한 복사본의 모습은, 스스로를 통제하고 억압함으로써 생겨나는 강박증의 전형적인 모습이다. 그런 모습이야말로, 서구보다 더 철저하게 서구적이 됨으로써 근대화를 이루고자 했던 메이지 유신의 기본적인 모습이며, 근대 일본이 지난 20세기 동안 다른 나라 사람들에게 주었던 인상이라고 할 수 있지 않을까.

다른 한편으로 메이지 유신이 결과한 또 하나의 매우 뚜렷한 마음의 측면은 히스테리 담론의 형태 속에서 드러난다. 주체$의 주어진 지식S2, 즉 노예의 자리과 그것을 만들어낸 원천적 의미S1, 즉 주인의 언어 = 서구적 근대성를 거부할 때의 모습이 히스테리 담론근대성에 대한 격렬한 거부의 기본 형태이다. 히스테리 담론의 주체는 주인 기표S1를 향해 외친다. 내가 왜 당신들이 말하는 근대성의 취지와 의미를 받아들여야 하는가. 내가 왜 당신들이 되라고 하는 모습이 되어야 하는가.

내부에서 생겨난 이 격렬한 항의가 본격적으로 제 모습을 드러낸 것은 이른바 '대동아전쟁'이거니와, 담론의 차원에서는 '근대성의 초극'이라는 키워드가 그에 해당한다. 근대성의 신속한 도입에 성공하여 제국주의 세력의 일원이 된 일본이 이제 묻기 시작한다. 우리가 왜 서구인들이 말하는 근대성을 향해 가야 하는가. 우리는 일본적인 것을 지키면서 근대성을 넘어 새로운 세상을 향해 갈 것이다. '근대성의 초극'이라는 키워드에 대해 응답했던 사람들의 목소리는 다양하지만, 그 가장 깊은 곳에서 울려오는 소리는 서구적 근대성을 넘어서야 한다는 문장이다. 또한 일본이 '귀축미영'鬼畜米英을 몰아내고 일본 = 아시아적 가치를 실현하겠다는 명분으로, 곧 서구가 제시한 근대 너머의 이상 세계를 만들겠다며 시작한 태평양전쟁이야말로 바로 그것의 현실태라 해야 할 것이다. (전쟁에 참여하는 사람들이 모두 그런 것은 아니지만, 먼저 싸움을 시작하는 사람들은 히스테리적이라는 사실도 추가해 두자)

이렇게 본다면, 메이지 유신에서 태평양전쟁을 거쳐 온 일본의 근대성 도입 과정은 대학 담론과 히스테리 담론 사이에서 요동쳤던 것이라고, 곧 스스로를 억압함으로써 만들어진 강박과 억압된 것이 기이한 모습으로 터져 나와 정신신체적psychosomatic 증상이 되는 히스테리를 통과하여 지금에 이르렀다고 할 수 있겠다. 그것은 일차적으로, 근대성 자체를 외래적이고 타자적인 것으로서 받아들이는 과정에서 생겨난 것이라는 점에서 일반적이고, 또한 그 과정을 치러 내는 일본 고유의 방식에서 매우 현저하게 드러난 것이라는 점에서 특수성을 지닌다.

물론 강박과 히스테리 사이에서 요동쳤던 마음이 단지 일본만의 것이라 할 수는 없다. 타자로서 다가오는 근대성이나, 한 나라가 지니고 있는 문화적 고유성과의 격렬한 충돌 문제라면, 그것은 일본만이 아니라 한국과 중국을 포함한 동아시아 전체의 문제일 것이기 때문이다. 각국 간의 차이라고 한다면 그 충돌의 양상과 강도에서 드러난다고 해야 할 것이며, 특히 일본의 경우는 동아시아에서 가장 먼저 근대성을 자신의 것으로 사유했던 대표적인 예로서 그 요동의 진폭이 가장 격렬하고 극심하게 드러난 것이라 해야 할 것이다.

요컨대, 어떤 말로 일컬어졌건 간에, 전통 = 내부성 대 근대 = 외부성 사이의 대립 자체를 스스로의 힘으로 풀어내야 했다는 점에서는 20세기를 거쳐온 동아시아의 여러 나라가 어느 하나 예외일 수 없으며, 따라서 지난 세기를 통과해 오는 동안 강박과 히스테리 사이에 갇혀 있었던 것은 메이지 유신만이 아니라 동아시아에서의 근대성 담론 자체라 할 수 있다. 메이지 유신은 그것의 실상을 생생하게 보여주는 시금석에 해당하는 셈이다.

그런데 150년이 지난 아직도 여전히 그러한가. 동아시아의 근대성 담론은 아직도 여전히 노예의 자리에 대한 강박적 묵수와 그것에 대한 히스테리적 거부 사이에 갇혀 있는가. 이 질문에 대한 답이 간단할 수는 없다. 동아시아 각국의 경우를 따져보자면 별도의 논의가 필요할 것이다. 하지만 지난 150년 사이에 엄청나게 변해온 국제 정치의 질서만큼이나 마음의 실상 역시 커다란 변화가 있었다는 점 정도는, 이 자리에서도 큰 이론의 여지 없이 지적해둘 수 있겠다. '아시아적'이라는 관형어는, 이제 헤겔-마르크스적 전통이 지녔던 '뒤늦음'^{아시아적 지체}이나 시원적 형태의 '생산 양식'^{아시아적 생산 양식}과 결합하는 것, 혹은 국제 정치적 마이너리티의 윤리가 만들어내는 가치와 결합하는 것, 그 어느 쪽에서도 기술적으로는 내용이 없고 가치평가적으로는 시큰둥한 것이 되어가고 있는 것이 오늘날의 현실이다.

'동아시아적'이라는 관형어 역시 사정은 크게 다르지 않다. 그런 관형어들 속에서 작동해왔던 것은 칸트의 용어를 빌려 말한다면 '초월론적 착시'였다고 할 수 있다. 한 시대를 사로잡고 있던 마음의 구조가 만들어낸 것이기에, 착시는 착시이되 회피가 불가능한 구성적 착시이다. 이와 같이 마음 일반의 차원에서 말한다면, 오리엔탈리즘도 혹은 그것에 대한 반발로 만들어진 항-오리엔탈리즘도 모두 현재적 권력관계와 현실적 열패감이 만들어내는 '초월론적 착시'의 산물이다. 그 착시를 없애고자 한다면 필요한 것은, 착시를 만들어내는 틀 자체를 소멸시키는 일이다. 권력관계가 바뀌고 열패감이 사라져야 한다. 최소한 동아시아의 차원에서라면, 그런 변화는 이제 경제력을 위시한 다양한 분야에서 점차 가시화되고 있는 것이 21세기의 첫 20년을 향해 가는 오늘의 현실이라고 해도 크게 지나친 말은 아닐 것이다.

6. 동아시아 근대성

지금까지 메이지 유신 150주년이라는 말을 화두로 하여, 근대성이라는 타자에 맞닥뜨렸던 동아시아의 마음에 대해 살펴보았다. 이를 위해, 백여 년 전 동아시아 삼국의 문학 작품에 나타난 정신 질환의 양상을 대조적으로 기술하였다. 『파계』를 중심으로 하여 시마자키 도손의 작품에 나타난 오이디푸스 시나리오와 정신 이상의 양상을 분석했고, 이와 맞세워질 수 있는 수 있는 루쉰과 염상섭의 작품들을 대조해 보았다.

이들 세 작가의 문학 작품들은 단순한 문학 작품의 하나가 아니라 한 시대의 마음이 선택한 각국의 고전들이다. 세 작가의 작품에 나타나는 두 개의 피해망상과 한 개의 과대망상이 어떤 식으로 차이가 나는지에 대해 분석했으나, 좀더 멀리 떨어져 말하자면, 이들은 모두 그 자체가 한 시대의 마음의 향배를 보여주는 저마다 하나씩의 증상들이다. 한발 더 나아가 말한다면, 한 시대가 선택한 문학 작품은 그것이 어떤 것이건 그 자체가 하나의 증상이자 히스테리이다. 담론은 논리를 통해 스스로를 표현하지만, 문학 작품은 그와는 달리 미메시스를 통해 한 시대를 관통하는 마음의 표현 매체가 된다. 그런 점에서 문학은 그 존재 자체가 히스테리라 할 수 있다. 거기에 표현되는 것이 망상이라는 것은, 이런 점에서 보자면 당연한 것이 된다. 일그러진 방식으로 귀환하는 억압된 마음의 행로를 위해 존재하는 것이, 문학을 위시하여 예술 속에 마련된 미메시스의 길이기 때문이다.

메이지 유신 150주년이라는 말은 동아시아 근대성 150주년이라는 말과 크게 다르지 않다. 외래적인 근대성은 그것과 조우하는 사람들에게는 타자가 지니는 두려움과 함께 다가온다. 그것은 기본적으로 무시무시한 침략자의 모습을 하고 있으되, 그 외부자가 환기하는 이상적 가치나 새로운 질서는 내부자들로 하여금 인간 해방에 관한 새로운 꿈을 꾸게 하기도 한다. 근대가 환기하는 내면성의 순수한 가치와 그것을 만들어내는 거칠고 추악하기까지 한 현실 사이의 알력이 한 시대 사람들의 마음을 이상 심리의 공간으로 몰아간다. 게다가 그 바탕에는 근대성 자체가 지니고 있는 윤리적 뒤틀림, 곧 공리주의라는 기묘한 현실 원리가 '비윤리적 윤리'의 형태로 기층을 이루고 있다. 이와 같은 요소들이 층을 이룬 위에서, 근대 전환기 동아시아라는 공간 전체를 놓고 보자면, 거대한 역사적 타자와 맞닥뜨린 사람들의 마음은 강박과 히스테리 사이에서 찢어져 있다. 그것을 가장 뚜렷하게 표현하고 있는 것이, '대학 담론'의 형태를 지니고 있는 메이지 근대화 과정이며 그 귀결로서 태평양전쟁이라 할 것이다. 이것은 물론 일본의 경우이다. 그렇다면 한국과 중국의 경우는 어떠할까. 마지막에 이 질문을 던져두는 것으로, 지금까지의 시론적 논의를 마무리해 두겠다.

제8장

동아시아의 자기 서사와
담론의 구조

루쉰, 다자이 오사무, 다케우치 요시미, 이광수

1. 동아시아의 자기 서사

태평양전쟁이 막바지에 접어든 때 일본에서 나온 두 권의 책, 다케우치 요시미竹内好, 1910~1977 의 『루쉰』1944과 다자이 오사무太宰治, 1909~1948의 『석별』1945에 대해 주목해보자.[1] 둘 모두 루쉰魯迅, 1881~1936에 관한 책으로, 한 권은 작가론이고 다른 한 권은 소설이다. 이 두 책이 주목할 만한 가치가 있는 것은, 대상이 된 루쉰을 포함하여 세 명의 인물 각각이 근대 동아시아의 서사와 담론 지형에서 중요한 위치를 점하고 있기 때문이다. 이들을 아울러 한자리에 모아 두면, 이 셋은 동아시아의 자기 서사[2]를 조형해내는 서로 다른 담론의 틀을 내장하고 있음을 확인하게 된다. 새로운 지배 서사의 자리를 두고 전통과 근대가 격렬하게 충돌하는 시대의 정서적 역동이, 이들의 텍스트 속에서 매우 예민하게 반향되고 있는 것이다.

동아시아의 자기 서사는 집단 주체의 영역에 속한다. 따라서 그 자체로 단일한 것일 수가 없다. 집단 주체의 주도권을 누가 행사하는지에 따라, 다양한 형태의 서사가 생겨나고 번성하며 사라져간다. 서로 다른 서사들이 지배 서사의 자리를 두고 경합한다. 근대성의 도래로 인해 삶의 기율과 윤리가 새롭게 조형되던 시대에는, 이러한 경합과 충돌이 특히 두드러질 수밖에 없다. 루쉰에 관한 두 책이 나온 시기는, 아시아 태평양에서 전쟁을 벌이던 일제가 '대동아

1　두 책의 저본은 다음과 같다. 다케우치 요시미, 서광덕 역, 『루쉰』, 문학과지성사, 2003(이하 이 책은 『루쉰』으로 약칭함) 및 『竹內好全集』 1, 筑摩書房, 1980 수록본(이하 이 책은 『全集』 1로 약칭함). 『석별』은 최혜수 역, 『다자이 오사무 전집』 6, 도서출판 b, 2013(이하 이 책은 『전집』 6으로 약칭함) 수록본 및 『太宰治全集』 7, 筑摩書房, 1988(이 책은 『全集』 7로 약칭함) 수록본을 바탕으로 한다.

2　여기에서 자기 서사란, 자아 정체성의 바탕 위에서 한 개인의 마음속에 자리 잡은 자기 삶의 밑그림을 뜻한다. 자기 자신이 어떤 사람이고 장차 어떤 삶을 살고자 한다는, 한 인격체 안에 내면화된 서사의 틀이 곧 자기 서사이다. 동아시아의 자기 서사라는 틀은 이런 개념의 연장에 있는 것이다. 동아시아 지역 전체의 자기의식에 내면화된 삶의 기본 틀이 곧 동아시아의 자기 서사에 해당하는 것이다.

공영권'이라는 이념을 기치로 내세우고 있던 때이다. 매우 거대하고 폭력적인 형태의 자기 서사가, 동아시아 집단 주체의 영역에서 우뚝 솟아올라 있을 때라는 것이다. 이 시기 서사와 담론들 속에 이념적 알력과 길항이 첨예한 모습으로 전개됨은 당연한 것이다.

주지하듯이 동아시아라는 관념 자체는, 근대와 함께 시작된 서세동점西勢東漸의 국제정치적 흐름이 만들어낸 것이다. 특히 19세기에 들어 가속화된 서구 제국주의 세력의 폭력적 도래는 피해의식을 공유하는 집단의 지역적 자기의식을 만들어냈거니와, 이러한 사정은 모든 형태의 동아시아 자기 서사가 공유한다. 강력한 타자의 존재가 주체와 자기 서사의 영역을 활성화하는 것이다. 메이지 시대 일본에서 생겨난 '탈아론脫亞論'및 '흥아론興亞論' 같은 동아시아 담론들과 쑨원의 '아시아주의'나 안중근의 '동양평화론³ 등이, 동아시아 자기 서사의 대표자로 손꼽힐 수 있겠다. 일제 파시즘이 내세웠던 이른바 '대동아공영권'의 이념은 그중 가장 격렬한 형태의 서사이고, 전쟁기에 일본에서 등장했던 '근대의 초극'에 관한 논의들 역시 동아시아 자기 서사에 대한 새로운 기획으로부터 생겨난 것이라 해야 하겠다.

이들은 모두 각각의 방식으로 동아시아의 현재와 미래에 대한 서사의 틀을 자기 안에 지닌다. 여기에서 주인공은 동아시아이고, 그 주인공이 현재 어떤 상태에 처해 있으며, 장차 이상적인 상태에 도달하기 위해서는 이런저런 것이 필요하다는 식의 이야기가 펼쳐진다. 이런 이야기를 펼쳐내는 사람들의 국적은 동아시아라는 신체의 상징적 기관들, 심장이나 두뇌나 폐부, 혼과 정신 같은 것으로 표현된다. 요컨대 동아시아를 주인공으로 하여 만들어지는 현재와 미래에 관한 이야기가 곧 동아시아의 자기 서사이거니와, 서사의 흐름 자체는

---

3   일본과 중국의 아시아 담론에 대해서는, 고성빈, 『동아시아 담론의 논리와 지향』, 고려대 출판문화원, 2017, 5·6장; 안중근의 동양평화론에 대해서는, 『동양평화론』, 독도도서관친구들, 2019을 참조할 것.

미래 지향적인 성공 서사의 형태를 지닐 수밖에 없다.

　동아시아의 자기 서사는 논설이나 주장의 형태로 현시되어 있는 것이기도 하면서 또한 내면화되어 무의식적으로 작동하는 것이기도 하다. 담론과 서사의 이면에서 잠행하고 있는 내면화된 자기 서사를 확인하기 위해서는, 텍스트의 이면을 들여다보기 위한 분석적 접근이 요구된다. 담론과 서사 속에서 작동하는 다양한 요소들을 변별하여 의식적 메시지를 조직화하고, 그 뒤에서 작동하는 무의식적 메시지를 검출해내는 과정이 필요하다. 담론의 구조에 대한 라캉의 성찰은 이 같은 자기 서사의 분석 과정에서 유효한 참조점이 될 수 있다.[4] 서사의 영역에서 의식과 무의식이 교차하는 지점을 포착하게 한다는 점에서 그러하다. 여기에서는, 루쉰과 다자이 오사무, 다케우치 요시미가 만들어낸 세 개의 서사에, 일제 파시즘의 이념에 대응했던 이광수의 방식을 보충해 넣을 것이거니와, 이는 라캉의 담론 분석틀이 넷으로 이루어졌음을 염두에 둔 탓이다.

　다자이의 『석별』과 다케우치의 『루쉰』이라는 두 책에 대해 말하자면, 두 저자는 모두 루쉰과 30년 가까이 차이가 나는 세대로서, 동경제국대학 문학부에 재학하며 같은 공기를 마셨던 사이이다. 그들이 태평양전쟁의 막바지에 루쉰에 관한 문제적인 책을 냈다는 것은 그 자체로 주목할 만하다. 다케우치는 현대 중국문학을 전공한 평론가로서, 1934년 '중국문학연구회'를 결성하여 1935년부터 기관지 『중국문학월보』^{후에『중국문학』으로 개칭함}를 간행하고, 이를 통해 새로운 방식의 중국문학 연구를 이끌어온 리더였다. 그가 당대의 중국을 대표하는 작가 루쉰에 관한 책을 썼다는 것은 하등 이상할 것이 없는 일이다. 그러나 당대의 주목받는 신진작가 다자이 오사무가 루쉰의 삶을 소설로 썼다는 것은 조금 이상할 수 있다. 루쉰이나 중국문학과의 특별한 친연성이 보이지 않기

4　라캉의 네 담론 이론은 다음에 의거한다. Jacques Lacan, *The Seminar XVII : The Other Side of Psychoanalysis,* translated by Russell Grigg, New York: W. W. Norton & Company, 2007. 이에 대한 자세한 것은 제7장의 각주 19에 있다.

때문이다. 게다가 그가 그때껏 이루어낸 문학적 성향을 감안하면, 루쉰에 관한 소설이 그와 어울린다고 하기는 힘들어 보인다. 여기에서부터 논의의 실마리를 풀어나가 보자. 다자이는 왜 『석별』을 썼을까.

2. 『석별』의 두 가지 증상

다자이 오사무의 『석별』이 다루는 것은, 청년 루쉰이 센다이의 의학전문학교를 그만 두고 떠나는 과정의 이야기이다. 루쉰의 유명한 '환등기사건'과 문학으로의 회심 이야기가 그 한복판에 있다. 다자이가 루쉰의 삶을 소설화한 까닭에 눈길이 가는 것은, 무엇보다도 두 작가의 문학적 성향이 매우 상이하기 때문이다. 단순히 상이한 정도가 아니라, 문학과 삶의 대극성이라는 구도에서 보자면 두 사람은 정반대편에 속한다고 해야 할 정도이다. 그런 데다 이 둘은 동아시아 문학장에서 중요한 문학적 위치를 점하고 있으니, 이들 각각은 삶과 문학의 대극성이라는 관점에서 보자면 양극단을 대표하는 작가라 해도 좋겠다. 한쪽은 공동체의 버젓한 삶을 위해 몸부림친 계몽문학자로서 사람들에게 존경의 대상이고, 다른 쪽은 인간 본성의 누추한 측면을 포착해낸 이른바 '자멸문학'의 대표자로서 독자들에게는 공감과 사랑의 대상이 되는 작가이다.

잘 알려진 바와 같이, 다자이 오사무는 그때까지 여러 차례의 자살 시도로 인해 사회적 물의를 빚기도 했고 약물 중독으로 병원 신세를 지기도 했던 이력의 작가이다. 문학을 위해서라면, 평범한 삶을 포기하는 것은 물론이고 자기 육체에 대한 최종적 통제력 상실까지 감수하고자 했던 것이 다자이의 삶과 글쓰기의 모습이었다.[5] 그와 반대로 루쉰은 글쓰기 자체보다는 민족 단위의 주

---

5   자세한 것은, 이 책의 제6장 「실패의 능력주의」에 있다.

체적 삶을 중시했던 사람이다. 글쓰기란 마땅히 사람들의 제대로 된 생활을 위해 공헌해야 한다는 생각을 적극적으로 실천했고, 그 과정에서 다자이와 같은 방식의 문학을 자기 글쓰기의 영역으로부터 배제하려 했던 사람이다. 글쓰기를 향한 다자이의 의지가 문학 그 자체를 위한 것이었다면, 루쉰의 의지는 삶을 위한 것이었던 셈이다.

이런 속성과 위상을 지니고 있는 작가들이기 때문에, 다자이 같은 작가가 루쉰의 삶을 소설로 옮겼다는 것은 그 자체가 주목할 만한 일이 아닐 수 없다. 나아가, 다자이가 왜 루쉰에 대해 쓰고자 했는지에 관한 의문이 제기되는 것 역시 당연할 것이다. 이에 대한 대답은, 작가 자신의 기질에서부터 당시의 상황, 그리고 일본 근대가 지니고 있는 정신적 속성까지 다양한 접근이 가능하거니와, 여기에서 먼저 살펴야 할 것은 『석별』이라는 텍스트 자체이겠다. 일단 이는, 다자이 오사무와 루쉰이라는 매우 이질적인 힘의 만남이라는 점에서 그 자체로 흥미로운 것이기도 하다.

그런데 이런 관점에서 보자면, 『석별』이라는 소설은 매우 실망스러운 것이 아닐 수 없다. 두 이질성의 만남에서 기대할 법한 뜨거운 접점 같은 것이 전혀 드러나지 않고 있기 때문이다. 게다가 평범한 다자이 독자의 관점에서 보더라도, 이 소설은 그다지 성공적인 것이라 하기 어렵다. 무엇보다도 이 소설에는, 다자이의 소설이라면 당연히 있어야 할 아이러니의 밀도가 자취를 감추어 버렸기 때문이다. 다자이가 보여준 문학적 개성은 '지독한 나약함'이라 표현될 만한 역설적 긴장에서 생겨나는 것이다. 나약함혹은 착함과 지독함이 뒤섞여 만들어내는 복합 감정들, 지적 위트, 밀도 높은 자기혐오의 윤리성, 독자들과의 서사적 밀당에서 드러나는 유희 충동의 자유로움 등이 그 구체적 예들이다. 짙은 것이건 옅은 것이건 간에, 방기된 삶과 글쓰기에 대한 집중 사이에서 생겨나는 긴장이 그다운 문학을 만들어내는 핵심적 요소이다. 그런데 『석별』에는 이런 긴장이 전혀 없이, 단순한 인물들의 싱거운 이야기가 펼쳐지고 있는 것이다.

『석별』에서 서사의 줄거리를 이루는 것은, 루쉰의 회고에 등장하는 센다이 의학전문학교 시절의 사건들이다. 그 핵심은 두 가지, 루쉰의 첫 소설집 서문에 나와서 유명해진 '환등기사건'의 일화와 그의 산문 「후지노 선생」에 등장하는 집단 따돌림사건이다. 그런데 이 두 사건은 이미 루쉰의 글을 통해 공개되어 널리 알려진 것이다. 여기에 살을 붙여 소설체로 옮기는 정도라면 무슨 의미가 있을까. 실제로 『석별』은 이 두 사건이 소설적 의장만을 간신히 갖춘 채 특별한 굴절 없이 펼쳐지고 있어, 말 잘 듣는 모범생의 습작 서사라고 해야 할 수준이다. 드라마의 밋밋함과 서사의 내용 없음이 총화를 이루었다고나 할까.

이처럼 허술한 『석별』의 서사를 채워 넣는 것이 인물들의 입에서 나오는 시대적 담론인데, 이 담론의 수준이 또한 작품의 완성도를 더욱 떨어트린다. 파시스트적 일본의 애국주의 담론이 핵심 역할을 담당하고 있기 때문이다. 청년 루쉰의 입을 통해 흘러나오는 메이지 일본에 대한 예찬이 곧 그것이다. 러시아와의 전쟁에서 이길 정도의 강국 일본을 만든 것은, 빠르게 받아들인 서양 문물의 힘이 아니라 일본식의 '국학'에 뿌리를 둔 일본 정신의 힘, "충의忠義 일원론"『전집』 6, 389쪽이라 함이 그 골자이다. 이에 따르면, 청나라 유학생 루쉰이 배우고자 하는 것도 모범적으로 서양 근대를 받아들인 일본이 아니라, 파시즘 시대의 이른바 '동양 정신'의 요체를 확보하고 있는 일본이라는 것이다. 물론 이런 말을 하는 『석별』의 청년 루쉰은 다자이가 만들어낸 인물이다. 그러니까 작중 '루쉰'의 일본 예찬은, 내용의 진실성은 차치하더라도 그 자체로 낯 뜨거운 자화자찬이자 일본 파시즘에 대한 아부일 수밖에 없다. 그런 단순성과 통속성은 담론 자체의 품격을 떨어뜨릴 뿐 아니라, 다자이의 문학이 지니고 있던 자기 희화화의 윤리적 감흥을 밑동부터 잘라내 버린다.

이 소설의 대상이 누구인가. 다자이가 이 소설을 쓸 무렵에 루쉰은 이미 중국문학을 상징하는 거인이 되어 있는 존재였다. 루쉰의 삶을 다루는 소설은 그러니까, 일본에 유학 온 평범한 청나라 유학생 청년의 이야기일 수가 없다는 것이다. 그런 루쉰과의 만남이라는 점을 고려한다면, 다자이의 『석별』이 진설해놓은 서사의 수준은 독자의 기대에 한참 못 미치는 것이 아닐 수 없다. 대체 어쩌다, '탕아 서사'의 일인자 다자이의 글쓰기 속에서 이런 일이 벌어진 것일까. 다자이답지 않은 이 같은 서사의 허술함과 담론 수준의 민망함이 『석별』의 일차적 증상으로 지목되어야 할 것이거니와, 여기에 또 하나의 증상이 추가된다. 이를 확인하기 위해서는 소설 속으로 좀더 들어가야 한다.

『석별』의 기본 구조는, 루쉰의 동기생이었던 늙은 의사 다나카가 40년 전의 학창 시절을 회상하는 형식이다. 다나카의 수기가 소설의 실질적 내용에 해당한다. 그 바탕에는 루쉰의 회심을 만들어낸 두 개의 사건이 중심을 이룬다. 첫 번째는 루쉰의 회고록 「후지노 선생」에 등장하는 집단 따돌림사건이고, 두 번째는 루쉰의 회심을 초래한 이른바 '환등기사건'이다.

소설의 도입부는, 청나라 유학생 '저우^{루쉰}'가 센다이에는 매우 드문 해외 유학생이었던 탓에 학교로부터 이런저런 배려를 받고, 동북 지역 시골뜨기인 다나카와 만나 친교의 경험을 쌓는 이야기로 이루어져 있다. 이들의 만남의 배경에는 동북 지역 일본의 유명한 자연 경관인 마쓰시마의 절경이 놓여 있어 청춘 소설의 낭만적 색채까지 곁들여진다. 두 사람은 모두 표준 일본어를 제대로 구사하지 못한다는 공통점이 있어 쉽게 친해진다. 여기에 활발하고 허풍스런 동경 내기 쓰다가 결합하여 삼총사 격이 된다. 그리고 그 뒤에는, 일본어가 아직 서툰 저우를 위해 필기 노트를 첨삭해주는 자애롭고 성실한 해부학 교수 후지노가 기본 정감의 바탕으로 자리 잡고 있다.

서사의 중심에 놓여 있는 것은 청년 루쉰에 대한 집단 따돌림사건이다. 의학전문학교의 많은 학생들이 성적 미달로 낙제를 하는데, 청나라 유학생 저우^{청년 루쉰}는 낙제하지 않았다는 사실이 사건의 단초가 된다. 후지노 선생이 저우의 필기 노트를 개인적으로 살펴주고 있었던 터라, 저우가 의심과 오해의 대상이 된다. 후지노 선생이 시험 문제를 저우에게 알려주어서, 저우가 낙제하지 않았다는 이야기가 나돌았던 것이다. 그들의 대다수는, 저우가 부정한 방식으로 낙제를 면했다고, '후진국 청나라 학생'이라 당연히 그랬을 것이라며 은근한 방식으로 집단 조롱을 가한다. 동급생 대표는 저우에게 부정한 행동에 대해 회개하라는 익명의 편지를 보냈으며, 그로 인해 후지노 선생까지 사태를 인지하기에 이른다. 결국 오해는 풀리고 주모자였던 학생회 간부^{야지마}가 결국 저우에게 사과하는 것으로 소동은 일단락이 된다.

이 사건의 개요는 실제로 있었던 일로서, 루쉰의 산문 「후지노 선생」에 등장하며, 여기에 뒤이어지는 것이 루쉰의 첫 소설집 『외침』¹⁹²³의 「자서」¹⁹²²에 등장하여 유명하게 된 '환등기사건'이다. 그가 24세의 나이로 경험한 민족적 수치의 경험이자 회심의 계기가 된 사건이다. 「후지노 선생」과 「자서」에 같이 등장하지만, 대동소이한 것이니[6] 유명한 「자서」 쪽을 인용해보자.

---

6 「자서」에서는 이 장면이 책의 서문답게 좀더 간결하게 표현되고, 루쉰의 산문집 『아침꽃 저녁에 줍다』에 실린 「후지노 선생」에서는 이 사건에서 그가 받았던 수치심이 좀더 구체적으로 묘사된다. 두 글의 디테일은 조금 달라서, 「자서」에서는 참수당하는 중국인이 「후지노 선생」에서는 총살당하는 것으로 되어 있다. 또 「자서」의 환등(幻燈)이라는 표현은 「후지노 선생」에서는 '영화[電影]'라고 되어 있다. 다케우치 요시미에 따르면, '電影'이라는 표현은 현재의 영화가 아니라 환등을 뜻하며, "이 무렵의 환등은 필름이 아니라 유리판이며 광원은 아아크등이다. 1965년 동북대학 의학부 세균학 교실에서 당시의 것으로 추정되는 독일제의 대형 영사기와 유리판의 슬라이드가 15매 발견되었으나 스파이 처형 장면은 포함되어 있지 않았다"(다케우치 요시미 역주, 한무희 역, 『魯迅文集』 2, 일월서각, 1985, 267~268쪽)라고 한다. 또한 이 장면에 대해, 『원시적 열정』의 레이 초우가 시각 문화의 충격이 작동한 것이라는 특이한 해석을 했거니와, 이에 대해서는 전형준의 다음과 같은 지적이 적실해 보인다. "레이 초우가 기여한 결정적 공헌은 시각적 충격에 대한 성찰의 필요성을 제기했다는 데 있다. 이 점을 인정하는 데 인색할 필요는 없다. 그러나 아무래도 레이 초우는 그 시각적 충격의 의미를 지나치게 과장하고 있다. 레이 초우는 정지사진인 슬라이드와 동영상인 영화를 film이라는 영어 단어의 포괄성을 이용하여 동일시하고, 그럼으로써 영화의 미디어 효과를 슬라이드에까지 확대적용한 것은 과장된 해석을 정당화하기 위한 책략이다. 레이 초우의 과장은 새로운 신화의 구축을 위해 봉사한다. '20세기 초, 중국의 지식인들에게 film의 등장은 언어기호와 문자기호가 지위를 상실하는 획기적인 순간이었다'라는 신화가 그것이다." 전형준, 『비판적 계몽의 루쉰』, 서울대출판문화원, 2023, 210~211쪽.

ⓐ이런 유치한 지식이 근원이 되어 그 후 나는 일본의 어느 한 시골 의학 전문학교에 학적을 두게 되었다. 내 꿈은 참으로 원대했다. 졸업하고 돌아가면 아버님처럼 치료를 잘못 받은 병자들의 괴로움을 덜어주고, 전쟁 때에는 군의가 되며, 한편으로는 국민들에게 유신에 대한 믿음을 심어주리라 마음먹었다. 나는 미생물학 교수법이 얼마나 발전했는지는 잘 모르지만 그때에는 강의시간에 영사막을 통해 보여주는 미생물의 형태를 알 수 있었다. 강의를 다 하고도 시간이 남을 때면 선생은 그 시간을 이용해 학생들에게 풍경이나 시사에 관한 화면을 보여주곤 했다. 그때는 러일전쟁 시기였으므로 자연히 전쟁에 관한 화면이 많았다. 나는 그때마다 박수치는 동급생들에 동조하지 않으면 안 되었다.

한번은 화면에서 오랜만에 많은 중국인들과 만나게 되었다. 한 사람이 묶인 채 복판에 서 있었고, 그 양쪽 옆에는 건장한 몸집이긴 해도 얼빠진 표정을 지은 많은 사람들이 둘러서 있었다. 해설에 의하면 묶인 사람은 러시아를 위해 군사 정탐을 하다가 일본군에 붙잡혀 지금 사람들 앞에서 목이 잘리게 될 참인데, 빙 둘러서 있는 사람들은 그 끔찍스러운 장면을 구경하러 나온 사람들이라는 것이었다.

나는 그 해 학년이 끝나기도 전에 도쿄로 갔다. 그 일이 있은 뒤로 의학 같은 것은 결코 중요하지 않다고 생각했기 때문이다. 우매한 국민은 몸이 아무리 성해도 튼튼해도 아무런 의미도 없는 구경거리가 되거나 구경꾼밖에는 될 수 없으니 병에 걸리거나 죽거나 하는 사람이 비록 많다 해도 그것을 불행이라고 생각할 필요는 없다고 느꼈던 것이다.

그래서 그때 나는 가장 먼저 해야 할 일은 그들의 의식을 개조하는 것이며, 의식을 개조하는 가장 좋은 수단은 문예라고 생각하고 문예운동을 해나가리라 다짐했다.[7]

이 인용은 루쉰의 회심의 계기를 보여주는 전설적인 장면이다. 다자이의

---

7 루쉰, 노신문학회 편역, 『노신 선집』 1, 여강출판사, 2003, 20~21쪽. 이 책은 『선집』 1로 약칭한다. 『외침』은 1923년 8월에 나왔지만, 「자서」는 1922년 12월 3일이라고 되어 있다.

『석별』에 묘사된 것 역시 이 장면과 크게 다르지 않다. 해부학 시험 때문에 생긴 집단 따돌림사건이 바탕을 이루는 가운데, '환등기사건'이 루쉰으로 하여금 의학 공부를 포기하고 문학을 선택하게 하는 회심의 절정의 자리에 놓여 있는 것이다. 그런데 『석별』에서 주목할 만한 것은, 다나카의 입을 통해 다자이가 말하고 있는 다음과 같은 대목이다.

　　ⓑ 어차피 사십 년이나 된 옛날 일이다. 내 기억이 틀린 부분이 없다는 보장은 할 수 없다. 하지만 '한 나라의 유신은 서양의 실용적인 과학으로 이룰 수 있는 것이 아니다. 민중을 대상으로 한 초보적인 교육에 힘을 쏟고 그들의 정신을 개조하지 않으면 이루기 힘들지 않은가'라는 얘기를 저우 씨에게 처음 들었던 것은, 분명 눈이 많이 내렸던 그날 밤이었던 것으로 기억한다. 그러한 저우 씨의 의문은 결국 문장에 대한 관심으로 이어졌고, 후에 문호 루쉰이 탄생하게 된 계기가 되었다고 볼 수도 있을 것이다. 하지만 요즘 모두가 말하듯 이른바 '환등기사건'에 의해 그러한 의문이 갑자기 저우 씨의 가슴속에서 끓어오르게 되었다는 설은, 조금 잘못된 것이 아닌가 싶다. 사람들의 이야기에 따르면, 나중에 루쉰이 직접 센다이 생활의 추억을 글로 쓴 것이 있는데, 거기에도 이른바 '환등기사건' 때문에 의학을 그만두고 문학으로 전향하게 되었다는 얘기가 분명히 나와 있다고 한다. 그 글은 그가 무슨 사정 때문에 사사오입식으로 간명하게 정리하며 쓴 것 아닐까. 인간의 역사라는 것도 종종 그처럼 요령 있게 다시 엮어서 전달해야만 하는 경우가 있을 것 같다. 루쉰이 어떤 이유로 자신의 과거를 그처럼, 말하자면 '극적'으로 꾸며야 했는지, 그것은 나도 모른다. 그저, 그가 자신의 과거를 설명했을 당시의 중국 정세, 혹은 중일관계, 혹은 중국의 대표 작가로서의 그의 위치 같은 것들을 주의 깊게 살펴보다 보면 무언가 수긍할 수 있는 이유를 알 수 있을지도 모른다. 『전집』 6, 391~392쪽

인용문 ⓑ가 주목되어야 하는 것은, 아무런 걸림 없이 싱겁게만 흘러가는

『석별』이라는 텍스트의 흐름에서 유일하게 서사적 와류가 생겨나는 지점에 해당하기 때문이다.

위의 인용에서 다나카는 루쉰이 나중에 '환등기사건'에 관한 이야기를 극적으로 꾸몄다고, 거기에는 무슨 사정이 있었을 것 같다는 식으로 말하고 있다. 그러나 다나카 자신이 써낸 이야기는 이와 부합하지 않는다. 작중의 루쉰^{저우}이 지속적으로 중국의 혁명과 정신적 개혁에 대해 의식하고 있었던 것은 사실이지만, 그가 종국적으로 의학전문학교 밖으로 튕겨나간 것은, 그의 동급생들 집단이 보여주었던 배타적이고 비윤리적인 태도 때문이었다. '환등기사건'이란 그 정점에 해당하는 것이다. 그것이 곧바로 문학 선택으로 이어지는 것은 아니라 하더라도, 최소한 루쉰이 의학전문학교 학생 생활을 포기하는 데는 결정적 사건이었다는 점에는 이론의 여지가 없어 보인다.

그러니까 '환등기사건'이 루쉰으로 하여금 의학에서 문학으로 전환하게 한 결정적 순간이었다고 하는 「자서」에서의 루쉰의 회고에 대해, '극적 꾸밈' 같은 것이 있다고 말하기는 어렵다. 『석별』의 내용 자체도 이것과 크게 다르지 않다. 민족의 정신 개조나 대중을 상대하는 매체로서 문학에 대한 루쉰의 관심이라는 것은, 이 시기에 외국에 나온 국비 유학생 청년이라면 당연히 가질 수밖에 없는 것이다. 루쉰이 그런 생각을 했다고 해서 그것을 곧바로 문학에 대한 회심으로 연결시키기는 어려울 수밖에 없다. 그런데 왜 다나카는, '환등기사건'으로 인한 루쉰의 회심을 '극적으로 꾸민 것'이라고 말하는 것일까. 요컨대 집단 따돌림사건에서 '환등기사건'으로 이어지는 일련의 사건에 대한 다나카의 묘사와, 루쉰의 변신을 '극적 꾸밈'이라고 하는 그의 해석적 주장이 서로 어긋나 있다는 것이다.

이런 어긋남이 이 텍스트의 두 번째 증상이거니와, 여기에 주목하고 나면 『석별』이라는 소설 자체의 허술함만으로 치부할 수만은 없는 요소들을 발견하게 된다. 그중 가장 문제적인 것은 민족 차별과 당사자성의 문제이다.

『석별』의 정서적 구도 자체를 보자면, 루쉰과 후지노 선생, 그리고 두 친구가 만들어내는 공감과 배려의 온화함이 바탕을 이룬다. '석별'이라는 제목 자체가 이를 보여준다. 센다이를 떠나는 루쉰에게 후지노 선생이 사진을 건네주며 그 이면에 적어준 글귀가 바로 '석별'이라는 말이었다. 집단 따돌림사건도, 주모자가 직접 나서서 사과를 함으로써 따뜻한 결말에 도달하고 있다. 착한 사람들의 착한 이야기일 수 있는 결말이다. 하지만 이 모든 온화함에도 불구하고 청나라 청년 루쉰에게는 해소되지 않고 있는 응어리가 있다는 것이 문제이다.

집단 따돌림사건에 대해 오해가 풀리고 사과가 이루어졌다지만, 그것은 어디까지나 가해자들의 입장일 뿐이다. 루쉰의 입장에서는 결코 풀릴 수 없는 것이 있을 수밖에 없다. 집단 따돌림을 만들어낸 진정한 원천이라 해야 할 것, 곧 청나라 사람들에 대한 멸시의 시선으로 인해 생겨난 마음의 응어리가 그것이다. 루쉰의 입장에서 보자면 자기 민족에 대한 멸시의 시선은, 자기가 시험에서 부정행위를 했다는 식의 오해 / 모함보다 더 치명적이다. 자기 행위에 대한 오해는 풀어낼 수 있지만, 자기 민족에 대한 집단 멸시의 시선은 어느 한 사람이 풀어낼 수도 없고 어떤 특정인이 사과를 한다고 해서 해결되지도 않는 문제이기 때문이다.

이런 점에서 보자면, 두 번째 사건인 '환등기사건'이란, 집단 따돌림사건의 바탕에 있던 자기 민족에 대한 멸시의 시선과 그로 인해 자신이 느꼈던 수치심을 다시 한번 날카롭게 확인시켜주는 사건에 다름 아니다. 청나라 사람이 자기 땅에서 일본군대에 의해 사형당하는 장면을 보며 만세를 부르고 박수를 치던 일본인 동급생들의 배려 없음과 몰지각한 행동은, 그 자리에 있던 루쉰 자신이 감당해야 할 몫이다. 그 자리에 있던 유일한 청나라 사람으로서, 그 자신이 일본인 동급생들에게 집단적으로 무시를 당한 것이기 때문이다. 그들 모두를 질타하건 그들에게 사과를 받건 간에, 그것은 그 자신이 해결해야 할 문제이다. 첫 번째 사건인 집단 따돌림을 만들어낸 오해 혹은 누명과 같은 레벨의 사건인 것이다.

그러나 일본 동급생들의 몰지각한 행위 밑에 놓여 있는 구조적 멸시와 집단적 몰윤리는, 루쉰이라는 한 개인이 어떻게 할 수 있는 문제가 아니다. 그의 조상과 가족과 친지, 그의 동족 전체가 피해자가 되는 문제이기 때문이다. 게다가 이 영역은 당사자성이 강하게 작용하는 영역이다. 루쉰의 편이었던 세 사람의 일본인도 이 수준의 모멸감에 공감하는 것은 쉽지 않은 일이다. 『석별』에 등장하는 인물들로 말하자면, 이 영역에 제대로 발을 들일 수 있는 사람은 사실상 루쉰 말고는 없다고 해야 할 것이다. 그런 형태의 모멸감이 한 개인에게 얼마나 치명적인 것인지는, 셰익스피어의 『베니스의 상인』에 등장하는 유대인 금융업자 샤일록의 행동이 보여준다. 그가 베니스인 채무자를 합법적으로 죽이려 했던 것도 자기 민족에 대한 차별적 시선 때문이었다. 샤일록의 입장에서, 자기가 모욕을 당하는 것은 그렇다 치더라도, 자기 민족에게 가해진 능멸은 견딜 수 없었던 탓이다.

『석별』에서 '환등기사건'이 벌어졌을 때, 조용히 교실을 빠져나온 저우의 심기를 살피며 그를 따라 나온 유일한 사람이 다나카였다. 그런 다나카조차 '환등기사건'에 대해 인용문 ⓑ에서와 같이 '극적 꾸밈'이 있다고 말하는 것은, 루쉰이 직면해야 했던 사태의 본질에 대해 그가 제대로 알아채지 못했음을 보여주는 것이다. 그것이 다나카의 한계가 아니라 『석별』의 작가 다자이의 한계에 해당한다 함은 물론이거니와, 다자이의 차원에서 말한다면 사태의 본질을 몰랐던 것이 아니라 모른 척했던 것일 수도 있다.

요컨대 『석별』이라는 텍스트의 증상은 두 가지로 간추려질 수 있겠다. 첫째는 다자이의 소설답지 않은 서사의 허술함과 담론의 저급함이 노출되고 있다는 점, 둘째는 루쉰의 '환등기사건'에 대한 서사와 해석 사이의 모순이 생겨나고 있다는 점이다. 『석별』에서 보이는 이런 증상들은 크게 보자면, 대규모의 전쟁 상황과 그로 인해 만들어진 파시스트적인 국가 총동원 체제 속에서 살아야 했던 일본 작가 다자이의 문제일 것이다. 그러나 여기에서 정작 중요하게 간주되어야 할 것은, 이런 증상들을 만들어낸 내적 원천이다. 이 관점에서 보자면, 전쟁이라는 현실적 상황이란 그 원천들을 다자이의 텍스트에 드러나게 한 외적 계기에 불과한 것이라 해야 한다. 그렇다면 그 안에 있는 것은 무엇인가.

이럴 때 문제 삼게 되는 것은 다자이의 서사 세계가 지니고 있는 모범생 의식이다. 그리고 두 번째 증상, '환등기사건'에 대한 다나카의 모순적 진술에 대해 설명하기 위해서는 텍스트의 수준을 넘어서야 한다. 루쉰 자신의 시선과, 그것을 바라보는 일본의 평론가 다케우치 요시미의 시선이, 『석별』이라는 텍스트 안에서 서로 맞부딪치고 있기 때문이다. 이 두 요소에 대해 차례로 살펴보자.

3. 파시즘에 마주친 '모범적 탕아 예술가'

다자이의 『석별』이 독자들의 기대에 한참 못 미쳤다는 점은, 그의 독자이기도 했던 루쉰 전문가 다케우치 요시미의 반응에서도 확인된다. 그는 루쉰 전문가였을 뿐 아니라 다자이 오사무의 문학을 고평했던 사람이기도 했다. 신체검사에서 탈락하여 징집 면제된 다자이 오사무와는 달리, 30대 중반의 나이든 사병으로 징집된 그는 전쟁터에 나가야 했고, 출정하기 직전에 『루쉰』의 원고를 완성한다. 그가 전쟁터에 있을 때 출간된 『루쉰』 한 권이 『석별』을 준비하고 있던 다자이 오사무에게 전달된다. 이는 다케우치의 요청에 따른 것으로, 작가 다자이 오사무에 대한 다케우치 요시미의 애호를 볼 수 있는 일화이기도 하다.[8] 그런 다케우치도 『석별』에 대해 루쉰의 기록과 상치되거나 미진한 면들

---

8   『루쉰』의 발문을 쓴 다케다는, 다케우치가 좋아했던 문장의 하나로 다자이 오사무를 거론하고 있다. 다케다 다이준, 「발문」, 『루쉰』, 195쪽.

을 조목조목 지적했거니와,[9] 다자이가 세상을 떠나고 난 후에도 다시, "전쟁 중에 나는 다자이 오사무를 비교적 좋아했지만, 소집이 해제되고 돌아와 『석별』을 읽고는 실망했다. 혼자 즐긴다는 느낌이었다. '혼자 즐기는 것'과는 반대되는 것을, 나는 기대했던 것이다"[10]라고 썼다. 다자이의 애독자였던 다케우치로서도 이해하기 힘든 실패작이 곧 『석별』이었던 것이다.

다자이 오사무가 왜 이런 시기에 『석별』을 쓰려 했는지에 대해서는, 몇 가지 이유를 추정해볼 수 있겠다. 아주 작게는, 루쉰이 다녔던 센다이 의학교가 그가 자란 동북지역에 있다는 장소적 친근성도 없지 않겠고_{센다이의 자연 경관과 동북 지역의 방언 및 풍속이 『석별』의 중요한 디테일이 된다}, 또한 다자이 자신이 지니고 있던 직업 작가로서의 태도와 근성이라는 점도 생각해볼 수 있겠다. 당시 30대 중반이 된 다자이는, 반복적 자살 시도와 약물 중독의 격렬한 소용돌이에서 벗어나 작가로서의 안정기에 도달했던 시기였다. 그는 생계형 작가의 태도를 지니고 있었고, 전쟁으로 인해 소설을 쓰고 발표하는 일이 엄혹해진 상황이었기 때문에 더욱이나 쓰는 일 자체가 중요했던 시기이기도 했겠다. 쓰고 발표할 수 있는 기회가 된다면 이것저것 가릴 것 없이 쓰고자 했던 때였다는 것이다.

하지만 소설 제재로서 루쉰을 선택하는 문제에 관한 한, 다자이의 이런 사정들은 모두 부차적이라 해야 할 것이다. 가장 큰 이유는 따로 있기 때문이다. 일제가 전쟁을 치르며 내세웠던 이른바 '대동아공영권'이라는 구호에, 다자이 자신이 적극 부응하고자 했음이 곧 그것이다. 다자이가 루쉰의 이야기를 소설로 쓰고자 한 직접적 이유는 책의 후기에 밝혀져 있다. 『석별』은 "내각정보국과 문학보국회의 의뢰로 쓴 소설"이라 함이 그것이다. 여기에, "두 기관에서 써달라고 하지 않았어도 언젠가 써보고 싶다는 생각에 자료를 모아 구상하고 있

---

9   이는 다케우치의 「후지노 선생」(1947)에 수록되어 있다. 윤여일 역, 「후지노 선생」, 『루쉰 잡기』, 에티투스, 2022, 39쪽.
10   다케우치 요시미, 「화조풍월」(1956), 위의 책, 183~185쪽.

었던 것"¹¹이라는 단서가 붙어 있다. 그러니까 대규모의 전쟁을 수행 중이었던 일본 정부의 요구와, 작가 자신의 기획이 일치한 경우라는 것이겠다. 태평양전쟁이 막바지에 이르고 있던 일본 정부는 이른바 '대동아공영권'의 이념을 홍보하고자 했고, 여기에 다자이가 적극적으로 호응하고자 했던 셈이다.¹²

이런 점에서 보자면, 『석별』의 서사가 이토록 헐거워진 까닭도 어느 정도는 이해할 수 있는 것이 된다. 이 소설의 기획 의도로서 그에게 할당된 것은 이른바 '대동아선언 5원칙' 중 '독립친화'이다. '서구적인 것'으로부터 자기 나름의 자리를 지키는 가운데 이른바 '대동아공영권' 내부에 있는 사람들 사이의 친화를 도모하고자 하는 것이 내용이며, 이런 의도의 한계는 기관에 제출된 그 자신의 창작 의도 안에 이미 석명되어 있는 것이기도 했다.¹³ 이에 따르면, 청년 루쉰이 센다이에게서 어떤 일을 겪었건 간에, 또 루쉰이 문인으로서 어떤 삶을 살았건 간에, 중국인과 일본인은 서구에 맞서는 동지적 친화의 마음으로 이어져야 한다. 실제로 『석별』 속에서 제대로 구현되지는 않았지만, 중국인 루

11 『전집』 6, 408쪽.
12 세키 미쓰오(関井光男)에 따르면, 일본의 내각정보국과 전쟁 협력을 위해 설립된 '일본문학보국회'는 '대동아회의'(일본과 일본 점령지역 대표들이 모인 정치 집회였다)에서 체결된 '대동아공동선언' 5원칙을 주제로 한 문학 작품화를 위해 집필 희망자를 모집했다. 1944년 1월 소설부회에서 다자이 오사무를 포함한 50여 명의 협의회가 있었고, 1944년 말에 제1부 소설과 제2부 희곡에 위촉작가가 결정되어 집필을 개시했다. 1945년 1월에 발행된 『문학보국』 (44호)의 기사에 따르면, 5원칙을 포함하여 6인의 작가 명단이 나와 있다. 5대원칙은 공존공영(共存共榮), 독립친화(獨立親和), 문화앙양(文化昂揚), 경제번영(經濟繁榮), 세계진운공헌(世界進運貢獻)이며, '공동선언 전반'이라는 항목을 포함해 여섯 부문이다. 다자이 오사무는 이중 '독립친화' 분야에 위촉되었다. 関井光男, 「「惜別」 解題」, 『全集』 7, 445~446쪽.
13 심사위원회에 제출된 「석별」의 창작의도'는 다음과 같다. "루쉰의 만년의 문학론에는, 작가는 흥미가 없어서, 후년의 루쉰의 일은 일체 다루지 않고, 단지 순정하고 다감한 젊은 청나라 유학생으로서의 '저우 씨'를 그릴 작정입니다. 중국인을 경멸하지 않고, 또한 경박하게 치켜세우지도 않으며, 소위 결백한 독립친화의 태도로서, 젊은 저우수런을 올바르고 자애롭게 그리려는 생각입니다. 현대 중국의 젊은 지식인에게 읽혀서, 일본에 우리를 이해하는 사람이 있다는 마음을 품게 하여, 백발의 탄환 이상으로 중일의 전면 평화에 효력을 발휘하게 하려는 의도를 가지고 있습니다." 세키 미쓰오, 위의 글에서 재인용, 『全集』, 446쪽.

쉰이 일본인 후지노 선생에게 보였던 존경심은 이러한 의도를 충족하기에 더없이 좋은 소재로 보였을 수 있겠다.

요컨대 다자이 오사무는 전시 일본의 작가로서, 어떤 강제성이나 제약이 없는 상태에서 스스로 전쟁 협력자이고자 했고, 그런 선택이 초래한 자기 제약 때문에 『석별』이라는 실패작을 낳았다고 할 수 있겠는데, 그럼에도 여전히 문제는 남는다. 그의 이런 선택과 행동은 그의 문학이 보여준 고도화된 장인 기질과는 매우 거리가 있는 것이기에, 그런 판단의 내적 기제에 대한 의문이 생기지 않을 수 없는 까닭이다. 『석별』이라는 소설 자체만 놓고 보더라도, 창작에 외부의 강압이 있었던 것도 아니고, 또한 당국의 사전 사후의 검열이 있었던 것도 아니다.[14] 그런데도 『석별』은 다자이에게 관심 있는 사람들도 언급하기를 싫어하는 실패작이 되었으며, 이런 평가는 다자이 사후에도 지속된다.[15] 그래서 묻게 되는 것이다. 그의 이런 선택과 그것이 초래한 결과는 어떤 마음의 산물일까.

작가 다자이의 삶과 문학이 보여주는 독특한 형태의 모범생 의식이 그 대답의 하나로 지목될 수 있겠다(후술하겠지만 이는 단지 다자이만의 문제가 아니라 일본식 근대성의 기본 심성과 연결되어 있는 것이기도 하다). 다자이의 경우, 그냥 모범생 의식이 아니라 매우 특별한 형태의 모범생 의식이라고 해야 하는 까닭은 일단, '탕아 작가'로서의 삶을 살아온 그에게 모범생이란 단어 자체가 잘 어울리지 않는 것이기 때문이다. 그럼에도 불구하고, 소설 창작에 임해온 그의 마음

---

14 이 소설은 외부의 강압이나 제약 없이 순전히 자의로 창작되었음을 다자이 스스로가 후기에 밝히고 있으며, 다케우치 요시미도, "이 작품을 썼을 때의 사정이 작가에게 곡필을 강요했다는 설에 나는 동의하지 않는다. 작가는 곡필할 작정이 아니었던 것이다"라고 쓰고 있다. 『전집』 6, 408쪽; 다케우치 요시미, 「화조풍월」, 『루쉰 잡기』, 앞의 책, 184~185쪽.

15 다케우치 요시미는 이렇게 썼다. "요즘 다자이 오사무에 관한 평론이 자주 올라오는데 누구도 『석별』을 문제 삼지 않는다. 왜일까. 그 사람의 치명상이야말로 본질을 드러내지 않겠는가. 싫은 작품을 피해 가겠다는 심리라면 이 또한 화조풍월이 아니겠는가." 위의 책, 185쪽.

의 구조에 모범생이라는 규정을 부여할 수밖에 없는 것은, 그가 보여준 '탕아'로서의 삶이 소설 쓰기를 위해, 즉 제대로 된 예술가가 되기를 위해 바쳐진 것이기 때문이다. 즉, 다자이의 문학과 삶은 평균적 근대인이 생각하는 '건실한 삶'과는 정반대이지만, 오히려 그의 문학과 삶의 핵심에 있는 '방탕'과 무절제^{그에게 이것은 결과라기보다는 목표 지점에 가깝}는 '모범적' 예술가로서의 '이상적' 자질일 수 있기 때문에 그것을 추구하는 것이 '모범생'의 것일 수 있다는 것이다.

요컨대 다자이는 충동적인 삶을 살다보니 '방탕'한 예술가가 된 것이 아니라는 것, 오히려 반대로, 본인이 이상적이라 여기는 예술가의 삶을 살기 위해 무절제와 '방탕'의 길을 충실하게 따라간 경우라는 것이다. 다자이가 선택한 삶의 방식으로서의 '방탕'은, 우연이나 충동의 결과가 아니라 필연적 의지의 산물이라는 것이다.

이런 점에서, '모범적 탕아'나 '절제된 무절제함'^{이를테면 자살 시도는 반복하되 성공은 하지 않는 것} 같은 역설과 아이러니가 다자이의 세계를 감싸고 있는 것은 당연한 일이겠다. 자기 파괴적 일탈자라는 외관 속에 조용히 자리 잡고 있는 것은, '탕아'의 길을 성실하게 걷고자 하는 착한 모범생의 영혼이다. 여기에서 현저한 자질은, 주어진 조건에 대한 반항이나 일탈이 아니라 순응과 충실이다. 그것이 다자이의 서사 세계를 이끌어가는 기본 동력이다. 그 목표 지점이 보통 시민들과는 달리 자기 파괴였다는 점이 예술가적인 개성이라고 해야 할 것이다. 즉, 충동적으로 살기라는 외관을 지닌 다자이의 내부에 있는 것은, 충동적인 문제아의 모습이 아니라, 오히려 충동적으로 살기를 주어진 과제로 인식하고 충동적으로 살기라는 임무를 성실하게 수행해내고자 하는 모범생-예술가의 모습이라는 것이다.

이런 성향의 작가가, 빠져나갈 길이 별로 없어 보이는 파시즘의 광풍을 만난다면 어떤 일이 벌어질까. 이 시기에 나온 그의 단편 「갈매기」¹⁹⁴⁰에 등장하는 작가 '나'의 모습이 전형적이다. '나'는 신체적 나약함 때문에 전쟁터에 갈

수 없는 나약한 남성으로 등장한다. 그가 실제로 그랬는지보다 중요한 것은, 자기 자신을 기꺼이 그렇게 규정하려 한다는 사실이다.

조국을 사랑하는 열정, 그것이 없는 사람이 있을까? 하지만 나는 그것에 대해 말할 수가 없다. 그것을 큰 소리로 당당하게 이야기할 수 없는 것이다. 사람들 틈에 섞여 전쟁터로 떠나는 병사들을 몰래 지켜보면서 훌쩍훌쩍 울었던 적도 있다. 나는 병종이다. 열등한 체격을 가지고 태어났다. 철봉에 매달려도 그저 매달린 상태일 뿐 그 어떤 묘기도 부릴 수 없다. 라디오 체조조차도 만족스럽게 할 수 없을 정도다. 열등한 것은 체격뿐만이 아니다. 정신이 박약하다. 구제불능이다. 내게는 남을 지도할 만한 힘이 없다. 누구에게도 뒤지지 않을 만큼 남몰래 조국을 사랑하고 있지만, 나는 아무런 말도 할 수 없다. (…중략…) 어느 날 마음을 가득 담아 토해냈던 그 말은 얼마나 꼴사나웠던가. '죽자! 만세.' 죽는 것 외에 달리 충성하는 방법을 모르는 나는, 역시 시골 촌뜨기 바보에 지나지 않는다.[16]

「갈매기」의 작가 '나'가 하는 일은 일선에 나간 친구들에게 위문편지나 위문품을 보내는 일, 그리고 병사들이 전선에서 쓴 소설을 잡지를 잡아 실어주는 일이다. 그는 자기가 추천한 병사의 소설이 잡지에 실리고 병사의 아내로부터 감사 편지가 오는 일에 보람을 느끼는 사람이다.

후방국민의 봉사. 어때. 이래도 내가 데카당인가? 이래도 나를 악덕한 자라 할 수 있는가? 어떠냐.

그러나 나는 아무에게도 그 얘기를 할 수 없다. 생각해보면 그것은 부녀자가 해야 할 봉사이기 때문에, 내가 자랑스러워할 만한 일은 아니다. 나는 여전히 바보처럼,

16 다자이 오사무, 김재원 역, 「갈매기」, 『다자이 오사무 전집』 3, 도서출판 b, 2012, 196~197쪽. 이하 이 책은 『전집』 3으로 약칭함.

시류에 어울리지 않는 이른바 '유희문학'을 쓰고 있다. 나는 내 '분수'를 잘 알고 있다. 나는 약소한 시민이다. 시류에 대해 이래라저래라할 처지가 못 된다.「전집」3, 203쪽

　물론「갈매기」의 작가 '나'의 이런 발언을 그대로 다자이 오사무의 것이라 할 수는 없다. 그의 소설은 기본적으로, 고백처럼 구성된 가짜 고백이라는 틀을 기본으로 삼고 있기 때문이다. 그럼에도 여기에서 중요한 것은, 자기 모멸의 태도가 이 작품의 중심 정서로 자리 잡고 있다는 사실이며 이것은 다자이 문학 전체의 기조와 부합한다는 사실이다. 따라서「갈매기」의 작가 '나'와 다자이가 전적으로 일치한다고 단언할 수는 없지만, 최소한 이렇게 판단할 수는 있겠다.「갈매기」의 작가 다자이는 자기 자신을 나약한 존재로 드러내고자 한다는 것, 전쟁에 참여하고 싶으나 몸과 마음이 허약하여 징집에서 면제된 한심한 모습의 남성으로 스스로를 규정하고자 한다는 것, 실제로 그랬는지 여부와 무관하게 그가 자기 모습을 그렇게 재현하고자 한다는 것이다. 파시스트가 되고 싶으나 타고 난 약골이라서 그럴 수조차 없다는 말이니, 윤리적 이상의 차원에서 보자면 다자이의 이런 태도에는 이중의 자기모멸이 잠재되어 있는 것이기도 하다.

　요컨대「갈매기」같은 소설에서 현저한 것은, 자기 자신을 주체일 수 없는 존재로 끌어내림으로써 만들어지는 자기비하의 아이러니이다. 이것은 다자이 오사무의 소설 일반이 지니고 있는 특성이거니와, 자기 자신을 망치는 데는 광포하기 짝이 없으나, 외부에서 자기를 규정하고 있는 좀더 큰 권위자에게는 착하고 순종적인 한 독특한 개성이 그 한복판에 놓여 있다. 아마도 이런 방식의 회피가, 문학 밖의 이념이 폭력적으로 작동하는 현실 속에서 '모범적 탕아 예술가' 다자이에게 어울리는 것이라 할 수 있겠다.

　이러한 다자이의 방식은, 같은 회피의 형식이라 하더라도 전형적인 마조히스트의 반응과 구별된다. 이를테면 다니자키 준이치로谷崎潤一郎, 1886~1965는 전쟁

중인 정부 당국으로부터 발표 금지된 소설 『세설』[1943]을 자비출판하면서, 폭력적 현실과 거리를 유지한 채로 자기 세계를 버텨냈다. 폭력적인 세계에 대한 마조히즘적 회피의 태도를 철저하게 고수한 다니자키의 이러한 태도는, 센다이의 의학교를 그만 둔 이후로 문단에 나오기 전까지 오랜 시간의 내적 적막을 견디고 있던 루쉰과 상응하는 면이 있다. 양상은 달라도, 이들은 모두 주어진 현실에 버티고 저항하는 태도를 지닌 사람들이다. 하지만 이와는 달리, 다자이의 세계 내부에 존재하는 인물은 순종적 태도를 지닌 착한 학생이다. 그런 인물에게 현실적 권위자에 대한 저항은, 설사 소극적인 회피의 수준이라 하더라도 힘든 것일 수밖에 없다. 실제로 다자이는 파시스트 정부 당국만 아니라 집안의 권위자들에게도 순종하는 사람의 태도를 취했다(실제로 순종했는지와는 물론 상관없다. 중요한 것은 그런 태도를 공개적으로 취했다는 사실이다). 후술하겠지만, 이것이 다자이와 일본식 근대성이 보여주는 '대학 담론'의 전형적인 모습에 해당한다.

이런 점에서 『석별』의 실패는, 다자이 세계의 가장 밑바닥에 놓여 있는 특유의 모범생 의식이 맨몸 그대로 드러나 버린 경우라고 해야 할 것이다. 상대적으로 작가 자신을 주인공으로 한 「갈매기」의 경우는 자기 비하라는 최소한도의 아이러니가 서사적 긴장을 유지시켜준다. 그러나 『석별』에는 다자이 고유의 자기 비하나 아이러니가 작동할 여지가 크지 않다. 루쉰의 학창 시절이라는 역사화된 서사가 이미 기본 설정으로 주어져 있기 때문이다. 게다가 루쉰은 다자이 같은 모범생-'탕아'가 아닐뿐더러 삶의 지향성에서 보자면 정반대에 해당한다. 자기 비하의 세련성이나 자기 파괴의 광포함이 힘을 쓸 수 없게 되면, 다자이 특유의 아이러니가 작동하기 어렵다.

아이러니의 장막이 걷히면 무엇이 드러나는가. 그저 말을 잘 듣고 순종적인 착한 아이 하나가 모습을 드러내는 것이 아닌가. (이것이 곧 '대학 담론'의 모습이기도 하다) 『석별』에 드러나 있는 다자이의 모습을 보자면, '탕아 작가'를 향한 '모범적 일탈'의 길에서 일탈이 사라져서 '모범생'만 남은 형국이다. 그것이 곧, 어이없이 착하기만 한『석별』서사의 모습인 것이다.

4. 다케우치 요시미의 저항자 루쉰

『석별』의 서사가 지닌 허술함을 생각하면, 다케우치 요시미가 그에 대해 비판적 태도를 보임은 당연해 보인다. 다자이 오사무를 애호했던 독자로서 그럴 수도 있겠으나, 무엇보다도 뜨거운 저서『루쉰』의 저자로서는 그럴 수밖에 없겠다. 그의 비판은 우선적으로, 다자이의 소설에 등장하는 루쉰의 모습이 그가 생각하는 실상과 매우 다르다는 점에 맞춰진다. 루쉰 사후 20년을 추념하는 「화조풍월」[1956]에서 그는 다음과 같이 썼다.

> 더구나 『석별』은 루쉰의 문장을 심각하게 무시해 루쉰상이라기보다 작가의 주관만으로 꾸며낸 작가의 자화상이다. 예를 들어 작품 속에서 루쉰은 유교를 예찬하는데, 유학 시절에 루쉰이 쓴 글을 읽지 않고 만년의 글만 보더라도 유교적 질서를 거스를 생각으로 일본 유학을 마음먹었다고 분명히 밝혔건만 그것을 억지로 무시하고 있다.[17]

이런 사태에 대해, 다케우치가 지적하고 있는 것은 루쉰이라는 대상에 접근하는 다자이의 안이한 태도이다. 이 글의 제목이기도 한 '화조풍월'이라는 말이 곧 그것을 지칭한다. 문제적 대상과의 만남인데도 그 태도가 한가하고 상투적이었다는 것이다.

---

17 다케우치 요시미, 「화조풍월」, 앞의 책, 184쪽.

그의 이런 비판이 다자이에게만 해당하는 것은 아니다. 그가 「화조풍월」에서 비판하는 루쉰에 관한 또 하나의 책은 오다 다케오의 『루쉰전』이다. 『석별』의 후기에서 다케우치의 『루쉰』과 함께 나란히 거론된 책이다. 다케우치에 따르면, 오다 다케오의 『루쉰전』은 일본에서 가장 잘 정리된 루쉰론이자 전기이지만, 루쉰이 남긴 문장의 액면에 지나치게 의존하여 그 이면을 들여다볼 생각을 하지 않았다는 점에서 비판의 대상이 된다. 즉, 다케우치에 따르면 오다는, "문장 저 안쪽을 문제 삼지 않고 바로 앞에서 문제 삼고 있는 듯하다. 문장이라는, 표현이라는 이차적 세계(나는 그렇게 생각한다)에 전적으로 기대어 그 가상을 현실이라고 믿어 버린 게 아닌가 싶다. 한 걸음 더 나아가 말하자면, 문장의 진실과 사실을 혼동한 것 같다"[18]는 것이다.

요컨대 다케우치가 보기에, 오다 다케오의 『루쉰전』은 루쉰의 겉모습만 훑어본 것에 불과하다는 것이며, 다자이는 여기에서 한발 더 나아가, 루쉰을 비틀어서 작가 자신에 관한 이야기를 만들어 버렸다는 것이다. 루쉰은 세상에 대한 격렬한 저항자였는데, 다자이는 그런 루쉰을 착한 선각자, 말 잘 듣는 모범생으로 만들어버렸다는 것이다.

다자이의 『석별』에 대한 다케우치의 이런 비판은 정곡을 찔렀다고 할 수 있겠다. 앞에서 살펴본 바와 같이, 『석별』의 서사를 지배하는 핵심 이미지는 착하고 다정한 청년의 모습이었음을 상기해 보자. 이 점에 관한 한, 작중의 청년 루쉰은 물론이고 그의 일본인 친구들 다나카와 쓰다 역시 마찬가지이다. 다케우치의 비판 논리에 따르면, 러일전쟁의 승리에 경탄하고 있는 『석별』의 루쉰은, 태평양전쟁을 벌여 서구 열강과 싸우는 자기 나라의 모습에 감탄을 연발하고 있는 다자이 자신이었으며, 그 옆에서 루쉰을 정서적으로 감싸고 있는 두 일본인 친구 역시 "착한 아이" 다자이[19] 자신의 또 다른 분신들이었다는 것이다.

---

18 위의 책, 183~184쪽.
19 다자이 오사무의 대표적 페르소나는 『인간 실격』과 「어릿광대의 꽃」 등에 주인공으로 등장하

그런데 다케우치가 다자이의 『석별』에 대해 자서전에 불과하다는 식의 비판을 해도 되는 것일까. 그 자신도 『루쉰』이라는 책을 쓴 사람이 아닌가. 한 인간을 그려내는 일에는 어느 정도 자화상적인 요소가 섞여 들어가기 마련이거니와, 그 자신은 그런 위험으로부터 자유롭다는 것인가. 대상을 포착하는 것은 시선의 일이며, 경험과 통찰은 상관적이다. 대상이 주체의 시선에 변형을 가하기도 하지만, 사람의 삶을 파악하는 일은 주체가 지니고 있는 인간 이해의 지평을 크게 벗어나기 힘들다. 특별한 애정이 가해진 대상에 관한 책은, 어느 정도는 자서전적인 요소를 지닐 수밖에 없다. 다케우치가 다자이의 『석별』에 대해 루쉰이 아니라 자기 자신을 그린 것이라고 비판하는 것은, 자기는 그런 점에서 자유로울 수 있다는 사실을 전제로 하는 것이겠다. 그런데 그것이 과연 자신에 대한 과신이 아닐 수 있을까.

물론 다케우치 요시미와 다자이 오사무의 루쉰상은 매우 대조적이다. 『석별』의 허술한 서사 속에 있는 다자이의 루쉰은 어린아이 같은 심성의 착한 인물일 뿐이지만, 다케우치가 그려낸 루쉰은 복잡한 속내를 지닌 어른의 모습이다. 다자이의 루쉰은 일본을 존경하고 자기 나라를 위하는 마음이 가득한 선각자임에 비해, 다케우치의 루쉰은 선각자도 착한 사람도 아니다. 그의 루쉰은 정직한 생활인이고, 비-정치가라는 뜻에서 문학가이다. 앞장 서는 사람이 아니라 마지못해 끌려가는 사람이고, 성격이나 기질로 보더라도 착함과 거리가 멀어서 오히려 지독한 쪽에 가깝다. 전투적이고 집요한 논쟁 속으로 자기를 몰아가는 루쉰의 모습은, 뒤끝이 있는 데다 근성도 강해서, 한번 물면 놓지 않는 사냥개 같은 느낌조차 준다. 중년의 나이로 '문학 혁명'에 참여하여 자기 자

는 오바 요조이다. 『인간 실격』에서 오바 요조를 규정하는 기본 속성은 "착한 아이"라는 것이다. 『인간 실격』의 마지막 문장은, "우리가 아는 요조는 참 순수하고, 배려심도 많았는데, 술만 안 마셨어요, 아니, 마셨더라도……, 신처럼 착한 아이였어요"이다. 정수윤 역, 『다자이 오사무 전집』 9, 도서출판 b, 2014, 251쪽.

리를 지키고자 했던 루쉰의 모습은 무엇보다, 저항하고 버티고 발버둥치는 사람[20]이다. 요컨대 다케우치의 루쉰은, 다자이가 만들어낸 착하고 윤리적인 선각자 상과는 매우 거리가 있는 인물인 것이다.

이런 차이는 두 책의 설정을 고려하면 당연한 것일 수도 있다. 다자이가 『석별』에서 대상으로 삼은 것은 의학도였던 학창 시절의 루쉰이다. 이것 자체가 다자이의 자기 제한일 수도 있겠으나, 집필 의도에서 그 스스로 밝힌 바와 같이 다자이는 회심 이후의 계몽가 루쉰은 염두에 두지 않고 순정하고 다감한 청년을 그리겠다고 했다. 반면에, 다케우치의 『루쉰』이 다루고자 하는 것은 루쉰의 전 생애가 만들어낸 치열한 발버둥으로서의 문학이다. 그 결과로 그가 그려낸 루쉰은, 앞장서고자 하지 않았고 중심에 있고자 하지도 않았지만, 결국 중국문학의 중심에 서 있게 된 한 역설적 존재의 모습이다. 서사적 설정 자체가 다르니, 포착되는 모습 역시 다를 수밖에 없었겠다.

게다가 다케우치의 『루쉰』은 다자이의 『석별』과는 달리 매우 뜨거운 책이기도 하다. 그가 태평양전쟁 말기에 징집되어 중국 전선으로 떠나면서 남긴 책이라서, 유서와 같은 비장함이 서려 있다. 그는 이 책을 루쉰에 관한 "각서"[21]라고 지칭했거니와, 각서 형식이 지닌 즉흥성과 체계 없음이 오히려 논리와 서술에 박력을 만들어준다. 각서 형식일 수밖에 없는 상황의 절박함이 바탕을 이루는 가운데, 대상의 이면을 포착해내고자 하는 통찰에의 열정과 근대 일본의 현실에 대한 비판적 시선이 어우러져 있다. 루쉰이라는 대상에 대한 애정과 경탄이 이 책의 근본적 동력임은 말할 나위가 없다. 여기에 자유로운 기술 방식과 니

---

20 다케우치가 『루쉰』에서 루쉰의 정신적 속성으로서 강조하는 것은 "쩡짜(挣扎)"의 정신이다. 이는 저항이라고 번역되지만, 어감을 살피자면 정자세로 저항하는 것이 아니라 기를 쓰고 버티는 것이나, 견딜 수 없어 발버둥치는 것에 가깝다.

21 다케우치는 『루쉰』이라는 책을 지칭하여 여러 군데에서 각서라고 쓰고 있다. 이를테면, "나는 루쉰을 선험적으로 하나의 문학가로 규정해왔다 이 규정은 나의 각서의 전제이며 동시에 결론이다." 『루쉰』, 158쪽.

체식의 수사법이 더해져 뜨겁고 열정적인 책 한 권이 태어나고 있는 것이다.

그런데 여기에서 주목되어야 할 것은, 이런 차이에도 불구하고 『석별』과 『루쉰』이 일치하는 대목이 있다는 사실이다. 문학가로서의 루쉰의 모습을 강조하는 것, 말을 바꾸자면 민족의 장래를 위해 헌신했던 계몽주의자로서의 루쉰의 모습을 인정하고 싶어 하지 않는다는 점이 곧 그것이다. 이런 속성을 상징적으로 보여주는 것이 '환등기사건'에 대한 해석과 재현의 방식이다. 다자이가 이를 루쉰 자신의 '극적 꾸밈'으로 보고자 했음은 앞에서 지적한 바와 같거니와, 이 점에 관한 한, 다케우치가 다자이보다 선편을 쥐고 있었다.

다케우치는 '환등기사건'에 대한 판단에서, 간결하면서 전설적인 「자서」의 내용보다 집단 따돌림사건이 부각된 「후지노 선생」 쪽을 사실에 가까운 텍스트로 간주한다. 이런 판단은 단지 이 사건에 대한 해석의 문제에 국한되는 것이 아니라, 『루쉰』을 통해 그가 부각하고자 했던 루쉰의 전체상과 연관되어 있다. 그가 파악한 루쉰은, 문학과 정치 사이의 긴장 관계 속에 자신을 투입해 넣으면서도 문학가의 자리를 고수하고자 했던 한 생활인의 모습이다. 루쉰의 세계에서 문학이 정치로부터 빠져나올 수 없었던 것은, 신해혁명 이후로 지속되어온 중국 내부의 혁명적 상황 때문이었다는 것이고, 루쉰 자신은 그런 환경 속에서도 자신에게 윤리적 기축으로 다가온 문학적인 것^{그는 이것을 "진정한 문학"이라고 지칭했다}의 자리를 고수하고자 했다는 것이다. 그 논리의 핵심적인 대목은 다음과 같다.

진정한 문학은 정치에 반대하지 않고, 단지 정치에 의해서 자기를 유지하는 문학을 경멸하는 것이다. 쑨원에게서 '영원한 혁명가'를 보지 못하고, 혁명의 성공자 혹은 혁명의 실패자를 본 문학을 경멸하는 것이다. 왜 경멸하는가라고 한다면, 그러한 상대적인 세계는 '응고된 세계'로서 자기 생성은 하지 않고, 따라서 그 속에서 문학가는 사멸될 수밖에 없기 때문이다. 문학이 탄생하는 근원적 장소는 항상 정치에 둘러싸여 있지 않으면 안 된다. 그것은 문학의 꽃을 피우기 위한 가혹하고 격렬한 자연 조건이다.『루쉰』, 165쪽

요컨대 다케우치가 그려낸 루쉰은 선각자도 희생양도 아닌, 그저 자기 삶의 방식을 정직하게 지켜내고자 하는 한 생활인이자, 글쓰기가 요구하는 윤리적 충실성을 견지하고자 했던 사람이다. 어려움에 빠진 나라에 혁신이 필요하다고 생각하면서도, 그것이 결코 쉬운 일이 아니라는 현실 또한 직시하고 있는 인물이다. 문학 혁명의 대의에는 적극적으로 동의하지만, 앞장서는 기질이 아닌 데다 대의를 이끌 능력이 있다고 생각하지도 않는 사람이다. 친구의 권유에 작은 도움이라도 되겠다는 심정으로 문학 혁명에 동참했던 사람이고, 그러면서도 문학이 혁명을 위한 도구여야 한다는 생각에는 적극적으로 반대했던 사람이기도 하다. 교육자이자 글을 쓰는 사람으로서, 자기 학생들이 처참하게 죽는 꼴을 보고 견딜 수 없었던 심정을 뜨거운 글로 표현했을 뿐이다. 참혹한 사건들이 벌어지고 있는데, 위선을 떨거나 권력에 빌붙어 문장을 희롱하는 사람들을 경멸하고 비판했을 뿐이라는 것이다.

다케우치의 루쉰의 상은 이런 일련의 사건들 속에서 형상화된다. 여기에서 명백한 것은 "진정한 문학"을 추구하는 루쉰의 모습을 강조함으로써, 루쉰을 민족적 영웅이라는 틀에서 벗어나게 하고 싶어 한다는 점이다.

ⓒ 내가 그의 전기의 전설화마스다 와타루(增田涉)의 『루쉰전』, 오다 다케오(小田嶽夫)의 『루쉰의 생애』 등은 모두 이러한 해석을 취한다에 집요하게 항의했던 것은 결단코 트집을 잡자는 의도 때문이 아니라 그것이 루쉰문학의 해석의 근본과 관계되는 문제이기 때문이다. 설화적 재미에 의해 진실을 희생시켜서는 안 되기 때문이다. 나는 루쉰의 문학을 본질적으로 공리주의로 보지 않는다. 인생을 위한, 민족을 위한 또는 애국을 위한 문학으로도 보지 않는다. 루쉰은 성실한 생활자이며 열렬한 민족주의자이고 또한 애국주의자이다.

그러나 그는 그것으로 그의 문학을 지탱하고 있는 것이 아니다. 오히려 그것을 고려하지 않는 것에서 그의 문학이 성립하고 있는 것이다. 루쉰문학의 근원은 무無라고 불릴 만한 어떤 무엇이다. 그 근원적인 자각을 획득했던 것이 그를 문학가이게 만들었고, 그것 없이는 민족주의자 루쉰, 애국자 루쉰도 결국 말에 불과할 뿐이다. 루쉰을 속죄의 문학이라고 부르는 체계 위에 서서, 나는 항의하는 것이다.『루쉰』, 74쪽

다케우치가 '환등기사건'의 전설을 루쉰이 행한 회심의 계기로 인정하지 않으려 하는 것도 이와 같은 논리의 연장에 있거니와, 다자이와 다케우치의 루쉰 해석이 이와 같다면, 여기에서 제기되지 않을 수 없는 질문이 있다. 이들은 왜 루쉰의 회심을 과장된 전설로 보고자 하는 것일까. 다자이는 일본을 동경하는 착한 학생 루쉰을 보고자 했고, 다케우치는 루쉰의 복잡한 내면을 보면서도 그를 영웅화해서는 안 된다고 했다. '환등기사건'으로 인한 회심을 인정하지 않으려 하는 것은 그런 논리의 연장에 있는 것이다.

그러나 사실 자체로 보더라도, 회심의 사건은 다른 사람들이 만들어낸 것이 아니라 루쉰 자신이 자기 첫 책의 서문에서 직접 밝힌 것이 아닌가. 이것이 '전설'이라면 루쉰 자신이 '환등기사건'을 전설화했다는 것인가. 왜 다케우치와 다자이는 루쉰의 회고를 문자 그대로 받아들이려 하지 않는 것일까.

이 질문에 대한 제대로 된 대답을 마련하기 위해서는 약간의 우회를 거쳐야한다. 이 사건 안에는 이들이 피하고 싶어 하는 모종의 윤리적 불편함이 있는 것으로 보인다. 이것이 사실이라면, 그들은 의식적으로든 혹은 무의식적으로든 회피하고자 했던 어떤 몰윤리의 지점에 당면해 있었던 것이라 해야 할까. 어떻든 이들의 텍스트가 보여주는 증상 속에는 두 명의 일본인 저자들이 정면으로 마주서고자 하지 않았던 지점이 있다는 것이다. 그 지점에 접근하기 위해서는 먼저, '환등기사건'이 지니는 회심의 속성 일반과 루쉰의 경우가 살펴져야 할 것이다.

5. 자기 계몽 루쉰 '회심'의 구조

회심이란 마음의 극적 전환을 말하는 것이지만, 단순히 주체에게 일어난 한 순간의 변심을 뜻하는 것일 수는 없다. 그것은 삶의 서사 속에 회고적인 형태로 놓여야 비로소 제대로 기능한다. 그러니까 어떤 순간을 회심의 계기로 만드는 진정한 힘은, 갑작스런 깨달음 같은 것이 아니라 그 이후의 실천이라는 것이다. 한순간의 마음 바뀜이 아니라, 마음 바뀐 주체가 감행한 지속적 실천이 과거의 한순간을 회심의 사건으로 만든다는 것이다. 그런 점에서 회심은 사후적으로 구성되는 것이다. 다른 사람들이 아니라 회심의 주체 자신에게 그러하다는 것이다.

다메섹 가는 길에서 예수의 혼을 만나 얼이 빠져버린 바울은 예수의 박해자에서 독신자로 극단적인 방향 전환을 했다. 사막에서의 충격적 조우라는 (다른 사람들로서는 믿기 어려운) 주관적인 사건을, (누구나 인정할 수밖에 없는) 회심의 사건으로 만든 힘은 무엇인가. 그가 평생 동안 목숨까지 바쳐가며 행한 전도자로서의 실천 이외에 다른 것은 있기 힘들다. 주체가 삶의 지속 속에서 보여주는 행위와 실천이, 고백이나 회고라는 주관적 언어를 사건의 객관적 증거로 만드는 것이다. 즉 회심은 미리 존재하는 것이 아니라 사후의 실천이 만들어내는 것이다.

'환등기사건'이 루쉰에게 회심의 계기가 되는 것 역시 이와 마찬가지 구조를 지닌다. 그 사건이 루쉰의 첫 소설집 서문에 등장한 것은, 장차 태어날 그의 전설이 희미하게 고지된 것에 불과하다. 「자서」의 문장들은 물론 인상적이지만 그것만으로 전설이 만들어질 수는 없다. 루쉰이 그 이후로 사람들 앞에 펼쳐 보인 글쓰기, 계속되는 내전과 혁명 상황 속에서 그가 수행했던 전투적 글쓰기가 없었다면, '환등기사건'이 전설적인 회심의 사건이 될 수 없음은 자명한 것이다. 우리가 아는 루쉰이 없다면 그의 회심도 있을 수 없다. '환등기사건'이야 있었던 것이지만 그것이 회심의 전설일 수는 없다는 것이다.

다케우치는 루쉰이라는 텍스트의 이면과 마음의 바닥을 속속들이 들여다보고자 했던 사람이다. 그런 그가 이런 사실을 몰랐다고 해야 할까. 그에게 이런 이치가 보이지 않았다면, 그가 몰랐다거나 못 본 것이 아니라, 오히려 모르고 싶었거나 안 보고 싶었다고 해야 하는 것이 아닐까.

연관하여 또 하나 주목되어야 할 점은, ⓒ의 인용에서 보이듯, 다케우치는 루쉰의 글쓰기를 죄의식의 산물이자 "속죄의 문학"으로 간주하고 싶어 한다는 점이다. 그런데 문제는 무엇 때문에 생긴 죄의식인지, 어떻게 속죄하고자 하는 것인지에 대한 구체적 설명이 없다는 점이다.[22] 다케우치는 자신의 책을 각서에 불과한 것이라 했지만, 완결된 저서가 아니라 단지 메모나 시론에 불과한 것이라 말한다고 해서 이에 대한 변명이 될 수 있을까. 그러니 다케우치의 『루쉰』을 읽는 독자로서 질문하지 않을 수가 없다. 무슨 죄의식이고 무슨 속죄라는 것인가. 별다른 근거가 없다면 혹시 그 죄의식이란 다케우치 자신의 것은 아닐까.

다케우치는 루쉰에게서 죄의식을 본다고 했지만, 루쉰의 텍스트에서 두드러지는 감정을 꼽는다면, 죄의식이 아니라 부끄러움이라 해야 마땅하다(그가 본격적 글쓰기를 시작하면서 논쟁의 대상들에게 표했던 분노 역시 격렬한 형태의 부끄러움이다). 이런 부끄러움은 기본적으로 자기 자신이나 혹은 자기가 속한 집단^{중국 민}족의 현실적 윤리적 무능_{죄의식은 잘못에서, 부끄러움은 무능에서 비롯한다}에서 비롯된 것이며,

---

22 간신히 모습을 보이고 있는 것은 루쉰의 첫 번째 결혼에 대한 문제이다. 루쉰이 1906년에 잠시 고향에 돌아와 산음의 주여사와 결혼을 한 후 다시 일본으로 돌아간 행적을 살피며, 다케우치는 이 첫 번째 결혼으로 인해 생겨난 윤리적 갈등이 있을 수 있다는 점을 지적한다. "나는 루쉰을 일종의 속죄의 문학이라고 보지만, 이 속죄의 밑바닥에 결혼도 한 부분으로 들어오는 것인지 아닌지, 만약 그렇다고 한다면 그의 연애도 그것을 씻어버리는 것이 가능하지 않았던 것이 아닐까 하고 상상한다." 『루쉰』, 55쪽. 그러나 이런 정도로, 이른바 "속죄의 문학이라고 부르는 체계"에 대한 근거를 갖춘 설명이 되기 어렵다.

초기의 계몽주의자들이 지니고 있는 기본 정동에 해당한다. 강도는 다르지만, 후쿠자와 유키치나 김옥균, 이광수 등에서 현저하고, 계몽이 반성 단계에 접어든 소세키의 경우에서도 어느 정도 확인되는 것이기도 하다.[23]

앞서 ⓐ에서 인용했던 「자서」의 '환등기사건'은, 의학도였던 루쉰이 계몽의 사명을 자각하고 문학도가 되는 사건으로 널리 알려져 있는 것이다. 거기에 묘사되어 있는 것은 그가 청년 시절에 겪은 민족적 수치의 경험이다. 루쉰의 전설을 만들어내는 데 이런 사건이란 일차적 계기에 불과하며, 사후에 펼쳐진 루쉰의 삶과 글쓰기가 그것을 진정한 사건으로 만들었다 함은 전술한 바와 같다. 그러니까 루쉰이 회고한 '환등기사건' 자체가 마치 '회심'의 계기처럼 간주되는 것은, 그 에피소드의 자체의 강렬함이 강렬함 역시 사후적인 것이다. 아무 생각 없는 사람이었다면 아무것도 아니었을 수 있다이 만들어낸 착시의 산물이라고 해야 한다는 것이다. 독자들에게는 물론이고 루쉰 자신에게도 그러하다. 회심의 전설화를 비판하는 다케우치의 주장이 설득력을 얻는 것도 바로 이런 점을 지적하고 있기 때문이다.

그러나 여기에서 놓쳐서 안 될 것은, 회심의 구조 자체가 지니는 착시의 불가피성이다. 회심 속에 착시가 있는 것은 맞지만 그것을 지적하는 것만으로는 부족하다. 중요한 것은 착시가 있다는 것이 아니라 착시가 불가피하다는 사실이며, 그 착시의 공간을 채워낸 루쉰의 글쓰기가 어떠했는지를 살필 수 있어야 한다는 점이다. '환등기사건'을 회심의 순간으로 만들어내는 루쉰의 실천은 그의 삶이 보여주는 것이다. 그 실천이 어떤 속성과 지향성을 지니고 있는지를 보여주는 또 하나의 부끄러움이, 그의 첫 소설집 『외침』에 새겨져 있다. 이 부끄러움은 '민족 계몽' 일반이 지니는 것과 매우 다른 수준의, 정반대의 벡터를 지닌 부끄러움이다.

루쉰의 생애 속에 '환등기사건'의 전설을 삽입해 놓고 보면 누구에게나 기

---

23 이에 대해 상세한 것은, 이 책의 제10장 「부끄러움의 역사」에 있다.

이하게 보이는 허방이 있다. 1905년의 '환등기사건'[24]은, 「자서」가 쓰인 시점으로 치자면 17년 전의 일이고, 그가 첫 소설 「광인일기」[1918]를 발표한 시점으로 치자면 13년 전의 일이다. 그렇게 큰 결심으로 의학의 길을 접고 문학의 길을 선택했는데, 글을 발표하지 않았던 13년 동안 그는 무엇을 하고 있었던가. 「자서」에 따르면, 그는 동경에서 책을 내는 일이 뜻한 대로 이루어지지 않아 크게 실망했고 그 이후로 적막한 삶을 살았다고 한다. 그 시간 동안 그는 중국에서 학교 교사와 혁명 정부의 관료로 봉직함으로써 본격적 문인의 길과는 다른 인생을 살았다. 생활인의 한 사람으로서 그럴 수 있는 일이지만, 이제는 신화가 된, 저 '회심'의 순간이 지닌 무게를 생각한다면, 그리고 그가 첫 책을 내면서 밝히고 있는 것이 바로 저 인상적인 순간임을 고려한다면, 13년 동안의 문학적 침묵은 의아한 일이 아닐 수 없다(후술할 것이지만, 이 침묵의 공간은 세상이 문을 열고 들어오기를 기다렸던 분석가의 상담실 같은 공간이라고 해야 할 것이며, 이 지점에서 작동하는 것이 '분석가 담론'의 모형이다).

「자서」에는 ⓐ의 인용에 뒤이어, 친구의 권유를 받고 글쓰기의 길에 나서는 계기가 된 담론으로 '무쇠 방鐵屋子'의 비유가 실려 있다. 그러나 이 비유 역시 자기 예외화라는 논리적 모순을 품고 있다는 점에서 증상적이다. 루쉰은 마치, 자기 자신은 모두 잠들어 천천히 죽어가는 방안에 들어가 있지 않은 것처럼 말하고 있기 때문이다. 그런 틀로부터 벗어나는 일이 루쉰문학의 출발점에 해당하거니와,[25] 이 비유가 지닌 증상적 속성은 그 자체가 이미 '계몽문학' 자체의 불가능성을 현시하고 있다고 해도 좋겠다. 혹은 41세의 루쉰이 그 불가능

---

24 환등기사건은 1905년에 일어난 일로 추정된다. 루쉰이 센다이의 의학전문학교에 공식 재학했던 것은 1904년부터 1906년까지이다. 학교에서 퇴학 수속이 이루어진 것은 1906년의 일이다. 루쉰의 생애에 관해서는, 왕스징, 신영복·유세종 역, 『루쉰전』(다섯수레, 2007)과 다케우치 요시미, 서광덕 역, 『루쉰』(문학과지성사, 2003)에 의거한다. 환등기사건의 일자에 관해서는, 전형준, 앞의 책, 205쪽에 상세하다.
25 이에 대해 상세한 것은, 제4장 「계몽의 불안」에 있다.

성을 이미 깨닫고 있음을 암암리에 드러내고 있는 것이라 할 수도 있겠다.

청나라 유학생 청년 한 사람이 자기 민족의 의식을 개조해야 한다는 뜨거운 마음이 생겨서 의학을 버리고 문학을 선택하는 일이란, 루쉰이 아닌 사람에게도 가능한 일이다. 그러나 그 청년이 루쉰이 되는 것은 아무나 할 수 있는 것이 아니다. 거기에는 필수적인 것이 있다. 문학을 통한 민족의 의식 개조란 그 자체가 불가능한 일이라는 사실을 깨닫는 것이다. 좀더 나아가, 민족의 의식 개조라는 사업은 그 자체가 불가능한 일이라는 것을, 즉 그에게는 절망적일 수도 있을 바로 그 사실을 정면으로 바라볼 수 있어야 한다. 민족 차원의 집단적 의식 변화란, 무엇보다도 민족의 삶 전체가 변하지 않고는 이룰 수 없는 일이다. 삶이 변하지 않는데 의식이 변하는 것은, 개인에게는 물론이고 민족의 차원에서는 불가능한 일이다. 혁명적 수준의 의식 변화가 생겨난다 하더라도, 공통된 삶의 경험이 집단의식으로 자리 잡는 데는 숙성의 시간이 필수적이다. 민족의 의식 개조란, 짧은 시간에 소수의 열정으로 달성할 수 있는 일이 아닌 것이다.

의사의 길을 포기하고 '계몽문학'자가 되기를 선택했던 청년이 진정한 계몽의 주체가 되기 위해 무엇보다 긴요한 것은, 이 같은 자기 한계를 직시하는 일이다. 타자에 대한 계몽 이전에 근본적 수준의 자기 계몽이 우선적으로 필요함을 깨닫는 일이다. 즉, '계몽문학'의 주체에게 개조되어야 할 의식이 있다면, 그것은 무엇보다도 먼저 자기 자신의 의식이라는 것이다.

루쉰에게 진정한 '회심'의 계기라면 바로 그러한 깨달음의 순간이라고 해야 하겠지만, 그것 역시 한순간의 도약으로 성취할 수 있는 일은 아니다. '회심'의 순간이란 그 이후의 누적된 실천이 어떤 순간을 '회심'의 계기로 차출한 결과이다. '무쇠 방'의 비유가 품고 있는, '절망 속으로 들어가기' 같은 실천이 그 구체적인 모습이라 하겠지만, 루쉰의 생애에 기이한 모습으로 자리 잡고 있는 13년 동안의 문학적 공백은, 그가 자신의 한계에 직면하는 시간들이었다고 할 수 있을 것이다. 그의 첫 소설집 『외침』에는 그런 시간의 흔적이 드러나 있다. 매우 짧은 단편 「사소한 사건一件小事」에 묘사되어 있는 '나'의 부끄러움이 그것이다.

「사소한 사건」은 바람 부는 북경의 겨울, 이른 아침에 생긴 일을 다룬다. '나'는 인력거를 타고 일을 보러 가던 중 남루한 여성이, 자기가 타고 있는 인력거에 옷자락이 걸려 넘어지는 것을 목격한다. 크게 다치지 않은 듯하여 인력거꾼을 재촉하여 그냥 가자고 했다. "내가 보기엔 그 늙은 여자는 아무 데도 다친 것 같지 않았다. 게다가 이 상황을 본 사람도 없는데 아무렇지도 않은 일을 가지고 공연히 긁어 부스럼을 만들어 내 갈 길만 지체시킨다고 생각했다."『선집』 1, 72쪽 그러나 인력거꾼은 내 말을 무시한 채 여자를 일으켜 세우고, 다친 곳은 없는지 묻는다. 인력거꾼이 괜한 일을 사서 한다는 생각에 불편한 마음이 된 '나'는 그저 구경만 할 뿐이었다. 인력거꾼은 다쳤다고 말하는 여성을 부축하여 근처 파출소 문을 향해 걸어간다. 그 모습을 바라보는 '나'의 느낌은 이러했다.

순간 나는 이상한 생각이 들었다. 온몸이 먼지투성이인 인력거꾼의 뒷모습이 삽시간에 우람하게 보였으며, 그가 걸어갈수록 그 모습은 점점 더 커지는 것이었다. 그래서 나는 그 모습을 우러러보게 되었는데 그 모습은 차츰 나를 위압하는 듯했으며, 마침내는 가죽외투 속에 감추어진 '하찮은 것'까지 들추어내는 것 같았다.

(…중략…)

순경이 나한테 다가와서 말을 건넸다.

"저 사람은 당신을 태워다 줄 수 없으니 딴 차를 구해 타고 가시죠."

나는 별로 생각해보지도 않고 외투 주머니에서 동전 한 움큼을 꺼내어 순경에게 주면서 말했다.

"이걸 인력거꾼한테 전해주십시오……."

바람은 멎었으나 거리는 여전히 조용했다. 나는 걸음을 옮기면서 생각에 잠겼다.

그런데 그 생각이 나 자신에게 미치는 것이 두렵게 느껴졌다. 이전의 일들을 별개로 치더라도, 이제 방금 준 동전 한 움큼은 무엇을 의미하는 것일까? 그에게 상으로 준 셈인가? 그럼 내가 인력거꾼을 평가할 자격이 있단 말인가? 나는 스스로의 물음에 대답을 할 수 없었다.

　　이 사건은 지금도 늘 머릿속에 떠오르곤 한다. 그때마다 나는 괴로움을 참아가며 스스로를 반성해보려고 애쓴다. (…중략…) 유독 이 사소한 사건만은 눈에 선히 떠 오르고 때로는 더욱 선명해져서, 나에게 부끄러움을 느끼게 하고 새로운 사람이 되 도록 격려해주며 용기와 희망을 준다.「선집」 1, 72~73쪽

여기에서 분명한 것은, 한 선량한 인력거꾼의 이야기를 품은 「사소한 사건」 이 「자서」의 전설, '환등기사건'을 정면으로 반박하고 있다는 사실이다. '환 등기사건'에서 루쉰은 지각 없기 짝이 없는 자기 동족들을 한심하고 부끄럽 게 생각했었다. 그런데 「사소한 사건」은 자기 자신이 바로 그 한심한 군중 중 의 한 명이라는 사실을 고발하고 있는 것이 아닌가. 자기 자신을 고발하는 것 이니 자백이라 함이 정확하겠다. '나'는 오히려 한술 더 떠서, 지각없는 구경꾼 수준을 넘어서 오만한 데다 비양심적이기까지 하다. 그러니까 민족의 미래를 위해 계몽과 의식 개조가 필요하다면, 그 대상은 무엇보다 먼저 자기 자신이 어야 하는 것이다.

『외침』이라는 책에서 「사소한 사건」은, 책의 앞머리에 자리 잡고 있는 「자 서」의 저 강렬한 '환등기사건'에 비하면 매우 희미한 존재이다. 배치나 분량 면 에서 그럴 수밖에 없다. 그러나 계몽적 발심의 의미와 중요성이라는 점에서는 전혀 그렇지 않다. 이 짧은 단편은, '환등기사건'의 계몽 의지가 자기 계몽으로 바뀌는 순간의 경험을 기록하고 있기 때문이다. 루쉰이 자기 생애에 삽입한 문제 설정의 변환을 '회심'이라고 한다면, 이런 순간이야말로 성숙한 '회심'의 순간 그 자체라고 말해야 할 것이다.

하지만 앞에서 썼듯이, 이런 경험을 '회심의 순간'이라 표현하는 것도 합당한 일은 아니다. 자기 계몽의 경험을 '회심의 순간'이라는 형식으로 징발하고 있다고 해야 정확한 표현이겠다. 이와 같은 방식의 자각의 순간이, 루쉰의 생애에 놓인 저 침묵의 13년 동안 한 차례밖에 없었겠냐는 질문이 당연히 따라 나올 것이기 때문이다. 그러니까 문제는 그 어떤 순간 같은 것이 아니라, 중도에서 의학을 포기한 루쉰이 일본에서 귀국한 이후로, 중국에서 진척되는 혁명의 내부자로 살아가는 동안 그에게 다가왔을 이런 경험의 누적이다. 그런 경험의 다발 속에 응축된 시간의 뭉텅이가, 그의 문학으로 하여금 '계몽'이라는 가당찮은 시혜적 우월감의 눈가리개를 벗고, 넓은 시야에서 자기 길을 찾아가게 한 진짜 힘이라는 것이다.

'환등기사건'에서 수치스런 중국인들의 모습을 견딜 수 없어했던 루쉰은 중국인이면서 동시에 중국인이 아닌 존재였다. 내부자이면서 동시에 외부자여야 하는 것이 민족 단위 계몽주의자의 역설적 지위이다. 자기 민족을 전칭판단으로 비판하는 것[예를 들면, '중국인은 지각이 없다'라는 식의 판단. 여기에는 중국인 루쉰 자신이 예외 처리되어 있어 그 자체가 논리적으로 불가능한 판단이다]은 자기 자신을 민족의 외부에 세워놓아야[자신이 예외적 선각자가 되어야] 스스로에게 성립 가능한 일이 된다. 그럼으로써 '민족 계몽주의'는 가능하겠지만, 계몽'문학'은 그 자체가 불가능한 일이다. 서사건 서정이건 간에 제대로 된 '문학'이 작동하려면, 작자가 독자들과 동일한 마음의 늪에서 동일한 방식으로 허우적거리고 있어야 한다. 그래야 공감을 만들어내는 정동의 형성이 가능해진다. 루쉰은 민족 계몽주의에 입각한 전칭판단[은 민족을 주어로 한다]의 불가능성을, 문학 자체가 지닌 단칭판단들[「사소한 사건」의 인력거꾼과 같은 그의 인물들을 주어로 한다]의 연쇄와 집합으로 돌파해냄으로써 진정한 계몽에, 즉 자기 계몽에 도달하는 보기 드문 예를 보여준다.

루쉰의 말처럼, 민족적 위기감 앞에서 문학 자체는 시급한 과제가 아니라고 할 수도 있다. 나라 안팎으로 이중의 전쟁을 치르는 사람들에게 시급한 것은 군사적 위력을 확보하는 것이겠다. 문학 역시 이 과제를 위해 동원되어야 한다는 생각 역시 충분히 있을 수 있는 일이다. 그러나 루쉰은, 문학은 이런 일에서 그다지 쓸모 있는 도구가 아니라고 말한다.[26] 그는 소설 쓰기와 같은 전형적 형태의 문학을 포기하고 '잡문 쓰기'라는 전투적 글쓰기로 나아감으로써 새로운 문학성을 만들어낸다. 그것은 명사로서의 문학을 포기함으로써 형용사문학 혹은 동사문학에 도달하는 것이다.[27] 그것이 우리가 아는 루쉰의 모습이다. 이것은 그가 느낀 민족 단위의 부끄러움을 그 자신의 것으로 받아들이고, 계몽을 자기 계몽에서 시작함으로써 가능하게 된 것이라고 해야 하겠다.

6. 다케우치의 불안과 죄의식

다케우치 요시미는 전술한 바와 같이, 루쉰문학의 원천을 죄의식 혹은 속죄의식에서 보고자 했다. 그러면서도 무엇으로 인한 죄의식이고, 누구/무엇에 대한 속죄인지에 대해서는 말하지 않았다. 말하지 못했다고 하는 것이 더 정확하겠다. 그가 상상한 죄의식의 출처는 루쉰의 내면이 아니라 다른 곳에 있기 때문이다. 앞질러 말하자면, 다케우치 자신의 내면이라 해야 한다. 그 연유를 살피기 위해서는 그가 루쉰과 조우하는 장면으로 들어가 보아야 한다.

앞에서 살펴보았듯이, 다케우치가 포착해낸 루쉰은 다자이의 착하고 단순한 루쉰과 매우 다른 모습이었다. 다케우치의 루쉰은 단번에 파악되지 않은 복잡한 내면의 소유자이고, 주어진 상황에 발버둥으로 저항하며 자신을 버텨낸 인물이었다. 하지만 내면의 복잡함이란 대부분의 사람들이 지니고 있는 것이

---

26   황포군관학교에서 행한 루쉰의 연설문 「혁명 시대의 문학」 같은 글이 대표적이다. 이에 대해서는, 제4장 「계몽의 불안」에서 좀더 자세히 다루었다.

27   명사문학과 형용사문학의 구분에 관해서는, 졸저, 『우정의 정원』, 2022, 46~50쪽 참조.

다. 행동이나 외관으로는 잘 보이지 않지만, 내면의 불안과 부조리로부터 자유롭기란 누구든 쉽지 않다. 그러니까 루쉰의 형상에 관한 다케우치와 다자이의 차이란 그렇게 대단한 것이라 할 수는 없다. 각각이 루쉰이라는 대상에 어느 정도까지 접근하려 했는지에 따라 생겨난 차이라 해야 할 것이기 때문이다.

게다가 두 사람이 공유하고 있는 것이 있었다. 앞에서 보았듯이, 센다이에서 벌어진 '환등기사건'의 전설에 대해 두 저자가 공히 인정하지 않으려 했다는 점이다. 루쉰이 사건 이전에 이미 문학에 대한 지대한 관심을 가지고 있었다거나^{다자이}, 혹은 집단 따돌림이라는 더 큰 요인이 있었기 때문^{다케우치}이라는 근거를 들었다. 이런 설명은 그들의 판단에 대한 근거로 충분해 보이지 않거니와, 이런 점보다 더 중요하게 고려되어야 할 것은 따로 있다. 그들이 표면에 드러내지 못하고 있는 것이 있다는 사실이다. '환등기사건'이 지니고 있는 윤리적 불편함이 곧 그것인데, 이는 루쉰이 있는 강의실에서, 처형당하는 중국인 사진을 향해 박수를 쳐댄 동급생들의 태도 같은 것을 말함이 아니다. '환등기사건' 자체가 두 저자에게 영향을 미치고 있는 불편함이다. 이들이 책을 쓰고 있던 시점이, 중국과 일본 사이의 전면전이 중국 땅에서 일어나고 있던 때라는 사실을 고려해야 이 점이 좀더 분명해진다.

'환등기사건'을 만든 전쟁은 러시아와 일본 사이의 전쟁인데 정작 전쟁이 벌어진 곳은 중국 땅이다. 자기 땅에서 다른 나라 군대의 손에 처형당하는 중국 민간인이 있고, 명분이야 어쨌든 죽이는 손의 주인은 일본 군인이다. 중국인의 입장에서라면 이것은 그 자체로 분노와 비애의 대상이 아닐 수 없다. 처형 장면을 구경하려 모여든 중국인들의 지각 없는 모습을 비난하는 것은 그 다음의 일이다. 게다가 두 일본인 저자를 둘러싸고 있는 현재 상황은, 40여 년 전의 러일전쟁과 비교할 수 없는 엄청난 규모의 전쟁이 중국 땅에서 벌어지고 있는 중이다. 명분이 어떻든 간에 전쟁을 개시한 편이 누구인지는 분명한 일이다. 일본 지식인 다자이와 다케우치가 윤리적 불편함이 없을 수 없는 상황이지 않은가.

　다자이는 문학자란 모름지기 약해져야 한다고 썼던 사람이다. 몸도 마음도 약해서 자기는 군인으로 징집될 수도 없는 수준이라고 썼던 사람이기도 하다. 전쟁의 현장을 환기시키는 '환등기사건'은 그 자체가 그에게는 불편한 진실이 아닐 수 없겠다. 또한 다케우치는 '대동아전쟁'의 의의를 칭송하고 징집에 응해 중국 땅으로 출전했던 경력의 소유자이다. 하지만 그가 쓴 『루쉰』에서 가장 크게 작동하는 것은 무엇인가. 대상의 이면을 투시하는 통찰력이 하나의 기둥이라면, 올바른 삶에 대한 윤리적 감각이 또 다른 기둥이다. 물론 그 감각이 어떤 층위에서 작동하는지는 좀더 따져보아야 할 문제이겠으나, 그가 평가하는 루쉰의 삶에서 가장 중요한 것은 올바른 삶에 대한 감각이라는 점에 이론의 여지가 없다.

　그런데도 두 사람이 만들어낸 '환등기사건'의 성찰과 재현에, 사건 자체가 지니고 있는 윤리적 불편함이 결여되어 있다는 것을 어떻게 이해해야 할까. 다자이는 청춘들의 이야기에 집중함으로써 사건 자체의 윤리적 문제성을 회피할 수 있었다고 할 수도 있겠다. 그 자신이 창작 취지에서 이 점을 강조하기도 했었다. 그러나 다케우치는 경우가 다르다. 그는 루쉰의 삶을 전면적으로 다루고 있으며, 거기에서 핵심적인 것은 루쉰이 지니고 있던 삶의 윤리이자 문학의 윤리이다. 그런 까닭에, '환등기사건'의 윤리적 불편함을 우회해버리는 다케우치의 태도는 더욱 더 문제적이지 않을 수 없다.

　다케우치가 포착해내고자 했던 루쉰의 모습은, 사회적 및 개인적 올바름을 위해 분투하는 윤리적 저항자의 한 전형이다. 세상을 엉망으로 만든 사람들과 제도에 대해 분노하고, 타락한 권력자들과 그들에게 협력하는 사람들의 힘에 맞설 뿐 아니라, 자기 자신의 속물성에도 가차 없는 인물이다. 명성이나 사적 이익을 위해 글을 짓고 발표했던 사람이 아니라는 것이다. 다케우치를 경탄케 했던 루쉰은 그러니까, 문학적으로는 아무런 가치도 없어 보이는 논쟁에 뛰어들어 악착같이 물러서지 않았던, 문학에 대한 애정이 아니라 악당들에 대한 분노와 미움을 앞세웠던, 그래서 정작 본업인 창작에서는 보잘것없는 결과를 낳은, 매우 특이한 존재이다. 그러면서도 중국 근대문학의 기원점이자 계몽적 글쓰기의 상징으로 추앙 받는 인물인 것이다.

다케우치는 루쉰을 정치적 의미의 계몽가가 아니라 문학가로 보고자 한다고 썼으나, 정작 그가 포착해낸 루쉰은 혼란한 땅에서 올바르게 살고자 했던 한 시민의 모습이다. 그 사실이 다케우치 자신에게 제대로 보이지 않았다면, 그것은 그의 생각이 일본식 내셔널리즘의 바탕 위에 있었기 때문이라 해야 할 것이다.

무어라 이름붙이건 간에, 다케우치에게 루쉰은 올바름을 향해 비타협적으로 움직였던 사람이고, 정치적 이해득실 같은 것은 물론이고 문학 자체에 대한 기여 같은 것도 중요하게 생각하지 않았던 인물이다. 이러한 윤리적 감각 위에서 다케우치는 이 위대한 저항자를 향해 묻는다. 그는 왜 그런 방식으로 살아야 했는가. 그는 무엇과 싸우고자 했는가. 이에 대한 다케우치의 답이 인상적이다. 그가 내놓은 답은 불안이라는 것, 곧 루쉰은 자기 안에 있는 불안과 싸우고자 했다는 것이다. 이것도 수긍하기는 쉽지 않은데, 더 문제적인 것은 그가 말하는 불안의 정체이다. 다케우치에 따르면, 저항자 루쉰이 맞서야 했던 불안이란 서양의 근대성이 만들어낸 것이고, 저항자 루쉰은 바로 서구적 근대성에 대한 동양의 저항을 상징한다는 것이다. 서양에 대한 동양의 저항이라고? 루쉰이?

ⓐ 나는 모든 것을 뽑아낼 수 있다는 합리주의 신념이 두렵다. 합리주의 신념이라기보다 그 신념을 성립시키는, 합리주의 배후에 있는 비합리적 의지의 압력이 두렵다. 그리고 그것이 내게는 유럽적인 것으로 보인다. 나는 자신의 두려운 감정을 있는 그대로는 깨닫지 못하고 지나쳐왔다. 소수의 시인을 제외하고는, 일본의 사상가든

문학가든 그들 대다수가 내가 느끼는 것을 느끼지 못한다는 것, 또한 그들은 합리주의를 두려워하지 않는다는 것, 게다가 그들이 합리주의유물론을 포함해서라고 부르는 것이 내게는 어떻게 보더라도 합리주의로 보이지 않는다는 것 등을 알게 되면서 나는 불안했다. 그리고 그때 루쉰과 만났다. 내가 느끼는 그 공포에 루쉰이 몸을 던져 견디고 있는 모습을 보았다. 아니, 루쉰의 저항에서 나는 내 마음을 이해하는 실마리를 얻었다. 내가 저항을 생각하기 시작한 것은 그때부터다. 저항이란 무엇인가 하고 누군가 내게 묻는다면, 루쉰에게 있는 그런 것이라고 답하는 수밖에 없다. 그리고 그것이 일본에는 없거나, 아니면 거의 없을 것이다. 그런 점에서 나는 일본의 근대와 중국의 근대를 비교해서 생각하게 되었다.

　나는 이를 두고 '동양의 저항'이라며 개괄적 표현을 달았다. 루쉰에게 있는 그것이 다른 동양의 나라에도 있다고 느끼고 거기서 동양의 일반적 성질을 도출해낼 수 있지 않을까 생각했기 때문이다.[28]

이 글은 패전 이후의 일본의 근대성을 비판하는 에세이 「근대란 무엇인가─일본과 중국의 경우」[1948]의 일부이다. 이런 자리에 이르고 보면 매우 명확해지는 것이 있다. 『루쉰』을 썼던 다케우치 역시, 다자이와 마찬가지로 루쉰이라는 대상을 통해 그 자신을 들여다보고 있었다는 사실, 즉, 그가 쓴 루쉰에 관한 이야기 역시 그 자신에 관한 이야기라는 사실이다. 그러니까 그는 『석별』의 다자이가 그려낸 루쉰의 모습에 대해 엉터리라고 비난할 수는 있어도, 적어도 자화상에 불과한 것이라고 비판해서는 안 되는 것이었다. 루쉰 위에 자기 모습을 덧씌워서 그려낸 것은 그 자신도 다자이와 마찬가지이기 때문이다. 그가 루쉰에게서 보아내고자 했던 불안은, 위의 인용문에서 보이듯이 루쉰이 아니라 그 자신의 것이었기 때문이다. 그렇다면 어떨까, 그가 루쉰에게서 보고자

28　다케우치 요시미, 윤여일 역, 「근대란 무엇인가─일본과 중국의 경우」, 『내재하는 아시아』, 휴머니스트, 2011, 235쪽.

했으나 확인하지 못했던 죄의식도 그렇다고 해야 하지 않을까.

위의 인용문 ⓓ에서 선명한 것은 합리주의로 지칭되는 서구적 근대성에 대한 저항감이다. 이는 유물론=마르크스주의를 포함한다. 그러니까 1940년대의 다케우치는 서양에서 들어온 이념들 전체에 대한 불신감을 지니고 있었다는 것이겠다(이 둘에 대한 거부는 일본주의자로 전향한 일본의 마르크스주의자들의 논리와 상응한다). 혹은 서구 세계의 질서를 아무런 저항 없이 받아들인 일본의 수용 방식에 대한 불만이라 해도 좋겠다. 그런데 '서양에 대한 동양의 저항'이라면, 기본적으로 '귀축미영鬼畜美英'[29]을 물리쳐서 아시아의 가치를 수호하자는, 그의 시대 파시스트 일본의 가장 선명한 선전 문구와 일맥상통하는 것이 아닌가. 게다가 서양의 합리주의가 불안의 원천이라고 말한다면, 그 불안이란 루쉰이 아니라 이른바 '대동아전쟁'을 예찬하고 '천황의 군대' 군인으로서 그 상황을 겪어내야 했던 다케우치 자신의 것에 해당하는 것이라 해야 하지 않을까.

이런 수준에서 본다면, 다케우치가 루쉰에게서 보고자 했으나 제대로 확인하지 못한 "속죄"라는 단어에 대해서도 좀더 분명하게 말할 수 있겠다. 그는 일본 군대에 징집되어 중국 전선으로 출정했던 이력의 소유자이다. 단순히 징집에 응했을 뿐 아니라, 아래에 인용할 ⓔ에서 볼 수 있듯이, 진주만 공습 직후에 '대동아전쟁'의 대의에 대해 격한 감동을 공개적으로 표했던 사람이다. 그런 격정이 어떤 마음에서 나왔건 간에, 이런 다케우치에게는 최소한 두 개의 죄의식이 존재한다. 하나는 노출되어 있고 다른 하나는 감추어져 있다. 다른 사람이 아니라 그 자신에게.

첫째는 중국에 대한 죄의식이다. 그는 중국문학 전공자였을 뿐 아니라 중국에 대한 뜨거운 애정을 표현했던 사람이다. 중국에 대한 그의 사랑 안에는 중국 자체가 함축하고 있는 제3의 길의 가능성 ― 즉, 서구적 근대성도 아니고

---

29 태평양전쟁 당시 일본이 교전 상대국 미국과 영국에 대해 썼던 비칭이다. 당시의 예는, 玉井淸 編, 『『写真週報』とその時代』, 慶應義塾大学出版会, 2017, 제7장에 자세하다.

'유물론'도 아닌 ─ 에 대한 희망이 담겨 있기도 했다. 그런데 그런 중국을 상대로 일본 군대는, 러일전쟁 이후 만주 점령에 이르기까지 지속적으로 침략전쟁을 수행해왔으며 중일전쟁[1937] 이후로는 전면전의 수준으로 본격화했다. 일본 국민으로서의 강한 정체성을 지닌 다케우치이고 보면, 자기 사랑을 자기 자신이 짓밟은 꼴이니 중국에 대해 죄의식을 지니지 않을 수 없었겠다. 이것이 자기 모습을 드러내고 있는 것이, 그의 선언문 「대동아전쟁과 우리의 결의」[1942]이다.

ⓒ 역사가 만들어졌다. 세계는 하룻밤 사이에 변모했다. 우리는 눈앞에서 그것을 보았다. 감동으로 고동치며 무지개처럼 흐르는 한 빛줄기의 행방을 지켜보았다. 형용하기 어려운 어떤 요동치는 것이 있어 가슴이 복받쳐 오른다.

12월 8일, 선전 조칙이 내려진 날, 일본 국민의 결의는 하나로 타올랐다. 상쾌한 기분이었다. 누구나 이로써 안심이라 여겨 조용히 입을 다물고 걸으며 친근한 시선으로 동포를 응시했다. 입 밖으로 꺼낼 말은 필요치 않았다. 일순 건국의 역사가 오가고 이는 설명을 기다릴 것도 없이 자명했다. (…중략…)

솔직히 말하자면 우리는 지나사변[중일전쟁을 지칭함]을 두고 갑자기 태도를 바꿔 동조하기가 줄곧 꺼림칙했다. 의혹이 우리를 괴롭혔다. 우리는 지나를 사랑하고 지나를 사랑함으로써 거꾸로 우리 자신의 생명을 지탱해왔다. (…중략…) 우리 일본이 동아건설이라는 미명 아래 약한 자를 괴롭히고 있지는 않은지 지금의 지금까지 의심해왔다. (…중략…) 이 세계사적 변혁의 장거를 앞에 두고 생각건대 지나사변은 감당할 수 있는 희생이었다. 지나사변에 도의적 가책을 느끼고 여성적 감상에 빠져 전도대계를 상실한 우리란 얼마나 가련한 사상의 빈곤자였던가.

우리는 지나를 사랑하고 지나와 함께 걷는다. 우리는 부름받아 병사된 자로서 용감하게 적과 싸우리라. 하지만 앉으나 서나 우리는 지나를 우리의 책무에서 빠뜨리지 않는다. 오늘날 우리는 일찍이 부정했던 자기를 동아해방전쟁의 결의로 다시 한

번 부정한다. 우리는 올바르게 놓였다. 우리는 자신을 회복했다. 동아의 해방을 세계의 신질서 위에 놓기 위하여 오늘 이후 우리는 우리의 자리에서 미력하나마 힘을 다한다.[30]

인용문 ⓒ는 그가 주관자 중의 한 명이었던 『중국문학』 제80호에 서명 없이 실린 문장이다. 1942년 1월호에 실려 있어, 진주만 공습 성공 직후의 열기가 느껴지는 글이기도 하다. 여기에 나타나 있는 것이 "도의적 가책"이라 표현되고 있는 중국에 대한 죄의식이다. "우리 일본이 동아건설이라는 미명 아래 약한 자를 괴롭히고 있지는 않은지"라는 구절은, 누구보다 정의감을 앞세웠던 다케우치가 자신의 윤리적 상처를 노출하는 대목이겠다. 중일전쟁 이후로 이런 마음이 생겼다고 했으나, 중국 침략은 그 이전부터 이미 진행 중이었으니 전면전으로 인해 죄의식이 본격화된 것이라 함이 타당하겠다. 그런데 그로서는 '다행스럽게도', 진주만 공습 이후 중일전쟁이 태평양전쟁으로 확장됨으로써, 일본의 전쟁은 아시아 침략전쟁이 아니라 서양으로부터 아시아를 해방시키는 전쟁이 되었다는 것, 그래서 중국에 대한 죄의식을 덜 수 있었다는 말이다.

침략전쟁을 벌여 사람을 죽이는 일을 두고 그는 "약한 자를 괴롭"힌다는 정도의 표현을 쓰고 있으니, 이런 논리가 그 자체로 궁벽함은 두말할 나위가 없으나, 여기에서 분명한 것은 그가 지니고 있던 중국에 대한 죄의식이다. 자신이 느낀 "도의적 가책"을 "여성적 감상"이자 "가련한 사상의 빈곤"이라 치부하는 것 역시, 러일전쟁을 반대했던 기독교도 우치무라 간조의 가르침을 제대로 이어받지 못한 탓이라 해야 할까.

둘째로, 다케우치의 논리에서 작동하고 있는 좀더 근본적 차원의 죄의식을 지목할 수 있겠다. 그것은 소세키의 '자기 본위'라는 표어나 그의 소설 『마음』

---

30 다케우치 요시미, 「대동아전쟁과 우리의 결의(선언)」, 『고뇌하는 일본─다케우치 요시미 선집』 1, 앞의 책, 57~61쪽.

을 만들어낸 동력과 같은 층위에 있는 것, 곧 타자의 호명에 제대로 응하지 못했다는 것이 아니라 타자의 호명을 받아들였다는 사실 자체에서 기인하는 것이다.[31] 여기에서 문제는 일본이 어떤 잘못을 했는지의 수준이 아니라 일본이 근대성을 받아들였다는 사실 자체가 된다. 좀더 정확하게는, 일본이 아무런 저항 없이 그러니까 노예적인 방식으로 근대를 받아들였다는 사실이 문제라는 것이다.

태평양전쟁으로 이어지는 역사의 흐름을 염두에 둔다면, 근대성을 곧이곧대로 받아들인 결과로 일본은 제국주의와 전쟁과 패전의 길을 갔다고 할 수도 있을 것이다. 일본 국민으로서 다케우치 요시미의 지적 행로 역시 그 길 위에서 만들어지는 것이기도 했다. 그는 자기 의지와 무관하게 이미 그 길 위에 있는 자기 자신을 발견했던 것이다. 보통 사람이라면 불가피한 것으로 치부할 수도 있겠으나, 그는 그 행로의 윤리성에 대해 성찰하는 자리에 있는 사람이다. 그런 자리에 있는 사람이기에, 실패한 일본 근대성의 표현으로서 파시즘이란 그의 생각 밑바닥에 버티고 있는 죄의식의 원천 같은 것이겠다.

앞의 인용문 ⓐ에서 두드러지는 단어는 공포와 불안 그리고 저항이다. 다케우치는 이 단어들을 루쉰에게서 찾아냈지만, 죄의식과 속죄의 감정이 그렇듯, 이 뜨거운 단어들은 루쉰이 아니라 다케우치 자신에게 해당하는 것이다. 그는 루쉰과 중국의 정신에서 새로운 희망을 보고자 했고, 그와는 반대로 근대 일본의 정신에 대해서는 노예적이라고 격렬하게 비판했다. 그가 근대 일본의 사상과 문학을 노예적인 것이라고 판단하는 이유는, 그 안에 불안과 저항이 없기 때문이라 했다공포는 격렬한 형태의 불안이다. 여기에서 그가 말하는 불안이란 이미 30여 년 전, 정부의 명령을 받고 영국에 유학을 갔던 소세키가 느꼈던 불안과 다르지 않다. 자기 것이 아닌 것을 자기 것으로 생각하며 살아야 하는 사람의

---

31   이에 대한 상세한 것은 이 책의 제9장 「죄의식의 윤리」에 있다.

마음을 반영한다는 점에서 그러하다. 이런 점에서 다케우치는 소세키의 정신적 후계자로서, 근대성의 호명에 응답해버린 자신의 불안과 그로 인해 생겨난 죄의식을 루쉰이라는 대상 위에 덧씌웠던 셈이다.

일본과 중국의 근대를 대비하는 인용문 ⓓ는 제2차 세계대전 패전 이후 일본이 연합군의 점령 하에 있던 때 나온 글이다. 그런 만큼 일본의 근대문화에 대한 비판은 신랄할 수밖에 없다. 그럼에도 다케우치가 지니고 있던 사상적 맥락에서 보자면, 진주만 공습 직후에 나온 선언문 ⓔ와 논리의 큰 골자는 다르지 않다. 기본적으로 반-서구주의, 반-근대주의의 바탕 위에 있다는 점에서 그러하다. 근대 일본을 비판하는 것도 그와 같은 차원에서이거니와, 그 핵심은 일본의 근대문화를 우등생 문화라고 비판하는 지점에 있다. 우등생 문화가 무엇이 문제인가. 간단하게 답하자면 주체성 결여의 문화, 외부에서 주어지는 모든 것을 저항 없이 받아들이고 신속하게 습득하여 좋은 성과를 만들어내는 문화라는 것이다.

다케우치의 이런 비판을 어떻게 보아야 할까. 그는 ⓔ의 결의문에서 서양을 다시 부정함으로써 다시 제자리로 돌아왔다고 했지만, 과연 근대에 대한 부정이 그의 말대로 '동양적인 것'으로 돌아가는 것일까. '동양적인 것'이라는 것이 과연 존재하기나 하는 것일까. 근대성의 이념이 지향하는 것이 종국적으로 주체성의 자유라면, 그것의 발원지나 저작권을 따지는 것이 무슨 의미가 있을까. 근대성의 저작권을 따져서 자기 과거를 수호하는 일이 중요할까. 자신이 지니고 있다고 생각하는 과거의 전통이나 문화는 온전히 자기 자신의 것일까. 일본이 화혼양재和魂洋才를 외치며 서양 문물을 받아들일 때, 그것이 다케우치의 말처럼 저항없이 성공적으로 이뤄진 것은 무엇 때문인가. 그 앞에 화혼한재和魂漢才라는 틀이 있었기 때문이라 해야 할 것이다[32]. 하지만 이보다 더 중요한

---

32 화혼양재라는 구호가 실천적인 차원에서 부드럽게 받아들여진 데에는 화혼한재라는 기왕의 틀이 있기 때문이다. 이에 대해서는, 平川祐弘, 『和魂洋才の系譜』, 東京 : 平凡社, 2006, 53~71

것은, 양재洋才나 한재漢才를 넘어선 화혼和魂이라는 것이 과연 존재하는 것이겠냐는 질문일 것이다. 여기에서 중요한 것은 당연히 서양이나 중국 혹은 불교와 인도 문명의 문제 같은 것이 아니라, 외부성 없는 내부성이 과연 존재할 수 있느냐 하는 질문인 것이다.

바로 이 지점에서 따져보아야 하는 것이 그의 논리 내부에 놓여 있는 담론 구성의 문제이다. 담론 구성체의 속성은, 상황에 따라 변할 수 있는 주장들과는 달리 그런 주장을 만들어내는 틀로서 지속적인 성격을 지닌다. 이 관점에서 보자면, 다케우치는 소세키와 한편이고 그 반대편에 다자이가 있다. 한쪽은 '히스테리 담론'의 형태이고, 다른 쪽은 '대학 담론'의 형태이다. 근대 일본의 견지에서 보자면, '대학 담론'이 일반적이고 '히스테리 담론'은 예외적이다. 그런데 예외성으로 발현되는 그 힘이 매우 큰 현실적 위력을 행사한다는 점이 인상적이다.

다케우치와 다자이가 서로 다른 방식으로 전유하고자 했던 루쉰은 이들이 만들어내는 선 너머에, '분석가 담론'의 형태로 존재하고 있다. 동아시아의 자기 서사에 대한 모색은 아마도 이 수준에서 행해져야 할 것이다.

7. '대학 담론'과 '히스테리 담론' 너머

다케우치의 사유가 의거하고 있는 '히스테리 담론'의 모습은 일본의 근대에 대한 그의 비판에서 선명하게 드러난다. 그는 일본의 근대성 속에서 '대학 담론'의 한계를 읽어낸다. 우등생 문화 비판이라는 것이 그 핵심에 있다. 이러한 비판의 논리는 앞에서 거론한 「근대란 무엇인가―일본과 중국의 경우」에서

쪽. 화혼의 의미에 대해서는, 박미경, 「일본 고전에 보이는 '화혼'의 정의와 어의의 변천」, 장남호 외, 『화혼양재와 한국 근대』, 어문학사, 2006,.

잘 드러나 있다.

다케우치의 논리에 따르면, 근대 이후의 일본은 우등생이 이끌어온 나라이다. 우등생 문화를 구성하는 기본항은 우등생과 열등생, 수재와 둔재의 구분으로 이루어진다. 우등생은 자부심을 가지고 나라를 이끌어가며 열등생은 자기가 열등생임을 미안해하며 말없이 따라간다. 패전 이전까지는 사관학교 우등생이 리더의 역할을 맡았고, 패전 이후에는 제국대학 우등생이 그 자리를 이어받는다. 사관학교 우등생들은 전범이 되었고 실패자가 되었지만, 일본인들에게는 아직 제국대학 우등생들이 있어서 별문제가 없다. 사람들은 그들이 새로운 세상을 이끌어나갈 것이라 생각한다. 그것이 다케우치가 당면한 전후 일본의 현실이다.

다케우치가 비판하는 우등생 문화란 한편으로, 근대 추격국들이 지니는 한계에서 기인하는 것이라 할 수 있겠다. 근대의 선도국을 따라잡으려 하는 한, 그들에게 중요한 것은 신속하게 정답을 찾아서 목표 지점에 도달하는 것이다. 그것을 잘 해내는 것이 우등생이다. 우등생이란 주어진 조건에 잘 적응하고 문제를 해결하여 좋은 결과를 내는 학생들이다. 일본은 제국주의 시대에 서양의 근대성을 받아들여 빠른 시간 안에 그 대열에 합류한 국가이다. 우등생 문화라는 다케우치의 진단은 그런 일본에 대한 적실한 분석이 될 수 있다. 그런데 우등생이었던 그들이 어째서 전쟁에 지고 실패자가 된 것일까. 다케우치가 내놓는 대답은 우등생 문화가 지닌 노예 근성 때문이라 함이다. 외부자로서 도래한 근대성 앞에서 일본은 저항 없이 받아들이는 존재였으며, 그런 방식이 곧 노예적인 것이라는 것이다. 말하자면 근대 일본은 근대성의 노예이자 서양의 노예라는 말이겠다. 그러니까 노예는 결코 주인을 이길 수 없다는 것인가. 다케우치를 보완하여 이해하자면, 우등생 문화란 주어진 과제만을 수행하는 데 최적화된 것이어서 과제 자체를 생산할 능력은 없다는 것이 문제의 핵심이다. 그러니 싸움에서 이길 수 없음은 자명한 것이겠다.

이런 논리를 담론 구성의 차원에서 말한다면, 다케우치가 비판하는 우등생 문화란 전형적인 '대학 담론'의 모습을 지닌다. '대학 담론'은 지식을 가진 교사^{S2}와 그의 말을 듣는 사람들^a 사이에서 만들어진다. 교사가 말을 하고, 뭔지 알 수 없는 존재들^{a}이 학생의 자리에서 듣는다. 교사가 하는 말에는 정답이 있다. 우등생은 정답을 찾고 열등생은 놓친다. 그럼에도 이 둘은 사실상 한 몸이나 다름없다. 우등생이건 열등생이건 어떤 방식으로건 학교에 붙어 있는 사람들이라는 점에서 그러하다. 열등생이 있어야 우등생도 있을 수 있기에, 이 둘은 다케우치 식의 표현을 쓰자면 '모순적 자기동일성'이다. 둘은 상반되지만 한 몸인 존재들인 것이다. 이들의 진정한 타자는 다른 곳에 있다. 학교 밖에 있는 존재들, 학교 안으로 들어가기를 거부하는 존재들이 곧 그들이다. 학교 안에 있는 우등생과 열등생은 성적만이 그들을 가를 수 있을 뿐 공히 나름 성실한 학생들이다. 학교 바깥에 있는 존재들, 학교 교육을 거부하는 존재들이 그들의 타자이다.

우등생 / 열등생의 세계, '대학 담론'의 세계에 결코 있을 수 없는 것이 있다. 답 없음이 그것이다. 교사의 말이 성립하기 위해서는 답이 있어야 한다. 답 없음이 없다는 말은 불안이 없다는 말과 같고, 진짜 세계와의 조우가 만들어낼 정동이 존재하지 않는다는 말과 통한다. 정답과 오답의 경계가 분명하고 중간이 없으니, 다른 길을 찾고자 하는 사람은 학교 바깥으로 나갈 수밖에 없다. 다자이는 낙제생이자 중퇴생이고 '탕아'이지만, 학교라는 제도로부터의 이탈자는 아니다. 그는 학교 밖에서 예술이라는 또 다른 학교를 찾아낸 사람이고, 그 학교의 우등생이 된 사람이다. 앞에서 살펴보았던 『석별』을 위시하여, 그의 소설 세계가 바탕하고 있는 것이 '대학 담론'임은 그런 까닭이다. 거기에는 수재의 자부심과 둔재의 부끄러움이 하나로 섞여 있다. 다자이는 그런 자부심과 부끄러움 사이에서 널뛰기를 하는 존재이다.

'대학 담론'의 주체^{S2}에게 존재하지 않는 것이 있다. 존재론적 불안과 죄의식이 그것이다. 담론의 구성에서 보자면, 교사를 채용한 주인 기표^{S1}가 그 바탕진리, 곧 분모의 자리에 자리 잡고 있기에 근본적 불안은 있을 수 없다. '대학 담론'의 주체에게 불안이란, 주어진 과제를 달성하지 못하면 어쩌나 하는 조바심 정도가 있을 뿐이다. 과제를 제대로 수행하지 못했다는 부끄러움과 열패감은 선명하지만, 자기의 선택 자체에 대한 회의나 죄의식 같은 것이 있을 수가 없다. 왜 그럴까. '대학 담론'의 영역에서 불안과 죄의식은 분모 자리에 있는 주인 기표^{S1}의 몫이다. '대학 담론'의 주체는 선택할 권리가 없는 존재, 그래서 선택한 적이 없는 존재이기 때문이다. 자기 힘으로 선택하지 않은 사람에게 죄의식은 물론이고 불안도 있을 수 없다.

우리는 다자이에게서 그 대표적인 모습을 확인할 수 있다. 그에게 부끄러움은 선명하지만그의 대표작 『인간 실격』은 부끄러움의 왕국이다 죄의식은 존재하지 않는다. 동반 자살 시도에서 혼자만 살아남았으면서도 그는 죄의식을 보이지 않으며, 오히려 자살 실패를 소설의 소재로 적극 활용한다. 어떻게 그럴 수 있을까. 그것은 그가 예술이라는 학교의 우등생인 까닭에 가능한 일이다. 그 앞에는 '탕아'의 삶을 살다 간 선배 예술가들이 모범으로 늘어서 있다. 예술로서의 문학에 대한 열망에 관한 한 그는 어떤 타협도 회의도 없다. 예술이라는 학교 자체에 대한 회의가 없으니, '탕아'의 삶을 살아간 것에 대한 죄의식 같은 것이 있을 까닭이 없다.

'대학 담론'의 반대편에 놓여 있는 것이 '히스테리 담론'이다. 근대 일본의 문화를 우등생 문화노예 문화라고 비판한 다케우치가 대표적이다. 그가 일본의 근대를 비판하여, "저항이 없으니 일본은 동양적이지 않으며, 자기 보존의 욕구가 없으니자기가 없으니 일본은 유럽적이지 않다. 일본은 아무것도 아니다"[33]라고 했을 때, 여기에서 말을 하고 있는 사람은 '히스테리 담론'의 주체이다. 그

---

33 다케우치 요시미, 「근대란 무엇인가−일본과 중국의 경우」, 앞의 책, 236쪽.

가 보기에 '대학 담론'의 주체들은 모두 물정 모르고 시키는 대로만 행하는, 어른의 말을 잘 듣는 어린아이에 불과하다. 다케우치가 『석별』의 작가 다자이에게서 어린아이를 발견한 것[34]도 그런 까닭이다. 동양의 해방을 외치며 '대동아전쟁'을 향해 치달려가는 일본의 파시스트들도, 주체성이 없었다는 이유로 일본의 근대를 비판하는 사람도 모두 '히스테리 담론'의 주체들이다. 이들은 모두 격렬하게 저항하고 반발하는 주체이다. '히스테리 담론'에서는 자기 고유의 불안에 직면해 있던 주체$가 마이크를 쥐었다. 그리고 주인 기표^{1}을 향해 말한다. 내가 왜 당신이 시키는 대로 해야 하는가. 나는 당신의 종이 아니다. 나는 나의 방식대로 하겠다.

'히스테리 담론'에서 발언권을 차지한 것은 상징적 주체$, 상징적 거세를 받아들였으나 자신의 주체됨을 의심하면서 또한 동시에 스스로 주체성을 확보하고자 하는 존재이다. '히스테리 담론'의 주체는 무엇보다 사회적 억압의 저지선을 뚫고 발언권을 확보한 존재이다. 근대 일본의 문화를 노예 문화라고 비판하는 다케우치의 논리는, 전형적인 '히스테리 담론'의 구성원리에 입각해 있다. 그는 히스테리자의 발성으로, '대학 담론'의 주체들을 향해 말한다. 근본적 회의를 모르고 불안을 모르는 너희들은 모두 노예라고, 서양을 거대한 타자로 받아들이고, 그들의 생각과 언어를 문자 그대로 받아들인 너희들은 결코 자기 삶의 주인일 수 없다고.

그렇다면 그렇게 비판하는 자기 자신은 그렇지 않다는 것인가. 최소한 그는, 자기가 노예라는 사실을 자각하고 있는 존재라고 할 수는 있겠다. 그것은

---

34 다케우치는 「후지노 선생」(1947)에서 『석별』의 한계에 대해 다음과 같이 지적한다. "루쉰이 겪은 굴욕에 대한 공감이 작아서 사랑과 미움이 분화되지 못했고, 그로 인해 작자의 의도여야 할 드높아진 애정이 이 작품에서 실현되지 못한 게 아닐까 싶다. 그리고 그것은 「후지노 선생」 속에서 비열한 학생 간사는 잊고 후지노 선생만을 담고 싶어 하는, 그 후지노 선생에게 '일본인' 혹은 '나'라는 옷을 입히고 싶어 하는, 일종의 착한 아이가 되고 싶어 하는 심정과 공통의 지반을 갖는 게 아닐까 상상한다." 『루쉰 잡기』, 앞의 책, 40쪽.

그가 위대한 저항자로서의 루쉰을 노예 의식의 반대편에 놓고 있다는 사실에서 드러난다. 「근대란 무엇인가」에 나오는 그의 논리에 따르면, 루쉰이야말로 서양의 근대성에 대한 저항자로서, '동양'의 상징이자 진정한 '히스테리 담론'의 주체라고 말할 수 있겠다. 그것은 물론 그의 착시라고 해야 한다. 다자이와 마찬가지로 다케우치는 루쉰에게서 자신의 자아 이상^{ego-ideal}을 발견하고 있을 뿐이다.

오늘날의 관점에서 다케우치의 한계를 지적하는 것은 어려운 일이 아니다. 그가 보여주는 '히스테리 담론'은, 오로지 근대성의 저작권에 집중되어 있다는 것이 가장 큰 문제이다. 일본이 자기 중심을 잡지 못한 채 서양의 근대성을 받아들여 문제라는 논리가 그러하다. 근대성에 저항했어야 한다고, 중국이 그것을 보여준다고 하는 논리 역시 마찬가지이다. 그가 파악하고 있는 근대성은 어디까지나 서양에서 도래한 고체 권력으로서의 근대성이다. 일본의 중세와 서양의 근대라는 두 고체 권력이 대립한 상황에서 일본이 투항하여 메이지 근대가 시작되었다는 것이다. 그러나 근대성이 어떤 특정한 역사와 형태를 지닌 이념을 뜻하는 것이 아니라 인간 해방과 주체성의 자유를 바탕으로 작동하는 액체 권력이라면, 그때까지 진행해온 흐름보다 앞으로 변전해 나가야 할 훨씬 더 큰 흐름이 있음을 고려한다면, 그것의 발원지나 저작권을 따지는 것이 무슨 의미가 있을까.

근대성의 저작권을 기준으로 자타를 구분하는 이런 논리가 간과하고 있는 것은, 근대성과 합리주의는 누구에게나 외부적인 것이라는 점이다. 이 말은 비유가 아니라 문자 그대로 이해되어야 한다. 근대성은 근대성 자체에게도 외부적인 것이라고 해야 한다. 근대성은 본래부터 다양한 원천의 합성으로 이루어진 것으로 그 자체가 특정 네이션이나 지역이 저작권을 주장하기 힘든 것이다. 게다가 근대성이란 기본적으로 제한없이 풀려버린 세계의 시공간을 바탕으로 작동하는 힘이다. 자기 부정이 기본 형식이니 특정 내용으로 고정시킬 수도 없다. 근대성도 합리주의도 끝없이 자기 갱신을 통해서만 존립할 수 있는 것은 그런 까닭이다. 고정되는 순간 근대성은 이미 근대성이 아니고 합리주의 역시 마찬가지이다.

근대성의 저작권을 따진다면, 다케우치는 기묘한 위치에 있을 수밖에 없다. '서양발 근대성'에 대한 그의 저항은 그 자체가 바로 그 근대성에 의해 학습된 저항이라고 말해야 할 것이기 때문이다. 근대성 자체가 주체성의 자유를 근간으로 하는 것이기 때문이다. 다케우치의 논리는 '대학 담론'에 '히스테리 담론'이 덧씌워진 것, 히스테리화한 '대학 담론'이라고 말해야 정확한 것이 될지도 모르겠다.

그렇다면 다케우치가 위대한 저항자로 보았던 루쉰은 어떨까. 다케우치는 루쉰의 언어를 저항의 담론으로, 그러니까 '히스테리 담론'으로 보고자 했다. 하지만 루쉰의 언어는 그의 생각과는 달리, 반-근대주의나 반-서양주의 같은 것과 큰 친연성이 없다. 다케우치 자신이 파악한 것처럼, 루쉰은 앞장서서 외치는 사람이 아니라 다른 사람들의 말에 반응하는 사람이다. 『외침』의 「자서」에서 밝힌 바와 같이 그는 자진하여 문학 혁명에 가담하고자 한 사람이 아니다. 루쉰은 마지못해 참여했으나 어느 사이 중심이 되어버린 사람이다. 소설가로 시작하였지만 정작 장편소설은 쓸 수 없었고, 수많은 논쟁에 뛰어든 사람이다. 그런 점에서 루쉰은, 먼저 말을 하는 사람이라기보다는 다른 사람의 말에 반응하는 사람에 가깝다. 이런 점에서 루쉰은, 소설가라기보다는 오히려 비평가에 가깝다. 다른 사람들의 말을 듣고, 거기에 쉼표와 물음표와 분노의 느낌표를 찍는 사람이라는 점에서 그러하다. 게다가 그는 180여 개의 필명을 사용한 사람이다. 그러니까 필명을 일회용으로 쓰고 버렸다고 해도 좋겠다. 문인으로서의 명성을 얻는 일에는 아무런 관심도 없으며, 수없이 많은 필명 뒤에 몸을 감춘 채, 그저 말이 안 되는 이상한 사람들의 말에 토를 달았을 뿐이다. 그에게 중요했던 것은 루쉰이라는 필명의 존재가 아니라, 그의 손에서 무슨 이야기가 되튀어 나오는지였을 뿐이다.

　루쉰이 보여준 이런 유형의 글쓰기는 전형적인 '분석가 담론'의 형태를 지닌다. 속내를 알 수 없는 존재인 분석가[a]는 말을 하는 사람이 아니라 듣는 사람이다. 억압되고 분열된 주체[S]의 말을 듣고, 그 말을 분절하고 새롭게 단락지어 되돌려주는 사람이다. 분석가가 주체에게 돌려주는 말은, 분석가가 자기 안에서 끌어올린 말이 아니라, 자기에게 들어온 말을 재조합한 결과로서의 말이다. 자기에게 다가온 말들의 연쇄에 새롭게 구두점을 찍어 강조하고 질문을 제기하며 새로운 의미와 논리의 인과를 보여주는 사람이 곧 분석가이다.

　루쉰은 동양과 서양을 나누는 일이나, 자기 세상이 직면한 새로운 질서의 저작권을 따지는 일, 그것을 기준으로 주인과 노예를 나누는 일 같은 것에는 관심이 없다. 어떤 것이 동양적이라고 말하면 그렇지 않음을 지적하고, 반대로 어떤 것이 새로운 것이라고 말하면 그것이 그럴 수 없음을 일깨울 뿐이다. 자기 시대를 뒤덮고 있는 혼란 속에서 더 나은 삶을 생각하고 반응할 뿐이다. 노예의 방식이 옳지 않다면, 그것이 남의 것이기 때문이 아니라 좋은 세상으로 나아가는 데 적절하지 않기 때문이다. 그것이 곧 루쉰의 글쓰기가 보여준 '분석가 담론'의 모습이다.

8. '주인 담론'의 종말

　'대학 담론'과 '히스테리 담론'이 대척점에 놓여 있듯이, '분석가 담론'의 대척점에 놓여 있는 것은 '주인 담론'이다. 주인 기표[S1]가 말을 하고 그 말을 듣는 사람들[S2]은 고개 조아리고 부지런히 받아 적은 형태가 '주인 기표'의 기본 틀이다. 여기에서 문제는 주인 기표 아래 놓여 있는 것이 거세당한 주체[S]라는 점이다. 근엄한 주인 기표는 불안이 없으되, 그것이 바탕에 깔고 있는 무의식에는 주체의 불안이 잠재되어 있다. 말을 듣는 사람들은 주인 기표의 장려하고 거룩한 이야기를 받아 적고 있으나, 그 사람들의 마음속에는 도무지 무슨 말인지 알 수 없는 것들[a]이 쌓이고 있다.

앞에서 나는 '히스테리 담론'의 자리에 다케우치를 놓았고, '대학 담론'의 자리에 다자이를 위치시켰다. 이런 구도에 대해 조금 단순하게 말하면, 일본이 받아들인 근대성은 이 두 담론 형태 사이에서 자기 서사를 만들어왔으며, 그 서사는 매우 양순한 형태의 받아들임'대학 담론'과 그런 방식에 대한 폭발적인 거부'히스테리 담론' 사이에서 크게 요동친다고 할 수 있겠다. '대학 담론'의 자리에 있음으로써 동아시아에서 일본은 근대성의 우등생이 되었다는 성공 서사가 한편에 있고, 다른 편에는 그런 행위야말로 일본의 노예근성에 불과한 것이며 서양의 근대를 넘어서야 동아시아에서 새로운 미래를 만들어낼 수 있다는 히스테리적 파시즘 서사가 다른 한편에 있다. 근대성의 우등생 일본과 '대동아공영권'의 맹주 일본이 양극단에 배치되어 있는 형국이다.

그리고 그 사이에 있는 존재로서 루쉰을 '분석가 담론'의 자리에 위치시켰다. 그는 제대로 된 소설을 쓰지 못한 소설가였지만, 단편소설들과 그가 '잡문'이라고 낮춰 부른 전투적 산문을 통해 자기 시대의 살아 있는 정신을 미메시스해냈다. 그런 점에서 그는 자기 생각을 펼쳐놓은 사람이라기보다는 세상의 인심과 도리를 반영하는 사람, 세상의 목소리에 반향하며 반응했던 사람에 가깝다. 즉 그는 모범적인 소설가의 일을, 소설이 아닌 형식으로 수행했던 셈이다. 이에 비하면, 열 권 분량의 소설을 쓴 다자이는 세상을 담아냈다기보다는 자기 자신의 심정을 고백한 사람에 가깝다. 다자이 오사무의 '대학 담론'이 다케우치 요시미의 '히스테리 담론'으로 가기 위해서는 루쉰을 거쳐야 하며, 그 역도 마찬가지이다.

그렇다면 '분석가 담론'의 대척점에 있는 '주인 담론'의 자리에는 누구를 위치시켜야 할까. '주인 담론'의 자리에 어울리는 것은, 우렁차게 외치고 앞서서

치고 나가는 것이다. 흔들림도 회의도 없이 확신에 가득한 눈으로 사람들을 아래로 굽어보며 세상을 향해 한 말씀 던져주는 것, 그것이 곧 '주인 담론'의 주체에게 어울리는 일이다. 식민지의 민족주의자 이광수라면 그 자리에 들어 갈 수 있는 사람이 아닐까.

그는 계몽주의자였던 청년 시절에서부터 민족주의자였던 중년을 거쳐 '대 동아공영권자'였던 만년에 이르기까지, 시종일관 세상을 향해 확신에 가득 찬 어조로 외치는 사람이었다.[35] 계몽을 향한 청년기의 외침에는 많은 젊은이들 이 호응했고 그의 목소리에도 힘이 실릴 수 있었으나, 시간이 갈수록 그의 외 침은 현실과 절연된 환각 속의 외침에 가까워졌다. '대동아공영권'을 향한 그 의 예찬은 세상을 향해 던지는 말이라기보다는 오히려 혼자서 꿈을 꾸는 일에 가까워진다. 물론 그는 '대동아공영권자'였던 시절에조차 자신의 선택이 자기 민족을 위한 일이라고 확신하고 있었고^{최소한 확신하는 사람의 태도를 지니고 있었고}, 그의 그 런 확신에는 그렇게 생각할 만한 근거가 없지 않다. 그러나 그가 자기 선택에 대해, 그가 그토록 사랑했던 자기 민족으로부터 받은 응답은 '반민족행위자' 라는 딱지였고, 현재 그는 이른바 '친일문인'의 대표자로 등재되어 있다. 그가 자기 민족을 향해 바쳐온 사랑의 대가가 이러한 것은 역설적인 것이 아닐 수 없되, 근대성의 세계에서 '주인 담론'이 지닐 수밖에 없는 객관적 위치를 생각 한다면, 이광수의 역설적 운명은 어쩌면 당연한 것이라고 해야 할 것이다. 성 스럽고 반박 불가능한 담론의 형식으로서의 '주인 담론'은 절대 권력의 언어 이거나, 그것이 아니라면 그저 광신도나 사이비 종교 교주^{이는 공동체 성원 다수의 인정 과 지지를 받지 못하고 있다는 뜻이다}의 발성법일 수밖에 없기 때문이다.

서사이건 담론이건 간에, 새로운 생각은 벼랑 끝에서 한발 나아감으로써 획 득되는 것이다. 생각은 거인의 어깨 위에서 해야 한다. 누군가에게 극복의 대

---

35 자세한 것은, 졸저, 『아첨의 영웅주의』, 소명출판, 2011, 제2장에 있다.

상이 서구발 근대성이라고 한다면, 그 사람은 서구가 닥친 한계 지점에서 생각을 시작해야 하며, 그것을 위해 필요한 것은 일단 거기에 도달하는 일이다. 하지만 그가 기억해야 것은, 근대성이 내 것이 아니라고 말하는 것은 그렇게 큰 의미가 없다는 사실이다. 좀더 긴 시간축을 놓고 생각한다면, 사람이 획득하는 모든 배움은 타자에게서 유래하는 것이다. 개인의 경우도 집단의 경우도 크게 다를 수가 없다. 근대성 역시 마찬가지이다. 그러니 그것이 본래 내 것이 아니라 한들 무슨 상관이랴. 소유권이나 저작권을 따지는 것보다 중요한 것은 우리가 현재 어떤 지점에 이르렀는지의 문제이며, 장차 어떤 사람이 구극의 지점에 도달하는지의 문제일 뿐이다.

19세기 동아시아에서 근대성의 우등생이었던 일본은 명예혁명의 나라였다. 근대로의 전환은 상층부의 권력 교체였다는 점에서, 즉 권력 교체에 민중의 힘이 개입하지 않았다는 점에서 그러하다. 근대 이전에도 이후에도 일본은 여전히 상징적 지배자의 외양 속에서 우등생이 통치하는 나라이다. 그들의 시대 전환은 또 다른 우등생의 교체로 현실 권력이 승계되어온 역사를 지니고 있다. 그런 점에서 일본은 여전히 중세에 머물러 있다고 말해야 할지도 모른다. 화혼양재가 성공적으로 이루어졌던 까닭은 화혼한재가 그 바탕에 있었기 때문이라는 점이 설득력을 지니는 것도 그런 까닭이다.

한국과 중국에서 근대로의 이행이 순조롭지 못했던 것은, 물론 역사가 기록하고 있는 다단한 현실 정치의 문제도 문제이지만, 좀더 크게 보자면 동도서기혹은 중체서용라는 구호 자체가 지니고 있는 삐걱거림 때문이라 해야 할 것이다. 여기에서 문제는 동도와 서기 사이에 커다란 간극이 있다는 것이다. 화혼은 그 자체가 텅빈 형식이라 내용이 없었던 반면에, 동도는 확실한 자기 내용성이 있었다. 그러니까 동도와 서기의 결합은 불가능한 것이다. 무엇보다 서기는 서도의 산물이기 때문이다. 서기가 지닌 현실적 우월성을 인정하고 그것을 받아들이려 하는 한, 진정으로 받아들여야 할 것은 서기가 아니라 서도이며, 그것을 위해서는 동도는 자기 자리를 서도에 내주어야 한다. 오랜 시간 다져져 온 동도가 전통적 주인의 자리에서 내려오는 일이 쉬울 수가 없다.

현재적인 관점에서 보자면 동도와 서도를 나누는 것은 큰 의미를 지니지 못한다. 중요한 것은 동도東道냐 서도西道냐가 아니라 인도人道를 실현하는 것이기 때문이다. 그런 점에서 동아시아의 서사 역시 마찬가지이다. 지역을 기반으로 하는 서사 같은 것은 지역사의 형태로서 혹은 지역의 국제정치사로 존재할 수밖에 없는 것이지만, 사람들의 공동 미래를 향한 서사라면 동아시아의 서사란 그 자체로 당연하게도 거부되어야 할 것이 아닐 수 없다. 무엇이라고 말하건 간에 경계를 짓는 것이란, 그것이 국가이건 지역이건 간에, 너무나 당연하게도 그 내부와 외부를 나누는 시선에 의해 만들어질 수밖에 없으며, 그것이 차별 같은 것이 아니라 단순히 차이를 나타내는 기호에 불과하다고 누군가 말한다고 해도 어디까지나 그 사람의 관념 속에서만 그러할 뿐이다. 한 번 만들어진 경계는 반드시 차별로 이어진다는 것이 우리가 지금까지 현실 속에서 경험해온 것이다. 그러니까 동아시아의 서사 같은 것은 존재하지 않는 편이 가장 좋을 것이며, 혹시라도 만들어져야 할 필요가 있다면 현실 속에서 존재하는 경계 위에, 그 경계의 종식을 위한 방편으로 만들어져야 할 것이다. 그런 교훈을, 우리는 20세기 중반 동아시아의 어두운 역사 속을 살아내야 했던 한중일 삼국 지식인들의 일그러진 서사와 담론의 구성 방식을 통해 확인하고 있는 것이다.

제9장

죄의식의 윤리

나쓰메 소세키와 이광수

1. 근대 동아시아의 정동들

근대 초기 동아시아문학을 살피자면 주목하게 되는 몇 가지 중요한 정동들이 있다. 불안과 죄의식, 부끄러움, 분노 같은 것들이다. 물론 문학은 자기 시대 사람들의 마음을 다루는 매체이므로 문학 작품 속에 다양한 감정이 표현되는 것은 당연한 일이다. 더욱이 기쁨과 슬픔, 고통과 번민 같은 감정들은 시공간의 한정 없이 사람이라면 누구나 지닐 수밖에 없는 마음의 움직임들이다. 그럼에도 특정 시대 특정 지역에서 유독 두드러지는 정동이 있다면, 게다가 그 정동들이 자기 고유의 맥락과 질서를 지니고 있는 것으로 보인다면, 주목의 대상이 되지 않을 수 없겠다.

일본의 초기 근대문학에 용출해 있는 죄의식을 그런 대표적인 예로 지목할 수 있겠다. 시마자키 도손島崎藤村, 1872~1943의 『파계』1906, 나쓰메 소세키夏目漱石, 1867~1916의 『마음』1914, 시가 나오야志賀直哉, 1883~1971의 『암야행로』1921~1937 등의 장편소설에 등장하는 죄의식이 곧 그것이다. 『암야행로』는 시가 나오야의 유일한 장편이며, 『마음』이나 『파계』의 경우도 소세키와 도손의 대표작이라 불러도 손색없는 작품들이다. 또한 이 작가들은 저마다 일본 근대문학을 대표하는 무게감 있는 존재들이다. 그래서 이들 작품을 한 덩어리로 놓고 보면, 묻지 않을 수 없게 된다. 왜 죄의식일까.

동아시아적 근대성의 관점에서 보자면 이 질문에 대한 대답은 다음과 같은 최소한 두 가지 맥락을 만들어낸다. 그 방향이 하나는 횡적이고, 다른 하나는 종적이다.

첫째, 죄의식의 문제는 동아시아에서 만들어진 근대적 주체 형성의 드라마와 연관된다. 죄가 기본적으로 법실정법이건 마음의 법이건을 어긴 행위의 결과를 뜻한다면, 죄의식은 그 행위로 인해 생겨난 복합 감정이다. 죄의식은 죄행의 결과가 만들어내는 마음의 역동으로서, 그 안에는 처벌에 대한 불안과 자기 행동에 대한 후회와 자책 및 책임감 등이 얽혀 있다. 그런데 죄의식이 주체 형성에 개입한다 함은 무슨 말인가. 죄의식은 자기 행위에 대한 성찰의 산물이라는 점, 스스로의 행위에 대해 책임지고자 하는 마음의 산물이라는 점에 그 연유가 있다. 주체가 된다는 것은 자기 행위의 자율성을 확보하는 것, 자기가 자기 삶의 주동자가 된다는 것이며, 여기에서 핵심은 무엇보다도 자기 판단과 행위에 책임을 지는 일이기 때문이다.

주체 형성과 관련된 이와 같은 맥락은 다음과 같은 추가적인 질문들을 낳게 한다. 근대문학 첫 세대의 일본 작가들에게서 드러나는 죄의식은 어떤 모습이며 각각은 어떤 의미를 지닐까. 죄의식의 주체들은 대체 무슨 책임을 어떻게 지고자 하는 것일까. 같은 시대 한국문학과 중국문학의 경우는 어떠할까. 이광수에게는 넘실거리는 것이 죄의식인데, 루쉰에게는 죄의식이 전혀 보이지 않는 까닭은 무엇일까. 이런 질문들이 동아시아를 횡단하는 마음의 맥락을 만들어낸다.

둘째, 이 시기의 문학에 등장하는 죄의식에 대한 성찰은 근대성으로 인해 생겨난 마음의 네트워크에 접속하게 한다. 죄의식에 대해 제대로 살펴보기 위해서는 그와 연결될 수 있는 또 다른 정동들에 대한 비교와 대조가 필수적이다. 부끄러움과 불안, 분노와 비애 등을 들 수 있겠다. 이 정동들에 대한 성찰을 통해 드러나는 마음의 지도는, 근대로의 이행기 동아시아가 놓여 있던 역사적 지형과 상응하는 면이 클 수밖에 없다. 또한 거기에는 근대성 자체가 지닌 시간적 변화의 추이가 함축되어 있다. 특히 죄의식에서 부끄러움으로의 이행이 대표적인 예이다. 요약하자면, 민족 단위의 외적 부끄러움에서 성찰적 수준의 죄의식으로, 그리고 마지막으로는 개인 단위의 내적 부끄러움으로 이행해가는 것이 그 핵심이 될 것이다. 이것은 시간의 추이에 따라 만들어지는 종적 맥락에 해당된다.

20세기 전반기 동아시아문학에서 다종의 정동들이 용출하는 이유에 대해서도 선제적으로 말해볼 수 있겠다. 근대성의 자기 전개가 글로벌한 수준에서 만들어낸 시공간의 새로운 평면, 즉 비동시적인 것의 동시성이 그 바탕에 존재하고 있기 때문이라 함이다. 이 시공간 평면의 특징은 서로 다른 시간대가 현재 시간에 공서하고 있다는 점이다. 여기에서 시간 경험의 이질성이 맞부벼지는 순간 다양한 정동들의 몽우리가 생겨난다. 이를테면 과거와의 만남은 때로 사람을 비애에 젖게 하고, 미래와의 만남은 사람에게 놀라움과 수치심을 안겨주곤 한다. 가속도가 붙은 시간의 변화를 경험하고 있는 사람에게 현재의 기본 바탕을 이루는 것은 부끄러움이되, 그것은 강한 계몽의 의지나 분노로 표현되기도 하고, 급격한 시간 변화에 대해 성찰적이 되면 그 마음은 죄의식의 형태로 얽혀지기도 한다.

이 글에서 집중적으로 살펴볼 것은 나쓰메 소세키와 이광수李光洙, 1892~1950의 글쓰기에 나타나는 죄의식이다. 소세키의 장편소설『마음』1914과 연설문「나의 개인주의」1914, 이광수의 장편소설『무정』1917과『유정』1933 등이 주된 대상이 될 것이다. 죄의식의 속성은 불안과 부끄러움을 그 곁에 세우면 좀더 명료해진다. 불안은 죄의식의 전조로서 기능하며 부끄러움은 연화된 형태의 죄의식이다. 현해탄 이쪽저쪽에서 이들의 정동이 가리키고 있는 지점은 단 하나, 근대적 주체되기이다. 이들의 텍스트를 통해, 20세기 초반 동아시아에서 죄의식이 어떻게 주체되기의 매개가 되는지를 살피는 것이 이 작업의 핵심이 될 것이다.

2. 죄의식의 문제성 나쓰메 소세키,『마음』

나쓰메 소세키의『마음』1914에 등장하는 죄의식의 문제로부터 출발해보자. '선생님'의 유서를 통해 표현되는 죄의식의 문제성은 그것이『마음』이라는 텍스트의 증상을 이루고 있다는 점에 있다. 두 가지 점에서 그러하다. 첫째, 작품 내부의 논리로 볼 때는 돌발적이고, 둘째, 소세키의 작품의 흐름으로 보자면 이례적이다. 작품 내부의 돌발성은 죄의식을 구성하는 사건과 서사 자체에 논리적 균열을 포함하고 있다는 뜻이고, 외부적인 이례성은 소세키의 작품 전체에서 찾아보기 힘든 경우에 속한다는 말이다. 나아가, 여기에서 표출되는 강렬한 죄의식이라는 증상은, 개항 이후 일본에서 빠른 속도로 자리 잡은 근대성의 증상과 이어져 있다는 점에서 문제적이다.

먼저 첫째 항목, 『마음』이라는 텍스트 내부의 논리적 균열에 대해 들여다보자. 『마음』은 전체가 3부로 구성되어 있다. 문제가 되는 죄의식은 3부 '선생님'의 유서에 등장한다. '선생님'은 메이지 시대에 대학을 마친 지식인이지만 세상과 단절된 채로 살아가는 이른바 '고등유민'이다. 까닭인즉, 그가 젊은 시절 친구에게 못할 짓을 했고_{그렇다고 자기 스스로 판단하고 있고} 그로 인해 친구가 자살하는 것을 목도해야 했으며, 그 사태가 만들어낸 죄의식으로 인해 칩거 생활을 하고 있다는 것이다. 이런 사실은 유서가 공개되기 전까지는 '선생님' 자신만 아는 것이다. 그러니까 누구도 모르고 아무에게도 고백할 수 없는 죄의식을 혼자 품고 살아가는 나이든 사내의 내면이, 젊은 화자에게 보내는 유서를 통해 표현되고 있는 것이다. 왜 그에게 유서를 보내는지에 대해서는 차치하더라도, 이 유서에서 문제적인 것은, 그가 고백하는 이야기에 쉽게 납득하기 어려운 서사의 논리적 균열이 내장되어 있다는 점이다. 두 가지 점으로 요약된다.[1]

첫 번째 균열은 친구 K의 자살이다. 그는 자기에게 도움을 베풀어준 친구인 '선생님'에게 분노의 복수 같은 모양새로, 경동맥을 절단하여 피범벅이 된 채로 자결해버린다. 사건의 진행에서 젊은 '선생님'의 그릇된 행동도 없지는 않았지만, 그것이 저런 정도의 자해공갈적 복수를 받을 만큼 대단한 것이라 하기는 어려워 보인다. 그런데도 K는 자기 목숨을 던져 항의 표시를 했고 또 '선생님'은

---

1   이 문제에 대해서는 졸저, 『죄의식과 부끄러움』, 나무나무출판사, 2017, 제1장 및 보론에 좀더 상세하게 써두었다.

친구의 피비린내 나는 반응을 그대로 받아들인 채로 죄인임을 자처하며 살아간다. 근대성의 윤리로 보자면 납득하기 어려운 대목이다.

두 번째 균열은 '선생님'의 자살 결심이다. 이 사건 역시 첫 번째 균열의 연장선상에 있다. '선생님'이 죄책감으로 인해 정상적인 삶을 포기하고 은거하는 것까지는 그럴 수 있다고 해도, 마침내는 유서를 쓰는 것, 즉 자신의 죽음으로 죄의식을 씻어내고자 하는 것은 이상해 보인다. 동해보복법의 세계에 살고 있지 않는 한, 이것은 누구라도 쉽게 수긍하기는 힘든 일이다. 그러니까 친구 K의 자살에서 '선생님'의 자살 결심으로 이어지는 일련의 사건이, 서사의 전체 흐름에 뚜렷한 일그러짐을 만들어내고 있는 셈이며, 『마음』의 서사를 일그러뜨리는 증상으로 지목될 수 있겠다.

다음으로 둘째 항목, 『마음』의 죄의식이 소세키의 작품들의 흐름 속에서도 예외적인 증상으로 존재한다는 점에 대해 살펴보자. 『마음』은 소세키가 세상을 떠나기 2년 전에 나온 작품으로서, 흔히 지칭되는 표현을 쓰자면 전기 삼부작『산시로』, 『그 후』, 『문』과 후기 삼부작『춘분 지날 때까지』, 『행인』, 『마음』의 마지막 스텝에 해당한다. 두 개의 삼부작이 무르익어 완결되는 원숙기의 작품인 셈이다. 이 서사의 계열체에서 일반적인 것은 정서의 부침이 심하지 않은, 일상 속에 등장하는 고요하고 잔잔한 마음의 드라마들이다. 그러니까 두 개의 목숨이 걸려 있는 죄의식과 참회 같은 『마음』의 화소는 그 자체로 유별난 것이라 하지 않을 수 없다. 『마음』의 죄의식이 지닌 이 같은 특이성은, 유사한 설정을 지닌 『문』과의 대조에서 좀더 분명하게 드러난다.

『마음』의 죄의식에서 문제의 초점은, 한 여자를 두고 벌어지는 젊은 남성들 간의 의리와 배신에 맞추어진다. 이런 점에서 『마음』은 『그 후』1909와 『문』1910에 연결되는 작품이다. 세 작품 모두, 남성들이 감당해야 할 의리와 애정의 갈등 문제를 다룬다는 점에서 그러하다.

『그 후』는 '고등유민' 생활을 하던 서른 살이 된 청년이 가족의 반대를 무릅

쓰고, 못다 이룬 사랑을 이루기 위해 집을 떠나는 이야기이다. 그리고 『문』은 친구의 내연녀와 사랑에 빠져 결혼을 감행한 젊은 남성이 대학을 중퇴하고 하급 공무원으로 살아가는 이야기이다. 이 두 경우에서 공히 문제가 되는 것은, 청년 남성들이 원하는 사람이 친구의 여자^{아내 혹은 내연녀}라는 점이다. 『문』이 『그후』의 속편처럼 취급되는 것도 그런 까닭이다. 『마음』에 등장하는 배신^{응징/참회}이라는 사건은 이런 이야기의 흐름 끝에 걸려 있다. 젊은 시절의 '선생님'은 자기에게 합당한 여성과 결혼을 했는데, 그 내용을 보자면 미묘하게도 친구의 여자를 가로챈 모양새가 되었기 때문이다. 특히 두 인물의 결합 이후의 이야기를 다룬다는 점에서 『마음』과 『문』의 서사는 거의 동일한 설정 값을 지닌다.

이런 작품의 계열체 속에서 『마음』이 유독 문제적인 것은, 다른 경우들과는 달리 주인공의 죄의식이 매우 격렬하고 드라마틱한 형태로 표현되고 있다는 점에 있다. 피투성이가 된 친구 K의 죽음도 그러하고, 사건이 벌어진 지 오랜 시간이 지난 뒤에 새삼 자살을 감행하려는 '선생님'의 경우도 마찬가지이다. 『문』과 겹쳐 놓으면 이런 대조는 좀더 확연해진다. 『마음』과는 달리 『문』에서는 배신당한 친구가 죽는 일 같은 것은 없다. 그냥 멀쩡히 자기 방식으로 살아간다. 배신자인 주인공 남성도 배신에 따르는 죄책감이 그리 심각하지 않다. 학교를 중퇴하고 자기에게 보장된 커리어를 포기해버림으로써 나름 배신의 대가를 치렀기 때문이다. 그래서 『문』의 서사는, 하급 공무원 생활을 하는 주인공 삶의 자잘한 세목들이 어우러진 담담하고 쓸쓸한 이야기의 흐름이 주조를 이룬다. 이에 비해 『마음』은 피투성이가 된 목숨들이 등장한다. 배신과 참회의 이야기에서만이 아니라 소세키의 소설 전체를 보더라도 매우 특이한 것이 아닐 수 없다. 그래서 묻게 되는 것이다. 이런 강렬한 죄의식이 표출된 까닭은 대체 무엇 때문인가.

물론 표면적인 이유를 따진다면 텍스트에 분명하게 드러나 있는 사회적 사건을 지목할 수 있다. 메이지 왕을 따라 간 노기 대장의 순사가 곧 그것이다. 노기 대장은 35년 전의 전쟁에서 군기를 빼앗긴 군인으로서 그 자신의 윤리에 따르면 그때 죽었어야 했다. 이제 왕이 죽었으니 미뤄둔 그 죽음을 결행한다는 것이 노기 대장이 내세운 순사의 대의다. '선생님'은 뒤늦게 자살을 결심한 이유가 노기 대장의 자살 때문임을 밝혔다. 노기 대장의 행동에 격동된 자살의 논리라면, 친구 K가 자기 방 앞에 피투성이 시체로 나타났을 때 '선생님'도 죽었어야 했다는 말인가. 그때 죽지 못하고 미뤄둔 죽음을 이제 결행하겠다는 것인가.

근대성의 윤리로 보자면, 노기 대장의 순사와 '선생님'의 자살 결심은 납득하기 어려운 것이다. 『나는 고양이로소이다』[1905]에서부터 시작된 소세키 세계의 논리로 보더라도 역시 마찬가지다. 소세키는 영웅 서사시의 작가가 아니라 근대적 문학 양식인 소설을 쓴 사람이다. 친구 사이에서 애정 문제 때문에 갈등이 생겨나고 그로 인해 신뢰나 우애가 깨지는 것은 드물지 않은 일이다. 그러나 여기에서 생겨난 신의의 손상에 대해 목숨으로 갚아야 한다는 주장은 근대성의 대답일 수가 없다. 근대성의 윤리적 지평에서 사람의 목숨은 무엇과도 바꿀 수 없는 지고의 가치체이다. 법이 아닌 윤리적 문제에 대해 생목숨을 요구하는 것은 근대성과 다른 차원의 일이다. 그런 점에서 노기 대장의 순사는 근대성의 윤리와 다른 공간에 있는 것이고, K의 죽음과 '선생님'의 자살 결심도 마찬가지라 해야 한다.

소세키 만년의 작품인 『마음』에 '목숨 건' 참회가 등장한 것이 난데없다고 하는 것은 그 때문이다. 소설가 소세키가 서 있었던 곳은, 개항 이후 일본에서 빠른 속도로 자리를 잡은 근대적 윤리의 평면 위이다. 그런데 바로 그 평면 한복판에, 의리와 명분에 목숨 거는 도덕적 영웅주의가 난데없는 도끼처럼 날아와 박힌 셈이다. 강제 퇴장당한 중세의 윤리가 새로 터를 닦은 근대성을 타격한 모양새이다. K와 노기 장군, 그리고 '선생님'의 죽음이 모두 바로 그 비-근대적 도끼의 표상이다. 그렇다면 『마음』의 소세키는, 메이지 시대 일본이 조성해낸 근대성의 윤리에 정면으로 맞서고자 하는 것일까. 이는 무엇보다도 『나는 고양이로소이다』 이래로 삶을 관조하는 유머와 여유의 작가였던 소세키에게 어울리는 것이 아니다. 그래서 묻지 않을 수 없는 것이다. 어째서 이런 일이 벌어졌을까.

3. 두 개의 불안 나쓰메 소세키와 아쿠타가와 류노스케

『마음』의 죄의식이 지닌 돌발성 자체에 대해서라면 간단하게 처리할 수도 있다. 노기 대장의 순사라는 사회적 사건의 파장이 소세키의 작품 속에 돌입해 들어온 것이라고 하면 그뿐이겠다. 그러나 여기에서 문제적인 것은 문학 텍스트가 사회적 사건을 받아들이는 방식이다. 노기 대장의 죽음이 죄의식이라는 사태의 핵심적인 촉발자임에 분명하다. 하지만 여기서 좀더 중요한 것은 외적 자극에 반응하여 작동한 내적 요인을 파악하는 것이다. 텍스트에서 죄의식을 분출시킨 힘의 원천을 들여다보아야 한다는 것이다. 이런 맥락에서 인상적인 것은, '선생님'의 유서에 있는 다음과 같은 구절이다.

> 노기 대장이 죽은 이유를 내가 잘 모르듯이 당신도 내가 자살하는 이유를 납득할 수 없겠지만, 그것은 서로 다른 시대를 살아온 사람들의 생각의 차이니 어쩔 도리가 없는 것입니다. 아니, 각 개인의 성격 차이라고 하는 편이 옳을지도 모릅니다.[2]

'선생님'이 자살을 결심하고 유서를 쓰면서, 그 행동의 촉발자가 된 노기 대장의 순사라는 사건을 이해할 수 없는 것이라고 말하는 것은 어떨까. 누구라도 그의 말을 납득하기 쉽지 않다. 오히려 그는 노기가 보여준 윤리적 영웅주

---

2   서석연 역, 『마음』, 범우사, 1990, 233쪽.

의를, 논리적으로 이해하기 이전에 충분히 감득하고 있었다고, 마음보다 먼저 움직이는 몸의 수준에서 적극적으로 공명하고 있었다고 말해야 한다. 그뿐 아니라 내 유서를 읽는 대학생 당신도 내게 공명해야 한다고 말하고 있는 것으로 읽어야 한다. 왜 그러한가.

'선생님'의 유서로 인해 구겨져버린 소세키의 텍스트의 입장에서 보자면, 왕의 죽음도 그에 이어지는 장군의 자살도 우연에 불과한 사건이다. 텍스트 안에서 작동하는 마음의 역학적 필연성에 비하면, 이런 사회적 사건은 하등의 중요성도 없다고 해야 한다. 왕이나 장군이 아니더라도 사람은 죽게 되어 있고 사람들의 죽음에는 다양한 이유가 있으며, 장군 한 사람의 순사라 하더라도 마찬가지라고, 다른 사람들이 그 세목들을 낱낱이 알아야 할 까닭은 없다고, 그렇게 냉소해버려도 상관없다.

여기에서 정작 문제 삼아야 할 것은 무엇인가. 이 우연한 사건들로 하여금 텍스트의 증상으로 분출하게 하는 마음의 역동이자 필연성이다. '선생님'의 유서로 표현되는 소세키의 죄의식은 언제든 뿜어져 나올 준비가 되어 있었다고 해야 한다. 왕의 죽음과 노기 대장의 순사가 아니더라도, 그 마개를 뽑아줄 외부의 힘은 얼마든 있었다고, 소세키의 세계에서 죄의식은 터져 나오기 직전의 상태였기 때문에 어떤 작은 자극에도 충분히 반응할 수밖에 없었다고 해야 한다는 것이다.

이렇게 말할 수 있는 까닭으로는, 무엇보다도 소세키의 텍스트에 자리 잡고 있는 불안의 존재감을 들어야 할 것이다. 소세키의 텍스트 자체만으로 보자면, 불안은 죄의식의 전조에 해당한다. 앞으로 논하겠지만, 죄의식이 불안에 대처하는 방식의 하나로 자리 잡고 있다는 점에서 그러하다. 말을 뒤집어, 폭발적으로 터져나온 죄의식이 있어 오히려 그 전조의 자리에 있는 불안의 존재가 드러나게 된다고 해도 좋겠다. 이를 제대로 간취하기 위해서는 약간의 우회를 거쳐야 한다.

마음의 에너지가 지니는 역학이라는 관점에서 보자면, 불안은 죄의식보다 훨씬 더 위험한 것일 수 있다. 죄의식은 이미 분출되어 사람의 마음속에 자기 형체를 드러낸 것임에 비해, 불안은 아직 출구를 찾지 못한 채 안에 도사리고 있는 무정형의 에너지이기 때문이다. 아직 파악되지 못한 거대한 이질성이 주체에게 접근해 있다는 것, 그로 인해 주체의 정신적 혹은 신체적 생존이 위태롭다는 것을 알려주는 신호가 곧 불안이다. 불안이 지닌 치명성은 무엇보다도, 소세키의 제자이자 그보다 한 세대 뒤의 작가 아쿠타가와 류노스케의 자살이라는 사건[1927]에서 매우 분명하게 드러난다. 그가 「어느 옛 친구에게 보내는 수기」[1927]라는 제목의 유서에서 스스로 밝힌 바에 따르면, 목숨을 버리는 이유를 "막연한 불안"[3] 때문이라 했다.

물론 아쿠타가와를 죽음으로 몰아간 불안과 소세키의 텍스트에 등장하는 불안은 매우 다른 수준에 있다. 두 개의 불안은 유형과 밀도가 다르다. 아쿠타가와의 불안이 생존의 무의미성으로 인해 생겨난 존재론적인 것이라면, 소세키의 불안은 근대화의 속도가 만들어낸 시대적이고 역사적인 것이다. 따라서 아쿠타가와 쪽이 근대적 주체 일반에게 해당하는 보편적 형식이라면, 소세키 쪽은 동아시아의 근대적 주체에게 해당하는 특수성의 형식에 해당한다. 그러므로 두 개의 불안이 지니고 있는 어둠의 장력 또한 다를 수밖에 없다. 먼저, 소세키의 소설에 등장하는 불안의 모습을 살펴보자.

게다가 그는 현대 일본사회의 특징이라 할 수 있는 왠지 모를 불안에 사로잡히기 시작했다. 그 불안은 사람들 사이에 서로 믿음이 없기 때문에 일어나는 야만에 가까운 현상이었다. 그는 그런 심적 현상 때문에 심한 동요를 느꼈다. 그는 신을 숭상하는 것을 좋아하지 않았다. 또한 매우 이성적이어서 신앙을 가질 수 없었다. 서로에

---

3   박성민 편역, 「어느 옛 친구에게 보내는 수기」, 『어느 바보의 일생』, 시와서, 2021, 203쪽.

대해 신뢰를 가지고 있는 사람은 신에게 의지할 필요가 없다고 믿고 있었다. 서로가 의심할 때의 괴로움에서 벗어나기 위해서, 신은 비로소 존재의 권리를 갖는다고 해석하고 있었다. 따라서 신이 존재하는 나라에서는 사람들이 거짓말을 일삼을 것이라고 단정했다. 하지만 지금의 일본은 신에 대한 신앙도, 인간에 대한 믿음도 없는 나라라는 사실을 깨달았다. 그리고 그는 그 가장 직접적인 원인이 경제 사정에 있다고 결론지었다.[4]

이것은 『그 후』[1909]의 주인공 청년 다이스케의 생각이다. 그는 부잣집 둘째 아들로 태어나 최고의 교육을 받은 지식인이면서 제대로 자리 잡고 오수를 즐기는 '고등유민'이다. 물론 다이스케는 소설 주인공이다. 작중인물의 생각을 그대로 소세키의 것이라 할 수는 없다. 그러나 불안의 양상을 가지고 말한다면, 다이스케의 이 불안은 작가 소세키가 강연문 「현대 일본의 개화」[1911]와 「나의 개인주의」[1914]에서 서술한 불안과 본질적으로 다르지 않다. 이들의 불안은 공히 존재론적인 것이 아니라 사회적인 것이라는 점에서 그러하다. 즉 자신의 유한성 앞에서 맨몸으로 마주선 인간이 감당해야 할 불안이 아니라, 근대로의 이행기에 새로운 인륜적 질서의 등장으로 인해 생겨난 불안이라는 점에서 그러하다.

이와는 반대로, 아쿠타가와의 불안은 한 개인이 느끼는 존재론적인 것에 가깝다. 사제지간이었던 소세키와 아쿠타가와의 나이 차이는 25살이다. 그러나 이 둘이 보여주는 차이란, 개항 이후 일본에서 고속으로 진행된 근대성의 성장 속도를 감안할 때, 세대 차이의 수준이 아니라 시대적 차이라 해도 좋겠다. 소세키는 1867년생으로 아직 남아 있는 전통 교육의 분위기 속에서 근대 교육의 세례를 받은 이행기 세대인 반면에,그는 중학 시절 전통적인 한문 교육을 받았다. 1892년

---

4   윤상인 역, 『그 후』, 민음사, 2003, 158~159쪽.

생 아쿠타가와는 이미 근대 교육의 분위기가 무르익은 이후의 세대이다. 그들이 직면해야 하는 마음속의 어둠의 밀도 역시 다를 수밖에 없다. 소세키가 바라보는 불안은 급격하게 변해가는 세상 속에서 체득되고 있는 것임에 비해, 아쿠타가와가 마주한 불안은 누구 탓을 할 수 없이 한 개인이 온전히 감당해야 하는 것이다. 여기에는 두 사람의 기질 차이도 물론 있겠지만, 두 사람이 지닌 상징성을 감안한다면 그보다 훨씬 더 크게 작동하는 것은 두 사람이 놓여 있던 근대성의 시차, 곧 두 개의 문학을 자신의 대표자로 소환해낸 시대정신의 차이라고 해야 할 것이다.

이러한 차이는 이들이 사용하는 불안이라는 단어 자체에서도 드러난다. 위의 인용문에서 다이스케의 불안은 직역하자면 '일종의 불안' 즉 '불안이라고 말할 수도 있는 어떤 느낌'이다. 그러니까 사람들의 마음속에서 아직 채 불안으로 영구어지지 않은 것, 불안감이라기보다는 혼란감이라고 해야 더 적당한 상태이다. 이에 비해 아쿠타가와의 불안은 말 그대로 내 마음속의 불안, 원인은 알 수 없지만 확실하게 한 사람의 영혼을 잠식하는 치명적인 존재로서의 불안이다.[5] 그러니까 이 둘의 차이에서 명확한 것은, 위태로운 마음이 한편으로는 사회적 원인에서 기인한 윤리적 혼란 상태인 반면, 다른 한편으로는 한 개인이 지닌 존재론적 간극에서 출현하는 것이라 해야 한다는 것이다. 요컨대 소세키에게 불안은 3인칭의 것이지만, 아쿠타가와에게 불안은 1인칭의 것이다. 한 개인에게 다가오는 불안의 밀도 자체가 다를 수밖에 없다.

불안의 밀도가 다르니 그에 대한 대처 방식에서도 차이가 나는 것은 당연하겠다. 아쿠타가와의 자살이라는 사건이 그것을 웅변한다. 그러나 그의 자살에

---

5   소세키의 "웬지 모를 불안"과 아쿠타가와의 "막연한 불안"은 한국어로 유사한 느낌이라 오해를 불러일으킬 수 있다. 그러나 "웬지 모를 불안"의 원문은 "一種の不安"(『漱石全集』 4, 岩波書店, 1975, 452쪽)이고, "막연한 불안"의 원문은 "ぼんやりした不安"(『芥川龍之介全集』 8, 筑摩書房, 1977, 115쪽)이다. 『그 후』의 또 다른 번역본에는 "어떤 불안"(노재명 역, 현암사, 2014, 155쪽)으로 되어 있다.

대해, 그가 불안에 제대로 대처하지 못해 자살했다고 하는 것은 아무 말도 하지 않는 것과 같다. 그것은 우울증에 의한 자살이라는 정신병리학적 사실만을 기술하는 것이기 때문이다. 존재론적 차원을 감안한다면 그의 죽음은 전혀 다른 사건이 된다. 죽음을 선택하고자 하는 냉정하고 이지적인 태도가, 그가 남긴 두 통의 유서에서 독자들을 응시하고 있기 때문이다. 요컨대 아쿠타가와의 자살은 그 자체가 불안에 대처하는 방식의 하나로 간주되어야 한다는 것이다.

물론 이런 주장은 근대성의 윤리로 보자면 납득하기 어려운 것일 수 있다. 자기 목숨을 지키는 것이 원리의 핵심인 영역에서 자살은 윤리적 선택지가 되기 힘든 탓이다. 그러나 아쿠타가와는 이와는 다른 영역에서 살아가는 영혼이며 근대문학은 그런 영혼을 위한 매체이기도 하다. 문학적 근대성은 반-근대성의 윤리를 자기 핵심으로 품고 있는 것이기 때문이다. 아쿠타가와는 자살을 인간이 마음의 평화를 위해 선택할 수 있는 옵션의 하나로 여긴다. 그런 점에서 그는 사람 중심의 생존주의를 최우선 원리로 하는 근대성의 윤리 바깥에, 그것을 성찰하는 자리에 있고, 그와 같은 속성이 그의 문학이 지닌 감각의 복판에 놓여 있는 것이기도 하다. 그는 두 번째 유서에서 이렇게 썼다.

우리 인간은 인간이라는 짐승이기 때문에 동물적으로 죽음을 두려워하네. 소위 생활력이라고 하는 건 사실 동물력의 또 다른 이름일 뿐이네. 나 역시 한 마리의 인간이라는 짐승이네. 하지만 이제 식욕도 색욕도 싫증 난 걸 보면, 점점 동물력을 잃어가고 있는 것 같네. 내가 지금 살고 있는 곳은 얼음처럼 투명한, 병적인 신경의 세계이네. 나는 어젯밤에 어느 매춘부와 그녀의 임금(!)에 대한 이야기를 나누다가, '살기 위해 살아 있는' 우리 인간의 애처로움을 절절히 느꼈네. 만약 스스로 받아들이고 영원히 잠들 수만 있다면 우리 자신을 위해, 행복까지는 아닐지라도 평화로울 것임에 틀림없네.[6]

사람이 죽음을 두려워하는 것은 사람 안에 있는 짐승의 마음 때문이라는 것인데, 또 다른 유서에서 그는, "신들은 불행히도 우리처럼 자살할 수 없다"라는 자신의 문장을 떠올리기도 했다.같은 책, 191쪽 그러니까 자살을 통해 죽음의 두려움을 넘어설 수 있는 것은, 신과 짐승의 속성을 제외해버린 인간의 특권, 곧 인간됨 고유의 역능이라는 것이겠다.

이런 점에서 아쿠타가와에게 유서 쓰기란, 불안이라는 위험한 존재를 봉인해 버리기 위한 부적과 같다고 해야 하겠다. 쇼와 시대에 이제 막 접어든 일본 사회를 놀라게 했던 한 천재 작가의 음독 자살은, 그저 두 편의 유서에 적힌 문자들이 행위로 뒤바뀐 결과일 뿐이라고 해야 하겠다. 어차피 사람은 죽을 수밖에 없는 존재라는 사실의 눈으로 본다면, 그는 죽음의 유혹에 굴복한 것이 아니라 오히려 스스로의 의지로 삶의 문을 닫아버렸다고 해야 한다는 것이다. 어떻게 그럴 수 있냐고 묻는다면, "인생은 한 구절의 보들레르만도 못하다"[7]라며 글쓰기와 목숨을 병치해 놓은 그의 글이 이미 답변을 내놓고 있다고 말해야 할 것이다. 불안에 대한 아쿠타가와의 대처 방식은 말 그대로, 글쟁이로 살고자 했던 사람이 실천한 존재론적 결단의 형식이었다는 것이다.

이에 비하면, 『그 후』의 다이스케가 불안에 대처하는 방식은 다를 수밖에 없다. 그가 바라보는 불안은 아쿠타가와의 경우보다 훨씬 엷은 밀도의 3인칭 불안, 사회적 불안이기 때문이다. 불신이 팽배한 사회 안에서 새로운 인륜성의 영역을 찾아나서는 일이 그가 선택한 방식이다. 아버지의 법을 거부하고 새로운 사회적 진정성의 영역을 찾아내는 것, 공동체 안에서 자기 역할을 찾아내고 자기 방식의 삶을 실천하는 것, 그것이 다이스케가 선택한 불안 돌파 방식이다. 아버지와 집안사람들이 제시하는 혼처를 마다하고 자기가 원하는 여자와의 결합을 향해 나아가는 것, 그리고 아버지와 형이 표상하는 세계로부터의

---

6   「어느 옛친구에게 보내는 수기」, 앞의 책, 208쪽.
7   『아쿠타가와 류노스케 전집』 6, 379쪽.

분리를 위해, 집을 나가 독립 생계의 길을 열어가는 일이 곧 그것이다. 헤겔의 뒤를 따라 소설을 부르주아 시대의 서사시라고 한다면, 유력한 집안의 둘째 아들 다이스케의 이런 모습이야말로 전형적인 소설 주인공에 해당한다. 기성 질서로 인해 생긴 좌절과 갈등은 새로운 인륜성의 왕국에 이르고자 하는 주인공에게 중요한 자양이 된다. 여기에서 불안은 주인공의 도약을 위한 발판의 역할을 하는 것이다.

이것은 소세키가 아니라 그의 소설 주인공이 선택한 방식이지만, 작가 소세키의 경우도 이와 다르지 않다. 개인이 느끼는 불안의 강도나 층위라는 점에서, 그리고 불안에 대처하는 방식이라는 점에서 그러하다. 이것을 잘 보여주는 것이, 「현대 일본의 개화」[1911]나 「나의 개인주의」[1914] 같은 연설문에 소세키의 육성으로 등장해 있는 공허감과 불만, 불안감이다.

소세키의 불안은 그 밀도라는 점에서 아쿠타가와의 경우보다 훨씬 엷지만 질량감이라는 측면에서는 오히려 아쿠타가와를 넘어서는 면이 있다. 소세키가 포착해내고 있는 불안은 개항 이후 일본사회 전체가 지니고 있는 윤리적 혼란과 공허감에서 생겨난 것이기 때문이다. 아쿠타가와의 것은 매우 밀도 높은 불안이지만 그것은 어디까지나 한 예외적 개인의 것이다. 그러니까 불안의 전체 질량으로 치자면 소세키가 당면한 쪽이 훨씬 더 크다고 해야 한다는 것이다. 『마음』과 「나의 개인주의」가 같은 해에 나왔다는 것, 그러니까 죄의식과 불안이 바로 옆에 붙어 있다는 것은 당연히 우연에 불과한 것이다. 그러나 불안과 죄의식의 관계 자체는 그렇지 않다. 특히 일본에서 근대적 주체성의 형성을 바라본다면, 둘은 전조와 결과의 관계를 지니고 있다고 말해야 하기 때문이다.

4. 불안을 돌파하는 죄의식

소세키의 「나의 개인주의」에서 인상적인 것은, 젊은 시절 소세키가 느꼈던 불안과 그 돌파 방식이 구체적이고 직접적으로 표현되고 있다는 점이다. 청년 학생들 앞에서 공개적으로 말하고 있는 자리라서 그런 형식을 취하기 쉬웠을 것이다. 그는 자기에게 닥친 불안을 어떻게 넘어섰는가. 유명한 '자기 본위自己本位'라는 구절이 그 핵심에 있다. 스스로 주체성을 확립하는 것이 중요하다는 맥락에서 등장하는 말이다. 다른 사람이 뭐라 하건 제 나름의 주체성을 지키는 것이 요체라는 것, 그럼으로써 그 자신이 젊은 시절의 불안을 극복했다는 것이다. 그러나 이런 말은 너무나 평범한 것이 아닌가. 자신의 주체됨을 확보하지 못해 불안해하는 사람에게 주체성을 회복하라고 말하는 것? 이것이 말이 될까.

소세키가 젊은 날의 경험으로 술회한 불안이란, 근대 교육을 받은 첫 세대로서 영문학도가 된 청년이 느낄 수밖에 없었던 공허한 마음을 뜻한다. 소세키는 문학을 하고자 하는 뜻으로 대학에서 영문학을 전공했으나, 졸업하는 날까지 영문학은 물론이고 문학이 무엇인지 알 수가 없어 괴로웠다고 한다. 중학 시절 그가 한학 교육을 통해 익힌 '문학'이란 '좌국사한左國史漢, 네 권의 고전적인 사서, 『춘추 좌씨전』, 『국사』, 『사기』, 『한서』를 지칭하는 약칭이다'을 뜻하는 것이었음에 비해, 그가 대학에서 배운 '영문학'은 전혀 다른 것이었다. 소세키는 대학을 졸업하고 교직에 나갔으나 새로운 문학이 무엇인지에 대해 여전히 의문을 풀 수가 없었고, 그래서 내심으로는 그저 영어 교사 정도의 역할을 수행하는 정도였으며, 그런 상태인데도 정부의 명령으로 원치 않는 영국 유학까지 가야 했다는 것이다. 그는 이런 마음을 "흡사 안개 속에 갇힌 고독한 인간처럼 꼼짝 못하게 되었습니다"[8]라고 표현했다. 절망적인 상태에서 붙잡은 것이 '자기 본위'라는 틀이었다는 것이다. 그는 이런 사정을 다음과 같이 썼다.

나는 이 자기 본위라는 언어를 손에 쥔 뒤부터 매우 강해졌습니다. '그들은 어떤 사람들이야?'하는 기개가 생겼습니다. 지금까지 망연자실하고 있던 나에게 여기에 서서 이 길에서 이렇게 가야 한다고 인도해준 것은 실로 이 자기 본위 네 자입니다.

고백하자면 나는 그 네 자에서 새롭게 출발했습니다. 그리고 지금처럼 그냥 남의 꽁무니만 쫓아 허풍을 떠는 것은 대단히 염려되는 상황이므로 그렇게 서양인 흉내를 내지 않아도 좋은 확고부동한 이유를 그들 앞에 당당하게 제시하면 나 자신도 유쾌하고 남도 기뻐하리라고 생각해 저서나 그 외의 수단으로 그것을 성취하는 것을 내 생애의 사업으로 삼고자 했던 것입니다.

그때 나의 불안은 완전히 사라졌습니다. 나는 경쾌한 마음으로 음울한 런던을 바라보았습니다. 비유하자면 여러 해 동안 번민한 결과 겨우 곡괭이를 광맥에 댄 듯한 느낌이었습니다. 덧붙여 다시 말하면 그때까지 안개 속에 닫혀 있던 것이 어떤 각도, 어떤 방향에서 자신의 길을 가야 할지 명확하게 제시 받은 셈입니다.[54~55쪽]

그런데 이런 말을 문자 그대로 받아들여도 될까. 근대 교육 첫 세대의 일원으로서 소세키가 전공으로 영문학을 선택하는 일이란, 매우 빠른 속도로 일본이 도입한 새로운 사상의 체계를, 그것이 뭔지도 모르면서 받아들인 경우에 해당하는 것일 수 있다. 낯선 것을 제대로 이해하기 위해서는 생소한 영역에 발을 들이지 않을 수 없다. 남들이 간 길을 뒤따라가는 꼴이니 흉내쟁이가 된 듯한 자괴감이 들 수도 있겠다. 그런데 그것이 힘들고 공허하게 느껴진다고 해서, 자기식대로 이해하고 받아들이겠다고 마음먹는 것은 어떨까. '자기 본위'의 결의로 인해 불안이 사라지고 경쾌한 마음이 되었다는 소세키의 발언에 우리가 고개를 끄덕일 수 있을까. 오히려 앞길이 제대로 보이지 않더라도, 흉내 내기라는 운명을 기꺼이 받아들이겠다는 담담한 태도가, 남들만이 아니

---

8   나쓰메 소세키, 김정훈 역, 「나의 개인주의」, 『나의 개인주의 외』, 책세상, 2004, 50쪽.

제9장 | 죄의식의 윤리   405

라 자기 자신에게 납득 가능한 것이 아닐까. 그러니까 '자기 본위'라는 회심의 결의가, 최소한 영문학 연구의 문제에 관한 해결책이라면 그다지 설득력 있는 것이기는 어렵다는 것이다.

소세키의 이런 식의 회고에는 14년 전의 유학 생활을 바라보는, 이제 47세가 된 한 유명 작가의 착시가 숨겨져 있다고 해야 할 것이다. 가쿠슈인 대학생들에게 뭔가 긍정적인 이야기를 해야 하는 강연회의 형식 자체도 영향을 미치고 있었을 것이다. 그는 고민 끝에 자기 본위라는 개념을 장착함으로써 불안이 사라진 경쾌한 마음이 되었다고 했다. 가난한 국비 유학생이었던 소세키가 그때 비로소 영문학이 무엇인지를 깨달았다는 것인가. 사실을 헤아려보자면, 그 반대라 함이 옳을 것이다. 그가 뭔가를 깨달았다면, 자기가 영문학을 제대로 알 수 없으리라는 것, 평생 가도 자기가 그 앎의 선두에 나서는 것이 불가능함을 깨달았다고 해야 할 것이다.

이렇게 본다면, 소세키에게 이른바 '자기 본위'라는 개념이 만들어준 회심의 순간이란, 괴로운 런던 유학 생활 속에서 명백한 자기 한계와 직면한 순간이었다고 해야 한다. 절망적일 수도 있었을 14년 전의 그 순간을, 학생들 앞에 서 있는 소세키는 '자기 본위'라는 당당한 왕의 모습으로 반추하고 있는 것이다. 그 순간의 머리 위에 왕관을 씌워준 손의 주인공은 당연히 영문학 연구자 소세키일 수가 없다. 지난 10여 년 동안 소설가로의 변신에 성공한 소세키, 그 결과로 가쿠슈인 학생들 앞에 강연자로 서 있는 작가 소세키가 바로 그 주인공이라고 해야 할 것이다.

이렇게 말할 수 있는 근거는, 「나의 개인주의」라는 강연문 바로 곁에 소설 『마음』과 거기에서 모습을 드러내고 있는 증상으로서의 죄의식이 있기 때문이다. 그가 강연을 한 것은 『아사히 신문』에 『마음』을 연재한 직후의 일이며,[9]

---

9 『마음』은 1914년 4월 20일부터 8월 11일까지 연재되었고, 가쿠슈인 강연은 1914년 11월 25일에 있었다.

또한 3년 전의 강연문 「현대 일본의 개화」에서도 유사한 형태의 불안에 대해 말한다. 두 편의 연설문과 한 편의 장편소설을 합해 놓으면 분명해지는 것이 있다. 불안을 덮어써버린 죄의식이라는 형상이 곧 그것이다.

사람에게서 불안 자체가 사라지기는 힘들다. 한 사람에게 불안이란 현실적 불안에서 존재론적 불안까지 여러 층위에서 작동하는 것이기 때문이다. 그래서 중요한 것은, 불안이라는 어두운 구멍이 행사하는 강한 흡인력을 어떻게 제어하고 방어하느냐의 문제이다. 요컨대 불안을 돌파하는 방식이 문제라는 것이다. '자기 본위'라는 각성이 불안의 돌파구가 되었다는 소세키의 말은, 영문학의 문제가 아니라 근대성 전체에 관한 태도라면 어느 정도 납득 가능한 것이 된다. 『마음』의 죄의식이 보여주는 것이 바로 그것이기 때문이다.

앞에서 인용한 구절에 따르면, '선생님'은 노기 대장의 순사를 이해하지 못한다고 했다. 그러나 그 말은 결코 사실일 수가 없다. 자살을 결심한 '선생님'의 행동 자체가 그 주장에 대한 반박이기 때문이다. '선생님'의 유서^{곧 죽을 결심는}그가 얼마나 노기의 윤리적 영웅주의에 마음 깊이 공감하고 있는지를 보여주고 있기 때문이다. 그러니까 노기 대장의 죽음과 '선생님'의 유서라는 두 개의 사건이 하나로 합해지면, 그가 느끼는 죄의식의 실체가 드러난다. 자신의 의지와 무관하게, 근대성의 호명에 응답해버린 사람들이 지니고 있는 혼란감과 죄의식이 곧 그것이다. 여기에는 근대로의 이행기 일본에서 주체가 감당해야 할 두 가지 차원의 실패한 호명과 응답이 잠재해 있다.[10] 첫 번째가 「나의 개인주의」의 작가 소세키의 차원이라면, 두 번째는 『마음』의 '선생님'의 차원이다.

첫째로, 「나의 개인주의」에서 소세키가 과거 경험으로 술회한 불안은 근대성의 호명에 제대로 응답하지 못한 결과로 생겨난 것이다. 그것은 곧, 자기가 마땅히 했어야 할 일을 제대로 하지 못했다고 느끼는 주체의 마음인 것이다.

---

10 호명과 죄의식의 이중적 관계에 대해서는, 슬라보예 지젝, 박정수 역, 『그들은 자기가 하는 일을 알지 못하나이다』, 인간사랑, 2004, 91쪽.

안팎으로 선택받은 청년의 한 사람으로서, 동경제대 예과와 본과를 거쳐 영문학과를 졸업했으면서도 영문학이나 문학이 무엇인지 모르는 상태가 곧 그것이다. 8남매의 막내로 태어나 남의 집 양자로 들어갔던 영민하고 감수성 높은 소년 소세키가 있었다. 타고난 자질이 뛰어나서 국립대학에 들어갔고 좋은 성과를 거두어 '특대생特待生'이 되었다. 졸업 후에는 교육 공무원이 될 수 있었으며, 그 덕에 메이지 정부의 명령을 받아 런던으로 국비유학을 갔다. 그리고 귀국 후에는 제국대학의 교수직을 담당해야 했다. 국립대학 학생에서 교육 공무원으로 살아온 그 앞에는 근대라는 이상화된 틀이 있고, 근대성의 후발국으로서 메이지 시대의 일본이 추구했던 근대화 과정이 있다.

소세키 자신은 근대성에 대해 회의적인 마음을 지녔지만, 그가 정부의 일원인 한에서 그런 회의나 비판이란 자기 자신에게 되돌아오는 화살 같은 것이 아닐 수 없다. 그가 런던에서 느꼈던 불안, 그러니까 자기가 해야 할 일을 제대로 하지 못하고 있다는 생각으로부터 벗어날 수 있는 길은 간단하다. 정부가 그에게 맡긴 일을 포기하면 된다. 1907년에 소세키는 제국대학에서 물러나와 아사히 신문사의 직원이 되었다. 또 1911년 소세키는 문부성에서 주는 박사학위를 사절했다. 정부와 연을 끊음으로써 그는 자기에게 불안감을 주는 초자아의 압력으로부터 벗어난 것인가. 물론 일이 그렇게 단순할 수는 없다. 여기에서 그가 벗어난 것은 첫 번째 수준의 압력일 뿐이다. 그를 기다리는 두 번째 수준의 압력이 있다.

근대성의 호명에 대해 두 번째 차원의 응답 실패를 보여주는 것이 『마음』의 죄의식이다. 첫 번째로 지적한, 근대성의 호명에 대한 응답 실패란 그 자체가 죄의식의 원천이기는 힘들다. 그 실패란 아직도 완결된 것이 아니기 때문이다. 재기의 노력과 고통의 감수를 통해 실패는 또 다른 성공으로 나아갈 수 있기 때문이다. 소세키가 말한 '자기 본위'도, 그 결과로 만들어진 소세키의 저서 『문학론』도 그런 예의 하나이겠다. 첫 번째 실패로 인한 불안은 죄의식보다는 부끄러움에 훨씬 가깝다.

그런데 자살을 결심한 '선생님'의 죄의식은 어떠한가. 노기 대장의 죽음이 환기시킨 것은 치명적인 형태의 자기 처벌 의지이다. 청산 방식으로 목숨이 걸려 있다는 점에서 그것은 명백하게 반-근대적이며, '선생님'이 유서를 통해 드러내는 죄의식 역시 마찬가지다. 요컨대 여기에서의 죄의식은, 근대성의 요체를 제대로 수용해내지 못하는 자기들의 무능력으로 인해 생겨난 것이 아니라, 자기 속에 이미 들어와 있는 근대성 자체의 원초적 결함을 바라보고 있는 주체의 마음에 해당한다. 여기에서 죄의식의 주체는 근대성이라는 틀 속에서 생겨나는 이상과 현실의 괴리 같은 것이 아니라, 근대성이라는 틀 자체를 문제라고 느끼고 있는 것이다. 그러니까 잘못은 근대성이라는 틀을 받아들여버린 행위에 있는 것이다. 소세키가 '선생님'의 눈을 통해 노기 대장을 바라보는 마음이 그런 것이겠다.

그러므로 여기에서 죄의식이란 단순한 응답 실패의 산물 같은 것이 아니다. 주체에게 주어진 호명이 응답 불가능한 것이거나, 혹은 이미 접수해버린 호명이 그 자체로 그릇된 것이었음을 깨달았을 때 생겨나는 것, 그것이 곧 근대성의 세계를 바라보는 소세키의 죄의식이다. 자기에게 주어진 호명의 정체를 확인하게 되는 순간, 그런데 이미 그 호명은 돌이킬 수 없는 것이라고 느끼는 순간, 주체의 마음속에서 용출해 나오는 것이 곧 『마음』의 죄의식에 해당한다. 다른 어떤 대속 행위로도 죄를 씻는 것이 불가능할 때, 그럼에도 그것에 대한 불가능한 책임을 어떤 식으로건 감당하지 않을 수 없다고 느낄 때, 다른 누구에게 납득시킬 수도 없고 자기 자신도 이해할 수 없는 형태의 죄의식이 생겨나는 것이다.

당연한 말이지만 소세키의 세계에서 근대성 자체가 철회될 수는 없다. 그것은 이미 자기 세계의 존재 조건이 되어 있기 때문이다. 현실적 차원은 물론이고 윤리적 차원에서도 마찬가지이다. 그렇다고 해서 그것을 온전히 받아들일 수도 없다. 『마음』의 죄의식은 이 진퇴양난의 순간에 생겨난 시적 불꽃과도 같은 것이라고 해야 하겠다. 그 순간은 히스테리 증상이 터져나오는 순간이기도 하다. 노기 대장의 순사 소식이 담긴 호외를 손에 쥐고 아내에게 정신없이 외쳐대는 '선생님'의 모습이 바로 그 사건의 히스테리적 속성을 보여준다. 물론 근대성에 대한 히스테리적 반응이 일본이라는 국가 단위에서 용출하는 것은 파시즘전쟁이 본격화되는 시기의 일이다.

죄의식으로 불안을 돌파하는 소세키의 방식에는 이미 존재 조건이 되어버린 근대의 실상과 그것을 인정하기 힘들어하는 심정의 역설이 뒤얽혀 있다. 이것은 물론 전통에서 근대로의 이행에 따르는 불가피한 것이기도 하지만, 급속도로 진행된 동아시아의 근대화 과정을 통해 그 역설이 증폭되어버린 결과이기도 하다. 『마음』의 죄의식은 그 세계의 인물들에게는 '논리적'이지도 않고 '이해'할 수도 없는 것이지만, 그럼에도 어떤 방식으로건 한 번은 직면해야 할 모습으로 나타난다. 그것은 근대성의 윤리가 어떤 수준에서건 한 번은 직면할 수밖에 없는 자기 자신의 음화이기 때문이다. 과잉윤리가 주체화의 필수적인 매개물이라는 사실은 바로 그 음화 곁에 있다.

5. 죄의 발명자 이광수

소세키가 드러낸 죄의식을 통해 확인하게 되는 것은, 일본에서 근대성의 도입 과정이 이제는 한 변곡점에 도달했다는 사실이다. 1853년 페리 제독의 내항 이후로 일본이 근대성을 받아들이는 일에 허겁지겁이었다면, 그로부터 60년이 지난 이 시기의 일본은 이미 근대성을 성찰적인 시선으로 바라보고 있다. 그의 강연문 「나의 개인주의」라는 제목 자체가 이 사실을 웅변하고 있다. 여기에서 그가 강조하는 개인주의란 국가나 집단과의 대조 속에서 개인의 중요성을 지칭하는 것이다. 타자가 아니라 주체 자신의 중요성을 강조하여 '자기 본위'라고 한 것과 맞짝을 이룬다. 국가가 중요한 것은 말할 것도 없지만, 위기 상황이 아닌데도 국가의 중요성을 외치는 일이란 "화재가 발생하기도 전에 소방복을 입고 답답해하면서 시내를 뛰어다니는 것과 마찬가지"[73쪽]라고 소세키는 말한다.

당대의 대표적 지성이 된 작가 소세키가 귀족 학교의 청년들을 향해 개인주의를 설파하고 있는 모습은, 이 시기 한국과 중국이 처해 있던 상황을 고려한다면 놀라운 일이 아닐 수 없다. 국권을 상실하고 '포로수용소' 신세로 전락한 한국은 물론이고 혁명이 진행 중이었던 이 시기의 중국에서, 공중을 상대로 국가가 아니라 개인의 중요성을 강조하는 일이란 불가능에 가까운 일이기 때문이다. 1914년의 소세키가 이런 발언을 할 수 있었던 까닭이 무엇인지도 자명하겠다. 동아시아에서 가장 먼저 근대화의 성공 사례로 등장한 국가, 청일전쟁과 러일전쟁의 승리로 자신의 성공을 나라 안팎에 과시한 일본의 자부심이 그 바탕에 있었음은 두말할 나위가 없겠다.

그러니까 『마음』의 죄의식을 통해 확인하게 되는 것은, 근대성의 모럴이 이제는 새로운 단계를 맞이해야 할 때라는 외침이다. 이제는 스스로가 근대성을 주체화할 순간이 되었다는 것이다. 그것을 명시적으로 가리키고 있는 것이 '자기 본위'라는 휘황한 구절이다. 그것은 단순히 영문학 연구의 문제가 아닌 것이다. 스스로 대관식을 치른 '자기 본위'의 주체가 있으니 그가 바라보고 있는 근대성은 이미 외부자가 아니다. 밖에서 바라보거나 뒤좇아 가야 할 대상이 아니라는 것이다. 스스로의 힘으로 근대성의 한복판에 자리 잡게 되었으니 그래야 할 이유도 없다. 그런 생각의 집단적 축적이 차후 일본에서 초래한 결과는 끔찍한 것이지만, 그렇다고 해서 그런 생각 자체를 문제라고 말할 수는 없다. 스스로 판단과 행위의 주체이고자 하는 것은 어떤 존재에게도 예외는 아닐 것이기 때문이다.

주체화 과정에서 과잉윤리는 자기 책임의 영역을 확보하기 위한 동력이 되며 죄의식은 그 과정의 결과물이다. 소세키의 『마음』에 견주어 보면, 이광수의 『유정』[1933]이 보여주는 죄의식과 자기 처벌의 드라마가 지니는 질량감은 압도적이라고 말해야 할 수준이다. 그로 인해 서사의 논리는 꼬이고 뒤틀려서 소설 그 자체를 증상으로 만든다고 해야 할 정도이다. 소설에서 표현되는 죄의식을 향한 강렬한 의지 때문이다. 죄의식이 아니라 죄의식을 향한 의지, 죄의식을 향한 갈망이다. 그런 아이러니가 있으니 서사가 순탄할 수가 없다.

『유정』의 주인공 최석은 아무런 죄를 짓지 않았는데도 자기 자신을 처벌하기 위해 죽음의 길을 간다. 물론 이유 없는 자기 처벌은 있을 수 없다. 그러니까 최석이 자기 스스로를 죽음에 몰아넣기 위해서는 그에 합당한 근거를 찾아야 한다. 시베리아의 고독 속에서 행해지는 그의 방랑은 그것을 찾기 위한 과정이다. 이런 점에서 본다면, 『유정』이라는 소설은 전체가 주인공 최석이 자기 죄를 발명해내는 과정이라 해야 한다. 발견이 아니라 발명이다. 서사의 종결지점에서 보면 모든 것이 확연해진다. 주인공 최석의 자기 처벌은 확정되어 있는 것이다. 문제는 처벌의 근거이되, 그 근거를 찾는 일이란 없는 죄를 만들어내는 과정에 해당한다. 죄의 발명이라고 해야 합당한 표현이 되는 것은 그런 까닭이다.

어쩌다 이런 일이 벌어졌을까. 죄를 짓지 않았는데 어떻게 자기 처벌이 가능할까. 서사는 어떻게 이런 논리적 균열을 넘어서는가. 이런 질문에 대한 대답은 이광수의 서사가 지닌 윤리적 기본 틀에서 살펴볼 수 있거니와, 여기에서 중요한 것은 죄의식이라는 한 구체적 정동이 아니라 그것을 만들어내는 틀, 그리고 그 틀이 존재할 수밖에 없는 필연성이자 또한 그것을 산출해내는 서사의 흐름이다. 이광수의 서사 속에 존재하는 몰윤리와 과잉윤리 사이의 격렬한 요동이 그것이거니와, 이것은 『유정』만이 아니라 『무정』[1917]이나 『재생』[1925] 『흙』[1933] 『사랑』[1938] 같은 그의 대표 장편들을 나란히 놓았을 때 좀더 분명하게 포착된다.

이광수는 스무 살 이전부터 글을 쓰고 발표했던 사람이다. 1950년, 한국전쟁의 와중에 세상을 떠나기까지 40년 넘는 시간을 그는 글 쓰는 사람으로 살았다. 시간대에 따라 그가 변화된 모습을 보여준다 해서 그 자체가 이상한 일은 아니다. 게다가 그가 살았던 시간들은 말 그대로 정치적 격변의 시대였다. 그는 대한제국 신민으로 태어나, 일제 식민지와 미군정의 거주민으로 살다가 대한민국 국적자로 세상을 떴으며 그의 묘는 현재 북한의 수도 평양에 있다. 그가 살았던 시대와 반드시 일치하는 것은 아니지만, 그의 글이 보여주는 생각의 변화는 크게 세 단계로 구분된다. 청년기에는 근대성을 주창하는 사회진화론자로서, 또한 중년기에는 도덕적 개량주의자로서 글을 쓰고 행동했다. 이 시기에 그는 안창호의 독립운동조직이었던 '흥사단'의 국내 지부 책임자이기도 했다. 그리고 태평양전쟁이 시작되던 시기에는 이른바 '대동아공영론자'가 되어 사후의 전집에 수록되지도 못할 글들을 썼고, 그로 인해 이른바 '친일문인'의 대표적 존재가 되었다.

이광수의 생애는 그 자체로 매우 변화무쌍한 것이라서, 겉모습 자체만 보자면 이해하기 어려운 측면이 있다. 동일한 사안에 대해 정반대되는 판단과 태도를 여과 없이 드러내기도 한다. 이를테면 로마의 멸망에 대해, 1917년의 이광수는 도덕주의가 국력을 제약했기 때문이라고 하고, 1921년의 이광수는 도의심이 땅에 떨어진 때문이라고 정반대되는 주장을 한다. 또 1930년대에는 이탈리아 파시스트의 폭력성과 간디의 비폭력 정신을 동시에 예찬하기도 한다.[11] 이런 식의 자기모순에 대해 이광수는 어떻게 처리할까. 특이한 것은 이런 정도의 논리적 어긋남에 대해 이광수는 매우 태연한 모습이라는 점이다. 수정하거나 유보하지 않은 채로 거침없이 주장하는 태도 자체가 그런 모습이다. 어떻게 그럴 수 있을까.

기질적인 측면에서도 이광수는 돌아보기보다 앞으로 나가려 힘을 쓰는 사

---

11 이런 주장이 담긴 글은 각각, 「爲先 獸가 되고 然後에 人이 되라」(『학지광』 1917.6), 「소년에게」(『개벽』 1921.11~1922.3), 「간디와 무솔리니」(『동광』 1932.5) 등이다. 이에 대한 좀더 상세한 것은 졸저, 『아첨의 영웅주의—최남선과 이광수』, 소명출판, 2011, 377쪽에 있다.

람이다. 글에서 나타난 상치되는 주장도 그렇지만, 무엇보다 커다란 변신의 흐름을 지닌 그의 생애 자체가, 그 중간에 이렇다 할 번민의 흔적이 끼어 있지 않아 말 그대로 태연자약한 것으로 보인다. 공리주의를 앞세우는 사회진화론자에서 도덕주의자로 변신한 것도 문제적이며, 무엇보다도 당대의 민족주의자 이광수가 대일 협력에 임하여 이른바 '대동아공영권'의 주창자로 전향한 것은 그야말로 놀라운 일이 아닐 수 없다. 어떻게 이런 일이 가능했을까. 이광수의 삶을 텍스트로 놓는다면 이것이야말로 가장 큰 증상이 아닐 수 없겠다.

물론 그의 변신에는 세세한 이유가 지목될 수 있지만, 크게 보자면 그 이유라면 단 하나, 그와 같은 정도의 입장 변화가 대단치 않은 것으로 간주될 만큼 불변의 틀이 그 자신에게 있었다는 것이겠다. 그것을 무엇이라고 할 수 있을까.『유정』의 증상이 죄의 발명이라는 기이한 사태였음을 상기한다면 답을 찾을 수 있지 않을까.

이광수의 장편『유정』의 증상이 표현하고 있는 것은 더 이상이 불가능할 정도의 윤리적 과잉이다. 자기 안에서 없는 죄를 만들어내고 자기 자신을 대상으로 사형을 집행하는 일 이상은, 최소한 사람에게 있기 어렵기 때문이다. 그의 또 다른 장편『애욕의 피안』1936에 등장하는 인물 강영호의 경우도 이와 동일한 모습이다.[12] 그는 자기 존재 자체가 한 선량한 영혼에게 장애물이 된다고 생각해서, 스스로 호흡을 멈춰 죽음에 이르는 독특한 인물이다. 강영호 역시 지은 죄는 당연히 없으니, 죄라면 자기 존재 자체가 죄라고 해야 한다. 그러니까 강영호도 최석처럼 죄의 발명자에 해당하는 것이다. 게다가 강영호 역시『유정』의 최석과 마찬가지로,『애욕의 피안』이라는 소설 전체의 이념적 지배자이다. 부차적으로 존재하는 특이한 인물이 아니라는 것이다. 왜 이런 정도의 윤리적 과잉이 이광수의 서사를 지배하고 있는 것일까.

---

12 이광수의 장편소설에 등장하는 과잉윤리의 특이한 양상들에 대해서는 졸저,『사랑의 문법-
    이광수, 염상섭, 이상』, 민음사, 2003, 제2장에 상세하다.

이런 질문에 내놓을 수 있는 답은, 이광수의 삶을 고려한다면 어렵지 않게 찾아낼 수 있다. 이광수의 변화무쌍한 삶과 그에 수반되는 글쓰기의 역사 속에서 단 하나 불변의 요소로 존재하는 것, 그것은 곧 민족 = 네이션의 수준에서 작동하는 주체 되기를 향한 갈망이다. 주체 되기란 물론 그 자체가 집단을 전제로 한 것이지만, 이광수의 경우 그 집단이 민족 = 네이션이라는 사실 역시 명백한 것이다. 이것은 다른 무엇보다도, 그의 삶과 문학이 증언한다. 그의 문학에서 힘을 발휘하고 있는, 최소 세 개의 축이 그것을 웅변한다. 신문학의 개척자이자 「2·8독립선언서」의 작성자로서 그가 민족 공동체를 상대로 지니고 있던 위상, 그런 그가 자기 글쓰기 속에서 지속적으로 상정해온 독자들의 형태, 그리고 그 결과로서의 그의 글이 '민족 계몽주의'의 형태로 시종일관이었다는 사실 자체가 그가 꾸려낸 삶의 성격을 보여준다.

이런 점을 고려한다면, 앞에서 언급한 이광수의 세 차례 변신으로 달라진 것은 '조선 독립'의 열망을 실현할 방략일 뿐이라고 해야 한다. 그가 상해 임시정부에서의 망명 생활을 끝내고 돌아왔을 때에도, 또한 자진하여 이른바 '창씨개명'을 하고 '대동아공영권'의 주창자가 되었을 때에도 사정은 다르지 않았다고 해야 한다. 광복 이후 그는 자신의 대일 협력에 대해 '우자愚子 효성'이었다고 했다. 그의 선택 결과는 바보의 것이지만 동기나 의도는 효자의 것이라 함은 사실이라고 해야 한다. 변명이라 비난받았던 '민족을 위해 친일했다'는 그의 말도 그 형식과는 달리 내용은 변명일 수가 없다. 그것을 어떻게 판단하는지는 그가 속하고자 했던 공동체의 몫이지만, 사실은 사실이다. 신채호는 신채호의 방식을 선택했고, 이광수는 이광수의 길을 걸어갔을 뿐이다. 그 결과로 현재 이광수는 괴물이 되어 있다.

이런 점을 고려한다면, 『유정』에서 드러나는 죄를 향한 저 기이한 열망 역시 그 시종이 분명해지는 것이겠다. 죄 없는 죄의식이란 곧 『유정』을 쓰고 읽었던 사람들, 이광수가 속한 독서 공동체의 집단 주체가 공유했던 정동의 비틀린 표현이라 해야 할 것이다. 식민지 상태에서 차별과 고통을 당하고 있는 사람들의 마음도 그러하지만, 무엇보다도 식민지 상태 자체를 참을 수 없는 고통과 질곡으로 느끼고 있는 사람들의 집단적 정동의 산물인 것이다. 주체 되기를 향한 열망이 민족＝네이션의 수준에서 작동하는 것인 한, 자신의 형태를 일그러뜨릴 정도로 표현되는 열망의 강도죄 없이 자기 처벌을 선택한 저 기이한 사람들는 거꾸로, '포로수용소'에서 식민지의 집단 주체가 느끼는 질곡의 강도를 고스란히 담아낸 결과라고 해야 할 것이다.

이런 관점으로 보자면, 이광수의 생애나 글쓰기는 수미일관하게 설명 가능한 모습이 된다. 변신이나 생각의 변화가 있다고 해도 그런 정도는 잔물결에 불과하다. 정반대되는 주장이 서로를 마주보고 있어도 크게 이상하지 않다. 그의 글쓰기를 만들어내는 핵심적인 열망, 주체 되기를 향한 민족 단위의 열망에 비하면 그런 정도는 아무것도 아니며, 내적 모순 같은 것은 오히려 전복적인 에너지를 생산하여 그 열망으로 수렴케 하는 조력자 역할을 할 수도 있다. 이광수의 대표 장편들이 만들어내는, 몰윤리와 과잉윤리 사이에서 형성되는 급격한 변화의 흐름 역시 이런 수준에서 보자면 이해할 수 있는 것이 된다. 몰윤리의 강렬함이 오히려 증상적인 형태의 과잉윤리로 이어진다고 해도 좋겠다. 둘 사이의 전환을 가장 상징적으로 보여주는 것이, 그의 첫 장편 『무정』1917과 『유정』의 대조적인 모습이다.

6. 죄의식의 문제성 2 이광수의 『무정』

이광수의 첫 장편 『무정』1917이 포착해내는 세계의 핵심에는, 몰윤리와 과잉윤리 사이의 이율배반이 있다. 그것이 서사를 출발시키고 끌어가고 종결시킨다. 과잉윤리가 주체화의 핵심 기제라 함은 지금까지 논의해온 바와 같으나,

여기에 등장하는 몰윤리의 양상의 독특성은 주목될 만하다. 그것은 『재생』[1925] 에서부터 이광수의 소설에서 풍부하게 묘사되는 당대 현실의 몰윤리성, 그러 니까 도덕적으로 타락한 배금주의 세태와는 다른 수준이기 때문이다. 『무정』 의 서사가 지닌 근대성의 몰윤리성은 인물 설정과 서사 구성 자체에 내재해 있는 것이라 좀더 근본적이고 강력한 것이다. 바로 그런 점이 한국문학사에서 『무정』을 기념비적인 작품으로 만든 요소이기도 한데, 이는 특히 전통과 근대 의 대결로 짜인 인물의 설정과 그 대결이 해소되는 방식의 독특성에서 드러난 다.[13] 『무정』에서 과잉윤리와 죄의식은 바로 그 해소 방식의 특수성으로 인해 생긴 파열을 수습하기 위해 동원된다.

일제에 국권을 상실한 이 시기 한국에서 근대성은 해방자이자 동시에 침략 자라는 이중의 성격을 지닌다. 반봉건주의라는 관점에서는 해방자이지만, 네 이션의 주체성을 상실해버린 입장에서 보자면 침략자이다. 이런 이중성은 근 대적 주체성을 지향하는 사람들에게 이율배반의 상황을 초래하곤 한다. 이광 수의 문학 속에서 몰윤리와 과잉윤리가 극단적으로 교차하는 것은 그런 까닭 이라 할 수 있다. 물론 이것은 어디까지나 논리적인 차원이고, 수행적인 차원 에서는 또 다른 현실적 선택들이 생겨난다. 그럼에도 이 시기 한국에서 근대성 을 바라보는 주체에게 주어진 기본적인 구도로서 분명한 것은, '포로수용소'에 갇혀 있는 사람들에게 근대성이 행사하는 양면적 성격이다. 그 양면성을 서사

---

13 인물이나 윤리를 통해 표현되는 전통과 근대의 대립적 설정은 일본과 중국에서도 어렵지 않 게 찾아볼 수 있는 것이다. 오자키 고요(尾崎紅葉, 1868~1903)의 『금색야차』나 후타바테이 시메이(二葉亭四迷, 1864~1909)의 『뜬 구름』, 바진(巴金, 1904~2005)의 『집』 같은 경우가 대표적이다. 이들 각각이 지니는 대결과 해소 방식의 차이는, 동아시아적 근대성이 만들어낸 여러 양태들을 보여준다. 『무정』이 드러내는 한국적 특수성은, 전통과 근대의 대결이 해소 되는 방식에서 드러난다. 여기에서 한국적 특수성이란, 이 시기 동아시아 근대의 구도 속에서 일본 및 중국과의 차이 속에서 규정되는 것이다. 즉, 동아시아 근대성의 대표자가 된 일본, 여 전히 격렬한 신구갈등의 시기를 보내고 있던 중국, 그리고 그 사이에서 분열되어 있는 한국이 라는 구도를 설정할 수 있겠다. 『무정』의 해소 방식이 지닌 특성에 대해서는, 졸저, 『아침의 영 웅주의』 제2부 2장에 상세히 적어 두었다.

구성 속에 녹여낸 것이야말로 『무정』을 획시기적인 작품으로 만든 힘이다. 『무정』에서 작중인물들의 운명이 교차하는 순간은, 보편성과 특수성이 교차하는 시대정신의 흐름이 자신의 단면을 공개하는 순간이기도 하다는 것이다.

『무정』의 서사에서 핵심적인 것은 남녀 주인공 이형식과 박영채의 엇갈리는 운명이다. 이들의 운명이 보여주는 행로가 그 자체로 근대적 서사의 보편성과 한국적 특수성을 보여준다. 자기 욕망을 향해 나아가고자 하는 이형식은 근대적 주체의 대표적 표상이다. 박영채는 반대로 전통적 윤리가 지닌 당위적 성격을 대표한다. 이형식은 자기가 욕망하는 삶을 살고자 함에 비해, 박영채는 자기에게 주어진 삶의 당위를 구현해내려 한다. 이형식은 우여곡절 끝에 자기 방식의 삶을 이어가는 데 반해, 박영채는 자기 고유의 삶을 지속하지 못한다. 그를 감싸고 있는 『무정』이라는 세계가 전통적 질서의 존속을 원하지 않기 때문이다. 치명적인 상처를 입어 이승을 하직하고자 했던 박영채는 자기 죽음의 고유성을 확보하지도 못한다. 식민지가 된 조선의 운명 때문이다. 두 사람의 운명이 엇갈릴 때 터져나오는 것이 이형식의 죄의식이자 박영채의 원한이다. 소설의 후반부, 기차에서의 조우가 이 장면을 만들어낸다. 이형식의 죄책감이 표현되는 대목을 보자.

영채를 따라 평양까지 갔다가 죽고 산 것도 알아보지 아니하고, 뛰어와서 그 이튿날 새로 약혼을 하고, 그 뒤로는 영채는 잊어버리고 지나온 자기는 마치 큰 죄를 범한 것 같다. 형식은 과연 무정하였다. 형식은 마땅히 그때 우선에게서 꾼 돈 오원을 가지고 평양으로 내려갔어야 할 것이다. 가서 시체를 찾아 힘있는 데까지는 후하게 장례를 지내었어야 할 것이다. 자기를 위하여 칠팔년 고절을 지키다가 마침내 자기를 위하여 몸을 버리고 목숨을 버린 영채를 위하여 마땅히 아프게 울어서 조상하였어야 할 것이다.

그런데 어찌하였는가.

영채가 세상에 없으매 잊어버리려 하던 자기의 죄악은 영채가 살아 있단 말을 들으매 칼날같이 날카롭게 형식의 가슴을 쑤신다.[14]

죽은 줄 알았던 박영채가 같은 기차에 타고 있다는 말을 듣고, 이형식이 가슴을 쑤시는 듯한 죄책감을 느끼는 장면이다. 그런데 이형식이 무슨 잘못을 하였는가. 이형식이 느끼는 저 죄책감과 그것의 강도는 과연 타당한 것일까. 만약 박영채가 살아 있지 않았다면, 혹은 살아 있다고 해도 이형식이 몰랐다면, 혹은 알았다 해도 같은 기차에 타고 있지 않았다면, 그에게 저런 정도의 죄책감은 없었을 것이 아닌가. 박영채가 죽지 않았다는 것이 그에게는 그토록 중요한 것인가. 이런 질문들이 나오지 않을 수 없는 장면이다.

드러난 사건 자체만으로 보자면, 이 장면에서 이형식에게 있어 마땅한 감정은 죄책감이 아니라 부끄러움이어야 한다. 겉으로 보자면 그는 크게 비난받을 만한 잘못을 한 것이 없다. 유망한 지식 청년 이형식에게, 7년 전에 헤어진 어릴 적 사랑이 갑자기 찾아왔다. 이형식에게는 이미 소망스런 혼처가 생겨난 직후였다. 김장로의 딸 김선형과의 결혼은 그가 간절히 원했던 미국 유학의 기회를 제공할 것이다. 이형식과 박영채 모두 10대 시절에 고아가 되었다. 이형식은 좋은 품성과 노력으로 새로운 삶의 길을 텄고, 박영채는 기적에 몸이 팔렸으나 윤리적 의지로 자기 방식의 삶을 버텨왔다. 그런 박영채가 이형식을 찾아온 것이다. 두 사람이 어릴 적 깊이 마음을 나눈 사이라거나 혹은 혼약을 맺은 사이라 해도 박영채가 물러나야 할 판인데, 둘의 관계는 그런 정도라 할 수도 없는 수준이다. 이제 어떤 일이 벌어질까.

이 국면에서 일차적으로 주목되는 것은, 서로 대립하고 있는 두 개의 서사이자 두 개의 서로 다른 힘이다. 이형식이 지니고 있는 근대적 욕망 서사, 그리

---

14 『이광수 전집』 1권, 삼중당, 1973, 178쪽.

고 박영채가 표상하는 전통적 당위 서사가 대결을 벌이고 있는 판이 만들어진 것이다. 이 대결에서 힘을 잃는 것은 당연하게도 박영채의 전통 서사이다. 기생 신분이 되었지만 내심 이형식과의 결합을 바라며 홀로 수절해왔던 박영채는, 몹쓸 꼴을 당한 후 유서를 남긴 채 사라져버린다. 이형식은 뒤따라 평양으로 갔지만 행방을 찾지 못한 채 서울로 돌아왔고, 김장로 집안에서 약혼 제안이 들어오자 기다렸다는 듯 수락한다. 그리고 약혼자와 동반하여 미국 유학길에 나선 것이다.

여기에서 이형식은 어떤 잘못을 했을까. 좀더 열심히 진심을 다하여 박영채의 행방을 찾아보지 않았다는 것? 박영채가 갑자기 튀어나와 곤란해 했는데 내심 다행이라 생각했다는 것? 이것은 모두 이형식의 마음 깊은 곳에 있는 것들이라 객관적 비난의 대상이 되기 힘든 사안들이다. 위의 인용처럼, 스스로 판단하더라도 "형식은 과연 무정하였다"라고 해야 할 정도이다. 요컨대 이런 정도의 마음이라면 여기에 합당한 감정은 죄책감이 아니라 부끄러움이다. 물론 감정에 적절함이라는 표현을 쓰는 것은 이상할 수 있지만, 김승옥의 「무진기행」[1964] 마지막 문장처럼, "나는 심한 부끄러움을 느꼈다"[15]라고 하는 정도가 윤리적으로 적절한 수준이라 해야 하겠다. 그런데도 이형식은 박영채가 살아 있다는 사실을 아는 순간 칼로 쑤시는 듯한 강렬한 죄악감을 느낀다. 잠재해 있던 죄의식이 한순간 갑자기 튕겨 나오는 모양새이다. 부끄러움이 있어야 할 자리에 날카로운 죄책감이 자리를 잡고 있는 것이다. 그래서 증상적인 지점이라 아니할 수가 없다. 이것을 어떻게 이해해야 할까.

---

15 『김승옥 소설전집』1, 문학동네, 1995, 152쪽.

7. 몰윤리와 과잉윤리의 이율배반

이 장면에서 무엇보다 먼저 적시되어야 할 것은, 『무정』에 등장하는 두 주인공 이형식과 박영채가 단순히 한 개인에 불과한 것이 아니라는 점이다. 당대의 독서 공동체에서 형성된 정동을 고려한다면, 이들은 모두 집단 주체의 표상으로, 곧 민족적 알레고리의 매개물로 작동하고 있다는 점이 상기되어야 한다. 연재소설을 읽고 있던 『매일신보』의 독자들에게, 단행본 『무정』을 읽는 독서 대중들에게, 그리고 그들의 반응을 수시로 접수했던 신문사 편집자와 작가 자신에게 그러했다는 것이다.

특히 민족적 알레고리의 속성은, 여주인공 박영채의 인물 설정과 운명에서 매우 강력하게 발현된다. 박영채의 부친은 짧은 머리에 검은 옷을 입고^{이것은 동학교도들의 복장이다} 조선의 새로운 미래를 기획했던 사람으로, 두 아들과 함께 헌병대의 감옥에서 숨을 거뒀다. 박영채는 그런 집안의 딸이다. 졸지에 가족을 잃고 홀로 남겨진 어린 박영채가, 일본에게 작위를 받은 '부일귀족 매국노'와 그의 하수인 역할을 하는 '얼치기 개화파'에게 강간을 당해 살아야 할 이유를 잃어버린 것이다. 민족적 알레고리로 보자면, 이 사실이 이형식의 죄의식에 지대한 영향을 미치는 것은 당연한 일이겠다. 이형식이라는 인물 역시 단순히 청년 한 사람이 아니기 때문이다.

『무정』에서 이형식은 새로운 방식으로 조선의 미래를 꿈꾸는 뜻있는 청년으로 설정된다. 그가 지향하는 미국 유학의 길이 그것을 상징한다. 여기에 더 큰 문제는, 박영채가 당한 구겨진 운명의 중요한 지점에 그가 부끄러움을 느끼는 존재로 개입해 있다는 사실이다. 그래서 그 부끄러움은 단순히 한 개인의 부끄러움일 수가 없다(이 점에서 「무진기행」의 주인공이 느끼는 부끄러움과 다르다). 앞에서 지적한 것처럼, 박영채라는 인물이 매우 강렬한 민족적 알레고리로 작동하고 있기 때문이다. 게다가 박영채가 당한 능욕과 죽음을 결심하고 남긴 유서 뒤에는 거대한 트라우마적 사건이 배경에 놓여 있다.

『무정』에서 박영채는 전통적 미덕의 상징이다. 두 악당에게 능욕을 당하고 죽음의 길을 가는 '조선의 딸'이 곧 박영채이다. 박영채가 유서를 남기고 사라진 후, 연재소설을 읽던 독자들의 박영채를 살려내라는 요구가 빗발쳤다. 1917년 식민지 조선의 독서 공동체에서 이런 반응이 생겨난 까닭이란 자명한 것이라 해야 하지 않을까. 박영채의 치욕스런 운명 뒤에는 지워지기 힘든 역사적 트라우마, 대한제국의 심정을 뒤흔든 거대한 사건이 도사리고 있음을 지목해야 할 것이다. 자기 처소 한복판에서 일본 낭인들의 칼에 살해당하고 시신이 불태워진 명성황후의 죽음이 곧 그것이다.

명성황후의 죽음은 단순히 한 여성의 죽음이 아님은 물론이지만, 당대의 정치 현실에 개입했던 왕비 한 사람의 죽음이라고 치부될 수도 없다. 그 뒤로 이어진 국권 상실의 역사가 버티고 있기 때문이며, 다른 모든 사정을 떠나, 한 나라의 가장 고귀한 여성이 다른 곳도 아닌 자기 처소에서 외국 침입자들에게 비참하게 살해당한 사건이기 때문이다. 그래서 '을미사변'[1895]이란 대한제국의 모든 남성들을 한순간에 유령으로 만들어버린 사건, '을사조약'[1905]이나 '경술국치'[1910] 같은 일들이 있기 전에 이미 국권의 종말을 실질적으로 선언했던 사건이라 해야 마땅할 것이다. 요컨대 박영채가 당한 치욕적인 사건 밑에는 '을미사변'의 트라우마가 꿈틀거리고 있는 것이다.

『무정』의 이형식이 민족의 새로운 미래를 짊어지고자 하는 인물인 한, '을미사변'이 초래한 이 거대한 분노와 원한의 정동을 외면한 채로 선택할 수 있는 옵션은 존재할 수가 없다. 더욱이 그 앞에는, 대동강 물속에서 죽었다고 생각했던 박영채가 '부활'한 것처럼 나타나 같은 기차에 타고 있다. 그런 박영채의 존재 앞에서 이형식이 제 가슴을 찌르는 죄의식을 느끼는 것은 이렇게 보면 당연한 일이겠다.

민족의 오디세우스이고자 했던 이형식은 이 순간 문득 깨달아버린 것이다.

지금 자기가 있는 곳은 부산으로 가는 기차 안이 아니라, 대한제국의 가장 고귀한 여성의 피가 아직 마르지 않은 비참한 현장임을, 아직 시체 탄 냄새가 진동하는 궁궐 한복판임을. 이형식이라는 민족적 오디세우스는 자신이 저 거대한 트라우마의 칼날 위에 서 있음을 직감으로 알게 되어버린 것이다.

이제 이형식은 어떻게 해야 할까. 진퇴양난이다. 그는 근대주의자이다. 그 관점에서 보자면 박영채는 당연히 사라져야 할 존재이다. 그러나 이형식으로서는 제 손으로 박영채를 제거할 수가 없다. 그 자신이 원한의 칼날 위에 서 있는 것을 아는 까닭이다. 소설 내부의 논리로 보자면, 이형식은 김선형과의 약혼을 파기하고 박영채와 결합할 수도 없고, 그렇다고 박영채의 원한을 방치할 수도 없는 것이다. 어느 쪽으로 가건, 민족 단위의 근대적 주체성을 향한 그의 발길은 멈출 수밖에 없기 때문이다. 이런 난국 속에서 등장하는 것이 삼랑진 홍수 장면이다. 이들을 태운 기차가 홍수 때문에 멈춰서게 되고, 수재민들로 상징되는 민족의 현실이 눈앞에 펼쳐지는 것이다. 이 장면은, 진퇴양난의 함정에 빠진 이형식을 위해 하늘이 내려준 밧줄과도 같다. 민족 계몽을 이상화함으로써 남녀의 결합 같은 문제를 아무것도 아닌 수준으로 만들어버리는 것이다.

『무정』의 이 같은 결말은, '을미사변'이 초래한 치명적 정동의 시선으로 보자면 박영채를 위한 진혼제에 해당한다. '부활'한 박영채에게 중요한 것은 목숨을 부지하는 것이 아니라 살아야 할 이유를 확보하는 것이다. 이형식이 추구하는 근대성은 박영채와 결별함으로써 이루어지지만, 박영채의 비참한 운명이 상징하는 조선의 전통 정신은 이미 원혼이 되어 있다. 외부의 세력에게 폭력적으로 제거당한 내 아버지의 원혼은 축귀가 아니라 애도와 진혼의 대상이다. 설사 그 아버지가 내게는 제거의 대상이었다고 해도 사정은 마찬가지다. 원혼을 위한 진혼제 없이는, 이형식과 이광수가 추구하는 '민족 계몽의 사명'은 달성할 수 없는 꿈이다. 박영채의 원혼은 술어가 아니라 주어의 자리에 있는 존재이기 때문이다.

이형식의 죄의식은 바로 이 지점에 등장한다. 그것은 부끄러움을 덮어써 버린 죄의식의 모양새를 취하고 있다. 당연히 윤리적 과잉이 아닐 수 없지만, 왜 여기에 과잉윤리가 필요한지에 대해서도 이제는 말할 수 있겠다. 이형식이 스스로에게 토설하는 죄의식이라는 형태의 과잉윤리, 더 나아가, 기차에 오른 젊은이들 모두가 공감하게 되는 '민족 계몽'이라는 사명은 다른 것이 아니라, 박영채의 원혼을 위로하기 위해 진설되는 제사의 제물이기 때문이다. 민족 단위 주체의 죄의식이 개인 차원의 부끄러움을 덮어 쓰고, 그것이 동력이 되어 민족 계몽의 사명감에 도달하고 있는 모습인 것이다.

『유정』이 보여주는 엄청난 수준의 과잉윤리의 세계는 여기에서 또 한 차례 도약해야 가능하게 된다. 『무정』을 지배하는 것은 박영채의 비참한 운명으로 상징되는 몰윤리의 세계, 사회진화론적 원리 수준에서 작동하는 근대성의 힘이었다. 죄라고 하면 지나치지만 어쨌든 이형식은 자기가 마음으로 책임져야 할 수준의 잘못은 있었다. 이에 비해 『유정』의 주인공 최석은 아무런 잘못이 없는데도 자기 처벌을 위해 스스로 목숨을 버린다. 그 뒤에서 울려나오는 목소리가 있다. 오로지 과잉윤리만이 살길이라는, 독립을 위한 '준비론자'이자 도덕주의자로 변신한 이광수의 목소리가 그것이다. 그는 『유정』의 작가이기 이전에, '수양동우회'라는 단체를 만들어 국내에서 비밀리에 '흥사단'의 일을 수행했고, 다른 한편으로 문사로서 그 이념의 전파자가 되어 있는 인물이기도 했다.

겉모습으로만 보자면, 이광수는 자신이 추구했던 근대성을 현실적 이익^{공리주}의 차원에서 칸트 수준의 극단적 윤리주의로 전환시킨 것으로 보인다. 그것은 세계를 의지의 대상으로 간주하고 극단화된 일인칭의 시선으로 바라보는 것에 해당한다. 홀로 밤하늘을 바라다보듯이 자기 양심을 응시하고 있는 주체의 영역인 것이다. 문학의 영역에서 그것은 서정시의 세계일 수는 있어도, 타자의 시선을 받아내야 하는 소설의 세계이기는 힘들다. 윤리적 전환 이후로 발표된 이광수의 소설들의 세계, 『재생』 이후로 『흙』과 『유정』을 거쳐 『사랑』

으로 이어지는 세계가 현저하게 일그러지고 더러는 우스꽝스러운 과잉윤리의 왕국이 되는 것은 그런 까닭이다. 보통 사람들의 현실적인 윤리가 아니라, 그로테스크한 수준의 '실재의 윤리'가 작동하는 세계가 된 것이다.

따라서 원리와 당위 사이에 생겨나는 삐걱거림이 그의 문학에서 등장하지 않을 수 없다. 현실의 몰윤리를 부정하고 거부하는, 혹은 부인하고 회피하는 특이한 형태의 과잉윤리가 터져나오는 것이다. 한 사람이 자신의 개인적 욕망을 추구하는 것은 이광수의 세계에서는 금기에 해당한다. 민족 공동체를 향하지 않는 욕망은 모두 응징 대상이 된다. 현실 세계를 향한 초자아의 가혹함은 주체와 타자를 가리지 않는다. 넘쳐나는 윤리적 에너지는, 남성 주체를 향해서는 대책 없는 자기희생의 형태로, 사욕에 물든 여성들을 향해서는 단호한 채찍 같은 응징으로 구현된다. 그 결과로 만들어지는 것이 『사랑』에서 전개되는, 육체적 욕망이 제거된 특이한 정신적 사랑의 세계이다.

주체가 되려면 책임을 져야 하고, 책임을 지려면 죄가 있어야 한다. 그러니까 문제는 죄를 찾아내서 확보하는 일이다. 없다면 만들어내야 한다. 현생에 없다면 전생까지 뒤져야 한다. 이광수는 그렇게 죄의 발명자이자, 인과응보론자가 된다. 그의 소설에서 죄의식의 또 다른 버전은 자기희생과 헌신이다. 그것은 단순히 시간과 노력을 바치는 수준이 아니다. 목숨을 바치는 순교의 수준, 오명을 뒤집어 쓴 채로 대의에 헌신하는 자발적 유다 되기의 수준이다. 『이차돈의 사』1936 『세조대왕』1940 『원효대사』1942 같은 일제 말기의 역사소설들이 그것을 보여준다. 여기에 등장하는 초자연적 위력들은 이 이야기들을 영웅서사시로 만들 수 있는 정도이다. 그러나 이들이 가까스로 소설일 수 있는 것은 여기 등장하는 영웅들이 역사적 인물이자 윤리적 영웅이라는 점 때문이다. 과잉윤리를 향한 이광수의 열망이 어디까지 갈 수 있는지를 웅변하는 생생한 실례들이겠다.

일제에 의해 감행된 파시즘전쟁은 근대의 몰윤리성이 자기 파괴에 이르렀음을 보여주는 상징과도 같다. 현실의 몰윤리가 극단으로 치달을수록 소설 속에서 구현되는 이광수의 과잉윤리의 강도도 증폭된다. 이는, 식민지의 탄압이 가혹해질수록 주체 되기를 향한 갈망이 더욱 커지는 것과 상응한다. 문제는 그가 자신의 갈망을 실현하기 위해 선택한 방식이다. 파시즘전쟁이 초래한 현실적 위기 앞에서 식민지의 민족주의자 이광수의 선택은 민족을 배신하는 것, 곧 예수를 팔아넘긴 유다가 되는 것이었다. 그것이 그에게는 민족의 장래를 위한 보험 들기와 같은 것이었으나 지불해야 할 보험료는 온전히 그 자신이 감당해야 하는 몫이라는 것이 문제이다.[16]

전쟁이 끝나고 '민족 해방'이 실현되고 난 다음에 이광수의 선택을 비난하는 것은 쉽고도 쉬운 일이다. 그러나 일제 치하에서 그의 선택이 만들어낸 윤리의 어두운 구멍을 들여다보는 것은 쉬운 일이 아니다. 그 구멍은 몰윤리와 과잉윤리의 이율배반이 팽팽하게 당겨짐으로써 생겨난 것, 서로 길항하는 몰윤리와 과잉윤리의 힘이 몇 겹으로 겹쳐져 있는 것이기 때문이다. 일제 치하에서 생생해진 민족 감정은 세계의 몰윤리를 수긍할 수가 없고, 그렇다고 해서 과잉윤리의 시적 순간만으로는 눈앞에 닥친 몰윤리의 세계를 감당할 수가 없다. 주권 없는 상태에서 주체 되기란 그 자체가 공허한 것, 실질적 내용이 없는 것일 수밖에 없기 때문이다. 이에 비해 생생하고 분명한 것은 식민지라는 '포로수용소'에서 이광수가 직면해야 했던 현실의 위험들이다. 그것을 온전히 한 개인의 몫으로 돌리는 것 역시 또 다른 과잉윤리의 산물이겠다.

---

16 이광수의 대일 협력이 보험 들기였다는 점에 대해 자세한 것은, 졸저, 『아침의 영웅주의』, 앞의 책, 제2장에 있다.

8. 오디세우스와 나폴레옹 사이의 죄의식

이광수의 소설에 등장하는 과잉윤리의 엄청난 강도는 그 자체로, 그가 돌파해야 했던 불안의 밀도를 함축하고 있다. 죄의식에 대한 갈망 역시 그대로 민족 차원의 주체성에 대한 갈망에 해당한다. 1914년의 소세키 앞에 주어진 불안이 시대 전환기의 혼란이라는 3인칭의 불안이었다면, 1933년의 이광수 앞에 놓인 불안은 닥쳐오는 감도가 전혀 다른 차원의 것이다. 식민지의 지식인으로서 이광수가 직면한 것은 현실적 불안, 그 자신의 목숨을 물리적으로 위협하는 정치적 힘으로 인해 생겨난 위협감이다. 제국주의 폭력 정치는 그를 감옥에 가둬 죽음 직전까지 몰아갔고, 함께 갇혔던 그의 정신적 부친 안창호를 사망케 했다. 이광수는 지식인이었지만 '포로수용소'에 갇힌 존재였다. 게다가 이광수는 사막에 홀로 선 단독자가 아니라 시종일관 공동체 앞에 있는 존재로서 쓰고 행동했던 사람이다. 그를 위협하는 현실적 불안과, 소세키가 3인칭으로 관찰한 사회적 불안의 밀도가 다른 것은 당연한 일이다. 이광수의 불안은 얼굴 앞에 다가와 으르렁거리며 숨을 내뿜는 맹수의 호흡으로 인한 것과도 같다. 난폭한 맹수의 거친 호흡을 복수 일인칭으로 느낄 수밖에 없으니, 이광수에게서 나온 서사가 일그러지고 비틀리는 것 역시 당연한 일이겠다.

지금까지 서술한 바와 같이, 죄의식이 주체 형성을 위한 과잉윤리의 기제가 작동한 결과라는 점에 관한 한, 이광수의 소설과 『파계』나 『마음』 같은 일본의 소설들이 다르지 않다. 매우 연화된 형태이기는 하지만 시가 나오야의 『암야행로』 역시 마찬가지이다. 죄의식의 강도와 밀도라는 점에서 이들은 제각각이지만, 그럼에도 자기를 둘러싼 현실에 대한 열패감이라는 정동 생산의 기제를 공유하고 있다. 여기에서 현실에 대한 열패감이란 곧 외부로부터 밀어닥친 근대성에 항복할 수밖에 없었던 사람들의 마음을 바탕에 두고 있다. 그렇기에 '자기 본위'를 원하는 주체들의 정동은 근대성에 대한 절망적인 패배감과 정신 승리라는 양극 사이에서 진동한다. 그 바탕에는 서로를 반항하는 주체성의 두 기제, 생존주의와 주관적 진정성이 놓여 있다. 이 둘을 의인화한다면, 생존 기계 오디세우스와 욕망 기계 나폴레옹이라 부를 수 있겠다.

오디세우스는 지혜로운 타협자 생존 기계이고, 나폴레옹은 자기 진정성을 향해 나아가는 비타협적 욕망 기계이다. 오디세우스는 근대적 세계 질서의 원리를, 나폴레옹은 근대적 주체의 윤리를 표상한다. 이 둘 모두 자기 자신의 왕국 건설을 원한다. 오디세우스는 망가진 집의 질서를 회복함으로써, 나폴레옹은 구체제를 혁파함으로써 자기 왕국을 이루고자 한다. 가족 서사의 용어로 말하자면 오디세우스는 첫째 아들이고, 나폴레옹은 둘째 아들이다. 첫째는 회복하고 유지하려는 힘이며, 둘째는 저항하고 돌파하려는 힘이다. 이 둘은 근대성이 지니고 있는 두 개의 강력한 모럴이자 주체성의 두 측면에 해당한다.

물론 여기에는 첫째도 둘째도 아닌 막내, 향락 주체의 영역이 따라붙는다. 현실로부터의 일탈을 꿈꾸는 낭만적 탕아^{여기에는 카사노바라는 이름을 붙여주자}가 원하는 나라는 지상에 있지 않다. 카사노바가 꿈꾸는 왕국은 감각과 향락, 회피와 연약함의 왕국이기 때문이다. 탕아의 현실 속에는 맞서 싸워야 할 적이 없고 앞길을 가로막는 위력도 없다. 적이나 위력은 그에 맞서 힘겨루기를 하는 주체에게만 존재하는데, 막내 주체는 현실과의 맞섬 자체를 회피하는 움직임의 산물이기 때문이다. 근대성은 그 자체 안에 부정태로서 반-근대성의 작동을 포함하고 있거니와, 문학 자체, 예술 자체를 향한 동력이 바로 그것, 향락 기계인 카사노바 주체의 영역이다.[17]

그렇다면 죄의식은 어디에서 생겨나는가. 카사노바-주체는 물론이거니와, 오디세우스-주체도 나폴레옹-주체도 모두 죄의식 같은 너절한 것은 지니지 않는다. 이들은 모두 아담 이전의 순수한 형태의 힘이기 때문이다. 오디세우스는

---

17 문학에서 향락 주체의 영역은 '탕아문학'의 형태로 드러난다. 이에 대한 자세한 것은, 제5장과 제6장에 있다.

책략과 기만이 전략이다. 그가 원하는 것은 생존그 결과로서의 귀향이 전부이며 오디세우스의 서사는 생존을 위협하는 타자들과의 접촉을 통해 만들어진다. 살아남고자 하는 주체에게 그 행위의 정당성을 따져 묻는 윤리는 들어설 자리가 없고 그래서 죄의식도 있을 수 없다. 순수한 욕망 기계 나폴레옹은 자기 욕망이 지시하는 목표를 향해 좌고우면 없이 돌진하는 주관성의 화신이다. 나폴레옹-주체에게 실패와 좌절은 있어도 죄는 있을 수 없고, 따라서 죄의식도 불가능하다.

문제적인 정동들은 이 두 개의 주체가 전이되거나 겹쳐지는 순간 생겨난다. 나폴레옹이 자기 안에서 오디세우스를 발견하는 순간, 혹은 오디세우스가 자기 안에서 나폴레옹이 솟아오르고 있음을 깨닫는 순간, 죄의식과 비애, 불안과 부끄러움이 꿈틀거리게 된다. 그러니까 오디세우스나 나폴레옹이 자기 영역 안에서 스스로 확고할 때 그들의 마음은 아무런 문제가 없다. 그들 각각이 타자의 시선으로 자기 자신을 바라볼 때, 오디세우스가 나폴레옹의 시선으로 혹은 나폴레옹이 오디세우스의 시선으로 자기 행동의 결과를 성찰할 때, 마음의 주름이 생겨나고 대전된 정동이 솟아나오게 된다.

이런 관점에서 보자면, 이광수의 서사 세계에 존재하는 윤리적 증상들이란 오디세우스가 자신의 생존 전략으로 나폴레옹 되기를 선택한 결과라 해야 하겠다. 근대성을 지향했던 이광수는 오디세우스이되 민족 단위의 오디세우스여야 했다. 개인의 생존이 아니라 민족 주체의 생존을 문제 삼고 있는 까닭이다. 또한 '준비론자'안창호주의자로서 그가 선택한 방략은 나폴레옹 되기이되, 윤리 차원의 비타협성을 발휘하는 나폴레옹 되기이다. 식민지라는 '포로수용소'에서 '준비론자'가 되는 일의 핵심에 그것이 있다.

『무정』의 말미에서 이형식의 죄의식이 돌출해 나오는 순간은, 홀로 오디세우스의 길을 가려는 한 개인에게 그가 속해 있는 공동체의 엄청난 질량감이 쏟아져온 결과에 해당한다. 이광수의 페르소나가 만들어내는 흐름으로 보자면, 이형식이 격렬한 죄책감을 느끼는 바로 그 순간은 곧 일생을 결정짓는 회심의 순간이 된다. 이광수의 페르소나가 단순한 오디세우스에서 민족의 오디세우스로 다시 태어나는 순간이기 때문이다. 민족의 오디세우스는 나폴레옹 되기를 통해 몰윤리의 세계에 저항하는 것을 자신의 방책으로 삼아, 죄의식과 과잉윤리를 강화한다. 그 결과가 곧, 죄 없는 죄의식의 독특한 경지에 도달한 『유정』이자『애욕의 피안』,『사랑』이고, 그 흐름은 태평양전쟁의 와중에 나온 『원효대사』로 이어져 있다.

소세키의 작품에서도 죄의식의 출현은 오디세우스와 나폴레옹이 겹쳐지는 순간 생겨난다. '포로수용소'에 갇힌 이광수는 오디세우스의 자리를 지켜야 했지만, 소세키는 그래야 할 이유가 없다. 관직을 내던지고 영문학 연구를 포기하고 나면 거리낌 없는 나폴레옹일 수 있다.『마음』에서 죄의식이 용출하는 순간의 의미는『무정』의 경우와 다르지 않다. 둘 모두 근대성의 원리를 과녁 삼아 날아온 전통 윤리의 도끼라는 점에서 그러하다. 그것이 시적 순간에 불과한 것이라는 점도 동일하다. 그들이 몸담고 사는 세계에서 지속적으로 존립하기 어려운 윤리라는 점에서 그러하다.

그럼에도 소세키와 이광수의 길은 판연히 달라진다. 그들이 속해 있는 공동체의 처지가 다르기 때문이다. 주권 없는 주체였던 이광수는 죄의식이 돌출한 시적 순간을 회심의 순간으로 받아들였고 민족의 오디세우스 자리에 서고자 했으며 그 성격이 지시하는 길을 갔다. 그러나 그래야 할 이유가 없었던 소세키는 잠시 나폴레옹의 영혼에 격렬하게 빙의했던 오디세우스였다가 다시 자기 자리로 돌아간다. 근대성이 지시하는 소설가 소세키의 자리가 그것이다.

소세키의『마음』에 등장하는 죄의식이『문』과 같은 자리에 있음은 앞에서 지적했거니와,[18] 그 격렬함의 의미는 일본 근대문학이 지닌 죄의식의 계보 속

---

18 좀더 상세하게 살펴보자면, 소세키의 세계에서 오디세우스와 나폴레옹이 겹쳐지는 순간은 전기 삼부작에서『그 후』가『문』으로 넘어갈 때이다.『그 후』의 다이스케는 책임감 없는 둘째 아들이고, 그래서 자기 진정성을 향해 가는 데 아무것도 거리낄 게 없었다. 거침없는 나폴레

에서도 자기 자리를 확보한다. 시마자키 도손의 『파계』 뒤에 소세키의 『마음』을 놓으면, 소세키의 죄의식이 무슨 역할을 하는지가 좀더 분명해진다.

『파계』의 주인공이 느끼는 죄의식은 세계 질서의 원리와 주체성의 윤리의 경계가 무너지는 순간을 보여준다. 아버지가 제시한 비윤리적 계명 앞에서 당황해하는 아들의 모습이 대표적 형상이다. 계명이라는 말이 지닌 형식적 윤리성(아버지의 말이니 반드시 지켜야 한다)과 그것의 내용이 이루는 비윤리성(살아남기 위해서는 네가 천민 자손임을 절대 누설해서는 안 된다) 사이의 이율배반은, 생존 / 충동 기계 오디세우스와 진정성 / 욕망 기계 나폴레옹이 겹쳐져 있는 전형적인 모습이다. 이런 진퇴양난에서 주인공이 자기 정체성을 드러내는 행위 역시 또 하나의 역설을 드러낸다. 아버지의 금지 명령을 위반하고 자신의 정체를 밝히는 행위가 커밍아웃(당당한 나폴레옹)의 형식을 취하고 있으나, 실상은 아웃팅(실패한 오디세우스)인 까닭이다. 그 결과로 출현하는 주체는 실패한 오디세우스 위에 자리 잡은 나폴레옹, 형편없이 주눅 들어 결코 나폴레옹이라 할 수 없는 비-나폴레옹의 형상으로 드러난다. 게다가 주인공이 세 명의 아버지(아버지, 씨소, 렌타로)에게 느끼는 세 개의 정동(그중 둘은 명백한 죄의식이다)은 서로 모순적인 것이어서, 죄의식에 혼란을 초래하고 주체를 공허하게 만든다.

『파계』에 등장하는 공허한 주체의 위축된 모습은 그 자체가 일본 근대의 알레고리가 된다. 근대성의 압도적 위력 앞에서, 현실과 윤리 양쪽으로 투항한 형태이기 때문이다. 제대로 된 '파계'를 하지 못했으나, 어쩔 수 없는 상황이 되

옹이었다. 아버지와 형과 친구를 모두 외면하고 자기 욕망을 향해 나아갔다. 친구의 아내를 향해 나아가면서도 어떤 불안감도 죄의식도 없었다. 하지만 『문』의 주인공 소스케와 오요네는 경우가 다르다. 소스케는 장남이고 그에게는 챙겨야 할 열 살 아래의 동생이 있다. 친구의 아내와 사랑에 빠졌고 결국 주위의 지탄 속에서도 결혼은 했다. 그리고 6년째 아내와의 결혼 생활을 정상적으로 유지하고 있는 중이다. 그러나 그 시간은 동시에 죄의식으로 점철된 시간이기도 했다. 둘째 아들 나폴레옹이 첫째 아들 오디세우스의 자리에 들어서는 순간, 그러니까 오디세우스가 나폴레옹의 시선으로 자기 자신을 바라보는 순간 죄의식이 생겨난다. 두 개의 주체가 겹쳐지면 마음의 낙차가 생겨나고 정동이 꿈틀거리는 것이다.

어 결국 '파계'를 하긴 한 셈이 되었다. 이런 역설적 상황에서 양쪽으로 실패한 채 찌부러져 버린 주체의 모습은, 메이지 시대 일본의 마음이 지닌 실재 차원의 구질구질함을 좀더 농밀하게 담아낸 결과라 해야 하겠다. 소세키가 『파계』를 고평했던 것[19]도 이 같은 마음의 리얼리즘에 공감한 까닭이 아닐까 싶다.

『마음』의 죄의식이 표현해내는 윤리적 영웅주의는, 『파계』가 벌여놓은 몰윤리적 현실의 난국을 한순간에 수습한다. 그러나 근대성의 관점으로 보자면, 그런 예외적으로 아름다운 순간은 어디까지나 환상일 수밖에 없으며 따라서 지속적인 것이기 힘들다. 주체화는 한 번의 과잉윤리로 완수되는 것이 아니라 거듭되는 행위의 연쇄 속에서 자기 책임의 영역을 반복적으로 다져냄으로써 이루어지는 과정이다. 목숨 거는 일 한 번으로 끝날 수 있는 일이 아니라는 것이다. 게다가 생존과 진정성은 주체 안에서 한 몸이기 때문에, 비타협적 나폴레옹이 목숨까지 바치면 오디세우스도 사라질 수밖에 없다. 그러니까 '자기 본위'라는 순간적인 깨달음도 중요하지만, 그보다 더 중요한 것은 그것이 구체적이고 반복적인 행위 속에서 어떤 식의 '자기 본위'로 구현되는가 하는 점이다.

근대적 주체 일반에 대해 말한다면, 사람들 대부분은 나폴레옹이자 동시에 오디세우스로서 생각하고 행동하면서 살아간다. 현실을 살아가는 보통 사람이라면 타협자-첫째이면서 동시에 반항아-둘째의 속성을 자기 안에 지닐 수밖에 없다. 사람에 따라서는, 자기 안에서 향락자-막내가 튀어나오는 모습을 목격해야 할 수 있다. 도손은 물론이고 소세키 역시 그런 길을 걸어간 사람들 중 한 사람이라 해야 하겠다.

그러나 일본의 '국민 작가' 소세키로 표상되는 네이션의 알레고리 차원에서 말한다면, 그리고 현재의 우리가 이미 알고 있는 동아시아의 역사를 바라보는 관점이라면 매우 다른 이야기가 전개될 수밖에 없다. 근대성과의 조우에서 일본

---

19 소세키는 모리타 소헤이(森田草平, 1881~1949)에게 보낸 1906년 4월 4일자 편지에서, "메이지 소설로서 후세에 전할 만한 걸작"이라고 썼다. 『漱石全集』 14, 岩波書店, 1975, 389쪽.

이 선택한 것은 투항자의 자리이다. 자기를 무릎꿇린 원리에 대한 충실성이라는 점에서는 일본은 강박적인 모습을 보인다. 근대성을 향한 오체투지의 결과로 생겨난 강박적 주체는 이 시기 동아시아에서 근대성의 모범생 지위에 오른다. 그러나 그 자리에 있는 자신을 못 견뎌할 때, 강박적 주체가 '자기 본위'를 외치며 히스테리적 주체로 변신하는 것은 또한 순간의 일이다. 이른바 '대동아공영권'을 외치는 군국주의 침략자로 전화된 끔찍한 일본의 모습이 곧 그것이겠다.[20]

물론 소세키와 도손에게서 나타나는 죄의식을 곧바로 일제 파시즘의 망령으로 연결시키는 것은 성급한 일이다. 하지만 이들의 서사 속에 투영되어 있는 죄의식과 주체화의 구조 속에 근대 초기 일본이 감당해야 했던 윤리적 균열의 문제가 잠복해 있다는 정도의 지적은 해두어도 좋겠다. 파시즘전쟁이 큰 규모의 히스테리라면, 『마음』에서 드러난 죄의식의 격렬한 분출은 작은 규모의 히스테리에 해당한다. 둘 모두, 개항 이후 일본이 수행해온 강박적 주체 형성의 결과가 증상으로 터져나온 대표적 사례라고 할 수 있겠다.

9. 죄의식의 윤리

소세키의 『마음』과 이광수의 『무정』은 모두 죄의식이 돌출해나오는 순간을 담아내고 있다. 여기에서 죄의식의 출현은 곧 죄의 탄생이라고 해도 좋겠다. 이 인물들을 지배하는 마음의 법칙에 따르면, 과잉윤리가 없으면 죄의식도 없고, 죄의식이 없으면 죄도 없다. 이는 법이 들어서기 전에는 죄가 없었다는 「로마서」의 항의와 같은 논리[21]이다. 이들의 세계에서 죄를 만들어내는 과잉윤리

---

20 이에 대해 자세한 것은 제7장과 제8장에 있다.
21 특히 「로마서」 7:9~10은 다음과 같다. "전에는 율법이 없어서 내가 살아 있었는데, 계명이 들어오니까 죄는 살아나고, 나는 죽었습니다. 그래서 나를 생명으로 인도해야 할 그 계명이, 도리어 나를

의 강도는 그대로 주체 되기를 향한 열망으로 연결되어 있거니와, 이는 이 작품들이 나온 해당 시기 한국과 일본의 정신적 정황이 투영된 결과일 것이다.

두 경우 모두 죄의식의 출현은 불꽃같은 순간으로 제시되고 있으나, 소세키의 경우는 말 그대로 나타났다 사라지는 시적 순간인 반면, 이광수의 세계에서는 삶을 바꾸는 회심의 계기가 된다. 시적 순간을 회심의 계기로 만드는 것은 그 이후로 지속되는 시간들의 몫이다. 『무정』에서 이형식이 죄의식을 느꼈던 것은 순간의 일이지만, 그 이후에 전개되는 주체의 의지가 그 순간을 회심의 계기로 만들어놓는다. 이광수가 걸었던 길과 그의 소설에 등장하는 페르소나들의 과잉윤리를 향한 집요한 의지가 곧 그것이다. 그러니까 『유정』에 등장하는 최석의 죽음 같은 예들이 『무정』에서 출현한 이형식의 죄의식을 회심의 순간으로 만드는 것이다.

『무정』의 이형식 이후로 이광수의 남성 페르소나들이 다양한 방식으로 보여주는 과잉윤리의 행로는, 한 사람이 원죄의 개념을 받아들임으로써 스스로를 주체화하는 방식과 유사하다. 자기도 모르는 사이 자기 안에 들어와 있는 죄를 자신의 것으로 승인하려 한다는 점, 심지어는 자기가 짓지도 않은 죄를 스스로 감당하려 한다는 점『재생』, 『유정』, 『애욕의 피안』의 주인공 남성들처럼에서 그러하다. 원죄를 자기 것으로 받아들임으로써 한 개인은 자기가 승인한이미 주어진 것을 자기 의지로 승인하는 것이다 조상들의 후예가 되고, 자기가 선택한이미 주어진 것을 자기 판단으로 선택하는 것이다 공동체의 일원이 된다. 그럼으로써 주체화 과정이 완수된다. 주체가 된다는 것은 동일한 상처를 가진 공동체의 일원이 된다는 것임을, 죄의식을 통한 주체화 과정이 알려준다. 그 결과가 인간일 수도, 시민이나 국민일 수도 있거니와, 이광수에게 주체가 어떤 것인지는 두말할 나위가 없겠다. 민족 단위의 주체성을 확보하는 것이 필생의 목표였음을, 그의 글에 넘쳐나는 죄의식은 그

___

죽음으로 인도하는 것으로 드러났습니다." 표준새번역 『성경전서』, 대한성서공회, 1993, 210쪽.

결과일 뿐임을 이광수의 글쓰기가 보여주고 있기 때문이다.

이광수가 전적으로 민족 편에 있다면, 소세키는 절반은 문학 편에 있다고 말해야 하겠다. '선생님'의 죄의식 속에서 작동하고 있는 것은 명백한 반-근대성의 윤리이다. '선생님'이나 노기 대장의 죽음이 보여주는 과잉윤리는 근대성의 반대편에, 즉 생존주의 이전이나 그 너머에 있는 대의의 고결함에 뿌리를 내리고 있다는 점에서 그러하다. 생존전쟁의 현장인 현실의 몰윤리성^{근대성}과 그것을 바라보는 심정의 참담함^{반-근대성} 사이에서, 문학이 어느 편에 서고자 하는지는 자명하다. 그럼에도 문학은 윤리적 영웅주의를 향해 전적으로 투신할 수는 없다. 낭만적 올바름이라는 함정은 근대문학의 자기 부정을 초래할 수 있기 때문이다. 청산될 수 없는 근대성의 윤리적 역설을 자기 안에서 버텨내고 있는 한에서만, 한 개인은 근대성의 주체일 수 있을 뿐만 아니라 문학 역시 근대성의 표상일 수 있다. 이런 한계 안에서이지만, 반-근대성의 과잉윤리를 향해 쏠리는 것은 문학이라는 매체 자체의 속성이다. 정동의 차원의 쏠림이므로, 앞서 인용한 '선생님'의 고백처럼 그것은 설명하기도 이해하기도 어려운 영역에 속한다는 점 역시 지적해 두어야 하겠다.

근대성의 세계가 보여주는 현실은 생존지상주의의 몰윤리성을 그 바탕에 깔고 있다. 그 형식을 거부하는 것은 세상으로부터의 고립이나 낙오를 초래한다. 고립된 주체의 불행한 의식에서 빠져나오기 위해서는 나도 현실의 일부여야 한다. 위반을 통해 현실의 죄에 합류해야 한다. 주체가 되고자 한다면 나에게도 나만의 고유한 죄가 있어야 하고, 나는 기꺼이 그 죄에 대한 책임을 지고자 한다. 한발 더 나아가, 내가 속한 세상의 죄에 대해서도, 내 조상들의 죄에 대해서도 나는 책임을 지고자 한다. 그것이 곧 현실의 몰윤리에 대처하는 주체의 과잉윤리가 된다. 현실 속에 존재하는 몰윤리의 형식은 공동체 내부에 다양한 형태의 불안을 초래하거니와, 그 불안을 덮어쓰는 과잉윤리가 곧 근대성의 윤리적 주체가 만들어지는 기본 모형이 되는 것이다. 이광수와 소세키의 죄의식은 공히 이런 윤리적 모형에 기초를 두고 있다.

하지만 여기까지는 근대적 주체 일반의 영역에 해당한다. 그 과잉윤리가 어디를 향해 가는지를 묻는다면 이제는 그 다음의 영역이 된다. 바로 거기에서 우리는 근대성 일반이 아니라 동아시아적인 것 혹은 일본적인 것, 그리고 그 너머에 있는 조선적인 것의 향방을 물을 수 있겠다.

10. 죄의식 이후

동아시아적 관점에서 볼 때 『마음』에서 문제적인 것은, 한 개인의 목숨 건 참회를 만들어내는 계기가 국민 주체의 내부에, 그것도 노기 대장의 순사라는 군국주의적 정동의 형태로 제기되고 있다는 점이다. 당시 소세키가 속해 있던 나라가 이미 두 번의 제국주의전쟁을 치르고 두 개의 식민지를 확보한 이후의 일이니, 그것이 아직 가능성의 문제일 뿐이라고 말하기도 힘들다. 죄의식과 과 잉윤리에 대해 묘사하고 있는 손의 주인이 학생들을 대상으로 하여 개인주의의 중요성에 대해, 즉 주관적 결단의 의미에 대해 웅변하고 있음은, 이런 점을 고려한다면 역설적이지 않을 수 없다. 1914년, 소세키라는 한 일본 작가가 발화하는 '자기 본위'라는 구절, 그 적용 대상이 개인이 아니라 국가가 된다면 매우 위험한 것이 아닐 수 없다. 침략 대상이 되고 있는 나라나 식민지로 전락한 나라 사람들의 입장에서 보자면 그것은 끔찍한 것이기조차 하다.

죄의식이 드러나는 방식 자체에 대해 말하자면, 소세키의 죄의식은 히스테리적이고 죄의식에 대한 이광수의 태도는 강박적이다. 이광수의 죄의식은 죄를 찾아 헤매는 의식, 죄보다 먼저 와버린 죄의 형식이라는 점에서 그러하다. 소세키의 주인공은 내가 죄인이라고 내가 죄를 지었다고 외친다. 그것을 갑자기 깨달았다는 것이다. 알고 보니 죄가 내 안에 들어와 있었던 것이다. 이에 비해, 이광수의 주인공은 나는 죄인이고 싶다, 나도 죄를 지어 그 책임을 다하고 싶다고 외친다. 그러니까 비정상의 정도로 보자면 이광수 쪽이 훨씬 더 심할 수밖에 없다. 일그러진 죄의식의 기본 에너지는 민족 단위의 주체성을 향한 열망이기에, 이광수의 저 불타는 죄의식에 대한 갈망이 한국전쟁의 참화를 반영한 장용학의 『원형의 전설』[1962]로 이어지는 것은 당연한 것으로 보인다. 이런 격렬함이 잦아들기 위해서는 이청준과 김승옥 등으로 대표되는 새로운 세대의 새로운 정동, 부끄러움을 기다려야 한다. 최인훈의 『광장』[1961]에 존재하는 특이한 형태의 자기 처벌은 연화된 죄의식이자 부끄러움으로서 그 이행 과정에 놓인 점이지대라고 보아도 좋겠다.

이에 비하면, 소세키의 강력한 죄의식은 이내 사그라들어 시가 나오야의 『암야행로』에 오면 이미 현실과 교섭하는 윤리의 열기가 빠져나가고 남은 죄의식, 그래서 오히려 보편적이라 할 만한 신화적 죄의식의 상태에 도달한다. 그것은 죄의식이라기보다는 오히려 부끄러움의 영역에 가깝다. 그리고 바로 그 다음 자리는 다자이 오사무에 의해 대표되는 부끄러움이라고 해야 하겠다. 소세키와 이광수의 죄의식이 동아시아적 근대성이 지닌 격렬함의 표상이라면, 다자이 오사무와 김승옥, 이청준 등의 부끄러움은 이미 동아시아라는 지역적 특수성 혹은 자국의 특수성을 넘어서 있다고 해야 할 것이다. 부끄러움이라는 정동 자체가 능력주의라는 보편적 근대성의 기율과 교섭하는 것이기 때문이다.

초두에 언급한 바와 같이 일반적인 정동 변화의 행로로 말하자면, 민족 단위의 부끄러움이 가장 먼저 등장하고, 그 다음을 잇는 것은 성찰적 수준에서 작동하는 죄의식이며, 그리고 그 단계를 넘어서야 근대성의 보편적 정동인 개인 차원의 부끄러움이 등장한다.[22] 소세키와 이광수의 작품에 등장하는 죄의식은 그 두 번째 단계에 해당한다. 소세키는 이미 한 발을 다음 단계에 걸쳐두고 있

---

22 이에 대한 상세한 것은 제10장에 있다.

는 반면에, (미처 두 발 다 빠져나오지 못했음을 새삼 발견했다고 할 수도 있겠다) 이광수는 두 발 모두 죄의식의 과잉윤리 안에 깊이 담가두고 있는 모양새이다.

윤리는 공동체를 전제해야 성립 가능한 개념이고 죄의식 역시 마찬가지이다. 이광수와 소세키가 보여주는 죄의식의 윤리는, 근대적 개념의 민족이 상처의 공동체, 트라우마의 공동체임을 상기킨다. 그것은 동아시아가 근대성과 조우함으로써 생겨난 것이면서 동시에 동아시아 내부에서 생겨난 것임을, 이들의 소설이 새삼 일깨워준다.

제10장

부끄러움의 역사

윤동주, 시가 나오야, 대니얼 디포, 김승옥

1. 부끄러움이라는 정동

동아시아와 근대성의 조우에서 생겨나는 뚜렷한 정동 중 하나가 부끄러움이다. 수치심이라 할 수도 있겠는데, 여기에는 분노와 비애가 동반되곤 한다. 부끄러움 그 자체는 인간의 보편적인 도덕 감정에 해당한다. 강도나 양상은 다를 수 있으나, 공동체를 이루고 사는 사람들에게는 없을 수 없는 정동이다. 동아시아 근대성의 영역이라고 해서 다를 이유가 없겠다. 그런데도 부끄러움의 존재를 문제 삼는 것은 무엇 때문인가. 그것은 다음과 같은 질문에 대답해 보기 위해서이다. 동아시아가 근대성과 맞부딪쳤을 때 사람들의 마음에서는 어떤 일이 벌어졌는가. 그리고 그 마음은 어떻게 변해 갔는가.

이런 질문이 제기되는 우선적인 이유는 동아시아 계몽주의자들의 글쓰기 속에 부끄러움이 매우 크게 돌출해 있기 때문이다. 후쿠자와 유키치福澤諭吉, 1835~1901나 김옥균金玉均, 1851~1894, 루쉰魯迅, 1881~1936 이광수李光洙, 1892~1950 등의 경우가 그러하다. 이들의 부끄러움은 타자의 시선으로 자신을 바라볼 때 생겨나는 것으로, 『로빈슨 크루소』1719에게는 없지만 『걸리버 여행기』1726의 주인공에게는 매우 현저한 것이기도 하다. 이에 뒤이어지는 또 다른 형태의 부끄러움들이 있다. 전도된 형태의 부끄러움과 내면화된 부끄러움들이 그것이다.

이들이 만들어내는 연쇄를 고려하자면, 동아시아와 근대성의 조우가 만들어내는 마음의 행로는 크게 세 단계로 구성될 수 있겠다. 첫째는 집단적 부끄러움을 통한 자기 계몽의 단계, 둘째는 죄의식의 단계, 셋째는 내면화된 부끄러움의 단계이다. 이 중에서도 특히 셋째 단계의 부끄러움 중에는 널리 알려져 사랑받는 것들이 있기도 하다. 윤동주나 다자이 오사무의 경우가 대표적이다.

후술하겠지만, 부끄러움이라는 정동이 지닌 그 자체의 문제성이 있다. 먼저, 부끄러움은 수행적 차원에서 상반된 윤리적 효과를 만드는 역설적 미덕에 해당한다는 점에서 그러하다. 구체적으로 보자면, 부끄러움은 덕의 부족이나 선의 부재를 알려준다는 점에서 부정적 윤리 지표이지만, 동시에 그 존재 자체가 윤리적 감수성의 민감도를 알려주는 지표라는 점에서 긍정적 윤리 지표이기도 하다. 일인칭으로 보면 부정적이지만 삼인칭으로 보면 긍정적인 것이 부끄러움의 속성인 것이다. 이런 점에서 부끄러움은 자기 존재의 부정성을 수행적 차원의 긍정성으로 탈바꿈하는 특이한 형태의 윤리적 정동에 해당한다.[1] 또한, 부끄러움은 구체적 내용성근면, 절제, 충효 등을 지니지 않으면서도 한 개인에게서 윤리의 검증자 역할을 하는 특이한 덕목으로서, 윤리적 감정 일반을 구성하는 데 필수적인 덕목의 지위를 지닌다. 자신의 무지를 깨닫는 것이 더 높은 앎으로 가는 길의 시작인 것처럼, 부끄러움을 느끼는 것은 부끄럽지 않음윤리적 상태의 이상을 향해 가는 첫 걸음이 된다.

이 글에서 다루고자 하는 것은 동아시아와 근대성의 충돌이 만들어낸 마음의 문제이다. 그럼에도 그 매체가 부끄러움인 한 위와 같은 논의를 비켜가기는 힘들겠다. 부끄러움이 지닌 역설적 속성은 마음 자체가 지닌 다중성과 복합성을 드러내는 데 유효한 기제이다. 그런 점에서 부끄러움은, 한 사람의 마음만이 아니라 한 시대의 마음의 움직임을 살펴보는 데도 효과적인 탐침일 수 있다.

이 글의 행로는 다음과 같다. 보편적 도덕 감정의 형태를 지닌 윤동주의 부끄러움에서 시작하여, 동아시아와 근대성의 충돌이 만들어내는 계몽주의자들과 작가들의 부끄러움을 경유한다. 도착하게 될 지점은 고향으로 돌아갈 수 없는 '한글세대' 오디세우스의 부끄러움이다. 이 수준의 부끄러움이란 전형적

---

1   부끄러움에 관한 몇 가지 논란을 지적해두자. 서양과 일본을 대비하여 내면적 죄의식과 외식적인 부끄러움의 문화로 구별했던, 베네딕트의 『국화와 칼』의 주장은 악명이 높다. 또한, 부끄러움 자체를 미성숙하고 신뢰받을 수 없는 감정으로 간주하는 너스바움의 『혐오와 수치심』의 최근 견해도 있다. 이들에 대한 비판은, 진은영·김경희, 「유교적 수치심의 관점에서 본 윤동주의 시 세계」, 『한국시학연구』 52, 2017, 1장에 적실하다. 이런 견해들의 단순성은 부끄러움이 지닌 이중성과 역설적 속성(이에 대해서는 후술한다)을 통찰하지 못했거나, 혹은 일면적으로 단순화한 까닭이다.

생존 기계의 것으로서 근대성 일반에 해당하거니와, 여기에 이르는 마지막 관문에서 로빈슨 크루소와 걸리버를 만나게 될 것이다. 18세기 영국에서 태어난 바보와 광인은, 연약한 괴물로서의 속물을 만들어내는 두 축이다. 바보의 죄의식과 광인의 부끄러움이 겹쳐져야 근대성의 윤리적 주체, 연약한 괴물의 탄생이 논리화될 수 있다.

이 같은 이 글의 행정에는, 동아시아가 근대성을 흡수하여 자기 것으로 만드는 과정이 그 안에 담겨 있거니와, 그것은 거꾸로 동아시아의 주체가 근대성의 윤리적 역설 속으로 빨려 들어가는 과정이기도 하겠다.

2. 부끄러움의 역설 윤동주의 「서시」와 문자도文字圖

윤동주의 「서시序詩」는 한국인의 대표적 애송시 중 하나이다. 이 시의 첫 문장, "죽는 날까지 하늘을 우르러 / 한점 부끄럼이 없기를, / 잎새에 이는 바람에도 / 나는 괴로워했다"[2]에서 두드러지는 말은 괴로움과 부끄러움이다. 괴로움은 감정이입의 유도등 역할을 하고 그 끝에 부끄러움이 놓여 있다. 하늘과 바람과 잎새, 그리고 죽음 같은 단어들이 그 주변에 모여들어 선명한 심상을 만들어낸다. 스스로의 마음을 필사적으로 경계하는 윤리적 주체의 모습이 곧 그것이다.

「서시」는 윤동주의 시집 『하늘과 바람과 별과 시』[1948] 첫 머리에 등장하여 시집 전체를 이끌어가는 의미의 향도 역할을 한다. "논가 외딴 우물을 홀로 찾아가선 가만히 들여다봅니다"「자화상」, 16쪽라거나, "밤이면 밤마다 나의 거울을 / 손바닥으로 발바닥으로 닦어보자."「참회록」, 63쪽와 같은 구절들이 뒤이어 나

---

2   윤동주, 『하늘과 바람과 별과 시』, 정음사, 1948, 15쪽. 이하 이 책의 인용은 본문에 쪽수만 표시함.

오는 것은 당연한 일이겠다.

　윤동주의 시집은 순결한 윤리적 주체의 모습을 형상화하고 있지만, 그 자신의 삶은 비극적 희생양의 색채를 띠고 있다. 일제에 의해 투옥된 후, 참담한 모습으로 세상을 떠난 까닭이다.[3] 그는 정치범으로 수감되어 29세에 죽음을 맞았지만, 그의 생애에서 우선적으로 부각되는 것은 의지에 찬 순교자나 열사가 아니라, 폭압적인 제국 정치의 만행에 희생당한 한 청년의 모습이다. 그가 유작으로 남긴 시편들이 순하고 맑은 울림을 지니고 있어, 비참한 죽음을 맞은 시인의 모습은 강인한 지사가 아니라 순결한 희생양의 느낌으로 다가오는 것이다.

　게다가 여기에는, 그의 유작 시집이 출간된 경위의 특별함이 더해져 있다. 널리 알려져 있듯이, 시집 원고 전체가 미발표 상태로 있다가, 시인의 죽음과 전쟁의 혼란을 버텨내고 광복 후에야 비로소 책이 되어 세상에 나온다. 독자 앞에 놓인 그의 시집은 흡사, 유리병 속에 밀봉되어 죽음의 강을 건너온 맑은 영혼의 숨결과도 같다. "무시무시한 고독 속에서 죽었구나! 29세가 되도록 시도 발표하여 본 적도 없이!"[4]라는 정지용의 탄식은 이런 독자들의 반응을 대표한다. 정지용은 윤동주의 시집에 붙인 서문의 첫머리에 이렇게 썼다.

　　序 — 랄 것이 아니라
　　내가 무엇이고 精誠것 몇마디 써야만할 義務를 가졌건만 붓을 잡기가 죽기보담 싫은 날, 나는 천의를 뒤집어 쓰고, 차라리 病아닌 呻吟을 하고 있다.
　　무엇이라고 써야 하나?

3　윤동주의 생애에 대해서는, 송우혜, 『윤동주 평전』(서정시학, 2015)을 따른다. 윤동주의 공식 사인은 뇌일혈이지만, 대체 혈액 제조를 위한 생체 실험으로 인해 사망했을 것이라는, 확인되지 못한 유력한 정황이 있다. 이에 대해서는, 위의 책 및 김보예, 「윤동주의 죽음, 진상규명 필요한 이유」, 『오마이뉴스』, 2020. 2. 10. https://www.ohmynews.com/NWS_Web/View/at_pg.aspx?CNTN_CD=A0002605119.
4　정지용, 「서(序)」, 윤동주, 앞의 책, 8쪽.

才操도 蕩盡하고 勇氣도 傷失하고 8 · 15 이후에 나는 不當하게도 늙어 간다.

누가 있어서 "너는 一片의 精誠까지도 잃었느냐?" 叱咤한다면 少許 抗論이 없이
앉음을 고쳐 무릎을 꿇으리라.
아직 무릎을 꿇을만한 氣力이 남았기에 나는 이 붓을 들어 詩人 尹東柱의 遺稿에
焚香하노라.³쪽

당대를 대표하는 시인 정지용이, 그 자신을 흠모했던 한 무명 청년의 유고
앞에서 무릎 꿇고 분향하는 장면이다. 무엇이 '서문'에 임하는 정지용의 붓을
못나가게 붙잡았는지, 그로 하여금 신음을 내뱉게 했는지는 분명하지 않은가.
'살아남은 자의 슬픔' 혹은 '형이상학적 죄의식' 때문이겠다.⁵ 정지용과 윤동주
의 시대를 덮쳐왔던 가혹했던 시간들이 있다. 정지용은 살아남았고 윤동주는
죽었다. 누구도 정지용에게 윤동주의 죽음에 대한 책임을 물을 수는 없다. 그
럼에도 불구하고, 동일한 조건에서 자기는 살아남았다는 사실만으로도 느끼
는 죄의식과 슬픔이 있다. 그것이 정지용이 내뱉은 신음의 일차 원천이겠다.
그리고 그의 가슴속에 끓어오르는 분노가 있다. 윤동주의 "슬프고 아름답기 限
이 없는 詩"가 돋보이는 것은 그 반대편에 "日帝時代에 날뛰던 附日文士놈들의
글"에 대한 혐오가 있기 때문이다.⁸쪽 여기에는 정지용의 자기 자신에 대한 혐

---

5   둘 모두 대형 참사에서 살아남은 사람들이 느끼는 죄의식에 대한 표현이다. 브레히트의 시
「살아남은 자의 슬픔」의 전문은 다음과 같다. "물론 나는 알고 있다. 오직 운이 좋았던 덕택
에 / 나는 그 많은 친구들보다 오래 살아남았다. 그러나 지난 밤 꿈속에 / 이 친구들이 나에 대
하여 이야기하는 소리가 들려왔다. "강한 자는 살아남는다." / 그러자 나는 자신이 미워졌다."
김광규 역, 『살아남은 자의 슬픔』, 한마당, 1998, 117쪽; 야스퍼스는 제2차 세계대전이 끝난
후 독일 국민들이 감당해야 할 죄(책임)에 대해, 법적, 도덕적, 정치적, 형이상학적 죄로 나누
었다. 형이상학적 죄는 운이 좋아서 살아남은 사람이 죽은 사람들에 대해 느끼는 죄의식을 뜻
한다. "형이상학적 죄를 판단할 자는 오직 신뿐이다"라고 썼다. 야스퍼스, 이재승 역, 『죄의 문
제』, 앨피, 2014, 85~87쪽.

오도 섞여있을 수밖에 없거니와이것은 그가 실제로 '부일문사'에 속하는지 여부와는 무관하다, 이것이 정지용의 신음을 만들어낸 두 번째 요인이겠다.

윤동주의 생애와 시집 발간을 둘러싼 비극적 서사와 드라마로 인해, 그의 맑은 언어가 만들어내는 서정적 울림은 더욱 커지고 언어에 담긴 영혼의 순도는 더욱 높아진다. "동冬섣달에도 꽃과 같은, 얼음 아래 다시 한 마리 잉어와 같은 조선 청년 시인"8쪽이라는 정지용의 비유가 적실하게 느껴지는 것은 그런 까닭이겠다. 윤동주의 시는, 정지용의 이 같은 반응으로 표현되는 틀 속에서 독자에게 전달된다. 여기에서 무엇보다 선명한 것이 맑은 영혼을 지닌 윤리적 주체라면, 부끄러움은 그 주체의 심장에 해당한다.

그러나 부끄러움이라는 덕목 그 자체와 윤리적 주체의 상관성은 그렇게 단순한 문제는 아니다. 잘 알려진 바와 같이, 「서시」의 첫 구절에 있는 부끄러움의 배후에는 『맹자』의 유명한 구절이 있다. '군자삼락君子三樂' 중 둘째에 해당되는 것, "우러러보아 하늘에 부끄럽지 않고, 굽어보아 사람에게 부끄럽지 않다仰不愧於天 俯不怍於人"6가 곧 그것이다. 윤동주와 맹자의 문면의 유사성은 매우 두드러지지만, 부끄러움의 윤리 그 자체에 대해 접근하려 한다면 여기에서 한발 더 들어가야 한다. 『맹자』 자체에서 부끄러움의 역설이 작동하고 있기 때문이다. 위의 맹자에 따르면 부끄러움 없이 사는 것이 현자의 두 번째 즐거움에 해당하는 것인데, 여기에서 부끄러움愧, 怍이라는 단어는 그 자체가 윤리적 지표가 된다. 문제는 이중적인 의미에서 그러하다는 점이다. 좀더 자세히 들여다보자.

『맹자』 「군자삼락」 절에서의 부끄러움은 부정적 윤리 지표이다. 윤리적이고자 하는 사람이라면 마땅히 부끄러움이 없도록 노력해야 한다는 점에서 그러하다. 맹자와 윤동주에서 공히 마찬가지로, 여기에서 부끄러움은 없어져야 할 부정적인 것들에 대한 마음의 반응이다. 그런데 문제는 부끄러움에 대한 이런

---

6   맹자, 김종무 역, 『맹자』 「盡心 上」, 민음사, 1994, 384쪽. 번역 일부 수정. 이하 같음.

개념을 반박하는 『맹자』의 또 다른 구절이 있다는 점이다. 사람이라면 모름지기 부끄러움 가지고 살아야 한다는 내용이, 같은 「진심盡心」장의 조금 앞에 있다. 문면은 이러하다.

> 사람에게는 부끄러움이 없을 수 없다. 부끄러움이 없는 것을 부끄러워한다면 부끄러움이 없게 된다人不可以無恥 無恥之恥無恥矣『맹자』, 「盡心」, 앞의 책, 382쪽.

이 구절은 맹자를 반격하는 맹자, 부끄러움愧, 怍을 타격하는 부끄러움恥이라고 해야 하겠다.[7] 위의 인용에 따르면, 부끄러움 중 가장 위험한 부끄러움은 '부끄러움이 없는 상태'라는 것인데, 이것은 평이하게 이해되는 '군자삼락'절의 부끄러움과는 달리, 이치를 따져보아야 납득할 수 있는 말이다. '인불가이무치人不可以無恥'라는 말은, 사람은 윤리적으로 완벽할 수가 없기 때문에 부끄러움이 없을 수 없다는 말이다. 신이 아닌 다음에야 그럴 수밖에 없겠다. 그런데도 부끄러움이 없다는 것은, 윤리적 감수성 자체가 둔감해진 것이라는 말밖에되지 않는다. 즉 '부끄러움 없음無恥'이란, 잘못을 하고도 잘못이라고 느끼지 못하는 상태라는 것, 심하게 말해 사람 이하의 수준이 되었다는 말이 된다. 그러니까 부끄러움에 대한 감수성이 무뎌짐을 경계하여부끄러워하여 그 상태를 없애고자 진력한다면無恥之恥, 윤리적 이상으로서의 '부끄러움 없음無恥'에 가까워진다는 것이 곧, '무치지치무치의無恥之恥無恥矣'라는 조금 이상해 보이는 말의 뜻이다.

요컨대 여기에는 두 개의 '부끄러움 없음無恥'이 서로를 마주보고 있는 것이다. 하나는 윤리적 감수성 없음으로서의 '무치'이고, 또 하나는 윤리적 이상상

---

7 부끄러움을 지칭하는 한자 단어 괴(愧), 작(怍), 치(恥)의 차이는 없다고 보아야 하겠다. 『설문해자』에 따르면 恥는 "욕을 보는 것, 마음의 소리가 귀에 들리는 것", 怍은 "부끄러움(慙), 마음에 따라 일어나는 소리"라고 되어 있다. 尾崎雄二郎 편, 『說文解字注』 5권, 東海大學出版部, 1993, 1093~1094쪽. 신동윤의 '네이버사전 한자로드'에 따르면, 愧는 얼굴을 가리는 것, 怍은 얼굴을 붉히는 것, 恥는 귀가 붉어지는 것에서 유래한 말이라고 한다.

태로서의 '무치'이다. 전자는 비윤리의 표상이고, 후자는 윤리의 궁극 상태이다. 이런 까닭에, 부끄러움의 경우도 '무치'와 마찬가지로 이중적 의미를 지니게 된다. 부끄러움은 비윤리적 요소를 뜻하는 부정적 지표이면서 동시에 윤리적 감수성의 예민성을 알리는 긍정적 지표가 되는 것이다.

『맹자』에 등장하는 부끄러움은 이와 같은 역설을 그 자체 안에 지니고 있는 정동이다. 내용적으로는 부정적이면서도 그 자체는 윤리적 감수성의 긍정적 지표가 되는 것이 곧, 부끄러움이다. 그렇다면 실제 사용에서는 어느 쪽의 영향력이 클까. 윤동주의 경우를 보자면 당연히 후자라고 해야 하겠다. 윤리적 감수성이 없다면 부끄러움도 없을 것인데, '잎새가 바람에 나부낀다' 한들 무슨 괴로움 같은 것이 있을까. 요컨대 윤동주에게 부끄러움은 그 존재 자체가 윤리적 덕목이 되는 것이다.

윤리적 덕목으로서 부끄러움이 지니는 독특한 성격을 여실하게 보여주는 또 하나의 예가 있다. 18세기 이래로 조선에서 유행하기 시작한 팔폭 '문자도文字圖'의 경우가 그것이다.[8] 여기에 등장하는 것은 여덟 개의 덕, '효제충신예의염치孝弟忠信禮義廉恥'이다. 다른 미덕들과 함께 등장할 때 부끄러움은 그 특성이 좀더 분명해진다.

왜 여덟 개의 미덕인가. 아주 단순하게 말한다면, 여덟 폭 병풍에 들어가는 형태이기 때문이라 해야 하겠다. '문자도'의 팔절 형태는 그렇다 치더라도, 팔덕의 내용 자체가 지니는 특이한 구조 또한 인상적이다. 유교와 비-유교의 이념이 기묘한 습합과 절충을 이루고 있기 때문이다. '효제충신' 네 글자는 정통 유학의 미덕인 데 비해, '예의염치' 네 글자는 『관자』에 등장하는 구절이다. 『관자』는 국가 통치와 경영을 다룬다는 점에서 유학의 정통 이념 바깥에 있으며, 책의 문제 설정 자체가 왕도가 아니라 패도의 기술에 가깝다는 점에서, 도

---

8 문자도는 유홍준에 따르면, 18세기 들어와 집안 치레와 병풍 사용이 유행하면서 서민 예술로 자리 잡은 것으로 추정되고 있다. 유홍준, 『문자도』, 대원사, 1993. 6쪽.

학자들의 입장에서 본다면 반–유학적이라 할 수도 있기 때문이다. 물론 '팔덕'이 민화의 형태로 유행했다는 사실은, 국가적 거버넌스의 제대로 된 작동을 원하는 실용주의적 사고가 이 시기 조선 사회 전반에 퍼져 있었음을 보여준다고 할 수도 있겠다.

'문자도'에서 부끄러움恥은 '예의염치'의 마지막에 등장한다. 이 넷은『관자』에서 국유사유國有四維로 지칭되는 미덕이다. '효제충신'에 비하면, '예의염치'는 사회 윤리의 성격을 훨씬 더 짙게 드러낸다. '국가의 벼리國維'라는 말 자체가 그것을 함축한다. 네 벼리가 단단히 버티고 있으면 나라가 잘 굴러가지만, 하나가 끊어지면 나라가 기울고, 둘이 끊어지면 나라가 위태로워지고, 셋이 끊어지면 나라가 뒤집어지고, 넷이 모두 끊어지면 나라가 망한다고 했다.[9] 꼭 순서를 따라야 하는 것은 아니지만, 내용으로 보건대 나라를 유지하는 네 줄기의 미덕 중 마지막에 수문장처럼 버티고 있는 것이 곧 부끄러움恥인 셈이다.

왜 부끄러움이 윤리의 수문장인가. '효제충신예의염치' 팔덕 중에서 앞의 일곱 미덕은 모두 구체적으로 특정할 수 있는 내용을 지닌다. 오로지 부끄러움만이 내용 없는 형식의 형태를 취한다. 게다가 부정적인 형태이다. 문자도는 그림이므로 내용이 없을 수 없지만, 그 내용은 부끄러움이 아니라 올바름에 관한 것이다.[10] 그러니까 '문자도'의 팔덕에서도 부끄러움이란, 구체적이고 긍정적인 내용을 지닌 일곱 미덕이 이상적인 상태에 도달하지 못했을 때 생겨나

---

9   국유사유는『관자』의 제1편「목민」에 나오는 구절이다. 제59편「제자직」에 나온다고 잘못 알려진 글도 있어 수정해둔다. 관중, 신동준 역,『관자』상, 인간사랑, 2021, 216쪽. 번역 부분 수정함.

10   '치(恥)'자에는 수양산에서 아사한 백이숙제의 고사가 그림으로 표현되어 있다(유홍준, 앞의 책, 52~53쪽). 백이숙제를 포함하여 '치(恥)'를 묘사한 그림들은, 올바름(義)과 청렴함(廉)이 치(恥)의 자리에 대신 들어와 있다. 역성혁명으로 태어난 국가를 인정하지 않은 백이숙제이고, 또한 천 년을 굶어도 봉황은 좁쌀을 쪼지 않는다는 말로 표현되는 것이 곧 '염(廉)'이기 때문이다.

는 부정적 지표에 해당한다.[11] 무슨 덕인지를 문제 삼지 않으면서도 스스로가 내세운 덕에 어느 정도나 도달했는지를 검증하는 것이 곧 부끄러움의 역할인 것이다.

따라서 부끄러움은, 불법을 수호하는 사천왕이나 에덴을 지키는 화염검처럼 무시무시한 존재이기도 하고, 그 자체로는 부정적 지표이면서도 거꾸로 그것의 존재 자체가 긍정적 지표가 되는 역설적 미덕인 것이다. 이런 점에서, 팔덕에서 부끄러움이 지니는 윤리적 덕목으로서의 지위는 윤동주의 시에서의 부끄러움과 다르지 않다. 이는 곧 『맹자』의 유교적 부끄러움과 『관자』의 국가 철학적 부끄러움이 동일한 차원에 있다는 말이다.

미덕이면서 동시에 비-미덕인 부끄러움의 역설적 성격은, 그것이 지닌 의미비윤리적인 것이 거기에 있음와 수행성윤리적 감수성이 예민하게 작동함의 불일치 때문에 생겨난다고 할 수 있겠다. 부끄러움 자체는 부정적이지만, 부끄러움을 느끼는 행위는 긍정적이라는 점에서 그러하다. 부끄러워하기라는 행위가 윤리적 감수성의 민감한 작동을 증명하는 것이기 때문이다. 이 둘의 불일치는 다시, 자기 부끄러움을 바라보는 주체의 시선과 부끄러워하는 사람을 바라보는 외부의 시선과의 불일치라고, 즉 부끄러움을 바라보는 일인칭과 삼인칭 시선의 차이라고 설명할 수 있겠다.

3. 역설의 실천으로서의 운명애 　윤동주의 「팔복」

부끄러움은 그 자체가 지닌 역설적 성격으로 인해 사람을 더욱 괴롭게 한다. 부끄러움이 있으면 있어서 괴롭고, 부끄러움이 없다면 그것은 한층 더 곤란한

11　『관자』에서 '치'는 굽은 것을 따르지 않는 것(恥不從枉)이라고 되어 있다. 앞의 책.

일이다. 부끄러움을 느끼지 않아서 행복하다고 말해서는 안 되는 것이다. 맹자에 따르면, 윤리적 주체의 입장에서 그것은 견딜 수 없는 일이 된다.

「서시」의 '괴로워하는 주체'는 그 같은 이중의 괴로움 속에 있다. 그러나 그 괴로움은, 거기에 주체의 의지와 행위가 투입되는 순간 행복이 된다. 그것은 운명애가 보여주는 마술이다. 운명애의 윤리가 작동하게 되면, 괴로움 그 자체가 기쁨이자 행복이 되는 것이다. 그 전환 과정을 여실히 보여주는 것이 윤동주의 시편들이다. 시에서 펼쳐지는 윤리적 주체의 순정한 서정은, 그의 생애가 써낸 죽음의 서사와 어우러질 때 그 자체가 드라마가 된다. 괴로움과 기쁨이 뒤섞이면서 만들어내는 역설적 정동의 힘이 생겨난다. 윤동주의 시집 원고 앞에서 정지용으로 하여금 신음소리를 내뱉게 했던 것도 바로 그 힘이었을 것이다. 독특한 방식으로 운명애를 표현한 윤동주의 시「팔복」을 보자.

> 슬퍼하는 자는 복이 있나니
> 슬퍼하는 자는 복이 있나니
> 슬퍼하는 자는 복이 있나니
> 슬퍼하는 자는 복이 있나니
> 슬퍼하는 자는 복이 있나니
> 슬퍼하는 자는 복이 있나니
> 슬퍼하는 자는 복이 있나니
> 슬퍼하는 자는 복이 있나니
> 저희가 永遠히 슬플 것이오.[12]

시의 제목에 있는 '팔복'이란 「마태복음」의 '산상 설교' 장면에서 예수 그리

---

12   윤동주, 홍장학 편, 『정본 윤동주 전집』, 문학과지성사, 2004, 286쪽.

스도가 사람들에게 직접 내려주는 여덟 종류의 축복을 뜻한다. "마음이 가난한 사람은 복이 있다. 하늘나라가 그들의 것이다"라고 시작하여, 슬퍼하는 사람, 온유한 사람, 의에 주리고 목마른 사람, 자비한 사람, 마음이 깨끗한 사람, 평화를 이루는 사람, 의를 위하여 박해를 받은 사람들 각각에게 합당한 복이 내려진다.[13] 윤동주는 그 중에서 슬픔을 특화하여 그것으로 전체를 덮어버렸다. 그럴 수 있겠다. 지상에 존재하는 모든 것이 '죽어가는 것'이기에, 우리 모두는 슬퍼하는 사람일 수밖에 없다. 그런데 윤동주는 한발 더 나아가 예수의 축복을 비극적으로 비틀어버렸다. 슬퍼하는 사람은 복이 있는 것이 아니라 영원히 슬퍼할 것이라고. 대체 이것은 무엇인가. 이런 처참한 내용이 어떻게 운명애의 표현일 수 있나.

「팔복」의 내용은 '산상 설교'를 바꾸어놓은 것이기에, 그 변개의 까닭을 알려면 이 구절을 예수가 남긴 말과 그의 삶 속에 놓아두어야 한다. 여기에서 중요한 것은 예수의 말을 수행적 차원에서, 행위로 받아들이는 것이다. 그러니까 '산상 설교'를 변형한 '팔복'에서 제기되어야 할 질문은 다음과 같은 것이다. 영원히 슬퍼하리라는 저주와도 같은 말을, 윤동주의 예수는 지금 왜, 누구에게 하고 있는 것인가.

이 질문에 답하기 위해서는, 예수가 말한 '슬퍼하는 자'의 자리에 다른 사람이 아니라 예수 그리스도 자신을 집어넣어야 한다. 그러니까 예수의 '산상 설교'를, 다른 사람이 아니라 자기 자신에게 하는 말로 받아들여야 한다는 것이다. 예수의 눈에 뚜렷한 것은 오직 세상에 가득 찬 슬픔뿐이고, 그 뒤에 오는 축복이란 슬픔을 견뎌야 하는 자기 자신을 위한 위로의 말일 뿐이라고 해야 한다. 그래야 우리는 그의 말이 아니라, 그의 생애가 증언하는 운명애의 형식 속으로 한 걸음 들어가 볼 수 있다. 그런 후에야 우리는 비로소 윤동주와 함께,

---

13 표준새번역 「신약전서」, 『성경전서』, 대한성서공회, 1993, 5쪽.

괴로움과 슬픔 속에서 덕과 복의 일치가 이루어지는 순간을 목도하게 된다.

「팔복」에서 우리가 일차적으로 확인하게 되는 것은, 윤동주가 근대성의 윤리에 내재된 실천이성의 이율배반에 직면해 있다는 사실이다. 그가 지닌 신앙의 구체적인 형태나 수준 같은 것은 그 다음 문제이거니와 그다지 중요하지도 않다. 여기에서 중요한 것은 「팔복」의 윤동주가, 근대인의 윤리적 이율배반을 돌파하는 방식으로 운명애를 선택하고 있다는 사실이다. 왜 그러한가.

칸트는 덕과 복의 불일치를 실천이성의 이율배반이라고 했다. 근대성의 윤리가 지니고 있는 근본적 모순은, 착하게 사는 사람이 지상에서 반드시 행복한 삶을 누리는 것은 아니라는 것이다. 이 이율배반을 돌파하는 가장 손쉬운 방식은, 다음 세상의 복을 약속하는 전통 종교의 가르침에 의지하는 것이다. 천국에서의 보답이 있다면 아무런 문제가 되지 않는 것이다. 착한 일을 하면 복이 따른다積善之家必有餘慶는 느슨한 형태 역시 마찬가지다. 예수가 '산상 설교'를 통해, 자기를 따르는 대중에게 약속하는 것이 바로 그것이기도 하다. 하지만 칸트의 입장에서는, 내세나 전능한 신 같은 것 없이 최고선, 즉 덕과 복의 일치에 도달해야 하는 것이 근대성의 윤리에 주어진 과제이며, 그래서 덕과 복의 불일치가 이율배반으로 제시되는 것이다. 그럼에도 불구하고 『실천이성비판』의 칸트 역시 '산상 설교'와 같은 길을 갈 수밖에 없었다. 『순수이성비판』에서 인간의 인지 영역 밖에 축출해버렸던 '영혼 불멸성'과 '하느님의 실존'을, 실천이성의 요청postulate의 방식으로 다시 인출해온 것이다.[14]

칸트가 그럴 수밖에 없었던 것도 이해되는 면이 있다. 순수이성의 이율배반은 앎/모름의 차원이기 때문에, 인식의 영역에서 이율배반이 있다고 해도 생활 자체의 문제를 야기하지는 않는다. 인간이 자기 한계를 정확하게 인식한다면, 세계와 자기 자신의 근본 모습을 모른다고 해도 살아갈 수는 있는 까닭이

---

14 칸트, 최재희 역, 『실천이성비판』, 박영사, 2003, 133~136쪽. '순수 실천이성의 변증론'에서 '순수 실천이성의 요청' 두 가지로 제시된다.

다. 자기가 모른다는 것을 제대로 알고 있으면, 어느 정도까지는 대처가 되는 것이다. 그러나 실천이성의 이율배반은 경우가 다르다. 이것이 해결되지 않으면 행동에 대한 판단이 난감해지고 생활 자체가 어려워진다. 실천이성의 이율배반을 해결하는 칸트의 방식이, 오래전 플라톤이 『국가』에서 행했던 방식과 같아지는 것도 그렇게 이해할 수 있겠다. 영혼은 불멸이라서 자기가 한 잘못에 대해 천 년 동안 열 배의 응징을 받는다는 것이, 플라톤이 소크라테스의 입을 통해 전해준 말이었다.[15] 사람이 나쁜 짓을 하면 다음 세상에서 매우 심한 벌을 받는다는 협박은, 죽은 사람들의 말을 들을 수도 없고 죽어본 적도 없는 사람들에게는 언제 어디서나 상당히 잘 통하는 것일 수밖에 없다.

그렇다면 신이나 내세에 기대지 않고 실천이성의 이율배반을 해결할 수 있는 방법은 없는가. 최고선에 대한 칸트의 설정에서 삼인칭 시선을 일인칭으로 바꾼다면 해결 가능한 방법이 생겨난다. 니체의 방식이 곧 그것이다. 신에 기대지 않고, 자기에게 주어진 몫을 전생이나 다음 생으로 미루지 않은 채 자기 행동의 결과를 스스로 기꺼이 책임지고자 하는 것, 그것이 곧 운명애의 윤리이다.[16]

'슬퍼하는 자는 복이 있나니, 저희가 영원히 슬플 것이오'라는 참담한 생각의 바탕에 있는 윤동주의 윤리적 태도 역시 그와 같은 의미의 운명애 윤리에 기초해 있다.[17] 어떤 근거로 그런 판단을 할 수 있을까. 그의 다른 시편들이 만들어내는 맥락이 이에 대한 유력한 근거가 된다. 윤동주의 시집에 글을 붙이

---

15 플라톤, 박종현 역, 『국가』, 서광사, 2005, 654쪽.
16 운명애의 윤리에 대한 자세한 것은, 졸저, 『풍경이 온다』, 나무나무출판사, 2017, 9장.
17 「마태복음」의 '팔복'에 대한 윤동주의 변형은, 문면 자체만 보자면 다양한 의미로 읽힐 수 있다. 영원히 슬플 것이라는 말은, 응답하지 않는 신에 대한 저항이나 풍자나 비판일 수도 있고, 또한 슬픔을 끝없이 생산해내는 세상에 대한 절망감의 토로일 수도 있다. 혹은 그 속에서 살아가고 있는 사람들에 대한 격정적 저주의 느낌도 없지 않다. 그러나 윤동주가 「서시」나 「자화상」, 「참회록」같이 순정한 어법의 시인임을 염두에 둔다면, 이런 날선 감정과는 다른 방식으로 읽는 쪽이 좀더 합당한 독법으로 보인다. 그것이 운명애의 표현이라는 것은 본문에서 좀더 살펴보겠다.

기 위해 신음하고 있다고 썼던 정지용은, 윤동주의 시 몇 편을 인용했다. 윤리의 중심에 놓여 있는 것이 「십자가」이다. 그가 인용한 「십자가」의 다음 구절은 운명애를 향한 윤동주의 의지를 보여주는 간이자 쓸개에 해당하다. 정지용이 점선으로 처리한 부분 중, 괴로움이 들어간 한 행^{괴로왔든 사나이}을 채워 놓아야 윤리적 주체가 지닌 간담의 모습이 좀더 분명해진다.

> 괴로왔든 사나이 / 幸福한 예수 그리스도에게 / 처럼 / 十字架가 許諾된다면 // 목
> 아지를 드리우고 / 꽃처럼 피어나는 피를 / 어두어가는 하늘 밑에 / 조용히 흘리겠읍
> 니다.^{8쪽}

여기에서 뚜렷한 것은, 윤동주가 예수 그리스도의 생애에서 포착해내는 괴로움과 행복의 동일성이다. 예수라는 인물의 속성으로 앞뒤에 병치되어 있는 괴로움과 행복함은, '괴로웠지만 행복했다'가 아니라, '괴로워서 행복했다'고 해야 그 동일성의 윤리적 진상이 드러난다. 「서시」에서 부끄러움이 초래하는 괴로움도, 「팔복」의 슬픔도, 행복과의 관계에서는 동일한 접속 논리를 지닌다. 운명애의 의지를 가진 윤리적 주체에게는 부끄러움이 곧 행복인 것이다. 「팔복」의 주체에 대해서도, '슬펐지만 행복했다'가 아니라 '슬퍼서 행복했다'고 말해야 한다는 것이다. 사후의 보상 때문이 아니라 자기에게 주어진 슬픔 자체가 이미 행복이라는 것이다. 그래야 슬퍼하는 자는 복이 있다고 영원히 슬플 것이라고 말할 수 있다.

이런 시선으로, '슬퍼하는 자는 복이 있나니'라는 구절을 여덟 행에 걸쳐 반복하는 모습을 보자. 세상에 가득한 슬픔으로부터 벗어나기를 원하지 않으며 외부로부터 주어지는 위로를 기대하지도 않겠다는 의지로, 오히려 자기 몫의 슬픔을 찾아내서 그것을 감당하는 것이야말로 우리 모두의 소명이라는 통찰로 읽혀지는 것이 아닌가. 마지막에 오는 아홉 번째 행, '저희가 영원히 슬플

것이오'라는 저주 같은 예언은, 그런 치명적 통찰의 역설을 실천하려는 의지의 표현이라 해야 하지 않을까.[18] '산상 설교'에서 슬픔이 복인 것은 그 뒤에 위로가 있기 때문인데, 윤동주는 거기에서 위로를 지워버린다. 그러니 슬픔 그 자체가 곧 복이며 슬픔 속에 있는 한 그 복이 영원할 것이라 말하고 있는 것이 아닐까.

그러니까 윤동주는 슬픔이 곧 행복이라는 자각의 영역에 도달했다는 것인데, 이는 곧 '예수교'의 통속적 가르침으로부터 빠져나와 인간 '예수'를 따르는 길에 들어선 것이겠다. 다만 문제적인 것은, 괴로움과 행복의 동일성을 향한 실천이 '사람의 아들' 예수가 지닌 위대성의 차원에서 이루어진다는 점이다. 범상한 인간 윤동주에게는 그것이 또한 괴로움일 수 있으되, 그 자체가 다시 괴로움과 행복의 저 위대한 동일성을 향해 나아갈 수 있는 동력이 된다. 고통 없는 에덴의 삶이 행복할까. 그 내막은 아담에게 묻지 않아도 알 수 있는 것이 아닐까.

운명이 아름답고 소망스러운 것이라면 그것을 애써 사랑해야 할 이유가 없다. 내버려두어도 그런 운명이라면 사랑받을 수밖에 없는 것이기 때문이다. 하지만 보통 사람들의 운명은 대개 그 자체로 소망스러운 것이 아니고 때로는

---

18 1940년 12월경에 창작된 것으로 추정되는 「팔복」은 당연하게도, 「서시」에서 시작하여 「참회록」으로 끝나는 단정한 시집 『하늘과 바람과 별과 시』에는 수록되어 있지 않다. 시작 원고가 수록된 사진판 전집에 따르면, 시의 2연은 다음과 같이 세 번에 걸쳐 수정되었다. '저희가 슬플것이오' '저희가 위로함을받을것이오' '저희가 오래 슬플것이오' '저희가 永遠히 슬플것이오'. 홍장학, 앞의 책, 287쪽.
진은영·김경희의 「유교적 수치심의 관점에서 본 윤동주의 시 세계」(『한국시학연구』 52, 2017)에는 윤동주의 「팔복」에 관한 경청할 만한 견해가 있다. 여기에서는 「팔복」의 태도를 니체의 생각을 빌려 '디오니소스적 명랑성'이라고 했다. 이 책에서 지금 내가 운명애의 표현이라고 한 것(이쪽이 좀더 나아 보인다는 것이 현재 내 생각이다)과, 니체의 개념에 의지했다는 점에서 유사한 발상으로 보인다. 이 글의 존재는, 윤동주에 관한 부분을 쓰던 중 최근에 확인한 것이며, 「팔복」을 운명애로 연결하고자 하는 발상은 졸저, 『죄의식과 부끄러움』(나무나무출판사, 2017, 250~252쪽)에 수록된, 부끄러움과 '팔덕'에 관한 원고를 쓰던 시절에 있었다는 사실을 밝혀둔다.

견딜 수 없게 고통스러운 것이다. 하지만 바로 그 때문에 운명애의 대상이 되고 사랑의 대상이 될 수 있다. 운명애의 대상이 되면, 슬픔과 괴로움의 형식인 운명은 그 자체가 행복의 내용으로 채워진다. 슬픔의 형식을 행복의 내용이 채워낸다는 것이 아니다. 그 무엇이 내용으로 오건 상관없이, 슬픔이라는 형식 그 자체가 이미 행복이라는 뜻이다. 그것은 또한 미덕을 위해 행복을 포기한다는 것도 아니다. 미덕을 지키는 일 자체가 행복임을 확인하는 것이다. 칸트가 말한 인간의 자연적 경향성^{행복의 추구}과 도덕적 이성^{미덕 지키기} 사이의 불일치는, 현실에 존재하는 운명의 부정성을 열어젖히고 주체가 자신의 의지로 그 부정성 속에 머물고자 하는 순간 해소되기 시작하는 것이다.

윤동주가 말하는 부끄러움도 마찬가지이다. 현재 시점에서 자기 부끄러움을 찾아내는 것은 물론이고 장차 부끄러움이 될 삶 속으로 기꺼이 자기 자신을 투입해 넣는 것, 즉 부끄러움의 역설을 실천하는 것이 곧 윤리적 주체의 행위가 된다. "그때 그 젊은 나이에 / 웨 그런 부끄런 告白을 했든가"^{「懺悔錄」, 62쪽}라는 말은 과거를 향한 것이다. 그러나 그 어떤 미래에도 장차 나는 또 다시 저 말을 해야 할 것이다. 그래야 윤리적 주체일 수 있는 까닭이다. 그 사실을 알면서도 자기가 가야 할 길을 향해 자기 몸을 던져 넣는 것, 그것이 곧 부끄러움이 지니는 역설의 실천이자, 운명애의 표현이다.

4. 부끄러움에서 죄의식으로 후쿠자와 유키치, 이광수, 나쓰메 소세키

윤동주의 시에서 표현되는 부끄러움은 윤리적 주체 일반이 지니는 정동이다. 그가 겪어야 했던 고통과 슬픔은 역사적 디테일을 지니고 있지만, 그 슬픔과 대면하는 주체의 태도는 인간의 보편적 심성에서 발원한다. 이 점에 비하면, 윤동주의 표현 속에 깃들어 있는 전통적 윤리^{맹자 혹은 관자}나 종교적 색채^{기독교}

는 지워버려도 그만인 의장에 불과한 것이다. 윤동주의 「십자가」 안에 있는 예수의 모습은 신이 아니라 '사람의 아들'인 예수, 즉 자기 길을 찾아 예견되는 고통 속으로 자진해서 들어간 운명애의 표상인 까닭이다.

하지만 동아시아와 근대성의 마주침에서 나타나는 정동이라는 차원에서 볼 때, 윤동주의 부끄러움보다 훨씬 더 두드러지는 부끄러움이 있다. 민족 단위에서 만들어지는 집단 주체의 부끄러움이 그것이다. 특수한 역사적 경험으로서 동아시아 근대성을 문제 삼을 때 우선적으로 주목받아야 하는 것은, 물론 윤동주가 아니라 계몽주의자들의 글에서 나타나는 부끄러움이겠다. 윤동주는 보편적 차원의 윤리적 주체에 해당한다. 동아시아 계몽주의자들의 부끄러움이 윤동주의 수준으로 나아가기 위해서는, 전도된 부끄러움으로서의 죄의식이는 소세키의 『마음』에서 전형적으로, 이광수의 소설에서는 풍부하게 드러난다이라는 한 단계를 더 거쳐야 한다.

동아시아에서 집단 주체의 부끄러움을 보여주는 예들은 많다고 해야 할 수준을 넘어선다. 각국의 계몽주의자들이 다양한 방식으로, 그러나 예외 없이 만들어내는 것이 자기 나라 사람들에 대한 부끄러움을 토로하는 문자들이다. 강력한 외부자와의 조우가 만들어내는 첫 번째 감정은 놀라움이겠다. 경악이나 공포가 될 수도 있고, 혐오감이 될 수도 있다. 소세키의 인물들의 것과 같은 신경증을 야기할 수도 있고, 시마자키 도손이나 염상섭의 인물들의 것과 같은 공황 상태나 망상에 빠지게 할 수도 있다. 타자와의 조우가 만들어내는 부끄러움은, 이런 초기의 격렬함이 지나고 난 다음에 생겨나는 것이다. 그런 점에서 부끄러움은 죄의식과 마찬가지로 성찰적인 정동이다.

민족 단위의 계몽을 염두에 둔 사람들에게서 나타나는 부끄러움은, 루쉰의 '환등기사건'이 보여주듯이 민족 단위의 열등감의 표현이자 자기 자신을 향한 분노로서, 그 자체가 계몽을 향한 의지와 동력이 된다. 동아시아 각국에서 계몽적 열정을 만들어낸 힘은 기본적으로 그와 같은 부끄러움의 힘이다. 「치도

략론」[1882]에서 김옥균이, 분뇨투성이가 된 조선의 도로 사정에 대해 외국인들이 늘어놓는 불평에 대해 서술하고 있는 심정[19]도 바로 그런 것이거니와, 이런 점에서는 어느 나라의 계몽주의자이건 예외가 있기 힘들다. 이들의 생각의 바탕에는, 눈앞의 현실 속에서 생생하게 목격되는 제국주의적 국제 질서가 있음은 두말할 나위가 없다.

근대성의 세계 질서의 바탕에 놓여 있는 직선화된 시간관은, 단순히 물리적 세계의 원리에 그치는 것이 아니라 가치 질서의 수준에서 윤리적 압박이 된다. 압도적 위력을 지닌 현실 권력으로서 근대성이 세계 안에 투입되면, 공간과 가치의 다양성은 힘을 잃고 일제히 시간 축을 기준으로 서열화된다. 공간이 시간화됨으로써 비동시적인 것들의 동시성이 생겨나고, 시간은 그 자체로 사회 발전 상태에 대한 평가의 척도가 된다. 후쿠자와 유키치가 『문명론의 개략』[1875]에서 전개한 '문명개화 / 반#개화 / 야만[20]의 서열은, '문명'의 척도로서 의인화된 시간의 상징적인 모습이다. 이런 구도 속에서 탄생한 계몽주의자들은 모두 미래 세계를 경험하고 돌아온 시간여행자들이다. 그들이 눈앞에 놓여 있는 자기 민족의 현실 속에서 목도하고 있는 것은, 사라져야 할 과거의 형상들이며 미래로 나아가는 데 방해가 되는 장애물들이다.

ⓐ 예컨대 시골의 상인이 주저주저하면서 외국무역을 할 생각으로 요코하마 등지를 찾아오면 그들은 먼저 외국인의 체격이 늠름한 것을 보고 놀라게 된다. 그리고 외국인이 많은 돈을 가지고 있는 것에 놀라고, 외국상사의 당당함에 놀라고, 외국기선의 빠름에 놀란다. 완전히 어안이 벙벙해진 끝에, 드디어 이들 외국인과 접촉하여 장사를 시작하려고 하면, 그들의 흥정술에 빈틈이 없음을 보고 다시 놀라게 된다. 무리한 요구를 당하게 되면 그저 놀라운 것만이 아니다. 그들의 위세에 더럭 겁이 나서

---

19 김옥균, 「治道略論」, 『김옥균 전집』, 아세아문화사판 영인본, 1979, 16쪽.
20 후쿠자와 유키치, 정명환 역, 『문명론의 개략』, 홍성사, 1986, 20쪽.

상대방이 무리하게 요구하는 것을 뻔히 알면서 큰 손해를 입으며 큰 수치를 당하는 일조차 있다. 이것은 그 사람 혼자만의 손해가 아니다. 일본 전체의 손해이다. 그 사람 하나의 치욕이 아니다. 일본 전체의 국치이다.

정말 어이없는 이야기지만 그럴 수밖에 없는 것도 그 뿌리가 선조 대대로 독립심을 맛본 적이 없는 상인 근성의 슬픔인 것이다. 무사에게는 괴롭힘을 당하고, 관리에게는 꾸짖음을 당하고, 최말단의 병사들에게도 상대가 칼을 찬 이상 무사님이라고 받들어 모셔온 근성이 발끝까지 물들어 있어서, 갑자기 고칠 수가 없는 것이다.[21]

ⓑ 또 민족적으로 보더라도 朝鮮民族조선민족은 결코 他民族타민족중에 信用신용 있는 民族민족이 아니외다. 李朝이조말엽 몇 十年間십년간의 韓國政府조국정치의 外交외교는 거의 전부 虛僞허위와 詐欺사기의 外交외교이었읍니다. 여기서 民族信用민족신용을 失墜실추함이 多大다대합니다.

다음 西隣서린인 漢族한족에게 朝鮮民族조선민족의 信用신용을 失墜실추한 최대한 原因원인은 人蔘인삼장사와 假志士가지사들이외다. 무릇 中國중국방면에서 商業상업을 經營경영하는 吾人오인은 十십에 八팔, 九구는 漢人한인을 속이기로 長技장기를 삼아 이것을 한 자랑으로 아는 傾向경향이었읍니다. 말똥을 淸心丸청심환이라고 팔았다는 말은 中國중국에 在재한 朝鮮商人조선상인의 商略상략을 설명하는 말이라 하겠읍니다. 그러나 가장 사기를 대표함은 紅蔘홍삼장사니 그네는 滿洲蔘만주삼을 松蔘송삼이라고 속이고, 십원짜리면 백원짜리라고 속여 참말 非人道的비인도적 暴利폭리를 貪탐합니다.[22]

『학문을 권함』[1876]의 후쿠자와 유키치와 「민족개조론」[1922]의 이광수에게 자기 족속들이 수치스러운 이유는 자명하다. 두 사람은 모두 외부자의 시선을 지니고 있는 사람들이며 또한 미래를 보고 온 사람들이기 때문이다. 게다가

21   후쿠자와 유키치, 엄창준·김경신 역, 『학문을 권함』, 지안사, 1993, 54~55쪽.
22   이광수, 「민족개조론」, 『이광수 전집』 10, 삼중당, 1973, 129쪽.

그들은 외부에서 밀려들어온 새로운 질서에 항복한 사람들이기도 하다. 여기에서 문제는 앞에서 언급한 것처럼, 계몽주의자들이 주로 사용하는 전칭판단의 어법에서 자기들이 예외처리되어 있다는 점이다. 이를테면 '일본인들은 거짓이 많고 비굴하다'는 식의 전칭판단이 등장할 때_{서양 상인과 일본 상인의 대조가 서양인과 일본인 일반으로 연장되는 것은 매우 손쉬운 일이다}, 그 비판을 하는 일본인으로서의 후쿠자와 자신은 '거짓말쟁이의 모순'에 빠져든다는 것이다. 이것은 민족 단위 계몽주의자들이 직면할 수밖에 없는 문제이다. 이것을 어떻게 극복하는가.

루쉰은 자기 민족보다 더 수치스러운 자기 모습을 발견함으로써, 즉 계몽을 자기 계몽으로 만들어냄으로써 해결한다.[23] 그럼으로써 그에게 계몽과 문학은 같은 수준에 도달한다. 계몽이 문학이 되고, 문학이 계몽이 되는 것이다.

후쿠자와 유키치는 ⓐ에서 볼 수 있는 것처럼, 일본인을 계급적으로 분할함으로써 전칭판단의 모순을 해결한다. 사실은 일본 전체의 수준이 문제인데, 마치 일본 소상인 계급만이 문제인 것처럼 빠져나가는 것이다. 나아가 그 자신은, 대중을 위한 민간 교육자라는 제도화된 계몽의 공간을 만들어냄으로써, 내부화된 외부자로서 자기 자리를 찾아나간다.

이광수가 전칭판단의 모순으로부터 벗어나는 기본 방략은, ⓑ에서 볼 수 있듯이 조선 민족을 시간적으로 구분하는 것, 과거와 현재와 미래 모습으로 구분하는 것이다. 그가 비판하는 것은 조선이지만, 그것은 과거의 조선이자 현재에 남아 있는 과거의 유산일 뿐이다. 그 자신은 현재에 거주하는 미래의 조선이므로 전칭판단의 비판이라도 모순적이지 않을 수 있게 되는 것이다.

더욱이 이광수의 경우는 그가 행한 현실적인 실천이 이런 비판의 힘을 뒷받침한다. 실제로 그는 문인이면서 동시에 독립 운동을 위한 조직의 지도자로 활동했다. 「민족 개조론」의 내용에 대해 그는, "民族改造의 思想과 計劃은 在外

---

23 자세한 것은 이 책 제8장 5절에 있다.

同胞中에서 發生한 것으로서 내 것과 一致하여 마침내 나의 一生의 目的을 이루게 된 것이외다."116쪽라고 썼다. 그가 이런 글을 쓸 수 있었던 까닭은 도산 안창호의 존재와, 자신이 수장으로 있던 '흥사단'의 국내 지부였던 '수양동우회'가 있었기 때문이다. 즉, 독립을 위한 '준비론'이라는 이념적 틀이 바탕에 있었기 때문인 것이다. 그럼으로써 계몽주의자로서의 자기모순은 없어지지만, '준비론'의 이념과 문학의 실재 사이에서 생겨나는 갈등은 여전히 해결되지 못한다. 그의 텍스트들이 증상의 잔치판이 되는 것은 그런 까닭이다. 죄를 향한 반어적 열정이나 예외성에 대한 열망이 넘쳐나는 그의 소설들은, 서사적 논리와 이념 사이의 극단적 불일치를 보여주고 있는 것이다.

부끄러움이 민족 단위의 응어리에서 개인 단위로 풀려나오기 위해서는 죄의식의 단계를 거쳐야 한다. 소세키의 경우가 대표적이다. 『마음』에 등장하는 소세키의 죄의식에는, 근대성의 새로운 질서가 발신하는 호출 신호에 자기도 모르는 사이에 응답해버린 스스로에 대한 성찰이 존재하고 있다.[24] 이것이 훨씬 더 완화된 형태가 시가 나오야의 『암야행로』에 등장하는 원죄 의식이라 해야 하겠다. 시가 나오야의 단계를 거쳐야 다자이 오사무의 부끄러움이 가능해진다. 소세키나 시가 나오야에게는 근대성의 폭력적 도래로 인해 인멸해버린 세계의 기억이 있지만, 다자이 오사무와 이상, 김승옥의 세계에는 그런 기억조차 없다. 눈앞에 있는 근대성의 질서가 대체 불가능한 세계로 군림하고 있는 것이다.

계속되는 혁명 상황 속에서 자신의 글쓰기를 유지했던 루쉰은 경우가 다를 수밖에 없다. 루쉰이 외부자의 시선이 됨으로써 느낀 부끄러움은, 내부자의 위치에 설 때면 분노와 비애가 된다. 제 잇속만 챙기거나 생각 없는 사람들을 향한 분노, 그리고 시대적 제약 자체가 만들어내는 비애가 작동한다. 그 가장 밑

---

24 상세한 것은 제9장 4절에 있다.

바닥에는 근대인으로서 지닐 수밖에 없는 존재론적 불안이 놓여 있다. 요컨대 루쉰에게 죄의식이 없는 것은, 그의 글쓰기가 시종일관 전쟁 상태에서 진행된 것이기 때문이라 해야 하겠다. 전쟁은 글을 쓰기 시작한 그를 이미 둘러싸고 있었으며, 그 전쟁에 참여한 사람에게 무엇보다 중요한 것은 강렬한 전투의지이자 승리를 위한 전략일 것이다. 전쟁 자체에 대한 성찰은 총탄의 왕래가 끝난 다음의 일이겠다.

반면, 주권 없는 주체의 자리에 있었던 이광수나 그의 남성 페르소나들에게는 죄의식이 넘쳐난다. 그들은 모두 '포로수용소'에 갇힌 존재들이기 때문이다. 특이하지만 당연한 것은, 그들에게 진정으로 책임져야 할 죄란 존재하지 않는다는 점이다. 그들은 아직 책임을 질 수 있는 주체의 자격을 확보하지 못했기 때문이다. 그들이 보여주는 죄에 대한 갈망은 그 자체가 죄의식에 대한 갈망으로서, 해방을 원하는 노예들의 열망과 정확하게 등가를 이룬다. 한국문학에 투영되어 있는 정동의 역사를 보자면, 윤리적 주체가 진정으로 자기가 책임져야 할 잘못을 찾아내는 것은 1980년대에 접어든 이후의 일이거니와,[25] 이것은 또 다른 차원의 논의가 될 것이다.

근대성과 죄의식의 문제를 좀더 근본적인 차원에서 따져본다면, 죄의식 자체가 지닌 연극적 속성을 지목할 수도 있겠다. 이 수준에서 본다면, 이광수만이 아니라 『마음』의 소세키의 경우를 보더라도, 존재하는 것은 죄의식이라는 형식일 뿐 그 안을 채워낼 만한 실질은 존재하지 않는다고 해야 한다.

소세키의 소설 세계 전체를 놓고 보면, 죄의식은 불꽃처럼 잠시 나타났다 사라져버리는 모습을 보인다. 게다가 『마음』[1914]의 '선생님'이 스스로에게 내리는 사형 선고는, 이광수의 남성 페르소나들의 경우와 마찬가지로 과잉 윤리의 산물이다. 이광수의 세계에서 주체에게는 주권 없는 상태라는 원죄가 있다. 주

---

25 1980년 광주항쟁 상황을 다룬 임철우의 소설들이 대표적인 예이다. 이에 대해서는, 졸저, 『죄의식과 부끄러움』, 나무나무출판사, 2017, 7장에 써두었다.

체가 전적으로 비난받아야 할 것은 아니지만, 그 자신도 그런 상태를 만든 잘못의 일부일 수밖에 없다는 생각이 자리 잡고 있다. 이 지점에서 우리는 소세키를 향해서도 묻지 않을 수 없다. 소설을 통해 느닷없는 죄의식을 토설하는 당신은 대체 무슨 잘못을 했는가. 「나의 개인주의」1914나 「현대 일본의 개화」1911 같은 연설문에서 볼 수 있듯이, 잘못이라면 근대성의 호출에 응한 것 자체가 잘못이라야 한다. 그러나 그것은 그 자신이 책임져야 할 잘못이 아닐뿐더러 여기까지 온 마당에 이제 와서 근대성의 세계를 전면적으로 부정하는 것도 어려운 일이 아닌가.

『마음』에서 소세키가 드러내는 죄의식 역시 이광수의 『유정』과 마찬가지로 일종의 연극과 같은 것이라 하지 않을 수 없는 것은 이런 이유 때문이다. 이 두 소설의 주인공들이 모두 유서를 통해 자기 마음을 공개하는 것도 그런 까닭이 겠다. 이들은 모두 자기 마음을 감춘 채로, 홀로 세상에서 사라지지는 않는다는 것이다. 물론 그렇게 사라진다면 소설 자체가 성립되지 않겠지만, 어쨌거나 중요한 것은 세상을 향해 자기 마음의 진실을 드러내려 한다는 점이다. 그러니까 그들에게 중요한 것은 자기가 어떤 죄를 지었느냐가 아니라, 자기 행동에 대해 어떤 책임을 지려 하는지의 문제라는 것이다. 즉 자기 죄를 무대 위에 올린 주체들의 관심은, 죄의 구체적 내용성이 아니라 죄의식으로 드러나는 자신의 윤리적 자세를 향해 있다는 것이다.

여기에서 한발 더 나아가면, 사람에게서 죄는 결코 자신의 참모습을 드러내지 않는다고, 즉, 사람에게는 그 자신이 진심으로 뉘우쳐야 할 진짜 죄 같은 것은 존재하지 않는다고, 오로지 절대성의 시선 앞에서 사람이 펼쳐 보이는 죄의식의 무대만이 있을 뿐이라고 해야 할 것이다. 이광수와 소세키의 차이가 보여주듯이, 사람들의 죄의식에는 다양한 차이가 있다. 그러나 이들의 차이란 다양한 죄의식 각각이 염두에 두고 있는 시선의 차이, 타자의 차이일 뿐이다. 그러니까 고백하는 사람들, 즉, 뉘우치는 태도를 취하는 사람들이 신경 쓰고 있는 것은 다음과 같은 것이겠다. 어떤 절대성이 나의 죄의식을 바라보고 있는가. 나는 지금 어떤 하느님의 시선 앞에서 나의 죄를 토설하고 있는가. 객석의 깊은 어둠 속에서 나를 바라보는 시선의 주인은 다를 수 있지만, 타자 앞에서 자신의 죄를 무대화한다는 형식 자체는 다를 수 없다. 그 형식의 무거움이, 각각의 타자들이 지닌 차이를 압살해 버리는 것이다.

시가 나오야의 『암야행로』에서 전개되는 원죄의식 역시 이와 같은 차원에서 접근될 수 있다. 근대성과의 조우 속에서 새롭게 형성되는 주체의 서사라는 점을 고려한다면, 무엇보다도 먼저, 『암야행로』와 『마음』은 죄의식의 강도 자체가 다르다는 점이 지적되어야 할 것이다. 소세키의 페르소나는 어쨌거나 자기가 행한 잘못이 있다. 그러나 시가 나오야의 페르소나는 자기 출생의 어두운 비밀이 문제일 뿐 스스로가 책임져야 할 잘못이 없다. 그런 점에서 그는 태연하고 당당할 수 있다. 그에게 부끄러움이 없다는 것은, 그가 전형적인 귀족 정신의 구현자임을 보여준다. 세상을 온전히 자기 식으로 살아갈 힘이 있는 주체에게 죄의식은 물론이고 부끄러움 같은 것도 불필요하다. 후술하겠지만, 이 세계에서 부끄러움은 매우 우회적인 방식으로 드러난다.

죄의식이 타자^{Autre, 라캉적 의미의 '큰 타자'}의 시선을 위한 무대라면, 부끄러움은 자아 이상^{ego-ideal} 앞에서 펼쳐지는 자기 자신을 위한 무대에 해당한다. 둘 모두 주체의 내면 속에 마련된 무대이지만, 죄의식과 부끄러움은 자아에 대한 공격성의 강도에서 현저한 차이가 난다. 이 둘의 차이는, 프로이트의 논리에서 초자아가 지니는 두 형태, 양심과 자아 이상의 차이[26]에 상응하는 것이라 해도 좋겠다. 양심은 사람에게 채찍질을 하고, 자아 이상은 칭찬하며 부추긴다. 주체의 마음을 점령한 '큰 타자'의 위력과, 주체가 스스로를 다독거리며 세워 올린 자아 이상은 무게감이 다를 수밖에 없다.

---

26 C. S. 홀, 설영환 역, 『프로이트 심리학의 이해』, 선영사, 1985, 122쪽.

소세키의 『마음』에는 죄의 내용과 자기 처벌의 양형 사이의 불일치가 있었다. 자기가 저지른 잘못은 부끄러움의 수준에 해당하지만, 자기 처벌의 수위는 스스로를 사형에 처하는 것, 즉 매우 강렬한 죄의식의 수준이었다. 자아 이상의 부드러운 깨우침이 있어야 할 자리에, '큰 타자'의 가혹한 채찍질이 가해진 모양새이다. 이런 불일치와 과잉윤리의 수준을 넘어서야 비로소 개인 차원의 부끄러움에 도달한다. 이런 점에서 보자면, 시가 나오야의 원죄의식은 소세키의 죄의식에서 다자이 오사무의 부끄러움으로 이행해 가는 점이지대에 놓여 있다고 할 수 있다.

5. 죄의식에서 부끄러움으로 『암야행로』의 원죄의식

시가 나오야의 『암야행로』는 일본문학사에서 손꼽히는 평판작이다.[27] 여기에 등장하는 죄의 문제는 주인공 도키토 겐사쿠時任謙作를 둘러싼 두 개의 '근친상간'의 형태로 이루어진다. 근친의 개념이 문화권마다 다르기 때문에 '근친상간'이라는 말이 어울리지 않을 수도 있다. 가족 내부에서 생긴 부적절한 관계 정도로 해두어도 좋겠다. 하나는 모친과 조부의 문제, 다른 하나는 자기 자신과 조부의 첩 사이의 문제이다.

겐사쿠는 소설을 쓰는 독신 남성으로 물려받은 재산으로 생활한다.[28] 그는

---

27 시가 나오야는 일본 근대문학사에서 '소설의 신'으로 지칭되었던 작가이며, 또 『암야행로』는 그의 유일한 장편으로, 20세기 전반기 일본문학을 대표하는 작품 중 하나로 꼽히는 작품이다. 이를테면 『일본 쇼와문학사』의 저자 히라노 겐은, 시가 나오야의 『암야행로』에 대해, 시마자키 도손의 『동트기 전』 및 도쿠다 슈세이의 『가장인물』과 함께 1930년대의 이른바 '문예부흥기'를 뛰어넘는 일본 근대소설 전체의 한 도달점을 보여준다고 썼다. 고재석·김환기 역, 『일본 쇼와문학사』, 동국대 출판부, 2001, 172쪽.
28 나이와 환경 등에서 작가 자신과 거의 유사한 인물로 설정되어 있으나 서사의 기둥을 이루는 요소들은 모두 허구적인 것이라고 작가 자신이 「創作餘談」과 「續創作餘談」에 밝혀 놓았다. 志

조부와 어머니 사이에서 잉태되었다. 그가 자기 출생의 비밀을 알게 되는 것은, 겐사쿠가 조부의 첩이었던 오에이와 결혼하겠다고 나선 이후의 일이다. 4부로 구성된 소설의 2부에서의 일이다.[29] 여기에 또 하나의 문제가 추가된다. 4부에서 겐사쿠의 아내 나오코와 사촌 오빠 가나메 사이에 '상간' 문제가 생겨난다. 이렇게 보면 세 개의 '근친상간'이 등장한다고 할 수도 있겠다.

소설은 연재 시작에서 완성되는 데까지 16년이 걸린다.[30] 전편1·2부은 8개월 동안 연재되었으나, 후편3·4부이 지지부진하여 완성되는 데 시간이 걸린 탓이다. 원죄의 문제는 전편에 등장하고, 후편에서는 '죄 지은' 아내에 대한 용서의 문제가 중심이 된다. 주인공이 '죄의 아들'이라는 사실을 발견하는 이야기는 일사천리였으나, '원죄의식'을 지니게 된 주인공이 무엇을 할 것인지에 대해서는 오리무중이었다고 해도 좋겠다.

이런 이중 구조야말로 『암야행로』가 지닌 가장 현저한 증상에 해당한다. 스스로 죄를 지었다고 느낀다면, 그 다음 단계는 속죄나 처벌일 것이다. 그러나 '원죄'라면 다를 수밖에 없다. 도손의 『파계』의 주인공은 혼란스러운 형태로나마 자기 처벌을 수행했고, 소세키의 『마음』의 '선생님'은 과잉윤리를 동원하여 자신을 응징했다. 이들에게는 자기가 저지른 잘못이 있었다. 그러나 『암야행로』에 등장하는 '원죄'의 자식은 아무런 죄를 짓지 않았다. 죄를 짓지 않았으면

賀直哉, 『志賀直哉全集』 10, 岩波書店, 1955, 180~186쪽. 이하 이 책은 『全集』으로 약칭한다.

29 소설의 줄거리를 간단하게 요약해두자. 소설은 4장으로 구성되어 있다. 1장은 기생집을 출입하며 귀여운 방탕을 누리는 38세의 겐사쿠와 그 주변의 모습. 2장은 자서전을 쓰겠다고 마음먹고 오노미치(尾道)로 내려가, 센코지라는 절에서 보내는 나날들의 이야기이다. 그는 이때야 비로소 자기 출생의 비밀을 알게 된다. 3장은 교토로 이주한 겐사쿠의 이야기. 나오코라는 아가씨를 만나 청혼하고 결혼하고 아이 낳고, 한 달만에 그 아이를 잃고 다시 둘째를 낳는 이야기가 펼쳐진다. 4장은 아내 나오코가 자기 사촌 가나메와 외도를 하고, 그것을 용서하기 위해 몸부림치는 겐사쿠의 이야기이다.

30 『암야행로』 전편은 1921년 1월부터 8월까지 연재 발표된다. 후편은 이듬해인 1922년 1월부터 시작되어 1928년 6월까지 단속적으로 집필되었으나 미완성으로 남아 있다가, 전집 간행을 계기로 1937년 4월에 이르러서야 완성된다. 발표된 시기는, 『全集』 8, 265쪽에 밝혀져 있다.

서도 죄인의 자리에 선 사람은 무엇을 해야 할까. 시가 나오야는 이 질문에 대한 대답을 찾는 데 16년이 걸렸다고 해야 할 것이다.

『암야행로』 전편에서 지배적인 것은, 출생의 비밀과 연관된 근친상간의 기묘한 분위기와 그로 인해 생겨나는 격렬한 마음의 드라마이다. 독신 남성 겐사쿠는 유흥가에서 방탕을 경험한 후 성욕으로 가득 찬 마음으로 여자들을 보게 된다. 유독 그의 마음을 흔드는 것은 식구로서 함께 살고 있는 조부의 첩 오에이[주]이다. 그런데 겐사쿠에게 오에이는, 항렬로는 조모 급이고, 모친 사망 후 6세 때부터 함께 살아왔으니 정서적으로는 모친과 다름없다. 소설 속 현재에도 오에이는 집안 살림을 하며[겐사쿠가 결혼할 때까지라는 전제가 있지만], 그에게 다달이 용돈을 지급하는 상태이다. 이런 여성을 향해 느끼는 욕정도 특이한 것인데, 엄마와 같은 여성[나이가 아니라 정서의 문제이다]과 결혼을 하겠다고 나서는 것은 누가 보더라도 이상한 일이 아닐 수 없다.

그러나 진짜 문제는 따로 있다. 오에이를 향한 욕정 그 자체도 문제지만, 더 문제가 되는 것은 욕정 너머에 있는 불안감이다. 겐사쿠는 그것을, "그와 스무 살이나 차이가 나는, 게다가 오랫동안 할아버지의 첩이었던 오에이와 그런 관계를 맺으면 어떤 의미에서든 자신이 파괴될 것 같다는 생각이 들어 멈칫했다"[31]라고 표현한다. 욕정 자체도 정동의 교란자로서 대처하기 힘든 것인데, 성적 파트너로 부적절한 상대를 향한 욕정이기에 불안이 생겨날 수밖에 없겠다. 그런데 겐사쿠가 이 불안에 대처하는 방식이 특이하다. 미정형의 불안감을 넘어서는 방식으로 그가 선택한 것이 청혼이기 때문이다. 하지만 이상하지 않은가. 혼외관계는 불안하지만 결혼을 통한 합법적 성관계는 괜찮다는 것인가. 사고가 날 것 같은 불안을 없애기 위해서 자진하여 사고를 당하겠다는 말이나 다름없지 않은가.

---

31 시가 나오야, 서기재 역, 『암야행로』, 창비, 2013, 115쪽. 이하 인용은 본문에 쪽수만 표시.

매우 역설적 방법이긴 하지만, 오에이에 대한 청혼은 겐사쿠 자신에게 당당하고 떳떳한 태도일 수 있다. 자기 욕망의 불안에 정면으로 맞서겠다는 것이기 때문이다. 그래서 여기에는 죄의식이 섞여 있지 않은 것으로 보일 수 있다. 금지된 대상에게 어두운 욕정을 품을 수는 있어도 공개 청혼은 불가능한 일이기 때문이다. 그러나 바닥의 진실은 한 겹이 아니라 두 겹을 접어야 드러날 때도 있다. 겐사쿠의 당당함은 어디까지나 공개된 마음의 영역에서일 뿐, 무의식의 차원에서라면 전혀 다른 그림이 그려질 수도 있다. 그의 청혼은 오히려 오에이와의 결혼의 불가능성을 확인하기 위함이라는 것, 오에이와의 성교는 그 자체로 불가능한 것임을 다른 사람이 아니라 겐사쿠 자신에게 보여주기 위함이라는 것이라면 어떨까. 결과적으로, 겐사쿠의 출생의 비밀이 밝혀지는 것은 바로 이 사달 때문이거니와, 서사가 만들어낸 이런 시퀀스는 텍스트의 무의식이 노출되는 과정이라고 해도 좋겠다. 겐사쿠는, 자기에게 지금껏 조부였던 사람이 실제로는 생부였다는 사실을 그제야 비로소 알게 된다. 이제부터 어떤 일이 벌어질까.

　　논리 자체만으로 보자면 달라지는 것은 아무것도 없다. 오에이가 조부의 여자가 아니라 사실은 생부의 여자였다 하더라도, 자기와 유전자가 섞이지 않았다는 점에서는 동일한 조건이다. 그런데도 겐사쿠는 오에이와 결혼하겠다는 의사를 철회한다. 오에이도 물론 겐사쿠의 비현실적인 청혼을 거절하지만, 겐사쿠의 포기는 오에이가 청혼을 받아들이는지 여부와는 별개의 문제이다. 까닭이 무엇인지는 분명하게 밝혀져 있지는 않다. 전체적으로 말하자면, 자기 자신의 출생 내력을 알게 된 것이 너무 충격적이었기 때문이라 해야 하겠다. 그 충격이란, 자기 자신에 대한 놀라운 사실을 알게 되었기 때문만은 아니겠다. 나름 명성 있는 소설가로서 상당 기간 자립 생활을 해온 성인 남성이 새삼 정체성의 혼란에 직면했기 때문이라기도 힘들다. 결국은 그가 직면한 죄의 문제라 해야 하겠다. 자기 출생의 비밀을 알았을 때 겐사쿠에게 먼저 떠올랐던 감정은 모친에 대한 애처로움과 조부에 대한 혐오감이었다.

　　어머니가 왜 그런 일을 저질렀을까. 그것이 충격이었다. 그 결과로 자신이 태어났
다. 그것을 빼고는 자신의 존재를 생각할 수 없다. 그것은 알고 있다. 그렇지만 그런
생각만으로는 어머니가 한 일을 인정할 수가 없었다. 그 천박하고 비뚤어진데다 뭐
하나 잘하는 것 없는 할아버지와 어머니가. 이 연결은 사뭇 추하고 역겨웠다. 어머니
를 위해서 역겨웠다.
　　그는 견딜 수 없이 어머니가 애처롭게 여겨졌다. 그는 어머니 품에 안긴 듯이 "어
머니" 하고 불러보기도 했다.171쪽

　　겐사쿠가 부정하기 어려운 것은 그 자신이 감당해야 할 죄의식 같은 것과는
무관하게, 그 자신이 "죄의 아들"175쪽로 느껴진다는 것이다. 그것은 그가 원죄
에 대한 책임감을 진지하게 받아들이고 있음을 뜻한다. 조부와 모친의 '상간'
이 죄라면, 비록 조부는 세상을 떠나고 없는 상태이지만, 오에이와 '상간'을 넘
어 결혼하고 싶어 하는 자기도 죄인일 수밖에 없다. 그들이나 자기의 경우나,
핏줄이 아닌 근친이기는 마찬가지이기 때문이다.
　　그런데 왜 시가 나오야는 근친상간과 죄의 문제를 끌고 들어온 것일까. 그
가 정말 다루고 싶었던 것은 무엇이었을까. 작가 자신이 밝히고 있는 바에 따
르면32 출생의 비밀은 온전히 공상의 산물이라는 것, 자기가 혹시 조부의 아들
이지 않을까 하는 공상이 소설의 뼈대를 이루게 했다는 것이다. 그럴 수 있는
일이다. 그러나 여기에서 중요한 것은 우연처럼 찾아온 그런 공상이 아니라,
그런 생각을 서사화하게 한 힘의 정체이다. 그 힘이 무엇인지는 작가 자신이

32　「창작여담」에는 "겐사쿠의 출생에 얽힌 사실은 모두 가공의 상상"(『全集』 10, 180쪽)이라고
　　했고, 「속창작여담」에서는, 아버지의 불화로 인해, 어릴 적 자기가 할아버지 자식이 아닐까 했
　　던 공상이 되살아나서 소설에 적용시켰다고 서술한다(『全集』 10, 183~184쪽).

라고 해서 정확하게 말할 수 있는 것은 아니다. 작가란 단지 그 힘의 대행자였을 뿐이기 때문이다. 그 힘에 대해, 다음 세 가지 점을 지적할 수 있겠다.

가장 먼저, 출생의 비밀이라는 설정이 소설의 드라마에 봉사하며 서사에 박진감과 윤리적 무게를 부여한다는 점이 지적될 수 있겠다. 할아버지가 내 진짜 아버지였다는 식의 이야기, 내가 아버지라고 알았던 존재가 사실은 형이고, 형과 어머니가 부부였다는 식의 '막장 드라마'는 신화적 상상력에 뿌리를 둔 것일 뿐 아니라, 문학으로 보더라도 소포클레스의 「오이디푸스 왕」이나 에우리피데스의 「히폴리투스」 등에서 비롯되는 나름 유장한 유서를 가진 것이다. 게다가 이런 이야기에서 중요한 것은 '저주받은 운명' 같은 것이 아니라 그 앞에서 드러나는 주체의 자세이자 태도이다. 그 윤리성이, '저주 받은 운명'에 관한 이야기가 지니는 보편적 호소력의 바탕을 이룬다. 인간이 지닌 본성의 윤리적 불완전함과 거기에 직면하는 사람들의 서로 다른 자세가 주목의 대상이 된다. 근본을 따지자면, 오이디푸스나 겐사쿠가 아니더라도, 유한자로서의 인간은 죽음이 예정되어 있다는 점에서 누구나 '저주 받은 존재'가 아닐 수 없다. 문제는 그 앞에서 어떤 자세를 보이느냐 하는 것이다. 그것은 어떤 작가라도 다루어봄직한 것이겠다.

둘째, 원죄의식 밑에서 작동하는 네이션 단위의 가족 로맨스에 대해 지적할 수 있겠다. 위의 인용문에서 볼 수 있듯이, 추악한 할아버지로부터 물려받은 불길한 운명과 그로 인해 작동하는 죄의식즉, 자기 자신의 기질에 대한 윤리적 공격이 전면에 부각된다. 그것은 물론 선대의 '죄'이기 때문에 그가 죄의식을 느껴야 할 이유는 없다. 그것은 자기 책임이 아니다. 그럼에도 그 '죄'의 결과로 태어났다는 사실을 부정할 수 없으므로 자기 자신이 그 '죄'와 함께 있다고 느낀다. 그것은 자기 책임일 수 있다. 겐사쿠의 원죄의식을 곧바로, 소세키의 경우와 같이 근대성에 대한 민족적 알레고리로 보는 것은 무리가 있다. 『마음』에는 '노기 대장의 순사'라는 분명한 사회적 사건이 존재하지만, 『암야행로』는 그렇지 않기

때문이다.[33]

그럼에도 시가 나오야의 경우를 동아시아 근대성의 층위에서 바라보게 되는 것은, 그것이 매우 강력하게 작동했던 민족적 알레고리로서의 죄의식혹은 피해의식의 마지막 형태로 보이기 때문이다. 소세키의『마음』1914에 등장하는 죄의식은 근대성이라는 새로운 질서의 윤리에 대한 성찰적 시선에 입각해 있다.[34] 또한 그 죄의식은, 후타바테이 시메이二葉亭四迷, 1864~1909의『뜬 구름』1887이나 오자키 고요尾崎紅葉, 1868~1903의『금색야차』1898에 등장하는, 새로운 질서에 대한 피해의식이나 복수심 위에 놓여 있다. 이러한 양태는, 후쿠자와 유키치 같은 계몽주의자가 느꼈던 민족 단위의 수치심과 정확하게 반대편에 놓여 있는 셈이다. 그러나『암야행로』의 죄의식은 사건이 가족 내에서 발생했다는 것을 제외한다면 그런 사회적 정서가 보이지 않거니와, 바로 그런 점이 문제적이라고 해야 하겠다.

겐사쿠는 원죄의식을 느낀다고 했지만, 선대의 일은 그 자신의 행위와 무관한 일이니 책임져야 할 것도 없다. 그도 이런 사실을 잘 알아서, 나오코와 결혼을 할 때에도 자기 출생의 비밀을 미리 상대 가족에게 알렸고 상관없다는 수준의 양해를 받았다. 당사자들의 마음이 중요할 뿐, 선대의 일은 문제가 되지 않는다는 것이다. 여기에서 드러나는 죄의 감각은, 섹슈얼리티라는 인간의 본성의 문제와 연관되어 있거니와, 이런 문제 설정에서 소세키와 같은 사회적 맥락을 확인하기는 힘들다. 소세키의『마음』에서 보이는, 근대성의 돌입으로

---

33 소세키와 시가의 두 소설이 겹칠 수 있었던 특이한 사연이 있다. 소세키가『東京每日新聞』에『마음』을 연재하고 있을 때 시가에게 연락하여 그 다음 소설의 연재를 부탁했다고 한다. 시가는 당시 오노미치에서『암야행로』의 전신인「도키토 겐사쿠(時任謙作)」를 쓸 때였다. 소세키를 존경했던 시가는 장편 연재를 준비하려 했으나,『마음』의 3부인 '선생님의 유서'가 매일 연재되고 있는 것을 보면서도 따라갈 수 없었던 자신의 창작 속도에 연재 제안을 받아들일 수 없었다고 회고한다.「續創作餘談」,『全集』10, 181~182쪽.

34 상세한 것은 졸고,「罪惡感的伦理-夏目漱石与李光洙」,『亚洲文明』第一辑, 上海人民出版社, 2024, 4절에 있다.

인해 만들어진 사회적 수준의 윤리적 혼란 같은 것과는 무관하다는 것이다. 요컨대『암야행로』의 수준에 이르면, 동아시아와 근대성의 충돌 같은 문제는 더 이상 서사적 정동의 원천이 될 수 없음이 확인되고 있는 것이다. 가족 서사의 틀로 말하더라도, 근대성의 돌입 당시 발생한 충격은 원죄의식이라는 희미한 자취만을 남겼을 뿐이다. 근대성의 윤리는 이제 자명한 현실이 되어 있으며,『암야행로』는 그 경계선을 이루고 있는 셈이다.

셋째로 지적되어야 할 것은 보편적 인간 조건으로서의 섹슈얼리티 자체가 지닌 문제성이다. 성욕의 문제는 위반과 충동과 향락의 흐름으로 작동하는, 서사적 정동의 마르지 않는 샘이다.『암야행로』에서 이 문제는 아내 나오코의 사건으로 후편에서 다시 출현하여, 전편의 '원죄의식'과 대칭을 이룬다. 가족이건 사회이건, 남성과 여성들이 함께 존재하는 곳에서는 언제나 그것이 문제이다. 섹슈얼리티는 죄의 문제를 가장 잘 드러낼 수 있고, '근친상간'은 섹슈얼리티가 가진 힘을 최고도로 예각화한다. 주인공 겐사쿠가 회상하는 다음과 같은 부끄러움이 있다.

어머니와 함께 자다가 어머니가 깊이 잠들었을 때 이불 속으로 파고들어갔던 일이 기억났다. 잠시 후 잠들었다고 생각했던 어머니가 손을 세게 꼬집었다. 그리고 강제로 베개까지 끌려나왔다. 그러나 어머니는 마치 잠든 것처럼 눈도 뜨지 않고 아무 말도 하지 않았다. 그는 자신이 한 짓이 부끄러웠고 자신의 행동이 어른들과 비슷하다고 생각했다. 그 기억을 떠올리자 그는 이상한 느낌이 들었다. 부끄러운 기억이기도 했지만, 이상한 느낌이 드는 기억이기도 했다. 무엇이 그에게 그런 일을 시켰는가. 호기심인가. 충동인가. 호기심이라면 왜 그렇게 부끄러워했을까. 충동이라면 모든 사람이 그 나이 즈음에는 그런 행동을 하는 것인가. 그는 알 수 없었다. 부끄러워했다는 점을 생각하면 꼭 순수한 동기였다고만은 할 수 없지만 그 때문에 서너살 아이를 도덕적으로 비판할 생각은 없었다.[143~144쪽]

『암야행로』의 주인공이 느끼는 이 부끄러움은 그가 서너 살이었을 때의 일이고, 프로이트 식으로 말하자면 '남근기$^{phallic stage}$'[35]의 특성이 드러난 것이다. 요컨대 이런 경험은 섹슈얼리티의 문제와 연관된 것이되, 거기에 묻은 부끄러움까지 포함하여 사람의 자연스런 성장 과정의 일부이다. 그런데 이 에피소드는, 성인이 된 겐사쿠가 감당해야 할 죄의 원천들을 이해하는 일, 나아가 자기 자신과의 화해에 도달하는 일로 이어져 있다. 성욕은 사람에게 자연스러운 것이므로 조부와 모친의 일도 그렇게 이해해야 한다는 수준이 아니다. 훨씬 더 섬세한 구도를 지닌다. 아내의 외도와 연관되어 있기 때문이다.

이와 관련하여 적시되어야 할 것은, 어린 겐사쿠의 부끄러움과 대칭적인 자리에 아내 나오코의 부끄러움이 놓여 있다는 점이다. 이 부끄러움 역시 겐사쿠와 마찬가지로 '성기기$^{genital period}$' 이전에 생겨난 것$^{성기기 이후의 부끄러움은 스스로 책임}$$^{져야 한다}$[36]이다. 어린 겐사쿠와 모친 사이에서 있었던 것과 유사한 일이, 어린 나오코와 사촌오빠 가나메 사이에서 "외설적인 놀이"[407쪽]의 형태로 벌어진다. 겐사쿠가 그랬듯이, 타자의 시선에 노출되는 순간 어린 나오코도 부끄러움을 느낀다.[37] 어른이 된 나오코와 겐사쿠의 '근친상간'은 그 연장에 있다. 그리고 소설의 마지막은, 겐사쿠가 아내 나오코를 얼마나 진심으로 용서하고 포용하느냐의 문제로 맞춰진다.

그러니까 이런 구도로 보자면, 겐사쿠와 나오코는 당사자에게 책임을 물

---

35 프로이트가 구성해낸 유아 성욕의 발달 단계는, 구강기(생후 1년까지), 항문기(2~3년), 남근기(4~5년), 잠복기(6~12년)로 구성되며, 성기기(12년 이후)부터는 생식이 가능한 시기이므로 성인의 단계에 해당한다. 프로이트, 김정일 역, 『성욕에 관한 세 편의 에세이』, 열린책들, 1998, 317~319쪽.

36 사람의 성욕은 크게 보아, 생식이 가능한 시기인 '성기기'와 그 이전인 '전-성기기'로 구분된다. 위의 책, 317쪽.

37 "얼마 후 나오코의 오빠가 학교에서 돌아오는 바람에 두 사람은 놀라서 벌떡 일어났는데, 그때 나오코는 오빠의 얼굴을 제대로 쳐다볼 수 없을 정도로 알 수 없는 부끄러움을 느꼈다." (409쪽)

기 힘든 유아기의 부끄러움을 공유하고 있다는 점에서 같은 수준에 있다. 또한 종잡을 없는 성욕으로 인해 생겨난 어른들의 '죄'가 그 연장에 있다는 점에서, 조부와 모친을 포함하여 이들 모두가 하나로 이어져 있는 셈이다. 따라서 겐사쿠가 아내 나오코를 다시 받아들이는 것은, 추악한 모습의 조부와 아름다운 모친의 '죄'를 받아들이는 것이면서 동시에, 조부^{사실은 친부}의 여자 오에이^{사실은 모친}의 육체를 탐했던 자기 자신 속의 어둠과 화해하는 일에 해당한다. 물론 이런 구조는 큰 틀에서 바라본 것일 뿐이고, 소설에서 이들 각각은 자기 고유의 부끄러움을 지닌 존재들이라는 점 역시 놓쳐서는 안 된다.

죄의식과 마찬가지로 부끄러움도 공동체를 만든다. 첫째, 후쿠자와 유키치 같은 계몽주의자들은 근대성의 눈이 되어 보고 말했다. '근대성이 우리를 부끄러워한다. 나는 우리가 부끄럽다.'

두 번째, 그 뒤를 이어, 『마음』의 소세키는 말한다. '노기 대장의 순사를 보니, 부끄러운 것은 우리가 아니라 근대이다. 나는 근대성의 일부가 되어 있는 내가 부끄럽다.' 이것이 곧 전도된 부끄러움으로서의 죄의식^{부끄러움의 방향성이 달라진 것이다}이다. 이들은 모두 같은 부끄러움을 공유하는 사람들의 집단이며 이들의 마음이 공동체 의식이 된다.

세 번째, '나는 이렇게 생긴 내가 부끄럽다. 나는 이런 내가 어쩔 수 없다'라고 말하는, 다자이 오사무와 이상과 김승옥이 있다. 이들은 두 번째 단계를 넘어서야 나타난다. 그들은 모두 생존의 벼랑 앞에 서 있다. 윤동주는 그 벼랑 끝에서 한 걸음 더 나가고자 하는 존재이다. 그의 생애가 그를 그런 존재로 만들었다. 소세키의 단계까지는 국적^{곧, 근대성 도래 이후의 개별 국가나 지역의 상황}이 말을 하지만, 세 번째 상황에서는 국적의 차이는 별다른 의미가 없다. 여기에서의 주체는 보편적 인간 주체이므로, 민족 같은 그 하위 집단의 공동체 의식이 존재할 수 없기 때문이다. 그저 보편적 인간으로의 동질감이 있을 뿐이다.

이런 구도로 보자면, 『암야행로』의 원죄의식은 소세키와 다자이 사이에, 그러니까 두 번째와 세 번째 사이에 놓여 있는 것이다. 시가 나오야는 겐사쿠의 입을 통해 말한다. '내 몸이 물려받은 부끄러움이 내 안에 숨어 있다. 나는 그것을 본다.' 여기에서 부끄러움은 원죄의식이라는 외관 뒤편에 조용히 자리 잡고 있다. 자기가 '죄의 아들'이라는 식의 원죄의식은 말 그대로 아무런 내용 없는 껍데기에 지나지 않는다. 그것은 겐사쿠의 삶에서 의미 있는 사건을 만들어내지 못하는 것, 지나가버린 시대의 존재 조건이었을 뿐이다.

하지만 이것은 어디까지나 『암야행로』의 전편에 해당할 뿐, 후편은 전혀 다른 서사가 펼쳐진다. 이제는 원죄의 문제가 아니라 윤리적 능력이 전면으로 부상한다. 죄의식이 아니라 부끄러움이 문제가 된다. 여기에서 겐사쿠에게 주어진 과제는 선명하다. 아내 나오코의 실수를 겐사쿠 자신의 무능력으로 전치시키는 일이 곧 그것이다. 그것은 자기 자신을 포함하여, 인간의 보편적 존재 조건을 정면으로 바라보는 일에 해당한다. 여기에서 중요한 것은, 주체가 획득해야 할 윤리적 능력이다. 그것은 실체적 당위가 가리키는 단순한 도덕성 너머에 있다. 정해진 규범을 지키는 정도가 아니라 노력하고 애써야 도달할 수 있는 지점이라는 것이다. 다이센大山산에서 겐사쿠가 고열에 시달리며 맞서고자 하는 것은, 정동 차원에서 작동하는 윤리적 무능력이다. 그것이 곧 그에게는 부끄러움이라는 것이다.

자기 출생의 비밀이 밝혀지는 전편은, 젊은 여성의 가슴을 만지며 중얼거리는 겐사쿠의 모습으로 끝난다.

> 그는 어떻게 표현해야 좋을지 몰랐다. "풍년이네. 풍년이야." 뭔지 알 수 없었다. 그렇지만 어쨌든 그의 공허함을 채워주는 뭔가 유일하고 귀중한 것, 그에게는 그 상징처럼 느껴졌다.238쪽

이런 생각 또한 착각일 수밖에 없으나, 중요한 것은 그런 착각이 진짜 삶을

만들어낸다는 사실이다. 사람들에게는 모두 자기 고유의 공허가 있다. 그 공허가 행사하는 어두운 힘에 대해 각자 나름의 방식으로 대처한다. 다양한 형태로 외면하고 포기하고 채우려 한다. 그 대처 방식에 따라 각자가 지닌 삶의 고유성이 생겨난다. 『암야행로』는, 환상과 욕망과 윤리 뒤에 버티고 있는 공허야말로 삶을 생산하는 힘의 중심임을 보여준다. 물론 시가 나오야의 의도^{의도 자체는 확인될 수 없는 것이지만 그것이 어떤 것이든}와는 무관하게 그러하다. 이런 수준의 서사에서라면, 근대성은 이미 그 세계의 내부자가 되어 있다는 사실은 당연할 것이다.

겐사쿠의 시선으로 보자면, 『암야행로』의 전편은 죄의 문제가 중심에 있고 후편은 부끄러움이 서사를 움직여나가는 핵심 동력이 된다. 죄의식과 부끄러움 사이에 16년의 시간이 놓여 있는 셈이다. 그 시간이란 시가 나오야의 세계를 통과해온 근대성의 윤리적 주체가, 동아시아적 특수성의 영역을 빠져나와 근대성 일반에 도달하는 시간이었다고 해도 좋겠다.

6. 로빈슨 크루소와 걸리버, 죄의식과 부끄러움

지금까지 논의해온 바와 같이, 죄의식과 부끄러움은 근대성의 세계 속에서 윤리적 주체의 형성과 관련된 중요한 정동들이다. 근대성의 세계에서 주체가 된다는 것은, 한편으로는 기성 질서에 대한 위반자가 된다는 것^{전통 질서를 거부해야} ^{한다}, 또 한편으로는 자립적 존재로서 자기 결정의 능력을 지녀야 한다는 것을 뜻한다. 여기에서 죄의식은 주체의 위반 행위에, 부끄러움은 주체의 능력에 관계한다. 죄의식이 자신의 과거 행위에 강하게 결속되어 있다면, 부끄러움은 자신의 현재와 미래를 바라보는 시선으로부터 비롯된다.

근대성이 형성되던 시기 유럽의 서사문학에는, 죄의식과 부끄러움을 표상하는 두 명의 유명인이 있다. 『로빈슨 크루소』¹⁷¹⁹와 『걸리버 여행기』¹⁷²⁶의 주인공들이 그들이다. 이들은 18세기 영국에서 등장하여 세계적인 지명도를 지니게 된 소설의 주인공들이다. 죄의식과 부끄러움은, 이 인물들이 만들어낸 유명한 모험과 환상 서사 뒤편에 잘 드러나지 않는 삽화나 배경처럼 자리 잡고 있다. 무인도에 표착한 로빈슨 크루소는 죄의식에 시달리고, 상상의 나라를 헤매는 걸리버는 자기 족속에 대한 참담한 혐오감과 수치심에 휩싸인다.

로빈슨 크루소가 영리한 생존 기계 오디세우스의 후예라면, 걸리버는 비타협적 욕망 기계 나폴레옹의 예비자이다.[38] 이 둘은 유럽의 대항해 시대 이후 새롭게 펼쳐진 무역로에서 이익을 얻고자 했던 인물들이다. 이들의 서사를 낳은 18세기 초반의 영국은, 17세기 해양 무역의 패권국이었던 네덜란드를 대신하여 새로운 무역 강국으로 부상한다. 이 시기 영국의 정치경제적 상황은 '남해회사 버블'1720이라는 사건이 상징적으로 보여준다.[39] 같은 해 프랑스에서 일어난 '미시시피 버블'1720과 더불어, 이 사건은 한 세기 전에 있었던 1630년대 네덜란드의 '튤립 버블'의 후계자이기도 하다. 초기 근대 금융 시장에서 일어난 일련의 사건들은, 원양무역 패권의 이동을 알려주는 신호임과 동시에 중상주의 세계가 장차 도달하게 될 금융자본주의 미래상을 보여주는 청사진과도 같다. 상업자본주의 시대에 빈발하는 금융자본주의 증상들은, 산업자본주

---

38 오디세우스 주체와 나폴레옹 주체의 상세한 대조는 제9장 8절에 있다.

39 '남해회사 버블'은 전쟁 비용으로 인한 영국 정부의 부채를 해결하는 과정에서 생겨난 주가가 급등락한 사건이다. '미시시피 버블' 역시 유사한 구조를 지닌다. 영국 정부는 '남해회사'에 무역 독점권과 함께 국채 인수권을 주고, 회사는 국채 채권자들에게 주식을 발행함으로써 이를 벌충했다는 것, 시장에서 남해회사 주식의 등락 폭이 매우 커서 재정적 손해를 입었던 사람이 많았다는 것이 사건의 골자이다. 송병건에 따르면, '남해회사 버블'은 예외적인 사건이 아니라 당시 영국과 프랑스, 네덜란드 등에서 활성화되어 있던 주식 시장에서 빈발했던 사건 중의 하나이며, 근대적 금융 시장 질서가 확립되는 데 중요한 기여를 했던 사건으로 평가된다. 여기에서 무역 사업이란 라틴 아메리카 소재 스페인 광산을 위한 노예무역이었다는 사실 또한 적시해두자. 송병건, 「남해회사 거품을 위한 변명」, 『영국연구』 29, 2013, 353~359쪽. 디포는 '남해회사'의 지지자이기도 했다. 피터 얼, 양동휴 역, 『디포의 세계-18세기 영국 경제사』, 해남, 2022, 231쪽.

의 시대를 거치기 전임에도 자본주의 자체가 지닌 투기적 본질을 드러내고 있는 것이기도 하다.

이와 같은 시대에 나란히 출현했음에도, 두 개의 서사가 만들어내는 세계상은 매우 다른 모습을 보여준다. 『로빈슨 크루소』는 노예무역 같은 비인도적 상업 활동과 식민지 개척에 대한 관심이라는 점에서, 장차 제국주의 이데올로기가 될 중상주의 세계관을 정확하게 체현하고 있다. 『걸리버 여행기』는 그와 반대로, 식민지 개척에 대해 비판적일 뿐 아니라, 근대 세계가 만들어낸 중상주의 문화에 대해 참을 수 없는 혐오감을 드러낸다. 로빈슨 크루소가 근대문명주의자의 표상이라면, 걸리버는 전형적인 자연주의자의 태도를 지닌다. 두 작가의 서로 다른 지적 배경이 이런 차이와 나란히 놓여 있다. 디포^{Daniel Defoe, 1660~1731}는 영국의 비국교도로서 상인 집안에서 태어난 사업가이자 정치평론가였고, 스위프트^{Jonathan Swift, 1667~1745}는 아일랜드에 거주하는 국교회 신부로서 식민 통치의 폐해를 직접 경험했던 인물이다.[40]

로빈슨 크루소는 상업으로 재산을 축적한 북독일 출신 영국 중산층의 셋째 아들로, 부모의 반대를 무릅쓰고 집을 나가서 35년 만에 부자가 되어 귀향한다. 그중 28년 동안을 카리브 해 무인도에서 고립된 채로 지내야 했다. 그의 죄의식은 절대적 고립감과 낭패감 속에서 터져나온다. 부모의 말과 신의 뜻을 거역한 존재로 자기 자신을 느끼는 것이다. 바로 이런 점에서 그는 자신의 서사적 조상이자 또 한 명의 항해자 오디세우스와 구분된다.

로빈슨 크루소는 19세 때 가출을 해서 원양 함선의 선원이 되었고, 해적에

---

40 디포와 스위프트의 생애와 맥락에 관해서는 다음에 의거한다. 피터 얼, 앞의 책; 존 리체티 외, 근대영미소설학회 역, 『영국소설사』, 신아사, 2000; 전인한, 「『걸리버 여행기』−광기의 타당성」, 『안과밖』 12, 2002; 정익순, 「문학과 철학적 담론으로서의 '가능세계'−『유토피아』와 『걸리버 여행기』를 중심으로」, 『영어영문학연구』 50, 2008; 윤소영, 「리얼리티의 불안−『걸리버 여행기』의 환상 담론을 중심으로」, 『새한영어영문학회』, 2018. 사실에 대한 구체적 적시가 필요한 경우 인용처를 밝힌다.

나포되어 2년 여의 노예 생활을 했으며, 요행히 좋은 기회를 만나 브라질에서 부유한 농장주가 될 수 있었다. 그가 보여주는 삶의 행로는 바다에서 10년을 유랑했던 호메로스의 『오디세이아』를 연상시킨다. 두 주인공은 모두 위협적인 환경 속에서 내던져진 채로 고향에 돌아가기 위해 진력했던 사람들이다. 이런 설정 속의 인물들이니, 그들이 자기 시대 고유의 생존 기계 형상을 지니는 것은 당연한 일이겠다. 그런데 오디세우스에게는 없으나 로빈슨 크루소에게는 선명한 것이 있다. 공포와 죄의식이다.

오디세우스에게 공포와 죄의식이 없는 것은 따져보면 자명한 일이다. 오디세우스 옆에는 절대적 보호자 아테네 여신이 버티고 있으니, 그에게는 내면의 혼란이 있을 수 없고 죄의식 같은 비틀린 감정 역시 있을 수가 없다. 위협적인 마성들이 고향으로 가는 그의 행로를 방해하지만, 여신이 앞길을 인도하기에 큰 문제가 되지 않는다. 근대의 오디세우스로서 로빈슨 크루소가 공포와 죄의식에 시달리는 이유 또한 분명하겠다. 여러 가지 이유가 있겠지만 핵심적인 이유는 단 하나이다. 로빈슨 크루소에게는 아테네 여신이 없다는 것, 즉 집으로 가는 길을 인도해줄 절대자의 부재가 곧 그것이다.

물론 로빈슨 크루소는 신의 존재를 확신하고 있는 독실한 신앙인이다. 그러나 그의 신은 아테네 여신과는 다르다. 기도에 직접 응답하지 않는 신이라는 점에서 그러하다. 뜻을 알 수 없는 섭리의 신은 너무나 먼 곳에 있다. 게다가 그를 둘러싸고 있는 세계는 홉스가 말한 '자연 상태', 만인이 만인에게 늑대인 상태이다. 무법의 '자연 상태' 속에서 그는 생명 상실과 주권 상실에 대한 공포와 불안에 시달린다. 무인도에 표착하여 홀로 열병에 시달릴 때, 자기 선택에 대한 후회와 죄의식은 활화산처럼 솟구친다. "나는 하느님의 명을 거역했어. 행복하고 안락하게 살아갈 수 있는 삶의 위치와 계급에 만족하라고 했던 자비로운 명 말이야. 하지만 나는 내 고집 때문에 그 명을 받들지 않으려고 했고 또 그게 얼마나 큰 축복인지 부모님을 통해 배우려 하지 않았어."[41] 또한, 무인도에서 혼자 산 지 15년 만에 해안에서 사람의 발자국을 발견했을 때, 그의 공포는 다음과 같이 묘사된다.

> 어쨌든 마음속에서 퍼덕이며 요동치는 무수한 상상들을 하며 나는 완전히 제정신이 아닌 사람이 되어 내 요새 집으로 돌아왔다. 흔히 말하듯 발을 디디며 걷는 땅도 느낄 수가 없었으며, 공포감이 극에 달하여 거의 두세 걸음마다 한 번씩 뒤를 돌아보았다. (…중략…) 그리고 설명할 수 없는 기괴한 생각들이 내 머릿속에 얼마나 많이 떠올랐던가. (…중략…) 토끼 굴로 도망치는 겁에 질린 산토끼도, 혹은 땅굴 속으로 도망치는 어느 여우도, 허겁지겁 은신처로 들어가던 나보다 더한 공포감에 사로잡혀 있진 못했을 것이다. 나는 그날 밤 한잠도 못 잤다. 공포감을 제공한 원인으로부터 멀리 도망쳐 왔는데도 두려움은 더욱 커져만 갔다.211쪽

로빈슨 크루소의 이러한 공포는 증상적이다. 무인도에서 벗어나 고향으로 돌아가고 싶어 하는 그에게는 어쩌면 반가운 가능성일 수도 있었을 사람의 발자국이, 왜 이다지도 무시무시하게 다가오는 것일까. 15년의 무인도 생활 동안 그가 보여주었던 합리적인 생존 기계의 모습이라면, 차분하게 관찰하고 대응을 모색하는 것이 어울리는 일이 아니었을까.

이런 과도한 반응에 대해 무법적 '자연 상태'에 대한 공포 때문이라 하기도 힘들어 보인다. 파산한 지중해 상인이 자연스럽게 해적으로 변신하는 『데카메론』1353의 세계가 보여주듯이, 홉스적 '자연 상태'는 오히려 자유의 표상일 수 있어서 그 자체가 죄의식과 공포를 낳지는 않는다.42 이에 비하면 로빈슨 크루소가 보여주는 공포는, 용서받을 수 없는 죄를 지은 사람이 심판자와 지옥문

---

41 디포, 류경희 역, 『로빈슨 크루소』, 열린책들, 2011, 127쪽. 이하 인용은 본문에 쪽수만 표시함.
42 둘째 날 이야기에 많으며, 대표적인 것이 2-4, 7, 10 등이다. 보카치오, 박상진 역, 『데카메론』, 민음사, 2016.

의 존재를 느꼈을 때 보일 법한 정도의 반응이다. 로빈슨과 그의 동료들이 저질러왔던 비인도적이고 무도한 행위에 대한 반응이라면, 수긍할 수 있는 여지가 있을까. 로빈슨 크루소가 탔던 난파선이 노예무역선이었고, 또한 영국의 '남해회사'가 국가로부터 독점권을 얻었던 무역이 아프리카 사람들을 상대로 한 노예무역이었다는 사실[43]을 상기해보자. 물론 이들의 행위를 보면, 그들이 죄의식을 지닌 존재라 하기는 힘들다. 로빈슨 역시 마찬가지이다. 그러나 자기들이 해온 짓이 있기 때문에, 자기가 해온 방식으로 당할 수도 있다고 느끼는 사람의 공포라면 납득할 수 있는 수준이겠다. 여기에서 공포란 당연히 정동의 차원에, 그러니까 몸과 무의식의 차원에 존재하는 것이다.

텍스트의 증상을 만들어내는 무의식의 작동은 의식과는 다른 차원에 있다. 그것 말고는 달리 저 증상적인 공포를 설명할 길이 없어 보인다. 그들이 누비고 다니는 바다 위에는, 원양 항해가 시작된 이후로 스페인과 포르투갈에 이어 네덜란드와 영국, 프랑스 등이 행해온 인류에 대한 범죄 행위가 누적되어 있다. 로빈슨이 건너다니다 홀로 무인도에 표착하게 된 것도 바로 그 죄의 바다이다. 로빈슨 크루소의 원양항해를 극구 만류했던 그의 부모가 진짜로 막고 싶었던 것이 무엇인지, 그리고 왜 걸리버는 자기 시대가 만들어낸 중상주의 문화에 대해 끔찍한 거부감을 보였던 것인지에 대해서도, 그와 같은 무의식과 정동의 작동을 염두에 둔다면 답해볼 수 있는 것이겠다.

당대의 항해 현실에 기반을 둔『로빈슨 크루소』와는 달리,『걸리버 여행기』는 풍자와 우화의 형식을 지니고 있다. 전자의 항해가 욕망의 산물이라면, 걸리버의 항해는 충동의 양태로 드러난다. 35년 만에 고향에 돌아온 후 항해를 기피하는 로빈슨 크루소와는 달리, 걸리버는 고생 끝에 귀국한 다음에도 흡사 마력에 끌린 듯 다시 항해에 나선다. 그가 그럴 수 있는 것은, 그의 항해는 현

---

43 송병건, 앞의 글, 348쪽.

실의 항해가 아니라 환상으로의 항해이기 때문이다. 로빈슨의 여행은 위협과 생존의 디테일이 꼼꼼하게 갖춰진 현실의 여행이지만, 걸리버의 소인국이나 대인국은 명백한 알레고리와 풍자의 형식을 지닌다. 이상한 나라로의 여행기는, 사람이 갑자기 거인이 되고 소인이 되는 식의 변신 이야기와 다르지 않다. 17세기 네덜란드에서 만들어진 망원경과 현미경의 시선이 개입한 것이라고 해도 좋겠다.[44] 인상적인 것은, 3부와 4부에 등장하는 자기 현실에 대한 비판 의식이, 가벼운 풍자 수준을 넘어 공상과 알레고리적 충동을 압도해버릴 정도가 된다는 점이다. 하늘을 나는 섬나라, 죽은 자를 만날 수 있는 마법사의 나라 등에서도 그러하지만, 18세기 영국 현실에 대한 비판 의식은 특히 4부의 '휘늠' 나라에서 폭발적이다.

4부 서사의 뼈대를 이루는 것은 '휘늠Houyhnhnm'과 '야후yahoo'의 이분법이다. '휘늠'은 석기 생활을 하는 준마 종족으로, 몸에 옷을 걸치지 않은 아름다운 자연의 신체와 그에 어울리는 고상한 품성으로 살아간다. 자연으로 돌아가라는 루소의 낭만적 외침을 선취하고 있는 모습이기도 하다. '휘늠' 나라에서 인간은 '야후'라고 불리는 인류의 최하위 버전으로, 악취를 풍기는 족속들로 묘사된다. 이상적인 미덕의 왕국 '휘늠' 나라에 비하면, 걸리버의 나라인 18세기 영국은 중상주의 속물들의 왕국으로 악취가 진동하는 곳이다. 걸리버가 끔찍하게 혐오하는 두 부류의 인간은 변호사와 내과의사이다. 이들은 모두 타인의 재산을 사취하는 사기꾼과 동의어이다. 거짓말이라는 단어 자체가 없는 '휘늠' 나라에는 당연히 이런 악덕들이 존재하지 않는다. '휘늠' 나라에서 살고 싶었으나 영주 허가를 받지 못해 영국으로 돌아올 수밖에 없었던 걸리버는, 자기 세계 사람들에게 풍기는 끔찍한 악취를 견디지 못한다. 부인과 자식들도 그에게는 견딜 수 없는 존재들이다. 마침내 인간을 기피하고 '휘늠'의 하위 버전인

---

44 망원경은 17세기 초반에, 현미경은 17세기 후반에 네덜란드에서 처음 만들어졌다. 졸저, 『풍경이 온다』, 나무나무출판사, 2017, 8장에 좀더 상세하게 썼다.

말과 대화를 나누며 지내는 걸리버는, 보통 사람들의 시선으로 보자면 전형적인 망상자에 해당한다.

로빈슨 크루소는 신의 존재를 확신하는 신실한 사람이다. 무인도에서도 예배 시간을 지키는 모습에서도 확인되는 것이지만, 특히 '프라이데이'에게 전도하는, 비논리적이지만 확신에 찬 신앙인의 모습에서 대표적으로 드러난다. 그런데 문제는 바로 그 확신이 낳는 불안이다. 신과 섭리의 존재는 확신하지만 그 섭리의 실상은 모른다는 것, 그것이 신교도들을 몰아세우는 불안과 죄의식의 원천이자 동시에 간구와 기도를 낳는 동력이 된다. 응답하지 않는 신으로 인해 기도는 더욱 절박해지고, 신의 침묵 속에서 은총과 기적의 흔적을 찾는 눈길은 더욱 간절해진다. 그러니 키에르케고어적인 인물이 나올 수밖에 없다. 역설적인 것은, '신 앞에 선 단독자'가 시나이 반도의 사막에서 양을 키우는 것이 아니라, 노예무역을 하며 일확천금을 꿈꾼다는 것이다.

이에 반해, 걸리버는 신의 힘에 기대지 않는다. 걸리버의 세계에서 신은 세계를 창조함으로써 자기 할 일을 다 했다. 걸리버가 믿는 것은 섭리가 아니라 이성이다. 신이 대자연을 창조하며 거기에 새겨놓은 이법이자 필연의 힘이 믿음의 대상이다. 자연의 위대한 필연성과 거기에 투영되어 있는 조물주의 의지를 믿는다는 점에서, 걸리버는 『도덕 감정론』[1759]의 애덤 스미스와 일치한다. 자연과 필연에는 아직 알려지지 않은 영역은 있어도 우연 같은 섭리가 들어설 자리는 없다. 기적과 은총으로 자신을 드러내는 섭리는, 자연 필연성의 눈으로 보자면 자의와 변덕에 다름 아니기 때문이다. 신의 창조물인 자연의 운행의 법칙에는 이제 신도 개입할 수가 없는 것이다. 자연에는 인과와 필연만이 존재하며 사람의 운명도 그 필연성의 일부이다. 이성을 통해 도달할 수 있는, 자연 안에 있는 고귀한 가치로서의 이성 곧 로고스가 자연 필연성의 핵심을 이룬다. 걸리버가 마법사의 섬에서 만나 가르침을 받는 사람이, '자연신학'의 상징인 아리스토텔레스라는 점은 이로 보면 당연한 일이다. 걸리버의 종교를 명명한다면, 또 하나의 여행소설 『캉디드』 1759의 작가 볼테르와 같이 이신론理神論, deism일 것이다.

그런데 역설적인 것은, 자연 필연성과 이성을 믿는 이신론자 걸리버가 도달하는 지점이 망상, 곧 이성의 상실이라는 사실이다. '휘늠' 나라에서 그는 자기가 꿈꾸었던 이상적인 왕국을 보았다. 걸리버에게 '휘늠'은 자연의 완성Perfection of Nature이었다. 그 나라에서 살고 싶었으나, 옷을 걸친 '야후'였던 걸리버는 영국이라는 악취 나는 '야후'의 나라로 돌아와야 했다. 고향의 자기 집에서도, 아내와 자식들에게서도 '야후'의 악취에 시달린다. 그는 '휘늠'나라에서 '야후' 나라로 유배되었다고 느낀다. 고향에서 느끼는 수치심과 자기 혐오는 극에 달한다.

> 아내와 식구는 크게 놀라면서도 기쁘게 나를 맞아주었다. 내가 벌써 죽은 줄 알았기 때문이다. 그러나 솔직히 고백하건대, 그들을 보고 나는 오히려 미움과 혐오와 멸시로 가득 찼고, 그들이 나의 혈족이라는 것을 생각하니 더욱 그랬다. 내가 휘늠들의 나라에서 불행히도 추방당한 이래로 (…중략…) 나의 기억과 생각에는 저 고상한 휘늠들의 미덕과 사상이 늘 가득 차 있었다. 그리고 야후족의 한 마리와 교미해서 더 많은 야후족을 낳은 애비가 된 것을 생각하니, 극도의 창피와 당황과 공포에 사로잡혔다.[45]

이런 상황에서 걸리버가 만들어낸 대처법은 두 마리 말과 우정을 나누는 것이다. 하루 네 시간 이상 걸리버는 말과 대화를 나눈다. 마굿간 냄새를 맡으며 인간의 악취를 견디는 것이다. 그런데 걸리버 자신의 몸에서는 야후의 악취가 풍기지 않는 것일까. 그는 자신의 악취를 어떻게 견딜까. 이 단계에까지 도달

---

45 스위프트, 송낙헌 역, 『걸리버 여행기』, 서울대 출판부, 2006, 340쪽.

한 걸리버는 중증의 망상자이다.

두 주인공은 이와 같은 방식으로 대조를 이룬다. 로빈슨 크루소를 대표하는 정서적 자질이 공포 / 불안 / 죄의식이라면, 걸리버에게는 망상 / 혐오 / 부끄러움이다. 위의 인용에서 보듯이 걸리버에게도 공포가 있다. 그러나 그 내용과 질감은 매우 다르다. 로빈슨 크루소의 공포는 생명과 주권 상실에 대한 현실적 두려움이다. 이에 비해 걸리버의 공포는 수사학적이다. 자기 자신의 진상을 들여다보는 것의 끔찍함과 자기혐오를 표현하고 있다는 점에서 그러하다. 로빈슨 크루소와 걸리버의 차이는, 섭리^{이해할 수 없음}와 필연^{파악 가능함}을 자신의 배경으로 삼고 있다. 다음과 같은 점에서 그러하다.

섭리는 사람에게 미지의 절대자로 존재한다. 신의 뜻이되 인간이 제대로 알 수 없는 것이 섭리이다. 인간이 이해할 수 없는 신의 의지란, 신의 자의이자 변덕이기도 하다. 섭리는 그 앞에 있는 사람을 안절부절하게 한다. 나는 뭘 잘못했을까, 잘못하고 있을까, 잘못하게 될까. 전전긍긍하는 어린아이로 만든다. 감추어진 타자의 시선은 죄의식의 샘이다. 불안과 두려움에 시달리는 신경증자가 태어난다.

자연이 대표하는 필연성은, 인간이 자신의 이성으로 포착할 수 있는 인과의 영역 안에 있는 것이다. 그런 점에서 절대적 자의이자 포착 불가능한 변덕인 섭리의 반대편에 있다. 섭리가 신의 영역이라면 자연 필연성은 인간의 영역이다. 로빈슨 크루소에게 자연은 홉스적인 무법 상태의 표상이었지만, 걸리버에게 자연은 루소적인 낭만적 이상 상태의 상징이다. 그 이상에 견주어보면, 당장 보이는 것이 자기 자신과 현재의 너절함이다. 부끄러움과 자기혐오는 필연적이고 그것이 극단화되면 망상에 도달한다.

걸리버는 망상 속에서 '진짜 자연'을 경험한다. 그것은 물론 환상의 영역에서 생겨난 일이지만, 그 환상은 실재하는 환상, 현실보다 더 현실적인 환상이다. 그것이 사람을 광기로 몰아넣는다. 광기란 '정상적' 인간 사회에서 용납되기 힘든 존재의 정신 상태를 지칭한다. '진짜 자연'을 맛본 인간, 걸리버처럼 인간 사회로의 귀환을 거부하는 인간의 마음이 그런 상태이다. 그런 인물들에게 자연은 광기가 들끓는 화산지대와도 같다.

근대성의 윤리적 주체가 형성되기 위해서는, 죄의식도 부끄러움도 그것 자체만으로는 부족하다. 걸리버는 물론이고 로빈슨 크루소도 근대적 주체의 단지 한 측면만을 대표한다. 죄의식의 아둔함과 부끄러움이 잉태하는 망상이 겹쳐져야, 우리가 아는 근대적 주체의 영역이 생겨난다. 둘이 겹쳐져 서로를 제약하면, 바보의 죄의식은 자신이 토대를 둔 비합리성의 귀결을 인지하게 되고, 자기혐오를 낳는 광인의 부끄러움은 공동체 형성에 필수적인 윤리적 최소치로 내면화된다.

바보와 광인 사이에서 태어나는 근대적 주체, 그것은 영리한 속물 혹은 연약한 괴물이라 불러야 할 것이다. 약화된 자기혐오로서의 부끄러움이 속물 주체 곁에 있음을 상징적으로 보여주는 동아시아의 텍스트들이 있다. 다자이 오사무와 이상의 텍스트들, 그리고 김승옥의 단편 「무진기행」[1964] 등을 대표적인 것으로 거명할 수 있겠다.

7. 「무진기행」, 연약한 괴물의 부끄러움

18세기 초반의 중상주의 국가 영국에서 출현한 두 텍스트에는, 섭리와 필연이 만들어낸 두 개의 정동, 죄의식과 부끄러움이 맞서 있었던 셈이다. 새로운 윤리적 주체는 이 둘이 교차하는 지점, 부끄러움이 죄의식을 덮어쓰는 곳에서 태어난다. 이 새로운 주체, 부끄러움을 지닌 근대의 오디세우스는 법이 만든 선을 타고 넘나드는 연약한 괴물이며, 선택적으로 윤리적인 존재이다. 이는 죄의식을 지닌 로빈슨 크루소의 몸이 걸리버의 부끄러움을 받아들이는 장소에서 탄생한다.

『로빈슨 크루소』에서 죄의식은 불안과 공포의 히스테리로, 『걸리버 여행기』
에서 부끄러움은 망상적인 자기혐오와 고립의 세계로 인도된다. 로빈슨 크루
소와 걸리버는 모두 자기 영역 안에서는 윤리성을 지향하는 존재들이지만, 그
바깥을 벗어날 때 문제가 생겨난다. 환상의 세계에서 사람 세상으로 돌아온
걸리버는 망상자의 수준에 이르고, 무인도에서 현지인 프라이데이를 만난 로
빈슨 크루소의 신앙은 비합리성이라는 난관에 봉착한다.

망상은 현실에 대한 거부이기에 그 자체로 사회에 위협적일 수 있다. 망상
자 걸리버는 자진하여 마굿간에 들어감으로써 사회로부터 격리된다. 로빈슨
크루소의 신앙심이 보여주는 비합리성은, 그가 지닌 윤리적 주체의 형식이 외
관만의 것이기에 좀더 문제적일 수 있다. 크루소의 비합리성 역시 계속 나아
가면 결국은 걸리버의 수준에 도달하게 될 수밖에 없다. 그럼에도 불구하고
종교가 지닌 윤리성의 외관 때문에 이를 방어하기가 힘들다는 것이 문제이다.
격리되지 않은 채로 거리를 활보하는 망상자가 되는 것이다.

로빈슨 크루소는 무인도 생활 25년을 넘어섰을 때 현지인 '프라이데이'를
만나 자기 신앙을 전파한다. 가장 힘 센 존재로서 하느님의 실재성을 인식시
키는 데는 큰 문제가 없었으나, 악마의 개념은 그럴 수가 없었다. '프라이데이'
가 로빈슨 크루소에게 반문한다. "그놈이 나쁜 짓을 더 못하게 왜 하느님이 안
죽이나요?"[211쪽] 이 질문 앞에서 로빈슨 크루소는 실질적으로 말문이 막힌다.
그가 내놓은 이런저런 대답은 논리적 견강부회일 뿐이다. 게다가 그는, 미신은
안 믿는다고 하면서도 자기 삶의 우연들을 신의 섭리라고 생각하고,[46] 가톨릭
사제들의 종교의식을 사술詐術이라 생각하면서도 악령의 존재는 믿는 모순적
인 인물이다.[47]

신앙의 비합리성과 근대적 이성의 세계를 조화시킬 수 있는 유일한 방법은,
칸트가 그랬듯이 신앙을 순수 이성의 영역 밖으로 내보내는 일이다. 믿음의

비합리성이야말로 종교의 세계로 가는 동력임을 인정하는 것이다. 로빈슨 크루소는 '프라이데이'가 하느님의 존재를 인정하는 것에 대해 이성의 힘이라고 했지만 그것이야말로 망상에 불과한 것이다. 그의 하느님 '야훼'가 '프라이데이'의 하느님 '베나머키'보다 우월한 것은, 그가 지니고 있던 총과 그것을 만든 체제의 위력이 산출한 결과일 뿐이다. 요컨대 각자의 믿음은 그 자체로는 우위를 논할 수 없는 것이며, 또한 종교란 그 자체가 제도화된 비합리성의 영역임을 인정해야 하는 것이다.

게다가 여기에서 문제는, 앞에서 지적한 대로 좀더 본질적인 함정이 도사리고 있다는 사실이다. 신앙의 비합리성이 인도하는 길은 망상으로 이어진다는 점이 곧 그것이다. 신앙의 차원에 도달하는 윤리라는 점에서 보자면, 인간^{'야후'} 혐오자이자 말^{'휘늠'} 숭배자인 걸리버 이상으로 신실한 사람이 있기 어렵다. 걸리버의 믿음은 마음이 아니라 몸의 차원^{후각}에서 작동하는 것이기 때문이다. 인간 세상에서 견딜 수 없는 악취를 느끼는 걸리버의 몸은, 마음의 개입 없이도 믿음을 굳세게 실천하는 중인 것이다. 요컨대 로빈슨 크루소라는 윤리적

---

46 예를 들어 다음과 같은 구절이다. "그런데 지난 시간들을 헤아려 보다가 하느님의 섭리에 의해 내게 일어났던 사건 발생일들이 이상하게 우연의 일치처럼 겹쳤다는 게 기억났다. 만약 내가 길한 날이니 불길한 날이니 하고 따지는 미신적인 성향의 소유자였다면 그 같은 우연한 날짜의 일치는 정말 흥미롭게 고찰해 볼 근거가 충분한 사항이었을 것이다. / 가장 먼저 나는 아버지와 친구들을 버리고 바다로 나가려고 헐 항으로 도망친 그날이 나중에 살레의 해적선에 붙잡혀 노예로 전락한 날과 같은 날이었다는 사실을 깨달았다. / 한편 야머스 항 정박지에서 난파당한 배에서 탈출했던 날은 나중에 보트를 타고 살레에서 도망친 날과 같은 날이었다. / 또한 내가 태어난 9월 30일은 26년 뒤 내가 기적적으로 목숨을 구하여 이 섬의 해안에 도착한 날과 같은 날이었다. 결국 내 사악한 삶이 시작된 날과 내 고독한 삶이 시작된 날이 같은 셈이었다."(182쪽)

47 "나는 세상에서 가장 무지몽매한 이런 야만인들에게도 사제의 술책이 존재한다는 사실을 깨달았다. 그리고 사람들의 존경심이 사제에게 향하도록 은밀한 종교의식을 만들어 내는 술책은, 비단 로마 가톨릭교에서만 발견되는 게 아니라 세상의 모든 종교들, 심지어 가장 야만적이고 미개한 야만인들 사이에서도 발견되는지 모른다고 생각했다. (…중략…) 그리고 만약 그들이 산에 올라가 어떤 대답을 얻었거나 누군가와 대화를 나누었다면 그건 필시 악령과 한 짓일 거라고 말했다."(294쪽)

주체는 구극에 도달하면 걸리버가 될 수밖에 없거니와, 고향으로 돌아가기를 꿈꾸는 로빈슨 크루소에게는 그것은 불가능한 선택이다.

로빈슨 크루소가 자기 신앙의 비-이성 속에 숨어 있는 걸리버를 찾아낸다면 무슨 일을 해야 할까. 객관적 신앙과 주관적 '진짜 신앙' 사이에 경계를 설정하는, 신앙에 대한 최소한의 냉소주의를 도입하지 않을 수 없다. 그래야 그의 몸이 요구하는, 합리적 성공 서사의 깔끔한 주인공으로 살아갈 수 있는 까닭이다. 무인도나 '휘늠' 나라가 아니라, 사람들 사이에서 사회적 삶을 살아내야 할 새로운 오디세우스, 도회지의 새로운 생존 기계의 윤리가 요구되는 것이다. 이럴 때 그에게 필요한 것은 자기가 안고 갈 수 있는 수준의 부끄러움이다.

근대적 성공 서사의 주인공이 탄생하는 지점은 바로 이곳, 생존기계인 로빈슨 크루소의 몸이 걸리버의 마음을 받아들이는 지점이다. 로빈슨 크루소의 죄의식은 무의식의 수준으로 가라앉고, 그 자리를 걸리버의 부끄러움이 채운다. 죄의식의 시선은 과거를 향해 있지만, 부끄러움은 미래를 바라본다. 자신의 현재 속에서 회한과 후회의 흔적이 아니라, 장차 이루어야 할 자아 이상의 결핍을 바라보는 것, 그것이 근대성의 윤리적 주체가 하는 일이다.

새로운 주체, 공리주의자 근대의 오디세우스는 걸리버와 로빈슨 크루소의 합성품이다. 걸리버 편에는 망상자를 만들어내는 자기혐오가 있었고, 로빈슨 크루소 편에는 죄의식의 바탕 위에서 생존기계를 구동시키는 성공서사가 있었다. 성공 서사의 명랑성은 자기혐오의 강도를 낮춰 주체 구성의 긍정적 요소로 변형시킨다. 그 결과로 만들어지는 것이 자기부정의 에너지이거니와, 그것이 곧 성공 서사의 핵심 동력이 된다. '나는 지금의 내가 만족스럽지 못하다. 나는 부끄럽지 않은 미래를 향해 나아가겠다'라고 말하는 사람의 내적 동력이 곧 공리주의 세계의 자기부정인 것이다.

자신의 현재 상태를 부끄러워하는 자기부정의 에너지는 다양한 모습의 성공과 발전의 이야기들을 만들어낸다. 여기에서 주인공이 되는 새로운 오디세우스들의 기본 속성은 성취 지향성이다. 때로는 연구에 몰두하는 사람들이거나 혹은 자기 욕망의 실현과 출세를 위해 야망의 길을 가는 인물들이기도 하다. 이들의 모습은, 스탕달의 『적과 흑』[1830]이나 발자크의 『잃어버린 환상』[1843], 플로베르의 『마담 보바리』[1856] 같은 19세기 프랑스 소설의 젊은 주인공들에서 대표적으로 표현된다. 『적과 흑』의 주인공 쥘리앵 소렐은 열렬한 보나파르트주의자였거니와, 나폴레옹이라는 상징 속에서 작동하는 힘은 두 가지이다. 한편에는 올바름을 향한 윤리적 동력^{이것이 쥘리앵을 영웅적인 죽음으로 몰아간다}이, 다른 편에는 신분 상승과 성공을 향한 야망이라는 몰윤리적 힘^{성공을 위해 수단과 방법을 가리지 않는다}이 있다. 윤리와 몰윤리의 모순적 결합에서 작동하는 척력이 성공 서사의 내적 역동을 만드는 핵심 동력이다.

성공을 향해 가는 주체에게 불가피한 몰윤리성은, 목표 지점에 도달하기 위해 무릅써야 했던 비도덕성만을 뜻하는 것이 아니다. 목표 달성 이후에 찾아오는 허탈감과 회한, 목표를 이루기 위해 자기가 지불해야 했던 윤리적 기회비용의 누적된 대가, 그리고 무엇보다도 당시에는 의식하지 못했으나 사후적으로 발견되는 자기 행위의 비도덕성이라는 형태로 다가온다. 성공서사가 종국에는 환멸의 그림자를 배경에 두고 있는 것은 그 때문이다.

새로운 오디세우스들의 성공 서사는, 공리주의와 목적 합리성을 윤리적 바탕으로 삼는다. 그것이 새로운 주체의 윤리적 몸체를 이룬다. 미지의 섭리와 죄의식은 폐기되어야 한다. 주체를 불안과 망상으로 인도하기 때문이다. 목적 합리성이 만들어내는 공허감은 이제, 부끄러움 속에 자리 잡고 있는 내면화된 공동체 의식이 채워 넣는다. 죄의식이 칸트적인 양심의 차원이라면, 부끄러움은 헤겔적인 법의 차원인 것이다. 근대성이 주체에게 부과하는 윤리적 최소치로서, 주체가 자신의 영혼을 지키는 데 필요한 미니마 모랄리아^{minima moralia}의 역할을 하는 것이 곧 부끄러움이다. 그 이하로 떨어지면 부끄러움을 모르는 바보나 괴물이 되고, 부끄러움이 지나쳐 병적 수준의 자기혐오가 되면 걸리버와 같은 망상자가 된다. 부끄러움은 필수적이지만 근본적인 수준으로 뉘우치는 것은 곤란하다. 서정주[1915~2000]는 그의 시 「자화상」[1937]에서 이렇게 썼다.

> 세상은 가도 가도 부끄럽기만 하드라 / 어떤 이는 내 눈에서 罪人을 읽고 가고 / 어떤 이는 내 입에서 天痴를 읽고 가나 / 나는 아무 것도 뉘우치지 않을란다.[48]

뉘우침 없는 부끄러움은, 성공 서사가 주인공에게 부여한 윤리 강령과도 같다. 20세기 한국사를 염두에 둔다면, 일제 치하에서 나온 이 강령은 너무 일찍 나온 철부지와 같거니와, 그래서 오히려 현실과 시대를 넘어서는 서정성의 본질에 충실한 것이라 할 수도 있겠다. 서사의 영역에서 이 강령이 실현되기 위해서는, 해방이 되고 주권을 회복한 주체가 출현하기 기다려야 한다. 일제강점기 주권 없는 주체의 서사 속에서는, 통속성이나 개인주의가 멋지거나 당당한 주인공의 기율이기는 힘들다. 비판이나 풍자 혹은 자기모멸의 대상이 되는 것이 일반적이다. 노예 상태에서 벗어나고자 애쓰지 않는 노예가 멋지기는 힘든 까닭이다. 김승옥과 이청준으로 대표되는 '한글세대'의 문학에서야 비로소 멋진 통속성이나 당당한 개인주의의 편린을 목도하게 되는 것은 그런 때문이다. 김승옥의 단편 「무진기행」[1964]은 20세기 후반 한국에서 새롭게 시작되는 성공 서사의 신호탄과도 같다.

여기에 등장하는 속물 오디세우스 윤희중은 자기 부끄러움을 마음속에 안고 가는 인물이다. 그가 해야 할 일은 뉘우치지도 뒤돌아보지도 말고 앞으로 가는 일이다. 출세와 성공을 향한 목표는 앞에 있기 때문이다. 뒤돌아보며 머뭇거리다가는 치명적 회한이 그를 추월할 것이기 때문이다. 「무진기행」의 오디세우스는 왜 고향에 돌아가는가. 근대의 귀향소설들이 대개 그렇듯, 이유는

---

48 서정주, 「자화상」 일부, 『서정주전집』 1, 2008, 민음사, 33쪽.

단 하나이다. 그들의 귀향은 고향과 과거로 돌아가는 길이 차단되었음을 확인하기 위함이다.

18세기의 오디세우스 로빈슨 크루소가 절망적인 죄의식에 휩싸였던 것은 그가 고향으로 돌아가기를 원했기 때문이었다. 그가 고향으로 돌아가기를 포기한다면, 신에 대한 참회도 죄의식도 있어야 할 까닭이 없다. 많은 사람들의 향수를 자극하는 고향은 무죄성의 장소이다. 그곳에서는 어떤 행위도 죄가 아니다. 아담 이전의 에덴에는 법이 없고, 법이 없으니 위반도 죄의식도 있을 수 없다. 일상의 때가 묻은 사람들이 고향으로 돌아가고자 한다면 먼저 죄의식의 무대를 통과해야 한다. 참회와 속죄가 타자의 시선 앞에 공개되어야 하고, 무대를 둘러싼 어둠 어디선가에서 용서의 빛이 날아들기를 기다려야 한다. 레테의 강을 건너는 수준일 수도 있다.

「무진기행」의 새로운 오디세우스가 고향에 돌아가지 못하는 것은, 고향으로 가는 길을 위험한 마성들이 가로막고 있기 때문이 아니다. 섭리의 은총이 그를 도와줄 수 없기 때문도 아니다. 이유는 단 하나, 고향이 사라져버렸기 때문이다. 「무진기행」의 고향은 이미 노래하는 마녀 사이렌^{하인숙}의 영토가 되어 있다. 무죄성의 장소가 이제는 위험한 향락^{jouissance}의 땅이 되어버렸다는 것인가. 바뀐 것은 고향이 아니라 주체의 정신적 배치라고 해야 할 것이다. 고향은 언제나 사이렌들의 땅이었고 지금도 마찬가지다. 고향은 변한 것이 없으나, 문제는 오디세우스가 향락 금지의 새로운 법을 받아들였다는 사실이다. 법을 받아들여야 주체가 생겨나지만 그와 동시에 고향이 사라진다. 행복과 무죄성의 땅이었던 고향은, 법이 투입되는 순간 위험한 향락의 장소가 된다. 주체의 존립을 위협하는 늪과 함정의 공간이 되어버린다. 주체가 맞이한 새로운 시대의 자연법은 성공 서사이다. 누구나 자기발전을 위해 노력해야 한다는 것이 그 법의 첫 번째 조항이다. 그리고 성공을 위한 두 번째 조항이 나온다. 향락의 금지가 그것이다.

고향을 배회하는 사이렌 하인숙은 귀향길에 오른 오디세우스 윤희중에게 노래를 부른다. 노래하는 사이렌의 모습 속에서 오디세우스는 확인하게 된다. 행복을 누리려 해서는 안 된다. 누리는 순간 행복은 향락이 되고, 향락하는 주체는 결국 움직이는 해골이 된 자기 자신을 보게 될 것이다. 향락하는 몸이 사이렌의 발밑에서 먼지가 되는 꼴을 보게 될 것이다.

윤희중은 사이렌과의 하룻밤을 보내고 난 다음 허겁지겁 무진으로부터 빠져나온다. 그리고 말한다. "나는 심한 부끄러움을 느꼈다."[49] 그것이 이 소설의 마지막 문장이다. 그가 왜 부끄러워하는가. 금지된 향락에 접근하려 했다면 부끄러움이 아니라 죄의식과 불안이 샘솟아야 했을 것이다. 부끄러워하는 그는, 결코 금지된 선을 넘을 수 없는 자신의 비겁을 이미 알고 있었던 것이다. 자신은 결코 향락의 문을 열어젖히지 못하리라는 사실을, 위험 없는 향락의 문 앞에서 잠시 서성이다 돌아설 것이라는 사실을, 그는 몸으로 알고 있었던 것이다. 알면서도 짐짓 모른 척했음이 그 자신에게 선명하게 떠올랐던 것이다. 부끄러움 정도는 있어야 마땅할 것이나, 그 부끄러움이 그에게 깨우쳐주는 좀더 근본적인 사실이 있다. 고향으로 가는 문을 닫아버린 것은 바로 그 자신이라는 것이겠다.

바보도 광인도 향락을 누릴 수 있다. 그것은 그들의 행복으로, 향락이 행복혹은 쾌락과 구분되어야 할 이유가 없다. 그러니 고통스런 쾌락으로서의 향락 자체가 존재하지 않는다고 해도 똑같은 말이 된다. 그러나 바보와 광인 사이에서 태어나는 영리한 속물에게 향락은 존재하되 누릴 수는 없는 것이다. 유예되고 저축되는 향락이, 살아 있는 향락의 부드러운 피부가 아니라 향락이 저장되어 있는 금고 문의 단단하고 싸늘한 질감이 그에게는 행복의 증거가 된다. 닫힌 금고 문에 붙은 향락의 접근 금지 표지가, 영리한 생존기계들이 일용하는 행

---

49 김승옥, 「무진기행」, 『김승옥 소설전집』1, 문학동네, 1995, 152쪽.

복이자 도착적인 향락이 된다. 통속적 주체에게 어울리는 향락은, 향락 저장고 앞에 놓인 시식용 무료 향락이다. 저장고의 문을 여는 순간 주체는 해체되고 향락은 고통이 된다는 것을, 윤희중이 그렇듯이, 근대성의 윤리적 주체는 알고 있다. 그러니 윤희중으로서도 안전한 향락을 맛보고 부끄러운 마음으로 돌아서는 정도가, 근대성의 속물 주체로서 누릴 수 있는 향락의 최대치이겠다.

8. 향락 앞의 부끄러움

지금까지 동아시아 근대문학에서 나타나는 부끄러움의 작은 역사를 살펴보았다. 첫 두 절에서 기술한, 윤동주의 시에서 표현되는 부끄러움과 운명애는 윤리적 주체의 원점에 해당한다. 그 바탕 위에 동아시아 근대가 만들어낸 특수성이 수놓아진다. 근대성과의 조우가 만들어낸, 민족 단위의 집단에 대한 부끄러움이 우선적이고, 그것이 성찰적인 단계에 접어들면 지식인들이 느끼는 죄의식의 형태가 된다. 근대 초기의 인물들, 후쿠자와 유키치와 김옥균, 소세키, 루쉰, 이광수 등의 경우가 그러했다.

이런 정동이 지닌 집단주의로부터 벗어나면 비로소 개인 단위의 부끄러움이 출현한다. 죄의식과 개인 단위의 부끄러움 사이의 경계에 놓여 있는 특이한 예가 시가 나오야의 장편 『암야행로』에 해당한다. 여기에서는 민족 단위의 생존이 아니라 개인 단위의 생존이 문제가 된다. 여기에서부터는 근대적 주체일반의 문제가 된다. 18세기 영국의 두 인물, 로빈슨 크루소와 걸리버를 죄의식과 부끄러움의 대표자로 소환하여 양자의 윤리적 얽힘을 따져본 것은 그런까닭이다.

부끄러움은 향락을 원하면서도 향락이 초래할 자기 파괴를 두려워하는 주체의 정동이다. 따라서 부끄러움은 근대성이라는 체제가 산출해낸 주체 일반에게 요구되는 윤리적 최소치로서, 그 아래로 떨어지면 바보나 괴물이 되고, 그 너머로 날아가 버리면 광인이 된다. 아슬아슬하지만 부끄러움의 선을 뱀처럼 타고 가는 것이, 근대성 일반이 요구하는 윤리적 주체의 기율이다.

향락 속으로 뛰어든 사람들, 향락을 향해 가면서도 자신의 주체됨을 유지할 수 있음을 보여주었던 예외적인 사람들이 있다. 앞에서 서정주 시를 예시했거니와, '탕아'로서의 글쓰기를 실천했던 다자이 오사무나 이상 같은 문인들을 대표적인 예로 적시할 수 있겠다. 역설적인 것은 이들 역시 부끄러움의 언어로 말을 하고 있다는 점이다. 겉으로 드러나 있는 '탕아'로서의 삶은 그들이 누린 향락의 지표이다. 그런데 그것이 문학이 되는 방식에 성공서사가 있고, 부끄러움은 거기에서 생겨난다.

방랑에 지친 오디세우스, 다자이 오사무는 고향으로 돌아가며 소설 주인공의 입을 빌려 말한다. "나는 부끄러움 많은 인생을 살았습니다."[50] 이것은 『인간 실격』의 주인공 오바 요조가 정신 병원에서 남긴 수기의 첫 문장이거니와, 그보다 중요한 것은 이 소설이 다자이 오사무가 자살하기 직전에 남긴 유작이라는 점이겠다. 요컨대 20세기 오디세우스의 고향은 지상에는 존재할 수 없다는 것이겠다. 다자이 오사무는 엘리트 되기의 길을 포기하고 '방탕'과 예술을 선택한다. 그런데 성공 서사를 포기함으로써 들어가게 된 예술의 영역에서조차 그는 또 다른 차원에서 성공 서사의 주인공이 된다. 그의 힘으로서는 벗어날 수 없는 성공 서사의 마력이 아닐 수 없다. 부끄럽지 않을 수 없겠다.

이상의 유작 단편 「종생기」[1937]는 소설 전체가 부끄러움의 전시장이다. 역설적으로 그 부끄러움이야말로 작가 이상이 세상을 향해 내보이는 자부심의 근거이기도 하다. 자기모멸의 절묘한 기술이 그 핵심에 있기 때문이다. 이상의 단편 「동해」[1937]에서 견디기 힘든 모욕을 당했다고 생각하는 주인공은 자살을

---

50   다자이 오사무, 정수윤 역, 『다자이 오사무 전집』 9, 도서출판 b, 142쪽. 번역 수정.

생각한다. 스스로에게 내린 판결문의 내용은 이러했다.

被告는 一朝에 人生을 浪費하였느니라. 하루 被告의 生命이 延長되는 것은 이 乾坤 의 經常費를 구태여 騰貴시키는 것이어늘 被告가 들어가고자 하는 쥐구녕이 거기 있 으니 被告는 모름지기 그리 가서 꽁무니 쪽을 돌아다보지는 말지어다.[51]

여기에서 문제가 되는 것은 한 여성을 둘러싼 두 남성 사이의 갈등이지만, 이 판결문은 작가 이상의 삶 전체를 향한 것이다. 이상의 문학에서 희학적인 자기모멸의 방식으로 드러나는 부끄러움은 서사의 핵심 동력이 된다. 거기에 목숨까지 걸리게 되면 진짜 예술이 된다. 유서라고 이름붙인 유작 「종생기」에 서 그의 부끄러움은 창작 능력의 문제로 초점이 맞춰진다. 근대 동아시아에서, 죽는 순간까지 부끄럽지 않기 위해 노력하는 것은, 윤동주와 같은 윤리적 주 체에게만 해당하는 것이 아니라 이상이나 다자이 오사무 같은 '탕아 예술가' 들의 경우도 마찬가지라는 것이다. 그들이 다른 것은 부끄러움을 만들어내는 코드의 차이일 뿐이겠다.

근대성의 윤리적 기율로서 성공 서사는 예술의 영역까지 정복한다. '탕아'가 되는 일도, 그것을 예술의 형태로 내보이는 일도 공리주의와 능력주의의 언어 가 지배한다. 이런 요소로 이루어지는 성공 서사는 근대성의 밤하늘에 뜬 달과 도 같다. 법은 하나지만 천 개의 강이 그 빛을 되비춘다. 지금까지 살펴본 바와 같이, 동아시아 근대문학에서 형성된 부끄러움의 짧은 역사가 그것을 보여준다.

---

51   김윤식 편, 『이상 문학 전집』 2, 문학사상사, 1991, 279쪽.

초출일람

제1장 동아시아라는 장소와 문학의 근대성
「동아시아라는 장소와 문학의 근대성」,『비교문학』72, 2017.

제2장 둘째 아들의 서사－염상섭, 나쓰메 소세키, 루쉰
「둘째 아들의 서사－염상섭, 소세키, 루쉰」,『민족문학사연구』51, 2013.

제3장 무한공간의 정동과 존재론적 불안－아리시마 다케오, 루쉰, 이광수, 염상섭, 아쿠타가와 류노스케
「무한공간의 출현과 근대의 서사－아리시마 다케오를 중심으로」,『비교문학』67, 2015

제4장 계몽의 불안－루쉰과 이광수
「계몽의 불안－루쉰과 이광수의 경우」,『한국현대문학연구』51, 2017

제5장 탕아의 문학, 동아시아의 막내 서사－이상, 다자이 오사무, 최국보의 「소년행」
「이상과 다자이 오사무의 공명관계에 대하여－「종생기」와 「다스 게마이네」를 중심으로」,『민족문학사연구』85, 2024

제6장 실패의 능력주의－다자이 오사무의 삶과 문학에 대하여
「실패의 능력주의－다자이 오사무의 삶과 문학에 대하여」,『작가들』2024년 가을호

제7장 강박과 히스테리 사이, 메이지 유신과 동아시아의 근대성－시마자키 도손, 루쉰, 염상섭
「강박과 히스테리 사이, 메이지 유신과 동아시아의 근대성－시마자키 도손, 루쉰, 염상섭」,『일본비평』19, 2018

제8장 동아시아의 자기 서사와 담론의 구조－루쉰, 다자이 오사무, 다케우치 요시미, 이광수
2024, 미발표

제9장 죄의식의 윤리－소세키와 이광수
「罪惡感的伦理－夏目漱石与李光洙」,『亚洲文明』第一辑 , 2024.9

제10장 부끄러움의 역사－윤동주, 시가 나오야, 다니엘 디포, 김승옥
「동아시아 근대문학에 나타난 부끄러움의 역사」,『비교문학』94, 2024

참고문헌

고현혜, 「이상과 다자이 오사무의 동반 자살 모티프 연구」, 『인문논총』 70, 서울대 인문학연구원, 2013.

권미, 「20세기 초 한중일 가족사소설 비교사 연구―『이에』, 『삼대』, 『쟈』를 중심으로」, 서울대 석사논문, 2016.

권호종·강명화, 「루쉰 소설이 고골의 「광인일기」로부터 받은 주제의식」, 『세계문학비교연구』 35, 2011.

금지아, 「조선시대 당시선집의 편찬양상 연구」, 『중국어문학논집』 84, 중국어문학연구회, 2014.

김경호, 「동아시아 유학적 전통에서 권학의 문제」, 『유학연구』 24, 2011.8.

김보예, 「윤동주의 죽음, 진상규명 필요한 이유」, 『오마이뉴스』, 2020.2.10.

김수안, 「자살의 자격, 소설 쓰기 방법으로서의 종생」, 『비교문학』 86, 한국비교문학회, 2022.

김지선, 「『唐詩畫譜』의 흥행과 唐詩의 통속화」, 『중국어문학지』 52, 중국어문학회, 2013.

김철, 「有島武郎文學에 나타난 性意識 研究」, 중앙대 박사논문, 2005.

노경희, 「17, 18세기 조선과 에도 문단의 당시선집 수용와 간행 양상 비교 연구」, 『다산과 현대』, 연세대 강진다산 실학연구원, 2010.

노재준, 「악부『소년행』 연구」, 『중국어문학론집』 25, 중국어문학연구회, 2003.

노지승, 「이상의 글쓰기와 정사」, 『겨레어문학』 44, 겨레어문학회, 2010.

미야지마 히로시(宮嶋博史), 「'화혼양재'와 '중체서용' 재고―일본 중국과 구미와의 만남」, 백영서 외, 『동아시아 근대이행의 세 갈래』 창비, 2009.

박미경·장남호 외, 「일본 고전에 보이는 '화혼'의 정의와 어의의 변천」, 『화혼양재와 한국 근대』, 어문학사, 2006.

박삼헌, 「천칭폐지령과 메이지 유신」, 『일본연구』 21, 2014.

박유하, 「'메이지정신'과 일본 근대의 '주체' 만들기」, 『문학동네』, 2003.

송병건, 「남해회사 거품을 위한 변명」, 『영국연구』 29, 2013.

유성준, 「盛唐 崔國輔의 시―樂府를 중심으로」, 『외국문학연구』 16, 한국외대 외국문학연구소, 2004.

유세종, 유세종 외역, 「꽃테 문학에 대하여」, 『루쉰전집』 7, 그린비, 2010.

윤소영, 「리얼리티의 불안―『걸리버 여행기』의 환상 담론을 중심으로」, 『새한영어영문학회』, 2018.

이종묵, 「조선말기 당시(唐詩)의 대중화와 한글본『당시장편』」, 『한국한시연구』 27, 한국한시학회, 2019.

전인한, 「『걸리버 여행기』―광기의 타당성」, 『안과밖』 12, 2002.

정익순,「문학과 철학적 담론으로서의 '가능세계'-『유토피아』와 『걸리버 여행기』를 중심으로」,
　　『영어영문학연구』 50, 2008.

조동일,「동아시아 소설이 보여준 가부장의 종말」,『국제지역연구』 10-2, 2001.

조사옥,「이상문학과 아쿠타가와 류노스케」,『일본문화연구』 7, 동아시아일본학회, 2002.

조인희,「문학작품을 소재로 한 17~19세기 朝·日 회화의 유형과 양식」,『동양예술』 56, 한국동양
　　예술학회, 2022.

진은영·김경희,「유교적 수치심의 관점에서 본 윤동주의 시 세계」,『한국시학연구』 52, 2017.

하향주,「당시화보와 조선후기 화단」,『동악미술사학』 10, 동악미술사학회, 2009.

「신약전서」,『표준새번역 성경전서』, 대한성서공회, 1993.

『염상섭 전집』, 민음사, 1987.

『이광수 전집』, 삼중당, 1973.

C. S. 홀, 설영환 역,『프로이트 심리학의 이해』, 선영사, 1985.

고모리 요이치, 한일문학연구회 역,『나는 소세키로소이다』, 이매진, 2006.

고성빈,『동아시아 담론의 논리와 지향』, 고려대 출판문화원, 2017.

관중, 신동준 역,『관자』 상, 인간사랑, 2021.

김승옥,『김승옥 소설전집』 1, 문학동네, 1995.

김옥균,『김옥균 전집』, 아세아문화사판 영인본, 1979.

김윤식,『염상섭 연구』 서울대 출판부, 1999.

＿＿＿＿,『이광수와 그의 시대』 1~3, 한길사,1986.

＿＿＿＿,『이상연구』, 문학사상사, 1987.

나쓰메 소세키, 김정훈 역,「나의 개인주의」,『나의 개인주의 외』, 책세상, 2004.

＿＿＿＿＿＿＿＿, 노재명 역,『그 후』, 현암사, 2014.

＿＿＿＿＿＿＿＿, 서석연 역,『마음』 범우사, 1990.

＿＿＿＿＿＿＿＿, 윤상인 역,『그 후』, 민음사, 2003.

나카무라 미쓰오, 고재석·김환기 역,『메이지문학사』, 동국대 출판부, 2001.

노신문학회 역,『노신 선집』, 여강출판사, 2004.

다자이 오사무, 김재원 역,『다자이 오사무 전집』 3, 도서출판 b, 2012.

＿＿＿＿＿＿＿, 정수윤 역,『다자이 오사무 전집』 9, 도서출판 b, 2014.

＿＿＿＿＿＿＿, 최혜수 역,『다자이 오사무 전집』 6, 도서출판 b, 2013.

다케우치 요시미(竹內好), 서광덕 역,『루쉰』, 문학과지성사, 2003.

＿＿＿＿＿＿＿＿＿＿＿＿, 윤여일 역,『고뇌하는 일본-다케우치 요시미 선집』 1, 휴머니스트, 2011.

＿＿＿＿＿＿＿＿＿＿＿＿＿,『내재하는 아시아』, 휴머니스트, 2011.

＿＿＿＿＿＿＿＿＿＿＿＿＿,『루쉰 잡기』, 에티투스, 2022.

디포, 류경희 역, 『로빈슨 크루소』, 열린책들, 2011.

루쉰, 노신문학회 편역, 『노신 선집』 1~4, 여강출판사, 2004.

리쩌허우(李澤厚), 임춘성 역, 『중국근대사상사론』, 한길사, 2010.

막스 베버, 이상률 역, 『직업으로서의 학문』, 문예출판사, 1995.

막스 야머, 이경직 역, 『공간의 개념 ─ 물리학에 나타난 공간론의 역사』, 나남, 2008.

맹자, 김종무 역, 「盡心 上」, 『맹자』, 민음사, 1994.

미셸 푸코, 이상길 역, 『헤테로토피아』, 문학과지성사, 2014.

박유하, 『내셔널아이덴티티와 젠더 ─ 나쓰메 소세키로 읽는 근대』, 문학동네, 2011.

박지원, 고미숙·길진숙·김풍기 역, 『열하일기』, 북드라망, 2013.

박훈, 『메이지 유신은 어떻게 가능했는가』, 민음사, 2015.

보카치오, 박상진 역, 『데카메론』, 민음사, 2016.

브레히트, 김광규 역, 『살아남은 자의 슬픔』, 한마당, 1998.

브루스 핑크, 이성민 역, 『라캉의 주체』, 도서출판 b, 2010.

블레즈 파스칼, 이환 역, 『팡세』, 서울대 출판부, 1985.

서영채, 『사랑의 문법 ─ 이광수, 염상섭, 이상』, 민음사, 2004.

_____, 『아첨의 영웅주의 ─ 최남선과 이광수』, 소명출판, 2011.

_____, 『우정의 정원』, 문학동네, 2022.

_____, 『죄의식과 부끄러움』, 나무나무출판사, 2017.

_____, 『풍경이 온다』, 나무나무출판사, 2019.

서정주, 『서정주 전집』 1, 민음사, 2008.

송우혜, 『윤동주 평전』, 서정시학, 2015.

스위프트, 송낙헌 역, 『걸리버 여행기』, 서울대 출판부, 2006.

스피노자, 추영현 역, 『에티카』, 동서문화사 2013.

슬라보예 지젝, 박정수 역, 『그들은 자기가 하는 일을 알지 못하나이다』, 인간사랑, 2004.

시가 나오야, 서기재 역, 『암야행로』, 창비, 2013.

시마자키 도손, 노영희 역, 『집』, 민문고, 1990.

_____, 『파계』, 문학동네, 2010.

_____, 송태욱 역, 『신생』, 문학과지성사, 2016.

쓰보우치 쇼요(坪內逍遙), 정병호 역, 『소설신수』, 고려대 출판부, 2007.

아리시마 다케오, 조연현 역, 『아낌없이 사랑은 뺏는다』, 정음사, 1975.

_____, 정욱성 역, 『아낌없이 사랑은 빼앗는다』, 어문학사, 2005.

아쿠타가와 류노스케, 박성민 편역, 『어느 바보의 일생』, 시와서, 2021.

_____, 조사옥 편, 『아쿠타가와 류노스케 전집』 1~8, 제이앤씨, 2015.

안중근, 『동양평화론』, 독도도서관친구들, 2019.

야스퍼스, 이재승 역, 『죄의 문제』, 앨피, 2014.

에마누엘 레바나스, 서동욱 역, 『존재에서 존재자로』, 민음사, 2003.

여영택, 「이상의 산문에 관한 고구」, 『국어국문학』 39·40, 국어국문학회, 1968.

염상섭, 『염상섭전집』, 민음사, 1994.

오카쿠라 덴신(岡倉天心), 정천구 역, 『동양의 이상』, 산지니, 2011.

오현미 외, 『말을 보고 말을 걸다』, 플러스81스튜디오, 2013.

왕스징(王士菁), 신영복·유세종 역, 『루쉰전』, 다섯수레, 2007.

왕후이(汪暉), 송인재 역, 『절망에 반항하라』, 글항아리, 2014.

우스이 요시미(臼井吉見), 고재석·김환기 역, 『일본 다이쇼문학사』, 동국대 출판부, 2001.

위화, 김태성 역, 『사람의 목소리는 빛보다 멀리 간다』, 문학동네, 2012.

유세종 외역, 『루쉰 전집』, 그린비, 2010.

_____, 『루쉰식 혁명과 근대 중국』, 한신대 출판부, 2008.

유숙자, 『자화상의 작가, 다자이 오사무』, 살림, 2008.

유홍준, 『문자도』, 대원사, 1993.

윤동주, 『하늘과 바람과 별과 시』, 정음사, 1948.

_____, 홍장학 편, 『정본 윤동주 전집』, 문학과지성사, 2004.

윤상인, 『문학과 근대와 일본』, 문학과지성사, 2009.

윤철규, 『시를 담은 그림, 그림이 된 시―조선시대 시의도』, 마로니에북스, 2016.

이광수, 『이광수 전집』, 삼중당, 1973.

이상, 『이상 문학 전집』 2, 문학사상사, 1991.

이종묵, 『조선 사람이 좋아한 당시』, 민음사, 2013.

임종원, 『후쿠자와 유키치―문명사상』, J&C, 2001.

전형준, 『비판적 계몽의 루쉰』, 서울대 출판문화원, 2023.

조남권·이상미 역, 『오언당음(五言唐音)』, 박이정, 2005.

조르조 아감벤, 박진우 역, 『호모 사케르』, 새물결, 2008.

존 리셰티 외, 근대영미소설학회 역, 『영국소설사』, 신아사, 2000.

존 헨리, 노태복 역, 『서양과학사상사』, 책과함께, 2013.

칸트, 최재희 역, 『실천이성비판』, 박영사, 2003.

프로이트, 김정일 역, 『성욕에 관한 세 편의 에세이』, 열린책들, 1998.

플라톤, 박종현 역, 『국가』, 서광사, 2005.

토마스 홉스, 진석용 역, 『리바이어던』, 나남, 2016/2008.

피터 얼, 양동휴 역, 『디포의 세계―18세기 영국 경제사』, 해남, 2022.

홉스, 진석용 역, 『리바이어던』 1, 나남, 2016.

홍석표, 『중국현대문학사』, 이화여대 출판부, 2009.

황봉지, 기태완 역주, 『당시화보』, 보고사, 2015.

후쿠자와 유키치(福澤諭吉), 양문송 역, 『학문을 권함』, 일송미디어, 2004.

_____, 엄창준·김경신 역, 『학문을 권함』, 지안사, 1993.

_____, 정명환 역, 『문명론의 개략』, 홍성사, 1986.

히라노 겐(平野謙), 고재석·김환기 역, 『일본쇼와문학사』, 동국대 출판부, 2001.

히야마 히사오, 정선태 역, 『동양적 근대의 창출』, 소명출판, 2000.

Jacques Lacan, *The Seminar XVII : The Other Side of Psychoanalysis*, translated by Russell Grigg, New York: W.W.Norton & Company, 2007.

Susan Sontag, *Illness as Metaphor*, London : Penguin Books, 1991.

簡野道明, 『唐詩選詳說』, 明治書院, 1929.

関井光男, 「「惜別」 解題」, 『竹内好全集』 7.

亀井俊介, 『有島武郎』, 東京 : ミネルヴァ書房, 2013.

鈴木淳, 「北斎畵 「詩歌写真鏡」 「在原業平」 考」, 『かがみ』 52, 2022.3.

尾崎雄二郎 편, 『説文解字注』 5, 東海大學出版部, 1993.

白鳥芳郎, 八幡一郎 『日本民俗文化大系 9 白鳥庫吉 鳥居龍藏』 講談社, 1978.

服部宇之吉, 『漢文大系』 2, 富山房, 1910.

相馬正一, 『評傳 太宰治』 上下, 津輕書房, 1995.

植田康夫, 『自殺作家文壇史』, 北辰堂出版, 2008.

新渡戸稲造, 『武士道』, 岩波書店, 2015/1938.

新保邦寛, 『独歩と藤村－明治三十年代文学のコスモロジー－』, 有精堂, 1996.

日本文部科學省, 高等教育局高等教育企画課高等教育政策室, 「我が国の高等教育の将来像, 補論 2」, 我が国高等教育のこれまでの歩み.

張之洞, 『勸學篇』, 中華書局, 1991.

钱理群, 『追寻生存之根－我的退思录』, 广西师范大学出版社 2005.

佐久節, 『唐詩選新譯』, 博文館, 1908.

志村有弘·渡部芳紀, 『太宰治大事典』, 勉誠出版, 2005.

志賀直哉, 『志賀直哉全集』 10, 岩波書店, 1955.

平野謙, 「島崎藤村－藝術と実生活」, 『島崎藤村』, 河出書房新社, 1978.

平川祐弘, 『和魂洋才の系譜』, 東京 : 平凡社, 2006.

『芥川龍之介全集』 8, 東京 : 筑摩書房, 1977.

『魯迅全集』, 北京 : 人民文學出版社, 2005.

『唐詩選・三體詩』, 久保天隨 編, 博文館,1918.

『藤村全集』, 筑摩書房, 1965.

『魯迅全集』, 上海：人民文學出版社,1973.

『漱石全集』, 岩波書店, 1996.

『漱石全集』4・14, 岩波書店, 1975.

『有島武郎全集』, 東京：叢文閣, 1925.

『有島武郎全集』, 東京：筑摩書房, 1980.

『竹內好全集』1, 筑摩書房, 1980.

『崔顥・崔國輔』, 万竟君 注, 上海古籍出版社, 1985.

『太宰治全集』全10卷, 筑摩書房, 1988.

『太宰治全集』1, 筑摩書房, 類聚版, 1978.

『太宰治全集』7, 筑摩書房, 1988.